황제를 꿈꾸는 여인

황권

황제를 꿈꾸는 여인

황권

④

천하귀원
장편소설

arte

봉지미

어릴 적 부모를 여의고 봉 부인 슬하에서 자랐다. 생존을 위해 얼굴을 추하게 위장하고 속마음을 감추며 지내다 우연한 계기로 청명서원에 들어가게 된다. 이후 '위지'란 이름으로 남장을 하고, 어린 나이에 조정 대신으로 중용되어 빼어난 능력을 발휘한다.

영혁

천성 황조 6황자. 수려한 외모 못지않게 뛰어난 능력과 수완을 지녔으나, 황실의 견제를 피하고자 기생집을 드나들며 때를 기다린다. 봉지미에게 호기심을 느끼고 그녀를 지켜보면서, 두 사람 사이에 미묘한 기류가 흐르기 시작한다.

고남의

봉지미를 납치하려다가 호위 무사가 된 인물로 정체가 베일에 싸여 있다. 신비로운 미모와 남다른 성품, 뛰어난 무예 실력으로 주변을 압도한다. 말없이 자신의 방식대로 혼자서 살아왔으나 봉지미를 통해 감정을 배우기 시작한다.

혁련쟁

호탁의 왕세자. 강인하고 대범하며 자신의 사람들을 지키는 일에 목숨을 아끼지 않는다. 중원의 여인은 나약하다고 생각했으나 봉지미를 만나면서 생각이 바뀌고, 그녀의 마음을 얻기 위해 노력한다.

영징

영혁의 호위무사. 빈정대는 말을 잘하고 촐싹거리는 성격이지
만, 최강의 무공을 가지고 있으며 영혁에게 충성한다.

화경

남해의 평민이지만 뛰어난 수완과 기지를 발휘하여 봉지미가
남해 연씨 집안을 평정하는 데 공을 세운다. 연회석과 결혼하며
봉지미의 곁에서 친구이자 동료가 된다.

경비

출신을 알 수 없는 무녀로 황제의 눈에 들어 궁으로 들어온다.
황제 곁에서 애정을 다하는 것처럼 보이나, 뒤로 위험한 계획
을 세우며 영혁과 비밀스러운 거래를 한다.

2황자

황권을 차지하기 위해 음모를 꾸미고 위지에게 누명을 씌운
다. 자신의 산장에서 비밀 모임을 열고 은밀한 계획을 펼친다.

차
례

주요 인물 소개

처음부터 다시

진한 붉은색으로 물든 석양 아래, 열 길이나 되어 보이는 높은 성벽에서 사람이 떨어졌다. 그 사람은 마치 민들레 홀씨가 설야의 황금빛 노을 아래에서 흔들리듯 유연하게 공중을 날았다. 사람들은 상상하지 못했던 일이 일어난 성벽을 올려다보았다. 그들은 숨 쉬는 것도 잊은 것처럼 조용히 하늘을 나는 사람을 바라봤다. 성벽에 있던 타구*성벽 위의 凹부분가 가루가 되어 부서졌고, 붉고 푸른빛을 띠는 먼지가 뭉게구름처럼 피어오르며 시선을 가렸다. 갑자기 구름 속에서 손 하나가 불쑥 나와 번개처럼 허공을 움켜잡았다. 희미한 소리가 정적을 갈랐고, 하늘에서 옷자락이 펄럭이며 나풀거렸다.

성벽에 서 있던 진사우는 넋이 나간 듯한 모습이었다. 그의 손은 아무것도 잡지 못한 채 허공에 머물러 있었다. 마치 차가운 암흑세계로 떨어진 듯 마음이 허무하기만 했다. 한참 후 그는 굳어 버린 손을 천천히 거뒀다.

봉지미는 원하는 대로 아래로 떨어졌고, 그곳에는 근위영이 서 있었다. 긴 창이 빼곡히 있는 그곳에 떨어진다면, 보나 마나 죽은 목숨이었다. 그녀는 드디어 정신을 차리고 가뿐하게 날아오르기 위해 팔과 다리를 펼쳤다. 빠른 속도로 하강하던 바람 속에서 지난날이 주마등처럼 스쳐 지나갔다. 갑자기 모든 것이 고요하게 느껴졌다.

쏴악, 쏴악.

천성군 진영에 있는 몇몇 사람이 봉지미의 시선에 들어왔다. 모두 하강하고 있는 그녀를 받으려고 두 팔을 벌리고 있었다. 그들은 그녀를 받거나 아니면, 자신의 몸 위에 그녀가 떨어지길 바랐다. 하지만 사람 하나가 빛처럼 빠른 속도로 사람들의 머리를 밟고 지나갔다. 그 노란색 그림자는 넋이 나간 채 고개를 젖히고 성벽을 바라보던 근위영 병사들 속에서 상승했다. 사람들의 머리 위에 회오리바람이 일었다. 그림자는 추락하는 봉지미를 향해 생애 가장 빠른 속도로 날아올랐다.

"막아라!"

성벽에서 분노한 울부짖음이 마른하늘에 천둥이 치듯 허공을 갈랐다. 정신을 차린 근위영 병사들은 하나둘씩 활을 쏘았다. 활이 없는 자는 창과 칼을 겨누었지만, 그 노란색 그림자는 이미 사람들 저 멀리 날아오른 상태였다. 그 사이 요양우는 기병대를 데리고 살기등등한 모습으로 쫓아왔다.

종신은 걱정스러운 모습으로 고개를 들어 노란색 그림자를 쳐다보았다. 노란색 그림자는 바로 고남의였다. 봉지미를 받는 것은 고남의에게 식은 죽 먹기였지만, 안전하게 낙하하는 것은 무척 어려운 일이었다. 추락하면서 발생할 충격은 열 명의 고수가 힘을 합쳐 가슴을 치는 것만큼 어마어마할 것이었다. 그 힘을 견디지 못하면 근위영의 한복판으로 떨어질 것이고, 그 이후의 일은 상상하기가 끔찍하였다.

고남의가 허공을 가르자 빛이 반짝였다. 그는 허공에서 떨어지고 있는 봉지미의 손을 잡았다. 손가락이 닿는 순간 그가 손가락을 휙 놀리더니 팔을 뻗었다. 그리고 그 힘의 탄력을 이용하여 추락 중인 그녀의 몸이 수평으로 날 수 있게 만들었다. 수직으로 하강하던 그녀는 순식간에 약간 기울어진 상태로 날게 되었고, 추락하는 방향이 근위영 밖으로 향하게 되었다. 그와 동시에 혁련쟁과 영혁이 뛰어올랐다. 영혁의 위치가 좀 멀긴 했지만 큰 칼을 지닌 혁련쟁보다 몸이 가벼웠다. 검은 그림자와 파란 그림자가 동시에 봉지미를 받았다. 한 명은 어깨를 잡았고, 한 명은 다리를 잡았다. 두 사람은 허공에서 서로를 응시하며 낮은 한숨을 내쉬었고, 그녀의 몸에 각자 어떤 행동을 취한 듯했다. 곧이어 나지막한 소리가 울렸고, 두 사람 모두 어깨가 흔들렸다.

전력을 다해 봉지미를 밀어낸 고남의는 거대한 충격을 혼자 감당하게 되었다. 그는 끙, 하는 소리를 내며 입가에 선혈을 흘렸고, 기를 다 소진했는지 돌덩이가 된 것처럼 수직으로 하강했다. 혁련쟁이 고개를 돌려 그 모습을 발견하고 대경실색했다. 곧바로 그녀를 놓고 달려가 구해 보려고 했지만, 너무 먼 탓에 제때 닿을 수가 없었다.

적진으로 돌격하던 고남의를 종신이 계속 옆에서 살폈다는 게 다행이라면 다행이었다. 고남의가 봉지미를 받을 때 종신 역시 허공으로 날아올랐다. 종신은 고남의가 낙하할 위치를 가늠하며 바로 회색 연기를 뿌렸다. 연기가 걷히자 근위영 병사들이 이리저리 쓰러져 있는 모습이 보였다. 퍽, 하는 소리와 함께 고남의가 쓰러진 병사들 위로 떨어졌다. 종신은 병사들의 몸을 밟고 고남의를 들어 올렸다. 쓰러진 근위영 병사들은 정신을 차리지 못했고, 그 사이 혁련쟁이 다가오며 기뻐했다.

"그런 신통한 약이 있으면서 왜 사용하지 않으셨습니까? 진작 썼으면 싸울 필요도 없지 않았습니까!"

종신이 무표정하게 혁련쟁을 노려보며 생각했다.

'이게 초원에서 흔히 볼 수 있는 약초인 줄 아시나? 이 영험한 약초를 구하기가 얼마나 어려운지 사람들은 모를 것이야.'

風叔
11

종신은 십 년의 내공을 모아 만든 것을 다 써 버린 것이었고, 온몸에 통증을 느꼈다. 이 모든 것이 봉지미와 고남의를 위해서였다. 종신은 혁련쟁의 말에 별다른 대꾸 없이 서둘러 고남의에게 다가갔다. 다행히 추락할 때 혈맥을 보호하여 내상만 조금 입은 상태였고, 성곽이 너무 높은 탓에 받은 충격으로 잠시 정신을 잃었을 뿐이었다. 종신은 고개를 들어 성곽을 올려다보았다. 봉지미의 앞에서 가루가 되어 버린 타구는 마치 이빨이 하나 빠진 것처럼 쓸쓸해 보였다. 그것은 아이러니하게도 남쪽으로 구멍이 나 있었는데, 부서진 타구 옆에 '안(安)'자가 새겨진 큰 깃발이 보였다. 검푸른 얼굴의 종신이 일그러진 표정으로 부서진 타구를 응시했다.

혁련쟁은 씩 웃으며 진사우를 바라봤다. 진사우를 향해 도발하듯 활시위를 잡아당기는 시늉을 해 보였고, 후련하다는 듯 큰소리를 내며 웃었다. 성벽 위의 진사우는 성벽의 벽돌을 손에 쥐고 가루로 만들 정도로 분노가 일었다. 영혁은 묵묵히 봉지미를 안은 채 고개를 숙여 그녀를 바라보았고, 차가운 미소가 아직 가시지 않은 얼굴을 오래 응시했다. 영혁은 그녀의 얼굴을 만지려는 듯 손가락을 잠시 움직였으나, 결국 만지지 못하고 그대로 멈췄다. 헤어진 후 1년이라는 시간이 지났다. 그 이후 처음으로 이렇게 가까이 그녀를 가슴에 안았고, 평온한 호흡과 따뜻한 체온을 느꼈다. 영혁은 오랜 이별 끝에 살아 있는 그녀의 존재를 느낄 수 있었고, 너무 기쁜 나머지 마음이 흔들렸다. 가녀린 그녀의 몸이 그의 팔에 기대어 있었다. 그는 마치 사방에서 부드럽고 가벼운 구름이 피어오르는 것만 같았다.

어떤 행운은 한 번 이루어지는 데도 너무 많은 것을 요구했다. 영혁은 일생의 복이 무너질까 두려웠지만, 이렇게 봉지미를 안고만 있어도 행복했다. 그는 손가락으로 그녀의 뺨을 만지려다가 멈추었고, 그 대신 헝클어진 머리를 정돈해주고 천천히 몸을 일으켰다. 이어 차가운 목소리로 외쳤다.

"쳐라!"

장희(長熙) 18년 정월 초하루, 천성과 대월은 백두애 전투에 이어 다시금 변방의 포성에서 큰 전투를 치렀다. 전면전은 하루 전인 장희 17년 섣달그믐날, 천성국이 몰래 포성에 잠입해 혼란에 빠뜨린 뒤 포성과 본진과의 연락망을 가로막으며 시작하였다. 천성군은 동쪽 하천 계곡에 매복하여 포성에 지원하러 온 대월 좌로군의 부대장 구여건(寇如建)을 포함해 지원군 8천 명을 섬멸했다. 그 후 포성에서 진사우의 근위영과 맞붙어 함정에 빠졌던 위지 부장군을 구했다.

진사우의 대군과 치른 전투는 커다란 혼돈의 연속이었다. 천성의 기병대가 포성 근위영을 포위했고, 대월의 본영이 천성의 기병 대대를 포위했다. 하지만 국경지대에서 천성이 다시 기병대를 파견하여 대월의 본영을 함몰시켰다. 앞뒤로 공격을 받으며 치열한 전투를 펼쳤던 것이었다. 천성이 먼저 기세를 잡았지만, 천성의 병사는 남쪽 출신이라 오랜 추위를 견디지 못했다. 얼어붙은 땅에서의 오랜 원정으로 인해 천성의 병사는 지쳐 있었다. 영혁은 이번 전투가 긴 전쟁의 종지부를 찍을 기회는 아니라고 보았고, 공격과 후퇴를 반복할 뿐 모험을 거는 행동은 자제하였다. 대월군 역시 영혁의 군대를 배웅이라도 하는 것처럼 변경 부근까지만 쫓아왔을 뿐이었다. 결국 양측은 원래의 국경을 경계로 평화적으로 물러섰다.

전쟁이 끝난 후 세세히 따져보니 천성 왕조가 승리를 거두긴 했다. 하지만 진사우도 완전히 손해를 본 것은 아니었다. 그는 봉지미의 건의대로 조정에는 사건을 축소해 보고를 올렸다. 영혁이 이끌던 천성 군대의 야습으로 성을 함락당할 뻔했지만 철통같이 지킨 본영은 큰 손실을 보지 않았고, 결국 천성군은 아무 성과도 얻지 못한 채 사기가 꺾여 퇴각했다고 보고한 것이다.

천성 쪽은 그저 위지 부장군이 죽지 않고 돌아왔다는 사실만으로도 만족했다. 천성의 본진은 다들 기쁨에 젖어 환희로 가득 찼다. 특히 요양우의 발걸음은 날아갈 것처럼 가벼웠다. 그는 볼기 60대를 맞고도 형구에서 내려와 엉덩이를 잡고 웃었다. 그 모습을 본 사람들은 제2의 유원이 아니냐며 쑥덕거렸다. 하지만 막사 안의 분위기는 좋지 않았다.

봉지미가 아직 깨어나지 않았기 때문이었다. 운도 지지리 없는 그녀는 기이하고도 무서운 독이 체내에 흐르고 있음이 발견되었고, 종신이 그것을 그녀의 체내에서 제거할 수 있었다. 천만다행으로 종신이 당초 걱정했던 것처럼 그녀 자체가 독을 뿜는 독인(毒人)이 되는 일은 벌어지지 않았다. 그제야 종신은 그녀가 진사우에게 다시 돌아가겠다고 고집을 부린 이유를 알게 되었다. 그녀는 서고에 갇혀 진사우와 담판을 벌인 후 남까지 중독시키는 독인이 되는 독을 자신에게만 해를 입히는 내독(內毒)으로 바꿔낸 것이었다. 다만 그녀가 어떻게 구워삶어서 진사우처럼 의심 많은 자를 움직였는지는 알 수 없었다. 이 일을 알게 된 혁련쟁이 펄쩍 뛰며 불같이 화를 냈다.

"독인이 뭐라고? 조심하면 되지 그렇게까지 할 필요가 있나."

혁련쟁은 막사에서 이리저리 왔다 갔다 하며 씩씩대고 성을 냈다. 그 모습이 마치 우리에 갇혀 있는 한 마리 사자 같았다. 깨어난 고남의는 침대 곁에 앉아 봉지미의 손을 잡았고, 밤낮없이 그녀를 돌봤다. 고남의는 잠시 한눈을 파는 사이에 무슨 일이라도 생길까 봐 걱정하는 듯했고, 혁련쟁이 데려갈까 봐 마음이 놓이지 않는 것 같았다. 고남의가 봉지미를 간호하는데 혁련쟁이 자꾸만 성가시게 굴었다. 그 모습이 꼴 보기 싫었던 고남의는 결국 혁련쟁을 발로 차 막사에서 내보냈다. 혁련쟁은 흙과 잿더미 위로 나가떨어졌다. 다른 사람에 대한 자신의 의견을 좀처럼 내비치지 않던 고남의가 딱딱한 어투로 말했다.

"그게 바로 그녀다움이죠."

혁련쟁이 바닥에 앉아 머리를 쥐어 잡고 골똘히 생각하다 한숨을 내쉬었다.

'맞아. 그래야 그녀답지.'

봉지미의 체내에 있던 기이한 독은 고독(蠱毒)으로 만든 것이었다. 그 고독에 대해 잘 알지 못하는 종신은 해독법을 바로 찾아내지는 못했고, 막사에서 의서를 펼쳐보면서 고뇌에 빠져 있었다. 그때 갑자기 어떤 자가 바람을 일으키며 막사로 들어왔다. 종신은 굳이 고개를 들지 않아도 이런 식으로 힘차게 걷는 자는 혁련쟁밖에 없다고 생각했다. 왼쪽에는 패도를 차고, 오른쪽에는 대검을 찬 혁련 대왕이 작은 주머니를 가지고 성큼성큼 다가왔다. 그는 더 이상 채찍을 사용하지 않았는데, 그 이유를 아는 자는 없었다. 그가 들고 있던 주머니를 종신의 얼굴 앞에 내밀며 환한 표정으로 말했다.

"제가 그날 가용을 찾으러 돌아가는 길에 쉬설재 벽 아래에서 이 물건을 주웠지 뭡니까!"

종신이 주머니를 열어 보았고, 안에 들어 있는 물건의 냄새를 맡아 보더니 눈을 반짝였다. 그는 너무 기쁜 나머지 체신머리도 잊은 채 혁련쟁의 팔을 매섭게 때리며 말했다.

"잘됐습니다! 잘됐어요! 감사합니다. 혁련쟁 대왕!"

혁련쟁이 팔을 문지르며 환하게 웃고는 눈빛을 반짝이며 물었다.

"이제 해독약은 문제없겠죠?"

종신은 고개를 저었고, 그 모습을 본 혁련쟁은 잠시 놀랐다. 반짝이던 종신의 눈망울에 다시 어둠이 드리워져 있었다.

"그렇군요."

기쁨에 찼던 혁련쟁의 얼굴이 굳어지자 종신이 서둘러 해명했다.

"이건 고인(蠱引)이라고 합니다. 진사우가 쌍생고를 만들 때 분명 이

것을 그 벌레에게 먹였을 겁니다. 지금 남아 있는 손톱에 묻은 고(蠱)의 독액과 숨결을 토대로 해독법을 찾을 수 있어요. 어쨌든 이거라도 참고하는 편이 아무런 단서도 없고, 아무것도 보지 못하는 상황보다 훨씬 낫지요. 그때 그 단지를 가지고 나왔더라면, 좀 더 확실히 볼 수 있었을 텐데……."

"제가 즉시 가서 가지고 오겠습니다!"

혁련쟁이 소매를 매만지며 곧바로 밖을 향해 나가려던 찰나였다.

"아닙니다."

종신이 혁련쟁을 잡으며 말했다.

"잘하신 겁니다. 진사우가 나중에 분명 그 단지를 찾아볼 것입니다. 가져오는 것보다 그곳에 두는 게 더 쓸모가 있을 겁니다."

"그럼 대인께 맡기겠습니다."

혁련쟁이 두 손을 감싸 쥐며 진심을 담아 말했다.

"대인께서 해독약만 만들어 주신다면, 저희 초원의 모든 백성들이 대인의 은혜에 감사할 것입니다."

"그렇게 격식을 갖춰 이야기하지 마십시오. 어색합니다."

종신이 웃음을 터뜨리며 말했다.

"이건 제가 해야 할 일인걸요."

"해야 할 일이라면……."

혁련쟁이 갑자기 슬쩍 웃더니 머리를 가까이 대고 말했다.

"제가 이해가 잘 안 되는데요. 대인처럼 뛰어난 인재가 왜 처음부터 책사로 계신 겁니까? 봉지미의 출생 신분과 관련이 있습니까?"

한참 동안 아무 말도 없던 종신이 대답했다.

"아가씨가 전하께 자신의 출생에 대해 언급한 적이 있습니까?"

"아니요."

혁련쟁이 고개를 저었다.

"하지만 봉지미가 일부러 저를 속인 적은 없어요. 제경에서의 일은 거의가 제가 도착한 후에 일어난 터라 어느 정도는 알고 있었지요."

"그렇군요."

종신은 마치 글자 하나하나에 신경을 쓰듯 천천히 말했다.

"전하께서는 아가씨와 아주 가까이 지내셨는데, 초원의 나라가 나중에 이 일에 연루되지는 않을지 염려되지 않으신지요?"

"연루요?"

혁련쟁이 큰소리를 내며 웃었다.

"우리 호탁부는 그렇게 호락호락한 사람들이 아닙니다. 수백 년 동안 이름을 여러 번 바꾸었고, 주인도 여러 차례 바뀌었습니다. 마음에 드는 이가 바로 주인이 되고, 천하를 규정하는 자가 바로 천하의 주인이 됩니다. 이 혁련쟁은 누가 누구에게 충성하느냐의 문제도 이미 하늘에 맹세했습니다. 이 혁련쟁의 초원은 영원히 나의 아내의 것입니다. 또이 혁련쟁의 마음도 영원히 그녀에게 있다고요."

혁련쟁이 우렁찬 어투로 말했다. 발음 하나하나가 너무나 또렷했다. 막사 틈으로 비친 석양 때문에 그의 주변은 마치 금가루를 뿌려 놓은 것처럼 빛났다. 그는 세월의 시련에도 영원히 반짝임을 잃지 않을 듯한 모습이었다.

종신은 이런 혁련쟁의 태도를 보자 마음 깊은 곳에서 뭉클한 감정이 솟았다. 봉지미의 주변을 지키는 남자들이 많았다. 사랑과 원한이 뒤섞인 영혁, 맑고 순수한 고남의……. 그녀는 시종일관 남자들에게는 관심 없다는 태도로 일관했다. 하지만 앞으로는 옛 원한은 잊고 함께 천하를 제패하거나 혹은 산골 깊숙한 곳에서 남은 생을 은둔하며 살 사람들이었다. 지금 상황으로 보면 혁련쟁이 봉지미의 참된 벗이었다. 그의 친근한 태도와 친근함, 무엇보다 솔직함이 빛을 발했고, 나약함은 눈곱만큼도 찾아볼 수 없었다. 봉지미는 바로 그의 왕비였다. 그녀는 그와 가장 가까운 듯 보였지만, 사실 그 둘은 가장 요원한 사이였다.

혁련쟁은 똑똑한 사람이었다. 종신은 그런 사실을 파악했고, 모든 것을 알아챘다. 하지만 혁련쟁은 그녀에게 어떤 요구도 없었으며, 여전히 어떤 원망도 내보이지 않았다. 대신 진심을 바쳤으며 늘 환하게 웃었다. 같은 남자인 종신조차 올곧은 그의 마음에 탄복할 뿐이었다. 이런 생각이 떠오르자 종신은 갑자기 솔직해지고 싶은 마음이 들었다.

"저는 헌원의 명문세가 출신입니다. 알고 계시겠죠?"

종신이 웃으며 말을 이었다.

"대성 시기에 헌원(軒轅)과 전(戰), 연씨(燕氏)가 각각 한 나라를 다스리고 있었습니다. 모두 잘 아시겠지만요."

혁련쟁이 고개를 끄덕이며 입을 열었다.

"제가 잘은 모르지만 상식적으로 서로 적이 아니었습니까? 대성이 헌원을 멸망시켰잖아요?"

"헌원의 마지막 황제가 스스로 퇴위했습니다."

종신이 말했다.

"저희 헌원을 번성하게 만든 왕인 승경제는 사실 재위 기간이 5년밖에 안 되었습니다. 하지만 치국에 온 힘을 쏟아부어 지혜로운 정치를 벌였고, 직위 5년 만에 헌원을 번영한 나라로 만드셨지요. 승경제께서는 욕심이 없었고, 황제 자리에 연연하지 않으셨습니다. 그리고 그 당시 대원(大宛)에는 여황제뿐이었기 때문에 한참을 고민하셨습니다. 승경제는 직위 5년에 붕어하여 구화전(九華殿)에 묻혔습니다. 임종을 앞두고 자손들에게 여황제의 혈통을 지켜야 한다고 하셨고, 이를 어기면 하늘과 땅이 그 죄를 엄하게 물을 것이라고 단호히 말씀하셨습니다. 이후의 황권 계승에 대해서도 황위는 원래 여황제의 도움으로 물려받은 것이니 돌려주는 것이 도리라 보았습니다. 이런 연유로 경거망동하게 군사를 일으키지 말고, 대성 황족의 혈통을 건드리지 말라고 누누이 당부하셨습니다."

"황제께서는 정말 도량이 넓으신 분이시군요. 하지만 말은 그렇게 하셨지만……"

혁련쟁이 말했다.

"시간이 그렇게나 많이 지났고, 또 망국의 조짐이 보였는데 그 말을 따랐단 말입니까?"

"그 당시 5주5국(五洲五國)의 황제 군주들과 대성 황후는 우정이 두터웠습니다. 고로 자손들에게 그런 유언을 남겼다고 합니다. 하지만 방금 말씀하신 것처럼 세상이 변했고, 모든 것이 다 바뀌었습니다. 예전에 아무리 깊은 정을 나누었다 해도 자손들까지는 그랬던 것은 아니니까요. 이런 상황에서 그 유언을 지키는 건 현실적으로 불가능하지요. 그래서 전(戰)에는 나중에 내란이 일어났던 겁니다. 연씨(燕氏)는 옛 대성 왕조와 원수 관계는 아니었는데, 점점 관계가 소원해지면서 상대를 하지 않았습니다. 저희 헌원만 달랐습니다. 그 이유는 승경제께서 지병이 하나 있으셨고, 옥체도 좋지 않아 오래 살 수 없음을 직감하셨기 때문입니다. 또 욕심이 없는 성격이라 국익보다는 의술에 더 많은 관심을 가지셨습니다."

종신이 웃으며 말을 이었다.

"그해 대성이 헌원을 치지 않았더라도 헌원은 스스로 멸망했을 겁니다."

"그렇군요."

혁련쟁이 진지하게 말했다.

"대인의 보호를 받는 것은 봉지미의 복입니다."

"사실 가장 많은 공을 세운 것은 헌원이 아닙니다."

종신이 웃으며 겸허한 표정을 지었다.

"헌원 사람은 대개 욕심이 없습니다. 육백 년 동안 대성 혈통을 계승하는 일에 직접 개입한 적이 없었습니다. 그저 대성 왕조가 가장 힘들고 어려운 순간에 나서서 도와준 것뿐입니다. 그래서 당시……."

종신이 갑자기 말을 멈췄다. 봉지미와 고남의가 있는 막사를 바라보며 아득한 안개가 서린 듯한 표정을 지었다. 혁련쟁이 그의 마음을 알아채고 더 이상 묻지 않았다. 종신 같은 황족의 자제가 충심으로 보필하는 것은 단지 이런 이유만은 아닐 터였다. 하지만 그게 어떤 이유이든 혁련쟁이 지금 가지고 있던 의구심은 해소되었고, 불안한 감정도 사라졌다. 그가 웃으며 말했다.

"대인, 나중에 같이 술 한잔하시죠."

"좋습니다."

종신이 웃으며 답했고, 혁련쟁이 막사를 떠났다. 종신은 자리에 앉지도 않은 채 책 몇 장을 넘기다가 막사 바깥에서 들려오는 묵직하고 점잖은 목소리를 들었다.

"종 선생, 계십니까?"

종신이 비웃는 듯한 미소를 지었다. 막사의 문을 반쯤 가리고 있는 자는 누가 봐도 한눈에 알아볼 수 있는 영혁이었다. 그가 성큼성큼 막사로 들어왔다. 막사 바깥에서 먼저 인기척을 하고 들어오는 모습이 역시 범인과는 달랐다.

"오늘은 이곳이 인기가 좋은가 보군요."

종신이 웃으며 말했다.

"드시지요."

영혁이 막사의 천을 걷고 들어왔다. 갑옷과 투구를 싫어하는 그는 대체로 평상복 차림이었다. 때때로 종신은 그의 모습이 자신이 봉지미와 더 잘 어울린다는 것을 내보이려는 행동이라 의심했었다. 그에 대한 종신의 시선은 그다지 우호적이지 못했다. 종신이 겨우 마음을 다스리고 자리에 앉으라는 손짓을 했다. 그가 자리에 앉더니 바로 본론으로 들어갔다.

"이렇게 선생을 찾아온 것은 부탁드릴 일이 있어서입니다."

"전하께서는 천하를 다 가지고 계신데, 저 같은 미천한 사람이 어찌 전하를 도와드릴 수 있겠습니까?"

종신은 한마디로 영혁의 말을 막았다. 영혁은 아무 표정 변화도 없이 웃으며 말했다.

"봉지미에게 순수한 즐거움을 안겨 주시길 부탁드리고 싶습니다."

종신이 보고 있던 책을 내려놓았다.

"전하, 그건 무슨 말씀인지요?"

종신의 미간에 노여움이 서렸다.

"봉지미가 지금 즐겁지 않다는 것입니까? 그럼 그것이 저로 인한 것입니까? 만약 봉지미가 즐겁지 않다면, 전하께서 먼저 자신을 돌아봐야 하지 않을까 사료됩니다."

"과인도 당연히 반성해야지요."

영혁이 무덤덤하게 말했다.

"다만 저에게는 선생처럼 영험한 재주가 없습니다. 또한 청명한 마음을 갚을 수가 없습니다."

"그건 무슨 말씀이신지요?"

종신이 눈을 가늘게 뜨며 말했다.

"올해 제가 제경에 있을 때, 아무 일도 없던 날 황사성(皇史成)에 보관된 대성 황실의 비본(秘本)을 읽었습니다. 거기에 한 사건이 적혀 있더군요."

영혁이 손가락을 움직이며 탁자를 두드렸다.

"대성의 개국 황후가 일찍이 헌원 승경제의 도움을 받아 기억의 일부를 봉인했다는 내용이었습니다."

종신이 잠시 아무 말도 하지 않고 있다가, 한참 후 차가운 웃음을 지으며 말했다.

"헌원의 의술은 줄곧 계승되었습니다. 기억을 봉인하는 그 의술도 분명 계승되었을 거라고 사료됩니다."

"그리하여?"

영혁은 더 이상 아무 말도 하지 않았다. 여기까지 말했으면 더 말하지 않아도 심중을 알아차릴 만큼 지식을 가진 자였으니까. 한참 후 종신이 차갑게 말했다.

"죄송합니다. 이 일은 너무나 중대한 일이라서 제가 대신 결정할 문제가 아닙니다."

"저를 위해서가 아닙니다. 봉지미에게 진 빚에서 벗어나고 싶어서 꺼낸 말도 아닙니다."

영혁의 목소리에는 간절함이 담겨 있었다.

"전 지미에게 제 자리에서 기다리겠다고 약속했습니다. 칼을 들고 언제든 나에게 오면, 숨지도 않을 거고 도망가지도 않겠다고 했습니다. 하지만 북쪽에 감군으로 온 후 망설이기 시작했고, 이제는 생각이 바뀌었습니다. 그녀가 너무 힘들 것 같습니다. 원한이 뼛속까지 서려 인생의 모든 기쁨과 환희를 덮쳐 버렸으니까요. 원한에 사무친 시간이 그녀를 몰아세우고 있습니다. 하고 싶지 않고, 내키지도 않는 일을 계속하게 만들고 있습니다. 이게 너무 두렵습니다."

"그것 역시 전하로 인한 것이죠."

"그리고 또 한 가지, 선생께서도 곰곰이 생각해 보십시오."

영혁이 씁쓸한 미소를 지었다.

"저는 저 한 사람이 아닙니다. 초왕의 흥망에는 여러 사람의 생명과 안위가 걸려 있지요. 제가 아무런 지시를 안 했는데도 저의 수하가 자의적으로 일을 수행하기도 합니다. 지난번 그 일이 바로 그런 사례이지요. 윗사람이다 보니 때로는 자유롭지 못합니다. 요즘 보니 그녀는 조정으로 돌아갈 생각이 있는 것 같더군요. 혁혁한 공을 세웠으니 출세는 떼어 놓은 당상이겠죠. 만약 그녀가 옛 원한에 사무쳐 지금의 조정과 저에게 칼을 겨눈다면, 저의 부하가 그런 장면을 어찌 가만히 보고만 있겠습니까? 그럼 또 사달이 생기지 않을까요? 수하 하나 챙기지 못하냐며 핀잔을 주실 수도 있습니다. 일부러 가만히 두고 보는 거라고 저를 비난하실 수도 있습니다. 하지만 어떤 일이나 어떤 상황은 정말로 제가 통제할 수 있는 수준을 넘어설 때도 있습니다. 저는 인간이지 신이 아니기 때문입니다. 방대한 초왕의 계파들이 복잡하게 얽혀 있어서 불씨 하나만으로도 온 들판을 다 태울 수도 있습니다. 일단 사태가 제 손아귀에서 벗어나면 원한이 더 깊어질 것입니다. 그때 가서 후회한다면 이미 늦을 테지요."

종신은 입술을 물었다. 겉으로 보기에는 평온한 얼굴이었지만, 이미 영혁의 말에 어느 정도 넘어간 상태였다.

"봉 부인 일이 다시 일어나는 것을 바라지 않소."

영혁이 나지막이 말했다.

"선생 역시 바라지 않지 않습니까?"

종신은 아무 말도 하지 않았다. 비록 적이었으나 영혁의 말에 일리가 있다는 것을 부인할 수 없었다. 봉지미에게는 봉 부인에 관한 원한을 봉인하는 것이 더 도움이 될 터였다. 종신은 원래 욕심이 없고 섭리를 따르는 사람이었다. 그저 봉지미의 생명을 지키겠다는 사명감을 가졌을 뿐이었다. 그에게는 권력을 잡는 일이 그저 사라져 가는 연기에 불과했다. 애초에 봉 부인이 봉지미를 그런 길로 내몰지 않았더라면, 그는 일찌감치 그들을 데리고 정처 없이 떠돌며 살았을 것이다. 그러면 봉지미도 지금의 삶보다는 더 행복했을 터였다. 종신은 문득 고남의 말이 떠올랐다. 그녀가 모든 것을 잊고 살았으면 좋겠다고, 그녀는 행복하지 않다고 말했었다. 이어 갑자기 대화 하나가 머릿속을 스쳐 지나간 종신은 아무 말도 하지 않았다.

"선생, 생각해 보십시오. 기억을 잃고 살아가는 게 사실은 더 편하답니다."

"그것은 기만 아닙니까? 한 번은 가능해도 두세 번 속이기는 힘듭니다. 잠시 속일 수는 있어도 평생을 속일 수는 없고요."

"맞습니다! 기억을 잃는 것보다 선택적 기억 제거를 원합니다."

종신이 갑자기 몸을 일으켰다. 영혁이 고개를 들어 그를 보았다. 그의 눈망울에 희망이 서려 있었다.

"약조 드리지요. 그 부분의 기억은 봉인해 드리겠습니다."

종신이 대답했다.

"선조께서 일찍이 봉인법을 펼칠 때 심부에 통증을 많이 느꼈다고 들었습니다. 그러나 이번에 제가 봉인법을 쓸 때는 똑같은 통증을 느끼지 않았으면 하는 바람입니다."

"봉지미를 좀 더 편하게 하기 위해서인데 어찌 통증을 수반합니까?"

"전하, 저를 따라오십시오. 고남의가 마침 자리에 없고, 봉지미가 아직 깨어나지 않았으니 지금이 봉인법을 펼치기 딱 좋을 때입니다."

무표정한 얼굴로 종신이 말했다.

"의심이 많으시다 들었습니다. 직접 보지 않으시면 믿지 않으시겠지요. 제2의 진사우가 될 수도 있으니까요."

"오늘에서야 선생의 언변이 신랄하다는 것을 느꼈습니다."

영혁은 종신을 따라 봉지미가 있는 막사로 들어갔다. 그녀는 여전히 깊은 잠에 빠져 있었다. 그녀가 적의 진영에 두 달 넘게 있는 동안, 사람들의 눈에는 그녀가 총애를 받고 부귀를 누리는 것처럼 보였을 터였다. 그러나 실제로는 그녀의 마음이 피폐해질 대로 피폐해진 시간이었다. 진사우는 시도 때도 없이 그녀를 떠봤고, 그녀는 잠을 잘 때조차 눈을 뜨고 잤다. 종신이 제때 도착하였지만, 장기간에 걸친 피로 때문에 그녀는 이미 지쳐 있었다. 지금이야말로 평온한 마음을 유지할 수 있을 때라 종신은 그녀를 그냥 자게 내버려 뒀다. 잠은 내면의 상처를 치유하는 특효약이었으니까.

영혁이 봉지미 곁에 앉아 살며시 그녀의 머리를 어루만졌다. 종신이 금침을 준비하다가 갑자기 물었다.

"봉지미가 기억을 잃는 그 시기의 기억은 어떻게 메우죠? 과거의 모든 기억을 봉인할 수는 없습니다. 봉 부인과 봉호에 대해서는 어떻게 설명하죠?"

"그 일은 여전히 그 일이겠지요. 그렇게 하지 않으면 많은 일을 다 설명할 길이 없습니다. 이상하다고 느끼게 되면 사달이 발생하는 원인이 될 터이니……."

영혁은 말을 끝내지 않았고, 한참 후에야 다시 입을 열었다.

"최근에 저는 금우위를 폐하께 바쳤습니다."

"봉지미의 원수가 황제로 바뀌었다고요? 그게 무슨 차이죠? 원한은 여전히 존재하지 않습니까?"

"차이가 있습니다."

영혁이 담담하게 말했다.

"제가 아니라면 지미도 그렇게 아프진 않을 겁니다."

"전하는 정말 자신감이 넘치시는군요."

종신이 비웃듯 웃었다. 영혁이 가볍게 탄식을 내뱉고 다시 말했다.

"종 선생, 이기적이라고 하셔도 좋고, 유약하다 하셔도 좋습니다. 마음대로 생각하십시오. 하지만 저는 봉지미와의 싸움을 두려워한 적은 없습니다. 그저 원하지 않을 뿐이지요. 명심하십시오. 봉지미에게 진 빚은 제가 모든 것을 다해 보상할 것입니다. 선생께서도 봉지미가 평생을 자신을 괴롭히는 원한 속에 파묻혀 살기를 바라진 않으시겠지요. 본디 누려야 할 인생의 행복을 놓치며 살길 원하시진 않지 않습니까?"

"그렇게 단정하시는데, 그럼 전하께선 봉지미가 원하는 행복을 주실 수 있습니까?"

"아닙니다."

영혁의 입에서 나온 대답에 종신은 멈칫했다.

"저는 그저 봉지미가 담담하게 자신의 마음을 들여다볼 기회를 주고 싶습니다."

영혁이 무덤덤하게 말했다.

"이 일의 내막에 대해서 잘 알고 계시지 않습니까? 앞으로 제가 봉지미에게 잘못하는 게 있으면 그냥 보고 계시지는 않으시겠지요. 기억은 봉인할 수 있지만, 자연히 풀리기도 하지 않습니까?"

종신이 웃으며 말했다.

"아시면 됐습니다."

종신이 침낭을 꺼내고 앉더니 문득 말했다.

"전하께 또 한마디 첨언하자면, 전하께서는 자신하지만 여자는 누구도 자기 사람이라고 확신할 수 없습니다. 사람의 기억이라는 것은 남은 조각이 있게 마련입니다. 정말 아팠던 일은 잊어도 그 고통을 느꼈던 감정은 여전히 존재합니다. 다시 재회할 때 그 일에 대해 직감적으로 피하거나 거부하게 됩니다. 그러니 이 기억을 봉인한다고 해도 앞으로 봉지미의 과거 감정이 전하가 원하는 대로 변할지는 보장하기 힘듭니다."

"어쩔 수 없지요."

영혁은 손등으로 봉지미의 체온을 살피며 탄식에 가까운 소리를 내뱉었다. 그리고 손을 놓고 자리를 비키며 말했다.

"자 그럼 시작하시지요."

"천성의 많은 곳을 돌았고, 대월도 가 봤어."

봉지미가 산기슭에 서서 화경과 하늘 끝에 걸린 구름을 노곤한 모습으로 바라보았다.

"그래도 초원이 가장 좋아."

화경은 웃기만 할 뿐 아무 말도 하지 않았다. 그녀는 포원(浦園)에서 두 달 넘게 갇혀 있었던 때가 있었다. 그때 진사우는 사람을 시켜 그녀를 지독한 형을 받는 것처럼 변장시킨 다음 봉지미를 데리고 갔다. 봉지미가 어떤 수를 쓰도록 자극하려 했던 것이었다. 하지만 봉지미는 이에 넘어가지 않았다. 사실 그들이 감옥에 갔을 때, 화경은 바로 옆방에 있었다. 그들이 들어간 곳은 왼쪽 돌사자 문이었고, 화경은 오른쪽 돌사자 문 아래의 감옥에 있었다. 가짜 화경의 감옥과는 벽 하나 차이여서 화경이 구멍을 뚫어 가짜 화경을 볼 수 있도록 만들었다.

진사우의 계략은 치밀하고 뛰어났다. 이는 봉지미를 떠본 것만이 아니라 화경까지 떠본 것이기 때문이었다. 만약 화경이 자신으로 위장한 가짜 화경이 봉지미를 속이려 할 때 어쩔 수 없이 신호를 보냈었다면, 진사우가 모든 것을 파악할 수 있었을 것이었다. 하지만 봉지미와 화경은 평범한 사람과는 달리 의지가 굳건한 인물이었다. 두 사람 중 하나는 가짜 화경의 극심한 고통에도 눈 하나 깜짝하지 않았고, 다른 하나는 봉지미를 굳게 믿으며 자신이 아무 행동도 취할 필요가 없다는 것을 파악했다. 두 사람은 서로를 너무나 잘 알고 있었기 때문에, 진사우의 계책이 수포로 돌아갔다.

봉지미는 화경을 잘 알고 있었다. 만약 살 껍질을 벗겨내는 고문을 당한 사람이 진짜 화경이었다면, 성격상 절대로 그런 비련의 여주인공 같은 태도만을 취하고 있지 않았을 것이다. 또 '희생'이나 '대사를 위해서'라는 말로 그녀를 자극하지도 않았을 터였다. 오히려 침묵하거나 그녀와 몰래 교감하면서 남들이 비집고 들어올 일말의 기회도 주지 않았을 게 분명했다.

사람의 심리를 이용하는 전술에서 진사우는 최고라 할 만했다. 어둑어둑한 빛 아래에서 본 가짜 화경은 보통 사람이 보기에는 용맹하고 충직한 여자였다. 하지만 연기가 너무 과했다. 화경은 본디 누구도 따라 할 수 없는 그런 여자였다. 두 달 여간 수감되어 있는 동안 진사우는 여러 번 그녀를 심문하였고, 형벌을 내렸다. 하지만 형구에 놓으면 그녀가 수를 부렸고, 그 술수가 너무나 오묘해서 그것을 조사하는 것은 완전 시간 낭비나 마찬가지였다. 진사우는 그녀에게 용형을 명령해 보기도 했었다. 하지만 용형을 하자마자 그녀는 너무나 교묘하게 편안한 모습으로 혼절해 버렸고, 진사우도 더 이상 방법이 없었다. 죽이자니 아까웠고, 죽이지 않자니 골치 덩어리였다. 결국 진사우는 그녀를 감옥에 가둬둔 채 아무것도 묻지 않았고, 그녀는 아무 걱정 없이 잘 먹고 잘 잤다. 밖에서 이런저런 고민에 빠져 있던 봉지미보다 오히려 살이 더 오를 정도였다. 만일 초여드렛날 진사우가 봉지미를 정말 첩으로 삼았다면, 화경은 분명 목숨을 부지하지 못했을 것이다. 하지만 다행히도 화경은 감옥을 나오게 되었다.

이런 곡절을 겪은 화경은 그 두 달 동안 어떻게 보냈는지 아무한테도 말한 적이 없었다. 봉지미도 화경의 몸에 남겨진 수많은 상처를 보고 고생을 많이 했음을 짐작할 뿐이었다. 하지만 육체에 남은 상처들은 활달하고 자신감 넘치는 화경을 좌절시키지 못했다. 그녀는 그저 잠시 조용히 지냈을 뿐이었다. 그녀가 웃을 때면 파란만장했던 삶의 흔적이 무덤덤하게 묻어 나왔고, 그로 인해 더욱 지혜로운 분위기를 풍겼다. 피의 불에 담금질을 당한 비범한 여자는 여러 차례의 고난을 통해 신의 수준까지 오를 수 있었다. 또한 원래의 안하무인이던 모습이 사라졌고, 대신 따뜻하면서도 넓은 마음씨로 사람들을 탄복시켰다.

"초원이 좋으면 여기에 남아요."

화경이 웃으며 대답했다. 봉지미가 쓴웃음을 지었다.

"군주의 명을 어길 수는 없지. 위지라는 신분으로 돌아갔으니 어찌 천성 제국의 명을 거역하겠어?"

"나도 같이 아름다운 제경에 한번 가 볼까요."

화경이 풀줄기를 물고 말했다.

"폐하께서 참장이라는 명을 내리셨으니, 제경으로 가서 명을 받은 후에 사부와 병부에 가서 부족한 부분을 좀 받아야겠네."

화경은 여성이라는 신분을 한 번도 숨긴 적이 없었다. 천성이 대성을 계승하였고, 일부에서는 대성의 밝고 자유로운 국풍이 여전히 남아 있어 여자를 장군으로 봉직하는데 거부감이 없었다. 게다가 과거에 화봉 여수가 있었으니 화경을 참장으로 봉직한 게 대단한 일은 아니었다. 현재 제경에는 이미 화경이 제2의 화봉여수가 될 것이라는 소문까지 있었다.

"제경에서 좀 한가한 직책을 맡을 거야? 아니면 다시 변방으로 갈 거야?"

봉지미가 물었다.

"큰 뜻이 없으면 그냥 직책이나 하나 달고 있어."

"이미 조정에 서신을 보내 민남 장군 휘하의 직위를 맡아 달라고 명했어요."

그 말은 들은 봉지미가 화들짝 놀랐다. 화경은 이미 자리에서 일어나 있었다. 그녀가 드넓은 파란 하늘을 바라보며 기지개를 펴고 말했다.

"봉매, 나는 과거에 천방지축으로 멋대로 살았지만, 마음 깊숙이 허한 감정이 있었어요. 그게 뭔지는 모른 채 말이에요. 하지만 봉매와 군대를 따라 초원으로 와서 북방 변경지역을 돌아다니면서 깨달았어요. 나는 원래부터 군인이 되어야 했구나. 원래부터 무언가를 함락하는 걸 좋아했구나. 질주하듯 달려가는 것과 야밤에 긴 칼에 베인 달빛과 핏빛이 주는 아름다움을 사랑하는구나. 노을이 질 때 막사에 들리는 쓸쓸하면서도 웅장한 호각 소리를 사랑하는구나. 나의 인생에서 이게 빠져 있었구나……. 전장을 다니며 부족함이 채워지면서 이건 내 인생의 숙명이라는 생각이 들었어요. 이제는 더 이상 이것을 놓치고 싶지 않아요."

화경이 하늘을 향해 큰소리로 외쳤다.

"평생을 군인으로 살겠어!"

황금빛 저녁노을과 화경의 뒷모습이 마치 오려 붙인 것처럼 분명하게 경계를 드리웠다. 봉지미가 아무 말 없이 고개를 들어 강인하고 늠름한 화경의 뒷모습을 바라보았다. 봉지미는 눈물이 차오른 눈으로 한참 동안 미소를 지었다.

"나한테 생각이 하나 있어요."

화경이 흥미로운 표정으로 봉지미 곁으로 다가와 말했다.

"옛날에 봉매의 어머님이 이끌던 화봉군은 여인의 군대였다지. 민남에서 그 시초를 찾을 수 있더라고요. 서량의 은지량과 전투가 극에 치달았을 때 화봉여수는 은지량을 물리쳤지만, 그 공을 빼앗기고 수도로 돌아왔고 화봉군은 해산되었다고 들었어요. 비록 그 여자들 대부분은 이미 결혼해서 아이를 낳았겠지만, 분명 과거의 군대 생활을 그리워할 거예요. 알다시피 군대 생활에 적응된 사람은 평범한 삶에 모두 만족하며 살지는 못해요. 분명 많은 이들은 칼을 들고 말을 타고 다시 적진으로 진격하길 바랄 거라고요. 그 정도로 실전 경험이 풍부한 노병들은 매우 귀하니 나는 민남으로 가서 그 사람들을 다시 데려오려고요."

봉지미가 화경을 주시하다가 한참 후 천천히 말했다.

"조심해."

"봉매의 도움이 필요해요."

화경이 손을 흔들며 신경 안 쓴다는 듯 말했다.

"어머니의 물건을 빌려 줘요. 그걸로 사람을 모을게요. 그리고 적절한 시기에 조정에서 화봉군을 재건하자고 바람을 넣어줘요. 봉매, 나는 어떤 것을 이루려는 게 아니에요. 그저 민남에서 천하를 제패하고 싶어요. 그리고 그대가 가장 어려울 때, 도움이 필요할 때 퇴로가 되어주고 싶어요."

천하를 제패하여 나중에 퇴로가 되어주고 싶다니. 이 세상에서 누군가가 자신의 평생을 다해 퇴각할 수 있는 길을 만들어 주겠다니! 화경의 약속은 하늘에 맹세할 필요도 없을 만큼 단호했다. 감동한 봉지미는 어떤 반응도 보이지 못하고 눈물만 흘렸다.

봉지미가 고개를 들어 하늘을 올려다보았고, 한참 동안 코가 시큰거렸다. 한참 후에야 그녀는 가슴 속에서 비녀를 하나 꺼내 화경에게 건넸다. 그녀는 어떠한 말도 하지 않았고, 이것이 봉 부인의 마지막 유물이라는 설명도 하지 않았다. 이전에는 더 많은 장신구를 가지고 있었지만, 어려울 때 이미 다 팔아 버려서 남은 건 오직 이것뿐이었다.

"봉매 대신 잘 보관할게요."

화경은 고전미가 엿보이는 비녀를 여러 번 쳐다보다가 조심스레 챙겼다. 두 사람은 아무 말 없이 서로를 보며 웃었다. 황혼이 내린 초원의 겨울바람은 무척이나 매서웠지만 마음만은 따뜻했다.

화경은 가끔 봉지미를 힐끗 쳐다봤다. 종신은 봉지미의 기억을 봉인한 일을 화경에게도 말했다. 화경은 이것이 꼭 나쁜 일은 아니며, 영혁의 말에도 일리가 있다고 생각했다. 봉지미에게 아픈 것은 봉 부인의 희생뿐만 아니라, 처음으로 마음을 준 사람에게서 받은 배신감이었다. 그것은 봉지미에게 가장 큰 상처였다. 화경은 과거를 모두 봉인했다면 더 좋지 않았을까, 하는 생각도 했다. 하지만 영특한 봉지미는 자신의 기억이 모두 지워졌다면 어떻게든 되살리려고 노력했을 것이고, 이는 더 나쁜 결과를 초래했을지도 몰랐다. 종신이 봉인술을 써서 봉지미의 기억을 조정했다. 최소한 배신당했다는 아픔만큼은 사라졌을 터였다. 하지만 내공이 누구보다 강한 봉지미의 기억을 어떻게 봉인할 수 있단 말인

가. 화경은 우수에 가득 찬 봉지미의 눈망울을 보며 쓴웃음을 보였다. 봉지미에 대해 단언하며 말할 수 있는 사람은 없었다.

달이 떠올랐고, 밥 짓는 연기도 피어올랐다. 화경은 어깨에는 원숭이를 이고, 가슴에는 아이를 안고 멀리서 다가오는 사람을 발견했다. 그녀가 웃으면서 물었다.

"지효는 살아 있는 부처인데 정말 같이 가려고?"

"내가 데려가려는 게 아니야."

봉지미가 미간을 찌푸리며 골치 아프다는 표정을 지었다.

"고남의가 우리랑 같이 간다고 하네. 지효는 고남의랑 함께 가야 하고. 다행히 호탁의 살아 있는 부처는 일찍이 제경에 인사를 드리러 간 적이 있어. 그래서 일단은 그런 이유로 제경에 간다고 결정했어. 이것도 나쁘지는 않아. 천천히 신권(神權) 개입에 대해 논의하고, 혁련 대왕의 왕권이 안정되면 그 이후에 하고 싶은 대로 하면 되니까."

화경이 한숨을 내쉬었다. 불쌍한 혁련쟁 대왕과 왕비는 초원으로 온 후 변경을 돌며 안정적인 왕권의 기반을 세웠다. 하지만 결국 봉지미는 예측 불가능한 제경으로 다시 돌아가겠다고 했다. 이제는 왕이 된 혁련쟁이 계속 봉지미를 좇아다닐 수도 없는 노릇이었다. 어쩐지 최근 황금사자(금사, 金獅) 왕이 초조하고 우울해하며 온종일 싸움닭처럼 안절부절못했다. 그리고 그 모습은 미인 가용(佳容)과도 관계가 있었다. 영혁이 가용을 데려왔지만, 그녀는 영혁과 돌아가기를 거부하고 혁련쟁 주위만 계속 맴돌았다. 혁련쟁은 이미 매타의 아픔을 겪은 터라 가용을 쉽게 들이려 하지 않았다. 매타는 그때 혁련쟁과 마주친 이후로 행적이 묘연했다. 일곱 명이 된 팔표가 매일 검을 품고 초원을 누비며 그녀를 찾았다. 그들의 형제 대붕이 매타의 손에 죽은 것이나 마찬가지였기 때문에 그 원한을 갚지 않을 수 없었다. 매타는 이미 산송장이나 마찬가지였다.

봉지미는 가까이 다가온 고남의를 향해 슬쩍 미소를 보이고는 화경을 이끌고 걸어갔다. 고남의는 손에 가지고 있던 망토를 봉지미의 어깨에 걸쳐 주었다. 그들은 모래 더미가 쌓인 길을 돌아가다가 혁련쟁의 목소리를 들었다.

"이거 싫소!"

이어 완곡하면서 부드러운 가용의 목소리가 들렸다. 그녀는 짜증 하나 내지 않았지만, 물러서지도 않으며 말했다.

"그럼 이건요? 파를 넣어 만든 전입니다."

"파 싫소!"

"그럼 군만두를 드시죠."

혁련쟁의 시중을 드는 가용이 낙심하지 않고 말했다.

"만두가 뭐 다 같은 만두지. 배부른데 왜 자꾸 이걸 먹으라 하오?"

혁련 대왕은 봉지미를 제외하고는 어떤 여자에게도 상냥하게 굴지 않기로 했다. 봉지미는 그 모습을 지켜보며 마음속으로 생각했다.

'가용 아가씨, 가야 할 길이 멀었으니 힘을 내세요!'

모래 더미를 돌 때 아는 척을 해서 혁련 대왕을 난처하게 만들고 싶지 않았던 봉지미는 웃으며 하늘만 바라보았다. 혁련쟁은 시종일관 거의 움직이지 않았고, 인사도 건네지 않았다. 그는 손으로 모래 더미를 만지며 뒤에서 조잘거리는 가용의 잔소리도 듣지 않았다. 멀어지는 봉지미의 발걸음 소리만 멍하니 들었고, 그녀의 발걸음 소리를 듣는 것만으로도 좋았다.

모든 사람들이 인생에서 이별을 겪었다. 길고 긴 여정에서 서로를 배웅하는 게 인생이었다. 이런 이치를 들을 때마다 혁련쟁은 여러 번 콧방귀를 뀌었지만, 이젠 지루한 책에서 나온 말이 그냥 고상하게 풀어낸 말이 아니라는 사실을 깨달았다. 두려울 게 없었던 그였지만, 이별에 가슴이 저렸다. 이때만큼은 발걸음을 한 발도 내디딜 수 없었지만, 태연하고 담담하게 그녀와 이별을 고했다.

사실 혁련쟁은 봉지미의 두 눈을 보게 되면 남아 달라고 애원하게 될까 봐 두려웠다. 실망스러운 대답을 듣는 것은 두렵지 않았으나, 자신의 그런 행동에 그녀가 난처해하지 않을까 두려웠다. 그는 손가락으로 모래 더미를 후벼 팠다. 거친 돌이 손바닥 안에서 가루가 되면서 손바닥이 까졌고, 따끔따끔한 통증이 느껴졌다. 하지만 이별로 인한 고통을 억누르고 있던 가슴은 도리어 시원하게 느껴졌다.

달이 떠올랐고, 별빛이 지나갔다. 초원의 지존인 왕은 모래 더미를 향해 고개를 떨군 채 서성거렸다. 그의 뒤에서 가용은 묵묵히 뒷모습만 바라보았다. 달빛에 비쳐 고독하고 처량한 긴 그림자가 생겼다. 저 멀리 있는 석산에서 무리에서 떨어진 늑대가 서글프게 울부짖었다. 그의 뒤에는 기다리는 누군가가 있었다. 하지만 그는 마치 세상에서 혼자가 된 것 같았다. 뼛속까지 파고드는 추위와 고독함을 느끼며 자신에게 되뇌었다.

내일이면, 그녀는 떠날 것이다.

장희 18년 정월, 설의 기쁨과 함께 소식 하나가 전해졌다. 천성의 변방에 폭죽이 터진 것처럼 천성 전체가 기쁨으로 들끓었다. 금란전의 천성제는 설맞이 대연회에서 요 대학사가 전하는 낭보를 들었다. 그 소식을 들은 황제가 벌떡 일어나 큰소리로 웃었다.

"국사는 죽지 않았고, 하늘은 천성을 돕는구나!"

청명서원까지 소식이 전해지자 청명서원 학생들은 기쁜 마음에 폭죽을 무더기로 사 들였다. 그들은 서원 입구에서 사흘 밤낮으로 폭죽을 터뜨렸다. 청소하느라 애를 먹은 문지기가 매일 아침 바닥을 쓸면서 투덜댔다.

"이 노인네 죽겠네. 진작에 알았으면, 그 자식을 들여보내지 않는 건데!"

　소식은 남해까지 전해졌다. 몇 개월 동안 술독에만 빠져 살던 연가의 주군은 바로 술에서 깨어났고, 서신을 품에 안은 채 한참 동안 하염없이 눈물만 흘렸다. 그는 행장을 꾸리라고 명령한 뒤 말을 타고 바로 제경으로 달려왔다. 그 소식은 조정만이 아니라 사람들로 발 디딜 틈 없는 제경 거리에도 입소문을 타고 퍼졌다.

　"백두애 전투에서 가장 큰 공헌을 한 백전무패 위지 부장군이 죽지 않고 아직 살아있대!"

　백성들은 찻집이나 주막에 모여서 위지 부장군의 활약상을 떠들어 댔다. 3천 명의 적을 물리치기 위해 어떻게 적의 진영에 잠입했는지, 어떤 간계로 적을 섬멸했는지 말했다. 또한 성벽 위에 올라가 머리를 풀어 헤친 채 적에게 큰소리를 치기도 했다는 이야기도 전했다. 사람들은 위지 부장군이 죽을지언정 항복하지 않고 성벽에서 뛰어내렸다고 침을 튀기며 이야기를 풀어냈다.

　만군의 진영 앞에서 위지 대인이 포로로 잡혀갈 때가 있었다. 후안무치한 대월이 대인을 빌미로 천성의 퇴각을 요청했고, 대인은 성벽 위에 올라가 홀연히 뛰어내렸다. 사람들은 조국에 대한 애국심으로 역사의 한 편을 써내려갔다는 설명을 덧붙였다. 그리고 그 고귀한 기상을 말하는 대목에서 백성들은 감정에 북받쳐 눈물을 흘렸다. 듣는 이들도 입을 벌린 채 존경과 숭배의 눈빛을 보였다.

　"……위지 부장군은 포승으로 결박되어 성벽에 감금되었대. 목에 칼을 들이대도 전혀 굴하지 않았다고 하더군. 붉은 머릿결과 노란 눈의 대월 사령관이 성벽에서 큰소리로 위지 부장군이 무릎을 꿇기만 하면 높은 벼슬을 내리고 한평생 부귀영화를 누리게 해 주겠다고 했다는 거야. 이건 분명 우리 군을 능멸하려고 한 행위지. 그런데 우리의 멋진 위지 장군이 퉤 하고 침을……"

"더러워!"

누군가가 혼잣말로 중얼댔다. 사람들이 모두 노여움에 찬 시선으로 그자를 바라보았다. 분위기 파악을 하지 못한 젊은 청년이 몸을 움츠리며 입을 닫았다.

"……대월 사령관 얼굴에 침을 뱉은 거야. 그리고 욕을 했지. 너희 같은 변방의 오랑캐가 감히 우리 천성의 위엄에 반기를 들다니! 죽음을 기다려라! 항복을 하던지!"

"바보네. 자기가 포로로 잡혀 있는 주제에 항복하라고?"

조금 전의 젊은 청년이 말했다. 그러자 곁에 있던 청년이 웃음을 띤 얼굴로 그의 어깨를 때리며 말했다.

"원래 다 그래. 듣기 좋은 말은 자신의 바람이 들어간 것이고, 듣기 거북한 것은 자기 망상인 거야."

"자네 둘! 무슨 헛소리야?"

그들의 조롱이 거슬린 사람이 벌떡 일어나 욕설을 퍼부었다.

"설마 대월의 첩자냐?"

"아, 오해하지 마세요. 오해하지 마세요."

온화하게 생긴 청년이 급히 합장하며 말했다.

"제 친구가 머리가 나빠서요. 계속하세요, 어서요."

머리 나쁜 친구가 일어서려는 찰나, 옆의 친구가 그의 옷자락을 밟으며 말했다.

"눈치 있게 굴어!"

"……대월은 성벽에서 위지 부장군을 갈기갈기 찢어 죽여 우리 군의 사기를 꺾으려고 했대. 하지만 위지 부장군이 타구에 올라서서 두 팔을 흔들었더니 포승줄이 하나씩 끊어졌다는군. 그리고 방울 같은 큰 눈에 분노가 서리더니 지는 해와 달을 짊어질 만큼 넓은 가슴과 힘찬 패기로 소리치더래. '형제여! 죽음은 두렵지 않다! 싸워라!' 라고 말했대. 대월

적군이 위지 부장군의 영웅적인 기세에 놀라 땅에 엎드리고 움직이지 못했다고 하더군. 경멸의 눈초리로 그들을 바라보던 위지 부장군은 곧바로 뛰어내렸대.”

“아!”

백성들은 137번째 눈물을 흘리기 시작했다.

“아! 인생은 자고로 누구나 다 죽는 법. 서쪽의 양관을 나서면 아는 이 하나 없고, 꾀꼬리 두 마리가 푸른 버드나무 위에서 노래를 부르네. 나룻배 한 척 첩첩산중을 지났네!”

탁자 옆에 있던 머리가 모자란 청년이 고개를 숙이고 어깨를 들썩거렸다. 그 옆에 있는 청년은 태연하게 술을 마시고 있었지만, 자세히 보니 손을 조금 떨고 있었다.

“멋진 시야, 멋진 시. 멋진 장군이고……. 방울 같은 눈망울과 넓은 가슴이라…….”

머리가 안 좋은 그 녀석은 계속 손을 떨며 술 주전자를 찾았다.

“저기, 뭐하는 거야?”

사람들은 이상한 두 녀석을 바라보았다. 처음에는 어깨를 들썩이는 녀석이 울고 있는 줄 알았다. 하지만 술 주전자를 찾느라 고개를 들 때 보니 얼굴에 눈물 자국은커녕 눈가에 웃음기가 남아 있었다. 감히 이런 상황에서 웃다니? 백성들이 분노했다. 위지 부장군을 위해서라도 가만히 있을 수는 없었다. 미친 두 녀석들로 인해 순수하고 아름다운 백성들의 마음이 유린당할 수는 없었다. 일단 들으면 눈물을 흘리지 않는 자가 없고, 가슴 아파하지 않는 자가 없는, 심금을 울리는 이야기였다. 그런데 어떤 감흥도 느끼지 못하고 도리어 비웃다니 절대로 용납할 수 없었다. 차라리 부모를 욕하는 것이라면 모를까, 감히 위지 부장군을 능욕하다니!

“맛 좀 보여 줘!”

누군가의 외침에 사람들이 달려들었다. 주점 전체가 시끌벅적해졌다. 많은 이들이 의자와 탁자를 넘고 계산대에 뛰어올라 소매를 걷었다. 성질 급한 사람들은 신발을 벗고, 그 두 작자에게 달려들었다. 계란과 땅콩, 쌀, 찻잔이 하늘을 날아다녔다. 그 두 작자는 그제야 상황을 파악하고, 앞에 있던 탁자를 넘겨 머리를 감쌌다. 그리고 탁자 밑으로 숨어 그곳에서 꿈쩍도 하지 않았다. 무수히 많은 눈이 그들을 주시했고, 수많은 발걸음이 두 작자의 곁으로 모여들었다. 본때를 보여 주려고 하는 찰나, 멀리서 큰소리가 들려 왔다.

"충의후 위 장군님께서 제경으로 돌아오신대! 대학사가 조정의 모든 문무백관을 이끌고 교외에서 영접한다니 어서 가 봅시다."

우당탕탕.

사람들이 뒤도 돌아보지 않고 뛰쳐나갔다.

"아이고!"

탁자 밑의 그 두 작자는 아직도 쪼그려 앉아 있었다. 머리가 좀 떨어지는 녀석이 친구에게 물었다.

"내일 영접하러 간다는데? 우린 역참을 통해 몰래 돌아왔는데, 내일 누굴 영접하러 간다는 거지?"

다른 하나는 '어서 가보자'고 외치던 목소리가 왠지 귀에 익숙하다는 생각이 들었다. 그때 옅은 남색 두루마기 자락이 눈앞에 멈춰서더니 누군가 허리를 숙이고 백옥처럼 고운 손을 내밀었다.

"본 왕이 너를 데리러 왔다."

대작

시내 주막의 한 탁자 아래에 봉지미와 화경이 누워 있었다. 그런데 화경의 손이 정확히 한 사람에게 향하고 있었다. 헝클어진 긴 머리 아래 촉촉하게 젖은 눈망울의 봉지미가 고개를 들었다. 그녀의 곁에서 날카로운 눈을 가진 화경이 미친 듯 웃어댔다.

봉지미는 봉직을 명 받으러 오는 길이었고, 두 사람은 전날 제경에 도착했다. 예부의 통지에 따라 내일 문무 고관이 천자 대신 봉지미를 영접하기로 했다. 그런데 역참에서 마냥 기다리자니 지루하고 심심했다. 종신이 약을 만들고 고남의가 고지효를 씻기는 사이 두 사람은 조용히 숙소를 빠져나왔고, 그 길로 시내로 향했다. 그리고 한 주막에 들러 술을 마시다가 술집에서 재미난 이야기를 들었고, 하마터면 탁자 아래 누워 맞을 뻔했던 것이었다. 사람들의 주위를 다른 곳으로 돌려 준 사람이 있어서 다행이었지만, 그 사람은 바로 영혁이었다.

화경은 시선을 떨구고 종신의 의술을 시험할 때가 왔다고 생각했다. 봉지미가 천천히 고개를 들었다. 투명하게 반짝이는 햇빛이 손가락 사이로 들어왔다. 푸른 대나무 무늬를 수놓은 짙은 남색 소맷자락을 응시하는 봉지미의 눈빛이 평온했다. 그녀의 미소 띤 얼굴은 과거 남해에서 영혁을 대할 때와 다를 바가 없었다. 지척 거리에 있는 화경조차 이상한 점을 발견하지 못할 정도였다. 잠시 후 봉지미가 웃더니 자신의 손을 내밀어 영혁의 손바닥 위에 놓았다. 그러자 그가 바로 손을 잡고 살짝 힘을 주어 그녀를 책상 아래에서 꺼냈다. 두 사람은 서로를 바라보았다. 그녀가 먼저 그에게 예의 차린 미소를 보였다.

"전하도 제경에 도착하셨군요? 하하."

"자네보다 하루 일찍 왔네."

영혁이 빙긋 웃었다. 두 사람은 서로를 마주 보며 웃었다. 그 웃음은 달빛처럼 찬란했다. 서로 떨어져 지낸 일 년의 시간이 흐른 후, 제경에서 겪은 7일간의 증오와 두 사람의 복잡한 관계는 전혀 존재하지 않는 것처럼 보였다. 화경이 안도의 숨을 내쉬며 자조 섞인 어투로 말했다.

"아무도 신경 안 쓰는 불쌍한 소인은 알아서 나와야겠네요."

그 순간 여섯 개의 손이 그녀에게 향했다. 영혁과 봉지미, 그리고 누군가의 손이었다. 그 손은 마치 허공에서 나타난 것처럼 갑작스레 등장했고, 여전히 떨리고 있었다. 화경이 그 손을 바라보았다. 희거나 가늘지 않아서, 곱디고운 황가나 귀족의 손은 아닌 듯했다. 탄탄한 근육이 잡힌 손바닥에 열은 반원 모양의 상처가 보였다. 그것은 어릴 적 어머니에게 화로를 건네다가 화로의 철 고리에 데어 생긴 상처였다. 중지의 마디 위에는 칼에 벤 상처도 있었는데, 그것은 나무에 올라 어머니를 만났을 때 나뭇가지에 긁혀 생긴 상처였다. 화경은 그 손이 너무나 낯익었다. 마치 일곱 살의 여린 손이 지금의 남자답고 믿음직한 손으로 성장하는 과정을 모두 다 본 것 같았다. 화경은 항상 그 손의 주인과 마음 속 깊이 품은 생각을 터놓고 이야기하는 꿈을 꾸었고, 잠에서 깨면 눈물이 가득했을 정도로 익숙한 손이었다. 하지만 그 손은 이제 더 이상 꿈속이 아니었다. 천 리 남해를 지나 화경의 눈앞에 있었다.

화경이 코를 훌쩍거리다가 눈동자를 한 번 굴리더니 갑자기 웃었다. 그녀는 손을 내밀어 연회석의 손 위에 올려놨다. 곧바로 그가 그녀를 잡아당겼다. 하지만 그녀는 매섭게 그의 손을 잡아당기고 있었다. 그 덕에 오히려 그가 아이고 하는 소리를 내며 탁자 밑으로 끌려 들어갔다. 탁자 바깥에 있던 영혁과 봉지미는 어안이 벙벙해져서 그저 바라만 보았다.

"왜요? 나가서 보여드릴까요?"

탁자 밑에서 화경의 목소리가 들려왔다. 마치 누군가의 품에 안겨 있는 듯 조금 억눌린 목소리였다.

"오랜만에 만났으니 격정을 참을 수 없어서 그렇습니다. 마음에 안 드시면 역참으로 돌아가 계세요. 두 분이 정리 좀 맡아주시고요."

탁자 밑에서 화경이 손을 흔들며 작별을 고했다. 연회석은 말에 끼어들 기회가 없었다. 혹은 겸연쩍어서 차마 하지 못했다. 탁자가 조금 흔들리자 봉지미가 웃음을 참으며 주막의 주인을 불러 금화를 건넸다.

"영업을 종료하고, 음식을 나르는 이들도 모두 내보내거라."

"진짜 영리하다니까."

봉지미가 조금 투덜대는 듯한 목소리로 중얼거렸다.

"역참으로 돌아가면 사람들의 주목을 받게 되니까 아예 여기서 해결해 버리다니."

자연스럽게 문을 닫은 봉지미가 가식적인 미소를 지으며 영혁에게 작별을 고했다.

"전하, 저는 역참으로 돌아가 내일 영접을 준비하겠습니다. 그럼, 이만 물러가겠습니다."

봉지미가 말을 마치고 떠나려던 찰나였다.

"봉지미."

봉지미가 고개도 돌리지 않고 손을 저으며 말했다.

"배웅하지 않으셔도 됩니다. 그럼요, 전하. 반드시 그대로 계십시오."

봉지미의 발걸음이 더욱 빨라졌다. 그녀는 뒤에 있던 사람이 따라오는지 신경 쓰지 않고, 성큼성큼 시내를 벗어났다. 역참은 시내에서 3리 정도밖에 떨어져 있지 않아서 그녀의 걸음으로는 금세 도착할 수 있었다. 원래 이보다 더 빠르게 갈 수도 있었으나 너무 재기를 드러내고 싶지 않았다.

사실 포성에서 봉지미는 진기를 잃지 않았다. 다만 그 독 때문에 경맥에 흩어져 있었지만, 미간에 있던 빨간 멍이 없어지자 단전에 있던 진기가 점점 모이기 시작했다. 진사우는 처음에는 매일 맥을 짚어 그녀의 무공이 사라졌는지 확인했다. 하지만 봉지미를 완전히 믿은 후 더 이상 확인하지 않게 되었을 무렵, 그녀의 무공은 이미 돌아와 있었다. 오히려 한 단계 더 오른 수준으로 격상되어 있었다.

봉지미는 자신이 연마한 무공이 조금 이상하다는 생각이 들었다. 그녀의 체질 역시 매우 이상했다. 체내에서 느껴지는 그 뜨거운 기류는 무공을 수련하면서 점점 가라앉았지만, 완전히 없어지지는 않았고 매일 조금씩 늘어났다. 그리고 생사를 가르는 고난을 겪은 후에는 그 뜨거운 기류가 더욱 거세졌다. 그것은 그녀의 몸에 해를 가하기는커녕, 반대로 내공을 한 단계 더 격상시켰다. 마치 날 때부터 가지고 있던 맥박의 뜨거운 기류 같았다. 종신이 그녀에게 가르쳐 준 무공은 그 기류를 보완하고 도와주는 작용을 하는 듯했다. 그게 아니었다면 그녀는 사전에 포성 성벽에 조치를 취해 놓지 못했을 것이었다. 숨겨 놓은 힘으로 타구 내부를 가루로 만들었기 때문에 그녀는 성벽에서 무사히 떨어질 수 있었다.

봉지미가 가벼운 발걸음으로 역참 근처에 다가갔다. 아직 완전히 도착하지 않았을 때 역참 입구에 가마 몇 개가 서 있는 것이 보였다. 잠시 후 멀리서 카랑카랑한 여자 목소리가 들렸다.

"위지는 왜 없죠?"

"들어가게 해 줘요!"

얼핏 고지효를 안은 고남의가 보였다. 부녀는 시끄러운 상황에도 아랑곳하지 않고 문지기처럼 입구를 지키며 하늘을 바라보고 있었다. 봉지미는 여자 손님을 어떻게 역참 입구에 세워 놓을 수 있는지 놀랐다. 그러다 자신의 이름을 부르는 목소리를 듣고는 갑자기 정신이 퍼뜩 들었다. 1년이란 세월이 흘렀건만 저 아가씨는 아직도 시집을 가지 않고 있었고, 어째 더욱 사나워진 듯했다.

천자부터 일반 서민에 이르기까지 지금까지 봉지미가 얽힌 일들은 해결하지 못한 적이 없었다. 그리하여 두렵고 피하고 싶은 사람도 유일하게 그녀 말고는 없었다. 잘못된 연정을 품은 사람 때문에 봉지미는 생각지도 못한 정을 빚게 되었다. 지금 입구에 서서 떠드는 여자는 바로 소녕 공주였다. 봉지미는 소녕 공주한테 붙잡히느니 다시 시내로 돌아가서 술이나 마실 생각으로 발걸음을 돌렸다. 그때 누군가가 곁에 다가오더니 소매를 걷으며 웃는 어투로 말했다.

"어허, 우리 공주님 아니신가? 오래 보지 못해서 그리웠으니 같이 가서 이야기나 좀 나눠야겠다."

말을 마친 영혁이 소녕 공주를 부르려던 찰나였다. 마음이 급박해진 봉지미는 신분이나 규율 따위를 신경 쓸 겨를이 없었다. 그녀가 그의 입을 막고 아첨하듯 웃으며 말했다.

"아, 아닙니다……, 전하. '남녀칠세부동석'이라지 않습니까? 사람이 많으면 이야기도 흥이 나지 않으니 장소를 옮겨서 단둘이 이야기하시죠. 둘이!"

봉지미가 마지막 두 글자에 힘을 주고 감탄사를 붙이듯 말하자 영혁의 눈이 불타올랐다. 그는 매우 흡족해하며 바로 그 제안을 받아들였다. 그는 그녀의 손을 잡아당기더니 웃으며 말했다.

"가 보고 싶은 곳이 있을 것이다."

봉지미가 입가를 살짝 삐쭉대더니 자신의 손을 꼭 잡은 영혁의 손을 바라보았다. 그러다 손가락 끝에 힘을 주어 꾹 찔러 보았지만, 그는 마치 손이 철과 돌로 되어 있어 아무것도 느끼지 못하는 것처럼 굴었다. 그가 그녀의 손을 잡고 말이 있는 곳으로 향했다. 그녀는 온몸이 검은 말을 보자마자 영혁의 월마임을 알아챘다. 비록 그녀가 해코지를 한 적이 있었지만, 인간처럼 망각을 가지고 있는지 월마는 다행히 그녀를 향해 뒷발질을 하지 않았다. 그가 뒤에서 가볍게 손을 내밀자 그녀가 말에 올라탔다. 이어 말의 뒷부분이 묵직해지더니 그가 올라탔다.

봉지미가 미간을 찌푸렸다. 오늘 말을 타고 오지 않은 게 후회되었다. 뒤에 앉은 영혁이 그녀의 어깨 쪽으로 살며시 다가오더니 그녀의 어깨에 턱을 올려놨다. 그의 손가락이 살짝 떨렸고, 말이 평온하게 내달리기 시작했다. 마치 말 위에 탄 주인에게 분위기 낼 기회를 주는 것처럼 속도를 내지 않았다. 유유자적하며 내달리는 동안 평온한 말발굽 소리와 함께 영혁의 청명한 숨소리가 피부에 전해졌다. 그녀는 경직된 자세로 부자연스럽게 움직이며 억지웃음을 지어 보였다.

"제가 전하와 함께 말을 타는 것은 적절치 않은 것 같습니다. 전하가 말을 타시면, 저는 뒤에서 뛰겠습니다."

영혁이 아무 말 없다가 한참 후에 나른한 미소를 지으며 말했다.

"첫째, 내가 아쉬워서 그런다. 둘째, 네가 도망갈까 봐 두렵다."

영혁이 봉지미의 대답을 기다리지 않고 또 말했다.

"봉지미, 우리 사이가 언제부터 이렇게 서먹해졌느냐? 저번에 내가 보낸 서신에 답은 왜 안 했느냐?"

봉지미는 잠시 아무 말도 하지 않았다. 등 뒤에 있던 영혁이 그녀의 귓가에 살며시 바람을 불었다. 그녀는 머리를 돌려 피했고, 한참을 웃다가 입을 열었다.

"그 서신은…… 강에 가라앉았사옵니다."

"뭐라?"

영혁의 목소리에는 어떤 동요도 느껴지지 않았다. 그저 차가운 감정이 서려 있었다.

"전하."

봉지미가 고개를 돌렸다. 혹시나 말이 움직이는 와중에 두 사람의 거리가 너무 가까워질까 봐 그녀는 그의 가슴에 손을 대고 무덤덤하게 말했다.

"제가 생각해 봤습니다만, 저와 전하는 더 이상 가까워질 여지가 남아 있지 않습니다. 저의 몇 안 되는 가족은 모두 전하의 황가 금우위 손에 죽었습니다. 저 역시 황가의 예측할 수 없는 변화무쌍함과 살얼음판을 걷는 듯한 분위기에 적응하기 힘듭니다. 제가 일전에도 말씀드렸다시피, 저는 단순하게 살고 싶습니다. 복잡하지 않은 남자에게 시집가서 단순한 삶을 살고 싶습니다."

"봉 부인과 봉호가 대성 황조의 마지막 후손임이 밝혀졌다. 이것은 그 어떤 왕조라 해도 죄를 물을 수밖에 없는 중죄다."

영혁이 무덤덤하게 말했다.

"어찌 되었거나 자네는 이미 혐의를 벗었고, 폐하 역시 봉지미 자네를 벌하지 않았다. 게다가 그것 때문에 자네한테 미안한 마음과 살펴 주려는 마음을 가지고 있지 않은가? 이건 이미 특별대우라고 볼 수 있다. 조정에 분노를 품는 것이야 내가 상관할 바는 아니지만, 나에게 분노를 품고 기회를 주지 않는 것은 받아들일 수 없다."

"각자 입장이 다릅니다."

봉지미가 싱긋 웃었다.

"하지만 각자의 입장이 있기에 억지로 일을 도모할 순 없지요. 전하께서는 감히 저를 믿지 못하실 테고 저도 감히 전하를 믿지 못할 텐데, 그런 날을 어찌 보낼 수 있습니까?"

"나는 감히 너를 믿는다."

영혁은 차분한 어투로 말했지만 말에서 고집이 느껴졌다.

"제가 다른 맘을 품고 있지 않을까 두렵지 않으신가요? 봉지미라는 이름으로 조정에 봉직되었지만, 사실은 부모와 형제의 원수인 황제를 죽이고 싶은 마음이 있지 않을까요?"

봉지미가 큰소리로 웃었다. 매우 신이 난 듯한 어투였다.

"그럴 수 있다면 한번 해 보거라."

영혁이 무덤덤하게 받아쳤다.

"이 천하를 두고 너와 결투를 할 수는 있다. 다만 네가 나의 도움을 거절하지는 말아주길 바란다."

"사실 저의 생사는 언제나 전하의 손아귀를 벗어난 적이 없습니다."

봉지미가 눈을 게슴츠레 뜨고 천천히 말을 이었다.

"전하가 궁에 들어가셔서 폐하께 위지가 바로 봉지미라고 아뢰기만 해도 내일 정오 성문 밖에는 저의 머리가 굴러다니겠죠."

"말할 생각이었다면 지금까지 기다릴 필요가 있었겠느냐?"

영혁이 웃었다.

"지미, 나에게 일러두고자 하는 말이라는 것 안다. 하지만 너도 나의 약점을 많이 알고 있지 않은가. 이제 이렇게 분위기를 망치는 이야기는 그만하지 않겠느냐?"

"어떤 주제가 분위기를 돋울 수 있을까요?"

"이것이다."

순간 준마가 멈추었고, 봉지미가 고개를 들어 앞을 바라봤다. 대성의 첫 번째 교각인 망도교가 앞에 보였다. 그녀와 영혁이 처음 만난 곳은 추가 저택이었지만, 제대로 이야기를 나눈 곳은 망교도 위였다. 그해 망교도에는 싸라기눈과 서리가 내렸었다. 두 사람은 다리 위에서 각자 술을 한 병씩 마시고 있었다.

봄이 다가오자 망교도는 화려한 색을 입고 있었다. 다리 밑에는 이끼가 끼어 소리 없이 하천을 지키고 있었다. 모든 것이 이전과 같았지만 이전과 다르게 느껴졌다. 영혁이 말에서 내려 봉지미에게 손을 내밀었다. 그녀의 시선이 허공을 스쳤고, 혼자 말에서 뛰어내렸다. 그가 개의치 않고 손을 거두더니 품에서 술 한 병을 꺼내어 웃으며 말했다.

"그때 쩨쩨하게도 싸구려 신맛 술을 내게 사지 않았느냐. 이번엔 내가 강회의 명주인 이화백(梨花白)을 가져왔다."

"이화백은 마시면 맛이 달고 심심합니다. 하지만 감칠맛은 꽤 강한 좋은 술이죠."

봉지미가 먼저 교각 위로 걸어가 난간을 잡고는 구슬처럼 맑은 강을 아득히 바라봤다.

"다만 저는 여전히 당시 먹었던 그 싸구려 술이 제 인생의 맛을 그대로 담고 있는 것 같습니다."

"무슨 맛이었느냐?"

영혁이 따라와 봉지미 곁에 섰다. 높은 교각에 불어오는 바람에 두 사람의 머리가 나부끼는 깃발처럼 헝클어졌다.

"쓴맛, 매운맛, 시큼한 맛, 싱거운 맛입니다."

봉지미가 나지막이 대답했다.

"이별의 쓴맛, 한이 서린 매운맛, 가슴이 찢어질 듯 시큼한 맛……. 그리고 정이라는 싱거운 맛입니다."

영혁은 잠시 아무 말이 없었다. 교각 위의 바람이 점점 더 거세졌다. 때 이른 복숭아나무 가지가 바람의 힘에 난간을 넘어오면서 맹렬한 소리를 냈다.

"그 당시 그대와 함께 이 다리에서 대성의 멸망에 관해 이야기했고,

3황자의 변에 관해서도 이야기했지."

한참 후 영혁이 말을 이으며 봉지미의 발밑을 가리키고 말했다.

"바로 여기에서 나의 셋째 형이 어림군(御林軍)의 공격에 무수히 많은 화살을 맞고 쓰러졌다."

봉지미는 미동도 하지 않았고, 고개를 숙여 쳐다보지도 않았다.

"그는 나와 가장 막역했던 형이었다. 서슬 퍼런 궁정에서 유일하게 날 지켜 주었던 사람이기도 했지. 어린 시절 다른 형제들에게 무시당할 때도 셋째 형이 날 막아 줬다. 유년 시절에 나는 대부분의 시간을 그의 서고에서 보냈다. 그때가 나의 인생에서 가장 평온한 시기였고, 그곳에서 잘 때는 내 침전보다 깊이 잠들 수 있었다."

영혁이 잠시 숨을 고르더니 말을 이었다.

"그는 따뜻하고 믿음직스러운 사람이었고, 욕심이 없는 순수한 마음을 가지고 있었다. 남들과의 대립도 원하지 않았어. 나는 아직도 그가 역모를 꾀했다고 생각하지 않는다. 그날 나는 태자인 큰형님이 시켜 어쩔 수 없이 병사들과 함께 셋째 형을 막았다. 셋째 형은 이 다리에서 나를 바라보았는데 그 눈빛이 너무나……. 그날 나는 다리 아래에서 셋째 형을 보았고, 천천히 어림군에게 손짓을 했다."

영혁이 차분하게 지난 일을 회상했다. 그의 얼굴에는 고통이 보이지 않았다. 몇 년 전, 그날 밤 다리를 사이에 두고 두 사람은 서로를 쳐다보았다. 몇 년 전, 두 사람은 마지막 눈빛을 교환했었다. 몇 년 전, 소년이었던 영혁은 사랑하는 형을 향해 사살 명령을 내려야 했다. 따뜻하고 믿음직스러웠으며 욕심 없고 순수한 마음을 가졌던 셋째 형은 망교도의 거센 바람 속에 죽어 갔다.

"……그날 다리 전체가 형의 피로 물들었다. 한 사람의 몸에서 그렇게 많은 피가 흐르고 있다는 사실이 놀라울 정도였다."

영혁은 교각의 난간을 살포시 어루만졌다. 말투는 여전히 바위처럼 차가웠다.

"이별의 쓴맛이나 한이 서린 매운맛, 가슴이 찢어질 듯 시큼한 맛, 정이라는 싱거운 맛처럼 인생에서 가장 마음 아팠던 장면들은 시간이 지나면 흔적도 없이 사라진다."

"무정한 사람은 잊는 편을 선택하겠죠."

봉지미가 조롱 섞인 말투로 웃었다.

"나를 무정한 사람으로 느낄 수도 있다."

영혁이 침착하게 봉지미를 바라봤다.

"난 무정하게 태자를 죽였다. 태자가 셋째 형을 음해했기 때문이었다. 셋째 형은 똑똑하고 진중해서 조정 안팎에서 그를 태자로 삼자는 목소리가 많았었다. 태자가 셋째 형을 죽였기 때문에 그를 증오했다. 나는 그 일을 막지 못했지. 그런데 태자는 왜 나한테 셋째 형을 죽이라고 했을까?"

봉지미는 자기도 모르게 술병을 들이켰고, 한 모금 한 모금 마시며 반을 비웠다. 그해 교각 위에서 3황자의 변에 관해서 이야기 했을 때 영혁의 말투는 짐짓 이상했다. 그때를 되돌아보면 그는 이미 태자를 죽이려던 계획을 세워 놨던 것이었다. 그렇다면 오늘 그가 이곳에서 속내를 털어놓는 건 또 누군가를 죽이려는 심산인 걸까?

"봉지미, 이 이야기를 하는 것은 좀 더 나를 이해하길 바라서고, 또 너에게 알리기 위해서다."

영혁이 갑자기 봉지미의 손을 잡더니 다시 말을 이었다.

"우리 일생에 뜻대로 되지 않는 일이 무수히 많을 것이다. 하지만 그로 인해 처음 가졌던 그 마음을 모두 포기해서는 안 된다."

봉지미는 아무 대답을 하지 않은 채 긴 눈꺼풀을 늘어뜨리고 영혁의 손에서 자신의 손을 빼내려 했다. 하지만 그는 놓아주지 않았다. 오히려 그녀를 잡아당겨 자신의 품으로 끌어 귓가에 대고 나지막이 말했다.

"봉지미……. 지미……. 아직도 마음이……."

영혁의 목소리가 살짝 떨렸다. 뜨거운 호흡이 봉지미의 귓가를 스쳤고, 갑자기 촉촉함이 느껴졌다. 마치 달아 오른 마음에 투명한 이슬이 맺힌 것 같았다. 그 입술은 결연한 태도로 이동하며 그녀 입가에 남아 있던 술을 살짝 빨아들였다. 달아 오른 호흡에 이화백의 달콤함이 느껴졌다. 달콤하면서도 순하고 배꽃 같은 아름다움이 담겨 있었다. 밤바람이 일찍 떨어진 복숭화 꽃잎을 싣고 와 사뿐히 내려놓았다. 그녀는 시종일관 침묵을 지키고 있었다. 이화백의 술기운이 오르지 이상하게 용감해지면서 살짝 취한 듯 어지러웠다. 손과 발도 힘이 풀린 상태였다.

영혁의 숨은 익숙했고, 또 두려웠다. 마치 3월의 봄바람이 소용돌이치는 듯했다. 배꽃의 향기와 복숭아꽃의 온기가 느껴졌고, 짧은 접촉에 얼었던 마음이 녹아내리는 소리가 들려오는 듯했다. 하지만 입술이 더욱 가까이 다가오려던 찰나 갑자기 봉지미가 손에 있던 술병을 그에게 쥐어 주었다. 그는 달아오른 상태에서 차가운 술병이 손에 닿자 깜짝 놀랐다. 그녀의 몸은 이미 자신의 품을 떠난 상태였다. 그녀는 시선을 떨구고 있었다. 어둠이 내려앉은 밤이라 표정을 읽을 수 없었다. 대신 그녀의 입가에서 매끈한 광택이 빛을 발했다. 이를 보고 있던 그는 다시 가슴이 떨려왔다. 갑자기 매우 청아하고 유약한 목소리가 들려왔다. 호기심으로 가득 찬 목소리였다.

"아버지, 저 사람들 뭐하고 있는 거예요?"

영혁과 봉지미가 돌연 고개를 돌렸다. 다리 밑에서 어른과 아이, 두 사람의 그림자가 보였다. 아이는 어른의 손을 잡고 동그란 눈망울에 호기심 어린 표정으로 바라보고 있었다. 봉지미가 이마를 문지르며 중얼댔다.

"부탁인데, 고남의 도련님. 이런 상황은 어린 애들이 보기엔 적절하지 않잖아요?"

곧바로 고남의의 무미건조한 대답이 들려왔다.

"술이 부족하니까 저기 저 남자가 여자의 술을 뺏어 먹는구나."

"……."

봉지미는 헛웃음이 나왔다. 재빨리 다리 난간에서 뛰어내려 고지효의 손을 잡으며 고남의에게 웃으며 말했다.

"어떻게 찾았어?"

고남의는 봉지미를 한 번 보기만 할 뿐 대꾸도 하지 않았다. 그녀는 아주 난감한 표정을 지었다. 포성에서 돌아온 후 그는 점점 더 사사로운 감정을 드러냈고, 자주 독특한 모습을 보였다. 그녀가 그를 응시하며 마음속으로 생각했다.

'지금 저 모습은 전설로만 들어왔던 질투심인가?'

고지효는 2살 반 정도였는데 아직 재잘재잘 말이 많았다. 말을 아예 하지 않다가도 한 번 입을 떼면 끊임없이 조잘대며 큰소리로 말했다.

"아버지가 또 없어진 거 보더니 여인네 피하러 갔다고 했어요."

봉지미는 아, 하고 소리를 냈다가 다시 지효의 이야기를 들었다.

"아버지가 여자는 피하지만 남자는 안 피한다고, 짜증난대요!"

봉지미는 켁, 하는 소리를 내며 사레가 들린 듯 기침을 해댔다. 고남의를 향해 고개를 들고 한참 동안 믿지 못하겠다는 표정으로 응시했다.

'정말 고남의의 입에서 나온 말이란 말야?'

고남의가 고개를 숙여 고지효를 바라보았다.

"딸아, 마지막 표현은 정말 훌륭하구나!"

고남의가 만족한 듯이 지효를 안아 어깨에 올리고 돌아서며 한 손을 흔들었다. 봉지미는 곧바로 자기가 있어야 할 위치로 돌아갔다. 고남의가 부르는데도 들은 체 하지 않으면 봉변을 당할 수도 있었다. 자칫하면 그의 다른 쪽 어깨에 거꾸로 매달려 돌아가야 하는 상황이 펼쳐질지도 몰랐다.

고지효는 눈이 반달처럼 작아진 채 웃고 있었다. 그녀는 아버지의 어깨에 앉아 제경의 밤 풍경을 바라보았다. 고남의가 봉지미의 소매를 꽉 당기고 있었다. 그녀는 고개도 돌리지 못하고 자리를 떠야 했다. 달빛은 은은하게 비추며 황량함을 더했고, 세 사람의 그림자는 가늘게 변하더니 점차 하나가 되었다. 망도교 위에 있던 영혁은 술병을 들고 희미해지는 세 사람의 뒷모습을 바라보았다. 마치 꽃이 떨어지는 것처럼 눈가에 고독함과 외로움이 스쳤다. 한참 후 그는 술병을 들어 단숨에 술을 비우고 한쪽에 내팽개쳤다. 정교하게 만든 술병 도지기가 풍덩, 하고 하천 아래로 가라앉았다. 그는 앉아서 미동도 하지 않았다. 잠시 후 가벼운 발걸음 소리가 가까이 다가왔다.

"저분은 온 천하에 이름을 널리 알린 위 대인님 아니신지요?"

뒤에서 여자의 목소리가 들려왔다. 가늘고 달콤한 목소리에는 습관적인 애교와 미소가 담겨 있었다. 그녀는 봉지미가 사라진 방향을 힐끗 쳐다보았다.

"전하의 마음이 매우 깊으시……."

여자는 웃음을 꾹 참느라 말이 목구멍에서 나오지 못해 끝을 맺지 못했다. 하지만 웃음도 잠시였다. 조금 전까지만 해도 소탈하고 청아하던 여자는 크게 놀란 얼굴로 초왕 영혁을 바라보았다. 그녀가 장난스레 던진 말 한마디에 영혁이 갑자기 뒤로 돌아섰고, 순식간에 그녀의 목을 눌렀다. 눈앞이 깜깜해진 그녀의 얼굴을 회오리바람처럼 불어온 달빛이 비췄다. 살짝 위로 올라간 눈에 농염하고 세속적인 화장을 한 그녀는 놀랍게도 난향원에서 봉지미를 받아주었던 주인이었다.

"전…… 전하……."

여주인이 두려운 듯 눈을 크게 떴다. 자신의 목을 누르고 있는 손은 절대 움직일 생각이 없다는 것을 느꼈다. 그녀는 자신의 주인이 인정사정없는 사람이었음을 떠올렸고, 후회와 두려움이 밀려왔다. 눈을 깜빡이자 닭똥 같은 눈물이 떨어져 얼굴에 있던 분과 함께 영혁의 손등으로 떨어졌다. 그때 그가 손을 놓았다. 그녀는 너무나 갑작스러운 상황에 비틀거리며 뒤로 몇 발 물러섰다. 그리고 목구멍을 붙잡고 헛기침을 해 대느라 더 이상 아무 말도 하지 못했다. 그가 뒷짐을 지고 몸을 돌렸다. 달빛 아래 검은 그림자가 길게 기울어졌다.

"본 왕의 수하는 아니지만, 법규는 숙지해야 한다."

한참 후 영혁이 쌀쌀맞게 말을 이었다.

"본 왕의 일을 자네가 떠보는 게 가당한가?"

"아닙니다……."

여주인이 바들바들 떨며 바닥에 엎드려 말했다.

"내일 난향원을 살 것이니 이제 더는 일할 필요가 없다."

벌을 받을 줄 알았던 여주인이 기뻐하며 고개를 들었다. 혹시 자신이 잘못 들은 것은 아닌지 의심스러웠다.

"본 왕은 상벌이 분명하다."

영혁은 벌써 침착한 말투를 되찾은 후였다.

"난향원에 있던 2년 동안 줄곧 역할을 잘 수행했다. 당초 5황자가 폐하의 유서를 건드리기 위해서 절세미인을 수소문했다. 너는 기녀를 통해 그 소식을 듣고 전해 주었으나 그때 상을 내리지 못했으니 이제 한꺼번에 상을 내리도록 하겠다."

여주인의 얼굴은 눈물이 채 마르기도 전에 환희의 표정으로 바뀌었다. 그녀가 우물거리며 입을 떼었다.

"주인장 쪽은……."

"주인장 쪽은 내가 처리할 테니, 아무 말도 하지 말거라. 자네가 난향원을 떠나는 것도 아니니 앞으로 그곳은 너의 것이다. 신경을 많이 써야 할 것이다."

"네, 성은이 망극하옵니다."

여주인이 눈물을 머금고 머리를 조아렸다. 영혁은 아무 말도 하지 않았고, 여주인도 차마 움직이지 못했다. 속을 알 수 없는 왕은 그녀에게 주인장보다 더 두려운 존재였다.

"오늘 자네는 본 왕을 본 적이 없고, 어떤 이도 본 적이 없다. 그렇지 않느냐?"

한참 후 영혁이 무덤덤하게 말했다. 여주인이 온몸을 떨었다. 만약 한 글자라도 잘못 말한다면 조금 전 자신의 목구멍을 조였다가 놓았던 그 손이 다시 자신의 목을 조를 것이 분명했다.

"소인네는 오늘 밤 난향원에서 손님을 맞이하느라 바빠서 나온 적이 없습니다."

여주인이 즉시 대답했다.

"전하가 오신 것도 소인네는 몰랐습니다."

"위지 대인은?"

영혁이 다시 슬쩍 물었다.

"소인은 위지 대인을 본 적이 없습니다. 그저 항간에서 그의 소문만을 들었을 뿐입니다. 나중에 위지 대인님께서 저희 난향원에 오시면 소인네가 잘 보필해 드릴 것입니다."

"그래."

영혁이 몸을 돌리더니 입가가 활처럼 구부러졌다.

"잘못 기억하는 게 아닌가?"

"소인네는 주인장 앞에서도 이렇게 답했으니 그렇지 않습니다."

영혁이 고개를 끄덕이다가 웃으며 말했다.

"자네의 난향원을 잘 꾸려 보게. 축하하네."

영혁이 흐르는 구름처럼 성큼성큼 걸어 자리를 떴다. 길옆의 나무 밑에서 수십 명의 검은 그림자가 나오더니 그와 함께 말을 타고 사라졌다. 여주인은 한참 동안 땅에 엎드려 도도히 흐르는 물소리와 적막을 느꼈다. 등이 온통 땀으로 흠뻑 젖어 있었다.

그 시각, 봉지미는 역참에서 떠들썩하게 저녁을 먹고 있었다. 역참 입구에서 오후 내내 기다리던 소녕 공주는 지루해하며 씩씩대다가 궁궐 문이 잠길까 봐 돌아갔다고 했다. 하지만 돌아가기 전에 하루 기다려서 안 되면 이틀, 이틀 기다려서 안 되면 사흘이라도 기다려 위지 장군을 꼭 만나겠다고 단단히 일러뒀다고 했다. 봉지미는 그 말을 듣고 쓴 웃음을 지었다. 종신은 당초 제경에 남아 있던 수하에게 연락하여 소녕 공주의 정혼에 대해 알아보았다. 그리고 소녕 공주와 정혼한 청년이 혼례 한 달 전에 변사하는 바람에 그녀가 망문과부가 된 사실을 알게 되었다. 그 후 그녀는 울며불며 그를 위해 살겠다고 고집을 피웠지만, 천성제가 허락하지 않았다. 그녀는 또다시 출가하겠다고 떼를 썼지만, 이도 천성제의 반대에 부딪쳤다. 그러자 그녀는 이런저런 소란을 피웠고, 황제는 하나밖에 없는 딸의 혼사를 더 이상 거론하지 못하게 되었다. 그녀는 일단 혼사 이야기가 나오면 미친 듯이 울며 자신의 드센 팔자에 대해 신세한탄을 했고, 황가의 사찰에서 평생 수양하겠다고 고집을 피웠다. 그 결과 그녀는 바라던 대로 황궁에 오래 머물 수 있었다.

이 소식을 들은 봉지미는 고개를 갸웃거렸다. 그 비명횡사했다는 정혼자가 정말 병으로 죽은 것인지 아니면, 이 혼사로 인해 죽은 것인지 의문이 들었다. 본래 소녕 공주는 임금 앞에서 사람을 죽일 정도로 악랄하고 과감했기 때문에 그런 짓을 하고도 남을 것이었다. 그 집안의 피는 독하기 그지없었다.

봉지미는 자신이 제경에 돌아오면 분명 병권을 인계하고, 기껏해야 무사의 직책을 봉직받을 것이라 짐작했다. 당초의 부직 예부 시랑 자리는 아마 정직으로 바뀔 것이다. 하지만 봉지미가 자리를 하나 차지하면, 앞으로 소녕 공주는 혼사에 손을 쓰기 힘들게 될 터였다. 따라서 이는 소녕 공주가 그녀에게 보내는 경고나 다름없었다.

'자네가 수를 쓰면, 나는 그것을 없애 버릴 것이다.'

봉지미가 밥을 먹을 때 종신이 또 한 가지 소식을 전했다. 궁에서 열렸던 상 씨 귀비의 생일 연회에서 춤을 선보였던 그 무희가 입궁한 후 풍파를 일으켰다는 내용이었다. 그 여인은 수개월 만에 몇 계단이나 올라 비(妃)로 봉직되었고, 경비(慶妃)라는 봉호까지 받았다고 했다. 또한 그 여인은 수단이 좋아서 후궁은 그녀의 기세에 눌려 나오지도 못한다는 이야기였다. 그 여인은 천성제의 총애를 받고 있으며, 황제가 거의 매일 밤마다 그녀의 침소를 찾는다고 했다. 천성 조정에서는 조만간 이 여인이 천성제에게 11황자를 안겨 줄 것이라는 소문이 돌고 있었다.

"영혁이 요즘 그렇게 고분고분하게 굴어도 황제가 그를 태자로 삼지 않는 이유가 있었군요."

봉지미가 웃음을 터뜨렸다.

"앞으로 태어날 11황자를 기다리는 것입니까?"

"초왕 전하는 그렇게 초조하신 것 같지 않습니다."

종신이 말하며 웃었다.

"만일 11황자가 생긴다고 해도 뭐 어떻습니까? 황제 폐하가 얼마나 오래 사실 것 같습니까? 핏덩이 같은 어린애가 방대한 세력을 가진 초왕과 겨룰 수 있겠습니까?"

"현재 조정의 문관과 무관 중 절반은 초왕의 사람입니다."

봉지미가 젓가락으로 가리켰다.

"저는 그 부류로 들어갈 날을 기다리고 있어요."

종신과 화경이 동시에 봉지미를 바라봤다. 그녀의 눈빛은 어떤 이상한 기색도 없이 맑았다. 상황을 모르는 연회석이 기뻐하며 말했다.

"잘됐네요. 전하와 함께 남해에 있을 때 죽이 잘 맞지 않았습니까! 때마침 군신으로 협력하면 또 미담이 생기겠네요. 아이고."

그 순간 연회석의 아름다운 상상이 화경의 매서운 손길에 무너졌다.

깜짝 놀란 그가 고개를 돌리자 그녀가 옹알대며 주먹을 빨고 있던 연장천을 그의 품으로 밀어 넣으며 말했다.

"당신 아들이 자고 싶은가 보네요. 재워요."

연회석이 고개를 숙이고 품 안에 있는 의붓아들을 바라봤다. 연장천이 주먹을 쥐고 그를 보며 웃고 있었다. 화경의 전 남편을 빼다 박은 가느다란 눈이 어느 정도 형태를 잡고 있었다. 다들 고개를 들어 숨을 죽이고 그 모습을 바라보았다. 화경과 연회석 사이의 가장 큰 장벽은 바로 문벌 세족의 신분이었다. 황족의 피를 물려받은 남해 제일 귀족 연회석과 서당의 훈장 딸이자 낙제한 수재의 아내였던 화경 사이에는 넘을 수 없는 장벽이 있었다.

화경은 뛰어난 자신의 재능으로 황조 여장군이라는 새로운 역사를 썼지만, 연회석 역시 연 씨 집안 주인의 위치를 공고히 했다. 그는 더 이상 알력 싸움을 하는 연 씨 집안의 망나니가 아니었다. 하지만 바로 이런 이유로 가족의 전통을 매우 중시하는 남해에서 연 씨 집안의 향후 주인이 될 사람의 아내는 사람들의 입방아에 끊임없이 오를 수밖에 없었다. 화경은 다른 이들의 비난에는 아랑곳하지 않았다. 하지만 자신의 부군이 그런 비난을 감당할 용기가 있는지, 어떤 거리낌도 없이 자신을 있는 그대로 받아들일 용기가 있는지 미리 파악해야 했다. 결혼에서 한때의 풍파와 격정은 큰 문제가 아니었다. 결혼은 대부분 장기적이고 감정적인 갈등 때문에 실패했다.

연정을 나눌 때 모든 이들이 이상적인 환상 안에서 현실의 냉혹함을 파악할 수 있는 것은 아니었다. 하지만 화경은 다행히 그것을 볼 수 있는 안목을 갖추고 있었다. 그녀와 연회석 사이에 놓인 난관은 그가 직접 마주해야 할 부분이었다. 그녀가 아무렇지도 않게 아들을 그의 품에 밀어 넣은 듯했지만, 사실 이는 자신의 부군에 대한 시험이었다. 이 난관을 넘지 못한다면, 고상하고 도도한 그녀라도 절대 연장천을 연 씨 집안에 데리고 갈 수 없을 터였다.

연회석이 아이를 응시하다가 다시 앞에 앉은 아내 화경을 바라보았다. 헤어져 있던 1년이란 시간 동안 고된 세월의 풍파를 겪은 그녀는 더욱 밝아진 모습이었다. 남해 어촌 마을의 아가씨에게서 느껴졌던 촌스러움은 전혀 찾아볼 수 없었다. 마치 나뭇가지에서 환하게 빛나는 꽃처럼 생동감이 넘쳤다. 그는 예전에 그녀가 '우리는 그저 서로에게 고마운 관계인가요?'라고 물었던 순간을 떠올렸다. 그는 바로 대답하지 못했던 것을 1년 동안 셀 수 없을 만큼 후회했고, 그녀가 그때의 망설임 때문에 멀리 떠났다고 생각했다. 그는 아침에 일어나면 습관적으로 옷을 걸치는 것처럼 그녀의 존재가 익숙해져 있었다. 하지만 그녀가 떠난 후 비로소 그는 허전함을 느꼈다. 그는 그것이 옷 하나를 덜 걸쳐서 느껴지는 게 아니라 마음이 허한데서 오는 것임을 깨달았다. 그는 습관이라 여겼던 일들에 대해 별생각을 하지 않았고, 그로 인해 사랑의 싹이 이미 피었다는 것도 알아채지 못했다.

그해 상반기에 연회석은 사람을 각지에 보내 화경의 행방을 미친 듯이 수소문했다. 자신 역시 남해 전역을 돌며 그녀를 찾았다. 연회석은 임신한 그녀가 바깥에서 떠돌 것을 생각하며 숱한 밤을 지새웠다. 그녀가 잠은 제대로 자는지, 먹는 건 제대로 먹는지, 사람들에게 업신여김을 당하며 강호를 떠도는 것은 아닌지 걱정했다. 그는 식은땀을 잔뜩 흘린 채 잠에서 깨어나 다시 잠들지 못하기 일쑤였다. 나중에 봉지미의 존재를 떠올린 그는 떠보듯이 서신을 보냈고, 결국 소식을 알게 되어 비로소 편안하게 잠자리에 들 수 있었다.

연회석은 봉지미 곁에 화경이 있어서 안심할 수 있었다. 그는 봉지미와 함께 청명서원에 입학했을 때부터 그녀가 여자의 신분이라는 사실을 은연중에 알고 있었다. 영특한 그를 완전히 속일 수 없었지만, 봉지미가 말을 하지 않아서 그 역시 그동안 굳이 캐묻지 않았다. 그것은 자신의 세계를 넘지 않는 명문자제가 가진 교양이었다. 연락이 끊긴 시간 동안 화경은 혁혁한 공을 세웠다. 그녀가 자랑스러웠던 연회석은 그 기쁨을 어머니께 전했다. 그러자 어머니는 미간을 찌푸리며 여자가 칼과 검을 휘두르며 남자와 같이 피비린내 나는 전장에서 구르는 게 무슨 꼴이냐고 핀잔을 주었다.

그 이후 연회석은 그 이야기를 입밖으로 꺼내지 않고 혼자서 좋아하였다. 그의 마음속에 있는 화경은 항상 남들과 달랐고, 그는 남들과 다른 그 부분이 좋았다. 그녀와 비교하면 다른 대갓집 규수들은 따분하고 재미가 없었다. 그러던 어느 날 그녀가 백두애 전투에서 생을 달리했다는 소식이 들려왔다. 청천벽력과도 같은 소식은 그의 가슴 속에 가득했던 기대와 환희를 갈기갈기 찢어 놓았다. 그는 술독에 빠져 3달을 보냈고, 그 3달 동안에는 긴긴밤을 어찌 보냈는지 모를 정도였다.

다행히 화경은 이제 연회석 앞에 있었다. 그녀는 어떤 꾸밈도 없었고, 피하지도 않았고, 망설이지도 않은 채 그의 앞에 서 있었다. 그녀를 잃었다가 다시 얻은 그는 가슴 가득 감격과 기쁨이 소용돌이쳤다. 그저 이렇게 그녀와 미소 지으며 일생을 살 수만 있다면, 세상 어려울 게 없을 것 같았다. 감격에 가득 찬 표정으로 자신의 아내를 바라봤다. 그녀와 아이가 무사한 것이 그저 고마워서 오랫동안 웃었다. 그가 품에 안고 있던 아이의 말랑말랑한 코를 꼬집으며 말했다.

"이 코는 우리 화경이와 똑 닮았구나."

모든 사람들이 웃었고, 화경의 입가에도 미소가 번졌다. 그녀가 귀밑머리를 만지작거리며, '우리 화경이'라는 말에도 전혀 쑥스러워하지 않으며 당당하게 말했다.

"그럼요, 내 아들인데요."

연회석이 크게 웃음을 터뜨렸다. 그는 아이를 안고 자리에서 일어나며 부인을 잡아끌고는 말했다.

"애를 달래는 방법을 모르니 부인이 좀 가르쳐 주시오."

부부는 서로 꼭 붙어서 걸어갔다. 두 사람의 모습은 등불 아래에서 점점 하나로 보였다. 봉지미가 기쁜 표정으로 그들의 뒷모습을 바라보다가 나지막이 말했다.

"정말 잘 되었다."

봉지미의 미소는 온화했지만 눈빛에는 서글픔이 묻어 있었다. 고남의가 갑자기 모락모락 김이 나는 옥수수 한 그릇을 담아 와 그녀 앞에 내려놓으며 말했다.

"네가 좋아하는 거."

봉지미는 아무 생각 없이 받았다가 잠시 의아했다. 남의 일에는 도통 관심이 없는 고남의가 어떻게 자신이 좋아하는 음식을 알았을까. 고지효가 바로 달려오며 큰소리로 말했다.

"나두!"

고남의가 얼버무리며 딸에게 닭다리 하나를 물려 주었다. 고지효는 닭다리로 자기 아버지의 머리를 때리며 말했다.

"옥수수 죽 달라고!"

순간 고남의는 딸을 들어 올려 던져 버렸다. 그러자 고지효는 받침대 위로 무사히 착지했고, 그 자리에 앉아 닭다리로 앞에 놓인 세숫대야를 마구 치며 노래를 부르듯이 말했다.

"옥수수!"

고 씨 집안의 이 아이는 어릴 적부터 아버지가 자신을 집어 올리거나, 내동댕이치거나, 던져 버리는 행동에 익숙해져 있었다. 고남의는 딸을 등에 업고 싸움을 하러 갈 때면 마치 보따리처럼 딸을 어깨에 멨고, 그녀가 미끄러져도 전혀 신경을 쓰지 않았다. 그래서 고지효는 말을 하지 못할 때부터 아빠의 목을 꽉 잡고 있지 않으면 목숨이 위태로울 수 있다는 것을 직감적으로 파악했다. 그러다 보니 다른 집 아이들과는 달리 지붕에 던져도 편안히 누워 잠을 잘 정도로 대담해졌다.

고지효가 닭다리로 세숫대야를 치니 육즙이 사방으로 튀었다. 그녀의 우렁찬 목소리에 머리가 울린 종신은 바로 줄행랑을 쳤다. 봉지미는 어쩔 수 없이 자신의 옥수수 죽을 건넸다. 고지효는 옥수수 죽을 내려 놓으라는 듯 턱으로 가리켰다. 그리고 세숫대야에 앉아 마치 여왕이 시녀를 부리는 것처럼 아버지에게 말했다.

"먹여 줘!"

봉지미가 난감한 표정으로 바라보며 생각했다.

'어디서 배운 패기인 거지?'

고남의가 고지효에게 다가가 태연하게 옥수수 죽을 들어 다시 봉지미에게 건넸다. 그러고는 갑자기 팔을 돌려 세숫대야를 엎었다. 꽈당, 하는 소리와 함께 고 씨 집안 꼬마 아가씨가 세숫대야 아래로 넘겨졌다. 그는 아무렇지도 않게 두꺼운 책을 들어 약간의 공간만 남겨둔 채 세숫대야 위에 올려놓았고, 넋을 잃고 있는 봉지미를 향해 한 손을 뻗어 그릇을 밀었다. 먹던 것을 계속 먹으라는 의미인 듯했다. 대야 속에 있던 고지효는 여전히 닭다리를 마구 두들기다가 아무도 반응을 하지 않자 재미없다는 표정으로 나와 닭다리를 뜯어 먹었다. 눈을 껌뻑이며 왜 차별대우를 받는지 생각했지만 이해가 되지 않아 어쩔 수 없이 눈을 감았다. 무료해진 고지효는 잠이 들었고, 하루가 또 그렇게 흘렀다.

햇빛이 아직 창을 비추지 않았지만, 봉지미는 자신을 매만지기 시작했다. 지금 그녀는 위지의 얼굴을 하고 있었다. 그녀는 위지 가면을 백두애 동굴의 돌 아래에 숨겨 놓았었고, 포성에서 돌아올 때 찾으러 가니 다행히 그 자리에 그대로 보관되어 있었다. 그녀는 검은 도포를 갈아입고, 남색 갑옷에 짙은 청색의 견직물 망토를 둘렀다. 망토에는 밝은 남색의 기문(夔紋) 무늬가 수놓아져 있어 펄럭일 때마다 반짝반짝 빛났다. 검은 머리칼을 높이 동여매고 백옥관을 착용하여 고풍스러운 비녀로 고정하였다. 어깨 뒤로 내려온 긴 머리칼이 마치 흐르는 물처럼 찰 랑거렸다. 가는 허리와 곧은 자세, 그리고 옥수처럼 고결하고 낭랑한 용 모의 그녀가 화경을 쳐다보았다. 화경 역시 군장을 하고 직접 그녀의 옷 매무새를 만져 주며 웃었다.

"오늘 제경의 여인들이 모두 기절하겠는데요."

두 사람이 모든 준비를 마치고 휘장을 젖히니 뜰에서 고개를 들고 보던 사람들이 모두 눈을 반짝였다. 혁련쟁이 봉지미에게 선물한 삼백 순의 최정예 호위대가 예를 갖추자 호위병들의 군화가 착착, 하고 경쾌 한 소리를 냈다.

"어명을 받들어 충의후, 무위 장군, 예부 시랑, 청명서원 사업(司业)인 위 대인을 영접하러 왔습니다."

길고 긴 통보 소리가 황제 예감의 장엄하고 화려한 의식 연주와 함 께 들려왔다. 북을 세 번 치자 봉지미가 말을 채찍질하며 다가왔다. 황 금빛 햇살 속에 푸른 옷을 입은 소년이 말을 몰았고, 옷자락이 펄럭이 며 다섯 가지 오묘한 색이 섞인 밝은 남색의 망토가 3월의 봄바람에 휘 날렸다. 말 위에 탄 소년의 눈썹은 시원하게 위를 향해 뻗어 있었다. 해 맑은 미소를 짓고 있는 그는 비범하고 탁월하면서도, 여러 차례 전쟁과 풍파를 겪으면서 생긴 과묵함이 더해져 있었다. 게다가 이제는 예전처 럼 사람을 몰아세우지 않아 주변 사람들을 탄복시켰다. 마치 깊은 바닷 속에서 윤기를 내는 용연향 같았다.

천하제일의 소년이 햇빛을 받으며 나타나자 잠시 넋을 잃고 쳐다보 던 신하들이 웃음을 머금었다. 대학사 호성산이 미소를 띄우고 소년을 향해 다가갔고, 봉지미는 3월의 봄바람 속에서 고삐를 조였다. 그녀의 시선이 주황색 옷과 보라색 허리띠를 맨 고관의 앞을 스쳤고, 두 줄로 늘어선 채 떠들썩하게 환호하고 있는 사람들을 스쳤고, 제경의 높은 성 문과 사통팔달로 이어진 천구거리를 스쳤다. 마침내 시선이 멈춘 곳에는 영접을 나온 황자의 가마가 대기하고 있었다. 그곳은 정인과 서로 의지하던 추가 저택의 뜰이었고, 그 해 많은 눈이 뒤덮인 영안전이었으며, 침묵하는 외로운 무덤이 있는 제경 근교의 숲이었다. 1년이란 시간 동안 강산이 바뀌었다.

장희 18년, 제경. 봉지미가 드디어 돌아왔다.

단수(斷袖, 동성애)

    장희 18년, 제경을 떠난 지 1년 후 봉지미는 위지라는 신분으로 금의환향하였다. 1년 동안 풍경은 그대로였는데 사람이 달라졌다. 장희 16년 역사가 가득 담긴 기억 속의 제경은 앞으로 나아가 장희 18년을 맞이하였다.

    장희 18년, 백두애 전투에서 실종된 위지는 갖은 고초를 겪고 기대 이상의 성과를 거뒀다. 그녀는 천성제의 극진한 예우를 받으며 조국으로 돌아왔다. 그녀가 전사한 줄 알고 내린 충의후와 무위장군이라는 명은 변함없을 것이라고 생각했지만, 예우는 그 이상이었다. 그 외에도 예부의 시랑 직을 파하고, 예부 상서로 승급을 명받았다. 천성제는 원래 위지를 바로 내각에 들게 하려 했지만 위지가 한사코 거부했고, 그 바람에 내각 입각 전에 거치는 곳으로 6부에서 먼저 경력을 쌓게 하였다. 말은 그렇게 했지만 18세에 상서라는 직위를 단 것은 조정에서 첫 번째로 특별한 대우를 받은 것이었다. 위지의 나이를 감안해 보더라도 청년 시기에는 반드시 입각할 것이 분명했다. 사람들은 앞으로 천성의 재상

자리는 위지가 차지할 게 뻔하다고 생각했다.

처음 천성제의 생각은 위지를 형부의 상서 자리에 앉히는 것이었다. 전 형부 상서는 초왕의 수하가 맡았었고, 부패에 연루되어 귀양을 보냈다. 형부 상서를 끌어 내릴 때 영혁은 변방에 있었다. 그때 호성산과 요영은 초왕 쪽 중신들과 함께 연이어 상소를 올려 전 형부 상서를 보호하려고 했었지만, 영혁이 준마를 통해 서신을 보내 왔고, 그 내용에 따라 대학사 두 명은 바로 손을 뗐다. 이유는 나중에 밝혀졌는데 그 일은 2황자의 계략이었다. 그리고 그 배후에 천성제의 의도가 드러나면서 초왕 전하의 깊은 안목에 놀라게 되었다. 한 사람을 끌어내리는 것은 상관없었으나 초왕 파벌 사건으로 비화되어 2황자의 계략에 넘어갈 뻔했기 때문이었다.

천성제가 봉지미에게 어떤 직위를 원하느냐고 물었다.

"저는 아직 어려서 형부처럼 국가의 법과 직결된 중요한 관직은 능력이 안 되옵니다. 원래 있던 자리에서 진급하고 싶습니다."

본래 예부 상서를 맡은 이는 형부 상서를 맡았다. 이러한 봉지미의 선택은 당쟁에 휘말리고 싶지 않다는 태도를 보여 준 것이었고, 일부 사람들 역시 그렇게 추측했다. 그녀의 청명서원 직위도 여전히 존재했다. 청명서원은 신자연이 통솔하고 있었지만 어느 정도 그녀의 것이기도 했다. 이곳은 봉지미와 영혁의 세력이 만나는 곳이었다. 남해 정벌과 북쪽 변방을 함께 했던 그 인재들은 이제 조정의 각 부처에 분포되어 있었고, 모두 그녀의 서원 친구들이었다. 나머지 학생들 역시 그녀에게 존경과 추앙을 표했다. 영혁이 그녀의 세력이 확산하는 것을 막으려 할지라도 청명 세력의 확산은 막을 수 없다는 사실을 그녀는 잘 알았다. 청명 세력을 막는 것은 자기 자신을 막는 것과 다름없었기 때문이었다.

조정의 미래를 점쳐 보려 한다면, 누가 미래 인재에 대한 통제력을 가지느냐가 가장 중요했다. 지금 봉지미는 일개 상서에 불과했고, 대단한 명성을 가진 초왕 영혁과는 비교 불가였다. 봉지미가 위지 상서라고 해도 초왕 영혁과는 감히 비교 대상이 아니었다. 그래서 그녀는 예부의 상서를 맡으며 몰래 세력을 쌓으려는 심산이었다. 위지 상서는 취임하고 며칠 되지 않아 짧은 서신을 하나 받았다. 청명서원의 학생이 연춘로에서 진행하는 연회에 대인을 초대한다는 내용이었다. 그녀는 기꺼이 가겠노라 약속했다.

연춘로는 제경의 제일가는 술집이었는데 앞채와 별채로 나뉘어져 있었다. 앞채는 대중에게 공개된 장소였고, 별채는 황가나 왕족, 귀족 고관들이 주로 쓰는 고급스러운 장소였다. 청명의 내로라하는 학생들이 연회를 여는 곳이니 당연히 장소는 별채였다. 봉지미가 비밀스러운 옆문으로 들어가자 곧바로 물 흐르는 소리가 들려왔고, 달과 같은 아치형 다리가 보였다. 옆쪽에는 버드나무가 머리를 늘어뜨렸고, 하얀 동백꽃과 붉은 꽃이 서로 어우러져 있었다. 높은 건물에서는 누군가가 세속의 찌든 때를 씻는 것처럼 가야금을 타고 있었다. 그녀가 좌우를 둘러보고 웃으며 말했다.

"모래 먼지만 날리던 변방에서 이렇게 화려한 제경으로 돌아오니 갑자기 제가 촌뜨기가 된 것 같습니다."

현재 예부에서 원외랑을 맡고 있던 학생 전언이 여러 학생을 이끌고 아치형 문으로 마중 나와 공손하게 한쪽에 서서 말했다.

"대인께서 촌뜨기면 저는 글쟁이에 불과합니다."

그러고는 고지효를 안고 있던 고남의에게도 예를 표하며 힐끔거렸다. 고지효는 고남의의 어깨에 앉아 있어서 전언의 호기심을 자극했지만, 그는 그 모습에 대해 묻지 않고 꾹 참았다. 청명의 학생들은 봉지미보다 고남의가 더 두려웠다. 고남의의 휘파람 소리는 '청명의 10대 공포스러운 일' 중 1위를 차지할 정도였다. 고지효는 밑에 있는 사람 무리를 내려다보다가 그들의 눈빛에 서린 이상한 낌새를 파악하고는 바로 고남의의 목을 감싸며 큰소리로 외쳤다.

"아버지!"

"고 대인님은 정말 민첩하십니다."

전언은 언변이 꽤 좋은 편이었다. 곧이어 한마디를 덧붙였다.

"딸까지 있으시네요. 따님이 몇 살인지 여쭤도 될까요?"

고지효가 득의양양하게 손가락 두 개를 펼쳐 보였다가 잠시 생각하더니 다시 한 개를 펼쳤다. 아이는 반올림에 능숙했다.

"고 대인은 항상 비범하시더니 역시나 다르십니다. 1년을 못 뵈었는데, 딸이 벌써 세 살이라니요!"

전언이 아첨하듯 말했다.

"……."

청명의 학생들이 연신 땀을 닦았다. 고남의가 아무렇지 않게 답했다.

"그렇군요."

"……."

봉지미도 식은땀을 닦았다. 의례적인 인사를 주고받을 줄 아는 고남의의 파괴력은 실로 컸다. 그녀는 재빨리 화제를 돌리려고 먼저 안쪽으로 향하며 말했다.

"초대해 준 시기가 아주 좋았네. 며칠 후면 자네들과 함께 즐기는 게 적절치 않았을 걸세. …… 그렇네. 곧 춘위(春闈)*과거 시험 네."

봉지미가 이 말을 꺼내자마자 주위가 쥐 죽은 듯 고요해졌다. 그녀의 뒤를 따르던 학생들도 서로를 응시하며 눈짓을 보냈다.

"그 시험의 주 시험관으로 대인이 적임자이십니다."

전언이 웃으며 떠보듯 말했다. 봉지미가 대답하지 않고 말을 돌렸다.

"여기 연춘의 별채는 지체 높은 사람들의 장소가 아니던가. 그런데 어찌 오늘은 길가의 찻집처럼 사람들이 끊이질 않는 것인가?"

학생들은 그제야 번잡한 주변을 둘러보았다. 사람들이 계속 오가며 왕래가 끊이지 않아 멀리서 흥을 돋우는 가야금 소리조차 잘 들리지 않았다. 전언이 놀란 듯 말했다.

"제가 미리 자리를 잡을 때는 오늘 별채에 손님이 많다는 말을 못 들었습니다."

봉지미가 눈을 가늘게 뜨고 아무 말도 하지 않았다. 이 별채는 원래 그리 복잡하지 않았는데 그녀가 온다는 소식에 더 북적이는 건 아닌지 걱정이 되었다. 본격적인 춘위가 다가오고 있었다. 현재 그녀는 상서로 임명이 되었고, 이번 시험의 주 시험관도 분명 그녀가 될 터였다. 조정의 위부터 아래까지 여러 세력들 모두 그녀와 교분을 쌓을 기회를 노리지 않는 자가 없었다.

"설성각을 잡아놨으니 대인께서는 이쪽으로 드시지요."

전언이 길을 안내하면서 각 층의 양측에 들어선 독실을 가리키며 말했다.

"여기가 모두 친왕과 고관, 후작 나리와 대학사들의 전용 독실입니다. 이 앵명각은 둘째 전하의 장소이고, 춘조각은 옛 다섯째 전하의 장소입니다. 추위각은 여섯째 전하의 장소입니다. 원래는 추가각이라 불렀는데, 센 발음 때문에 이름을 바꿨다고 합니다."

봉지미는 시선을 돌려 검은 바탕에 황금색 글자가 쓰인 추위각의 편액을 보았다. '위' 자에 시선이 닿자마자 눈길을 돌렸다. 영혁의 독실이었다. 방안에서는 아무 소리도 들리지 않았다. 다른 곳은 사람으로 가득 차 있었지만, 영혁은 이런 분위기에 휩쓸리고 싶지 않은 듯했다. 통로를 지나가는 동안 연이어 누군가가 독실에서 나와 아는 척을 했다. 안면이 있던 이와 없던 이 모두 술을 권하였고, 그녀는 연신 미소로 화답하느라 얼굴이 얼얼할 정도였다. 역시 조정의 술자리는 듣던 대로 만만치 않다는 생각이 들었다.

설성각 안에는 세 개의 탁자가 놓여 있었다. 봉지미 일행은 자연히 상석으로 안내를 받았다. 요리도 뛰어나고 고급스러웠지만, 이 요리를 음미할 줄 모르는 사람들이 있다는 게 아쉬웠다. 그녀는 먹을 것에 대해서는 소박하게 생각했고, 고남의도 뭘 먹든 별 신경을 쓰지 않았다. 또 한 명, 아버지 품에 안겨 밥을 먹고 있는 고지효도 무를 베어 먹으면서도 기뻐했다. 이 아이는 참 특이했는데, 적응력이 천성적으로 뛰어났다. 낡고 초라한 곳이든, 고급스러운 곳이든 고지효는 항상 일관된 모습이었다. 제멋대로 구는 성격에 선천적인 태연함이 녹아 있었다. 연회가 시작되었다. 모인 사람들은 먼저 회포를 풀어가며 웃음꽃을 피웠고, 북쪽 변방의 전쟁에 관해서 이야기할 때는 한숨을 쉬었다. 요양우와 황보재, 그리고 여량의 이야기가 나오자 모두 얼굴에 부러움이 가득했다. 세 사람은 현재 북방의 변경 지역 군대에서 혁혁한 공을 세워 승급되었고, 사람들은 남자가 세상에 태어났으면 그래야 한다고 말했다. 봉지미가 잔을 들고 웃으며 말했다.

"대장부의 출정은 영웅적인 기백에 따른 것이다. 내가 궁으로 돌아온 것 역시 많은 고민 끝에 내린 결정이기에 겁쟁이라고는 할 수 없다. 이미 관아로 돌아왔으니 그건 차치하고, 춘위가 시작되니 이제 곧 우리가 같은 궁의 신하로 만날 수 있겠구나. 자, 앞날을 위해서 건배!"

사람들이 서둘러 잔을 들었고, 전언이 웃으며 덧붙였다.

"열심히 해서 사형들처럼 한 발 도약하여 대인 밑으로 봉직된다면, 그것이야말로 천하의 제일 큰 기쁨이 아니겠사옵니까!"

봉지미가 전언을 향해 눈을 살짝 흘기며 미소 지은 채 말했다.

"이제 춘위는 거론하지 않겠네. 어쨌든 의심받을 일은 만들지 말아야 하니까. 자, 술이나 들게."

봉지미가 이렇게 말하자 다들 실망한 기색을 살짝 비추었다. 그녀는 못 본 척하며 술을 몇 잔 마시고 젓가락으로 접시를 치며 말했다.

"1년간 만나지 못하다가 이렇게 함께 모이니 너무나 기쁘네. 전에 여러분에게 필기를 수정해 준 적이 있었는데, 그때 조임정이 실수를 많이 했던 기억이 나는군."

봉지미가 갑자기 젓가락으로 한 학생을 가리키더니 웃으며 말했다.

"과거에 계(戒)자를 쓸 때 획을 꺾는 것을 항상 잊어서 매번 볼 때마다 꼬리가 잘렸는데, 어찌 같은 글자라 하느냐며 물었었다."

조임정이 황급히 일어나 웃으며 말했다.

"네, 꼭 명심하겠습니다."

나머지 학생들이 모두 안도의 한숨을 내쉬었다. 봉지미는 춘위에 대해서는 언급하지 않겠다며 약간의 단서도 주지 않았다. 하지만 사실 말할 것은 이미 다 말한 상태였다. 전언은 서둘러 일어나 술을 따르며 말했다.

"학생들은 모두 대인의 문하입니다. 당연히 대인에게 누가 되지 않을 것입니다."

봉지미가 전언을 힐끗 보더니 웃으며 아무 말도 하지 않았다. 다만 속으로 적절한 언행이라고 생각했을 뿐이었다. 점점 분위기가 무르익었고, 마치 술 마시기 시합을 하는 것처럼 학생들이 연이어 그녀에게 술을 권했다. 한 잔을 마시면 짝수여야 한다고 권하고, 그렇게 두 잔을 마시면 삼이란 숫자의 의미를 이야기하며 술을 권하고, 넷이라는 숫자를 들먹이며 또 권했다. 그로 인해 그녀는 계속해서 술을 들이켰다. 일부러 취할 정도로 마셨는데 그 이유는 술에 취하면 둘러댈 이유가 많았기 때문이었다. 술에 취했다는 명분으로 황자의 독실에 찾아가 술을 권하지 않아도 되었고, 다른 사람이 술을 권할 때 거부할 수도 있었다. 그녀가 눈앞이 빙빙 돌 때까지 마시자 곁에 있던 고남의가 갑자기 손을 잡더니 말했다.

"그만 마셔."

봉지미가 잠시 멈칫하더니 눈을 내리깔고 자신의 손등에 올려진 고남의의 손을 바라보았다. 하얀 망사 너머로 보이는 그의 눈동자는 그녀가 계속 술을 마시는 걸 동의하지 못하겠다는 듯이 반짝거렸다. 그녀가 겸연쩍어하며 웃었다. 차마 자신의 의도를 설명할 수 없어서 슬며시 그의 곁으로 다가가 말했다.

"······딸꾹. ······내가, ······한 번만 취할게. 한 번만······."

결국 봉지미는 많은 술을 들이켰다. 그리고 뒤끝이 올라 몸이 노곤해진 상태에서 무의식적으로 고남의에게 여인의 향기를 내뿜었다. 은은한 체취가 술 향기와 어우러져서 이상하고 매혹적인 분위기가 풍겼다. 그녀의 목소리는 여전히 낮았지만 침착하고 의젓한 평상시와는 달랐고, 애걸하는 듯 무기력한 느낌이 담겨 있었다. 또한 말끝마다 살짝 억양을 살려서 무슨 이유에서인지 혼이 쏙 빠질 정도였다.

고남의가 살짝 고개를 숙였다. 봉지미의 정수리가 그의 아래턱을 스쳤고, 부드러운 머리칼이 구름처럼 마음에 다가왔다. 귓가에 전해지는 그녀의 목소리는 원래도 조금씩 흔들렸던 그의 마음을 더욱 흩어지게 만들었다. 체취 때문인지, 매혹적인 목소리 때문인지, 아니면 부드러운 머리칼 때문인지, 혹은 술기운 때문인지 갑자기 그는 마음이 복잡해져서 손을 들어 그녀의 어깨를 잡았다.

본래는 조금 심란했던 고남의가 봉지미를 부축하려던 의도였다. 그런데 그녀가 갑자기 술기운이 올라오는 바람에 웩, 하며 토를 하려고 했다. 자기 제어가 철저한 그녀는 그의 품에 토를 하면 안 된다는 걸 깨닫고 재빨리 손으로 입을 막았다. 하지만 그는 전혀 개의치 않았고 오히려 그녀의 어깨를 잡아 자리를 뜨지 못하게 하고는 등을 쓰다듬었다. 술기운이 올라온 그녀는 체내에서 요동치던 것들을 모두 쏟아냈다. 순간 주위가 조용해졌다. 사람들은 아무 일도 없는 듯한 고남의에게 눈길을 주었고, 두 사람의 애매한 자세를 번갈아 보았다. 사람들은 서로 눈빛을 주고받으며 옛날에 제경에 성행했다는 단수(斷袖)*동성애에 관한 소문을 떠올렸다.

"위지 장군이 이곳에 있다고요? 하하, 늙은이가 실례 좀 하겠습니다……."

갑자기 누군가가 술잔을 들고 혼잣말을 중얼대며 입구로 들어왔다. 이 사람 뒤에는 몇 사람이 더 있었는데 서로 밀고 당기더니 결국 한 사람이 입을 뗐다.

"호 대학사님, 그렇게 해서 어떻게 젊은이들의 술자리에 끼어드시겠습니까? 본 왕이 도와드리지요."

연이어 몇 사람이 방으로 들어왔다. 하지만 다들 아무런 반응도 보이지 않자 첫 번째 사람이 문지방에서 걸음을 멈췄다. 그로 인해 두 번째와 세 번째, 네 번째 사람도 들어오지 못하고 고개만 빼꼼 내밀고 안을 살펴보다가 깜짝 놀랐다. 방 안의 윗자리에는 위지 대인이 제경에서 이름난 목석 호위무사의 품 안에 눈가가 축축하게 젖은 채 엎드려 있다. 고남의는 아무렇지도 않은 표정으로 위지 대인의 어깨를 짚고 다정하게 등을 쓰다듬고 있었다!

단수! 의심할 여지없이 단수였다! 의심할 여지없이 단수 분위기가 흐르는 단수였다! 의심할 여지없이 단수 분위기가 흐르는, 최근 제경에서 가장 주목하는 소년 고관의 단수였다! 말린 호두 같은 호성산 대학사는 술잔을 들고 입을 떡 벌린 채 하마터면 자신의 술잔에 눈물을 떨어뜨릴 뻔했다.

"과연 내가 그 많은 청명 원생들 속에서 한눈에 그를 발견해낸 이유가 있었군. 다른 이들과 다른 점이 있었던 게야."

작년에 민남 십만 대산에서 돌아온 2황자가 윤기가 흐르는 거무스름한 얼굴을 내비쳤다가 창백해지며 말했다.

"단수는 매우 조심한다고 들었는데 위지 대인이 이렇게 공개적으로 내비칠 줄은 몰랐소."

7황자는 문지방에 발을 디디다가 다시 걸음을 물리며 뒤따라오던 식객들에게 일렀다.

"어서 시각과 장소를 기록하거라. 내일 나의 『제왕잡기』에 적을 내용이 늘어났구나."

동그란 얼굴에 큰 눈을 가진 10황자가 고개를 빼꼼 내밀었다가 쭈뼛대며 말했다.

"일곱째 형님, 이번 달엔 그 서적 저한테도 하나 주세요."

7황자가 10황자의 이마에 딱밤을 때리며 말했다.

"아직 머리에 피도 마르지 않은 녀석이 보긴 뭘 본다는 것이냐?"

한 무리의 사람들이 각자 자신의 소감을 이야기하고 있었지만, 오직 한 사람만이 아무 말도 없었다. 술을 들고 문 앞에 서 있는 그는 알 수 없는 표정이었다. 술잔에 든 술은 투명하기 그지없어 그의 아득한 눈을 선명하게 비추었다. 칼집 속에 숨어 있는 날카로운 칼끝 같은 그 시선은 서로를 얼싸안고 있는 두 사람 근처를 맴돌다가 떨어졌다. 그가 가볍게 웃으며 말했다.

"다들 왁자지껄 소란을 피워서 와 봤더니 역시나 분위기가 좋네요. 청명서원의 제자들이 오늘 모두 모였군요."

그가 이렇게 말하자 모든 사람들이 단수의 두 주인공보다 청명의 모임 자체에 관심을 두기 시작했다. 몇 명의 황자와 고관의 시선이 자리에 앉아 있는 학생들을 쓱 훑더니, 미소 띤 얼굴에 의미심장한 표정이 서렸다.

"역시 다 모였네, 다 모였어."

2황자가 술잔을 들고 미소를 지었지만, 무슨 이유인지 그 미소에는 냉랭함이 담겨 있었다. 이곳에는 올해 춘위에 참가하려는 사람들이 하나도 빠짐없이 착석해 있었다.

"진짜 다 모였습니다."

봉지미는 고남의의 도움으로 체내에 있던 술기운을 모두 뱉어내었고, 그의 어깨에 의지해 일어나며 주변을 둘러보았다. 그녀는 웃으면서 잔을 들고 말했다.

"소인이 북방의 변경지역에서 어렵사리 목숨을 연명한 채 돌아왔습니다. 하마터면 이렇게 번화한 제경의 태평성대를 다시는 못 느낄 뻔했습니다. 일 년 동안 헤어졌던 친구들을 만났고, 폐하가 소인에게 회포를 풀 수 있는 며칠의 휴가를 주셨습니다. 소인이 독실로 가서 인사를 드릴 참이었는데, 마침 오늘 이렇게 한자리에 모이게 되었습니다."

2황자가 잠시 멈칫했다. 천성제가 위지에게 회포를 풀라고 했던 장면이 떠올랐다. 춘위의 주 시험관이 아직 정해지지 않았기에 청명서원의 사업으로 학생들과 함께 있는 것으로는 아무것도 설명할 수 없었다. 여기에 함께 있는 몇몇 황자들도 평소에는 매우 바쁘지만 오늘 이곳에서 우연히 만나지 않았던가. 이 역시 빌미를 노출한 것이었다. 다시 옆을 바라보니 조금 전 화제를 돌렸던 영혁이 아무 말도 하지 않고 느긋하게 술을 음미하고 있었다.

'저 간사하고 교활한 자식.'

2황자는 자신의 섣부른 언행을 탓하면서 영혁에게 핀잔을 주고 싶었다. 본래 오늘 이 자리에 영혁의 자리는 없었다. 7황자가 최근 책을 만들었고, 10황자가 좋은 책을 찾아 그에게 전해주었다. 그리고 오늘 7황자가 이곳에서 술을 청하며 영혁에게 대성의 『신선낭』 유일본이 있다는 이야기를 했고, 책을 같이 만들자고 간곡하게 부탁했다. 이 때문에 영혁이 여기에 불려왔다. 게다가 영혁이 그 책을 호성산에게 빌려줬다며 호성산까지 부르는 바람에 다 같이 모이게 된 것이었다. 이런 상황에서 무슨 이야기를 하기에는 적절치 않았다.

"위지 대인은 뒷북을 치는군요."

7황자는 고상한 왕이었으며, 두루두루 능통한 사람이었다. 2황자가 가만히 있는 모습을 보자 바로 큰소리로 웃으며 분위기를 수습했다.

"우리가 여기에서 꽤 오래 있었는데도 찾아오지 않지 않았습니까. 우리가 특별히 직접 찾아왔는데도 그런 말을 할 낯이 있단 말입니까? 벌주를 마시지요!"

말을 마친 7황자가 봉지미를 잡아당기더니 큰 잔을 가져오라고 했고, 벌주 석 잔을 먼저 마신 다음 다시 이야기하자고 했다. 벌주를 담을 큰 잔은 세숫대야만큼 컸다. 그녀가 아무 말도 못하고 바라만 보다가 이마를 문지르며 중얼거렸다.

"벌주는 됐습니다. 제가 빠져서 그냥 익사하는 편이 낫겠습니다."

사람들이 모두 큰소리를 내며 웃었다. 이쯤 되자 모두가 방안으로 들어와 다시 좌석에 앉았다. 새로운 귀빈들은 자연스럽게 봉지미와 같은 탁자에 앉았고, 원래 가장 좋은 자리에 앉아 있던 전언 일행은 자신들이 왕과 동석을 할 위치가 아니라는 것을 알고 다른 자리로 옮겼다. 그들은 모두 근심어린 표정으로 시선을 교환했다. 오늘 연회에 참석한 자들은 모두 꿍꿍이를 가지고 있었다. 그런데 위지 대인 한 사람만 마시고 먹으면 어떻게 대적을 한단 말인가? 천성의 규율에 따라 황자들의 스승을 지냈던 호성산은 가장 상석에 앉았다. 그 다음은 현재 친왕 중 가장 높은 직위를 부여 받은 초왕 영혁이었다. 하지만 이런 식으로 계급에 따라 좌석을 정한다면, 명문대가의 귀족으로 가득한 이 방에서 어디쯤에 껴야할지 그녀조차 혼란스러웠다. 그녀가 웃으며 호성산을 상석에 앉히고는 영혁에게 공손하게 허리를 굽히더니 손을 뻗어 가리키며 말했다.

"전하, 상석으로 가시지요. 어서요!"

영혁이 웃으며 사양했다.

"오늘은 자네가 주인공이니 자네가 앉으시게!"

두 사람은 계속 실랑이를 했다. 이러다가는 밥조차 먹기 힘들 것 같다고 생각한 대학사가 눈알을 한번 굴리더니 웃으며 말했다.

"법도에 따르면 두 번째 자리는 초왕 전하의 자리가 맞습니다. 허나 조정의 규율에 따르면 현자 역시 귀빈이고, 위지 장군이 바로 우리 조정의 대 현자이니 두 번째 자리는 전하와 위지 장군이 함께 앉으시는 게 어떠신지요."

모두가 찬성하자 2황자가 웃으며 말했다.

"6황자가 마침 위지 대인과 가까운 사이입니다."

좌중에 한바탕 웃음이 넘쳤다.

계략의 덫을 놓다

영혁이 미소 띤 얼굴로 호 대학사를 힐끗 쳐다보았다가 봉지미에게 눈길을 보냈다. 그녀는 잔뜩 찌푸린 표정을 짓더니 솔직하게 말했다.

"과분한 처사입니다."

영혁은 하하 웃으며 봉지미의 손을 잡아끌어 자리에 앉히려고 했다. 순간 푸른 그림자가 번쩍하더니 다른 손 하나가 매몰차게 그의 손을 끊었다. 그리고 쌩, 하고 바람이 불더니 두 번째 좌석에 누군가가 앉았다. 바로 고남의와 딸 고지효였다. 고남의는 태연하게 앉아서 아무렇지도 않게 말했다.

"제가 같이 앉지요."

사람들이 모두 서로를 바라보며 수군댔다. 서로에 대한 사랑이 저 정도일 줄이야. 아마 이것도 세상을 호령하는 고남의라 가능한 일일 거라고 사람들은 생각했다. 영혁은 발걸음을 멈추고 심오한 눈빛으로 고남의를 쳐다보다가 갑자기 웃으며 말했다.

"그리하거라. 자네가 같이 앉거라."

영혁이 말하는 동시에 봉지미를 잡아당겨 세 번째 자리에 앉혔다.

"……."

고남의는 자리에서 벌떡 일어나 이번에는 세 번째 자리로 따라왔다. 고지효는 내키지 않는 듯 자리에서 꼼짝도 하지 않고 큰소리로 말했다.

"아버지랑 같이 앉을 거예요."

맞은편의 영혁이 빙그레 웃으며 술잔을 가지고 장난을 치며 여유롭게 답했다.

"한 자리에 많아 봤자 두 명이 앉을 수 있는데, 어찌 우리 넷이 다 같이 앉는단 말이요?"

봉지미가 쓴웃음을 지었다. 고남의는 더 이상 움직이지 않았다. 이제 그는 뭔가 하려고 마음먹으면 물불 가리지 않았던 예전의 그가 아니었다. 양보와 참을성을 점점 배워가고 있었다. 하지만 그녀는 그가 자신의 안위가 아니라 다른 것을 걱정한다는 느낌이 들었다.

연회가 다시 시작되었다. 별실에 앉아 있던 각 고관들이 소식을 듣고 모여들었고, 왁자지껄 술을 권하기 시작했다. 봉지미는 상황이 급작스러운데다 연회에 모인 사람들이 너무 많아서 그들을 일일이 기억하지 못했다. 6부와 9성 병마사, 그리고 5군 도독의 고관 등이 있다는 정도만 파악할 수 있었다. 그녀는 주량이 센 편이었지만 더 이상 감당할 수 없는 상황에 이르렀다. 그때 7황자가 유야무야 넘어갔던 벌주 이야기를 다시 꺼내면서 커다란 세 개의 등나무 술잔을 안고 그녀를 끌어당기며 말했다.

"자리가 바뀌었다고 도망갈 생각하지 마시오. 먼저 마시고 나서 이야기하지요."

7황자가 봉지미의 옷자락을 붙잡았고, 그녀는 웃으며 사양했다. 순간 7황자의 손이 미끄러져서 잠시 놀란 그는 멍한 표정으로 서 있었다. 한쪽에서 갑자기 남색 옷깃이 다가오더니 영혁이 웃으며 말했다.

"7황자, 너무한 것 아닌가. 술을 권하려면 먼저 다 마시고 나서 권하는 게 예법 아니겠는가?"

봉지미가 재빨리 일어서서 웃으며 말했다.

"전하가 다 마시고 나서 신하에게 술을 권하는 예법이 어디 있습니까? 제가 먼저 비우고 권하는 게 맞습니다."

봉지미가 시원하게 잔을 들더니 한입에 다 털어 넣었다. 그녀는 속으로 영혁에게 토하고 인사불성이 된 척하며 귀가하려는 계획을 세웠다. 하지만 누군가의 손 하나가 다가오더니 고집스레 그녀의 술잔을 빼앗았다. 손의 주인은 바로 영혁이었다.

"위지 대인이 오늘 너무 시원시원하게 술을 넘기시니 본 왕의 옷이 더러워질까 염려되는군요. 이 술은 제가 대신 마시겠습니다."

봉지미는 고개를 들고 영혁이 괜히 무리하는 건 아닌가 생각했다. 그리고 그가 커다란 술잔을 비우고 나면 도리어 자신의 옷이 더러워지는 게 아니냐며 너스레를 떨었다. 문득 그녀는 영혁이 그녀의 저택에서 술을 마신 적이 있었다는 사실을 떠올렸다. 그는 결코 술 한 잔에 쓰러지지는 않았다.

'밖에서 술을 마실 때마다 숙취를 해소하는 약을 먼저 먹는 건가?'

봉지미가 이런 생각을 하는 찰나 영혁은 그녀의 술잔을 뺏어 갔다. 7황자는 영혁의 말을 들은 체도 하지 않고 손을 들어 다시 술잔을 뺏으려 했다. 영혁이 몸을 뒤로 빼며 단숨에 술잔을 비우고는 잔을 들어 보이더니 웃으며 말했다.

"7황자, 자꾸 그렇게 형의 체면을 깎는 행동을 하면 『신선낭』을 안 빌려줄 것이오."

7황자는 어색한 미소를 지으며 말했다.

"형님은 으름장도 잘 놓으시군요."

다른 쪽에서 2황자가 속내를 알 수 없는 표정으로 말했다.

"7황자, 눈치도 없구나. 천하에서 6황자와 위지 대인의 관계를 모르는 이가 누가 있더냐? 남해부터 북방까지 생사를 함께하며 쌓은 정이 아니냐. 봐라! 나는 가만히 있지 않느냐?"

영혁이 손으로 이마를 짚으며 나른한 미소를 지은 채 말했다.

"둘째 형님, 항아리 같은 이 술잔에 빠져 죽을까 두려워서 그러신 게 아닙니까?"

모두들 크게 웃는 가운데 영혁이 갑자기 술에 취한 듯 휘청하면서 봉지미의 어깨에 기댔다. 그녀는 옆으로 피하려 했지만 그가 갑자기 그녀의 허리를 꽉 잡고 손가락으로 간지럼을 태웠다. 그로 인해 그녀는 웃음을 터뜨릴 뻔했고, 그 사이 그가 다가오는 걸 피할 수 없었다.

'정신이 돌았나 봐. 자신에게 유리한 수를 쓸 때는 이렇게 사람들이 많은 곳에서 반항하지 못하게 하는 방식을 쓰는구나.'

봉지미가 영혁을 쳐다보며 불쾌한 표정을 드러내려던 찰나였다. 그때 그의 가느다란 목소리가 귓가에 전해졌다.

"오늘 절대로 너의 관저로 가지 말거라."

봉지미는 영혁의 말에 놀라며 맞은편에 앉은 고남의에게 경거망동하지 말라는 손짓을 해 보였다. 그녀는 아무렇지도 않은 표정으로 웃으며 술을 따르고 술잔을 입에 가져다 대며 물었다.

"무슨 일이십니까?"

"오늘 이것이 우연이라고 생각하지 말거라. 이 우연이 너를 위한 것이라고 생각하지도 말고."

영혁이 봉지미의 술잔을 받아 들고 입가에 갖다 대며 말을 이었다.

"자네에게 쪽지를 주고 교분을 쌓으려 하는 마음이 있었다고 해도 여기에서는 불가능하다. 그러니 내 말대로 이따가 함께 가도록 하자."

봉지미는 생각에 잠겼다. 따져보면 자신은 영혁과 한편이 아닌데 정말 함께 가야하는지 의문이었다. 하지만 이렇게 많은 사람들 앞에서는 더 이상 물을 수가 없었다. 그녀는 너털웃음을 보이며 주전자를 들고 휘청거리며 일어섰고, 두 손을 맞잡고 주위를 향해 예를 표하며 말했다.

"여러분 실례하겠습니다……."

봉지미가 술 주전자를 들고 자리를 떴다. 2황자가 그녀의 뒤에서 크게 웃으며 말했다.

"위지 대인, 볼일 보시는데도 술을 들고 가시네. 악취에 취할 것 같은데. 아니, 아니, 그쪽이 아니요!"

영혁은 웃으며 일어나 말했다.

"괜찮습니다. 위지 대인이 많이 취하셔서 부엌에 볼일을 볼 수도 있으니 제가 함께 가겠습니다."

영혁 역시 조금 휘청거리며 다가가 봉지미의 손을 잡았다. 술 취한 두 사람이 서로에게 의지하며 걸어가는 모습을 보고 2황자를 비롯한 사람들이 크게 웃었다. 두 사람은 웃음소리를 뒤로 하고 비틀대며 별채에서 나왔다. 등 뒤에서는 여전히 시끌벅적한 소리가 들렸다. 게임을 하거나 술 마시기 내기를 하는 등 소란스러운 소리가 멀리까지 들릴 정도였다.

영혁은 시중을 들기 위해 문 앞으로 온 수행 사환을 물러가게 했고, 대신 봉지미를 꽉 잡아당겼다. 두 사람은 서로 어깨를 마주하고 비틀대며 뒷간으로 갔다. 그의 몸 절반이 거의 그녀에게 기대어 있었다. 그의 긴 머리칼이 그녀의 옆얼굴을 간지럽혔다. 그녀는 어깨가 욱신거렸지만 이를 악물며 참고 있었다. 그는 체통도 잊었는지 그녀의 어깨에 기대어 계속 귓가와 잔머리와 귓불에 바람을 불었다. 뜨거운 기운이 느껴지자 원래도 술로 인해 나른한 몸에 더 힘이 빠졌다. 일부러 비틀대던 걸음걸이도 이제는 저절로 휘청거릴 지경이었다. 옆에 있던 그가 나지막이 웃었고, 기분이 매우 좋아 보였다. 한껏 취한 그녀가 눈을 흘기며 말했다.

"단지 주인이 객을 취하게…… 할 수 있다면…… 어디가 타향인지…… 알지 못하리라*이백의 시 '객중행'의 구절. 전하…… 한 잔 더 하시지요!"

봉지미가 술 주전자를 높이 들었다. 그런데 그만 손에 힘이 풀리면서 술 주전자가 기울어졌고, 영혁의 얼굴 위로 순식간에 술이 쏟아졌다. 그는 가볍게 웃더니 예감했다는 듯 갑자기 고개를 기울여 그녀의 어깨 혈을 찍었다. 뜨거운 힘이 침투하자 그녀는 소리를 지르며 손을 떨었고, 그 바람에 자신의 어깨에 술을 쏟았다. 그녀는 자신의 입가를 살짝 때렸고, 그 순간 들고 있던 주전자를 부셔 버리고 싶은 충동이 일었다. 하지만 그때 그가 나지막이 웃으며 다가오더니 손을 뻗어 아무 데나 가리키며 말했다.

"위지 대인, 저기…… 저기……."

영혁이 봉지미의 귓가에 가볍게 웃으며 중얼대다가 그녀의 귓불에 묻은 술을 순식간에 혀로 살짝 빨아 먹더니 말을 이었다.

"깔끔하고 달콤하구나!"

봉지미는 분노에 불이 타올랐다.

"못 본 일 년 사이에 도가 지나쳐지셨군요! 옛날에는 그래도 장소를 가리기라도 했는데, 지금 여기가 어딘 줄 모르시나요? 이 연춘로의 별채는 마치 장날이 선 것처럼 사람들이 북적거리고, 어딜 가나 사람이 없는 곳이 없어요. 게다가 우리 둘 다 특수한 신분을 갖고 있잖아요? 이렇게 서로 밀거니 당기거니만 해도 사람들의 시선이 몰리는데 공개적인 희롱이라니!"

봉지미의 얼굴이 빨갛게 달아올랐다. 비록 영혁은 줄곧 옷자락을 들고 있었고 그녀는 술병으로 얼굴을 가리고 있었지만, 누구라도 한 발더 가까이 오면 똑똑히 볼 수 있는 상황이었다. 만일 그렇게 된다면 그녀는 사람들 입에 오르내리며 잘근잘근 씹혀 가루조차 남지 않는 상태가 될 터였다. 그녀가 술 주전자를 손톱으로 긁어 드르륵, 하는 소리를 냈다. 그는 정말 중요한 정보는 알려 주지 않을 듯했다. 그가 귓가에 몇 마디를 중얼거리더니 다시 혀를 날름거렸다. 그럴 때마다 그녀는 망치로 머리를 맞은 듯했고 몸이 노곤해졌다. 그녀에게 귓불은 예민한 부분이었다. 은은한 술 향기에 살짝 젖어 더욱 매혹적인 그의 숨결이 전해 오자 가슴 속 깊은 곳에서 마른 불길을 머금고 있던 바람이 피어올라 재로 바뀌는 느낌이었다. 그녀가 만약 위지 가면을 쓰고 있지 않았다면, 얼굴이 뜨거운 고구마처럼 보였을 터였다. 고뇌하던 그녀가 머리를 기울이더니 술 주전자로 입을 가리고 나지막이 말했다.

"전하, 지나치십니다! 이 연회로에는 미인이 많다고 하니 저까지 나서서 머릿수를 채울 필요가 없지 않습니까!"

영혁이 문득 동작을 멈추더니 봉지미의 어깨에 턱을 걸치고 볼에 바람을 불어 넣었다. 그녀의 머리칼이 바람에 휘날렸다. 그는 웃고 있었지만 냉랭하고 무덤덤한 목소리로 말했다.

"봉지미, 내가 보기에는 네가 머릿수를 채우려는 것처럼 보인다. 나를 못 쳐다보지 않느냐. 자, 좋다. 그럼 내가 어느 정도까지 할 수 있는지 몸소 보여 주겠다."

놀란 봉지미가 곧바로 웃으며 받아쳤다.

"약점을 파고들어 농락하는 것이 능력이라 할 수 있습니까?"

"이게 농락하는 것이냐?"

영혁이 맞서며 말했다.

"봉지미, 가면을 썼다고 해서 자신이 가짜라고 생각하지 말거라. 너의 마음을 살펴보아라. 누구 때문에 심장이 그렇게 빨리 뛰고 있는 것이냐?"

"뭐라고요?"

봉지미가 술 주전자를 들어 약간 기울였고, 허공에 시선을 던졌다.

"저한테는 이미 마음이 없다고 생각합니다."

"내가 찾아 주마."

3월의 봄바람이 회랑을 돌아 불어왔다. 취한 척 서로에게 의지하여 여기저기에 머리를 부딪치던 두 사람이 갑자기 발걸음을 멈췄다. 그 순간 줄곧 아무 대답이 없던 봉지미가 문 하나를 열며 말했다.

"도착했습니다."

봉지미는 곧바로 눈을 감고 앞으로 달려 나가더니 구덩이에 대고 속에 있는 음식물을 토해내기 시작했다. 코를 찌르는 술기운이 전해졌다. 뒷간에서 일을 보던 남자들이 재빨리 바지를 추스르고 자리를 떴다. 사람들이 가고 나서 영혁이 바로 그 뒤에 쓰러져 문을 막았다. 그녀는 입을 쓱 닦고 고개를 돌렸다. 눈빛이 또렷했다.

"전하, 뒷간을 오래 쓸 수는 없을 듯합니다. 간략하게 말씀하시죠."

"올해 춘위는 약간 늦춰졌다. 원래 이전 예부 상서가 진행할 예정이었다."

영혁이 분명하게 말했다.

"원래대로라면 그가 내정된 주 시험관이다. 그러니 많은 쪽지를 받았을 것이고, 많은 향응을 받았을 것이다. 받은 뇌물도 적지 않겠지. 하지만 갑자기 자네가 돌아왔고 예부의 상서 자리를 차지해 버렸다. 그래서 과거에 했던 향응들이 모두 물거품으로 변해 버렸지. 어떤 뇌물은 돌려 줄 수 있지만 그럴 수 없는 것도 있다. 기득권의 이익을 건드려서는 안 된다. 그렇지 않으면 감당할 수 없는 사람이 생길 테니까."

"그래서 절 건드리나요?"

"자네는 이른 나이에 이름을 떨쳤고 재간이 뛰어나지만, 조정의 어느 편에도 서지 않았다. 누구나 너를 자신의 편으로 포섭하려고 하지만, 모두 너에 대해 의심을 품고 있다. 하지만 태자와 5황자가 먼저 널 포섭했으니 누군가가 널 흔들려고 하는 게 당연하다."

"어떻게 흔들죠?"

"거기까지는 알지 못한다."

영혁이 말했다.

"그러니 절대 숙소로 돌아가지 말고 취한 척 나와 같이 왕궁으로 돌아가자. 아마 오늘 밤에 손을 쓸 테니 숙소에 머물면 안 된다. 아니면 나중에 증명해 줄 사람이 아무도 없다. 예부에 있어서도 안 된다. 전 예부상서가 여러 해 동안 관리했었기 때문에 대부분의 사람을 믿을 수 없다. 나와 함께 하거나 연춘에서 밤을 새우거라. 하지만 연춘에서 밤을 새우게 되면 어사의 질책을 피할 수 없을 것이고, 그렇게 되면 저 청명원생들의 앞길을 막는 꼴이 되니 나와 함께 가는 게 가장 좋을 것이다."

봉지미가 잠시 망설이다 물었다.

"전하는 누구의 짓이라고 생각하시나요?"

"2황자 아니면 7황자가 아니겠는가."

영혁이 대답했다.

"다른 이들은 그럴 만한 배포가 없다. 과거부터 춘위를 통해 조정에 사람을 꽂으려 하는 시도가 있었다. 저마다 자신의 세력을 넓히기 위해서였고, 자기 수하를 위로하고자 하는 의도였다. 예전에는 태자 쪽이 절반을 차지했었으나 그 후에는 거의 균일하게 분배되었다. 하지만 올해는 아무도 너의 생각을 파악할 수 없었다. 게다가 네가 조정에 발을 들인 이래 모든 황자가 너를 꾀어 보려다가 낭패를 보았으니, 많은 이들이 너를 폐하의 사람이라고 여기고 있을 게다. 게다가 승진도 이렇게 빠르니 어찌 다른 세력이 안심할 수 있겠느냐?"

"아!"

봉지미가 씁쓸한 표정을 지었다.

"가장 마음이 안 놓이시는 분이 바로 전하 아니십니까?"

"나는 그저 네가 언젠가 떠날까 봐 걱정하는 것뿐이다."

영혁이 무덤덤하게 말했다.

"차라리 내 눈앞에서 농간을 부리는 게 더 낫다."

두 사람이 대화를 나누고 있는데 갑자기 누군가가 똑똑, 하고 문을 두드렸다. 곧이어 7황자의 웃음소리가 들렸다.

"두 분은 온종일 볼일을 보실 것입니까? 일부러 우리를 못 참게 하려는 심산 아니십니까?"

영혁이 문을 열고는 웃으며 대답했다.

"위지 대인이 너무 심하게 취해서 게워내고 있었네."

"그렇군요."

2황자 역시 다가와 한마디 덧붙였다.

"이제 그만 해산하지. 내일 조회도 가야 하지 않는가."

영혁과 봉지미가 서로 시선을 교환했다. 그녀는 2황자를 뒤따라 온 고남의를 보고 빛나는 눈빛으로 기뻐하며 달려가더니 고남의의 소매를 잡고 아무소리나 지껄였다.

"사형, 한잔 더 하시죠!"

모두들 이 장면을 보고 폭소를 터뜨렸다. 고남의는 내심 흐뭇했다. 봉지미가 이렇게 적극적으로 친근함을 표시하다니. 하지만 곧 그녀가 그의 손을 잡고 몰래 글자를 쓰는 것을 알아챘다. 잠시 놀란 그는 바로 정신을 차렸다. 조금 아쉬운 눈빛으로 바라보더니 어쩔 수 없이 한 팔로 그녀를 뿌리쳤다. 그는 고지효를 안고 성큼성큼 뒷간으로 들어가 꽝, 하는 소리를 내며 문을 닫았다. 사람들은 멍한 얼굴로 서로를 바라보았다. 고남의처럼 괴팍한 성격을 가진 뛰어난 무술 소유자는 절대 건드려서는 안 되는 인물이라는 것을 모두 알고 있었다. 아무도 그와 함께 뒷간을 쓰고 싶지 않아 어쩔 수 없이 설성각으로 돌아갔다.

술자리는 이미 무르익었고, 모두들 양껏 마신 후라 2황자와 7황자가 해산을 명했다. 영혁은 봉지미를 얼핏 바라보았다. 그는 그녀를 자신의 궁으로 데려가려고 계획을 짰다. 순간 그녀가 술 주전자를 들고 2황자에게 달려가더니 큰소리로 말했다.

"안 됩니다. 전하의 벌주놀이가 천하제일이라고 들었습니다. 왜 소인에게는 선을 보이지 않으시는 겁니까?"

몇몇 황자들은 놀란 표정을 지었고, 영혁은 미간을 찌푸렸다. 그는 봉지미의 계획을 이해하기 어려웠다. 그녀가 무슨 수를 쓰더라도 황자들이 연춘에서 밤을 새우도록 붙잡아 놓을 수는 없었다. 또한 그들을 묶어 둔다고 해도 다음 날 다시 수를 쓰는 것이 불가능한 일도 아닌데 이렇게 한들 무슨 소용이 있을까 싶었다.

2황자의 얼굴에 무언가 불편한 기색이 비쳤다. 술기운이 오른 봉지미가 앞을 막아서며 천하제일의 벌주놀이를 보여 달라고 떼를 썼다. 2황자는 어쩔 수 없이 조금 더 놀아야겠다고 생각했지만 여전히 불안한 기색이 역력했다. 그 사이 고남의는 뒷간에서 원래 자리로 돌아와 있었다. 그녀는 고남의에게 눈길을 주지 않고 놀이에 몰두했다. 그리고 영혁에게 가까이 다가가며 그의 몸에서 어렴풋이 풍기는 초조함의 냄새를 맡았다.

실내에는 등이 켜져 있었다. 해당화가 그려진 청화 분채 형상의 도자기 등 안에는 연기를 배출하는 관이 따로 있어 연기가 전혀 나지 않았다. 불빛은 약간 누런빛을 띠었고, 자욱이 안개가 깔린 듯한 분위기가 연출되었다. 이 불빛은 술에 거나하게 취해 턱을 괴고 약간 비스듬히 서 있는 봉지미를 비추었다. 겉보기에는 소년의 모습이었지만, 나긋나긋한 자태가 짙게 느껴졌다. 초롱초롱한 눈망울과 미소를 머금고 있는 표정이 밤의 불빛과 어우러졌다. '아무 감정이 없어도 감정이 생긴다'는 싯구를 떠오르게 하는 모습이었다.

본래 2황자는 기다리기 귀찮아서 자리를 뜰 생각이었다. 하지만 맞은편에 앉은 소년의 매혹적인 용모를 보고 무슨 연유인지 마음이 동했다. 그는 단수 부류는 아니었지만, 사람이란 무릇 아름다운 대상을 앞에 두면 누구든 바라보고 취하고 싶은 본능을 가지고 있었다. 그는 자리에 좀 더 머무르기로 했지만 얼마 지나지 않아 결연하게 일어나더니 웃으며 말했다.

"갑자기 오늘 밤에 숙부께서 오셔서 봄의 밭 수확에 대해 말씀하신다고 하셨던 게 생각났네. 어쩔 수 없이 벌주놀이는 다음을 기약해야겠군."

2황자는 고귀한 신분이었고, 또 여러 황자 중 나이가 가장 많았다. 영혁이 세 번 만류한 이후에는 더 이상 누구도 막을 수 없었다. 봉지미가 하하 웃으며 일어나더니 휘청대며 배웅을 나가려 했다. 2황자가 그녀의 손을 잡고 말했다.

"술을 적지 않게 먹은 것 같으니 일찍 들어가서 쉬시는 게 낫겠소. 곧 시험관으로 명을 받을 테니 오늘 밤 이 연춘로에 남아 밤새도록 술을 마시는 것은 좋지 않을 듯허이. 남 보기에도 좋지 못하고. 춘위가 끝나면 짐이 직접 왕궁으로 초대할 테니 3일 동안 함께 즐기시자고!"

"그, 그런 영광이……."

봉지미 역시 더 이상 강요하지 않았고, 그대로 2황자의 손에 이끌려 나갔다. 고남의는 맞잡은 손을 매서운 눈길로 바라보았다. 마치 2황자의 손을 갈기갈기 찢어 놓을 듯한 눈초리였다. 하지만 무슨 연유인지 그는 가만히 있었다. 그때 갑자기 누군가가 나지막이 웃으며 말했다.

"고 대인은 요즘 들어 너무 온순해진 것 같네. 본 왕은 고 대인이 단칼에 베어 버릴 거라고 생각했는데."

고남의는 뒤를 돌아보지 않았고, 표정이 살짝 변하더니 잠시 후 입을 뗐다.

"그녀 곁에 남으려면 제멋대로 굴 수 없습니다. 이건 제가 포성에 가서 깨달은 바입니다."

영혁은 짐짓 놀랐다. 그는 더 이상 말하지 않고 고개를 돌려 진지하게 고남의를 살펴봤다. 고남의는 그의 눈길에 아랑곳하지 않았고, 시선을 맞추지도 않았다. 고남의의 눈은 눈앞에서 걸어가고 있는 봉지미의 자그마한 뒷모습에만 고정되어 있었다.

"그녀는 평생 살얼음판을 걸으며 여기저기에서 이런저런 모략과 계략을 겪을 것입니다. 그녀가 가는 길은 보통 사람들은 갈 수 없는 길이죠. 그렇다면 그대는……."

한참을 뜸들이다가 영혁이 무덤덤하게 말했다.

"고 대인, 그대가 짊어질 수 있을 것 같습니까?"

고남의는 아무런 말도 하지 않은 채 고지효를 안고 봉지미에게 발걸음을 옮겼다. 영혁은 그가 그대로 대답을 하지 않을 거라고 생각했다. 하지만 갑자기 그가 걸음을 멈추고 고개를 돌리더니 영혁의 시선을 마주보며 분명하게 말했다.

"예전의 저라면 안 되겠죠. 하지만 이제 변했으니 그녀가 원한다면 할 수 있습니다. 그녀를 위해서 저 멀리까지 바라보고, 그녀를 위해서 천지를 열어 주고, 그녀를 위해서라면 고집도 꺾고, 그녀를 위해서라면 예전에는 절대 몰랐던 인내와 억울함, 양보, 타협까지도 모두 감내할 것입니다."

고남의의 마음은 예전보다 훨씬 단단해져 있었다. 강인하고 깊고 절절한 마음은 얼음이라도 녹일 수 있을 것 같았다. 영혁은 침묵했다. 나무에 기대어 있는 그의 모습은 마치 3월 봄바람 속에 고독하게 서 있는 외로운 나무처럼 보였다. 저 멀리 문을 나선 봉지미와 2황자가 헤어지는 게 보였다. 곧이어 그녀는 몸을 돌렸고, 사람들 속에서 누군가를 찾아 두리번거렸다. 그녀의 시선이 고남의에게 고정되자 곧바로 성큼성큼 걸어왔다. 고남의는 자리를 뜨기 전에 몸을 돌려 영혁에게 말했다.

"고남의는 그녀를 위해서라면 고남의가 아니어도 됩니다."

고남의가 차분하게 말을 이었다.

"전하께서는 전하가 아닐 수 있으십니까?"

순간 영혁의 손이 떨렸다. 고남의가 던진 질문은 영혁에게 거대한 바위처럼 날아 와 큰 충격을 주었다. 하지만 고남의는 이내 아무렇지도 않은 얼굴로 돌아서서 봉지미를 향해 다가갔다.

버드나무 가지가 달에 걸려 있었다. 꽃이 만개한 연춘의 문 앞은 사람들로 가득했다. 배웅하면서 작별 인사를 하는 사람들이 무리 지어 있었고, 모두 술기운에 한껏 취해 즐거워하는 떠들썩한 분위기였다. 사람들 무리에서 고독하게 서 있는 그 고상한 남자를 신경 쓰는 이는 없었다. 창백한 달빛 아래에서 영혁은 더욱 창백해 보였다. 고남의의 한마디가 가슴을 짓누르는 듯한 통증을 불러왔다. 순수한 사람의 가장 순수한 질문, 아무 계산도 없는 그 질문은 날카로운 칼처럼 마음을 베어 버렸다.

'전하께서는…… 전하가 아닐 수 있으십니까?'

연춘로의 붉은 등이 바람에 흔들리면서 고개를 숙이고 있는 버드나무를 비췄다. 그곳은 이미 텅 비어 버리고 아무도 없었다. 문득 탄식이 섞인 목소리가 울려 퍼졌다.

"가능하다."

공허한 영혁의 목소리가 한밤의 봄바람 속으로 흩어졌다.

밤이 깊은 시각이었다. 곧 춘위가 다가올 예정이라 이번 회시를 주관하는 예부의 입구는 매우 삼엄했다. 제경부에서는 친히 아전을 파견해 교대로 밤낮없이 경비를 보게 하였다. 특히 시험지를 보관하는 예부의 밀실로 가는 길에는 사람을 촘촘하게 배치했다.

춘위 시험지는 천하제일의 기밀이나 다름없었다. 그래서 시험을 치를 때마다 항상 최고 수준으로 삼엄한 경비를 했기 때문에 지금까지는 불상사가 일어난 적이 없었다. 밀실의 열쇠는 세 개였는데 상서 대인과 두 명의 시랑이 각각 하나씩 보관하고 있었다. 시험지를 보관하는 밀궤 역시 마찬가지였다. 춘위가 시작되는 그날, 세 사람이 다 모여야만 궤를 열 수 있었다. 그 전에는 삼엄한 경비를 뚫는다고 해도 열쇠 세 개를 모두 손에 쥐기란 쉽지 않았다.

오늘 밤 야간 근무를 서는 사람은 원외랑이었고, 상서 대인은 휴가 중이었다. 두 명의 시랑 중 한 명은 병가 중이었고, 다른 한 명은 당직이 아니었다. 비록 원외랑이 중임을 지고 있었지만 그는 대수롭지 않게 생각하였다. 그리하여 삼경이 지난 후에 사람 몇 명을 거느리고, 등불을 앞세워 관례대로 밀실 주변을 한 바퀴 돈 게 고작이었다.

불빛이 길에서 은은하게 흩어졌다. 갑자기 종이 등에 바람이 일더니 등불의 초가 꺼지려고 했다. 원외랑이 손으로 등불을 보호하려고 하는 찰나, 정수리를 스치는 바람이 느껴졌다. 고개를 들어 보니 벽 쪽에 검은 그림자가 보였다가 사라졌다. 원외랑은 대경실색하여 서둘러 사람들과 함께 그쪽으로 향했다. 그런데 눈앞이 깜깜해지더니 훅, 하는 소리와 함께 마대 자루 같은 어떤 물체가 머리에 씌워졌다. 원외랑의 등 뒤로도 몸부림치는 소리가 어렴풋이 들려왔다. 아마 자신과 같이 온 사람들의 머리에도 자루가 씌워진 듯했다. 원외랑이 소리를 질러 도움을 요청하려는데 상대가 마대 밖에서 그의 아혈을 정확하게 짚었다. 원외랑은 아무런 소리도 지르지 못한 채 그저 놀라기만 했다. 점혈법은 전설 속에서나 들어 봤던 고수의 무술이었다. 궁에서도 점혈법을 쉽게 사용하는 고수는 거의 없었다. 원외랑은 누구의 소행인지 추측해 봤지만 뾰족하게 떠오르는 사람이 없었다.

원외랑은 머리에 무언가 씌워진 상태로 한참을 걸었다. 정체불명의 그림자는 그를 아래쪽으로 걷게 하더니 오목하게 움푹 파인 평평하지 않은 바닥으로 밀어 버렸다. 하마터면 그는 엉덩방아를 찧을 뻔했다. 어질어질해진 그는 마대를 쓴 채 주변을 더듬거리며 조금 전 자신이 지나온 길을 가늠해 보았다. 예부에서 벗어나지 않은 것 같은 느낌이 들었고, 예부 후원의 부엌 뒤편에 있는 토굴로 추정됐다. 땅을 파서 겨울에 채소를 저장해 놓는 곳이었다. 엉덩이 밑으로 무가 있는 게 느껴지는 것도 그런 연유였다.

'나를 납치한 후에 죽이지는 않고 토굴에 버려두다니?'

예부는 과거 대성 귀족의 정원이었다. 정원 속의 이 토굴은 원래 얼음을 저장하는 곳이었다. 매우 은밀한 장소라서 예부에 대해 잘 알지 못하는 외부 사람들은 절대 이곳의 존재를 알 수 없었다. 머릿속에 떠오른 생각들을 맞춰 보던 원외랑은 갑자기 가슴이 두근거리기 시작했다. 위험이 다가오는 느낌이 묵직하게 가슴을 짓눌렀다. 아무것도 가진 게 없는 이 청렴한 관리에게 어떤 원한을 가지고 있는지 알 수 없었다. 춘위 시험지 말고는 이유가 없었다. 이런 생각이 떠오르자 원외랑은 식은땀이 흘렀다. 만일 춘위 시험지에 무슨 문제라도 생긴다면, 그건 모가지가 날아가는 일이었다. 그는 무 사이에서 온 힘을 다해 몸부림치기 시작했다. 마대가 허술하게 묶여 있어서 몇 번 구르니 벗겨졌다. 점혈 역시 시간이 지나면서 자연히 풀어졌다. 그는 마대를 기어 나와 호위 몇몇이 아직도 마대 안에서 신음 소리를 내고 있는 모습을 보고 그들을 풀어 주었다. 그 후 곧바로 시험지를 보관한 밀실 창고로 달려갔다.

원외랑은 밀실 창고의 문이 열려 있고, 난장판이 되어 있을 것이라고 생각했다. 하지만 막상 도착해서 살펴보니 평온하기 그지없었다. 문을 잠가 두었던 큰 열쇠도 처음처럼 굳건한 모습이었다. 모든 것이 납치당하기 전과 똑같았다. 의아한 얼굴로 한참을 바라봤지만 정말 아무 문제도 없었다.

'설마 우리들 몇 명을 마대 자루에 씌워 토굴에 버려 놓고서, 아무것도 하지 않은 채 가 버린 것인가?'

원외랑은 머릿속에 떠오른 의문이 풀리지 않았다. 하지만 어떤 이상한 낌새도 찾아볼 수 없었다. 춘위를 시작하기 전에는 그 누구도 시험지를 보관하는 밀실에 가까이 갈 수 없었다. 그래서 상서 시랑들에게 문을 열어 확인해 보자는 말도 하지 못했다. 그는 한참을 고민하다가 그냥 잊기로 했다.

하지만 원외랑은 꽤 조심성 있는 사람이었다. 그는 호위 한 명을 불러 제경부와 구성병마사에 이 사건을 보고하라고 일렀다. 제경부에서는 사람을 보내 몇 가지 질문을 하고, 조서를 만들고, 주위를 조사했지만, 어떤 단서도 찾지 못해 그냥 돌아갔다. 구성병마사는 성가시다는 표정으로 보고를 받았다.

"아무 이상도 없다고? 아무 이상도 없으면 뭐하러 사람을 보내? 바쁘단 말일세."

그런데 갑자기 예상치 못한 엉뚱한 사건이 터졌다.

"자네 상서 대인 어르신 댁에 불이 났네!"

위지 상서의 집에 불이 났다. 마당 여기저기에서 일어난 불은 확산 속도가 빨라 순식간에 마당 전체로 번졌다. 이 집은 봉지미가 벼슬길에 막 올랐을 때 연회석이 거처로 마련해 준 큰 집이었다. 당시 그녀는 자랑하고 싶은 생각이 없었고, 추가 저택의 맞은편에 기거하는 것이 편해 우중윤*관직명으로 관리들이 기거했던 우춘방의 한 관리자의 주택만을 구입했다. 삼진원락*똘이 세 개인 나무 목자 형태의 사합원에 작은 정원이 있는, 아주 크지 않은 곳이어서 불이 번지기가 매우 쉬웠다.

불길은 점점 더 거세졌다. 늦게 들어온 봉지미는 다행히 숙취 때문에 한참을 씨름하다 잠이 들었던 터라 잠이 깊게 들지 않은 상태였다. 놀라서 깬 사람들은 우왕좌왕하며 불길을 잡고 물건을 챙기느라 바빠 술독에 빠졌던 그녀가 밖으로 나오지 못한 것을 확인하지 못했다. 사람들이 그녀를 구하려고 집으로 뛰어 들어가려던 찰나, 고남의가 벌써 한쪽 허리에 대인을 끼고 나오는 모습을 발견했다. 그녀는 대문 밖에 서서 자신의 집이 화염에 휩싸인 광경을 아연실색하며 쳐다보았다. 그녀의 하얀 얼굴에는 그을음이 거뭇거뭇하게 묻어 있어 어디가 눈이고 코인지 분간하기 힘들었다. 놀라서 연신 깜박대는 두 눈만 간신히 알아볼 수 있었고, 그 모습은 폭소를 자아낼 만했다.

봉지미, 즉 위지 상서 저택의 화재 사건은 당연히 큰일이었다. 곧바로 제경부와 구성병마사의 사람이 현장에 도착했다. 그녀는 이불을 뒤집어쓴 채 중의*옛날 속옷만 입고 불길에서 건져 온 작은 의자에 앉아 머리를 괸 채 불길을 넋 놓고 쳐다보았다. 구성병마사 사람들은 그녀가 불길 속에서도 추위에 떨며 빨리 불길을 잡으라고 명령하는 모습을 보며 서둘러 사람을 보내 화롯불을 가져오게 했다.

사람이 불을 가지러 가면서 자연히 공부(工部)에도 소식이 전해졌고, 공부를 주관하던 2황자의 귀에까지 소식이 들어갔다. 2황자는 야밤임에도 불구하고 중신에 대한 배려 차원에서 바로 달려왔다. 7황자의 산월 서고도 마침 근처에 있어 소식을 듣고 달려왔다. 황자들은 화재 현장을 보고 탄식하며 어떻게 불이 났는지 물었다. 봉지미는 눈을 가늘게 뜨고 술에서 덜 깬 모습으로 연신 모르겠다는 답만 내놓았다. 2황자는 무표정한 모습으로 불길을 쳐다보다가 한참 후에야 말했다.

"위 대인, 이 집은 아무래도 다 타 버릴 것 같소. 하지만 걱정 마시오. 내일 부황께서 아시면 분명 다른 저택을 하사하실 것이오. 진작부터 상을 주겠다는 말씀을 하셨거든요."

봉지미가 재로 뒤덮인 두루마기를 쓴 채 처량한 얼굴로 긴 한숨을 쉬었다.

"지금 당장 갈 곳이 없는 걸요……."

봉지미의 말뜻은 매우 분명했다. 7황자가 잠시 생각하더니 웃으며 말했다.

"위 대인이 고 대인과 같이 소왕의 저택에 잠시 머무르는 것이 어떻겠소. 밤새 담소를 나누십시다. 위 대인은 우리 조정의 국사이니 소왕이 많은 가르침을 받고 싶소."

2황자 역시 말했다.

"본 왕의 거처가 더 가까우니 본 왕의 궁에서 기거해도 됩니다."

2황자는 7황자처럼 적극적으로 청하지 않았고, 딱 이 말만 내뱉었다. 봉지미가 손을 만지작거리더니 하하 웃으며 말했다.

"7황자님과 왕비님은 제경에서 제일 금슬 좋은 부부 아니십니까? 한시도 떨어져 지내지 못한다고 하는데, 어찌 제가 불청객이 되어 방해할 수 있단 말입니까?"

봉지미의 말에 2황자의 얼굴이 굳어졌다. 얼마 전 2황자의 왕비가 홍거했기 때문이었다. 그 이후로 다시 비를 들이지 않았기에 현재 2황자의 궁에는 그와 가족들만이 기거하고 있었다. 결론적으로 2황자의 궁이 가장 조용했으며 별다른 제약이 없었다. 지금 그녀가 7황자네 집에 가기 적합하지 않다고 말한 것은, 바꾸어 말하면 2황자의 집은 적합하니 그의 집으로 가겠다는 뜻이었다. 2황자는 초조한 마음이 들었지만, 얼굴에는 전혀 기색을 드러내지 않고 미소를 지으며 말했다.

"그렇소. 7황자의 거처는 멀기도 하고 불편할 테니 나의 궁에 잠시 거처하시게. 다만 너무 낡은데다가 바깥 정원 쪽에 무사들이 거주하고 있는 게 좀……."

"낡다니요. 아닙니다."

봉지미가 활짝 웃으며 2황자의 말을 단칼에 잘랐다. 그녀는 웃음기 만연한 얼굴로 일어나더니 고지효를 안고 얼굴에 뽀뽀를 하며 말했다.

"지효야, 오늘 밤에 잘 곳이 생겼다. 어서 2황자님께 감사드려야지."

고지효가 웃는 얼굴로 눈을 가느다랗게 떴다. 봉지미의 표정과 사뭇 흡사했다.

"왕 아저씨 감사합니다. 안아 드릴게요!"

고지효가 2황자 쪽으로 가려 하자 2황자는 어쩔 수 없이 아이를 받아 들었다. 그의 미소에 난처함이 가득했다. 봉지미는 내심 속으로 흐뭇해했다. 조그만 녀석이 대단하다는 생각이 들었다. 비록 아무것도 모르지만, 눈치를 살피고 상황을 파악할 줄 아는 아이였다. 평소 같았다면 고지효는 다른 사람한테 가지 않았을 것이다. 그녀는 고지효가 2황자의 어깨에 기대고 있는 모습을 다시 보았다. 아이는 웃으며 자기 아버지를 향해 손가락 두 개를 내밀었다. 그녀는 그것이 무슨 의미인지 파악하지 못했다. 2황자가 먼저 자리를 뜨자 고남의가 덤덤하게 말했다.

"나중에 두 번 재워 달라는군."

"……."

봉지미가 비통한 표정으로 엄청난 희생을 한 고남의의 어깨를 토닥여 주었다. 그녀는 그를 남겨 두고 서둘러 자리를 떴다. 2황자를 뒤따라 궁에 도착하였고, 2황자가 봉지미 일행에게 거처를 마련해 주었을 때는 사경 *새벽 3~5시 이 지나고 있었다.

봉지미가 잠시 눈을 붙이려는 찰나였다. 문어처럼 2황자의 등에 딱 달라붙은 고지효가 2황자 전하가 마음에 들었는지 죽어도 2황자 곁에서 자겠다고 떼를 썼다. 2황자는 조그만 아이에게 화를 낼 수도 없는 노릇이라 어쩔 수 없이 고지효를 데리고 자신의 침실로 갔다. 바깥에 작은 침상을 하나 준비해 고남의 역시 그쪽에서 같이 밤을 보내기로 했다. 고지효가 잠버릇이 심해서 고남의가 가까이 있어야 하는데, 그렇다고 황자의 침실에 들어갈 순 없으니 문밖에서 지키고 있겠다는 핑계를 댔다. 2황자가 연신 만류하자 고남의가 호두를 먹으며 고개를 들어 달을 보고 말했다.

"아니면 저와 함께 이야기나 나누시겠습니까?"

2황자가 곧바로 줄행랑을 쳤다. 그날 밤 고남의는 2황자의 침실 입구를 지키게 되었고, 덕분에 깨진 기와를 밟는 도둑고양이와 구멍을 착각한 들개는 물론이고 벌레 한 마리도 침전 근처를 얼씬하지 못하게 되었다.

　날이 밝아올 즈음 잠을 푹 잔 덕분에 맑은 정신을 유지할 수 있었던 봉지미는 피로가 누적된 2황자에게 조정에 갈 시간이라고 일러 주었다. 두 사람은 옷차림을 정돈하고 가마에 올랐다. 그때 갑자기 도로 저 멀리서 말발굽 소리가 들려왔다. 바로 어림군이었는데 말발굽 소리를 요란하게 내며 번뜩이는 장창을 들고 있었다. 그들은 검은 연기가 피어오르는 봉지미의 저택 쪽으로 달려가며 목청을 높여 말했다.

　"어명이오. 춘위 시험지를 유출한 예부 상서 봉지미를 체포하라는 어명이오!"

삶과 죽음 사이

거리에 요란한 말발굽 소리가 울리며 흙먼지가 일어났다. 봉지미는 가마에 오르려다가 고개를 돌려 보더니 웃으며 말했다.

"어, 저의 거처 쪽으로 가는 것 같네요. 살기등등한 어림군의 모습을 보니 누군지 몰라도 단단히 혼쭐이 나겠는걸요."

2황자가 억지웃음을 지었고, 눈에서 빛이 반짝였다. 두 사람은 각자 가마를 타고 조정으로 향했다. 조정으로 향하는 길은 분위기가 사뭇 심상치 않았다. 이른 시간인데도 제경부와 구성병마사의 병졸들이 거리에 촘촘히 배치되어 있었다. 또한 아침 일찍 문을 여는 찻집에 평소 학생들이 가득 차 있던 것과 달리 번뜩이는 눈빛을 가진 사내들이 있었다. 그들은 유유히 차를 마시는 것처럼 보였지만, 사실 찻집에 들어오는 사람들을 매의 눈으로 관찰했다. 봉지미는 가마의 발을 내리고, 입가에 냉혹한 미소를 지었다. 승양문까지 가는 길 앞에도 어림군이 쭉 늘어서 있었다. 관리들이 삼삼오오 모여 숙덕거렸다.

"어젯밤에 예부에 도둑이 들었다고 들었소!"

"도둑이 아니라 춘위 시험지에 문제가 생겼다오!"

"구성병마사가 그러던데 잃어버린 게 없다던데요?"

"잃어버린 게 없는 줄 알았답니다. 원외랑 한 명의 머리에 마대를 씌운 채 예부에 있는 토굴에 집어넣어 놨다고 합니다. 나중에 예부 시랑이 마음이 놓이지 않아서 밀실 쪽을 살펴봤는데 뭔가 이상해서 바로 보고를 했대요. 제경부에서 장사꾼 한 명을 조사했다고 하죠. 동이 틀 때쯤 몇몇 사람들과 성 남쪽의 구석진 골목에서 만나기로 하고 수상한 행동을 하길래 탐문했더니 춘위 시험지를 거래하려던 거였답니다!"

"이런!"

"가짜 아니오?"

"제경부 역시 분명 가짜라고 생각했답니다. 하지만 이제껏 춘위 시험지에 관련된 사항은 항상 의심되면 철저하게 조사하는 관행이 있어서 관행에 따라서 바로 내각에 보고를 드렸답니다. 그리고 어젯밤 호대학사께서 당직을 하고 있어 바로 폐하께 보고를 올렸다고 합니다. 제목을 가져와서 대조해 본 폐하가 찻잔을 던져 버리셨다 들었소!"

놀라움의 탄성이 들려왔다. 하지만 그 놀라움 속에는 기쁨이 섞여 있었다. 무릇 사람들은 타인의 재앙에 자신이 연루되지 않아 다행이라는 안도감과 타인의 불행을 즐기는 이상한 심리가 뒤섞여 있었다. 특히 그 사람이 승승장구하고 있고, 너무 뛰어나 사람들의 시기와 질투를 사는 경우에는 더욱 그러했다. 가마에 타고 있던 봉지미는 이런 수군거림을 듣고 제경의 관아들은 역시나 대단하다는 생각을 품었다. 소식이 퍼지는 속도가 혀를 내두를 정도였다. 만약 누군가가 미리 이야기를 해 주지 않았다면, 예부 주관인 자신조차 집에 가만히 앉아서 화를 당했을 터였다. 봉지미는 가마 안에서 제경의 관리와 그 속성에 대해 자신이 너무 얕잡아 봤다고 생각했다. 정보 연락책을 제대로 짜지 못한 허술함이 느껴졌다. 그녀는 이런 생각을 하며 발을 걷고 가마에서 내렸다.

2황자의 가마를 타고 온 봉지미가 발을 걷자 조금 전까지 시끌벅적
했던 관리들이 한순간에 전부 입을 다물었다. 그녀는 그들 사이에 이상
한 정적이 흐르는 걸 느끼면서도 아무렇지도 않은 척하며 사람들에게
인사를 건넸다.

"대인들, 안녕하세요……. 아!"

쨍!

번쩍이는 빛을 내는 장검 두 개가 봉지미의 앞을 가로막았다. 날카로
운 칼날에 이림군의 굳은 얼굴이 비쳤다. 그가 칼끝보다 날카로운 어투
로 매섭게 말했다.

"위지 상서, 폐하의 명을 받드시오. 형부로 가시죠."

마치 예의를 갖춘 것처럼 보였지만 '형부로 가시죠'라는 말은 천성의
조정에서 가장 무서운 말이었다. 이 말은 조정의 대신이라 해도 황제를
알현할 수 없다는 것이고, 자신을 변론할 기회조차 받지 못하고 바로
형부의 감옥에 갇히게 된다는 의미였다. 이런 경우는 목이 떨어져 나갈
만큼의 중죄밖에 없었다.

재미있는 구경을 하던 관리들 중 몇몇은 놀라움을 금치 못했다. 혁
혁한 공을 세운 위지에게는 은혜를 베풀어 황제 앞에서 변명할 기회라
도 주어야 한다고 생각했기 때문이었다. 봉지미는 능숙한 말재간이 있
었지만, 시험지 유출에 대한 죄는 피할 수 없을 터였다. 그나마 반론의
기회라도 얻을 수 있을 줄 알았는데, 바로 형부행이라니. 이 일에 대한
폐하의 노여움이 얼마나 깊은지 가늠할 수 있었다.

대학사 요영은 한쪽에서 미간을 찌푸리고 선 채 호성산에게 눈짓을
하였다. 요 대학사는 봉지미가 아들의 목숨을 구한 후라 그녀에 대해
좋은 마음을 품고 있었다. 요 대학사는 호성산에게 다시 한 번 폐하에
게 말씀을 드려 보는 게 어떠하겠냐는 의견을 전달했다. 빼빼 마른 호
성산은 천천히 고개를 저었다. 폐하는 무정한 군주였다. 이런 때는 상황

이 좀 진정된 후 다시 말하는 것이 오히려 나았다. 곧바로 통촉하여 달라고 했다가는 화를 면치 못할 게 분명했다.

사실 이 노인네에게는 다른 꿍꿍이가 있었다. 위지는 벼슬길에 들어선 후 너무 탄탄대로만을 달렸고, 그것은 젊은이에게 독과 같은 일이었다. 이번 기회에 고생을 하게 하여 나중에 왕에게 위급한 순간이 올 때 결정적인 역할을 할 수 있도록 하려는 것일지도 몰랐다. 또한 이번이 위지를 포섭할 기회일 수도 있었다.

사람들은 각자 계산기를 두드리며 생각에 잠겼고, 주변은 쥐 죽은 듯 고요해졌다. 저쪽에서 봉지미가 천천히 시선을 들며 자신을 막고 있는 서슬 퍼런 칼끝을 바라보았다. 그녀는 여전히 상황을 파악하지 못한 표정이었다. 이때 갑자기 번개 치듯 빛이 번쩍하더니 그녀를 매섭게 쳐다보고 있던 몇몇 어림군 호위들의 눈빛이 흔들렸다. 그들은 서로 마주 보더니 칼을 아래로 내려놓고 한결 누그러진 어투로 말했다.

"위 대인, 들어가시죠!"

좌절이라고는 겪어 본 적이 없고, 예부 상서의 좌석에는 아직 앉아 보지도 못한 젊은 일품 대신은 어떤 반응을 보일까? 전하에게 뛰어가서 억울함을 호소하고 선처를 바랄까? 아니면 제왕의 잔인함에 상처받아 천하제일이라는 호위무사를 동원할까? 사람들은 여러 추측을 하며 숨을 죽이고 바라보았다. 하지만 좋은 구경거리를 기다렸던 관원들은 금세 실망했다. 봉지미가 고개를 들어 황제의 금전을 한번 바라보고는 뒤로 한 발 물러섰다. 그러더니 무릎을 꿇고 금전의 용좌 방향을 향해 세 번 절을 올렸다. 그녀는 관모를 벗어 한쪽에 잘 놓아두더니 바닥에 엎드려 경건한 목소리로 말했다.

"방금 소신이 가마에서 어젯밤 예부에서 벌어진 일에 대해 들었습니다. 예부의 주관으로서 이렇게 중요한 일에 대해 전혀 모르고 있었다는 점은 소신의 잘못입니다. 만 번 죽어 마땅한 큰 잘못을 저질렀습니다. 소신의 잘못 때문에 춘추가 높으신 폐하가 노하셔서 옥체가 상하시지 않을까 염려되옵니다. 소신은 백번 죽어 마땅하오니 전하, 노여움을 푸시고 옥체를 보존하소서. 그것이 소신과 만백성을 위하는 일입니다."

사방이 고요한 가운데 봉지미의 청산유수와 같은 말재간을 듣고 있던 관료들이 순간 감탄사를 내뱉었다.

"대단하구나!"

대학사 몇몇은 위엄 어린 표정으로 서로 시선을 교환했다. 조정의 일품 대신이 갑작스레 큰 화를 당할 처지에 놓였다. 궁 입구에서 어림군의 제지를 받고 바로 형부의 감옥으로 갑작스레 투옥된다면 어떤 사정도 봐 주지 않을 게 분명했다. 갑자기 하늘에서 저 밑바닥으로 뚝 떨어지게 된다면 누가 이를 감당할 수 있을까? 과거에 이런 일을 겪은 이들 중 어떤 이는 바로 사지에 힘이 풀려 맥을 못 췄다. 또 어떤 이는 너무 놀라 자기도 모르게 지리기도 했다. 어떤 이는 하염없이 눈물만 흘렸다. 그나마 가장 나은 상황은 손을 부들부들 떨면서도 이를 악물며 표정 관리를 하고 자리를 뜨는 사람이었다.

봉지미는 평온했다. 어느 누가 무고함에도 노여워하지 않고, 갑작스러운 상황에서도 이토록 침착할 수 있을까. 또한 짧은 말 몇 마디에 태연함을 담아 이 일에 대해 전혀 몰랐다는 항변의 뜻을 전할 수 있을까. 억울함을 드러내지 않으면서도 폐하의 성은을 요구할 수 있는 사람이 어디 있을까. 무엇보다 자신이 위험에 빠져 있으면서도 오히려 폐하의 옥체를 걱정하지 않았는가? 사실 폐하께서 연세가 있으시고, 어느 정도 나이가 들면 건강을 제일 걱정하기 마련이었다. 아무리 크게 노여워했다 하더라도, 이렇게 진심을 담은 청산유수와 같은 말을 듣고 있으면 화가 풀릴지도 몰랐다. 자신을 위해 항변하지 않으면서도 자신의 입장을 드러내는 그녀의 말재간은 무척 훌륭했다. 그 말재간이 곧 사라질까 두려울 정도였다. 이런 신중함과 꼿꼿함, 지혜로운 임기응변은 몇십 년 동안 관직 생활을 하고 산전수전을 다 겪어 본 대학사들도 해내기 어려운 정도였다. 봉지미는 젊을 때 뜻을 이루었고, 어떤 좌절도 맛본 적이 없었다. 무서울 것 없는 기세등등한 젊은이의 타고난 처세술과 놀랄 만한 자제력은 도대체 어디서 배웠단 말인가?

"위 대인의 뜻은 알았소."

호성산이 먼저 말했다.

"대인의 말은 나중에 폐하께 꼭 전해 드리오리다."

"대단히 감사합니다."

봉지미가 웃더니 고개를 돌려 고남의에게 말했다.

"따라오지 마세요."

"안 됩니다."

어림군의 호송을 맡은 수장이 말했다.

"어젯밤 예부에 침입한 사람 중 한 사람은 무술이 매우 뛰어나고, 점혈에 능하다고 합니다. 이런 고수의 무공은 고 대인께서 가능하다고 하시니 함께 형부로 가서 따져 봐야 합니다."

봉지미가 고남의를 향해 겸연쩍게 웃었다.

"내 잘못으로 사형까지 끌어들이네."

고남의는 태연한 표정으로 어림군의 대장에게 검을 건네고 따라온 사환을 보며 말했다.

"외투를 가져와. 위 대인이 허리가 좋지 않으니 잘 때 필요해."

사환은 다리를 후들거리며 분부에 응했다. 관료들은 '무슨 휴가 보내러 가는 줄 아나' 하는 눈초리로 서로를 바라봤다.

"그리고 작은 아가씨한테는 아비가 휴가를 가니, 두 번 함께 자는 걸 빚을 졌다고 전해."

"……."

관료들은 웃음을 참으려고 이를 악물었다. 정말 휴가를 보낸다고 생각하다니! 일부 이상한 생각을 하는 자들은 그의 말을 듣고는 음흉한 상상의 나래를 펼쳤다.

'설마 아버지가 같이 있는 날은 딸과 함께 잔다고? 함께? 딸과? 잔다고? 이런! 문란한 풍속이구나.'

사람들은 그렇게 생각했다.

"점심에는 새끼 비둘기 국을, 저녁에는 채식을 준비해."

고남의는 여전히 침착한 어투로 '휴가'의 식단을 일러두었다.

"대인은 저녁에 고기를 머으면 잠을 설쳐."

관료들이 코를 훌쩍거리기 시작했다.

'아! 단수의 깊은 애정이구나!'

황금빛 지붕에 녹색이 어우러진 왕의 가마가 유유히 다가왔다. 가마에 탄 사람이 발을 젖히고 가마에서 내리려다가 이 말을 듣고는 동작을 멈췄다. 저쪽에서 봉지미가 마침 무언가가 떠오른 것처럼 당부하며 말했다.

"어젯밤 불에 거의 다 타 버렸으니 침구도 새로 사서 넣거라. 침구는 양쯔강 유역에서 만든 깃털처럼 부드러운 솜 중에서도 가장 최상급으로 준비하거라."

관료들이 모두 서슬 퍼런 불을 켜고 그 말에 주목했다.

'하하하, 최상급이라. 하하하, 감옥에서 잠을 못 자겠군.'

"그리고…… 작은 호두도 8근 가량 부탁한다."

"위 대인!"

어림군의 대장이 어안이 벙벙한 채 듣고 있다가 그제야 정신을 차리고 저지했다.

"다른 것은 그만하시죠. 호두는 안 됩니다. 고남의 대인의 무공은 천하제일이시니 호두로도 사람을 해칠 수 있습니다."

"껍질은 까고 알맹이만 가져오너라."

봉지미가 바로 당부하고는 고개를 돌려 온화한 표정으로 어림군 대장을 향해 말했다.

"알맹이는 매우 가벼워 무기로 쓸 수 없사옵니다. 염려 놓으시지요."

"……."

'휴가'를 보내러 가는 두 사람은 당부할 것을 모두 말하고 어림군을 따라 바깥으로 나갔다. 봉지미의 신분을 고려해 포승으로 결박하고 손에 족쇄를 채우지는 않았지만, 압송에 거의 천 명이나 동원되었다. 길가에는 왕의 가마가 세워져 있었다. 가마는 반쯤 발이 내려진 상태였고, 그 발을 잡고 있는 길고 하얀 손가락이 보였다. 가마에 타고 있는 사람의 눈빛이 마치 깊은 바다를 바라보듯 요원해졌다. 봉지미가 가마를 향해 웃으며 허리를 숙이고 말했다.

"초왕 전하."

"위지 대인, 건강에 유의하시오!"

영혁이 봉지미를 보더니 천천히 말했다.

"형부의 팽 상서는 예부 출신이오. 강직한 군자이니 걱정 마오. 그 사건에 대해서는 현재 밝혀진 바가 없으니 나중에 폐하께서 명을 내리시면, 3법사와 저희 몇몇 황자들 역시 조사를 해야 할 것입니다."

봉지미가 눈을 반짝이며 다시 허리를 굽히고 말했다.

"초왕의 은혜에 감사드립니다."

영혁의 말에는 많은 속뜻이 담겨 있었다. 팽 상서가 '강직하다'는 말은 이 사람이 질투에 눈이 멀어 봉지미에게 손을 썼을 수도 있다는 것을 암시한 말이었다. 또한 3법사와 몇몇 황자들이 조사를 해야 할 것이라는 말은 이 사건이 그만큼 중요하다는 것이었고, 형부 혼자서 사건을 처리하지 못하도록 3법사가 조사하게 할 것이라는 말이었다. 하지만 폐하가 이 3법사의 주관 황자를 전폭적으로 신뢰하는 것은 아니었다. 2황자와 7황자 모두 이에 참여하고 있었다. 게다가 현재의 3법사는 얼마 전 인사이동으로 영혁 혼자 맡고 있지 않으므로 조심하라는 말이 함축되어 있었다.

두 사람이 시선을 마주치자 봉지미가 슬쩍 미소를 보였다. 그녀의 미소는 마치 안개 속에서 꽃을 보는 것처럼 알 수 없는 거리감이 느껴졌다. 평상시와 달리 따뜻하고 부드러웠고, 이야기를 담고 있는 눈빛에 무덤덤한 위안과 기쁨이 섞여 있었다. 영혁은 그 모습을 바라보다가 그녀의 이런 눈빛을 오랜만에 마주했다는 걸 깨달았다.

약 일 년 전, 남해에서 봉지미가 큰 병에 걸려 누워 있을 때 자신이 직접 탕약을 준비해 그녀에게 먹여 준 적이 있었다. 그때 그녀가 보여 준 것이 바로 이 눈빛이었다. 석양은 물론 달과 별에 비할 수 없는 미소와 함께였다. 그 순간 영혁은 마치 뜬구름에 뛰어들어 넘실대며 서로 얼싸안고 있는 것 같았고, 꿈을 꾸는 듯 감미로웠다. 하지만 그 미소는 그의 기억 속에서만 존재했다. 긴 밤 차가운 바람 속에서 그녀의 미소가 떠올랐지만, 나중에는 그 미소가 실제 있었던 것이 아니라 그저 자신의 허상 속에 있었던 것이 아닌가 스스로 의심하게 됐다.

"이제야 다시 만나게 되는구나."

봉지미의 미소는 삼엄한 포위 속에서 만난 미소였다. 마치 별똥별처럼 찰나의 순간에만 존재했지만, 영혁은 그녀의 미소에 대한 화답으로 입가를 씩 올렸다. 그는 가마의 발을 슬쩍 내려놓고 어둠 속에서 몰래 미소 지었다.

봉지미와 고남의는 각각 형부에서 특수 제작한 철갑 마차에 올라타 형부로 향했다. 천 명의 시위들이 호송에 동원됐다. 마차에는 딱 한 줄기의 틈만 남겨져 있었다. 절반쯤 갔을 때 그녀는 지붕을 세 번 똑똑 두드리는 소리를 들었다. 그녀는 손가락으로 철갑 마차의 천장을 두드려 회답했다. 머리 위에서 바람 소리가 스쳤다. 종신은 사람들과 함께 줄곧 그녀를 보호해 왔다. 하지만 그런 종신이라 해도 형부 감옥까지 들어갈 수는 없었다. 종신이 시위로 변장해서 감옥에 들어가는 것에 대해 물었고, 그녀는 이를 거부하였다. 한참 후 새소리가 들리더니 다시 마차가 달리기 시작했고, 굽어진 길을 돌다가 갑자기 한쪽으로 기울었다. 어림군은 황급히 움직이며 먼저 두 마차를 겹겹이 둘러싼 후 도대체 어떻게 된 일인지 살펴봤다. 마차의 측면 바퀴의 철 사개*모통이를 끼워 맞추기 위하여 서로 맞물리는 끝을 들쭉날쭉하게 파낸 부분가 조금 느슨해진 것을 발견하고 서둘러 칼로 조였다. 호송 군사들은 모두 엉덩이를 들고 마차 아래만을 주목했다. 그러는 사이 길가의 나뭇가지가 지면을 향해 휘어지다가 용수철처럼 튀어 올랐는데, 그 순간 누군가 낙엽처럼 땅에 내려와 작은 병 두 개를 천장의 틈으로 넣어 주는 것을 아무도 몰랐다. 그녀는 작은 병을 소매에 숨겼다.

마차는 금세 형부에 도착했다. 하지만 마차에서 내리지 않고 바로 안으로 들어가 다시 지하 아래쪽으로 향했다. 소리를 통해 형부에 있는 지하의 가장 무서운 감옥에까지 들어왔음을 파악할 수 있었다. 봉지미는 씁쓸한 미소를 지었다. 그녀는 형부 상서와 같은 신분이었고, 그 정도 신분이라면 형부에 끌려왔다고 해도 일반적으로 먼저 차를 권하는 것이 관례였다. 차나 나누자는 의미는 아니었지만 그런 식으로 예우를 해주었다. 또한 자유롭지 못하다는 점을 빼고는 모든 것이 다 갖춰진 독실을 준비하는 게 도리였다. 심문을 시작할 때도 예의를 갖추어 진행하였고, 어느 누구도 함부로 대해서는 안 되었다. 모두 조정의 대신이었고, 가지고 있는 배경이 매우 복잡하기에 재기해서 30년 후에 보복을 당할지도 모르는 일이었다. 어떤 막강한 세력의 후원을 받는지 누가 알수 있겠는가? 설사 곧 형장에 간다고 해도, 잘 먹여서 마지막 길을 보내는 것이 3법사 재판의 관행이었다. 하지만 그녀에게는 이것도 예외였다.

봉지미는 혈혈단신이었고 기댈 곳도 없었지만, 위세는 놀랄 만큼 강했다. 그 위세는 황제의 총애에서 나온 것이기에 황제의 눈 밖에 나면

하루아침에 몰락할 수 있었다. 황제가 자신을 괴롭히기 위해서 명령을 내린 것은 아닐 터였다. 하지만 조정에서는 복잡한 원인으로 사건의 전말이 달라지는 일들이 흔했다. 마음만 있다면 체포보다는 먼저 조사부터 하면서 며칠을 지체할 수도 있을 터인데 즉시 형부로 보냈다는 것은 가만 놔두지 않겠다는 뜻이 아닌가? 게다가 이 형부의 상서는 과거 예부의 상서가 아닌가? 그녀가 너무 공교로운 시기에 돌아오는 바람에 그의 일을 망쳤으니 전임 상서는 좋은 감정이 아닐 터였다.

계속 밑으로 내려가던 마차가 드디어 멈췄다. 봉지미가 마차에서 내리자 입구에서 기다리고 있던 어림군 시위가 예를 갖추면서도 냉랭한 어투로 말했다.

"대인, 형부의 규율에 따를 터이니 이해해 주시길 바랍니다."

어림군 시위가 손에 들고 있던 검은색 천을 흔들며 말했다. 봉지미는 거부하지 않은 채 그가 자신의 눈을 가리도록 놔뒀다. 고남의는 다른 사람의 접근을 거부하고 자신이 직접 눈에 천을 둘렀다. 다시 무리와 함께 아래쪽으로 향하자 감옥이 있는 곳으로 들어가는 느낌이 났다. 그녀가 발걸음을 멈추고 물었다.

"고 사형은 어디에 수감됩니까?"

"대인, 같은 죄로 수감된 경우 따로 가두는 것이 규율입니다."

한 사람이 무미건조한 어투로 말했다.

"같은 죄라니요?"

줄곧 고분고분하던 봉지미가 갑자기 태도를 바꾸더니 쓴웃음을 지으며 말했다.

"3법사가 아직 재판을 열지도 않았고, 관직을 박탈당하지도 않았으며, 폐하가 나의 죄에 대해 명을 하달한 것도 없는데 같은 죄라니요?"

주위가 잠시 조용해졌다. 은연중에 어떤 움직임이 느껴졌다. 조금 전에 대답했던 그자가 조금 부드러워진 말투로 말했다.

"제 말실수입니다. 용서해 주십시오. 하지만 고 대인께서는 무술에 뛰어나서, 폐하께서 친히 대인과 같이 가두지 말라고 명하셨으니 이를 따라 주십시오."

"알겠소."

봉지미가 말했다.

"내 맞은편에 가둬 주시오. 언제든 볼 수 있게 말이오."

그때 고남의가 갑자기 입을 열었다.

"아니면 바로 목숨을 부지하지 못한다."

그 소리에 놀란 자가 고남의의 표정을 살펴보았다. 이런 종류의 사람은 거짓말이나 타협이란 없었다. 주저하듯 고개를 돌려 무언가를 물어보더니 한참 후 대답했다.

"그럼 고 대인께는 족쇄를 채우겠습니다. 아니면 힘들 것으로 사료됩니다."

봉지미가 미간을 찌푸렸다. 옥졸들이 족쇄를 채우며 고남의를 해하지 않을까 걱정되었다. 그녀가 없던 일로 하려던 찰나 그가 말했다.

"가져 와."

한참 후 옥졸 몇 명이 족쇄와 수갑을 끌고 오는 소리가 들렸다. 거친 숨소리가 나는 것으로 보아 형부에서 가장 무겁다는 현철갑임을 추측할 수 있었다. 여러 사람이 들어도 들기 힘들다는 이 족쇄와 수갑은 일반인의 경우 하룻밤도 넘기지 못하고 지쳐 죽을 수도 있었고, 무림의 고수라고 해도 당해낼 재간이 없었다. 고남의가 이런 자들에게 유린당하기 원치 않는 봉지미가 바로 말했다.

"됐다. 그냥 아무 곳에나 가두거라."

봉지미는 저 수갑만 차지 않는다면, 자신의 시선에서 벗어난다 해도 무공 실력이 뛰어난 고남의가 다른 사람에게 당하는 일은 없을 것이라고 생각했다. 하지만 그가 곧바로 그녀의 말을 받아치며 말했다.

"아냐. 맞은편에 가둬."

문득 봉지미의 손이 따뜻해졌다. 고남의가 그녀의 손을 잡고 있었다. 검은 천을 눈에 두른 상태로, 이렇게 많은 사람들에게 둘러싸여 있으면서도 어떻게 그렇게 정확하게 그녀의 손을 잡을 수 있을까? 그는 그녀의 손가락을 꽉 쥐었다. 그 힘이 너무 강렬해서 피부를 뚫고 뼈까지 전해질 정도였다. 그녀의 귀에 나지막한 목소리가 들려왔다.

"저번에는 같이 있지 못했지만, 이번에는 함께 있을 거야."

잠시 멈칫한 봉지미는 고남의의 말이 포성의 감옥에서 자신이 심문받던 때를 말하는 것임을 알았다. 그 당시 그녀 곁에 없었던 것이 그에게 자책과 한으로 남은 게 분명했다. 그런 탓에 지금 그의 말투에는 기쁨이 섞여 있었다. 이번에는 그녀가 위험에 빠졌을 때 함께 감옥에 있을 수 있다는 기쁨이었다. 입을 꾹 다문 그녀는 마음속에서 따뜻함이 느껴졌다. 그의 손을 잡으며 대답했다.

"조심해."

고남의는 아무 대답도 하지 않고 봉지미의 손을 놓았다. 하지만 검은 천 안으로 입꼬리가 살며시 올라갔다. 그 수갑과 족쇄의 묵중한 소리에 그녀는 사뭇 놀랐다. 하지만 그는 시종일관 아무 말도 하지 않았다. 그들을 호송했던 어림군의 소대장은 그녀의 얼굴을 가리고 있던 천을 풀고 감옥에 집어넣었다. 그 다음 무거운 잠금 사슬을 한 번 감는 것으로는 부족하게 느껴졌는지 사슬로 문을 여러 번 감았다.

봉지미는 눈을 뜨자마자 맞은편의 고남의를 살폈다. 빛이 없어 사방이 어두컴컴했다. 얼핏 족쇄와 수갑이 목 부분에서 시작하여 손까지 묶여 있는 모습이 보였다. 긴 사슬은 팔뚝만한 두께였지만, 그는 꼿꼿이 앉은 채 눈 하나 깜빡이지 않았다. 아무도 건드리지 않는다면 평생 저 자세로 살 것 같은 모습이었다. 저런 묵직한 쇠사슬에 묶인 채 꼿꼿이 앉아 있는 것은 매우 피곤한 일이었다. 그녀는 자신이 걱정할까 봐 그가 배려한 행동이라는 걸 알고는 황급히 말했다.

"그렇게 꼿꼿이 앉아 있으니 나에게 오는 빛을 가리잖아. 누워 봐."

봉지미는 고남의에게 직접적으로 말해 봤자 아무 소용이 없을 것이고, 이렇게 에둘러 얘기해야 그나마 들어준다는 걸 알고 있었다. 그녀에게 이익이 되는 일을 가장 중시하는 그는 융통성이라고는 눈곱만큼도 없었다. 아니나 다를까 그는 눈을 껌뻑거리며 조금 의심스러운 눈초리로 주위를 둘러보았다. 어디에서 온 빛을 어떻게 가린다는 것인지 살펴본 후 순순히 자세를 낮췄다. 그녀는 그 모습을 보며 정말 순진한 사람이라고 생각했다. 갑자기 그가 자리에서 일어나더니 손을 묶고 있던 수갑의 긴 쇠사슬을 감옥 정면의 철창살에 걸어 놓았다. 이 정도는 되어야 그가 감당할 것이 아니겠는가. 게다가 이런 행동 역시 그 아니면 누구도 불가능할 터였다. 다른 사람이었다면 아마 벌써 움직이지도 못했을 것이다. 그녀는 슬쩍 웃으며 꽤 똑똑하다는 생각을 했다. 그때 그가 말했다.

"이것 봐. 이러니 괜찮아."

봉지미가 부드러운 목소리로 말했다.

"그래, 힘들지 않다니 나도 안심이야."

고남의가 고개를 끄덕이며 매우 만족스러운 표정을 지었다. 그 순간 봉지미는 감옥 쇠창살에 걸어 놓은 부분이 자꾸 떨어져 그가 몰래 손으로 쇠사슬을 받치고 있다는 사실을 눈치챘다. 힘들지 않다더니 더 힘들어 보였다. 현철의 중량이 전부 목과 손을 누르고 있었고, 쇠사슬로 분산되는 중량은 얼마 되지 않았다. 게다가 이 쇠사슬이 떨어질까 봐 눈도 감지 못하고 쉬지도 못하는 상황이었다. 그는 온몸의 힘을 쇠사슬을 받치는데 쓰고 있었는데, 이는 모두 그녀의 걱정을 덜기 위함이었다.

봉지미가 눈을 감고 가볍게 한숨을 쉬었다. 고남의가 세상을 향해 한발 한발 나아가며 그녀를 즐겁게 해 주려고 분투하는 모습에 가슴이 아팠다. 과거에 그는 이렇게 많은 생각을 한 적이 없었다. 누구를 위해 일부러 연기한 적도 없었고, 아무것도 무서워하지 않았다. 자신만을 생각하며 성큼성큼 앞으로 나아갔고, 천하의 모든 일에서 자유로웠다. 하지만 현재 그는 자신의 세상을 뒤집었다. 십여 년간의 무지몽매함에서 겨우 빠져나와 번데기에서 나비가 되는 것처럼 처절히 변신을 꾀했다. 그녀는 여태껏 그가 막연해하거나 아픈 적이 없었을 거라고 생각하지 않았다. 하지만 그 사람은 아무런 불평도, 어떠한 말도 하지 않은 채 그녀 곁에서 묵묵히 현실이라는 칼로 자신의 세상을 둘러싼 막을 제거하고 있었다. 그녀는 칼을 쓰면 항상 피가 따라오는 법이라고 생각했다. 그리고 그 피는 그의 가슴속에 흐르고 있을 터였다. 묵직한 족쇄와 수갑을 마주하고 있으니, 그녀는 이것이 마치 자신의 마음을 억누르는 것처럼 답답함이 밀려왔다. 그와 같은 사람은 자신을 옥죄는 형구가 일반인보다 더 민감하고 힘들 터였다. 하지만 그는 왜 아무 말도 하지 않는 것일까? 그녀를 위해 그가 감당해야 하는 모든 일들은 단 하나라도 단순해 보이는 게 없었다. 그에게는 이것이 하늘에 오르는 것만큼 어려웠다. 다른 사람이 그녀에게 주는 성의는 성의이고, 희생은 희생일 뿐이었다. 하지만 그가 그녀에게 보여 준 것은 헤아릴 수 없는 수준이었다.

봉지미는 시선을 거두었다. 더 이상 시선을 그곳에 둘 수 없었다. 자신의 눈빛에 안타까움이 드러나 고남의가 알아채고 자책하지 않을까 두려웠다. 그는 이미 아무것도 신경 쓰지 않던 예전의 그가 아니었다. 그녀는 시선을 거두고 자신의 감옥을 둘러보았다. 썩어 문드러진 지푸라기와 쥐가 가득했다. 저 멀리 등불이 희미하게 불을 밝히고 있었고, 가까운 곳에 무시무시한 형구가 놓여 있었다. 자신도 모르게 한숨을 쉬며 중얼댔다.

"세상 모든 감옥은 다 비슷하구나."

"우리 형부에는 물 감옥도 있소. 물에 거머리와 물뱀을 풀어 놓은 곳이지요."

누군가가 씁쓸한 미소를 지으며 말했다.

"위지 대인님께서 한번 체험해 보시렵니까?"

그렇게 말한 사람은 계단에 서 있었다. 툭 튀어나온 광대뼈, 광대뼈에 커다랗게 자리 잡은 선명한 검은 점, 그리고 검은 점 위에 검은 털이 나 있는 게 보였다. 등불의 불빛에 그 검은 점의 색깔이 달라졌다. 그는 음산한 미소를 지으며 문 앞에 기대어 서 있었다. 그리고 또 다른 그림자는 입구 쪽에 서 있었다. 얼굴이 바깥에 있어서 남색 월계꽃이 그려진 도포 자락과 관직용 흑화만이 보였다. 봉지미는 검은 점을 가진 사람의 얼굴을 슬쩍 바라봤다. 형부의 감옥에는 품계가 낮은 옥관이 있다는 말을 들은 적이 있었다. 오랫동안 어두운 지하에서 여러 인간의 죄를 대하면서 음산하고 악랄하게 변했다는 이야기였다. 이전에 들었던 이름 중 '계견주'라는 이름의 옥관이 있었는데, '귀견추'*귀신조차 꺼리는 대상라는 별명이 붙을 정도였다. 아무리 악명 높은 강도나 부랑자라고 해도 그의 손만 거치면 온갖 고생을 다하고 결국 자백했으며, 어떤 죄라도 잡아낸다고 하였다. 그리하여 결국 죄인은 거의 죽기 일보 직전인 상태로 형장에 간다고 했다. 형부에서 가장 보물 같은 존재라는 그가 바로 저자인 듯했다. 봉지미가 웃으며 붙임성 있게 말했다.

"계 대인님 맞으시지요? 형부의 물 감옥은 저의 몸으로는 감당이 안 될 듯하오니 면해 주십시오."

"면해 달라면 면할 수 있는 줄 아십니까?"

계견주가 섬뜩한 미소를 지었다.

"면하고 싶습니다. 당연히 면해야지요."

봉지미가 덤덤하게 말했다.

"큰 벌을 내릴 필요가 없습니다. 무슨 질문이든 다 대답해 드리겠습니다. 큰 벌은 대답을 안 하는 사람을 위한 것이 아닙니까? 저는 뼛속까지 가벼운 사람이고, 입은 더 가볍습니다. 큰 고생을 하실 필요가 없습니다."

봉지미가 말을 마치고 지푸라기를 정리하더니 그나마 깨끗해 보이는 곳에 편안하게 누웠다.

"자네……."

계견주는 감옥에서 쌍욕을 지껄이거나 살려달라고 애원하는 죄수들은 많이 봐 왔다. 하지만 이렇게 대놓고 팔자 편한 죄인은 처음 만나봤다. 기가 막힌 그는 봉지미의 자세를 보면서 어떤 형구를 써야 상처를 입히지 않으면서도 아픔을 극대화할 수 있는지, 저 죄인에게 어떤 게 잘 어울릴지 고민했다. 고민을 아직 해결하지 못했을 때 등 뒤의 어둠 속에 있던 자가 목소리를 낮추고 몇 마디를 전했다. 그는 반쯤 몸을 돌려 공손한 태도로 듣더니 음산한 미소를 지었다. 그리고 옥졸 두 명을 불러 감옥 앞의 책상에 앉게 하고 털이 듬성듬성 빠진 붓을 치며 말했다.

"위 대인은 시원시원하신 분 같으십니다. 원래 소인 역시 대인을 심문할 자격이 되지 않습니다. 다만 저희 형부의 규율에는 누구든지 형부에 들어온 사람은 반드시 재판을 거쳐 자신의 죄를 인정하게 되어 있습니다. 형부의 법정에 선다는 것이 빈말은 아니지요. 이제 할 말이 없으니 위 대인께서 말씀하시지요."

"네?"

봉지미가 살짝 웃었다.

"무엇을 말해야 하는지요?"

"특별한 건 없습니다."

계견주가 교활한 웃음을 지었다.

"죄가 없다면 감옥에 오지 않았겠죠. 감옥에 왔으면 솔직하게 죄를 인정해야 합니다. 이것이 바로 대인의 죄목입니다. 어서 서명하시죠."

계견주가 자백 자술서를 들이밀었다. 봉지미가 입도 열지 않았는데 자술서에는 이미 죄목이 명백하게 쓰여 있었다. 게다가 어떻게 뇌물을 받았는지, 어떻게 시험지를 빼돌리기로 했는지, 그날 저녁 연춘로의 자리를 빌미로 어떻게 두 시랑의 열쇠를 손에 넣었는지, 또 오밤중에 고남의를 예부로 잠입시켜 어떻게 예부의 당직 관리를 납치해 토굴에 넣었는지, 밀실의 밀궤에서 시험지를 꺼내 누구에게 넘겼는지가 그녀의 말투로 고스란히 담겨 있었다. 또한 돈을 벌기 위해 시험지를 받은 사람이 부잣집 자제들 몇몇에게 팔려고 하는 것을 제경부가 현장에서 잡았다는 내용이 자세하게 적혀 있었다. 자술서는 논리가 명확했고, 자백의 내용 또한 빈틈이 없었다. 이 사건의 '당사자'인 그녀의 짐작보다 훨씬 더 자세하게 서술되어 있었다.

이때까지만 해도 봉지미는 상대가 어떻게 자신을 음해할지 예상하지 못했다. 그녀가 바보였다. 상대는 어젯밤 그녀가 연춘로에서 술을 마신 사실을 알고 있었고, 일부러 이런저런 이유를 둘러대며 6부의 관리를 모두 보냈다. 그 이유는 첫째, 여러 사람의 목격담을 확보하기 위해서였다. 둘째, 예부의 시랑 두 명이 그곳에 함께 하는 것은 매우 당연한 일이었다. 하지만 어제처럼 그녀에게 여러 사람이 술을 권하는 시끌벅적한 상황에서 누군가 두 시랑의 열쇠를 훔쳐서 복제했다면? 그리고 상대가 무술의 고수를 구해 고남의의 무술을 흉내 냈다면? 일부러 예부의 원외랑을 납치하고 아무렇게나 예부를 한 바퀴 돈 뒤 예부의 토굴에 버려두고, 또 일부러 그에게 단서를 남기고 목숨을 살려 주었다면? 열쇠로 문을 열어 시험지를 훔친 후 다시 잠가 놓아서 겉보기에는 아무 이상한 낌새가 없었으나 이미 시험지가 도둑맞은 상황이 발생했다면?

이 상황에서 자물통을 부수지 않고 손쉽게 시험지를 훔칠 수 있는 사람은 누구일까. 예부의 내부와 여러 호위 무사들에 대해 누가 가장 잘 알고 있을까. 정답은 당연히 자기가 관할하는 시험지를 훔친 예부 상서일 것이었다. 봉지미의 열쇠가 없는 상태에서 상대는 어떻게 열쇠 세 개를 얻었을까? 바로 황제에게 열쇠가 하나 있었다. 다른 이라면 접근이 불가할 테지만, 황제에게 접근이 가능한 사람이 있었다.

봉지미는 죄목을 눈으로 쭉쭉 읽어가며 고개를 끄덕이며 말했다.

"대단하오. 대단해!"

"소인도 대인이 대단하다고 생각됩니다."

계견주가 문장의 맨 끝을 가리키며 말했다.

"틀린 부분이 없으시면 한시라도 빨리 인정하시는 게 고통을 당하지 않으시고 좋을 것입니다. 아니면 규율에 따라 대인께서 빨리 기억을 되찾으시도록 방법을 강구할 수밖에 없습니다."

두 옥졸이 인주를 가져와 봉지미가 지장을 찍길 기다렸다.

"있습니다."

봉지미가 죄목을 손가락으로 두드리며 공손하게 말했다. 계견주는 예견했다는 듯 몰래 미소를 지었고, 흥분한 것처럼 얼굴에 있는 검은 점이 떨렸다.

"네?"

'역시나 인정하지 않는구나.'

계견주는 인정하지 않는 것을 무척이나 좋아하며 내심 흡족해했다.

"어찌 이리 간단할 수 있단 말이요?"

봉지미가 역정을 내며 종이를 던지고는 말했다.

"시험지를 빼돌리고, 뇌물을 수수하였다뇨? 당신들, 너무 착하군요! 형부의 조사 기관은 너무 형편없네요! 야심만만한 이 봉지미를 너무 무시하셨습니다! 이 사건이야말로 진상을 알기 힘들며, 사악한 마음이 도사리고 있는 것입니다. 게다가 천성왕조를 멸망시키려는 더 깊은 뜻을 담고 있는 매국 사건이 아닙니까!"

"뭐라?"

그 소리에 놀란 계견주가 입을 떡 벌렸다. 벌어진 입으로 바람이 빠지며 말을 제대로 잇지 못했다. 계단 위의 있던 남색 월계꽃이 수놓아진 도포 자락의 그 사람 역시 봉지미의 자백에 놀란 듯 중심을 잡지 못하고 휘청댔다. 그녀는 그 사람을 보고는 자술서를 가리키며 말했다.

"대략적인 부분은 별문제가 없고, 이야기의 전개도 매끄럽습니다. 등장인물도 잘 설정했고요. 허나 동기가 너무 부족합니다!"

봉지미가 몸을 일으켜 한손으로 자술서를 흔들며, 다른 손으로 철장을 치고 말했다.

"장군은 전장에서 목숨을 잃을 수도 있습니다. 그 일을 했다는 것은 희생해야 할 시기가 있음을 알고 있다는 것입니다. 대업을 이루어야 하는데 어찌 희생을 두려워하겠습니까? 저는 이미 형부에 들어왔으니 사실대로 말씀드리지요. 저는 원래 대월의 첩자입니다. 대월 안왕 전하 천기위 제3분대 4소대 소대장이지요. 별칭은 '월파월고(越爬越高)*오를수록 높아진다'입니다. 당초 포성에서 갖은 고생을 하다가 제경으로 온 것은 고육책의 하나였습니다. 천성황제의 신임을 얻고 대신이 되면 천성에서 3년에 한 번 시행하는 국가 인재 선발 시험을 망치려 했습니다. 시험지를 유출로 학자들의 불만이 터져 나오면 백성들을 선동해 천성의 각 관아를 혼란에 빠뜨림으로써 나라와 백성의 안위를 위협하고자 했습니다. 조정에서 혼란을 진압하려 군사를 일으키면 반발한 백성들이 간신을 쫓아낸다는 명목으로 제경에 모여들도록 유도한 후, 때맞춰 우리 대월이 백만 북방 군사를 일으켜 연합 공격을 하려고 했습니다. 대업이 다 이루어지면, 천하는 우리 안왕 전하의 손에 들어올 것이었오!"

봉지미가 두 손을 모으고 눈물을 흘리며 북쪽을 바라보았다. 그리고 주먹을 불끈 쥐고 감옥문을 때리며 말했다.

"하지만 안타깝게도 모든 계획이 수포가 되어 대업을 이루기 힘들 것 같사옵니다. 전하, 위지의 충심은 곧 피로 변할 듯싶습니다. 알아주십시오!"

'죄송하지만, 진사우 전하. 한 번만 더 소환하겠어요.'

봉지미가 마음으로 중얼거렸다. 그녀는 이런 상황을 모를 대월 진사우의 얼굴을 떠올렸다.

"바로 이렇습니다."

봉지미는 자술서를 말아 계견주의 얼굴에 집어 던졌다. 그녀는 격앙된 표정에서 금세 침착함을 찾더니 손뼉을 치며 넌지시 말했다.

"어서 기술하시죠."

"……."

계견주는 봉지미의 진술에 정신이 혼미했다. 그는 이제까지 별별 생떼를 쓰는 사람들을 다 만나보았지만, 스스로를 막다른 길로 내모는 사람은 처음이었다. 시험지 유출 사건이 이 사람의 이런저런 덧붙임으로 인해 황조의 기반을 흔들려고 한 대역 간첩 사건으로 변모했다.

'저 위지라는 사람은 대체 뭐하는 사람인가?'

말단 관아 계견주는 봉지미가 이해되지 않았다. 하지만 관직에서 산전수전을 다 겪은 능구렁이는 이 상황을 파악할 수 있었다. 남색 월계꽃이 수놓아진 도포 자락의 주인공은 바로 전 예부 상서이자 현 형부 상서인 팽패였다. 계속 어둠 속에 숨어 있던 그는 봉지미의 진술을 듣고 화들짝 놀랐지만, 이내 가슴이 두근거리며 기쁨을 느꼈다. 그러고는 한참을 생각하다가 드디어 그녀의 의도를 파악했다. 위지는 진격을 위한 일 보 후퇴라는 전략을 택한 것이었다. 일부러 사건을 부풀려 형부에서 처리할 수 없는 수준으로 만들어 윗선으로 보내게 하려는 것이다! 일단 나라를 팔아먹으려 한 간첩 사건이 되면, 그의 직위나 사건의 심각성 때문에 3법사에서는 이를 재판할 자격을 갖지 못했다. 하물며 형부에서 가능할 리 없었다. 이것은 천성 황제가 직접 판단할 대역 사건이었다. 그렇다면 형부에서는 봉지미를 하룻밤조차 잡아 두지 못하고, 목에 칼을 씌운 채 노란 천을 씌워 궁으로 바로 보내야 했다! 봉지미는 형부의 감옥에서 아무도 모르게 죽느니 차라리 시험지 유출 사건을 나라를 팔아먹으려고 한 간첩 사건으로 부풀린 것이었다. 사건에 아무도 개입할 여지를 주지 않으면 자신을 보호할 수 있고, 황제를 마주하는 순간 직접 사건의 방향을 돌릴 수 있을 것이라 생각한 것이다! 역시 지혜가 출중하고 임기응변에 뛰어난 무쌍국사다웠다. 혀를 내두를 정도였으며 명불허전이었다.

팽패는 경외심을 느꼈다가 문득 분노가 일었다. 죽은 줄만 알았던 불세출의 위지는 갑자기 대월에서 돌아와 원래의 소속이었던 예부를 요청하였고, 그로 인해 예부 상서로 승급했다. 그 일이 아니라면 지금 그는 이런 방법까지 써야 할 이유가 없었다. 곧 춘위가 시작될 예정이었고, 각기 파벌들은 일찍부터 손을 쓰려 했다. 그는 본 왕을 지키면서도 여러 세력을 다치지 않게 하려 했고, 폐하에게 들키지 않기 위해 꽤 많은 신경을 썼다. 예부의 고위직부터 말단까지 일 년 전부터 많은 공을 들였고, 그동안 흘린 피와 땀 그리고 고뇌는 따로 말하기 힘들 정도였다. 그런데 위지가 갑자기 돌아오는 바람에 모든 것이 물거품이 되지 않았는가!

그건 그렇다고 치자. 그간 벌어진 모종의 일에 계견주와 그가 모시는 분이 너무 깊게 연관이 되는 바람에 그들은 위험을 무릅쓰고 위지를 공격할 수밖에 없었다. 사실 그들도 황제의 총애를 받을 뿐만 아니라 계략이 출중한 위지를 적으로 삼는 것을 원했던 것은 아니었다. 원래 그 역시 위지의 상관이었다. 다만 그녀가 그곳에서 일했던 시간이 그리 길지 않았고, 시랑을 맡은 후에는 남해로 갔다. 남해에서 돌아온 이후에는 실종이 되었다가 느닷없이 북방 전쟁터에서 나타나더니, 다시 돌아와서는 그의 계획을 방해한 것이었다. 이전까지만 해도 그는 그녀와 같이 일한 적이 거의 없었고, 대단하다는 소문만 들었을 뿐이었다. 그는 18세인 그녀가 대단하면 얼마나 대단할까 싶었고, 운이 좋은 것이 아닐까 하는 마음이 내심 있었다. 하지만 오늘에서야 그 진면목을 보게 된 것이었다!

팽패가 이를 악물자 뺨의 근육이 일그러졌다. 일이 이 지경에 이르렀고, 이미 갈 데까지 간 이상 앞뒤를 재는 것은 더 이상 사나이답지 못한 행동이었다. 그는 독한 마음을 품고 한 계단 아래로 내려와 계견주를 부르더니 그의 귓가에 대고 나지막이 몇 마디를 전했다. 계견주는 잠시 멈칫하다가 금세 얼굴에 홍분의 빛이 떠올랐다. 성큼성큼 내려오더니 호통을 치며 말했다.

"무슨 헛소리냐! 매운맛을 보지 않아서 아직 정신을 차리지 못했구나. 매서운 맛을 모르니 어찌 자백할까? 여봐라, 만사통*뱀이 가득 담긴 통 을 가져 오너라!"

뒷짐을 지고 있던 봉지미가 침착한 표정을 지은 채 아무 말도 하지 않다가 한참 후 천천히 말했다.

"팽 상서 대인, 잘 생각해 보세요."

계견주를 무시한 채 봉지미는 팽패를 직접 지목하였다. 팽패는 위에서 더 이상 숨어 있지 못하고 머리를 내밀고 냉랭하게 말했다.

"위 대인께서 먼저 생각해 보시죠! 본관은 규율대로 행할 뿐입니다."

"이게 대체 어느 나라의 규율인가요? 누가 하달한 일을 행한단 말인가요?"

봉지미가 냉혹한 미소를 지으며 말했다.

"날 잡으려 해서 순순히 잡혔어요. 날 가두고 싶어 했고, 가뒀죠. 진술하라고 해서 진술을 했습니다. 당신보다 더 자세하고 확실하게 진술했는데, 무슨 이유로 고문을 하려는 것입니까?"

"그게 무슨 진술이란 말입니까?"

팽패가 수긍하기는커녕 반박하며 말했다.

"헛소리요!"

"헛소리인지 아닌지 팽 대인은 판단할 자격이 없어요!"

봉지미가 차가운 미소를 지으며 덧붙였다.

"폐하만이 판단할 수 있습니다!"

"폐하라……."

팽패가 음산한 미소를 지으며 말했다.

"폐하를 만나고 싶으시오? 좋소, 만 마리의 뱀 고문을 하고 나서 만나시죠."

"자, 순순히 받아들이시죠."

계견주가 한쪽에서 희희낙락거리며 웃었다. 검은 점이 또 꿈틀댔다.

"조금 후에 대인의 바지 속에 뱀을 넣고 두 다리를 묶어 놓을 겁니다. 바닥을 불로 지피면, 뱀들이 불을 피해 바지 속에서 이리저리 돌아다닐 테지요. 하하, 그 맛이 대단합니다!"

아전 둘이 통 하나를 들고 왔다. 안에는 족히 몇 십 마리는 되는 뱀이 들어 있었다. 또 다른 아전은 화로를 들고 왔다. 온몸을 무장한 위병 몇몇이 감옥 양쪽에 서 있었다. 머리를 틀어 올린 사람들이 어른거려서 몇 명인지 가늠할 수가 없었다. 뒷짐을 진 팽패가 차가운 미소를 지었다. 봉지미가 전쟁에 나갈 때는 곁에 고남의 같은 호위무사가 있었다. 게다가 그녀 자신의 무술 실력도 만만치 않았다. 하지만 팽패는 그녀의 무술 실력을 개의치 않고 어떤 형구도 채우지 않았다. 그 속셈은 그녀가 무공을 펼치도록 유인하기 위해서였다. 옥에 갇힌 죄인이 무술을 써 아전을 다치게 하면 바로 죄목을 추가할 수 있었다. 그렇게 하면 매국이나 간첩의 죄는 차치하고, 살인죄로 목숨을 빼앗을 수도 있었다! 하지만 이런 지경으로 몰아넣었는데 패기만만한 봉지미가 어찌 가만히 앉아 당할 수 있겠는가?

감옥 문이 열리고, 두 명의 중무장을 한 위병이 다가와 봉지미의 두 팔을 눌렀다. 한쪽에 있던 아전은 뱀이 우글거리는 뱀통을 들고 있었다. 불빛 아래 뱀의 매끈한 몸에서 희미한 빛이 뿜어져 나왔다. 청색의 점액이 나오는 모습은 보기만 해도 구역질이 나올 정도였다. 보는 것만으로도 끔찍한데 뱀들이 바지 안에서 여기저기 기어 다닌다면……. 봉지미의 표정이 새하얗게 변했다.

계견주는 흥분하여 콧구멍을 벌렁거렸다. 최상위급 품계의 대신에 대한 형 집행은 처음이기에 선혈과 비명을 즐기는 변태 옥지기는 마치 온몸에 흐르는 피가 달궈진 것 같았고 기분이 날아갈 듯했다.

쨍강!

"아이고!"

갑자기 비명이 들리더니 아전 한 명이 손을 감싸며 튀어 올랐고, 하마터면 들고 있던 뱀통을 엎을 뻔했다. 그는 아이고, 아이고 하며 비명을 질렀고 손을 들어 등불에 비춰 보았다. 손가락이 맥없이 아래를 향한 모습이 마치 뱀과 같았다. 이미 손가락이 끊어진 것이었다. 바닥에 있는 작은 돌맹이에는 피가 묻어 있었다. 팽패가 뒤로 핵 돌더니 맞은편에서 몸을 일으키고 서 있는 고남의를 가리키며 큰소리로 외쳤다.

"견갑골 형벌을 행하라."

"네."

아전들이 거대한 뼈 고정 갈고리를 가지고 왔다. 갈고리의 끝에서 서슬 퍼런 빛이 번쩍였다. 이 형구로 견갑골을 고정하면, 아무리 천하제일가는 고수라고 해도 아무 것도 할 수 없었다. 고남의는 감옥에서 천천히 몸을 일으켰다. 족쇄와 수갑에서 묵중하게 쇠사슬 부딪히는 소리가 들렸다. 어둠 속에서 빛나는 쇠사슬은 마치 매서운 눈동자처럼 상대를 노려보는 듯했다. 봉지미가 미간을 찌푸렸고, 얼굴에 우려하는 표정이 살짝 스쳤다.

'팽패가 이렇게도 막 나가다니!'

팽패는 남몰래 의기양양한 표정을 짓고 있었다. 설사 봉지미는 참는다 해도 저 호위무사는 참지 못하고 분명 손을 쓸 터였다. 호위무사가 손을 써도 결과는 마찬가지였다! 그녀가 깊게 심호흡을 했고, 표정에 결연함이 스치더니 손가락을 들었다.

"댁이나 쓰시지요!"

순간 어디선가 목소리가 들리더니 위쪽의 입구에서 검은 소용돌이가 일어났다. 누군가가 칼 두 개를 번쩍번쩍 휘두르며 눈송이처럼 굴러 내려오더니 얼굴에 칼을 겨누고 갈고리를 들고 있던 아전의 목을 벴다. 칼에서 살기가 뿜어져 나왔고, 어떤 망설임도 없었다. 고개를 들어 칼이 자신의 정수리를 향하는 것을 본 아전은 두려움에 벌벌 떨며 줄행랑을 쳤다. 묵중한 갈고리가 다른 아전의 발 위로 떨어지자 그는 껑충껑충 뛰며 연신 비명을 질러댔다.

갑자기 나타난 사람이 칼을 거뒀다. 사방이 어두웠지만 긴 눈썹에 눈망울이 빛났고, 검은 옷을 입었는데도 눈에 띄었다. 그 사람이 고남의의 감옥 앞에 늠름한 모습으로 서서 큰소리로 말했다.

"백주대낮에 감히 사적인 감정으로 형벌을 사용하다니. 팽패, 무엄하구나!"

화경이었다. 두 개의 칼을 든 여전사가 제일 먼저 현장에 왔다.

"너는 누구냐? 감히 형부의 감옥에 멋대로 들어와!"

계견주가 성큼 다가가 가지고 있던 사슬을 휘두르며 말했다.

"꺼져라!"

화경이 계견주를 바라봤다. 이어 감옥 안에 있는 봉지미를 힐끗 봤다가 다시 뱀과 화로를 보더니 눈에 노여움이 서렸다. 화경은 감옥 관리의 차림새를 하고 있는 계견주를 위아래로 훑어보더니 그의 직위를 파악했는지 갑자기 두 칼을 거두고 웃으며 말했다.

"옥관 대인님이시군요? 멋대로 들어온 게 아니라 친구를 면회하러 온 것입니다."

"멋대로 들어온 게 아니라면 칼을 내려놓고 물러서시오."

계견주는 화경의 표정이 사그라든 것을 보더니 안심하고 그녀에게 다가갔다. 그리고 어서 꺼지라고 말하려던 찰나였다. 그녀가 갑자기 그를 잡아채더니 바닥에 내동댕이쳤고 두 칼을 꺼내 그에게 건넸다. 그는 무의식적으로 칼을 붙잡은 채 아무 행동도 취하지 않았다. 순간 그녀가 칼을 잡고 있는 그의 손을 잡더니 자신의 팔을 그었다. 선혈이 흘러나왔고 피가 얼굴에 튄 그는 깜짝 놀라 그 자리에서 꼼짝도 하지 못했다. 주변에 있던 사람들도 그녀가 그의 손으로 자신의 팔을 그은 이유를 파악하지 못한 채 입만 벌리고 있었다. 그때 그녀가 큰소리로 꾸짖었다.

"간이 부었구나! 6품인 옥관이 4품인 참장을 무고하게 상해하다니!"

화경이 한쪽에서 얼이 빠진 채 멍하니 있는 계견주의 목을 향해 칼을 휘둘렀다. 선혈이 사방으로 튀어 올랐다. 조금 전보다 더 많은 피가 분수처럼 튀어 오르더니 아래로 쏟아졌다. 온통 피로 얼룩진 비가 내린 듯했다. 선혈이 튀는 가운데 사람들 모두 창백하게 질려 가만히 서 있었다. 팽패는 뒷걸음을 치더니 벽에 기대어 겨우 쓰러지지 않고 서 있었다. 바지 아랫단이 이미 흥건하게 젖어 있는 듯했다. 피가 튀는 가운데 단아하고 청순한 화경이 무덤덤한 얼굴로 칼에서 손을 뗐다. 계견주는 여전히 아연실색한 채 소름이 끼치는 공허한 소리를 내며 시체를 담은 마대 자루처럼 툭하고 바닥으로 쓰러졌다.

"다들 보셨지요?"

화경이 허허 웃으며 손을 떼고 말했다.

"이 형부의 옥관은 스스로를 조절하지 못하고 남을 고문하는 것에 탐닉한 나머지 벗을 면회하러 온 무고한 저에게 칼을 휘둘러, 방어를 위해 어쩔 수 없이 죽였습니다. 죄송합니다. 죄송합니다!"

계견주의 선혈이 잔뜩 묻은 화경은 그의 시체를 밟고 있었다. 팔에서 피가 뚝뚝 떨어지는데도 표정 하나 바뀌지 않은 채 어두침침한 등불 아래서 마귀처럼 죄송하다고 말하고 있었다. 아전들은 차치하고 선혈과 죽음에 익숙할 대로 익숙한 감옥 문지기인 몇몇 옥관들 역시 다리를 오들오들 떨고 있었다. 그녀가 고개를 돌려 팽패를 보더니 웃었다. 문관 출신의 그는 두 눈이 뒤집히더니 졸도하고 말았다.

"팽패 대인님, 정신 차리세요. 제 상처는 괜찮습니다."

화경이 웃으며 그 자리에 서서 아전들을 불렀다.

"뱀과 화로를 치우거라. 보기만 해도 무섭구나."

사실 지금 이 상황에서 가장 무서운 것은 화경 본인일 것이었다. 하지만 그 자리에 있던 어느 누구도 감히 그 말을 할 수 없었다. 사람을 죽이는 것은 그렇다 쳐도 수법이 너무 잔인하고 독한 나머지 감옥에 있던 모든 아전들의 혼을 쏙 빼놓았다. 이제 더 이상 명령을 따르지 않는 자는 아무도 없었다. 만일 명령을 따르지 않으면, 이 유명한 여전사가 한 사람씩 잡아다가 '자기방어'라는 명분하에 단칼에 자신을 해칠 수도 있기 때문이다. 그녀가 유리잔을 채울 정도로 피를 흘린다면, 다른 이들은 양자강을 만들 정도로 피를 흘려야 할 판이다. 뱀이 들어 있는 통과 화로를 치우자 그녀는 바닥에 있던 자술서를 주워 읽어 보더니 경멸의 눈빛으로 썩은 미소를 지으며 화로에 던져 버렸다. 곧이어 큰소리로 외쳤다.

"당신네 옥관이 내 팔을 베었으니 어서 의원을 불러라."

"화 장군……"

입을 뗀 사람은 형부의 시랑이었다. 시랑이 황급히 다가오더니 아직 눈을 감지 못한 계견주를 보고 표정이 확 변했다. 하지만 화를 억누르며 말했다.

"의원을 만나보셔야 하면 본관과 함께 먼저 올라가시지요."

"아이고, 안 되겠어요. 어지러워서요."

화경이 바로 손을 휘젓더니 감옥 철창살을 잡고 말했다.

"어지러워요. 못 걷겠으니 이곳으로 부르시오."

조금 전까지만 해도 서슴없이 사람을 칼로 베고 아전들에게 형구를 치우라고 호통을 치던 화경이었다. 하지만 순식간에 버드나무 가지처럼 맥없는 모습으로 바뀌었다. 형부의 시랑은 어찌할 바를 모른 채 눈만 크게 뜨고 있었다. 화경은 지금 죄를 추궁받는 봉지미와는 달랐다. 화 장군은 백두애 대전의 공신으로 최근 조정에서 그 기세가 대단한 여장군이었다. 그녀는 곧 남쪽으로 가서 변방을 맡는다고 했다. 게다가 그녀의 남편 집안도 권세가 대단한 남해 연 씨 아닌가? 이런 인물에게 밉보여서는 안 될 일이었다. 게다가 저 사나운 성질은 건드린다면 정말 물불 가리지 않을 것처럼 보였다.

"어지럽소."

화경은 봉지미가 갇힌 감옥 문에 등을 기대고, 고남의가 갇힌 감옥을 바라보았다. 그녀는 한 손으로 아전들이 술을 마시고 밥을 먹는 사각 탁자를 끌어와 나란히 놓고, 아전들이 쉬는 곳에서 이불을 가져와 깔더니 주위의 시선을 아랑곳하지 않고 그 위에 누웠다. 그러고는 큰소리로 말했다.

"당신네 형부 사람이 나를 다치게 하여 어지럽고 움직일 수 없으니, 지금부터 여기에서 쉬어야겠소."

화경은 두 감옥 사이에 누워 편안하게 잠을 청했다. 감옥에 있는 사람들은 넋이 나간 채 가만히 있었다. 그녀는 눈을 감았고, 팔에서 피가 줄줄 흘렀다. 문득 손을 등 뒤로 보내 감옥 철창살 안에 있는 봉지미의 손을 잡았다. 생사의 갈림길을 같이 한 두 여자는 서로의 손을 꼭 잡았고, 내면에는 환한 빛이 반짝였다.

적막한 밤에 들리는 퉁소 소리

봉지미가 화경의 손을 꽉 잡으며 낮은 목소리로 물었다.

"어떻게 들어왔어?"

봉지미는 화경이 물불 가리지 않고 무턱대고 들어온 것이 걱정되었다. 이렇게 함부로 들어온 것은 어찌 되었든 간에 범죄에 해당하기 때문이었다.

"형부가 이렇게 쉽게 들어올 수 있는 곳이야? 나야 어찌 되든 언니 입장도 생각해야 하지 않겠어?"

"무리하게 들어왔다가 또 봉매에게 죄를 뒤집어씌울 기회를 만들어서야 되겠어요? 나 그렇게 멍청하지 않아요. 초왕 전하가 들어올 때 같이 뒤따라 들어온 거예요."

화경이 말했다.

"뭐라고?"

봉지미의 눈이 반짝이며 빛났다.

"봉매의 사건은 이미 형부에서 처리 중이고, 3법사를 주관하는 황자가 심문할 거라 그 누구도 막을 수 없을 거예요."

"형부의 대다수 사랑과 원외랑, 주사들까지 모두 초왕 전하가 내린 지시로 쩔쩔매고 있어요. 공문서를 조사하랬다가, 증거를 가지고 오라고 했다가, 전원회의를 소집하여 어찌 처리할지 의논했다가……. 전하의 수행원인 내가 이곳저곳 둘러보는 것 또한 누구도 막을 수 없었요. 허니 조금도 '조심할 필요 없이' 그냥 걸어 들어온 거라고요."

화경이 미소를 지으며 말했고, 봉지미도 웃음을 터뜨렸다. 화경이 봉지미의 귀에 대고 속삭였다.

"사실 내가 여기 온 지도 좀 되었어요. 전하께서 조급해하지 말고 팽패가 손을 쓸 때까지 기다렸다가 움직이라고 하셨거든요. 아휴, 가만히 듣고 있다가 부아통이 터져 죽을 뻔한 걸 간신히 참았네. 헤헤, 계견주의 목을 베어 버리니 정말 통쾌해요."

"초왕이 왔는데, 어째서 아무도 팽패에게 알려 주지 않은 거야?"

봉지미가 화경의 어깨를 치며 슬쩍 물었다.

"그 또한 누군가 알려 줘야 가능한 일이니까요. 전하의 호위가 모두 막았죠."

화경이 미소를 지으며 대답했다.

"아직도 피가 나네? 일단 싸매 놓아야겠다."

봉지미가 잠시 넋을 놓고 있다가 자신의 소매를 쭉 찢고는 웃으며 말했다.

"아니에요."

화경이 말리며 말했다.

"그들이 부른 의원이 오면, 내가 엄살을 부릴 거예요. 내가 여기 있는 이상 그 누구도 봉매의 손가락 하나 건들지 못할 거라고요."

화경은 뒤돌아 누워 다리를 들고 멀찌감치 있는 아전을 불렀다.

"의원은 어째서 아직도 안 오느냐? 얼른 가서 오계탕 좀 가지고 오너라!"

화경이 목소리를 더욱 높였다.

"형부가 이렇게도 가난한가? 오계탕도 없느냐? 범인의 가족들이 자주 은화를 찔러 주지 않느냐? 원고 쪽에서 찔러 주고, 피고 쪽에서도 찔러 준다던데? 살인범 중에는 돈을 받기로 하고 대신 벌을 받는 사람도 있다고 들었는데, 돈 있는 사람이 가난한 사람을 매수하여 속죄양으로 삼는다고? 대신 죽는 사람의 몸값은 3000냥에 마당이 있는 삼진원낙까지 준다고⋯⋯. 뭐라? 오계탕이 다 되었다고? 그래, 더 이상 말하지 않겠네."

"⋯⋯."

화경은 형부옥의 탁자에 누워 편안하게 오계탕을 마시며 노랫가락을 흥얼거렸다. 비통한 처지의 옥관들은 이런 화경을 수발드느라 정신이 없었다.

"에이, 사람 수가 부족하군. 골패 한 번 하면 좋은데."

화경은 아쉬워하며 말했다. 잠시 후 봉지미에게 이불과 외투, 그리고 호두 알맹이가 전달되었다. 연회석은 자신의 부인인 화경에게 보약을 보냈다. 그런데 보약을 약간 보낸 수준이 아니라, 거의 약방을 차려도 될 정도였다. 인삼과 제비집, 상어지느러미가 가득했다. 게다가 연회석은 현장에 있던 모든 옥관과 아전에게 은화도 찔러 주었다. 아전들은 이 부부의 채찍과 당근에 완전히 넘어가서 고분고분한 양처럼 열심히 보약을 날랐다. 봉지미는 연회석이 갖고 온 장미 금증편을 먹으면서 화경의 팔에 난 상처를 가리키며 물었다.

"마음 아프지 않습니까?"

"아픕니다!"

연회석이 큰소리로 대답하였다. 화경이 그를 쳐다보자, 그는 헤헤 웃으면서 말했다.

"다친 건 잘했지만, 차라리 제가 다쳤어야 더 좋았을 것입니다."

화경은 연회석을 툭 치고는 웃으며 말했다.

"이런 몸으로 견딜 수나 있겠습니까?"

화경의 검은 눈동자가 불빛 아래 더욱더 빛났고, 얼굴에는 웃음이 가득했다. 봉지미가 젊은 부부의 애정 싸움을 미소 띤 얼굴로 바라보았다. 그 눈에는 잔잔한 기쁨과 적적함이 묻어 있었다. 말 한마디 없이 호두 알을 먹던 고남의가 진지하게 그 부부를 보더니 머리를 갸웃거렸다. 무슨 생각을 하는지 알 수 없었다. 연회석은 오래 있을 수 없어 물건만 전달하고 바로 나갔다. 떠나기 전에 봉지미를 향해 눈을 깜빡이자 봉지미는 천천히 고개를 끄덕였다.

"오늘은 일찍 잠자리에 드는 게 좋겠어요."

화경이 말했다.

"오늘 내각에선 이 사건을 형부에서 주관할지 아니면 3법사에서 직접 심의할지를 두고 논쟁이 치열했다고 해요. 전하도 오늘 많이 바쁘셨을 거예요. 내각에서 유리한 결정이 나오도록 지켜봐야 했고, 형부에서 어떤 모략을 세우는지 감시도 했으니까. 그뿐만 아니라 황제 폐하 곁에서 바람을 넣는 자가 있는지까지 살펴봐야 했을 테죠. 초왕은 3법사를 주관하는 황자잖아요. 오늘 봉매를 만나러 오지는 못했지만, 전하는 봉매를 믿는다고, 봉매도 전하를 믿어 달라고 하셨어요."

"그를 믿어야겠지."

봉지미가 피곤한 듯 기지개를 켜며 말했다.

"그래도 나를 보호할 수는 없을 거야. 형부는 초왕이 장악하고 있는 곳이 아니잖아. 초왕의 형제들이 아직 칼만 뽑지 않았지 치열하게 싸우고 있어. 황권 싸움에서 누구도 지려는 사람은 없을 테니 말이야."

"내가 여기 있는 이유는 저녁에 누가 봉매에게 해코지할까 염려스럽기 때문이에요.

화경은 편안하게 누워서 웃으며 말했다.

"나도 봉매가 이미 계획을 세워 놓았다는 걸 알아. 하지만 직접 보지 않고서는 마음이 놓이지 않아."

"언니만큼 이곳과 잘 어울리는 사람이 누가 있겠어?"

봉지미가 화경의 손을 잡으며 부드럽게 말했다.

"이만 자자."

봉지미는 부드럽고 포근한 외투 위에 천천히 누웠다. 외투 밑에 깔려 있는 볏짚에서 바스락거리는 소리가 났다. 그 소리를 듣자 문득 어머니와 동생이 떠올랐다. 그들이 옥에 있었을 때도 이 볏짚을 깔고 잤겠지? 응석받이로만 자란 봉호가 무서워하지는 않았을까? 어머니는 그때 어떻게 봉호를 안심시켰을까? 그때는 면회 온 사람도, 어머니와 동생을 지켜 주는 사람도, 포근하고 따뜻한 외투를 보내 주는 사람도 없었겠지. 그저 두려움과 괴로운 마음으로 곰팡이가 핀 볏짚에서 일생의 마지막 밤을 보내야 했겠지……. 그때 멀리서 울리는 북소리가 이곳까지 들려왔다.

광활한 적막함이 흘렀다. 등잔의 누르스름한 불빛이 컴컴한 감옥 안의 기둥을 비추면서 생긴 검은 그림자가 이편에서 저편으로, 저편에서 이편으로 왔다 갔다 했다. 멀리서 보면 마치 사람의 그림자가 천천히 걸어오는 듯했다. 새근새근 숨소리만 들리는 고요한 이곳에서 봉지미는 눈을 크게 뜨고 꼼짝도 하지 않았다. 얼마 지나지 않아 그녀의 눈가에는 이슬이 맺혔다. 이슬은 점점 커져 무겁게 아래로 떨어졌다. 바람에 흔들리듯 눈가에서 천천히 떨어진 눈물방울은 소리 없이 귀밑머리를 적셨다. 순식간에 귀밑머리가 눈물에 젖어 들었다. 어머니와 남동생이 죽은 후 그녀가 처음으로 흘린 진심 어린 눈물이었다. 그때 당시 영안궁 천성제 앞에서 흘렸던 눈물은 모두 거짓이었다. 당시 그녀는 울고 있었지만, 마음은 분노로 활활 타올랐다. 그날 밤 장례를 치르고, 큰 눈이 내린 다음 날 관을 옮길 때도, 제경의 교외 숲속에 직접 두 개의 무덤을 팔 때도 그녀는 눈물을 흘리지 않았다. 가장 아픈 기억은 가슴 깊이 묻고, 그녀는 자신에게 슬퍼할 기회조차 주지 않았다. 그저 가슴으로만 눈물을 흘리며 힘들고 괴로운 날들을 버텨왔다. 오늘 밤, 그들처럼 감옥에 있으니 예전의 일들이 하나둘씩 생각나기 시작했다. 그 당시 눈이 내리던 제경 교외의 숲이 떠올랐다.

봉지미는 소리 없이 눈물만 흘렸다. 맞은편에 있는 고남의가 갑자기 눈을 뜨더니, 어둠 속에서 가만히 귀를 기울이고 있었다. 아무 소리도 들리지 않았지만, 그는 마치 모든 것을 똑똑히 들은 듯했다. 그녀는 계속 소리 없는 눈물을 흘렸다.

봉지미의 눈물이 잦아들 즈음 감옥 밖 먼 곳에서 갑자기 퉁소 소리가 나지막이 들려왔다. 어리둥절해진 그녀는 처음에 종신이 낸 소리일 거라고 생각했다. 종신이 퉁소를 꽤 잘 불었기 때문이었다. 하지만 종신의 퉁소 소리를 자주 들었기 때문에 그의 퉁소 소리 또한 잘 알고 있었다. 그의 퉁소 소리는 마치 구불구불 이어진 구름처럼 부드럽고 맑은 소리를 냈고, 호연한 기개가 담겨 있었다. 지금 들리는 이 소리는 종신과 비교하면 연주 기교는 비슷했지만, 그윽하고 온화한 느낌이 들었다. 그리고 곡조가 처량했지만 슬프거나 침울하지는 않았다. 오히려 잔잔하면서 광대한 기상이 느껴져 듣는 이로 하여금 마음이 편안해졌다. 퉁소는 속이 비어 있는 악기로 처량하고 구슬픈 소리가 나오기 마련인데, 이 퉁소 소리는 뭔가 특별했다.

형부의 정원은 꽤 넓었다. 또한 이 지하 감옥은 지하로 꽤 깊이 들어와 있어서 퉁소 소리가 잘 전달된다는 것은 상대가 내력을 사용하고 있음을 의미했다. 내력으로 퉁소를 연주하면 오래 연주하기는 힘들었다. 연주를 오래하면 내상을 입을 수도 있기 때문이었다. 봉지미는 어둠 속에서 가만히 귀를 기울이고 퉁소 연주를 한 가락도 놓치지 않고 집중해서 들었다. 이 곡조는 매우 낯설었으며, 조정이나 항간에서 전해 내려온 것이 아니었다. 기조가 안정되었지만 살짝 떠도는 듯한 느낌을 주어 가까이 가고 싶으나 갈 수 없고, 그렇다고 물러설 수도 없는 미묘한 감정을 일게 했다. 점점 소리가 무거워지면서 긴장감을 조성했다가 가라앉았다가, 갑자기 가벼운 소리로 바뀌더니, 또 나지막이 길게 끌었다가 화려한 소리를 내었다. 마치 구름을 파헤치고 달이 나오고 그 달 아래 바다에서 파도가 출렁이는 듯했다.

봉지미는 이 곡조를 들으며 입가에 미소를 지었다. 이 순간 퉁소를 부는 사람과 마음이 통했으며, 퉁소를 부는 사람이 기쁨에 가득 차 있다는 것을 느낄 수 있었다. 문득 그 경쾌한 음은 한순간에 전환점을 지나듯 강한 소리로 바뀌면서 그녀의 심금을 울렸다. 퉁소 소리가 갑자기 격앙되어 마치 구천에 번개와 천둥이 다다르듯 빛이 번쩍이고, 구름이 나타나고, 섬광이 번쩍하며 별이 떨어지는 것 같았다. 하늘과 땅 사이가 크게 갈라져 더 이상 메울 수 없게 된 느낌이었다.

봉지미는 멍하니 눈만 크게 뜨고 있었다. 눈가에 있던 눈물 흔적은 이미 말라 버렸다. 이 순간 그녀는 그저 이 퉁소 소리만을 기다렸다. 다음 곡이 무엇일지, 어떤 곡일지 궁금했다. 다시 퉁소 연주가 시작되었다. 나지막하고 아득한 소리는 실의에 빠진 슬픔을 달래주는 듯 애절했다. 그녀가 손가락을 들어 올렸다. 자신의 맥박마저도 슬프고 애끊는 듯한 퉁소 소리를 기다리고 있었다.

퉁소 소리는 계속 구슬프지 않았고, 점점 온화하고 따뜻한 느낌의 소리로 변했다. 마치 봄비가 내리면 만물이 소리 없이 소생되는 것처럼, 가볍고 따뜻한 바람이 아득한 우주를 거니는 것 같았다. 어디에나 있을 것 같지만, 또 어디에도 없는 듯한 존재처럼 느껴졌다. 있는 것도 같고, 없는 것도 같은 곡조를 들으며 봉지미는 갑자기 피로가 몰려왔다. 마치 평생 온갖 곡절을 겪은 한 사람이 결국 평탄한 삶을 추구하게 된다는 이야기를 들은 느낌이었다.

불안했던 봉지미의 마음 안으로 달빛이 스며들어 왔다. 불안감이 한 순간에 녹아내리는 듯했다. 그녀는 눈을 감았고, 잠이 들었다. 꿈속에 서도 희미하게 퉁소 소리가 들려오며 오랫동안 피곤함을 달래 주었다.

날이 밝자 봉지미가 눈을 떴다. 정신이 맑고 힘이 넘쳤다. 눈빛만으 로도 사람을 죽일 수 있을 것만 같았다. 2년 동안 그녀는 불면증에 시 달린 적은 없었지만 자주 악몽에 시달렸다. 늘 피곤했던 그녀는 종신에 게 약을 처방해 달라고 했지만 별 효과가 없었다. 그녀는 이것도 마음 의 병이라는 것을 알았다. 어젯밤 들었던 퉁소 소리가 마음에 어떤 변 화를 일으켰는지 그녀는 자신도 모르게 잠이 들었고 꿈조차 꾸지 않았 다. 감옥에서 보낸 이 밤이 최근 1년 동안 가장 푹 잠을 잔 밤이었다. 그 녀는 어젯밤 꿈속에서 희미하게 들렸던 퉁소 소리에 은근 고마웠다. 얼 마나 오랫동안 불었는지 모르겠지만 이런 연주법은 몸을 매우 상하게 할 것 같아 연주자가 내상을 입지 않았기를 바랐다. 다시 돌이켜 보니, 이 정도 수준의 연주라면 종신이 불었을 수도 있겠다는 생각이 들었다. 어디서 배웠는지 알 수 없는 새로운 곡조였다. 그녀는 이 일을 마무리한 후 직접 찾아가 감사를 전해야겠다고 생각했다. 그녀의 안색이 좋아 보 이자 화경이 웃으며 말했다.

"어제 퉁소 소리가 계속 나던데 수면에 방해가 되진 않았나요?"

"그 소리가 시끄러웠어?"

봉지미가 놀라며 물었다.

"아니, 듣기는 괜찮았죠. 근데 뭐 별다른 감정은 못 느꼈는데."

화경이 기지개를 피며 말했다. 봉지미는 잠자코 말없이 생각했다.

'어떤 가락을 누구에게 들려 주냐에 따라 느끼는 것이 다르구나. 아 마 같은 마음을 가지고 있지 않아서겠지.'

어젯밤 봉지미는 분명 무슨 일이 생길 거라고 짐작해 눈도 감지 않을 생각이었다. 하지만 종신이 밖에서 얼마나 신경을 썼는지 모르겠지만, 자신도 모르게 퉁소 소리에 빠져 잠이 들어 버렸다. 삐걱 소리가 나면서 위에 있는 감옥 문이 열렸다. 얼굴이 잘 보이지 않는 남자가 문 앞에 서 있었다.

"예부 상서 위지는 들으시오. 심문하겠소."

'심문'이라는 말을 듣자, 화경의 얼굴에 화색이 돌더니 웃으며 대답했다.

"좋습니다, 심문하세요."

3법사가 심문을 진행하면, 최소한 형부 사람들이 자백 자술서에 손을 댈 수 없으니 고문을 통해 자백을 받아내는 건 불가능했다. 심문이란 단어는 간단해 보였지만, 이런 상황에서 진정한 심문을 하는 것은 간단한 일이 아니었다. 봉지미가 잠시 넋을 놓았다가 웃었다. 팽패는 어두운 표정으로 형부 주사들을 데리고 내려왔다. 그가 손짓하자, 아전들이 감옥 문을 열고 그녀를 쇠사슬로 묶으려고 하며 난감한 듯 말했다.

"대인 억울하셔도 이것은 규정이라 어쩔 수 없습니다."

봉지미가 웃으며 손을 내밀자 맞은편의 고남의가 흥, 하고 콧방귀를 뀌었다. 어제 그는 돌로 아전의 손가락을 부러뜨렸다. 아전은 놀라서 벌벌 떨며 황급히 몸에 지니고 있던 작은 쇠사슬을 찾았다. 고남의가 또다시 콧방귀를 뀌었고, 고개를 숙여 바닥에서 무언가를 찾았다. 그가 찾는 것은 아마 돌일 터였다. 아전은 어쩔 수 없이 여자 죄수에게 쓰는 가느다란 쇠사슬을 꺼냈다.

"대인, 이것이 가장 가벼운 것입니다."

아전이 얼굴을 찌푸리며 말했다. 봉지미는 고남의를 향하여 '좀 이따가 같이 집에 가자'라는 입모양을 하며 웃었다. 그러고는 쇠사슬을 채우도록 협조하였다. 팽패와 같이 온 일당들은 호두 알을 먹고 있는 화경에게서 멀찍이 떨어져 계단 위에 서 있었다. 가까이 있다가는 광기 어린 화경이 그들에게 화로를 던질 수도 있다는 생각에 몹시 두려워했다. 화경은 그들을 향해 이를 보이고 웃으며 생각했다.

'생각보다 똑똑하구나.'

봉지미가 한 무리의 호위들에 둘러싸여 나가는 와중에 갑자기 화경이 큰소리로 외쳤다.

"팽패 대인, 여식이 민남 리 씨한테 시집가서 아들을 낳았다고 하던데요? 감축드립니다. 외손주가 7근 8냥 *3.9킬로 으로 태어났다면서요? 장군감이로군요. 감축, 또 감축드립니다! 대인의 자제분은 얼마 전에 병부 무선 창고 관리직으로 선발됐다던데요? 수입이 남부럽지 않은 관직 자리 아닙니까? 감축드립니다!"

팽패는 화경이 집안 대소사를 크게 떠들어대자 갑자기 어지러웠다. 3법사 심문 법정은 여전히 형부에 있었다. 형부에서는 재판을 담당했고, 대리사와 도찰원에서 심문을 맡았다. 호성산과 오원명 두 명의 대학사, 모든 황자, 천성제 곁의 구의전 대태감 가공공도 심문에 참석하였다. 그야말로 초호화 인물들을 모아 놓은 심문이었다. 이와 유사한 광경은 개국 당시 무국이 역모를 일으켰을 때나 있었다. 황자 몇 명이 각각 사건을 하나씩 맡고, 법정 좌측에 일렬로 앉아 여유롭게 차를 마시고 있었다. 그 가운데 영혁이 계속 기침을 하였다. 둘째 황자가 영혁을 흘겨보며 말했다.

"여섯째는 오늘 왜 그러느냐? 어제 너무 무리한 것 아니냐? 아니면 어젯밤에 잠을 잘 이루지 못했느냐?"

"둘째 형만큼 힘들 리가 있겠습니까?"

영혁은 주먹을 꽉 쥐었다. 잔기침을 하며 목이 잠긴 목소리로 그가 말했다.

"최근 왕궁에 새로 입궁한 후궁들이 여기저기 방문하느라 바쁘다고 하던데요? 규방이 생각나시는 걸 보니 적막하신가 봅니다. 둘째 형은 줄곧 의욕이 넘치셔서 그런지 아직까지도 나누어 줄 애정이 있으신가 봅니다. 허허."

2황자의 얼굴에서 미소가 사라졌다. 황자들은 모두 자신의 왕궁에 첩을 두었다. 자신들이 직접 들인 첩이 있고 형제들끼리 서로서로 소개해 준 첩이 있었다. 전자는 그렇다 치더라도, 후자는 서로를 밀탐하기 위한 것이었다. 2황자는 왕궁에 있던 첩들을 모두 정리했고, 영혁이 소개해 준 첩들은 방법을 써서 쫓아 버렸다. 하지만 영혁의 말투를 들어 보니 아직 확실히 정리되지 않은 듯하였다. 2황자의 정원에서 소첩들은 항상 부인들이 다니는 길로 다니며 시녀들과도 왕래가 조금 있었다. 여섯째는 2황자가 왕국의 첩들을 모두 정리한 사실을 그렇게 알게 된 것이었다! 2황자는 왕궁으로 돌아가면 다시 어떻게 정리할지를 생각하더니, 방금 들었던 조소 섞인 말들에 대해서는 하하 웃으며 얼버무리면서 지나갔다.

"죄인 등장이오."

눈부신 모자 장식을 쓰고 상좌에 앉아 있던 황자들이 눈썹을 치켜 세우더니 자세를 바로잡았다. 영혁만이 미간을 약간 찌푸린 채 봉지미를 이렇게 부르는 것이 못마땅한 듯 삐딱하게 기대앉았다. 미약하지만 또랑또랑한 쇠사슬 소리가 울려 퍼지자, 영혁은 미간을 다시 찌푸렸다. 법정 문 앞에 빛이 비추자 관복이 아닌 깨끗한 백색의 죄수복을 입은 봉지미가 철갑 호위병들 가운데에서 침착한 표정으로 유유자적하게 걸어 들어왔다. 미소를 짓고 있는 표정이 마치 재판을 받으러 호송된 것이 아니라 평소처럼 조정 대신으로서 정사를 논하러 나온 듯했다.

자리에 있던 사람들은 마음속으로 이 젊은이의 곧은 절개와 기상에 넋 놓고 감탄하였다. 영혁만이 차분하게 봉지미의 얼굴 표정부터 손가락의 손톱까지 자세하게 살펴봤다. 짧은 찰나의 순간이었지만, 영혁은 그녀의 위아래를 자세히 훑고는 어느 정도 만족스러웠다. 팽패는 가득 찬 분노를 참으며 봉지미가 유유자적 걸어오기만을 기다리다가, 갑자기 경당목*죄인을 경고하던 막대기으로 탁자를 치더니 호통을 쳤다.

"여보시오! 죄인은 아직도……."

주변의 대신들이 흥분한 팽패를 저지하려고 했으나 그의 말이 채 끝나기도 전에, 봉지미가 툭 하는 소리를 내며 바닥에 무릎을 꿇었다. 그는 어리둥절해졌다. 이번 기회에 그녀에게 본때를 보여주고 모욕감을 안겨 주어 그 기개를 꺾어 버리고 싶었다. 하지만 그의 예상과 달리 그녀는 너무 순순히 무릎을 꿇었다. 마치 주먹으로 목화솜을 치는 것처럼 허탈한 기분이 들었다.

"죄인의 신원부터 확인하겠소."

"삼남도 유주부 장정현락 마촌 위 씨 지라고 하옵니다. 전성 가융(嘉隆) 23년생으로 아버지는 위경, 어머니는 윤부용입니다."

봉지미는 가짜 이력을 술술 외워 답했다.

"……장희 16년 청명서원에서 폐하에게 관리로 선발되어 조화전 학사를 역임하였으며, 우춘방 우중윤, 청명서원 사업을 역임하였고, 「천성지」를 편찬하고 예부 시랑을 역임……."

한쪽에 앉아 있던 구의전 대태감 가공공이 웃으며 물었다.

"위 대인은 2년 동안 맡은 관직이 얼마나 되지요?"

자리에 있던 사람들은 미소를 지으며 가태감을 바라봤다. 그는 내시였으나, 폐하가 천자의 자리에 오른 후 곁에서 계속 시중을 들었다. 비록 늙은이였지만 사람 목숨이 개미 목숨보다 하찮은 이곳에서 여러 해 동안 궁궐의 갖은 풍파에 휩쓸리지 않은 대단한 인물이었다. 그가 오늘 재판 심문을 방청하러 왔다고는 하나, 실은 황제를 대신하여 왔기에 아무도 감히 함부로 대할 수 없었다. 그는 천성제의 사람으로 모든 발언을 신중히 하였으며, 어떠한 일이든 절대 함부로 태도를 표명하지 않는 사람이었다. 그런 그가 봉지미에게 2년 동안 맡은 관직에 대해 물었다. 이는 너무 빠른 승급이 적절치 않다는 의미를 내포하는 것이 아닌가? 팽패와 심문에 참석한 사람들 가운데 일부는 기대감에 눈을 반짝였다. 그의 발언은 폐하의 뜻일 수도 있었다. 이를 듣고 들뜬 사람들도 있었지만, 미간을 찌푸리는 사람도 있었다. 그가 손을 저으며 허허 웃더니 말했다.

"소신이 실례를 범했습니다. 함부로 끼어들어서는 아니 되는데, 소신이 잘 모르는 바람에……. 여러 대신께서 심문하여 주십시오."

팽패가 쌀쌀맞게 웃더니 봉지미가 대답하기를 기다렸다가 호통을 쳤다.

"위지 그대는 자신이 관할하는 예부에서 도둑질하지 않았다고 했소. 하지만 폐하의 신임을 저버렸고, 춘위 시험지를 훔친 죄가 있으며……."

"죄인 위지는 회도인이라는 자와 청명서원 학생 이장용 등에게서 뇌물로 금화 5천 냥을 받았습니다. 또한 장희 18년 3월 초이튿날 밤, 연회가 있는 틈을 타 예부 시랑 두 사람이 가지고 다니던 열쇠를 훔친 뒤 재빨리 4품인 대도 어전행주(行走)*행주는 황제의 총애와 신임을 받는 사람에게 내리는 직위 고남의를 시켜 야밤에 예부에 잠입하여, 그날 당직이던 예부 원외랑 계강을 잡아 예부 부엌 남쪽 벽 아래 토굴에 묶어 놓았고, 다시 밀실의 밀궤에 있던 장희 18년 춘위 시험지를 훔치게 했습니다. 그리고 고남의는 그 훔친 시험지를 이장용에게 넘겼고, 이장용은 춘위 시험지를 북사 골목 근처에서 팔려고 하다가 제경부 순찰병에게 적발되었습니다."

봉지미는 넋을 잃고 멍하니 이야기를 들었다. 죄목을 읽어 내리는 대신의 속도가 점점 빨라졌다. 하지만 마치 책을 읽는 것처럼 동일한 억양으로 죄목을 읽다가 갑자기 멈추더니 고개를 들고 웃었다.

"……이상은 형부 상서 팽패가 어젯밤 형부 6품 옥관 계견주를 시켜 사전에 작성한 내용입니다. 그는 고문을 통해 위지에게 '죄목'을 인정하게 만들려 했습니다."

모두의 시선이 팽패에게 향했다.

"네 이놈!"

법정이 소란스러운 가운데 팽패가 탁자를 치며 일어서서 말했다.

"무슨 헛소리냐!"

"헛소리라고 하셨소?"

봉지미가 눈을 흘겼다.

"당신이 날 고문하려고 하지 않았소? 당신 부하 계견주가 수만 마리의 뱀을 가져와 날 물어뜯게 하는 고문 말이오."

"헛소리!"

"파렴치하군!"

"법정에서 날 모함하다니, 네가 죽음을 자초하는구나!"

팽패가 냉소적으로 웃었다. 어차피 어젯밤 형벌에 대해서는 아무런 증거도 없었다.

"사람들 앞에서 발뺌하다니 어리석구나!"

봉지미도 차가운 미소를 지었다.

'고문을 하지 않았다고 내가 널 감당하지 못할 것이라 여겼느냐? 멍청한 놈!'

팽패가 가소롭다는 듯 봉지미를 쳐다보며 차가운 미소를 지었다.

"팽 대인"

내각 오 대학사가 두 사람의 말싸움을 보다가 참지 못하고 말했다.

"그 옥관 계견주는 지금 어디 있습니까? 뭐라고 말하는지 들어봅시다. 불러서 대질심문하면 되지 않소."

이 말은 명백히 팽패를 돕겠다는 뜻이었다. 고문이 있었는지 봉지미에게 묻지 않고, 계견주에게 묻겠다는 것이니 말이다. 계견주는 팽패의 수하이고 옥관이니 직접 물어본다 한들 절대 인정하지 않을 터였다. 팽패는 입을 벌리고 넋이 나간 채 서 있었다. 계견주는 이미 죽었지만, 왜 죽었는지 말할 수는 없었다. 팽패는 어제의 책임을 물을까 두려워 사인을 감추려고 제경부에는 실족으로 인한 익사로 보고하였다. 계견주의 사인을 파헤치면 화경까지 얽혀 있다는 사실을 알게 될 것이고, 그럼 살인이 일어난 이유까지 파헤치게 될 터였다. 지금 누가 이 무서운 사실에 대해 입을 열 수 있을까?

"계견주는 어젯밤 실족하여 물에 빠져 죽었습니다."

팽패는 잠시 생각을 한 후 다른 이의 눈치 따위 살피지 않고 차갑게 말했다.

"시신은 이미 가족들에 의해 매장되었습니다."

"죽음이 너무 공교롭구나."

10황자가 손으로 턱을 괸 채 작은 목소리로 말했다. 하지만 모두가 들을 수 있었다.

둥!

팽패가 말을 마치자마자, 멀리서 웅장한 북소리가 들렸다. 자리에 있던 사람들이 모두 들을 수 있을 정도로 웅장한 소리였다. 곧이어 아전 한 명이 성급히 달려오며 말했다.

"상서 대인, 누군가 북을 치며 억울함을 호소하고 있습니다."

"지금이 어느 때인데 억울하다는 소리를 하는 것이냐?"

팽패가 크게 화를 내었다.

"우선 서기에게 호소 내용을 기록하라고 하여라!"

아전은 자리를 뜨지 않고 우물쭈물 말했다.

"시험지 유출 사건이 억울하다며……."

팽패가 마음을 졸이며 거절할 이유를 생각하고 있는 찰나, 앉아 있던 영혁이 먼저 입을 열었다.

"불러 들여라!"

팽패는 영혁을 말리고 싶은 마음이 굴뚝같았다. 하지만 영혁은 오늘 이 재판정에서 가장 높은 신분이었다. 영혁이 마음을 먹는다면, 그 누구도 뭐라 할 수 없었다. 곧이어 누군가 성큼성큼 다가오는 소리가 들렸고, 화경이 큰소리로 웃으며 말했다.

"이게 무슨 형부입니까? 호랑이 굴이지! 옥에서 정문까지 걸어오는데 떼거지로 저를 막사옵니다!"

화경의 목소리를 듣자, 봉미지는 깁자기 마음이 따스해졌다. 팽패의 얼굴빛이 변하기 시작했다. 문 앞에 환한 빛이 들어오자 위풍당당한 자태의 화경이 나타났다. 팽패를 위아래로 훑어보더니 손에 들고 있던 북채를 그 앞에 던져 버리고 웃으며 말했다.

"북이 너무 약합니다! 몇 번 두드리지도 않았는데 찢어져 버렸네요! 형부 소속 인간들은 이런 북으로 칠 가치도 없소!"

북채가 쿵, 하고 땅에 떨어지며 두 동강이 났다. 팽패는 놀라서 얼굴빛이 변했고, 더 이상 거들먹거리지 못했다.

"화경! 억울함을 호소하러 왔으면 억울함만 호소하거라. 더 큰 소동을 일으키면 여기서 쫓겨날 줄 알거라!"

2황자는 나지막한 목소리로 말했다.

"제가 억울함을 호소하러 왔다고 누가 그럽니까?"

화경이 곁눈질로 흘겨보며 말하자 법정 사람들은 모두 넋을 잃고 쳐다봤다.

"그렇다면 자네는……."

대리사가 미심쩍어하며 말문을 열었다.

"자수하러 왔습니다."

화경이 고개를 들며 말했다. 그녀는 자수하러 온 것이 아니라 명을 받들러 온 것 같았다.

"제가 계견주를 죽였습니다."

법정에는 한동안 침묵이 맴돌았다.

"에이, 실족하여 익사하였다고 하지 않았소?"

10황자가 또 중얼거리듯 말했다.

"누가 실족사하여 죽었다는 헛소리를 했단 말입니까?"

화경이 매섭게 웃었다.

"잃은 것은 개 목숨이요. 떨어진 곳은 혼탁한 물입니다! 어제 6품 옥관 계견주는 형부에서 팽 대인의 지시를 받고 수만 마리의 뱀으로 조정의 대신 위지 대인을 고문하려 했습니다. 때마침 소인이 위 대인을 면회하고자 갔다가 그 장면을 보았고, 제가 설득하려고 하자 계견주가 칼을 들고 미친 듯이 저를 찌르려고 했습니다."

화경은 소매를 걷어 올리고 일부러 꽁꽁 싸매어 마치 방망이처럼 굵어진 상처를 내보이며 말했다.

"공격을 피하려고 도망치는 중 잘못하여 계견주를 살해했습니다. 그리하여 오늘 자수하러 왔습니다!"

"자네!"

분노가 차오른 팽패는 거의 기절 직전이었다. 아직 뭐라고 반박도 하지 못했을 때, 화경이 갑자기 뒤로 물러서더니 봉지미의 소매를 걷어붙이고 말했다.

"말만으로는 증거가 되지 못하니 보여드리죠. 상처가 여기 있습니다!"

법정에 있는 사람들이 목을 길게 빼고 봉지미의 팔에 빽빽하게 있는 상처를 보았다. 상처들은 옅은 핏빛을 띠었고, 마치 무언가에 물어 뜯겨 생긴 것처럼 보였다. 사람들은 그 상처를 보자 질겁하였다.

"수만 마리의 뱀이라니……."

가 태감의 얼굴이 창백해졌다.

"형부에 그렇게나 무서운 형벌이 있었습니까?"

"수만 마리의 뱀!"

10황자는 마치 구역질이 나올 것처럼 역겨워하더니 노여워하며 말했다.

"사람을 그렇게 몰아세우다니! 그렇게까지 잔혹하게 형벌을 가해야 하는 거요?"

화경이 봉지미의 소매를 걷어 올렸다. 줄곧 삐딱한 자세로 기대어 있던 영혁이 자세를 바로잡고 그 상처들을 유심히 살펴보았다. 그의 얼굴에 재미있다는 표정이 스쳤다. 그는 찻잔을 들어 얼굴을 가리고 다시 기대앉고는 분노에 찬 듯 말했다.

"팽패! 재판이 시작되지도 않았는데 감히 독단적으로 형벌을 가하다니!"

"전하, 대인 여러분, 가 대태감."

봉지미가 애절하게 이들을 불렀고, 눈에 눈물이 그렁그렁 고인 채 몸을 숙였다. 허공을 찌를 듯이 앙상한 어깨는 마치 바람 속에서 날개가 꺾인 학처럼 억울함에 부들부들 떨려왔다. 법정은 몇 사람을 빼놓고 탄식으로 가득 찼다. 얼마 전에 상경한 국가의 공신이자 일품 대신이 갑자기 옥에 들어가 이런 수모를 당한 것을 보고 마음 아파했다. 봉지미는 더 이상 이야기할 필요가 없었다. 팽패는 한동안 어안이 벙벙하여 멍하니 있다가 갑자기 벌떡 일어나 분노하며 말했다.

"감히 헛소리를 해! 이건 모함입니다! 저희는 이자에게 형을 가한 적이 없습니다!"

"팽 대인!"

봉지미는 분노에 차 고개를 들어 타오르는 눈빛으로 팽패를 노려보았다.

"눈으로 확실하게 본 사람이 있는데도 발뺌하시는 겁니까?"

"이건 모함입니다!"

팽패는 기가 막혔다.

"법정에서 모함을 하고도 일품 대신이라고 할 수 있느냐?"

"눈앞에 펼쳐진 일도 인정 안 하는 당신이 형부의 최고 책임자라 할 수 있습니까?"

"내가 왜 너를 고문하겠느냐?"

팽패는 뻔뻔하기 그지 없는 그들의 모함에 실성한 듯 핏대를 올리며 말했다.

"네가 바로 자백하였는데 뭐하러 널 고문하겠느냐!"

"어제 저는 팽 대인의 고문에 못 이겨 자백한 것입니다!"

"네가 언제 춘위 사건을 자백했느냐!"

"그럼 제가 뭐라고 했습니까?"

"네가 자백한 것은 자신이 대월의 염탐꾼으로 대월 안왕의 직속 천기위……."

팽패는 격노한 나머지 나오는 대로 지껄이다가 속았다는 것을 깨달았다. 하지만 이미 너무 늦은 때였다.

"대월…… 염탐?"

"팽 상서, 이토록 중요한 사건을 어찌하여 즉시 보고하지 않았는가?"

영혁이 몸을 꼿꼿이 세우더니 엄숙한 표정으로 말했다.

"천기위?"

10황자가 큰 눈을 더 크게 떴다.

"저도 들어본 적이 있습니다! 대월 최고의 염탐꾼을 각국에 파견했다는 소문을!"

"이토록 중요한 안건을 어찌하여 즉시 내각에 보고하지 않았소?"

호 대학사가 눈을 가늘게 뜨며 물었다. 팽패의 이마에 땀이 흘렀다.

"여러분."

줄곧 한마디도 하지 않고 묵묵히 자리를 지키던 2황자가 갑자기 입을 열었다.

"위지가 정말로 대월 염탐꾼이라면, 그 안건은 시험지 유출 사건보다 사안이 훨씬 더 심각합니다. 이는 구족을 멸할 중죄인데, 위지가 바보도 아니고 어떻게 경죄는 인정하지 않으면서 중죄를 인정하겠습니까?"

"둘째 형님의 말이 일리가 있습니다."

영혁이 재빨리 이어 말했다. 2황자는 여전히 흥분을 가라앉히지 못하고 그를 주시했다. 영혁이 계속해서 말을 이어 갔다.

"천성의 율령대로라면 죄인의 자백이 무엇이든지 간에 반드시 진술을 기록하고 위에 보고하여 검증받아야 하는데……. 팽 상서, 본 왕은 위지 사건에서 이런 자백 내용은 본 적이 없소. 어젯밤 내가 안건에 대해 물었을 때 당신은 이 일에 대하여 언급조차 하지 않았소."

"전하……."

팽패의 이마에는 식은땀이 흘렀다. 그가 나지막이 아뢰었다.

"위지가 자백한 내용은 모두 다 거짓입니다. 온통 믿을 수 없는 말만 지껄이고 있습니다. 저자가 대월에서 '월파월고'라는 희한한 별칭으로 불렸다는 것부터, 포성에서 죽을 고비를 겪는 고육책으로 황제 폐하의 신임을 받아 대신이 되면 인재 선발 시험을 망치려 했다는 둥, 시험지를 유출로 학자들의 불만이 터져 나오면 백성들을 선동해 천성의 각 관아를 혼란에 빠뜨림으로써 나라와 백성의 안위를 위협하고자 했다는 둥, 또한 조정에서 혼란을 진압하려 군사를 일으키면 반발한 백성들이 간신을 쫓아낸다는 명목으로 제경에 모여들도록 유도하고, 때맞춰 대월이 백만 군사를 일으켜 연합 공격을 해서 천하를 대월 안왕에 바친다는 둥…… 다 거짓입니다. 감히 보고하기에는 너무 허황된 말이라……. 이로 인해 폐하가 노하시어 경솔한 판단을 하시게 된다면, 이는 대역죄에 해당하지 않습니까?"

"듣고 보니 굉장히 일리가 있습니다."

10황자가 웃음을 참으며 큰 눈을 끔뻑거렸다.

"제 생각에는 허점이 조금도 없는데, 팽 대인은 어째서 황당해하시는지요?"

"팽 대인, 이건 당신 잘못이오."

얼마 전 등용된 도찰원 지휘사 갈원상은 진사 출신이었다. 그는 아직까지는 더러운 관료 사회에 발을 담그지 않은 강직한 관료로 순전히 상황만 보고 모든 것을 판단하였다.

"범인의 진술이 아무리 황당무계해도 사실대로 기록하고 검증해야 했거늘! 이 또한 공정하고 공명정대하게 이루어져야 하는데, 경죄가 아닌 중죄를 자백했는데도 조사도 안 하다니요! 형부 자체적으로 황당하다고 여겨 멋대로 조사를 안 해도 된다는 것입니까? 팽 대인 당신은 비록 형부에서 오래 일하진 않았지만, 국가 율령에 대해서는 잘 알고 있을 것이오. 지금 당신의 이런 행동과 말은 도저히 납득이 되지 않소."

"팽 상서가 마지막으로 한 말은 본 왕 또한 믿기 어렵소."

영혁은 차를 마시며 여유롭게 말을 이어갔다.

"폐하가 노하여 경솔한 판단을 하시게 된다면, 이는 대역죄에 해당하지 않느냐는 말은 무슨 뜻이오? 폐하는 슬기롭고 총명하시어 진실과 거짓, 옳고 그름을 바로 판단하실 것인데, 어찌하여 경솔할 거라 짐작하는 겁니까? 팽 대인 말대로라면 폐하가 신하의 허튼소리 한 마디에 경솔한 판단을 하는 시덥지 않은 왕이란 말씀이시오?"

영혁의 말은 중죄에 해당하는 심각한 내용이었다. 가 태감은 흥, 하며 냉소적인 소리를 냈다. 2황자는 입을 벌린 채 결국 아무 말도 하지 못했다. 2황자는 7황자에게 도움을 청하는 얼굴로 쳐다보았지만 7황자는 부채꽃이에 새로 수놓은 부채 장신구에만 정신이 팔려 있었다. 문관 출신 팽패의 좁은 어깨로 어찌 영혁이 언급한 중죄를 감당할 수 있겠는가! 팽패는 서둘러 자리에 앉아 남쪽을 향해 예를 표하더니 떨리는 음성으로 말했다.

"미천한 소인이 어찌 감히 그런 생각을 하겠습니까."

"그대가 이미 그렇게 말하지 않았던가요?"

영혁은 미소를 띤 채 가벼운 말투로 말했지만, 말 한마디 한마디가 촌철살인이었다.

"팽 상서가 이렇게 담대한 줄 정말 몰랐소이다. 국가의 대사를 어찌 황당한 말이라며 덮어둘 수 있습니까? 만일 언젠가 진사우가 정말 제경에 군대를 이끌고 오면 팽 대인을 내보내야 하는 것 아닙니까? 성벽에서 황당무계한 말로 대월의 백만 군사를 퇴각시킬 수 있단 말입니까?"

영혁이 점점 목을 조여 오자, 팽패는 당황하여 입술을 떨며 뒤로 뒷걸음질 치다 7황자의 탁자에 쿵, 하는 소리를 내고 부딪쳤다. 7황자는 바로 일어서더니 그를 부축하고는 웃으며 말했다.

"이번 일은 팽 대인의 잘못입니다. 고문은 사건의 해결에 급급하여 쓰는 것입니다. 마음이 너무 급하셨습니다. 양해를 구하지도 않고 진술 기록도 안 하시고 매우 경솔하셨습니다. 돌아가셔서 기록을 보완하고 전하에게 사죄서를 제출하십시오. 어쨌든 이번 사건은 여섯째 형님에게는 보고한 셈이나 마찬가지지만, 그래도 형님이 폐하께 직접 보고하여 따로 처리해 주십시오. 오늘은 폐하께서 춘위 시험지 유출 사건의 결과를 기다리실 테니 별도 처리하는 방식으로 진행하시죠. 나머지는 일단 나중에 처리하고, 먼저 이 문제에 대해서 심문하시죠."

"7황자께서는 말씀을 정말 잘하십니다! 그리하면 되겠습니다."

내각 오 대학사가 웃으며 말했다. 봉지미는 영혁이 팽패를 꾸짖는 동안 잠시 쉬고 있다가, 이제야 눈을 뜨고 온화하게 미소 짓는 7황자를 쳐다보았다.

'과연 명성대로 어진 왕이구나.'

이야기를 듣고 보니 7황자는 빈틈이 없고 일리 있는 말만 하였다. 팽패가 곤경에서 벗어나도록 슬쩍 넘어가는 말재간도 좋았고, 아무렇지도 않게 다시 본론으로 돌아오게 하는 기교 또한 훌륭했다. 정말 대단한 인물이었다. 봉지미는 고개를 반쯤 들었다가 앉아 있는 영혁과 시선이 마주쳤다. 그는 삐딱한 자세로 앉아 손을 턱에 괴고 있었다. 널따란 소매를 반쯤 걷고 있어 백옥같이 고운 초왕의 손목이 드러났다. 그녀의 눈에 그는 살이 좀 빠져 보였다. 그녀는 '수고하셨습니다'라는 의미를 담은 미소를 슬쩍 그에게 흘렸다.

영혁은 봉지미를 보고 기침을 하더니, 다시 고개를 돌리고 기침을 하였다. 목덜미에 옅은 붉은빛이 보였다. 백옥처럼 아름다운 피부색이 더욱 돋보여 매혹적인 느낌이 들었다. 그녀는 오늘따라 몸이 안 좋아 보이는 그의 모습에 내심 의아했다. 말 몇 마디를 하고서 기진맥진하다니. 어제 삼사에서 심문하는 것이 그렇게나 힘들었단 말인가?

"위 대인."

팽패는 땀을 닦고 있었다. 대리사 경장영이 팽패 대신 추궁하였다.

"형부에서 그대를 춘위 시험지 유출죄로 기소하였는데, 이에 대해 할 말이 있는지요?"

"있습니다."

"말해 보시오."

"저는 이 죄에 대해 자백한 적이 없으며, 고남의 또한 지금까지 심문을 받지 않았습니다."

봉지미가 웃으며 대답했다.

"여러 왕후 대인들께 여쭙고 싶습니다. 그렇다면 이렇게 명명백백하게 시험지 유출의 전후 사정이 완전히 기술되어 있는 이 자술서는 어디에서 나온 것입니까?"

자리에 있던 사람들은 골똘히 생각에 잠겼다.

'그렇지. 당사자가 진술을 안 했는데 어디서 이처럼 인과관계가 명백한 죄상이 나온 것인가?'

"이 일을 작당한 사람만이 어떻게 된 일인지 잘 알지 않겠습니까?"

봉지미가 덫을 놓은 함정이었다는 듯 차갑게 웃었다.

"그 말은 또 틀렸소."

팽패가 드디어 냉정함을 찾고 말을 이었다. 죽일 듯한 눈빛으로 봉지미를 쳐다보며 가증스럽게 웃었다.

"아무 말이나 마음대로 지껄여서 죄를 면할 수 있다고 착각하지 말거라! 네가 자백하지 않아도 분명 누군가는 자백할 테니! 증언이 얼마나 큰 힘을 가졌는지 모르는구나?"

팽패는 우쭐해하며 자리에 앉았고, 초왕이 있는 쪽으로 몸을 돌렸다. 팽패는 수심에 가득 찬 얼굴로 앉아 있는 초왕을 보자 불안해하며 망설이는 표정을 지었다. 팽패는 내심 놀랐지만, 한번 활시위에 올라간 화살은 쏠 수밖에 없는 상황이었다. 팽패가 경당목으로 탁자를 탁, 소리나게 내리쳤다.

"증인을 들여라!"

아전의 긴 목소리가 저 멀리까지 울려 퍼졌다.

"증인을…… 들여라……."

부처도 화낼 줄 안다!

"하관 예부 5품 원외랑 계강입니다. 전날 밤 저는 예부 당직을 서고 있었습니다. 술시 15분경 하관이 궁에서 파견한 호위 여섯 명과 함께 예부 정당 밖 서쪽에서 동쪽으로 순찰을 하고 있었습니다. 그런데 밀실 쪽 측면에서 3뼘쯤 되는 모퉁이에서 누군가에게 점혈을 당한 뒤 머리에 마대 자루가 씌워져 예부 남쪽 부엌 토굴에 내던져졌습니다. 범인은 무공이 뛰어나고 발걸음 소리를 내지 않고 걸으며, 예부에 대해 잘 알고 있었습니다. 또 점혈에 능한 자입니다."

원외랑 외에도 같이 창고로 끌려갔던 이들의 증언이 이어졌다.

"궁의 어림군 분양영 3분대 1소대 대장 유정우, 대원 진진의, 공예, 공해, 해함박, 창홍 대원이 이날 교대로 당직을 서며 예부의 밀실을 지키다가 예부 원외랑 계강과 함께 적에게 잡혔습니다. 이는 모두 사실입니다."

"하관 예부 3품 시랑 우진도라고 하옵니다. 최근 병가를 내고 집에서 쉬고 있었는데, 전날 하관의 친한 친구, 5군 도독부 주산북 지휘사

장흔영이 복직하여 그날 저녁에 연춘 별채 '산월각'에서 연회를 마련하였습니다. 그때 상관인 위 상서가 '설성각'에서 술자리를 하고 있다는 소식을 듣고 건너가 술 한 잔 올렸습니다. 그날 저녁에 하관은 줄곧 장흔영 지휘사와 친한 친구들과 같이 있었으며, 그 자리를 떠난 적이 없습니다. 하관 또한 열쇠가 어떻게 분실되었는지 알지 못하며, 감찰을 소홀히 한 죄에 대한 처벌은 달게 받겠사옵니다."

"하관 5군 도독부 주산북 지휘사 장흔영은 우진도가 그날 밤 하관과 같은 침상에서 잤으며 자리를 떠난 적이 없다는 것을 증명합니다."

"하관 예부 3품 시랑 장청준이라고 하옵니다. 그날 저녁 하관은 당직이 아니라서 연춘 연회를 가기 전, 이부 문선사 낭중 기중동 손자가 태어난 지 한 달 된 일을 경축하러 갔었습니다. 낭중 기중동은 예부 주관 위 상서가 연춘에서 청명서원 학생들과 술을 마시고 있다는 소식을 듣고 하관을 데리고 건너가 술을 올렸습니다. 그날 밤 하관은 많이 취하였습니다. 낭중 기중동은 하관의 거처가 어딘지 몰라 자신의 집 사랑방에서 절 재웠습니다. 열쇠는…… 언제 도난당했는지 하관도 알지 못하옵니다."

"하관 사부 문선사 낭중 기중동은 시랑 장청준의 진술이 사실임을 증명합니다."

"소인은…… 서성길 92 골목의 열쇠장이 이아쇄라고 하옵니다……. 92 골목 입구에서 열쇠를 만들어 파는 일을 하고 있습죠……. 전날 밤 묘시 전후, 검은 옷을 입은 남자가 하얀 복면을 하고 소인의 점포 문을 두들겼습니다. 열쇠 두 개가 찍힌 점토를 가져 오더니 소인에게 그 점토에 찍힌 열쇠를 제작해 달라고 했습니다……. 아 맞습니다. 이 두 개이옵니다."

"하관은 형부 소속 정험사 사원 허한이라 하옵니다. 우 시랑과 장 시랑이 건네 준 열쇠 두 개를 살펴보면 잇새에 소량의 붉은 흙이 들어 있습니다. 이는 열쇠를 점토에 누를 때 생긴 것 같사옵니다. 점토 부스러기는 열쇠장이 이아쇄가 갖고 있던 점토와 동일한 점토입니다."

계속해서 이어지는 증언들은 빈틈없이 치밀하였고, 이 모든 증언이 봉지미를 지목하고 있었다. 법정 내의 대신들은 엄숙한 표정으로 듣고 있었다. 그녀는 조용히 들으며 속으로 상대가 대단하다고 생각했다. 사건이 터지고 얼마 안 되어 바로 재판을 여는 것이라 시간이 촉박했을 텐데, 형부는 증거와 증인 모두 치밀하게 준비하였다. 예전과는 비교할 수 없을 만큼 놀라운 발전이었다. 상대방이 자신을 쓰러뜨리기 위해 얼마나 열심히 준비했는지 알 수 있었다. 팽패가 득의양양한 눈빛으로 깊은 생각에 빠진 그녀를 노려보았다. 하지만 그는 시선을 옮기다가 얼핏 초왕을 보고 다시 불안함을 느꼈다.

또 다른 증인이 법정에 들어섰다. 증인은 멀리서 쇠사슬을 차고 있는 봉지미의 뒷모습을 보고 무서움에 몸을 떨었다. 그는 그녀의 발끝에 웅크리고 무릎을 꿇었다. 그녀의 눈이 빛나기 시작했다. 드디어 그녀가 예상하지 못한 증인이 등장했다.

"소인은 청명서원 학생 정치역사사원 예문욱이라 하옵니다. 그날 저녁 동문들과 연춘에서 연회를 열었고, 위 대인을 초대하였습니다. 그 사이에…… 그 사이에……."

말주변이 좋은 다른 증인들에 비해 예문욱은 몹시 떨고 있었다. 그는 무릎을 꿇고 고개를 숙인 채 흐리멍덩한 눈으로 주변을 슬쩍슬쩍 둘러보았다. 여전히 몸을 부들부들 떨었으며, 말을 심하게 더듬었다. 봉지미는 바로 그의 옆에서 무릎을 꿇고 있던 터라, 고개를 약간 숙여 그의 얼굴을 살펴보았다. 그녀는 노하거나 놀라지 않았고, 슬프거나 분노하지도 않았다. 화를 억누르지 못해 호되게 꾸짖지도 않았다. 전혀 예상하지 못했던 증인이어서 놀라긴 했지만, 경악을 금치 못해 그를 윽박지르지도 않았다. 그녀는 그저 옆에 다정히 무릎을 꿇고 앉았다. 게다가 고개를 숙이고 평온한 눈빛으로 그를 바라보며 기괴한 미소를 지었다. 어떠한 단어로도 형용할 수 없는 그런 미소였다. 마치 재미있으면서도 연민을 느끼는 것 같았고, 한편으로는 경멸의 의미가 담겨 있는 듯했다. 꼭두각시극을 보고 흥미를 보이면서도 절대 극에 몰입하지 않는 느낌이었다. 이러한 기괴한 미소를 본다면 누구나 자신이 상대의 손아귀에서 조종당하는 꼭두각시라는 생각이 들 터였다.

예문욱의 몸이 떨리기 시작했다. 봉지미의 이런 미소는 그가 청명서원에 있을 때 본 적이 있었다. 그녀는 매번 본분을 지키지 않아 남을 곤란하게 만드는 것을 볼 때마다 이런 미소를 지은 뒤 그 인물이 없어질 때까지 괴롭혔다. 괴롭힘을 당한 사람 중 반 이상은 처참하고 참혹한 결말을 맞이해야 했다. 위 사업은 청명서원 학생들에게 정신적인 지주였다. 예문욱에게도 예외는 아니었지만, 오늘 그는 숭배하던 사람을 대놓고 배반하였다. 그는 고개를 더욱 숙이고 끙끙대며 한마디도 하지 못하였다.

"예문욱."

법정에서 누군가가 입을 뗐다. 형부 상서 팽패가 엄숙하게 말했다.

"무서워하지 말고 담대하게 있는 그대로 말하거라! 이곳은 진실을 밝혀 주는 형부다. 모든 것은 내가 책임지겠다!"

말투가 너무 엄숙하다 못해 위협하는 것처럼 들리자 예문욱은 더욱 떨기 시작했다. 그는 손가락으로 벽돌 틈새를 후비고 있었다. 요양우, 전언 등과 같은 관료 자제들과 다르게 가난한 집안 출신인 그는 관리가 되지 않아도 걱정할 필요가 없는 이들과는 달랐다. 그는 다른 사람들보다 더 많이 노력해야 겨우 그들의 절반 정도의 성과를 얻을 수 있었다. 그는 서원의 다른 가난한 학생들과 다르게 독서에만 몰두하고, 고난을 견디며 살아가는 그런 삶을 원하지 않았다. 그는 관료 자제들의 평탄한 삶이 부러웠고, 그들에게 접근하기 위해 노력하였다. 그러나 그들과 함께하려면 돈이 필요했다. 연춘에서 접대하는 비용만 해도 관료 자제들에게는 식은 죽 먹기로 마련할 수 있었지만, 그는 이번 겨울에 입어야 하는 솜옷을 저당 잡혀야만 겨우 마련할 수 있었다. 집에 계신 노모는 3개월이나 고기를 먹지 못하였는데, 그는 연회에서 사람들이 손도 안 댄 음식이 마구 버려지는 광경을 보고만 있어야 했다. 그날 밤, 그가 당장 내일 먹을 쌀값을 걱정하고 있을 때 누군가가 찾아왔다. 은화 천 냥과 회시 합격 보장, 혹시나 시험을 통과하지 못하더라도 지방 관리로 추천하여 최소 이부 주사 직을 주겠다고 약조하였다. 전도유망한 탄탄대로의 길이었고, 유혹이 시작되었다.

달빛이 흐릿한 밤, 야심이 가득한 가난한 학생의 마지막 남은 양심은 그렇게 복면을 뒤집어썼다. 법정에서 팽패의 말이 여전히 귓가에 맴돌았다. 예문욱은 마음을 독하게 먹었다. 은화도 이미 받았으니 다시 되돌리고 싶어도 이미 때는 늦었다. 사내대장부가 입신양명하려는데 독하지 않으면 어른이 될 수 없다! 눈을 감고, 가슴을 펴고, 시키는 대로 줄줄 말했다.

"그 사이에 학생들은 이미 술에 취해 더는 술 마시는 내기에 참여하지 않았습니다. 구석에서 잠시 눈을 붙이는 사이 우연히 고 대인이 우 시랑과 장 시랑 두 분께 술을 올리며 두 번 정도 접근하더니 다른 사람의 몸 뒤에서 열쇠를 점토에 찍는 것을 보았습니다."

"거짓말!"

화경은 '자백을 강요당한 사건'의 증인으로서 울타리 밖에서 재판을 듣던 중 이 말을 듣자 참지 못하고 폭언을 내뱉었다.

"고남의가 정말 손을 썼다면 네 눈이 지금 남아나기나 했을 것 같아? 파렴치한 녀석. 그나마 네가 아직 공부하는 학생이니 망정이지. 너 같은 놈이 공부하는 사람들을 망신시키고, 청명의 체면을 땅에 떨어뜨리는 거야!"

예문욱은 화경의 꾸짖음에 얼굴이 새하얘졌다. 초롱초롱하던 시선도 갈 곳을 잃은 것처럼 초점을 잡지 못했다. 당황하는 모습을 본 팽패는 그가 혹시라도 이상한 표정을 내비칠까 봐 서둘러 호통을 쳤다.

"화경! 재판장 밖에서 듣고 있도록 기회를 준 것 자체가 이미 이례적인 일이다. 한 번만 더 재판을 방해한다면 즉시 너를 쫓아낼 것이야!"

화경은 머리를 젖히더니 퉤, 하고 예문옥의 옆얼굴에 세차게 침을 뱉었다.

"네가 청명의 침에 빠져 죽기만을 기다리마! 이런 상갓집 개보다도 못한 놈!"

팽패는 화경이 다시 욕할까 봐 바로 소리를 길게 끌며 다음 증인을 소환했다.

"고남의를 데려와라."

봉지미는 재빨리 몸을 돌려 고남의가 들어오는 방향을 바라보았다. 그러다 문득 기침 소리가 들려 앞을 보았는데 기침을 한 사람은 영혁이었다. 그는 기침을 할수록 상태가 심해지는 듯했다. 가슴까지 파르르 떨렸고, 목에서 무언가 나오자 그는 찻잔으로 입 주변을 가렸다. 핏기가 청록색 찻잔 안에서 소리 없이 번져 나갔다. 그는 멍한 얼굴로 붉게 변하는 차를 바라보았다. 옅은 붉은빛 물 위에 어두운 눈빛이 비치자 그는 문득 조금 전 그녀의 눈빛이 떠올랐다. 그렇게 관심 어린 눈빛은 처음이었다. 그녀가 가장 진실한 감정을 고남의에게 숨김없이 보여 주었다면, 가장 깊은 마음속은 안개로 가린 채 영혁에게 보여 주었다.

영혁은 저절로 웃음이 났다. 옅은 붉은빛 물속에 비친 눈빛도 고요하였다. 이 세상에서 사랑이란 먼저 마음이 동한 자가 먼저 마음의 상처를 입기 마련이었다. 그는 독신으로 살고 싶었다. 일생을 아무런 방해도 받지 않은 채, 하고 싶은 대로 천하를 조정하고 싶었다. 그런데 하필이면 더 독한 독신을 만난 것이다. 말해서 무엇 하겠는가? 혼자 속앓이만 하다가 말겠지. 옆에 있던 7황자가 관심 어린 모습으로 그에게 다가왔다.

"여섯째 형님, 차가 차가워졌는지요? 사람을 불러 바꿔 달라고 하겠습니다."

말이 끝나자마자 신하가 찻잔을 받으러 다가왔다. 영혁은 거절하며 재빨리 옆에 있는 화분에 차를 끼얹었다. 찻물은 금세 뿌리 깊숙이 흡수되어 사라졌다. 곧이어 그가 웃으며 말했다.

"차가 많이 쓰구나!"

무거운 족쇄가 땅에 끌리는 소리가 저 멀리서부터 들려왔다. 마치 거인이 한 발 한 발 걸어오는 소리 같았다. 형부에서 원외랑을 지냈던 장용이 갑자기 굳은 표정으로 혼자 중얼거렸다.

"어떻게 이걸 쓴 거죠?"

작은 소리로 중얼거려서 묵중한 족쇄 소리에 묻히긴 하였지만 봉지미는 똑똑히 들었다. 그녀는 미간을 찌푸리며 본인이 모르는 무언가가 있다고 생각하였다. 문 앞에 고남의의 모습이 보였다. 무거운 족쇄를 한 채 한 걸음 한 걸음 걸어 들어왔다. 그 모습을 본 화경이 놀라 소리를 질렀다. 봉지미가 밑을 보니 고남의가 지나온 곳마다 단단한 청석이 부서져 있었다. 족쇄 자체만으로 청석을 으스러뜨리다니. 이 족쇄가 얼마나 무거운지 상상하기도 어려울 정도였다. 고남의는 걸어오면서 얼마나 힘이 들었을까? 봉지미는 팽패가 가져온 고남의를 속박한 물건이 분명 좋은 물건은 아니라는 걸 알고 있었다. 하지만 장용의 놀란 표정을 보니 마음이 더욱 무거워졌다. 자신이 너무 소홀했던 것 같았다. 그녀가 눈썹을 치켜 올리며 성난 표정을 지었다.

고남의는 멈춰 섰지만 봉지미 곁으로 가까이 오진 않았다. 그녀는 미심쩍은 표정으로 고개를 돌렸다. 도대체 어떤 족쇄인지 확인할 생각으로 좀 더 가까이 오라고 표시했지만, 그는 조금도 움직이지 않았다.

하는 수 없이 그녀가 그쪽을 향해 방향을 바꿔 무릎을 꿇었는데, 갑자기 한기가 엄습해 오는 느낌이 들었다. 순간 그녀는 넋을 잃은 채 어떤 반응도 할 수 없었다. 그러거나 말거나 재판장에서 질의를 시작하는 팽패의 목소리가 들려왔다.

"고남의!"

팽패가 엄숙하게 말했다.

"예부 원외랑 계강이 전날 밤 점혈을 당하고, 마대 자루에 씌워져 예부 토굴에 버려졌다고 진술하였다. 진술에 따르면 무사는 점혈에 뛰어나며 범상치 않은 사람이라고 하였다. 네가 점혈하는 것을 본 사람이 있다고 하던데! 또 너는 예부를 잘 알고 있지 않으냐? 이에 대해 어떻게 설명할 것이냐?"

계강이 앞으로 나와 검은 복장을 한 사람이 어떻게 담을 넘었고 어떻게 그의 곁으로 다가왔는지, 점혈을 어떻게 하였는지 시범을 보여 주었다. 계강은 동작을 매우 정확하고 세밀하게 형용하였다. 검은 복장을 한 사람이 계강에게 접근해 점혈을 하려고 얼마나 심혈을 기울였는지 알 수 있었다. 팽패는 음산한 눈빛으로 고남의를 바라봤다. 고남의는 개의치 않는다는 얼굴로 팽패를 바라보았다. 마치 팽패의 말을 이해하지 못하는 것처럼 보였다. 갓에 달린 하얀 천에 가려져 있는 맑고 깨끗한 고남의의 눈빛을 본 사람들은 모두 자신이 더럽다는 생각이 들 정도였다. 팽패는 물을 벌컥 마셨고, 고남의가 기괴하다는 것을 알기에 어쩔 수 없이 다시 설명하려 하였다.

"예부 원외랑 계강이……."

고남의가 갑자기 손을 들었다. 팽패의 목소리가 컥, 하는 소리와 함께 멈추었다. 팽패는 말을 하려고 했지만 어떤 말도 나오지 않아 입을 벌린 채 얼굴이 빨개져서 어어, 음음, 소리만 냈다. 먼 거리에서 아혈을 제압당한 것이 분명했다.

"아, 대단한 신공이다!"

10황자가 놀라며 탄식했다.

"원격 점혈이라니!"

호 대학사가 빙그레 웃더니 턱수염을 쓰다듬으며 느긋하게 말했다.

"계 원외랑, 점혈을 할 수 있는 사람은 많지 않소. 그렇다고 제경에서 고 대인 딱 한 명만 할 수 있는 건 아니지 않소? 그날 밤 당신이 본 고수가 고 대인이 확실하오? 이 노인이 보기에는, 고 대인은 굳이 당신에게 다가가 점혈을 할 필요가 전혀 없는 것 같소. 담벼락에서 손만 들어도 당신을 쓰러뜨릴 수 있을 텐데요."

계강은 얼굴이 빨개져 엎드리며 말했다.

"대학사님 말씀처럼 하관은 그날 밤 누군가에 의해 점혈을 당한 것만 알지, 그 사람이 고 대인이라고 지목하지는 않았습니다."

계강이 고남의 곁으로 가까이 가자 고남의는 바로 옆으로 물러섰다. 마치 '당신은 너무 불결하니 나를 더럽히지 말라!'는 듯한 행동이었다. 그때 누군가가 키득거렸다. 팽패의 안색은 이루 말할 수 없을 정도로 좋지 않았다. 계강을 한번 힐끗 보았지만 어찌할 방법이 없었다. 팽패는 아직 점혈이 풀리지 않아 입을 벌린 채 자리에 그대로 서 있었다. 난감하기 짝이 없었다. 하지만 고남의는 팽패에게 점혈을 풀어 주는 것을 잊어버린 듯 무덤덤하게 서서 하늘만 바라보고 있었다.

봉지미도 미소를 지으며 하늘을 바라보았다. 영혁은 차를 마셨고, 줄곧 활기찬 모습을 보이던 10황자는 하필 이때부터 졸기 시작했다. 화경은 머리를 내밀어 두리번거리며 자신을 향해 입을 크게 벌리고 있는 팽패를 훑어보더니 갑자기 손뼉을 치며 웃었다.

"대인, 왼쪽 3번째 이빨이 썩은 거 같은데 내 의원을 한 명 소개해 주리다. 남문으로 나가면 '이리 같은 놈'이라는 큰길이 나오고, 거기서 '개 양심만도 못한 놈' 골목으로 들어가면 '개 이빨 보는 곳'이 나옵니다. 성은 '구'요, 이름은 '린네'요. 몇 대째 치아만 보는 곳이라 솜씨가 얼마나 뛰어난지 모릅니다. 대인이 그를 찾아가면, 이빨을 뽑아 평생 썩은 이가 생기지 않게 해줄 것입니다. 내 보장하오."

화경은 말을 마치고 하하 소리를 내며 웃었다. 고남의는 목을 꽉 조여 오는 족쇄를 건 채 힘들게 고개를 돌려 그녀를 쳐다보았다. 이는 고남의가 줄 수 있는 최고의 찬사였다. 그녀는 너무 재미있어서 주체할 수 없던 나머지 이 심문장에서 누가 불편한 기색을 보이는지는 안중에 두지 않았다. 2황자는 일이 어의치 않자 양손으로 탁자를 짚더니 냉소적으로 말했다.

"고 대인, 이미 행동으로 당신의 결백을 증명했으니 더는 언급하지 않겠소. 하지만 팽 상서에게 심문장에서 손을 쓴 것은 대신을 위협하는 중죄요!"

2황자는 사방에 침을 튀기며 말했다. 고남의는 여전히 팽 대인의 썩은 이를 살펴보고 있었다. 봉지미는 뒤를 돌아 고남의를 보고 웃으며 '이제 그만 놓아 줘, 꼴이 사납잖아'라는 눈짓을 했다. 고남의가 바로 손을 들자 팽패가 아, 하는 소리를 내며 목을 가다듬더니 표독스럽게 고남의와 화경을 번갈아 쳐다보았다. 화경은 빙그레 웃으며 '개 이빨 보는 곳에 꼭 가보시오'라는 입 모양을 하였다.

팽패는 자제력이 있는 편이었다. 시퍼렇게 질린 얼굴을 하고 있었지만 화경의 말에 부화뇌동하지 않았다. 팽패는 즉시 계강 등을 데리고 내려가라고 명령하였다. 그는 여전히 예문욱의 진술을 기대하고 있었다. 예문욱은 고남의의 '원격 점혈'을 본 뒤 너무 놀란 나머지 바닥에 납작 엎드려 있었다. 그때 밖에서 막 고친 신문고를 다급하게 치는 북소리가 다시 들려왔다. 이어 시끌벅적한 소리 사이로 어떤 목소리가 어렴풋이 섞여 있었다. 자세히 들어보니 '위 사업을 배반한 파렴치한 놈 꺼져라!'라고 외치는 여러 사람의 함성이었다. 거리가 꽤 멀었는데도 또렷이 잘 들려서 형부 문 앞에 청명서원의 학생들이 모였음을 추측할 수 있었다. 만약 오늘 형부에서 삼엄하게 경비를 세우지 않았다면, 관료의 자제들이 뛰어들어 칼을 빼들었을지도 몰랐다. 이 소리를 들은 예문욱은 얼굴이 창백해지더니 눈이 뒤집혀 기절해 버렸다.

팽패는 더 이상 안 되겠다 싶었다. 진술이 제대로 이루어지지 못했는데 일만 더 크게 터졌을 뿐이었다. 이제는 심문도 이어 나갈 수 없었다. 오늘 재판은 시작부터 순조롭지 않았다. 만약 오늘 재판에서 봉지미의 기세를 꺾지 못한다면, 팽패가 다시 재기할 수 있는 기회는 줄어들 것이다. 어쩔 수 없이 팽패는 흥, 하고 콧방귀를 끼고 말했다.

"예문욱이 급작스럽게 쓰러졌으니, 우선 휴식을 취하고 심문은 나중에 다시 하겠다."

이제 법정에는 증인인 열쇠장이 이아쇄만 남아있었다.

"이아쇄!"

팽패는 몸을 돌려 이아쇄를 바라봤고, 온화하면서도 압박하는 말투로 물었다.

"네 앞에 있는 이 사람이 그날 저녁 열쇠를 제작해 달라고 한 복면을 쓴 사람이 맞느냐?"

이아쇄가 눈을 가늘게 뜨고 잠깐 보더니 교활한 눈빛으로 고개를 끄덕이며 말했다.

"대인, 소인네 비록 얼굴을 보지 못하였고 옷도 다르나, 복면이나 체형은 매우 비슷합니다."

"네가 말한 것이 사실이더냐?"

팽패가 차갑게 물었다.

"소신이 어찌 감히 거짓말을 하겠나이까."

팽패가 음산한 미소를 짓더니 고남의에게 얼굴을 돌려 물었다.

"고남의, 점혈에 대해선 그대가 해명을 하였지만, 열쇠장이 이아쇄의 진술에 따르면 전날 밤 귀하와 비슷한 남자가 열쇠 두 개가 찍힌 점토를 가지고 와서 제작을 의뢰했다고 하오. 이에 대해서는 어찌 해명할 것이오?"

팽패는 고남의가 무공을 쓸까 두려워 고남의에게 무릎을 꿇으라고 강요하지 않았다. 그리고 얼핏 보면 정중한 말투로 묻고 있었으나, 사실 사건의 동기나 핵심은 피하고 있었다. 형명*재판 사무에 관한 일을 주관하던 사람 출신의 도찰원 지휘사 갈원상은 눈살을 찌푸리며 무슨 말을 하려다가 결국 아무 말도 하지 않았다. 고남의는 그 자리에 서서 움직이지도 않았고, 아무 대답도 하지 않았다. 천성 조정 대신들은 고 호위를 익히 잘 알고 있었다. 그는 태자라 해도 때릴 수 있으며, 황제의 질문에도 대답을 내켜하지 않을 인물이었다. 대다수의 사람들은 그가 타인에게 입을 여는 것을 본 적이 없었다. 팽패 또한 대답을 기대하지 않았다. 고남의가 끝까지 입을 열지 않는 것도 나쁘지 않았기 때문이었다. 묵인으로 간주하면 되니까! 고요한 침묵이 맴돌았다. 얼굴에 득의양양한 표정이 스친 팽패가 느긋하게 말했다.

"고남의, 너의 됨됨이는 폐하와 백관들 모두 어느 정도 알고 있느니라. 자네는 함부로 사람들의 공분을 살 만한 큰 죄를 짓는 사람이 아니다. 필경 누군가의 부탁으로 어쩔 수 없이, 혹은 남에게 속아 의도치 않게 일을 저지른 것 같다. 사안에 대해 모르고 행동한 자에 대해서는 죄를 묻지 않는 법이고 이를 감안하여 처리한다. 자네가 고충을 털어 놓기만 한다면 본 상서는 폐하에게 그 사실을 아뢸 것이고, 그럼 폐하께서는 아량을 베풀어 용서해 주실 것이니 안심해도 된다."

팽패가 이 대목에서 잠시 말을 멈추더니 목소리를 한층 높여 호통을 치듯 말했다.

"그러나 네가 계속 고집을 피우고 저항한다면, 국법이 정한 바에 따라 네 머리를 높이 달아 놓을 것이다."

팽패는 당근과 채찍을 적절히 사용했다고 뿌듯하게 생각하며 득의 양양했다. 2황자와 다른 사람들도 이 말을 들으며 연신 고개를 끄덕였다. 의미심장한 표정을 짓고 있던 도찰원 지휘사는 팽패가 다시 유도 심문을 한다고 생각했지만, 형명 안건이 아니라고 생각하여 결국 입을 열지 않았다.

'오늘은 수심이 깊으니 그저 지켜보자꾸나!'

봉지미 또한 현 안건에 대하여 입을 열지 않았다. 심문에서는 당사자가 아닌 경우 끼어들 수가 없었다. 팽패는 심문 규율을 무시하고 유도 심문을 할 수 있었고, 이것은 오히려 그녀가 실수를 할 여지를 주지 못했다. 만약 그녀가 입을 연다면, 팽패는 법정 질서를 어지럽힌 죄로 따귀를 명하거나 허위 진술을 했다며 죄목을 추가할 수 있었다. 그녀는 두렵지 않았지만, 자신을 보호하려는 고남의와 물불 가리지 않는 화경의 불같은 성질을 건드린다면 상황이 수습할 수 없는 지경으로 번질지 몰라 우선 조용히 지켜보기로 하였다. 그녀는 고남의의 덤덤한 모습을 보니 근거를 알 수 없는 믿음이 생겼다. 아직은 자신이 나설 때가 아니었다.

팽패가 장황하게 일장 연설을 하였지만, 고남의는 전혀 듣지 않는 듯했다. 고남의의 눈에는 저 위에서 방망이를 들고 있는 사람들이 하나같이 돼지로 보였다. 그것도 도살장으로 끌려가기 전에 죽기 싫어서 미친 듯이 멱을 따는 돼지 말이다. 고남의는 갑자기 얼굴을 돌려 이아쇄를 쳐다봤다. 이아쇄는 고개를 들고 하얀 면사포에 가려진 고남의의 얼굴을 보았다. 면사포에 가려져 있었지만 마치 목석처럼 냉정했다. 아무 감정 없는 눈빛이 마치 자신을 은근히 조여 오는 듯한 느낌이 들어 미친 듯이 맥박이 뛰었다. 당황하여 뒷걸음질 치던 이아쇄의 허리에서 항상 달고 다니는 열쇠 꾸러미가 땅에 떨어졌다. 고남의가 손을 내밀어 열쇠 꾸러미를 주웠다. 모두들 고남의가 열쇠 꾸러미로 무엇을 할지 알지 못했다. 고남의를 감시하던 아전들은 그가 갑자기 이걸 무기 삼아 공격하지는 않을까 걱정하여 긴장하며 다가왔다. 고남의가 손을 까딱하자 열쇠 꾸러미에서 가장 큰 열쇠가 바닥에 떨어졌다. 고남의는 열쇠 꾸러미에서 아직 다 갈지 않은 놋 조각 두 개를 빼냈다. 그러고는 그 큰 열쇠를 손에 쥐고 자세히 만져 보더니 고개를 들고 눈을 감고서 또다시 만져 보았다. 사람들은 도무지 영문을 알 수 없다는 표정으로 고남의를 지켜보았다. 팽패는 뭐라 질책하고 싶었지만, 고남의의 무공이 두려워 호랑이의 미리털을 뽑을 수 없었다. 봉지미가 미간을 찌푸리며 고남의를 바라보았다. 문득 종신이 했던 이야기가 생각났다.

고남의의 기억은 매우 특별하고 했다. 그는 자주 보는 것이나 일반 사람들이 기억할 수 있는 것은 기억하지 못한다고 했다. 예를 들면, 도로 같은 것은 그의 눈에 모두 똑같아 보였다. 하지만 정밀하고 기계적인 것, 평범한 사람들은 전부를 파악할 수 없어 기기의 힘을 빌려야 하는 것들에 대해서는 한 치의 오차도 없이 똑같이 기억했다. 그는 마치 정밀한 기계가 된 것처럼 완벽히 대상을 복제할 수 있었다. 하지만 자신조차 그 원리는 알 수 없었다. 그래서 그는 무술을 배우고 가장 처음 연마한 것이 경맥에 흐르는 내공을 고정하는 것이었다. 두 번째로는 문파에서도 가장 복잡하기로 이름난 검법 동작을 완벽하게 기억하였는데, 동작 하나에 수만 개의 변화가 들어 있는 것이었다. 이로써 그는 천하무적의 무공을 지니게 되었다.

'설마……'

이때 고남의는 이미 들고 있던 열쇠를 내려놓은 후였다. 그는 아까 빼 놓은 놋 조각 두 개를 꺼낸 뒤 고개를 돌려 곁에 호위 아전에게 검은 천을 가져오라고 명했다. 아전은 어안이 벙벙하여 눈을 가리는 데 쓰는 검은 천을 가져왔다. 그러자 그가 고개를 숙이고 면사포 안으로 손을 넣어 검은 천으로 눈을 가렸다. 비록 고개를 숙이고 있었지만, 움직이는 손가락 사이로 살짝 드러난 백옥처럼 정교하고 윤기 나는 피부와 옥구슬로 빚은 듯이 완벽한 아래턱은 보는 이들에게 숨이 턱 막힐 정도의 황홀함을 주었다. 그는 면사포를 내려놓고 놋 조각을 손가락 사이에 넣은 다음 칼로 쇠를 깎아 내듯 손으로 놋 조각을 깎아 작은 비수로 만들었다. 그리고 이 '비수'를 가지고 다른 놋 조각을 깎아 내기 시작했다. 눈을 가린 그는 이 세상의 문을 닫고, 온전히 자신의 마음을 쏟아 부을 수 있는 세계로 들어갔다. 그의 동작은 매우 빨랐다. 순식간에 쇳조각들이 이리저리 날아 다녔고, 쟁쟁쟁 쇠를 깎는 소리와 바스락바스락 놋 조각을 다듬는 소리가 들려왔다. 똑같은 모양의 물건이 점점 형태를 드러내기 시작했다. 이쯤 되자 법정 안에 있던 사람들은 모두 그가 무엇을 하려는지 가늠할 수 있었다. 다들 놀란 표정을 지으며 일어섰다. 팽패는 처음에는 놀란 표정이었지만 이제는 희색이 감돌았다.

'간이 배 밖으로 나왔구나, 고남의! 이런 방법으로 자신의 결백을 증명하다니! 이 세상에서 이처럼 순식간에 열쇠를 만들 수 있는 사람은 없을 것이다! 게다가 눈까지 가리고! 천국으로 가는 길이 열려 있는데 굳이 문도 없는 지옥으로 가려고 하다니.'

이아쇄는 눈을 크게 뜨고 고남의의 손바닥에서 쇳조각이 형태를 갖춰 가는 것을 보고 가쁜 숨을 내쉬었다. 누렇고 마른 얼굴의 주름에서조차 두려운 기색이 역력했다. 이아쇄는 열쇠장이였고, 당연히 상대방이 무엇을 하는지 알 수 있었다. 이는 그가 매일 하는 일이었으나 열쇠를 만들려면 열쇠용 연장과 밝은 조명이 필요했다. 작업은 최소 반나절 이상 걸렸으며, 이것도 한 번에 완성하기는 어려웠다.

어느 시대라도 열쇠는 세밀한 작업이 필요한 물건이었다. 과거의 열쇠는 비교적 단순한 형태였으나, 대성 개국 이후 황후는 그 시대의 자물쇠와 열쇠에 불만이 많았다. 그 당시의 열쇠는 너무 단순한 형태라 어떤 자물쇠라도 열려고 마음만 먹으면 쉽게 열 수 있었다. 그리하여 대성 황궁에서 황후가 개량하여 만든 열쇠와 자물쇠는 점점 더 정교해졌다. 그 정교한 기교는 수백 년을 거치며 백성들에게까지 전파되었다. 이아쇄는 자신의 기교가 뛰어나다고 생각하였다. 집안 대대로 전해 내려오는 제경 최고의 열쇠장이라 자부하던 그였다. 하지만 오늘 그는 사람이 눈을 가린 채 손으로 열쇠를 복제하고, 점점 열쇠의 형태를 갖춰 가면서 한 치의 오차도 없이 똑같이 만드는 모습을 직접 목도하고는 도저히 믿을 수 없어 도리질을 쳤다. 한평생 자신을 먹여 살린 자신의 기술에 대한 자부심이 이 대단한 젊은이 앞에서 와르르 무너지는 것을 느꼈다.

뚝딱!

숨 막힐 듯 조용한 침묵 속에서 고남의가 손을 뒤집더니 번쩍번쩍한 놋 열쇠를 이아쇄의 열쇠와 함께 이아쇄의 발밑으로 던졌다. 열쇠가 바닥에 떨어지는 소리가 마치 비웃는 것처럼 들렸다. 이때 고남의가 무뚝뚝하게 한마디를 던졌다.

"헛소리……."

연이은 죄목을 들으면서도 고남의는 법정에 나온 이후 지금까지 딱 한 마디를 하였다. 이것도 팽패가 봉지미에게 죄를 뒤집어씌우기 위해 고남의에게 유도 심문을 하였기에 내뱉은 말이었다. 그가 말을 아낀 이유는 봉지미와 같았다. 굳이 말을 하지 않아도 모든 것을 밝힐 수 있었기 때문이었다.

이아쇄는 목석처럼 그 자리에 미동도 없이 굳어 있었다. 그는 경험이 풍부한 기술자라서 한눈에 보고도 이 두 열쇠의 모양이 같은지 알 수 있었다. 이아쇄의 표정을 본 팽패는 일이 잘못됐다는 느낌이 들었지만, 여전히 믿을 수가 없어서 입을 열지 못하고 눈빛으로 물었다. 이아쇄는 안색이 누렇게 변했고, 쉴 새 없이 땀을 닦으며 팽패의 눈빛을 피하였다. 팽패는 속으로 씁쓸해하였다. 고남의가 이런 행동을 할 것이라고는 생각하지 못했다. 팽패는 그 자리에 얼어붙은 듯이 서 있다가 갈원상이 이아쇄에게 질문하려 하자, 다급한 마음에 성큼 다가와 자리에 앉더니 악랄하게 웃으며 물었다.

"법정이 감히 이런 장난질을 하는 곳이냐? 이건 무슨 얼어 죽을 물건이냐?"

팽패가 발로 열쇠 두 개를 차 버리려 하였다. 그가 발을 드는 순간 고남의가 팔을 들었다. 묵직한 족쇄 소리에 놀란 팽패는 아연실색하였다. 또 점혈을 당할까 두려워 발을 내려놓지 못하고 있다가 몸이 균형을 잃고 뒤로 넘어갔다. 뒤에는 때마침 봉지미가 있었다. 봉지미가 몸을 곧게 세우고 재빨리 팽패의 허리를 받치고는 웃으며 말했다.

"상서 대인, 조심하십시오."

봉지미가 팽패를 부축하여 일으켜 세웠다. 이때 그는 모든 사람을 등지고 있었기 때문에, 오직 법정 문 앞 울타리에 기대어 있던 화경만 봉지미가 팽패를 부축할 때 그가 얼굴을 살짝 붉히는 것을 보았다. 화경의 눈빛이 반짝 빛나더니 이내 엄숙한 미소를 지었다. 그는 아무렇지도 않은 듯 균형을 잡았고 소매를 털며 봉지미의 손을 내쳤다. 그리고 흥, 하는 콧방귀를 끼며 고맙다는 인사도 없이 돌아서서 가 버렸다. 봉지미도 개의치 않고 히히 웃으며 다시 꿇어앉았다. 그녀가 자리로 돌아와 앉아 손으로 열쇠 두 개를 주워 갈원상과 장용 방향으로 바치며 말했다.

"대인 두 분 이것 좀 보십시오. 전하, 가 대태감 어르신 보십시오."

2황자가 손을 흔들어 호위에게 가지고 오라는 신호를 보냈다. 그때 영혁 곁에 있던 호위는 다른 사람보다 뒤늦게 출발했지만 갑자기 성큼성큼 다가가서 몸싸움을 해가며 열쇠를 맨 먼저 손에 쥐었다. 호위가 열쇠를 받아서 모든 이가 돌려보았고, 자리에 있는 사람들 모두 똑같았다고 판단했다. 무엇보다 잿빛이 된 이아쇄의 표정에서 이를 알 수 있었다. 10황자는 오늘따라 굉장히 적극적이었다. 열쇠를 손에 움켜쥐더니 감탄하며 가 태감에게 보여줬다.

"태감 보십시오. 정말 똑같지 않습니까!"

가 태감은 눈을 가늘게 뜨고 한참 보더니 웃으며 말했다.

"이 늙은 소신은 나이가 많아 잘 보이진 않지만, 다른 점은 없는 것 같습니다."

이 한마디에 팽패는 부들부들 떨기 시작했다. 영혁은 열쇠를 받은 뒤 미소를 지으며 보고 또 보더니 열쇠를 이아쇄 얼굴로 던졌다.

"네가 간이 배 밖으로 나왔구나!"

영혁이 매우 노하였다.

"대도 어전행주 고남의가 이런 재능을 가지고 있는데, 자네에게 열쇠를 만들어 달라고 했겠는가? 일개 천민 주제에 감히 현직 관료를 모함하다니 구족을 멸하고 능지처참을 시켜도 너에게는 부족하다!"

누런빛이 도는 열쇠가 공중에 현을 그리며 날아가 머리를 감싸고 있는 이아쇄의 얼굴을 탁 내리쳤고 그의 얼굴은 온통 피투성이가 되었다. 이아쇄는 피가 흥건했지만, 왕의 호된 꾸짖음에 이미 정신이 나간 상태라 미처 닦을 생각도 하지 못한 채 땅에 머리를 조아리고 벌벌 떨며 말했다.

"소인, 소인이 어리석었습니다. 소인이 어리석었습니다……"

이아쇄는 자신이 어리석었다고만 할 뿐 끝까지 자신이 모함한 것에 대해선 인정하지 않았으며, 억울하다고 호소하지 않았다. 영혁은 냉랭하게 이아쇄를 쳐다보며 엄숙하게 말했다.

"이아쇄, 너는 고 행주와 전혀 모르는 사이가 아니더냐?"

이아쇄가 눈물과 핏물로 범벅된 얼굴을 들고 머뭇거리더니 고개를 끄덕였다.

"자네가 고 행주를 모른다면, 아무 이유 없이 사람들의 공분을 살

만한 큰 죄를 지을 리가 없다. 필경 누군가의 부탁으로 어쩔 수 없이, 혹은 남에게 속아 의도치 않게 일을 저지른 것 같다. 사안에 대해 모르고 행동한 자에 대해서는 죄를 묻지 않는 법이고, 이를 감안하여 처리한다. 자네가 고충을 털어놓기만 한다면 나와 사람들이 폐하에게 그 사실을 아뢸 것이고, 그럼 폐하께서는 아량을 베풀어 용서해 주실 것이니 안심해도 된다."

영혁이 이 대목에서 잠시 말을 멈추더니 목소리를 한층 높여 호통치듯 말했다.

"그러나 네가 계속 고집을 피우고 저항한다면, 국법의 소명법제에 따라 네 머리를 높이 달아 놓을 것이다."

이 말은 조금 전 팽패가 고남의를 유도 심문할 때 했던 말을 똑같이 되풀이한 것이었다. 이를 들은 팽패는 얼굴이 새파랗게 질렸고, 민망하여 고개를 들 수 없었다. 그러나 그는 만만치 않은 인물이었다. 얼굴에는 민망한 빛이 역력했지만, 재빨리 앞으로 가 이아쇄를 발로 차며 말했다.

"이 상놈, 누구의 지시를 받고 감히 고 대인을 모함하였는지 사실대로 낱낱이 고하라!"

이아쇄는 팽패의 발길질에 한 번 구르더니 이마에서 피를 흘렸다. 이아쇄가 비겁한 표정으로 팽패를 한번 보더니 이를 악물며 고개를 조아리고는 말했다.

"아닙니다, 아닙니다! 소인, 소인은 고 대인이 열쇠 노점을 뒤집어 놓은 적이 있어 원한 때문에……. 그래서 간이 배 밖으로 나와 대인을 모함하였습니다!"

"그런 사소한 일로 함부로 지껄여대는 쌍것 같으니라고!"

팽패는 바로 욕설을 퍼부었다. 갈원상과 장용은 서로를 응시하더니 목을 가다듬으며 말했다.

"이아쇄, 백성의 신분으로 관리를 모함하는 것은 목이 날아가는 중죄임을 잘 알고 있겠지."

온몸을 부들부들 떨던 이아쇄는 말을 하려고 고개를 들었다가 팽패의 남색 관복 도포 자락을 보았다. 그 희망찬 푸르른 색이 이제 캄캄한 암흑 같은 색으로 보이자, 집에 있는 처자식들이 슬퍼할 모습이 떠올랐다. 이아쇄가 다시 몸을 엎드리며 말했다.

"……소인이 죄인입니다."

갑자기 영혁이 물었다.

"이아쇄, 고 대인이 언제 어디서 무슨 일로 자네의 점포를 뒤엎었는지 고하여라."

이아쇄는 입을 벌리긴 했지만, 이를 물을 줄은 예상치 못한 듯 한참 망설이다 우물쭈물대며 말을 이었다.

"……소인도 기억이 잘 나지 않습니다. 아마도 작년, 아니 재작년인가……."

고남의가 갑자기 단조로운 어투로 말했다.

"나는 작년에 제경에 왔다."

"그러니까 작년! 봄입니다!"

이아쇄의 눈이 빛나더니 큰소리로 말했다.

"작년 봄, 고 대인이 소인의 노점이 가는 길을 막았다고 하면서 발로 차 엎어 버렸습니다. 그 일로 소인이 고생해서 만들어 놓은 열쇠들이 다 망가졌고 반달 치의 장사를 망쳤습니다."

법정에 있던 사람들은 웃거나 쓴웃음을 지었다.

"작년 봄이라……."

영혁이 악랄하게 웃었지만 부드럽게 말했다.

"위 상서가 남해에서 제경으로 돌아오는 길에 산사태를 만나 실종되는 바람에 고 행주는 반년 넘게 찾아다녔다. 그래서 1년 동안 제경에 온 적이 없다."

이아쇄의 입이 크게 벌어졌다. 화경이 키득거리며 웃었다. 거짓말을 한 번도 한 적 없는 사람에게 유도 심문을 하면 그 효과는 더 뛰어났다.

"저, 저, 저는……."

이아쇄는 말을 더듬었다. 더 이상 할 말이 없어 조급해진 이아쇄는 팽패를 바라보았다. 봉지미는 혼란스러운 틈을 타 고남의에게 다가갔다. 슬그머니 피하던 그가 이 좁은 공간에서는 도망갈 수 없을 거라는 생각에 가까이 다가갔고, 뼈를 파고드는 한기를 느낄 수 있었다. 역시나 그가 차고 있는 족쇄에서 나오는 기운이었다. 그저 곁에만 있어도 이 정도인데 몸에 족쇄를 차고 있는 그는 얼마나 힘들지 상상조차 할 수 없었다.

게다가 어제는 옥 안이 어두워 잘 안 보였는데, 지금에서야 자세히 보니 이것은 현철이 아니라 심해 밑바닥의 중철로 만든 한철이었다. 이는 보통 철보다 열 배 이상 무거웠으며 오랜 시간 북쪽 빙하 아래에 묻혀 있어 천만년 동안 땅바닥의 한기를 빨아들인 음산한 기운이 서려 있는 물건이었다. 목숨까지 위협할 수 있는 물건을 형부는 도대체 어디서 구해 왔는지 알 수 없었다. 그래서 장용이 그토록 놀랐던 것이었다. 생각하면 할수록 이 족쇄는 사람을 너무 상하게 하여 극악무도한 흉악범이 아니라면 형부에서도 함부로 사용하면 안 되는 물건이었다.

'그런 것을 고남의에게 사용하다니! 어젯밤부터 지금까지 그는 대체 어떻게 견딘 걸까?'

봉지미가 곁눈질로 열쇠를 만드느라 감추지 못한 고남의의 손가락을 살폈다. 그의 손마디는 창백하게 변해 있었고, 손톱은 푸른색이 되어 있었다. 기가 몸에 침투되었다는 징조였다. 그렇다면 그의 손가락은 이미 마비가 되었을 터였다.

'이런 손으로 한철의 한기를 감당하면서 열쇠를 만들었다니!'

고남의는 봉지미의 이상한 눈빛을 느꼈는지 즉시 손을 옷소매에 집어넣었다. 그녀는 그 푸른색을 주시하다가 마음이 얼음처럼 차가워졌다. 그리고 이내 노여움이 화염처럼 불타올랐다. 그 불은 온몸의 피와 경맥을 다 태우는 듯했고, 체내의 화가 맹렬한 분노가 되어 소용돌이치듯 뿜어져 나왔다. 평소 잔잔했던 수면 아래 숨겨 두었던 분노가 한순간에 분출되었다!

봉지미가 머리를 홱 돌렸다. 너무 힘을 주는 바람에 목뼈가 으드득하는 소리가 들릴 정도였다. 그녀는 여태까지 기다려왔고 상대방이 패를 다 보일 때까지 참고 또 참으며 공격할 만한 적절한 시기가 오기를 기다렸다. 그녀는 경멸하는 눈으로 팽패와 이아쇄를 비롯한 좌중을 훑어보았다. 그들이 마구 날뛰다가 자기가 놓은 함정에 자기가 걸려 넘어지는 것을 지켜보았다. 그녀는 여유를 부렸고, 조급해하지 않았고, 침착함을 유지했다. 이런 여유롭고 침착한 자신의 태도를 흐뭇해했지만, 이런 일분일초가 고남의에게는 큰 시련이었음을 미처 깨닫지 못했다. 일분일초의 여유는 모두 그가 이를 악물고 참아서 생긴 것이었다. 그는 그녀를 피하고, 숨고, 속였다. 심지어 그가 한철 족쇄에 다가오지 못하게 했던 이유도 알아채지 못하고 재판을 뒤집을 수 있는 알맞은 때만을 따지고 있었다. 그녀는 온몸을 부들부들 떨었다. 일생 동안 침착했고 냉정함을 유지해 왔으며, 독기와 한을 억누르는 것은 이미 습관이 되어 있었다. 하지만 오늘에서야 알게 되었다. 부처도 화를 낼 줄 안다는 것을!

쨍!

쇠사슬이 부딪치는 소리가 들렸다. 여전히 이아쇄를 협박하는 눈빛으로 쳐다보던 팽패가 깜짝 놀라 돌아보았다. 줄곧 얌전히 앉아 있던 봉지미가 천천히 일어나는 모습이 보였다. 그녀의 얼굴은 평온해 보였지만, 눈빛은 조금의 빛도 없는 북쪽 땅의 밤하늘처럼 어두웠다. 기괴한 빛을 뿜는 붉은 기운이 눈 속 깊은 곳에서 활활 타오르고 있었다.

팽패는 그 눈빛을 느낄 수 있었다. 그는 깊은 물속으로 떨어진 것처럼 가슴이 철렁했다. 조금 전 고남의에게 점혈을 당할 때보다 더 두려운 마음이 들어 덜덜 떨었다. 무슨 말을 해야 할지조차 생각나지 않아 뒷걸음질 쳤다. 법정에 있는 사람들도 놀란 표정으로 보고만 있었다. 영혁의 얼굴색도 변하더니 기침을 하며 몸을 일으켜 앉았다. 봉지미가 팽패 앞으로 걸어가 노려보더니 쓴웃음을 지었다.

"팽패, 이제 헛소리는 끝났느냐?"

팽패는 얼굴이 창백해져 또 한발 뒷걸음질 쳤다. 봉지미가 다시 한 발 다가갔다.

"이 순간을 오랫동안 기다렸다. 이제!"

봉지미가 이를 보이며 웃었다. 빼곡히 입 속을 채운 하얀 치아가 드러났다.

"이젠 내 차례다!"

분노 어린 패대기

봉지미의 말투는 차분했지만 말 한마디 한마디에서 살기가 느껴졌다! 팽패는 그 눈빛과 말투에 놀라 어떤 대응도 하지 못한 채 엉겁결에 뒤로 한 발 더 물러섰다. 울타리 쪽으로 뒷걸음질 치다 울타리 뒤쪽에 있는 화경이 떠오르자 뒤로 더 물러나지도 못하고 그 자리에 멈췄다. 뒤에 있던 화경이 번개처럼 빠르게 손을 내밀어 팽패의 관모를 벗겼다. 화경이 팽패의 뒷머리를 한 움큼 움켜잡고 울타리 쪽으로 세게 잡아당기자, 봉지미가 들고 있던 쇠사슬을 들어 팽패의 뺨을 사정없이 갈겼다.

"첫 번째 매는! 죄명을 날조하고, 증거를 위조하고, 증인을 매수하여, 무고한 현직 대신을 모함한 죄!"

짝!

팽패의 창백한 이마에 핏빛의 꽃이 피었고, 살이 터져 줄줄 흘러내렸다. 순식간에 온 얼굴이 피범벅이 되었다. 팽패는 믿을 수 없다는 듯 놀라서 입을 크게 벌렸지만, 그의 이마에서 흘러내린 피가 눈과 입을 덮어 버렸다. 봉지미는 그러든지 말든지 신경도 쓰지 않고 또 한 번 뺨을 때렸다.

"두 번째 매는! 잔혹한 형벌을 남용하고 허위 자백을 강요하여, 나라의 공신을 사형에 처하려는 음모를 꾸민 죄!"

펙!

조금 전 핏빛 꽃이 핀 이마 위에 또 한 번 꽃이 피었다. 팽패는 크나큰 충격에 정신이 번쩍 들었고, 순간 오장육부가 찢어지는 듯한 고통이 느껴져 울부짖으며 몸부림쳤다. 하지만 화경이 붙잡고 있어 도망가고 싶어도 갈 수 없었다. 목을 곧추세운 팽패는 흰자위가 뒤집힌 채 공중에서 두 손을 마구 휘저었다. 법정에 있던 사람들은 두 사람의 공격에 압도되어 목석처럼 굳어 버린 채 그 장면을 바라봤다. 그렇게 침착하던 봉지미가 법정에서 인정사정없이 사람을 때릴 줄은 상상도 하지 못했다. 두 대를 맞은 팽패가 울부짖었고, 사람들은 비로소 반응을 보이기 시작했다. 2황자는 성을 내며 탁자를 치고 일어섰다.

"위지, 간이 배 밖으로 나왔구나! 여봐라!"

봉지미는 들은 체 만 체 하며 팽패의 얼굴에 주먹을 내리꽂았다.

"세 번째 주먹은! 권력을 남용하여 세상 사람들을 속이고, 금품을 수수하여 사리사욕을 취한 죄! 춘위 시험 기간에 뇌물을 받고 관직과 작위를 팔려는 계획이었으나 갑자기 내가 나타나 돈벌이가 여의치 않자 다른 사람과 작당하여 군주를 속이고, 법을 잘 안다는 점을 악용하여 무고한 사람에게 살인죄를 뒤집어씌우려고 한 죄!"

펙!

팽패의 왼쪽 뺨이 찢어져 피범벅이 되었다. 살갗이 벌어지자 그는 고통스럽게 비명을 질렀다. 2황자는 화가 치밀어 올랐으나 아무 말도 하지 못했다. 세 번째 주먹을 날리며 봉지미가 뱉은 말에는 팽패가 미리 계획했던 모든 일들을 분명하게 드러냈다. 조금 전에 했던 말 중에 '다른 사람과 작당하여 군주를 속인 것'은 가장 엄중한 경고였다. 팽패가 봉지미를 처치하기로 한 이유가 단지 돈벌이 기회를 망쳤기 때문만은 아니었다. 봉지미가 여기까지만 언급한 것은 또 다른 생각이 있다는 뜻이었다. 또한 이 일을 크게 만들어 조정까지 끌어들일 생각은 없다는 것이기도 했다.

이제 더 이상 봉지미의 죄를 추궁할 수 없었다. 물불 가리지 못할 정도로 분노하여 살기를 띤 봉지미가 너 죽고 나 죽자며 막무가내로 나올 수도 있었기 때문이었다. 팽패가 주판알을 튀기며 주저하고 있을 때, 봉지미의 네 번째 주먹이 한 치의 망설임도 없이 날아왔다!

펙!

피가 터져 나오더니 팽패의 좌측 뺨과 같은 위치에 있는 우측 뺨도 살갗이 벗겨져 피가 흘러내렸다. 그의 얼굴은 좌우대칭으로 뼈가 드러날 정도로 심하게 패였고, 경련이 일어나 비명조차 지르지 못했다. 법정 내에 있는 사람들은 모두 놀란 눈으로 봉지미가 네 번째 이유를 말하길 기다렸다. 하지만 그녀는 아무 말도 하지 않은 채 차갑게 웃기만 했다. 화경이 하하 웃으며 말했다.

"통쾌하다!"

화경이 혐오스럽다는 듯 손을 놓으며 피범벅이 된 팽패를 내동댕이쳤다. 봉지미는 한 발 앞으로 다가가 허리를 굽히더니 차가운 눈빛으로 피투성이가 된 팽패의 상처를 이리저리 훑어보았고, 살벌한 눈초리로 귓가에 대고 나지막이 속삭였다.

"네 번째! 감히 그따위로 고남의를 대한 죄!"

"봉지미!"

화를 낸 사람은 호 대학사였다.

"자네 미쳤나! 죄인의 신분으로 감히 법정에서 심문하는 대인을 때리다니!"

주위에 있던 아역들이 몰려와 쇠사슬을 흔들며 포위하려 하자 봉지미는 살벌한 모습으로 냉소하며 말했다.

"꺼져!"

아역들은 봉지미의 위세에 눌려 잠자코 그곳에 서서 서로를 마주 보기만 할 뿐 감히 어떤 행동도 하지 못했다. 그녀가 몸을 돌려 앞을 보더니 사납게 소리쳤다.

"난 미쳤소! 그러나 나보다 더 미친 사람들이 있소!"

봉지미가 머리를 들고 앞으로 가자 손에 찬 쇠사슬 수갑이 쨍쨍, 소리를 냈다. 그녀를 둘러싼 아역들이 칼과 창을 들고 법정에 있던 황자와 대신들의 앞을 막아섰다. 그녀는 앞으로 더 나가지 못하고 천천히 뒤로 물러섰다.

"난 미쳤소!"

봉지미가 살벌한 목소리로 말했다.

"나는 농서(陇西)에서 조정의 2품 대신을 죽이고, 336개의 머리를 직접 형장에 갖다 주었소! 나는 남해 상 씨 집안의 본거지에서 그들의 소굴을 파헤친 사람이오. 날 건드리기에 박살 낸 것이오! 고지식하기가 이를 데 없는 남해의 관료 사회에서 한 번에 2품 일곱 명을 잡아들였고, 남해의 패왕 주희중(周希中)의 그 잘난 목을 굽히게 만든 사람이오! 안란곡에서는 해적선과 대포 공격을 했는데, 그 대포 소리에 관아의 마지막 배를 십 리 밖으로 내몰았소! 천근구 협곡에서는 아군 3명의 목숨을 끊으려는 진사우의 1만 군사를 엉덩이에 불이 붙은 망아지처럼 줄행랑치게 하였소! 호룬 초원에서 1만 기병과 함께 월군의 대영에 7번의 공격과 후퇴를 거듭하여 그들을 공포 속으로 몰아 넣었소! 적군을 야밤에 습격하려다 백두애에서 떨어져 온몸을 다쳤지만, 11명의 적장 머리를 베었소! 나는 적군 손에 잡혀 갖은 고문을 다 당하였지만, 그곳에서 탈출하였소! 나는……."

봉지미가 갑자기 몸을 돌려 피범벅이 된 얼굴을 가리고 벌벌 떨고 있는 팽패를 향해 말했다.

"황제의 신임을 저버리고 백성의 기대를 짓밟은 배은망덕하고 파렴 치한 변절자의 목을, 성상을 대신하여 베어 버리겠소!"

봉지미는 벼락이 내리꽂듯 한 번도 쉬지 않고 단숨에 말을 이어나갔 다. 그녀의 말을 가만히 듣고 있던 사람들은 마치 법정 안에 천둥 번개 가 친 것처럼 놀랐다. 커다란 파도가 밀려오는 것 같아 그녀의 한마디 한마디에 사람들의 가슴이 두근거렸다. 모두 그녀의 기에 눌려 아무 말 도 하지 못했다.

"나보다 더 미친 사람들이 있소!"

봉지미는 사람들에게 생각할 기회 자체를 주지 않았다. 순순히 있지 않고 반격을 할 바에는 대세를 완전히 장악할 정도로 미친 척을 해야 사람들이 그녀가 유도하는 대로 끌려올 거라 생각했다.

"황제를 기만하고 무시하며 농간을 부리는 소인배들이 날뛰고 있으 며! 죄명도 아직 정해지지 않은 조정의 대신을 만 마리의 뱀으로 형벌 을 가하고, 한철로 족쇄를 채워 몸을 상하게 만들어 자백을 강요한 자 도 있으며! 거짓말이 들통 나고, 앞뒤가 맞지 않는 증언이 들통나도 잘 못을 뉘우칠 줄 모르고, 오히려 기세등등하여 사지로 몰아넣는 자가 있으며! 파렴치하고 부도덕한 자를 찾아 협박과 회유로 신성한 국가 율 법을 집행하는 3법사의 네 분 황자와 폐하가 보낸 관료의 면전에서 위 증을 교사하고, 죄명을 날조하여 세상 사람들을 속이고 거대한 음모를 꾸미려 하는 자가 있습니다! 누군가가 이 자리에 계신 판관들을 속였 습니다. 누가 판관들을 기만했습니까? 누가 수작을 부려 현명하신 판 관들과 조정을 어둠에 빠지게 만들었습니까? 감히 누가 이토록 음흉한 짓을 대담하게 저지를 수 있게 만든 것입니까? 누가 그런 좀벌레들이 포동포동 살찌도록 만든 것입니까? 누가 탐욕을 채우고자 하는 추악한 마음을 부추겼습니까? 누가 도리를 저버리고, 사실을 전도하고, 천하를 기만하고, 기강을 어지럽히고, 율법을 짓밟으라 하였습니까?”

봉지미의 말은 세찬 파도가 해안에 몰려오듯 기세등등했다. 참석자들은 심문장 주변의 상황이 달라지기 시작했다는 사실을 자각하지 못한 채 아무 말도 하지 못하고 있었다. 울타리 밖에는 이미 많은 사람들이 모여 들어 눈을 반짝이며 듣고 있었다. 그녀는 아무도 없는 것처럼 법정을 왔다 갔다 하며 손에 찬 쇠사슬을 휘둘렀다. 얼굴에 분노가 가득해진 그녀는 2황자 앞으로 다가가 두 손을 2황자의 탁자 위에 올려놓고 덜커덕, 쇠사슬 소리를 내며 크게 물었다.

“전하, 누구라고 생각하십니까?”

어안이 벙벙한 채 봉지미를 쳐다보고 있던 2황자는 갑작스러운 질문에 놀라 온몸을 부들부들 떨었다. 그는 눈을 크게 뜨고 어눌한 눈빛으로 그녀를 바라보며 아무 말도 하지 못했다.

“어쨌든 둘째 형님은 아니시죠?”

옆에 있던 영혁이 재빨리 웃으며 말했다. 2황자는 다시 떨기 시작하였고, 봉지미는 하하 웃으며 2황자의 바로 앞에 있는 형부 상서 탁자 앞으로 걸어갔다. 그녀는 손에 찬 쇠사슬로 탁자 위에 있던 조서들과 첨통을 바닥에 우르르 쓸어버리고 발로 밟아 뭉개 버렸다. 대나무 꼬챙이가 발밑에서 부스러지며 바드득, 소리를 내자 그녀는 머리를 들고 한참을 웃었다.

“오늘 저보고 미쳤다고 해도 좋고, 죽음을 자초한다고 해도 좋습니다. 제 목숨을 걸고 말씀드리겠습니다. 하늘이 용서하건, 땅이 용서하건, 누가 용서하건, 저는 절대 용서 못합니다!”

“맞소!”

마치 수천 명의 사람들이 함성을 지르는 듯한 열렬한 갈채 소리가 웅장하게 들렸다. 얼굴이 땀범벅이 된 대원들은 그제야 놀라며 울타리 밖에 모여 있는 수많은 사람들을 발견했다. 청명의 2세대였고, 그 뒤쪽으로는 누가 누구인지 분간이 가지 않았다. 6부의 관청이 근처에 있었기에 각 부의 주사들도 군중들 사이에서 눈을 반짝이며 지켜보고 있었다. 청명 학생들의 갈채 소리가 가장 컸다. 그들은 봉지미보다 더 감격하고 더 흥분했으며, 더 큰소리를 냈다. 맨 앞에 있던 학생 몇몇은 울타리에 올라가 소매를 걷어붙이고 욕을 하였다.

"이런 쳐죽일 놈! 충신을 해치고 나라를 망치는 팽패는 죽어라! 형부도 물러나라!"

"이딴 곳이 국가의 법을 행하는 일선이냐? 빌어먹을 거짓말쟁이 소굴이 따로 없구나! 위증의 발원지다!"

"국가 공신을 이따위로 대하다니? 세상 사람들이 비웃는다!"

"하늘이 용서하건, 땅이 용서하건, 누가 용서하건, 위 대인은 절대 용서할 수 없고, 우리 3000명의 청명 학도들도 용서하지 않을 것이다."

"용서하지 않겠다!"

하늘을 찌르는 함성 소리는 파도가 세차게 밀려오듯 웅장하여 그 넓은 심문장을 뒤덮었다. 팽패는 그 함성 속에서 덜덜 떨고 있었다. '증인' 몇 명은 거의 혼절하기 직전이었다. 2황자의 안색은 창백해졌다. 7황자는 미간을 찌푸리고 있었으며, 영혁은 어딘가를 보며 생각에 잠겨 있었다. 몇몇 대신들은 귓속말을 했고, 가 태감은 줄곧 미동이 없다가 갑자기 안절부절못하며 자꾸만 뒤쪽을 바라보았다.

"짐 또한 용서하지 않겠다."

갑자기 쩌렁쩌렁한 목소리가 들렸다. 높은 억양의 목소리는 아니었고, 오히려 늙은이의 쇠약함이 묻어났다. 하지만 짧은 첫 번째 단어는 위엄과 최고 권력을 상징했다. 그 한마디에 폭풍우처럼 몰아치던 바람이 잔잔해졌다. 목소리의 주인공이 법정 뒤에서 움직이더니 송학 병풍 뒤에서 사람 몇 명이 모습을 드러냈다. 맨 앞에 있는 사람은 황금빛 도포를 걸치고 있었는데, 자세히 살펴보니 바로 천성제였다!

가 태감을 제외하고 법정에 있던 모든 사람들이 놀라 얼어붙었다. 천성제가 형부에 갑자기 나타날 거라고는 상상도 못했기 때문이었다. 그나마 영혁이 가장 빨리 정신을 차리고 10황자를 잡고 신속히 탁자를 돌고는 무릎을 꿇었다.

"부황께 인사 올립니다!"

그제야 정신을 차린 사람들이 허둥지둥하며 무릎을 꿇었다.

"폐하께 인사 올립니다!"

천성제는 대신들과 황자를 힐끔 보더니 말했다.

"일어나거라!"

천성제의 목소리에는 기쁨도 분노도 느껴지지 않았다. 대신들과 황자들은 모두 힐끔힐끔 천성제를 보며 황제가 이곳에 어떻게 오게 된 것인지, 온 지 얼마나 됐는지, 왜 온 것인지, 직접 심문하러 온 것인지, 아니면 방청을 하러 온 것인지, 내용을 어디까지 들었는지, 아까 처음으로 내뱉었던 말의 의미는 무엇인지 추측하기 시작했다. 오직 영혁만이 태연한 표정으로 미소를 지으며 자신의 탁자를 내어드리고 10황자와 같이 앉았다. 천성제가 만족한 듯 그를 보고 앉아서 손을 흔들며 말했다.

"짐은 심문을 보러 왔으니, 계속하거라!"

몇몇 사람들은 벌벌 떨며 불안한 기색으로 자기 자리로 되돌아가 서로를 응시하였다. 지금 이런 상황에서 누가 감히 심문을 계속할 수 있겠는가? 어떻게 계속할 수 있겠는가? 법정에는 지엄한 황제가 친히 심문을 들으러 왔고, 법정 밖에는 각 부서의 낭관들과 청명 학생들이 귀를 쫑긋 세운 채 지켜보고 있었다. 주심(主審) 팽패는 두들겨 맞아 정신이 반쯤 나간 상태였고, 재판을 받는 피고의 얼굴에는 살기가 가득하였다. 그동안 3법사는 많은 사건을 처리하며 우여곡절을 겪었지만, 이런 상황은 한 번도 본 적이 없었다. 장용과 갈원상은 서로 쳐다보기만 할 뿐 누구도 선뜻 입을 열지 못했다. 천성제의 눈빛은 무릎을 꿇고 있는 봉지미에게 향하였다. 노황제의 얼굴빛은 평온하였으며, 눈빛은 비록 늙어서 약간 탁해졌지만 사람을 바라볼 때는 반짝반짝 빛났다. 그녀는 황제의 눈을 똑바로 보며 억울함을 드러내지 않았다. 그렇다고 주눅이 들어 용서를 구하지도 않았다. 그녀는 그동안 격분한 상태였다는 게 거짓말인 것처럼 평정심을 되찾았고, 뼛속까지 훑어보는 듯한 황제의 예리한 눈빛을 묵묵히 견디고 있었다. 한참 후에야 천성제가 가라앉은 목소리로 물었다.

"위지, 네 죄가 뭔시 알겠느냐?"

천성제의 말이 입 밖으로 나오자 법정은 술렁거리기 시작했다. 방금 천성제가 등장할 때 했던 말은 분명 봉지미의 말에 동의한다는 뜻 같았는데, 갑자기 태도가 돌변한 것이었다. 절망 속에 빠져 있던 팽패는 너무나 기쁜 나머지 피범벅이 된 얼굴로 앞으로 나가 하소연을 하고 싶었다. 그는 무릎걸음으로 천성제에게 다가갔지만 어림군이 저지했다. 2황자의 눈빛이 빛났고, 호 대학사는 수염을 쓸어내렸다. 영혁은 잠깐 미간을 찌푸렸다가 천성제의 얼굴을 다시 한차례 살핀 후 편안한 표정을 지었다. 봉지미는 천성제의 말을 듣고도 평정심을 유지했다. 그녀는 고개를 들고 무릎을 꿇은 채 천성제 앞으로 다가갔다. 바짝 긴장해 있던 어림군 고수가 서둘러 앞을 가로막으려 했다.

"그대로 두어라."

천성제가 어림군을 저지하며 말했다.

"폐하!"

봉지미가 재빨리 고개를 조아리고 말했다.

"위지는 죄인입니다!"

법정은 또다시 소란스러워졌고 사람들은 의아한 표정을 지었다. 봉지미는 스스로를 죄인이라고 말했다.

"뭐라?"

천성제 말투에는 여전히 기쁨이나 분노가 느껴지지 않았다.

"무슨 죄를 지었느냐?"

"첫 번째 죄는."

봉지미가 차분히 말했다.

"국가의 신성한 법정에서 법 집행 문서와 도구들을 마구 짓밟고, 공공장소에서 큰소리를 지른 것입니다."

"그래."

"두 번째 죄는, 심문이 진행되는 엄정한 곳에서 심문을 하는 주관을 협박하고, 조정의 대원을 때리고 중상을 입힌 죄입니다."

"그래."

"세 번째 죄는……."

봉지미가 치아를 살짝 드러내며 웃었다. 평소에 고상하고 조용한 이미지를 보여 주던 그녀가 이렇게 웃으니 무시무시한 느낌이 들었다. 흥미롭게 그녀를 바라보고 있던 천성제도 눈썹을 치켜세웠다.

"이 짐승만도 못한 놈을 바로 때려죽이지 못한 것입니다."

대신들의 얼굴이 새빨개졌다. 영혁이 재빨리 차를 건네주었고, 천성제는 크게 두 번 들이키더니 간신히 진정하고는 살벌하게 물었다.

"방금 뭐라고 하였느냐?"

법정 밖에 있던 청명 학생들은 멍하니 봉지미만 바라보았다. 그들은 그녀의 말과 행동에 탄복했고, 법정은 쥐 죽은 듯이 고요해졌다. 아무도 그녀가 황제 앞에서 이렇게 흉악한 모습을 보일 거라고는 상상도 하지 못했다. 천성제는 잠시 놀란 채 눈을 부릅뜨고 그녀를 노려보았다. 천성제는 죽어도 잘못을 인정하지 않는 살기 가득한 그녀의 표정에 놀란 듯했다. 그는 화가 치밀어 올랐는지 맹렬하게 기침을 했고, 그 소리가 법정의 침묵과 고요를 깨트렸다. 그럼에도 그는 주먹을 꽉 쥐고 있었다. 그녀가 바짝 엎드리며 큰소리로 답했다.

"폐하! 팽패는 권력을 남용하여 사리사욕을 채우고, 군주를 기만하고, 죄를 뒤집어씌웠습니다. 같은 관료를 모함하는 이 파렴치하고 부도덕한 인간은 백성들의 목숨을 위협하는 존재요, 관리들에게 해를 끼치는 자입니다. 이들처럼 바다와 같이 넓은 폐하의 자비와 은혜를 저버리고, 조정의 성스러운 덕을 해치는 파렴치한 놈들과 국익을 해치는 좀벌레 같은 놈들이 존재하고 있습니다. 저는 천성의 백성이자 군인으로서 일말의 양심이 남아 있기에, 권세를 휘두르는 권력자들부터 말단까지 파렴치히고 벌레 같은 놈들이라면 모두 붙잡아 처벌할 것입니다!"

천성제는 이 말에 대해 어떠한 반박도 하지 않은 채 묵묵히 듣고만 있었다. 당당하게 발언하는 봉지미의 뒷모습을 청명 학도들이 눈을 반짝이며 입을 꾹 다문 채 지켜보고 있었다. 그들은 젊은 피가 끓어오르는지 얼굴이 붉게 상기되었다.

"소신이 이 한 몸 아끼지 말고 제 손으로 직접 때려죽였어야 했는데, 제 인품과 도량이 상스럽다고 남들이 흉볼까 두려워 주저하는 바람에 일이 이 지경까지 온 것입니다!"

봉지미의 목소리가 점점 더 잠겼다.

"허나 팽패는 국가의 법률과 기강을 무시하고, 법을 남용하고 위반하였습니다. 하지만 소신마저 그와 똑같이 대응할 수는 없었습니다! 만일 그에게 죄가 있다면, 관리 재판을 열어 폐하가 직접 윤허한 후 법에 따라 극형에 처하는 것이야말로 공명정대한 율법이라고 생각하였습니다. 소신은 폐하에게 충성을 다하지 못하였습니다. 소신 또한 죽음이 무서웠습니다. 그의 목을 베어 버리면 저 또한 많은 사람들에게 손가락질을 당하며 처벌될까 봐 두려웠습니다. 소신이 폐하와 조정의 명성에 누를 끼치는 것을 저어했다고는 하나 이 한 몸을 아낀 결과가 되고 말았습니다. 이것은 소신의 사사로운 욕심이었으며, 소신의 잘못입니다!"

적막이 흘렀다. 두 대학사는 서로 눈을 마주 보고 깜빡이더니 시선을 돌렸다. 호 대학사는 여유롭게 자신의 수염을 쓸어내렸다.

'영특한 젊은이이군. 나라면 저런 말을 절대 할 수가 없을 텐데 말이야. 사지에 몰려서 목숨이 위태로울 수도 있는데 이런 상황을 즐기는군. 대범한 젊은이야. 어느 누구라도 충절이 느껴지는 말에 흔들릴 게야.'

호 대학사는 눈을 지긋이 뜨고 천성제와 봉지미를 번갈아 보았다.

'저 젊은이가 18세라고 했던가. 젊은이가 반들반들한 유리구슬처럼 단단할 때는 벼락 치듯 사람을 겁먹게 했다가도, 부드러울 때는 사람들을 회유하듯 화려한 언행을 구사할 줄 아는군. 머지않아 이 늙은이가 저 젊은이에게 허리를 굽힐 날이 오겠어.'

호 대학사는 천성제보다 봉지미의 얼굴을 더 오래 쳐다보았다. 10황자는 찻잔으로 입을 막고 영혁에게 다가가 물었다.

"여섯째 형님, 형님은 왜 저 녀석을 도와주는 것이오? 대체 왜 도와주시는 겁니까? 너무 무섭습니다. 저렇게 교활한 놈인데 나중에 형님을 배신하지 않을까 걱정되지 않으십니까?"

영혁은 차를 마시며 덤덤히 웃었다. 그는 찻잔으로 입을 가리고는 자기가 가장 아끼는 동생의 귓가에 대고 말했다.

"아우님, 사람에게 배신당하는 것이 무서운 것이 아닙니다. 오히려 상대방이 배신할 가치도 없다고 생각하는 것이 더 무서운 것입니다."

10황자는 한참을 생각하다가, 겨우 이해한 것처럼 고개를 끄덕이며 말했다.

"맞네요. 형님께서 강하지 않으셨다면, 위 후작이 형님을 적수로 생각하지도 않았을 것 같습니다."

영혁이 웃으며 아무 말도 하지 않았다.

'아우야, 적수로 생각하지 않는 것이 아니라 이미 적수라고 생각한 게 두렵구나.'

영혁은 자신의 생각을 입 밖으로 내뱉지는 않았다. 이 둘의 대화는 천성제의 귀에 들리지 않았다. 천성제는 줄곧 봉지미를 주시하고 있었다. 그녀는 조금도 주눅 들지 않은 채 천성제 발밑에 무릎을 꿇고 있었다. 천성제가 한참을 침묵하더니 갑자기 큰소리로 웃으며 말했다.

"그래! 세 가지의 대죄구나!"

청명 학생들은 모두 안도의 한숨을 내쉬었고, 그 소리는 마치 작은 회오리바람이 지나가는 것처럼 들렸다.

"폐하의 혜안에 탄복하옵니다!"

화경이 울타리에 기대어 소리쳤다. 천성제가 정색을 하며 소리 나는 쪽을 보았다. 최근에 두각을 드러내고 있는 여장군을 본 적이 있어 그녀가 누군지 당연히 알고 있었다. 총명하고 호기 넘치는 화경이었다. 어디에 있든지 빛이 나는 그녀는 죽음의 그림자가 드리워진 법정을 환하게 비추었다. 황제는 화경에 대해 호감을 느끼고 있었기에 그녀를 질책하지 않았다.

"위지!"

천성제가 다시 시선을 거두고 봉지미를 쳐다보며 가라앉은 목소리로 말했다.

"방금 짐이 들어오다 법정 뒤에서 동료의 잘못을 일일이 들춰내던 너의 말을 들었다. 원래대로라면 이런 식으로 남의 죄를 함부로 질책하는 것은 부당하나 짐이 다른 이에게도 기회를 줬으니 당연히 너에게도 기회를 주겠다. 팽패가 어떻게 군주를 기만했고, 어떤 파렴치한 짓을 했는지 네가 샅샅이 파헤친다면, 짐이 자네가 행한 앞의 두 가지 죄목을 면하여 주겠다."

"네, 전하."

봉지미가 시원하게 대답하고 바로 눈을 들어 천성제를 마주 보았다. 두 사람의 눈이 반짝였다. 그 순간 봉지미는 속으로 한탄했다. 황제 또한 이 일을 계속 조사해 왔기에 숨겨진 음모에 대해서 어느 정도는 알고 있을 것이었다. 하지만 그가 이렇게 적극적으로 시간을 딱 맞춰 나타났다는 것은 자신이 너무 많은 것을 말하고 싶지 않다는 뜻이 분명했다. 일단 이 일을 듣기 시작한다면 연루된 사람들이 끝도 없이 나올 터였다. 주모자와 공범, 그리고 춘위를 위해 여러 쪽지를 건네 준 사람들은 방대하고 복잡한 이해관계를 가지고 있을 것이다. 그러니 일단 꼬투리를 잡아 들춰내면 넝쿨처럼 줄줄이 색출해낼 수 있을 터였다. 이 일을 선동한 사람이 어찌 팽패 한 명 혹은 황자 한 명 뿐이겠는가? 일이 커지면 천성의 조정과 국가의 존폐까지 위험해질 우려가 있었다.

올 봄 천성과 대월의 대전이 임박했을 때, 서량에 어린 군주가 즉위했다. 당연히 섭정이 이루어졌고, 섭정이 정권을 독점하면서 변방에 군대를 일으키고 싶어 했다. 최근에는 아주 대놓고, 농남도가 원래는 서량의 영토였는데 천성제가 비열한 수법을 써서 빼앗아 갔다고 주장했다. 이런 상황에서 천성제가 원하는 것은 조정 내부의 '파국'보다는 '안정'이었다. 그렇기에 오랫동안 음모를 꾸며 온 계략과 모함은 몇몇을 희생시키는 선에서 봉합하고 타협이 이루어질 전망이었다. 그녀가 조금 전 쇠사슬로 팽패를 친 것은 이 같은 권력의 암투에 연루되기 싫다는 태도를 분명히 한 것이었다. 황제는 이번 사건으로 조정이 파국으로 치닫는 것을 바라지 않았기에 친히 나선 것이었다. 그럼에도 불구하고 그녀가 적당한 선에서 멈추지 않는다면, 자신이 비참한 결말을 맞이할지도 몰랐다. 하지만 그녀는 상관없었다.

'내가 이곳에 살아 있기만 한다면 복수는 끝나지 않을 것이며, 죽이지 못할 사람도 없을 것이다!'

봉지미는 머릿속에 여러 가지 생각이 스쳐 지나갔다. 정리가 되자 시원하게 머리를 조아리고 대답했다.

"네, 폐하."

봉지미가 즉시 일어나더니 두말없이 2황자 탁자 앞으로 걸어갔다. 2

황자는 하얗게 질려 탁자로 가린 주먹을 더욱더 꽉 쥐었다. 그녀는 아무 말도 하지 않았고, 탁자에 기대어 미소 지으며 한참 동안 2황자를 보았다. 모든 사람이 이상하게 여길 정도로 쳐다보자 2황자는 긴장하여 침을 삼켰다. 한참 후에 엄숙한 목소리로 응수할 때까지 줄곧 시선을 떼지 않았다.

"위 대인, 할 말이 있으면 말씀을 하시오! 본 왕을 이리 보는 이유가 무엇이오?"

"전하가 매우……."

봉지미가 말끝을 길게 끌었다. 2황자의 안색이 점점 더 창백하게 변하자 그녀가 재빨리 말을 이었다.

"전하, 소신 먼저 누명을 벗고 제 결백을 증명해야겠습니다. 그러려면 전하의 증언이 필요합니다. 그저께 밤, 예부의 시험지 도난 사건이 발생하기 전에 소신의 처소에 불이 났습니다. 제경부와 구성병마사, 그리고 전하와 7황자께서 당시 소신의 처소로 오셨고, 소신과 고 형이 불타 버린 처소 앞을 떠나지 않는 것을 친히 보셨습니다. 나중에 소신이 거처가 마땅치 않자 전하와 7황자께서 소신에게 자신의 궁에 머물라 하셨고, 소신은 7황자 부부의 금실을 방해하고 싶지 않아 전하의 궁정으로 갔습니다. 그리고 전하께서 마련해 주신 궁정 서원의 벽조루에 묵게 되었습니다. 그날 밤 고 형의 두 살배기 수양딸이 전하의 침전에서 자는 바람에 고 형은 침전 밖을 지키며 문밖에서 시위들과 함께 밤을 지새웠고, 한 번도 그곳을 떠난 적이 없습니다. 이 사실을 전하께서는 아직 기억하시는지요?"

"어라, 그렇게 중요한 증거를 둘째 형님은 왜 진작 말씀하지 않으셨는지요?"

10황자는 두 손으로 턱을 괴며 또 중얼거렸다.

"둘째 형님은 당연히 기억하고 있을 것입니다."

7황자가 즉시 웃음을 머금고는 답했다.

"저도 그날 밤 위 대인을 제 궁정으로 들이려고 했지만, 위 대인이 완곡하게 거절했습니다. 둘째 형님도 일부러 아무 말도 안 한 것은 아닐 겁니다. 이제 위 대인이 결백을 증명할 수 있을 것입니다."

"본 왕은 당연히 기억하고 있소."

2황자가 바로 대답했다.

"그러지 않아도 부황께 말씀드리려 했습니다! 이 일은 참 의문점이 많습니다. 아주 많습니다."

천성제가 2황자를 한 번 힐끗 보더니 덤덤하게 말했다.

"대단하구나! 의문점을 찾아내다니!"

누군가 킥킥대며 웃었다. 2황자는 난처한 표정으로 목청을 가다듬고 나지막이 말했다.

"부황의 칭찬에 감사드립니다."

천성제는 2황자를 무시한 채 봉지미에게 말했다.

"너와 고남의는 예부 사건이 일어났을 당시 현장에 있지 않았다는 것이 입증되었다. 하지만 너희 둘이 다른 사람에게 도적질을 시킨 적이 없다는 것을 입증하지는 못하였다."

"폐하, 저들이 내세우는 주장을 되짚어 생각하여 주시옵소서."

봉지미가 웃으며 말했다.

"처음부터 지금까지 팽패가 제시한 모든 증거와 증언들은 모두 소신과 고남의가 춘위 시험지를 도둑질하였다고 지목하고 있으니, 소신과 고남의가 그런 적이 없다는 것만 증명하면 되는 것입니다. 폐하의 말씀대로라면 형부는 여태까지 거짓 증거로 중신을 모함한 것이 아닙니까?"

천성제가 머뭇거리며 말을 하지 못했다. 팽패의 얼굴색은 잿빛이 되었고, 원망 가득한 눈빛으로 2황자를 쳐다보며 의중을 전했다.

'그날 밤 봉지미와 고남의가 전하의 궁정에 있었으면서, 왜 저에게 그만하라고 전하지 않았습니까?'

2황자의 안색도 좋지 않았다. 그날 밤 고남의가 문밖에서 지키고 있었고, 2황자가 몸만 뒤척여도 고남의가 고개를 돌려 쳐다보는 것이 느껴졌다. 사전에 만나기로 약조한 사람이 가까이 올 수 없었으며, 아침 일찍 봉지미가 조정으로 이동하는 바람에 어떤 소식도 전할 수가 없었다. 당시 계획을 변경하고자 하였으나 알릴 방도가 없었고, 팽패가 이미 원래의 계획대로 손을 써버린 후였다. 그래서 계속 불안한 마음을 가지고 있던 2황자는 옥에서 팽패가 봉지미와 고남의에게 자백을 받아 내는 게 가장 최선이라고 생각하여 그의 제안을 받아들였던 것이다. 자백을 받아내면 사람을 시켜 팽패를 죽인 후 중죄를 지은 것이 두려워 자살한 것처럼 위장하여 재판에서의 착오를 방지하려 하였다. 하지만 봉지미 이자가 철저하게 방어하며 어전 앞에서까지 이렇게 소란을 피울 것이라고는 미처 예상하지 못했다.

"폐하."

봉지미가 덤덤하게 말했다.

"소신은 반드시 소신과 고남의의 결백을 끝까지 입증할 것입니다. 그러나 사건에 의심이 가는 정황이 있으니, 먼저 고남의의 목숨을 해치는 족쇄를 풀어 주심을 간곡히 청하옵니다."

천성제가 고남의에게 채워진 족쇄를 유심히 보더니 갑자기 놀라움에 사로잡혔다. 한참을 생각하다가 이 물건이 등장한 유래가 떠올랐는지 성난 눈빛으로 화를 내며 말했다.

"팽패! 네가 정신이 나갔구나. 제대로 시비가 가려지지 않은 상황에서 가혹한 형벌을 쓰다니. 여봐라! 어서 풀지 않고 뭐하느냐!"

어림군 시위 몇몇이 족쇄를 풀어주기 위해 다가갔다. 손을 대기만 했는데도 어림군 병사들이 비명을 질렀다. 곧 족쇄에서 옅은 백색 안개가 피어올랐다. 손가락이 족쇄에 붙어버린 것이었다. 시위 한 명이 긴장한 채 손을 떼어내면서 괴성을 질렀다. 손가락 껍질이 족쇄에 붙어 피가 뚝뚝 흘렀다. 이 족쇄는 엄동설한의 얼음과 같아서 온기가 남아 있는 피부를 들러붙게 할 정도였다! 봉지미가 갑자기 눈을 번뜩이더니 성큼성큼 다가가 팽패의 멱살을 잡은 뒤 말했다.

"네가 직접 풀어라!"

팽패는 위축된 얼굴로 고개를 들어 천성제를 바라봤다. 가련한 눈빛으로 애원하듯이 쳐다봤지만 천성제는 아랑곳하지 않고 차를 마시며 말했다.

"극빙 족쇄는 짐의 허락 없이는 사용해서는 안 되는 것인데, 감히 네 멋대로 사용하였으니 네가 직접 푸는 것이 마땅하다!"

팽패가 절망적인 표정으로 입술을 떨며 자신의 옷자락을 찢자 봉지미가 발로 그의 손을 찼다.

"옷을 찢어 손을 감쌀 생각 마라!"

팽패는 어쩔 수 없이 이를 악물고 맨손으로 족쇄를 풀러 나갔다. 하얀 안개가 피어오르더니 족쇄에 살갗이 겹겹이 달라붙었다. 그는 온몸에 식은땀을 흘리며 덜덜 떨었다. 여러 차례 혼절할 뻔했지만, 그때마다 봉지미가 뒤에서 사정없이 찌르는 바람에 그럴 수가 없었다. 바닥은 순식간에 그가 흘린 식은땀과 선혈로 물들었다.

한참 후에야 족쇄를 풀었는데, 족쇄 여기저기에는 이미 떨어져 나간 살점으로 가득했다. 족쇄가 땅에 떨어지자 바닥의 거대한 청석 몇 개가 산산조각 나고, 주변으로 옅은 남색의 푸른 기운이 피어올랐다. 족쇄가 풀리는 순간 고남의는 휘청댔지만, 곧 안정을 찾고 자리에 앉았다. 족쇄를 차고 있던 여파로 인해 그의 옷깃 아래로 얼음 조각들이 떨어졌다.

봉지미는 칠흑같이 시커멓고 옅은 푸른빛을 풍기는 묵직한 족쇄와 고남의의 몸에서 떨어져 나온 얼음 조각들을 번갈아 보았다. 그녀는 하마터면 눈물이 쏟아져 나올 뻔하여 재빨리 왼손으로 눈을 가렸고, 그의 맥을 재보기 위해 오른손을 뻗었다. 그때 그가 재빨리 일어나 뒷걸음질을 쳤다. 그녀는 사람들 앞에서 그녀의 무술 실력이 드러나길 원하지 않는 그의 마음을 알고 있었다. 하지만 이렇게 하지 않으면 그가 얼마나 다쳤는지 알 길이 없었다.

순간 마음속의 원한이 극에 달해 팽패의 멱살을 잡고 법정 앞으로 끌고 나왔다. 더 이상 그들과 실랑이를 하고 싶지 않았고, 속전속결로 해치우고 싶었다.

"위 대인."

'그들에게 시달리고 싶지 않으니 속전속결로 해치우자!'

봉지미가 화를 내기도 전에 줄곧 아무 말도 없던 오 대학사가 갑자기 입을 열었다. 그녀가 그를 물끄러미 쳐다보았다.

"비록 두 황자께서 당신이 사건 당일 예부에 간 적이 없음을 증명해 주셨지만, 다른 사람을 시켰을 가능성에 대해서는 결백을 입증하지 못하였습니다. 그리고 춘위 시험지가 얼마나 중요한지는 예부의 주관으로서 잘 알 것입니다. 그러니 주관인 당신은 시험지를 도난당한 관리 소홀의 죄를 면하기 어려울 것입니다."

법정에 있는 사람들의 표정이 굳어졌다. 이는 사실이었다. 예로부터 춘위 고시와 관련된 모든 사건은 중죄로 여겨졌으며, 시험지를 도난당한 일은 최소 면직과 유배의 벌을 받아야 했다. 봉지미도 이 죄에서 벗어나긴 어려울 터였다.

'아직도 단념하지 않은 것인가? 궁지에 몰린 짐승이 최후의 발악을 하는구나. 그 화살이 자신에게 돌아오지 않도록 조심하거라!'

봉지미가 고개를 돌려 오 대학사를 쏘아봤다. 그녀의 매서운 눈초리에 그는 좌불안석으로 앉아 있었다. 그녀가 살벌한 말투로 말했다.

"오 대학사님의 말씀 감사합니다. 그런데……."

봉지미가 이를 악물며 웃었다.

"제가 춘위 시험지를 도난당했다고 누가 그러던가요?"

이장용(李長勇)의 진위

봉지미의 말에 모두가 깜짝 놀랐다. 천성제도 놀라 자리에서 몸을 앞으로 빼며 물었다.

"뭐라?"

"폐하, 이상하다는 생각이 들지 않으십니까?"

봉지미가 웃으며 말했다.

"이번 사건에는 매우 중요한 증인이 한 명 있는데, 그자가 소신과 결탁해 큰돈을 주고 시험 문제를 산 뒤 외부에 팔았다고 들었습니다. 그런데 제경부가 현장에서 잡은 이장용은 왜 시종일관 나타나지 않는 겁니까?"

이 말을 듣고 나서야 모두 알게 되었다. 그렇다! 제일 먼저 나왔어야 할 중요한 증인이 아직도 법정에 나타나지 않은 것이다. 팽패의 얼굴이 점점 일그러졌다. 이 증인이 사라졌다! 이번 일은 팽패 혼자 한 일이 아니었고, 그는 형부에서 살인 자백을 강요하는 역할만 맡았다. 그 중요한 증인은 다른 사람이 책임졌기 때문에 팽패는 조금 전까지만 해도 그 사람이 누구인지도 몰랐다. 제경부에서 이자를 호송할 때 안전 문제로 인해 봉지미 등 다른 사람과는 별도로 지상에 위치한 일반 감옥에 가뒀다. 그런데 공교롭게도 오늘 아침 재판 시작 전 죄인이 없어졌다고 아전이 보고를 해 왔다.

당시 화살은 이미 활에 올라간 상태라 쏘지 않으면 안 되는 상황이었다. 어차피 다른 증인들이 충분히 있었고, 또 법정에서 도와 줄 사람이 있으니 승산이 있겠다는 생각에 아전에게 입단속을 시키고 사방으로 행방을 수소문하던 중이었다. 그런데 봉지미가 갑자기 이 문제를 꺼내자 심장이 덜컹 내려앉았다. 이건 그녀가 이미 손을 썼다는 뜻이었다.

팽패는 순간 머리끝까지 화가 났다. 봉지미 때문이 아니었다. 이번 사건에 변화가 생겼음에도 바로 자신에게 말해 주지 않은 2황자에게 분노가 일었다. 순간적으로 울분이 치밀어 올라 아픔까지 잊을 정도였다. 그가 살기 어린 눈으로 2황자를 노려보다가 한참 뒤에 이를 악물고 대답했다.

"폐하, 그 증인은 어젯밤 감옥에서 실종되었습니다……."

"실종?"

천성제가 놀라서 잠시 멈칫하더니 바로 성을 내며 말했다.

"황당하구나!"

"폐하."

봉지미가 웃으며 말했다.

"소인이 증인을 법정에 부르는 걸 허락해 주십시오."

"그렇게 하라."

"종신, 이장용과 전유를 데리고 나오시오"

이장용이라는 이름이 불리자 사람들이 서로를 쳐다봤다. 진짜로 봉지미가 증인을 손에 넣었단 말인가?

"종신, 이장용, 전유는 나오거라."

얼마 후 부드러운 이미지의 한 남자가 흑단 가면을 쓰고 흰옷을 휘날리며 두 사람을 끌고 들어왔다. 바로 종신이었다. 고남의 옆을 지나가던 종신은 갑자기 발걸음을 멈추더니 고남의를 위아래로 훑어보았고, 그의 눈빛에 분노가 서렸다. 종신이 재빠르게 손을 뻗어 고남의의 맥을 짚었다. 고남의도 그런 종신의 행동을 거부하지 않았다. 종신은 얼음처럼 차가운 고남의의 손목을 쥐었다가 바로 손을 거두더니 새빨간 환약을 바로 그의 입에 집어넣었다. 그런 후 천성제를 향해 예를 갖춘 뒤, 증인 두 명을 앞으로 밀었다. 봉지미는 몸을 돌려 무릎을 꿇고 있는 왼쪽 남자를 가리키며 말했다.

"폐하, 이 사람이 전유입니다."

이어서 말했다.

"전유, 너의 왼쪽 앞에 있는 분이 바로 황상이시다. 어서 인사를 올리도록 해라."

이 남자는 무거운 눈빛으로 계속 집중하며 듣고 있었다. 봉지미의 말에 전유는 천성제가 있는 방향으로 무릎을 옮기더니 인사를 올렸다.

"청명 장희 16년 수료생 전유, 황제 폐하를 알현하옵니다."

"청명?"

천성제가 순간 멈칫하였다가, 전유의 심상치 않은 눈빛을 보고 의심스러워하며 물었다.

"네 눈은……."

"소인의 눈은 장희 16년에 갑작스레 발병한 희귀 질환으로 시력을 잃었사옵니다. 앞이 보이지 않아 어쩔 수 없이 청명에서도 학업을 중도에 그만두었습니다."

전유 목소리에는 아쉬움이 가득했다.

"자네는……."

천성제는 이 전유라는 사람이 이번 사건과 무슨 연관이 있는지 의심스러웠다.

"폐하."

전유가 담담히 말을 이어갔다.

"소인이 바로 시험지를 매매한 죄로 제경부에 붙잡힌 이장용입니다. 소인이 제경부에 가짜 이름을 올렸습니다."

"이장용이 너라는 것이냐?"

천성제가 눈빛을 번뜩였다. 이장용이 장님이라니! 제경부가 시험지를 암거래한 이장용을 잡았을 때, 그는 봉랍한 시험지를 손에 쥐고 골목에서 수상한 모습을 하고 있었다. 시험지는 바로 수거되었고, 제경부 병사들도 감히 시험지를 열어 확인하지 않았다. 그들은 바로 궁으로 시험지를 보냈고, 천성제가 직접 뜯어 확인하였다. 당시 사건이 발생한 시간으로 계산해보면 이장용은 시험지를 막 손에 쥔 시간이었고, 그렇다면 처음부터 혼자 시험지를 빼 온 것이었다. 정리하면, 형부에서 시험지를 훔친 죄로 고남의를 고소한 일을 제외한다면 범인은 이장용만 남게 되는 꼴이었다. 고남의는 이미 자신이 나간 적이 없음을 증명했고, 이장용은 장님이니 결국 시험지는 밖으로 유출되지 않은 것이었다.

천성제의 표정이 바로 온화해졌다. 어쨌든 시험지가 유출되지 않았으니 세상을 떠들썩하게 했던 시험지 유출 사건은 이제 존재하지 않는 것이나 마찬가지였다. 무엇보다 조정의 체면과 명성을 어느 정도는 지킬 수 있게 되었다는 사실이 그를 평온하게 만들어 주었다. 그러나 아직도 풀리지 않는 문제가 있었다. 전유라는 사람은 왜 실명이 아닌 가명을 썼으며, 봉지미가 어떻게 이 사람을 소환할 수 있었던 것인가? 이자는 팽패의 증인이 아닌가? 그렇다면 진짜 이장용이란 자는 따로 있다는 것인가? 천성제는 봉지미와 황자들 그리고 증인들을 천천히 쳐다보았다.

어느 순간 천성제 시선이 또 다른 이장용에게로 옮겨졌다. 그는 비록 차림새는 학생 같았지만 글을 읽는 서생이 아닌 것은 확실했다. 험상궂은 얼굴에 눈동자가 연신 팽글팽글 돌아갔고, 뒷골목에서 굴러먹은 듯한 기질이 뿜어져 나왔다. 무릎을 꿇고 있지만 차분하게 가만히 있지 못하였고, 연신 고개를 두리번거렸다. 종신이 계속 그 이장용의 뒤에 서 있었는데, 그를 삼엄하게 감시했다. 봉지미는 이장용에게 시선을 주지 않은 채 법정의 다른 사람들을 주시했다. 두 번째 이장용이 나타난 이후 팽패와 2황자, 7황자의 표정은 하나도 변하지 않았는데, 봉지미를 책문했던 오 대학사만 갑자기 고개를 숙이고 차를 마시기 시작했다.

그 순간 봉지미는 깨달았다. 역시 이번 일은 한 사람의 소행이 아니었다. 여러 사람이 각자 한 부분씩을 맡아 서로 비밀을 지키며 동시에 서로를 감시하는 방식으로 진행된 일이었다. 그런 연유로 각자 전반적인 상황에 대해서는 잘 몰랐기에, 그녀가 파고들 틈이 있었다.

"이장용."

종신이 발로 가볍게 치며 말했다.

"넌 도대체 누구고, 무슨 일로 여기 온 건지 폐하께 아뢰어라."

이장용은 온몸을 바들바들 떨었다. 오 대학사를 힐끗 보았지만, 그는 찻잔만 보며 절대로 고개를 들지 않았다. 이장용의 입가가 미세하게 떨렸다. 뒤에 서 있는 자가 별의별 방법으로 사람을 해치워 버릴 수 있다는 생각이 떠오르자, 이장용은 침을 꼴깍 삼키며 망연자실한 태도로 말했다.

"소인은 이장용이라고 합니다. 제경 사람이고, 제경 남문 흥화교의 백아길에 삽니다. 소인 집에는 원래 재산이 좀 있었습니다. 부잣집이라 할 수 있는 정도였죠. 그런데 소인이 도박에 빠져 도박 빚을 지게 되었습니다. 빚쟁이가 집까지 찾아와 자식과 부인한테까지 독촉했고, 어머니는 목을 매셨습니다. 소인은 분노를 참지 못하고, 칼을 가지고 그 빚쟁이를 찾아갔죠. 너 죽고 나 죽자는 생각이었습니다. 죽더라도 후련하게 죽고 싶었습니다. 그런데 홍화교 밖에 있는 골목에서 누가 절 막았습니다. 그리고 소인에게 말했습니다. 죽으려는 생각이 있다면, 좀 더 가치 있게 죽는 것이 어떠냐고 했습니다. 이튿날 해시에 동루 큰길 서쪽 방향 두 번째 골목에서 기다리다 물건 하나를 받은 뒤, 정해진 시간 내에 북서쪽 골목 근처까지만 오면 된다고 했습니다. 만약 제경부에 잡히면 예부의 친분을 이용해 매수하면 된다고 했고, 또 일이 잘 마무리되면 저에게 은화 천 냥을 주고 강회도(江淮道)에 아내와 자식이 살 자택을 마련해 주겠다고 했습니다."

재판이 시작되었을 때부터 밖에서 듣고 있던 청명 학생들은 이미 봉지미의 지시를 받아 안심하고 돌아갔기에 법정 밖은 조용했다. 각 부 주사들 역시 이곳에서 더 이상 재판을 들을 수 없어서 그들도 조용히 떠났다. 이들도 이미 알고 있었다. 더 남아 있다 한들 사건의 전말을 다 듣지 못할 게 분명하다는 것을. 천성제가 이들이 들어오는 것을 허한 까닭은 바깥에 사람이 점점 더 모여 들어 수습하지 못할 정도로 일이 커지는 걸 막기 위해서였다. 하지만 계속 듣고 있다가, 들어서는 안 될 이야기까지 듣게 되는 것은 또 다른 문제였다.

그 후 법정이 점점 조용해지긴 했지만 이제는 억압되고 경직되는 분위기였다. 천성제는 실눈을 뜬 채 이장용의 말을 듣고 있었다. 천성제는 화가 난 것 같지 않았지만, 한참 동안 말 한마디 하지 않았다. 사람들은 노황제가 지금 무슨 생각을 하고 있는지 알 수 없어 불안한 눈빛으로 천성제를 쳐다보았다. 영혁은 황제 얼굴을 살피기보다는 황제의 손가락으로 시선을 돌렸다. 천성제의 손가락은 폭이 넓은 소매에 덮여 있었지만, 경련이 난 것처럼 계속 떨렸다. 영혁의 눈빛이 번쩍였다. 황제는 말을 하지 않는 것이 아니라, 분노가 치밀어 올라 잠시 말이 나오지 않는 상태였다.

"이장용!"

영혁이 바로 말했다.

"네가 그런 거래를 했다면, 지금은 어째서 위 상서 쪽에 잡혀 있는 게냐?"

"소인, 소인도 모르옵니다……."

이장용은 죽상을 하고 말했다.

"그날 밤 소인은 약조한 시간에 동로 큰길의 서쪽 두 번째 골목에 도착했습니다. 누군가 오더니 '이름을 대시오.'라고 물었고, 소인은 대답하자마자 바로 쓰러졌습니다. 그 후에 소인은 깜깜한 방에 갇혔고, 지금도 무슨 일인지 알지 못합니다."

"폐하."

봉지미가 씁쓸한 미소를 머금은 채 천천히 앞으로 나왔다.

"이 두 사람이 소인의 증인이긴 하지만, 이들도 전후 관계에 대해서 잘 알지 못하니 소인이 폐하께 말씀드리는 것이 어떻겠습니까?"

천성제는 그제야 표정이 조금 풀렸다. 얼굴이 창백하게 질린 팽패를 죽일 듯이 쳐다보더니 낮은 목소리로 말했다.

"네가 말하도록 하라!"

"이번 사건은 소인이 예부로부터 직무를 이어받은 그때부터 시작되었습니다."

봉지미가 담담하게 말하기 시작했다.

"소인이 예부로부터 직무를 인계받은 후에 했던 첫 번째 일이 바로 전 상서가 남겨 놓은 문건을 처리하는 것이었습니다. 그런데 우연히 집무실 책꽂이 뒤 어두컴컴한 곳에서 이상한 명부 하나를 발견했습니다."

천성제가 얼굴빛이 변하더니 바로 물었다.

"무슨 명부더냐?"

"소인도 모르옵니다."

봉지미가 말했다.

"그런데 위쪽에 숫자가 간단히 쓰여 있었고, 사람의 성과 출생지도 적혀 있었습니다. 제 기억으로 첫 번째 줄에는 1만, 왕, 곡양이라는 글자가 있었습니다."

천성제의 얼굴이 다시 일그러지더니 봉지미를 힐끗 보며 말했다.

"명부는 어디 있느냐?"

봉지미가 천성제의 눈을 응시하며 천천히 말했다.

"소인은 이 명부가 무엇인지 모르지만 의심스러웠습니다. 그래서 서방에 놓기에는 불안하여 저의 집으로 가져왔는데, 그날 공교롭게도 집에 불이 났습니다. 그 명부를 침실에 보관하여 소인이 하인에게 꺼내 오라고 시켰는데, 불에 타 버렸는지 명부를 꺼내 오진 못했습니다."

천성제가 가라앉은 목소리로 말했다.

"네 집의 화재가 심해 남아 있지 않을 수도 있겠구나."

봉지미는 냉소를 내보이며 말했다.

"그렇습니다."

천성제가 봉지미의 눈빛을 피했다. 그녀는 속으로 콧방귀를 뀌었다.

'명부는 무슨 명부? 팽패가 진짜 뇌물을 받았다면, 생각이 없지 않고서야 명부를 남길 리가 있는가?'

봉지미가 이렇게 말한 건 팽패의 죄를 증명하고, 이번 사건에 대한 천성제의 생각을 떠보고 싶었기 때문이었다. 어쨌든 그녀의 저택에 불이 났으니 바로 명부를 꺼내 올 수 없었다고 말해도 타당하지 않은가. 만약 천성제가 진심으로 이 사건을 밝혀낼 생각이라면, 이제라도 그녀의 집을 조사해서 어떤 사람들이 연루된 건지 밝혀내라고 했을 터였다. 그런데 천성제는 그녀의 저택에 사람을 보내 조사해 보라고 시키지 않았다. 즉 이번 사건을 그냥 덮으려고 생각한 것이었다. 그녀는 속으로 비웃었지만 내색하지 않고 계속 말했다.

"소인은 이 부분에 의심이 생겨 춘위 시험지에 대해 각별히 주의를 기울였습니다. 아무도 모르게 시험지를 보호하기 위해 계획을 짰사옵니다. 밖에서 봤을 때 야간 수비대는 평상시와 똑같았지만, 내부적으로는 높은 긴장 태세를 유지하며 개미 한 마리도 얼씬하지 못할 정도로 삼엄한 감시를 하였습니다. 특히 소인이 당직하지 않고, 두 시랑 역시 없을 때는 더욱 조심했습니다. 시험지 도난 사건이 발생한 그날 밤, 소신이 파견한 비밀 호위대가 소인에게 예부 외곽에 수상한 사람이 있다고 보고했습니다. 들키지 말고 일단 조심하며 살펴보라고 호위대에 명했습니다. 그리고 나서 바로 소인의 저택에 불이 났습니다. 이상하다고 생각하였고 필경 그 명부와 관련이 있다고 생각했죠. 전 아무 데나 갈 수 없어 2황자의 궁으로 갔습니다."

"그 다음 내용은 소신이 말씀드리겠습니다."

종신이 갑자기 끼어들었다.

"소인은 종신이라 하며 남해 인 씨로 남해 오천산 출신입니다. 연 가문 호주인 연회석과 친분이 깊고, 연 가문 호주는 위 대인의 깊은 은혜를 입었습니다. 그래서 소인은 연 가문 호위대를 이끌고 위 대인을 보호하라는 청을 받았습니다. 사건이 발생한 그날 밤, 소인은 예부의 담 밖에서 그림자 하나가 지나가는 걸 보았습니다. 그래서 철저하게 감시하면서 대인께 보고했습니다. 대인은 들키지 말고 기회를 봐서 움직이라고 했습니다. 소인이 그 검은 그림자를 바짝 따라가 보니 그 작자는 자물쇠를 열어 시험지를 훔치고 다시 문을 잠그고 갔습니다. 소인은 계속 따라붙었고, 동로 큰길에서 서쪽 두 번째 골목에 다다랐을 때 이장용이 기다리고 있는 걸 봤습니다. 어떤 상황인지 파악하고, 서쪽 두 번째 골목에서 그 도둑을 막아 시험지를 가져왔습니다. 이장용도 체포하고, 그들의 범행 목적을 캐물었습니다. 이들의 계획을 역으로 이용해서 누가 시킨 건지 알아보려고 했지만, 시험지 도난 문제는 매우 막중한 사건이라 누구에게 넘기더라도 시험지를 본 사람은 다 죄인이 될 것이라 사료되었습니다. 만에 하나라도 과거 위 대인과 친분이 있던 사람까지 거슬러 올라갈 거라는 생각이 들었습니다. 그때 마침 눈병으로 인해 청명에서 퇴출당한 전유가 생각났고, 이번 일을 위해 이장용으로 가장해 달라고 부탁했습니다. 전유는 의를 중시해 바로 청을 받아들였사옵니다. 전유는 시험지를 품에 안고 북서 방향 골목 근처에 도착했는데, 그 후 예상대로 제경부가 와서 잡아갔습니다."

천성제는 눈을 반쯤 감은 채 듣고 있었다. 종신의 말에 의심 가는 부분이 있는지 생각하더니 한참 뒤 수긍을 하는 듯했다. 봉지미의 대응은 완벽에 가까웠다. 진상을 말하게 될 핵심 증인까지 눈이 먼 전유로 꼼꼼히 처리하여 감독을 소홀히 했다는 비난은 생트집이 될 수밖에 없도록 만들었다. 천성제가 어두운 얼굴로 물었다.

"이 전유라는 사람은 왜 너희가 붙잡고 있었던 것인가?"

"폐하."

종신이 웃었다.

"시험지가 도난당한 시각과 나중에 제경부에서 전유를 죄인 이장용으로 몰아 체포한 시각이 공교롭게도 물 흐르듯 연결되어 소인은 제경부를 믿을 수가 없었습니다. 전유가 제경부나 형부에 있게 되면 고문을 당할 수도 있고, 심지어 목숨을 잃을 수도 있다고 생각했습니다. 그래서 소인은 계속 지켜봤고 그곳에서 처음 재판이 열린 뒤 전유를 몰래 빼냈습니다. 전유는 의를 중시해서 이 일에 끼어들게 되었고, 저희 대인을 위해 이미 위험을 감수했기 때문에 또다시 그가 잘못되는 걸 원치 않았습니다."

"네가 말한 시험지를 훔친 작자는 지금 어디에 있느냐?"

"소인이 이미 그 죄인을 잡았는데, 이 작자가 입이 무겁습니다. 소인이 감히 국법을 대신해 심문할 권리가 없긴 하지만, 이 죄인을 제경부와 형부에 넘기기에는 미덥지 않았습니다. 잘못해서 죽기라도 할까 봐 걱정이 되었습니다. 그 사람은 지금 소인이 데리고 있으니, 폐하께서 원하시면 소인이 직접 어림군에게 넘기겠습니다."

법정에 있던 오 대학사의 얼굴이 창백해졌다. 천성제가 잠시 생각에 잠기더니 말했다.

"잠시 후에 그 죄인을 끌고 오도록 하라."

종신이 얼굴에 미소를 띤 채 인사를 하고 물러났다. 오 대학사는 손을 벌벌 떨며 찻잔을 잡으려고 시도했다. 하지만 손에 힘이 빠져 여러 차례 잔을 놓치는 게 아닌가? 옆에 있는 호 대학사가 부축해 주더니 작은 소리로 웃으며 말했다.

"오 선생, 왜 그러십니까? 얼굴이 안 좋으신데 어디 불편하십니까?"

오 대학사는 멍하니 호 대학사를 봤다. 이렇게 행동하면 안 된다고 생각하여 진정하려고 애썼지만, 머릿속은 혼란스러웠고 초조했으며 심장은 쿵쾅거렸다. 이런 상황에서 어찌 침착함을 유지할 수 있단 말인가? 본디 얼굴색이 까만 2황자는 얼굴색이 변해도 잘 드러나지 않았지만, 이제는 청황색이 희미하게 나타나고 있었다. 또한 탁자 위에 놓아둔 손가락이 아무도 모르게 가볍게 떨렸다. 7황자는 부채로 얼굴의 반을 가리고 있어 표정이 보이지 않았다. 하지만 손가락 사이에는 언제 떨어졌는지 알 수 없는 부채 장신구의 술 몇 가닥이 보였다. 그는 슬쩍 그 장신구 술을 소매 안으로 집어넣었다.

7황자는 부채에서 시선을 거두고 영혁을 곁눈질하며 속으로 콧방귀를 뀌었다. 원래대로라면 오늘 폐하는 궁에서 나올 계획이 없었다. 이 사실은 7황자가 여러 명을 통해 확인한 확실한 정보였다. 그런데 누가 폐하를 재판장에 오게 만든 것인가? 게다가 이렇게 때를 딱 맞춰서 오게 만든 사람은 누구인가? 이로 인해 성공을 눈앞에 두고 실패하게 되었다. 또다시.

"폐하."

한참 뒤 봉지미가 탄식하는 말투로 천천히 말했다.

"세상을 떠들썩하게 만든 이번 사건을 꾸며내기 위해 어떤 자들은 계략을 세워 예부에서 도적질을 하고, 저의 처소에 불을 질렀습니다. 또한 관리들과 작당하여 증인을 조작하였고, 오늘 법정에 거짓 증인까지 내세웠습니다. 거의 모든 부분이 위증입니다. 얼마나 어이가 없는 일인지 너무 놀랍습니다."

봉지미가 또 탄식하며 본인은 죽어도 여한이 없지만, 폐하 주변에 이런 교활한 간신배들만 있으니 심히 걱정스럽다는 표정을 지었다. 천성제는 아무 말도 하지 않았다. 법정에는 다시 정적이 흘렀다. 앞서 보였던 무거운 정적과는 달랐다. 이번에는 뜨겁게 타오르는 듯한 정적이었다. 공기 중에 으스스한 분위기가 흘렀다. 마치 검붉은 구리로 만든 화로 안에 하룻밤밖에 지나지 않은 재가 가라앉아 있는 것 같은 분위기였다. 재가 날리기 시작하면 숨겨져 있던 붉은 불꽃이 드러나고 맹렬하게 타오를 터였다.

"팽패!"

예상대로 눈 깜짝할 사이에 정적이 깨졌다. 노여움이 가득한 천성제의 목소리가 천둥처럼 법정에 울려 퍼졌다. 팽패는 피를 많이 흘려 거의 혼절한 상태로 난간에 기대어 있었고, 몸도 제대로 가누지 못했다. 다른 사람들의 말도 제대로 알아듣지 못했는데 천성제의 성난 목소리만큼은 알아듣고 온몸을 부들부들 떨었다. 잠깐 정신을 차린 팽패는 너무 놀란 나머지 눈을 동그랗게 뜨고 겁에 질린 채 천성제를 바라보았다. 사건을 심문하던 천성제가 갑자기 일어나더니 뒤에 있던 어림군 대위가 차고 있던 긴 검을 뽑아 앞으로 빠르게 돌진하며 팽패를 정면으로 베려고 했다.

"이 파렴치한 놈을 죽이겠다!"

"폐하!"

법정에 차가운 공기가 감돌았다. 모든 사람들이 얼어붙은 가운데 날카로운 검에 전혀 신경 쓰지 않는 듯한 몸놀림의 그림자가 날아왔다! 그림자의 주인공은 바로 봉지미였다.

"폐하."

봉지미는 검을 쥐고 있는 천성제의 손을 어깨가 부서질 정도로 꽉 잡고 울부짖었다.

"폐하는 한 사람의 말만 듣고 소신을 옥에 가두었습니다. 이제는 위지의 말 한마디에 어찌 신하를 죽이려고 하십니까! 감옥에 보내는 건 결코 가벼이 결정해서는 아니 될 줄 아옵니다. 신하 역시 함부로 죽여서는 안 됩니다. 팽패가 죄가 있는 건 사실이나, 이 문제는 교부의처*청나라 때 비위 관료 감찰을 결정하던 기관 에 넘기시면 되옵니다. 이렇게 바로 처단하시면 소신의 억울함은 죽어서도 밝힐 수 없습니다."

봉지미가 천성제를 붙잡고 흐느끼며 말했다.

"폐하, 제발 고정하시옵소서. 소인은 폐하가 천년만년 영원히 소인을 가르쳐 주시고 깨닫게 해 주시길 바라옵니다."

마침 봉지미의 옷소매가 흘러내려 고문으로 인해 깊어진 팔의 흉터가 보였다. 차마 눈 뜨고 볼 수 없을 정도로 징그러웠다. 천성제는 그녀의 간곡한 부탁의 말을 듣고 팽패를 베려던 손길을 멈추었다. 사리사욕을 채우려는 사람들과 결탁하지 않고 간신배와 손을 잡지 않아서 비빌 언덕 하나 없이 오직 황제만을 믿고 따르는 이 어린 신하가 가여웠다. 하지만 그런 신하를 감옥에 넣고 본때를 보여 주라고 명령했던 사람도 자신이 아니었던가. 천성제는 순간 가슴이 저릿했고, 미안하고 부끄러웠다. 시선을 돌리자 봉지미 어깨에 있는 선명한 고문 자국이 다시 천성제의 눈에 들어왔다. 온몸이 떨리고 화가 나면서 얼굴이 화끈거렸다. 눈썹 사이에 노여움이 서리면서 가슴이 두근거렸고 태양혈이 쿵쾅거렸다. 긴 검을 땅에 떨어뜨린 천성제가 몸을 휘청였다. 천성제와 가장 지근거리에 있던 그녀는 보자마자 안 좋은 상황이라는 걸 알아챘다. 노황제가 오늘은 정말 화가 난 듯 보였다. 사실 황제가 격노한 모습을 기대했기 때문에 고문의 흉터를 내세우며 지금까지 차분하게 이야기를 해 왔던 것이었다. 하지만 이런 식의 화는 이미 써먹을 대로 다 써먹었다는 생각이 들었다. 황제가 다시 정신을 바짝 차린다고 해도 더 이상은 좌중을 휘어잡기 힘들 것 같았다. 그녀가 간곡한 목소리로 말했다.

"폐하, 고정하시옵소서. 제발 화를 거두어 주십시오. 다 저의 잘못입니다."

말을 마치자마자 봉지미가 비틀거리더니 뒤로 쓰러졌다. 이때 그림자 하나가 재빠르게 다가와 그녀의 허리를 부축했다. 영혁이 고개를 숙여 그녀를 보며 말했다.

"위 상서가 몸에 난 상처와 마음에 서린 억울함으로 인해 혼절하였습니다."

영혁이 말을 하며 남은 손을 뻗었고 천성제를 부축하였다. 그는 손바닥을 뒤집어 뜨거운 기를 모아 천성제에게 불어 넣으며 진중하게 말했다.

"폐하, 위 상서가 검을 거두시라고 청을 드리지 않았습니까. 이는 신하가 나라를 위해 충언을 드리는 겁니다. 팽패를 교부의처로 보내시옵소서."

천성제는 숨이 차고 어지러웠지만 신하들 앞에서 약한 모습을 보여 줄 수 없어 겨우 참고 있었다. 그런데 마침 영혁이 다가와 바로 기를 불어넣어 주어 겨우 정신을 차릴 수 있었다. 천성제는 복잡한 눈빛으로 그를 바라보았다.

천성제가 줄곧 영혁을 경계해 온 이유 중 하나가 무공이었다. 과거에 유명한 사부를 초청하여 황자들과 함께 무공을 연마한 적이 있었는데, 영혁의 실력이 단연 뛰어나 스승을 능가하였고 사부는 결국 가르치기를 그만두게 되었다. 이렇게 뛰어난 기질을 타고난 황자는 보통 제왕의 복이 있었다. 하지만 그의 재능이 뛰어날수록 천성제의 마음속에 있는 어두운 그림자 역시 커져 갔다. 천성제는 오랫동안 영혁을 피했고, 그도 이 사실을 모를 리가 없었다. 그렇다 해도 위급한 상황에서 영혁은 천성제를 모른 척할 수 없었고, 지체 없이 무공을 발휘해 황제를 보호했다. 바로 지금처럼. 여기까지 생각이 미치자 천성제는 자신의 아들 영혁이 지금까지 이어진 차별 속에서도 밝게 잘 자라 주었다는 생각이 들었다. 보아하니 그가 굳건한 의지를 가진 위지와 같은 부류라는 생각이 들었다. 천성제의 마음이 자연스럽게 풀어져서 부드러운 목소리로 말했다.

"네 말에 따르겠다."

지금까지와 사뭇 다른 황제의 온화한 말투에 영혁은 순간 어색함을 느꼈다. 뒤에 있던 7황자도 눈빛이 흔들렸다. 천성제는 젖은 두루마기를 걸치고 녹초가 되어 쓰러져 있는 팽패를 발로 힘껏 차며 소리쳤다.

"국법으로 처단하라!"

가 태감이 올라오더니 천성제를 부축하였다. 천성제는 영혁의 팔에 안겨 있는 봉지미와 난간에 기대어 있는 고남의를 보더니 말했다.

"여봐라, 태의원을 불러 봉지미와 고남의를 치료해 주어라!"

한바탕 소란이 지나갔다. 이후의 일들에 대해 전해들은 봉지미는 지난 시간들이 주마등처럼 떠올랐다. 여러 권력자들에게 치밀하게 공격을 받았지만, 재빠르게 반격하여 흔적도 없이 사건을 헤치웠다는 생각이 들었다. 사건에 연루되지 않은 자들은 사건 안에 숨겨진 암투와 위태로운 내막을 알지 못했다.

위지는 완벽한 영웅이 되었다. 그를 둘러싼 이야기는 눈물을 흘리지 않고서는 들을 수 없게 되었고, 한참 동안 천성의 백성들에게 흥미진진하게 전해졌다. 마을 길거리와 찻집, 그리고 주막마다 시험을 앞두고 있는 고시생이나 차를 마시는 백성이나 어떤 사람이든 모이기만 하면 사방으로 침을 튀기고 손뼉을 치며 말했다. 특히 재판이 있던 그날, 하늘과 땅이 놀라고 귀신도 눈물을 흘렸던 '법정의 싸대기 네 대'에 대해 이야기했다. 사람들은 흥분이 가시지 않은 얼굴로 마치 자신이 주인공이 된 것처럼 형부 상서의 뺨을 때리고 서류를 밟으며 음모로 뒤덮인 법정을 뒤집어 버리는 것처럼 몰입하여 설명했다. 듣는 사람들은 넋이 나간 채로 가쁜 숨을 쉬다가 결국에는 함께 통쾌해했다. 음식점의 이야기꾼들은 말재간이 뛰어나 우여곡절이 많고 극적인 내용이 무궁무진한 이번 사건을 '간신배인 형부 상서가 능력 있는 자를 시기하여 몰래 함정에 빠뜨리자, 충의후가 형부의 계략을 깨부수고 법정에서 뺨을 네 대 때리는' 드라마로 만들어버렸다. 위지가 대범하고 위풍당당하며 눈부신 인물이 된 것은 물론이고, 화경과 고남의까지 고초를 겪으면서도 충절과 의리를 꺾지 않은 훌륭한 영웅이 되었다. 그 유명한 '하늘이 용서하고 땅이 용서해도 난 용서하지 않는다'는 말은 항간에 퍼져 모르는 사람이 없을 정도였다. 유행에 민감한 담 씨네 주점에서는 출입문 좌우에 '하늘이 용서하고 땅이 용서해도 난 용서하지 않는다. 지나가면서도 들어오지 않는 것'이라는 말과 '볶음, 찜, 담가의 요리, 맛있는 냄새가 가득 퍼지네'라는 말을 붙여놓았다. 그러자 그곳은 순식간에 유명세를 타 문전성시를 이루었을 정도였다.

세간은 소란스러웠고 조정은 왁자지껄했다. 천성제는 천둥처럼 노여워하며 친히 이 사건을 처리했다. 팽패는 관직을 박탈당하고 대리사로 호송되어 수감되었고, 예부의 시랑 두 명은 정직 처분을 받았다. 당일 형부에 고발된 모든 관료는 조사를 받았고, 위증한 이아쇄는 참수형을 당했다. 사리사욕만 채웠던 청명의 반역자 예문욱은 수재 공명을 박탈시키라는 초왕의 건의에 따라 영원히 복직할 수 없게 되었다. 예문욱의 경우 청명서원 입구에서 3일 동안 칼을 씌운 후 다시 처벌하도록 했는데, 대성통곡하는 사람들과 불안해 어쩔 줄 모르는 사람들, 당황해서 무엇을 해야 할지 모르는 사람들, 난처해서 발만 동동 구르는 사람들 등 반응이 다양했다. 여기서 난처해서 발만 동동 구르는 사람들 중 하나는 바로 봉지미였다.

원래 봉지미는 쓰러지는 척만 하고 일이 마무리되면 당당하게 퇴장하여 그 이후의 일은 천성제에게 맡길 심산이었다. 그런데 천성제가 갑자기 착한 심성이 발동해서 그녀와 고남의를 궁 안에서 요양시킬 것이라고는 예상하지 못했다. 그녀는 몹시 당황스러웠다. 궁정 태의원의 실력이 종신보다 못한 건 말할 것도 없었고, 더 심각한 문제는 궁 안에서 '중상을 입어 치료가 필요한' 연기를 해야 한다는 점이었다. 태감들이 쉬지도 않고 계속 시중을 들어주니 그녀는 침대에서 내려올 수가 없었고, 고남의의 상태가 어떤지도 알 수 없었다. 두 사람의 숙소는 외정(外挺)의 경심전에 마련되었지만, 정원 두 개를 사이에 두고 있어 거리가 있었다. 그녀가 태감에게 고남의의 상태가 어떤지 물어보면 태감은 웃으며 대답했다.

"후작 나리, 걱정하지 마시고 나리 상처를 먼저 치료하시옵소서."

봉지미가 포기하지 않고 계속 질문을 하면, 태감은 잘 모르겠다고만 대답했다.

"그쪽에도 태의원이 있었는데 고 대인이 다 쫓아냈습니다."

결국 태감이 이렇게 말하자 봉지미는 마음이 더욱 조급해졌다. 태의원들이 있는데도 속수무책이라는 이야기였다. 고남의가 그들을 다 쫓아내었다면 뭔가 마음에 안 드는 게 있다는 말이기도 했다. 봉지미 몸의 흉터는 종신이 준 약으로 만든 것이었다. 그녀가 죄수 호송차에 탔던 그날, 차가 기울어질 때 받은 약을 피부에 바르니 검붉은 멍 자국이 생기고 피가 촘촘히 맺힌 혹이 생겼다. 눈 뜨고는 차마 볼 수 없을 정도로 징그러웠다. 이 증상은 해독제를 먹으면 바로 좋아질 것이지만, 그 전에는 호흡이 쇠약해지는 증상이 나타날 수도 있었다. 그녀는 태의원에게 발각되는 것은 두렵지 않았지만, 고남의를 치료할 시간을 놓치게 될까 봐 두려웠다. 이틀 동안 궁금증을 참고 요양했지만, 이날 밤은 도저히 견딜 수가 없어 버선을 신고 침대에서 내려와 밤을 틈타 그를 만나러 갈 준비를 했다. 만약 누군가를 만나면 몽유병이라고 둘러댈 생각이었다. 그녀의 몽유병 연기는 퍽 괜찮았으니까.

봉지미는 고남의가 묵고 있는 별채가 어딘지 미리 물어봤다. 궁정은 대개 동서 방향으로 이루어져 있었는데 이 경심전은 매우 독특했다. 복도가 복잡하게 설계되어 있어 그에게 가려면 궁의 벽을 돌아가야 했다. 그녀가 작은 소리도 내지 않고 걸어가고 있는데 문득 앞에 사람 그림자가 얼핏 보였다. 재빠르게 긴 복도 뒤에 숨어서 지켜보니 그림자의 주인은 마르고 작은 태감으로 발걸음이 무척 가벼웠다. 그자가 가는 방향은 고남의가 있는 별채 쪽이었다.

태감을 유심히 지켜보던 봉지미의 눈빛이 번뜩였다. 그는 무공을 하는 사람의 발걸음을 지녔는데, 결코 낮은 수준이 아니었다. 범상치 않은 무공 수준을 지닌 태감이 본궁에서 시중을 들지 않고 한밤중에 경심전으로 온 이유는 무엇일까? 그녀의 호흡이 더욱 조심스러워졌다. 태감은 몇 발자국 가더니 갑자기 발걸음을 멈추고 자리에 서서 기다렸다. 달빛 그림자가 희미하게 비추자 앞에 있는 궁의 문이 천천히 열렸다. 한 사람이 길을 가로질러 뒷짐을 지고 다가왔다.

매혹적인 봄의 밤

화단 양측에 커다란 목련 나무가 넓게 자리를 차지하고 가지마다 자색 목련을 활짝 꽃피우고 있었다. 꽃마다 방울방울 맺힌 이슬들이 그윽한 달빛 아래 반짝거렸다. 옷소매를 흩날리며 걸어오고 있는 사람은 훤칠한 키에 고상한 분위기가 달빛처럼 청초했다. 만개한 자색 목련꽃이 바람에 흩날리다 그의 옷소매로 날아들었고, 그는 무심하게 손을 뻗었다. 달빛 아래서 꽃을 잡은 후 고개를 들어 그윽하게 쳐다보는 모습은 숨이 멎을 정도로 아름다웠다. 달빛과 꽃들 사이로 영혁이 걸어오고 있었다.

왜소한 체격의 소 태감이 벽의 구석에 그늘진 곳으로 십 보 물러나 영혁에게 허리를 구부린 뒤 시선을 자신의 신발 끝으로 향한 채 인사를 올렸다. 영혁은 소 태감을 무심하게 보고 나서 허리에 차고 있는 요패로 시선을 옮기며 말했다.

"소성자(小成子)? 이렇게 늦은 시간에 어딜 가는 것인가?"

"궁으로 돌아가는 중이옵니다."

태감은 영혁과 잘 아는 사이로 보였다. 태감이 낮은 목소리로 웃으며 말했다.

"소인의 주인이 오늘 밤도 잘 주무시지 못하여 태의원에게서 합향 안정환을 받아 왔습니다. 영혁 황자님께서도 아시다시피 경심전 이쪽에 측문이 있어 태의원에게 바로 갈 수 있지 않습니까. 또한 이쪽이 외진 편이라 순찰하는 사람도 없어 편히 가고자 하는 욕심에 이 길로 왔습니다."

영혁은 걱정이 서린 표정으로 대충 듣고 고개를 끄덕이며 말했다.

"밤이 깊었다. 그만 돌아다니고 다음부터는 사람을 부르거라. 괜한 오해를 없애기 위해 내가 사람을 부르겠다. 물론 내가 당직을 맡을 때까지는 기다려야 한다."

"마침 오늘이 전하가 호위를 맡으시는 날이라 주인님께서 저를 보낸 것입니다."

태감이 나지막이 웃었다.

"그럼 가 봐라."

영혁이 고개를 돌려 태감 방향을 향해 손을 흔들었다. 태감은 다시 인사를 올리고 가던 길을 갔지만, 이를 지켜보던 봉지미는 미간을 찌푸렸다. 태감이 가는 방향을 보아하니 고남의에게 가는 듯했다. 이제 떳떳하게 영혁에게 허락까지 받았으니 아무도 제재하지 못할 터였다. 그녀는 그에게 발각될까 봐 긴 복도의 어둠 속에 숨어 있어 두 사람의 대화를 제대로 듣지 못했다. 멀리서 보기에는 두 사람이 잘 아는 것처럼 보였다.

친왕이 태감을 안다는 건 이상하지 않았다. 다만 친왕이 야밤에 호위하는 사람 한 명 없이 무공을 할 줄 아는 태감과 만나고, 그가 심야에 궁을 돌아다니도록 허락한 것이 이상해 보였다. 일이 잘 안 되려면 괴상한 상황이 벌어지는 법이었다. 봉지미가 알기로는 특별한 이상이 없던 일이라도 영혁과 관련되면 십중팔구 이상한 일이 되어 버리곤 했다. 다만 사람들이 그 이상한 존재를 분별해 내지 못했을 뿐. 그녀는 불길한 예감에 마음이 급해졌다. 빨리 따라가고 싶었지만 영혁에게 들키고 싶지는 않았다.

'영혁은 야심한 시각에 뭘 하러 온 것일까? 설마 나를 찾으러 온 건가? 큰일이다!'

조금 전까지 태의원이 가는 방향을 쳐다보던 영혁은 이제 고개를 들어 밀리 시선을 두고 있었다. 그의 시선은 봉지미가 묵는 숙소를 향하고 있었다. 다급해진 그녀는 아무런 소리도 내지 않고 어떻게 다시 돌아갈 수 있을지 고민했다. 그때 그가 갑자기 손으로 입을 막고 기침을 하기 시작했다. 기침이 멈추지 않고 점점 심해지자 그는 천천히 뒷걸음을 치며 나무에 기댔다. 그녀는 인상을 쓰며 그를 은밀하게 살폈다. 나무 그늘에 얼굴이 가려져 있어 아픈지 아닌지 분간하기가 어려웠다. 다만 그는 계속 고개를 숙인 채 연신 기침을 해댔고, 공허하고 무거운 기침 소리가 끊이지 않고 들려왔다. 그녀가 미간을 찌푸렸다. 기침 소리를 들어보니 내상을 입은 듯했다.

'언제 다친 걸까?'

봉지미는 심문장에서 영혁의 상태가 썩 좋지 않다는 걸 알았다. 하지만 그는 평소의 나른한 표정을 하고 있었고, 예리해야 할 때는 예리했으며 기회를 잡아야 할 때는 한 치의 실수도 없었다. 그래서 그녀 역시 크게 신경 쓰지 않았지만, 이제 보니 결코 가벼운 내상이 아니었다.

봉지미는 쭈그린 자세로 망설였다. 영혁이 기침을 하는 틈을 타 먼저 거처로 돌아가야 할까? 아니면 그가 올 때까지 기다렸다가 종신이 준 약을 줄까? 그녀에게는 영험한 약이 꽤 많았다. 그녀가 몸을 일으키려는 찰나, 그가 갑자기 일어섰다. 그녀는 그가 자신의 거처로 간다고 생각했지만, 그는 기침을 하며 잠시 바라보더니 이내 반대 방향으로 돌아섰다. 달빛 아래 꽃과 나무 사이로 그가 보였다. 연신 기침을 했고, 몸을 곧게 세운 채 뒤도 돌아보지 않고 걸어갔다. 복도 끝에 있던 꽃과 나무가 흔들거렸다. 그녀는 멍하니 꽃 사이에서 일어섰다. 멀어지는 그의 그림자를 보고 있노라니 마음이 복잡했다.

곧 정신을 차린 봉지미가 복도를 지나갔다. 영혁이 오지 않을 테니 원래 계획대로 고남의에게 가려던 참이었다. 그녀가 잠시 생각하다가 품에서 손수건을 꺼내 얼굴을 가렸다. 복도와 별채를 지나면서 경비대도 만났지만 순조롭게 피하며 지나갔다.

고남의가 묵는 별채는 조용했다. 시중을 드는 사람이 없었고, 어린 태감 한 명만이 월동문 쪽에서 졸고 있었다. 봉지미가 그 옆을 지나갈 때 태감은 코를 골며 잠에 빠져 있었다. 그녀는 고남의의 괴팍한 성질을 잘 알고 있었다. 분명 어떤 누구도 옆에 두지 않았을 터였다. 그래서 마음 놓고 바로 침실로 향했다. 침실로 들어서기도 전에 문득 한기가 엄습해 왔다. 그녀는 너무 놀라 더욱 빠른 발걸음으로 다가가 손으로 문을 밀었다.

쓱!

살짝 문틈이 벌어진 순간, 날카로운 무기가 번쩍이더니 봉지미 눈을 향해 날아왔다! 속도가 너무 빨라 슈욱, 하는 바람 소리가 났다. 작은 비수 같은 것이 번쩍거렸는데 자세히 보니 사람의 긴 손톱 열 개였다. 문 뒤에 숨어 있던 자가 문을 연 사람이 앞을 주시할 것을 예상하고 빠르게 손을 쓴 것이었다. 그자의 동작은 민첩했고 행동은 무시무시했다. 그녀는 번뜩이는 것이 눈앞으로 다가오자 눈을 깜빡거리지도 못했다. 뒤로 허리를 꺾자 반동으로 인해 다시 앞으로 몸이 쏠렸고, 긴 머리칼이 폭포처럼 바닥에 쓸렸다. 앞으로 넘어지면서 발을 굴러 그자의 손목을 강하게 차자 쾅, 하는 둔탁한 소리가 울렸다. 그자는 뱅글뱅글 한 바퀴를 돌았고, 두루마기 자락이 구름처럼 흩어졌다. 다시 몸을 돌린 그자가 보석이 박힌 듯한 비수 열 개를 던졌다. 이번에는 그녀가 그것을 막았다. 그녀는 순간 화도 나고 부끄럽기도 했다. 수단이 너무 악랄했고, 그녀는 그자가 당연히 남자라고 생각했다.

봉지미가 몸을 일으키지 않은 채 다리를 들고 차는 힘을 이용해 풍차처럼 360도를 돌았다. 그러면서 상대의 공격을 피했고 착지하면서 무릎을 들고 상체를 숙여 공격 자세를 취했다. 이어서 그녀는 무릎 위치에 있던 상대의 아래턱을 힘차게 내리쳤다. 순식간에 3초식을 겨뤘다. 그러자 악랄한 수법은 점점 더 매서워졌다. 그자가 나지막하게 웃으며 말했다.

"잘 받아치는데!"

그자가 머리와 허리를 돌려 시선을 교란하더니 열 손가락으로 비수를 쏟아내며 마치 화살처럼 봉지미의 가슴을 공격했다. 비수가 날아올 때마다 휙휙 바람 소리가 났다. 그녀는 화가 머리끝까지 났다. '이 자식, 정말 끝이 없구나!' 그녀는 한 손으로 상대를 떼어놓고 손을 뒤집어 손톱을 세운 다음 계속 가슴을 공격했다. 그 순간 그자는 봉지미가 이런 막무가내 수법을 쓸 줄 몰랐는지 당황하여 멈칫했다. 이리처럼 할퀴며 기세등등하게 덤벼드는 봉지미를 보고 바로 손을 빼더니 몸을 돌렸다. 돌연 침실의 침상 위에서 줄곧 눈을 감고 있던 고남의에게 향하더니 손으로 고남의의 천령(天靈)을 누르려 했다. 화들짝 놀란 그녀가 죽을힘을 다해 쫓아갔지만, 그것은 그자의 수작이었다. 그자가 하하, 하고 소리 내어 웃더니 손을 뻗어 고남의의 허리에서 금색 자루를 꺼내 들었고, 곧바로 뒤쪽 창문으로 뛰어 발로 창문을 열고 달아나 버렸다.

본래 봉지미는 고남의가 걱정되어 그자를 쫓아갈 생각이 없었다. 그러나 상황을 보니 고남의가 몸 안에 간직하던 자루를 그자가 가져간 것 같았다. 고남의는 평소 지니는 물건이 거의 없기 때문에 몸에 간직하고 있던 것이라면 분명 자루에 중요한 물건이 들었을 터였다. 절대 그자의 손에 들어가면 안 될 듯했다. 그녀가 그를 바라보자 조금 전처럼 가부좌를 틀고 앉아 온몸에서 한기를 자욱하게 뿜어내며 기를 모아 한독을 제거하고 있는 중이었다. 어찌 됐건 지금은 방해하면 안 되니 그녀는 그자를 추격하기 위해 뒤쪽 창으로 빠져나갔다.

뒤쪽 창 전방에는 연못이 하나 있었고, 구불구불한 복도와 연결되었다. 그자는 물 위를 걸어서 지나갔는데 달빛에 옷이 흩날리는 모습이 마치 무희가 연못 위에서 춤을 추는 것처럼 황홀했다. 비록 태감 옷차림을 하고 있었지만, 분위기가 고상했으며 심히 가볍고 유연한 모습이었다. 봉지미는 평온하면서 아름다운 모습이 시야에 들어오자 가슴이 떨렸다. 그자의 특별한 자태와 몸매가 어디선가 본 모습 같았다. 하지만 지금은 그런 생각에 빠질 때가 아니었다. 그자는 연못을 건너 복도에 연결되어 있는 아실(雅室)로 향했는데, 그곳은 차를 음미하며 쉴 수있는 공간이었다. 마치 궁궐 지리를 잘 아는 것처럼 발걸음에 주저함이 전혀 없었다. 봉지미도 걸음 속도를 늦추지 않았다. 평소에는 무공을 잘쓰지 않았지만, 무공을 못 하는 것은 아니었다. 그녀와 같은 사람들은 보통 수련하는 데 있어 게으름을 피우지 않았다. 몸속에서 뜨거운 기류를 내뿜으며 계속 그자를 쫓아갔다. 연못과 복도를 지나 바로 뒤까지 쫓아간 순간 그자의 어깨를 잡고 말했다.

"내놔!"

쿵!

그자는 고개도 돌리지 않고 아실 문을 발로 차며 부딪치더니 안으로 들어갔다. 나무 문에 어깨를 부딪치며 들어가는 바람에 그 반동으로 나무 문이 봉지미의 얼굴로 날아들었다. 그녀가 한 손으로 문기둥을 잡고 다른 손으로 재빠르게 그자의 등허리를 잡았다. 그러자 그자가 고개를 돌리더니 그녀를 보고 웃었다. 교태가 흘러넘치는 미소였다. 푸른 물결 속에서 기이한 연꽃이 봉우리를 터뜨리는 듯한 미소, 잔잔한 물결이 춤을 추는 듯한 미소, 면사포 안에서 해당화가 봄잠을 자는 듯한 그런 미소, 따뜻한 바람에 여린 꽃이 세상에 모습을 드러내는 듯한 미소였다. 시원하게 불어온 봄바람이 절세의 미소를 짓는 그자의 속도를 늦추게 만들었다.

요염하면서도 수줍어하는 정체불명의 존재가 미소를 짓는 순간 봉지미 마저도 잠시 넋이 나간 듯했다. 그자는 놀랍게도 여자였다. 그녀는 팔을 내밀어 손에 있던 물건을 던졌다. 바로 고남의의 허리에서 가져갔던 금색 자루였다. 봉지미가 곧바로 그것을 잡으려고 하는 찰나 여인은 미소를 짓더니 몸을 돌려 훌쩍 가 버렸다. 금색 자루가 봉지미의 손에 완전히 들어가려는 순간, 갑자기 뒤에서 누군가가 손을 뻗었다. 한 초식이 가볍게 휙 펼쳐지더니 자루가 그 사람의 손바닥에 떨어졌다. 봉지미는 등이 경직되어 움직일 수가 없었다.

봉지미는 그 자리에 얼음처럼 얼어붙었다. 그녀는 오늘 밤 자신의 행동을 꾸짖었다. 조급한 나머지 다가올 위험을 감지할 생각을 못했던 것이었다. 오로지 고남의의 물건을 찾아와야 한다는 생각만 하느라 누군가 자신의 뒤를 계속 밟았는데도 알아차리지 못했다. 게다가 허점을 노려 물건을 가로채고 자신을 제압할 거라는 예상도 하지 못했다. 그녀는 화가 치밀어서 견딜 수가 없었다. 이곳은 황궁이었다. 무슨 일이 생겨서 자신이 죽는 것은 상관없었다. 하지만 고남의까지 연루시키다니!

달빛이 사방을 흐릿하게 비추었다. 달빛 아래 희고 가느다란 손이 보였다. 땅에 보이는 그림자로 보아 훤칠한 몸매의 소유자였다. 소매가 넓어 체형을 알 수 없었지만, 얼굴에 쓴 복면이 흩날리는 것 같았다. 이 사람은 자루를 가져간 뒤 봉지미의 아혈과 마혈, 수혈을 누르고 아실에 있는 침대 밑으로 밀어 넣었다. 그녀의 얼굴에 진흙을 잔뜩 발라 눈도 못 뜨게 했다. 그녀는 입에 모래가 들어와도 상관하지 않고, 연신 깊은 숨을 내쉬며 일단 침착하려고 애썼다. 상대는 빠른 손놀림으로 그녀의 의식을 잃게 하려고 온갖 방법을 다 썼지만, 마지막으로 수혈을 누를 때 힘이 좀 덜 들어갔는지 제대로 눌리지 않았다. 그 덕에 그녀는 필사적으로 몸을 옮기면서 잠이 들지 않았다.

곧이어 바람 소리가 들렸고, 발소리도 이어졌다. 누군가 뒤쪽 창문으로 들어온 것 같았다. 그 사람은 착지하면서 아, 하는 소리를 냈다. 목소리로 보아 어린 태감으로 변장한 아름다운 미소의 주인공 여자인 듯했다. 다시 소리를 들어보니 일부러 굵은 목소리를 내는 것 같았다. 애써 목소리를 바꾸고 있었지만 분명 여자였다. 이 여자는 나갔다가 다시 들어와 봉지미가 안에 있는지 확인했다. 그때 복면을 쓴 또 다른 사람이 나타나자 엉겁결에 뒷걸음질을 쳤다.

"혹시 물건을 잃어버렸습니까?"

봉지미는 고남의의 자루가 흔들리는 소리를 들었다. 아마도 자루를 되찾아 가려고 돌아왔을 가짜 태감은 그 자리에 가만히 있다가 가볍게 웃으며 말했다.

"참, 맞다. 물건을 잃어버렸는데 찾아주셔서 감사합니다."

야밤에 구석진 궁정 안에서 두 사람은 마치 대낮 길거리에서 물건을 잃어버린 사람과 주운 사람처럼 평범하면서도 이상한 대화 몇 마디를 주고받았다. 봉지미는 가짜 태감이 가볍지만 특이한 걸음으로 앞으로 나아가는 소리를 들었다. 자루를 받으러 가는 듯했다.

쿵!

쓱!

두 소리가 낮으면서도 둔탁하게 울렸다. 발걸음 소리가 맞물리며 달빛 아래 두 그림자가 섞였다. 가짜 태감의 웃음소리가 작게 들렸다.

"좋아요, 좋아요. 당신이 이겼어요. 제가 쓴 수법을 저에게 똑같이 쓰시는군요."

복면을 쓴 자가 천천히 말했다.

"각하 손을 거친 물건이니 당연히 대단하겠죠."

가짜 태감은 아무 말도 하지 않았다. 미세한 달빛에 그 여인의 그림자가 앞에 있는 담벼락에 비쳤다. 여인은 옆머리를 매만지는 듯하더니 아름다운 미소를 보이며 말했다.

"누구시죠? 절 어찌 이리 잘 아시죠? 이 자루에 독을 쓴 걸 어떻게 알아챘어요? 그런데 당신은 왜 아무렇지도 않죠?"

복면을 쓴 자가 담담한 표정으로 웃으며 말했다.

"당신이 이미 독을 쓴 걸 아는데 어찌 중독이 되겠소?"

순간 봉지미는 깜짝 놀랐다.

'방금 가짜 태감이 자루를 가져갔을 때 이미 독을 썼다고?'

봉지미는 왜 자신이 전혀 눈치를 못 챘는지 의아했다. 가짜 태감의 뒤를 쫓아가는 데 너무 급급했던 모양이었다. 가짜 태감이 차례차례 반격을 해 왔었는데, 손을 들었을 때 이미 독을 썼다는 걸 보니 수법이 정말 교묘했다.

'그러니까 복면을 쓴 사람이 내 손에서 자루를 가져갔으니 나의 목숨을 살려준 것인가?'

봉지미가 여기까지 생각했을 때 두 사람의 대화가 이어졌다. 머리 위에 있던 침대에서 어렴풋이 소리가 들렸고, 마치 누군가가 앉은 것 같았다. 곧이어 복면을 쓴 자의 웃음소리가 위에서 울리더니 침대가 흔들거렸다. 순간 그녀는 화가 났다.

'저기요, 지금 내 머리 위에 앉아 있거든요!'

선명해진 목소리가 봉지미의 귀에 들어왔다.

"당신이 그 사람을 필사적으로 쫓아온 이유는 자루에 있는 게 뭔지 보려고 한 거 아닌가요?"

침대 위에 앉아 있던 복면 쓴 자가 상대방 손에 있는 금색 자루를 가리켰다.

"왜 열어 보지 않으십니까?"

봉지미가 처음 발견했던 태감이 비웃었다. 그리고 자루를 열었는지 앗, 소리를 냈다. 여인의 손에 들린 물건에 달빛이 비치며 그림자를 만들었다. 어슴푸레한 빛에 드러난 형체는 여의(如意)＊법회 때 드는 30cm 길이에 위는 구부러지고 가느다란 자루가 달린 모양 였다. 봉지미가 잠시 놀라 넋을 잃었다.

'고남의의 금색 자루에 있는 것이 여의라니? 아니겠지.'

봉지미의 기억이 틀리지 않았다면, 고남의가 딱 한 번 꺼내 사용했던 무기는 새빨간 보탑이 새겨진 단옥검이었다. 방금 복면을 쓴 자가 자루를 가져갔을 때 바꿔치기한 게 분명했다. 그렇다면 이 가짜 태감은 누구일까. 왜 고남의가 몸에 지닌 물건에 관심을 보였으며, 위험을 무릅쓰고 잠입하여 훔쳐 간 것일까. 그리고 복면을 쓴 자는 누구길래 이렇게 잘 알고 있는 것일까. 마치 가짜 태감이 이 일을 알지 못하게 하려는 것 같기도 했다. 봉지미는 어두운 곳에서 눈을 크게 뜨고 조용히 오늘 밤 자신이 겪은 일을 생각해 보았다. 마치 어두운 곳에 꼭꼭 숨겨 놓은 비밀을 건드린 느낌이었다. 얼핏 보면 자신과는 상관없는 일처럼 보였지만, 사실 복잡하게 얽히고설킨 비밀이었다. 가짜 태감은 옥 여의를 손에 쥐었지만 넋이 나가 보였다. 한참 뒤 작은 목소리로 말했다.

"설마 제가 착각한 건가요?"

복면 쓴 자가 아무 말도 하지 않았다.

"사실 비슷한 것 같아도 다릅니다."

가짜 태감이 나지막이 한마디하고는 옥 여의를 던지며 말했다.

"이 물건은 필요 없어요. 당신이 가져가세요."

말을 마친 가짜 태감은 몸을 돌렸고, 복면을 쓴 자는 자리에 앉은 채 움직이지도 않고 저지하지도 않았다. 문 앞까지 간 가짜 태감이 갑자기 뒤를 돌아서서 팔짱을 낀 채 복면한 자를 아래위로 훑었다. 복면한 자는 아무 말도 하지 않고 보고만 있었다. 한참 뒤 가짜 태감이 웃으며 말했다.

"사실 당신도 이럴 필요까지 없잖아요. 제 말은 당신이 굳이……."

마지막에는 말투가 부드럽고 요염하면서도 나긋나긋하게 바뀌었다. 마치 부드럽고 연약한 꽃잎이 손바닥에 떨어져 간질간질한 것처럼 누굴 유혹하려는 것 같았다. 복면 쓴 자는 편안하게 뒤로 기대앉아 웃으며 말했다.

"어? 무슨 뜻인지 모르겠습니다."

가짜 태감은 아무 말도 안 하다가 갑자기 가볍게 말했다.

"멍청이……."

여인은 웃으면서 천천히 걸어왔다. 지금의 걸음은 방금 전에 빠르게 내달렸던 그 걸음이 아니라 우아하고 부드러운 걸음이었다. 달빛에 비친 그림자를 보니 허리를 일부러 흔들지도 않았고, 일부러 거드름을 피우는 것 같지도 않았다. 입고 있는 옷은 태감의 뻣뻣한 청색 비단옷이었지만, 무슨 연유인지 걸을 때마다 살짝 진동하는 폭이 끝없는 아름다움을 느끼게 해 주었다.

가짜 태감은 절세미인이었다. 짙은 화장도, 노출도, 유혹도 전혀 필요하지 않았다. 눈빛 하나와 미소 하나, 손동작 하나면 누구도 거부할 수 없는 치명적인 아름다움이 흘러나왔다. 달빛에는 구부러진 그림자밖에 보이지 않았지만, 이런 여인이 눈앞에 다가온다면 거절할 수 있는 남자는 한 명도 없을 것이다. 침대에 앉아 있는 복면 쓴 자는 여전히 아무 말도 하지 않았다. 아마도 여인의 아름다운 자태에 놀랐으리라.

"멍청이……."

여인은 또다시 웃으며 같은 말을 반복했다. 이 말은 입속에서 맴돌다 혀끝으로 삼켜졌다. 애교가 철철 넘치는 목소리가 여름밤 달빛 아래 이슬이 맺혀 반쯤 말린 연잎을 떠올리게 하였고, 바람에 향이 퍼지는 연꽃을 떠올리게 했다. 그녀가 웃으며 양손으로 복면 쓴 자의 어깨를 천천히 눌렀고, 그는 움직이지 않았다. 그녀는 웃으면서 더 다가가 어깨 위에 팔꿈치를 부드럽게 대고 뾰로통하게 고개를 옆으로 숙이고는 그의 귓불에 슬쩍 숨을 내쉬었다. 복면 쓴 자는 나지막이 웃으며 가볍게 손을 들었고, 가느다란 그녀의 손가락을 잡았다. 보석이 섞인 유약으로 꾸민 새끼손가락의 손톱이 어둠 속에서 반짝거렸다. 그는 곧 진중한 자세로 그녀의 손가락 끝을 눌렀다.

달빛에 남녀의 그림자가 비쳤다. 여인은 사랑스럽게 남자의 어깨에 기대었다. 숨을 내쉴 때 난초 향이 났고, 남자는 머리를 옆으로 비스듬히 한 채 여자의 손가락을 가볍게 터치했다. 열 손가락 모두 깍지를 끼고 둘은 서로 바라보며 웃었다. 둘 사이에 정을 통하는 듯했다.

'만약 이 망할 남녀가 내 머리 위에서 뒤엉켜 뒹굴면 바로 급소를 눌러 침대를 뒤집어야 할까, 아니면 침대 밑에서 잠자코 듣고 있어야 하는 걸까.'

남녀는 서로 가까워지다 못해 거의 포개진 것 같았다. 벽에는 움직이는 여인의 몸 밖에 보이지 않았다. 몸매가 눈부시게 아름다웠다. 봉지미는 속으로 한숨을 쉬었다. 보아하니 이 남자는 이미 이 절세미녀에게 빠진 것 같았다.

'그래 여자가 품에 있는데 딴생각을 하는 남자가 몇이나 될까? 고자가 아니고서야 정상적인 남자들은 똑같겠지. 이 남자에 대해 너무 많은 기대를 하지 않는 것이 낫겠다.'

봉지미가 눈을 감고 혈을 뚫기 위해 기를 모으기 시작했다. 그때 여인이 교태를 부리면서 가느다란 목소리로 말했다.

"오늘 당신이 어떻게 여기에……."

복면을 쓴 자는 웃기만 하고 아무 말도 하지 않았다.

"나쁜 사람……."

여인이 숨을 한 번 크게 쉬더니 고개를 돌려 복면 쓴 자의 귀를 세게 물었다.

"저한테 대적하려고 온 거 아닌가요?"

복면 쓴 자가 아아, 하는 신음 소리를 냈다. 아파서 내는 소리가 아니라 즐거움에 내는 소리였다. 그러고는 여인을 밖으로 밀어냈다.

"당신이 어떻게 생각하든지 간에."

복면 쓴 자가 여인을 밀어냈지만 그녀는 그의 어깨를 세게 잡았다.

"당신을 위해서라면 아무것도 생각하지 않을 수 있어요. 제 자신조차도……. 당신이 나한테 한 그 약속, 절대로 번복하면 안 돼요."

복면을 쓴 자는 가볍게 웃으며 계속 아무런 대답도 하지 않았다. 상대가 어떻게 하는지 두고 보겠다는 모양새였다. 여인은 머리를 숙여 그를 바라보았다. 달빛에 선명하고 감미로운 그녀의 눈동자가 비쳤다. 정이 듬뿍 담긴 눈빛이라기보다 위엄 있는 눈빛이었다. 분홍빛 따뜻함 뒤에 빛이 번쩍이며 단호한 품격이 서려 있었다. 그녀는 원망하듯 그를 쳐다보더니 갑자기 손을 뻗어 침대로 밀쳤다. 그러고는 옆으로 다가와 그의 다리 위에 한쪽 무릎을 꿇고 손으로 몸을 밀며 고개를 숙이고 바라봤다.

"만약 당신이 배신하여 날 이용하거나 또다시 일을 방해한다면……."

여인은 자신의 무릎을 천천히 복면 쓴 자의 중요한 위치로 움직이더니 위아래로 오가며 힘을 주는 듯했다. 그리고 이내 웃음기 없는 표정으로 말했다.

"싹둑!"

복면 쓴 자가 낮은 소리로 웃기 시작했다. 그의 웃음소리가 너무 커서 침대가 울렸고 먼지가 봉지미의 머리에 떨어졌다.

'고작 이거?'

복면 쓴 자가 전혀 아랑곳하지 않고 웃다가 갑자기 몸을 돌렸다. 여인의 낮은 숨소리가 나더니 벽에 비친 그림자가 엉겨 붙었다. 평상이 흔들리더니 곧 쿵, 하는 소리와 함께 봉지미의 머리에 또다시 먼지가 떨어졌다. 그는 눌려 있었지만 위치는 바뀐 상태였다. 봉지미가 미간을 찌푸렸다. 숨을 내뱉는 소리와 신음이 들리더니 침대 위에는 아무도 없는 듯한 적막이 흘렀다. 그가 웃으며 말했다.

"내가 하는 일인데, 아직도 불안하시오?"

여인이 웃더니 천천히 말했다.

"믿어요. 당신을 못 믿으면 누굴 믿나요? 좋은 사람, 원, 원하나요……. 음……."

튕기는 듯한 여인의 말투는 부드럽고 매혹적이었다. 봉지미조차 얼굴이 붉어질 정도였다. 두 남녀는 침대 위에서 웃고 있었지만, 뜨거움과 차가움이 공존했다. 복면 쓴 자가 말했다.

"가시 장미 같은 당신. 당신을 가질 수 없을까 두렵소."

여인은 가만히 있다가 냉소를 보이며 말했다.

"맞아요, 당신은 그런 운이 없죠. 그런 복은 다른 사람에게 있죠. 늙어 죽을 때까지 그런 복을 가진 사람에게 있죠!"

복면 쓴 자는 묵묵부답이었고 침대가 움직였다. 몸을 옆으로 비낀 것 같았다. 여인이 앉아서 냉랭하게 말했다. 차가움과 뜨거움을 수시로 오가는 여자였다.

"여자가 가장 두려워하는 게 뭔지 아세요? 남자가 없는 게 아니라 남자가 있는데 당신 같은 나쁜 사람인 거예요. 당신의 몸은 나이를 먹고 있고, 호흡도 가빠지고, 관에 쓰는 나무판자 냄새도 나는데, 당신은 기어코 그 사람만 안고 있죠. 가서 좋아한다고 말하지 그래요!"

방 안에 어둠과 빛이 섞여 있었다. 냉소와 열망이 어둠과 빛처럼 섞여 떠돌았다. 원망 섞인 여인의 매서운 말이 봉지미의 마음속에 계속 울려 퍼졌다. 복면 쓴 자가 한참 뒤에 말했다.

"섭섭하게 했죠."

여인이 애교 있게 웃기 시작했다.

"장난이에요."

여인은 친근하게 남자의 얼굴을 손으로 만졌다.

"전 이 길을 간 것을 후회하지 않아요. 우리 이 이야기는 그만해요. 어렵사리 만났으니 다른 이야기를 해요. 보아하니 계속 그 사람을 도와주는 거 같은데…… 며칠 전 황급하게 소식을 전하며 궁으로 들어와 나를 그렇게 걱정시키고, 늙은이까지 출두하게 만들었잖아요. 당신과 그 사람 무슨 관계인 거예요?"

"무슨 관계냐니?"

복면 쓴 자가 웃었다.

"당신도 그 사람의 명망을 알고 있잖아. 내가 그를 구슬리고 있는 게 왜 그런 것 같소?"

"당신 일 때문이죠. 걱정 마요. 도와줄 테니까."

여인이 웃었다.

"제 일은 꼭 기억하셔야 해요. 전 지금 이런 신분이라 무슨 일을 하기도 쉽지 않아요. 그래서 그 사람을 당신이 분명히 기억해야 해요. 반드시 그 사람을 찾아내야 해요. 실수로 잊지 말고요."

"내가 누구 일인데 잊겠어. 당신 일인데."

남자가 웃으며 말했다.

"난 당신이 무서워, 싹둑."

"머리가 땅에 떨어져도 싹둑 소리가 날 수 있어요."

여인도 웃었다. 웃으면서 몸을 살짝 흔들었는데 그림자만 봐도 매혹적이었다. 남자도 웃었다. 흰칠한 몸이 침대를 지탱하고 있었다. 달빛에 늘어진 옷자락이 나부꼈다. 그 모습이 반쯤 기울어진 나무와 같았다. 궁정 깊은 곳의 은밀한 침실에서 남녀는 웃으며 말하지만 내용은 살기

등등한 대화를 나누며 서로를 탐색했다. 침대 밑 어둠 속에 봉지미의 눈빛이 반짝반짝 빛났다.

"늦었어. 어서 가 봐."

한참 뒤 남자가 다정한 목소리로 말하면서 무슨 물건을 건네주는 것 같았다.

"당신 약."

여인이 응, 하고 대답하더니 순종적으로 약을 받아먹었다. 침대에 기대어 있던 그녀가 팔을 침대 밑으로 늘어뜨렸다. 그 손이 봉지미 눈앞으로 늘어지면서 갑자기 가루가 흩날렸고 봉지미의 눈앞을 뒤덮었다. 봉지미가 눈을 깜빡거리며 피하면서 갑자기 어디서 온 가루인지 생각했다. 슬쩍 위로 눈을 들어보니 이 담황색 가루는 침대 밑으로 늘어뜨린 여자의 손에서 흩어지고 있었다. 순간 봉지미는 여인이 남자가 준 약을 아예 먹지 않았다는 사실을 알았다. 약을 바꿔치기하여 자기가 준비한 가짜 약을 먹었고, 남자가 준 약은 잘게 비벼서 버린 것이었다.

침대 위의 두 사람은 침대 아래 봉지미가 깨어 있는 상태라는 걸 알지 못했다. 그 덕분에 그녀는 상황을 똑똑히 볼 수 있었다. 봉지미는 숨을 삼키고 생각해 봤다. 겉으로는 서로의 마음을 탐색하는 남녀처럼 보이지만, 속으로는 살기를 숨기고 서로 속고 속이는 남녀!

'이건 무슨 약일까? 두 사람은 무슨 거래를 하는 것인가? 도대체 누가 누굴 속이고, 무엇을 감추는 것인가? 아니면 두 사람 모두 상대를 속이고 감추는 것인가?'

의문에 의문이 꼬리를 물고 떠오르는 찰나 머리 위의 여인이 옷매무새를 추스르더니 일어나 웃으며 말했다.

"갈게요. 명심해요. 너무 오래 기다리게 하지 말아요."

복면 쓴 자가 응, 하고 대답했다. 여인이 조용히 몇 걸음 걸어가더니 몸을 위로 솟구쳐 날아갔다. 이제 벽에는 그림자 하나만 남았고, 열린 창문을 통해 한밤중의 차가운 공기가 스며 들어왔다. 남자는 침대 위에서 넋이 나간 듯하더니 기침을 했다. 그리고 머리를 숙여 침대 밑에 있던 봉지미를 꺼내려 했다.

펑!

침대가 갑자기 뒤집히면서 나무 조각이 사방으로 튀었다. 갑작스러운 공격에 남자는 미처 방어하지 못하고 넘어졌다. 피어오르는 먼지 속에서 봉지미의 모습이 번쩍 나타나더니 남자의 몸으로 달려들었다. 무릎을 세우고, 허리를 누르고, 팔꿈치를 꺾고 단숨에 목을 눌러 남자를 바닥에 제압하고는 손으로 복면을 벗기려 했다.

봄의 색깔

봉지미는 바닥에서 일어나 남자를 짓누르며 복면을 벗기려 했다. 손가락이 복면 끝에 닿았을 때 아래에 깔린 남자가 낮은 목소리로 웃으며 팔로 가로막았고, 숨겨진 기를 사용해 순식간에 그녀를 밀어냈다. 손이 내쳐졌지만 그녀는 신경 쓰지 않고 바로 다른 손으로 재빠르게 남자의 목을 조였다. 남자는 공격했던 팔을 재빨리 거두고 자신의 팔꿈치로 그녀의 팔꿈치를 공격했다. 두 팔이 부딪치면서 육중한 소리가 들렸다. 두 사람의 입에서 동시에 헉, 하는 소리가 흘러나왔다.

그 순간 공기 중에 떠돌던 먼지가 일제히 요동쳤다. 남자가 그녀를 밀쳐내고 허리를 펴더니 그녀를 바닥에 눌렀다. 그녀가 무릎으로 남자의 중요 부위를 확, 치자 남자가 뒤로 물러섰다. 복면에 가려진 눈빛이 번뜩였다. 그녀가 허리를 펴며 몸을 옆으로 돌리고는 그를 위에서 누르며 팔로 그의 목을 감아 조였다. 바닥에 눌린 남자가 기침을 살짝 하더니 두 다리를 써서 비틀었다. 허공에 있던 그녀의 다리가 그의 비틀기에 한 바퀴 원을 그렸다. 그녀가 바닥에서 데구루루 구른 후 정신을 차렸을 때는 그가 다시 그녀를 짓누르고 있었다. 그녀가 다리를 들어 남자의 등을 찼다. 등 한가운데를 공격하는 순간 무릎을 굽히고 앉아 있던 그가 자세를 낮추더니 퍽, 하는 둔탁한 소리가 울렸다. 이어서 툭, 하는 소리도 들렸다.

짓누르고 짓눌림을 당하는 상황이 여러 번 반복되었다. 지척 거리에서 두 사람이 뒤엉킨 채 몸싸움을 하고 있었다. 재빠른 권법을 구사하며 팔꿈치로 치고, 무릎으로 찍고, 권법을 쓰며 공격했다. 탁탁, 하고 폭죽이 터지는 것처럼 짧은 시간 동안 둘은 십여 초식을 겨뤘다. 봉지미는 부딪쳤던 팔꿈치와 무릎이 아려오기 시작하더니 감각이 마비되는 느낌이 들었다. 이제는 공격하는 힘조차 자신의 몸에서 나오는 것 같지 않았다.

봉지미는 어쨌거나 여성이었다. 힘으로 본다면 남성과 비교할 수 없다는 것을 잘 알고 있었다. 하지만 고남의의 단옥검을 되찾겠다는 일념으로 팔꿈치로 치고 무릎으로 찍으면서 단옥검을 찾아 남자의 몸을 더듬었다. 아래에 깔려 있던 남자는 그녀의 무릎 찍기 공격을 피하려고 몸을 살짝 뺐다. 그 바람에 원래는 허리 쪽을 더듬고 있던 그녀의 손이 다른 부위에 닿았다. 후끈한 물체는 부드럽기도 하고 또 단단하기도 했으며, 살짝 고개를 쳐들고 있었다. 그녀의 손길이 닿는 순간 후끈한 물체는 스멀스멀 꿈틀거렸다. 그녀는 갑자기 넋을 잃었고 얼굴이 달아올랐다.

'우둔하기는!'

자신이 아무렇게나 잡았던 것이 어떤 중요 부위인지 깨달은 봉지미는 마치 불붙은 숯에 손을 댄 것처럼 화들짝 놀라며 손을 거뒀다. 아래 깔린 남자는 반격을 하지 않았다. 오히려 몸을 나른하게 펼치더니 봄이 찾아온 것처럼 부드러운 목소리로 나지막이 웃었다.

"원하면…… 만지시오."

남자의 웃음은 방금 봉지미가 혼비백산했던 이유를 알고 있는 듯했다. 고요한 봄밤에 은은한 꽃향기가 하늘거리는 가운데 멀리서 벌레가 적막을 깨듯 울어댔다. 그 소리에 요동치던 마음이 더욱 불타올랐다.

'만지시오, 만지시오, 만지시오…….'

봉지미는 남자를 짓누르고 있었는데 자신의 어깨와 무릎을 상대의 어깨와 무릎에 댄 상태로 얼어붙었다. 손은 허공에서 무언가를 잡고 있는 형태로 멈춰 버렸다. 마치 달밤이 규방을 비추는 가운데 여인네만을 노리는 바람둥이 사기꾼 같은 모습이었다. 원래는 굉장히 다루기 힘든 꽃이 고분고분해진 상태로 그녀 아래 누워 있는 듯했다. 남자는 손발에 힘을 쭉 빼고 옅은 미소를 띤 채 하고 싶은 대로 해도 괜찮다는 태도를 보이고 있었다.

잠시 후 봉지미는 이를 갈며 고개를 숙였다. 조금 전까지만 해도 인정사정 봐 주지 않더니, 이제는 기생처럼 몸을 내주는 이놈에게 강력한 한 방을 날릴까 고민하고 있었다. 갑자기 아래 있는 남자가 가볍게 웃으며 말했다.

"면목 없어요? 그럼 내가 할게요."

남자는 말을 마치기도 전에 봉지미의 허리를 감싸고 뒹굴었다. 하늘이 빙빙 돌더니 그가 위로 올라갔다. 그녀의 위로 올라간 그는 자신의 두 다리로 그녀의 다리를 꼬았고, 두 손으로는 그녀의 팔을 잡았다. 마치 문어처럼 그녀를 꼼짝 못하게 만들었다. 그녀는 발버둥 치려다가 돌연 위에 있는 남자의 몸이 달아오르는 것을 느꼈다. 두 사람의 허리 아래로 밀착된 한 부위가 더욱 단단해지면서 뜨거워졌다.

봉지미는 처녀이기는 했지만 진작부터 남장을 해 왔고, 관료 사회나 군대처럼 남자밖에 없는 환경에서 자라왔기에 궁의 이런저런 야사를 적지 않게 듣고 봐 왔다. 그래서 이럴 때야말로 절대로 더 자극해서는 안 된다는 것을 알았다. 만약 이 남자가 무언가 발사하고 나면 시원함을 느낄 사람은 따로 있고, 결국 손해를 보는 사람은 그녀라는 사실을 파악하고 있었다. 하지만 섣불리 움직일 수 없다보니 그녀는 점점 식은 땀이 났다.

봉지미는 어릴 때부터 강하지만 침착했고, 부드러운 모습으로 험악한 일을 처리해 왔다. 때로는 억울하고 구차했지만 궂은일도 마다하지 않았다. 하지만 속으로는 중생들을 무시했는데, 그런 그녀가 어찌 누군가에게 짓눌린 자세를 감당할 수 있겠는가. 그녀의 위에 올라탄 남자의 익숙한 숨소리가 전해져 왔다. 더 이상 가까울 수 없을 만큼 충분히 가까운 거리이기에 그녀는 가슴이 떨렸다. 잠시 머릿속이 하얀 도화지가 된 상태로 멍하니 있었다. 그러다 문득 흥을 깨서 이 남자의 음흉한 생각을 떨치게 해야겠다는 생각에 그녀는 억지웃음을 지으며 말했다.

"우리 둘 다 남잔데 남자가 남자를 이렇게 할 필요가 있습니까?"

위에 있던 남자는 봉지미가 지금 상황에서 이렇게 바보 같은 말을 던질 것이라고 예상하지 못했는지 풋, 하고 웃음을 참지 못했다. 웃음을 뱉고 나서도 생각하면 할수록 웃기는지 계속 웃더니 나중에는 몸까지 흔들거리며 웃다가 봉지미의 어깨에 천천히 머리를 갖다 댔다. 남자의 머리카락이 그녀의 얼굴로 흘러 내려와 간지러웠고, 남자는 점점 자신의 얼굴을 그녀의 어깨에 파묻었다. 어찌나 힘을 주었는지 어깨가 묵직해질 정도였다.

'아직도 내 말을 생각하며 웃고 있는 건가? 아니면 어깨에 머리를 대고 한숨 자려는 건가?'

봉지미가 속으로 생각하며 잠시 기다렸다. 어찌 된 영문인지 남자는 그 상태로 움직이지 않았고, 살짝 이상한 냄새가 나기 시작했다. 순간 그녀가 불안해져서 손으로 그를 밀어내려 하며 나지막이 말했다.

"저기."

봉지미가 밀자 남자가 움직였다. 어깨에 기댔던 얼굴을 드니 냄새가 더욱 명확하게 느껴졌다. 고개를 돌려 자신의 어깨를 보려고 하는데 남자가 그녀의 어깨를 한 손으로 잡고 다른 손으로는 그녀의 복면과 가면을 벗긴 뒤 곧이어 자신의 복면도 벗었다. 두 사람은 서로를 바라보며 웃었다. 한 사람은 내키지 않는 웃음이었고, 한 사람은 망연자실한 웃음이었다. 어렴풋한 달빛 아래에서 영혁의 눈동자가 마치 별빛이 출렁이는 바다처럼 일렁거렸다. 눈빛에는 그의 기분이 담겨 있었다. 그가 살짝 고개를 저으며 말했다.

"너는 정말 매번 신경 쓰이게 하는군."

봉지미가 눈을 깜빡거리면서 무슨 말인지 모르겠다는 표정을 지어 보였다.

"전하, 그 말은 맞지 않는 것 같습니다. 이곳은 경심전입니다. 저는 이곳에서 착실히 요양하고 있었고요. 하지만 폐하께서는 금위대가 순찰하는 이 한밤중에 무슨 일로 여기까지 오신 건가요?"

영혁이 봉지미를 쳐다보았다. 눈빛이 점점 부드러워지다가 단호한 표정을 짓고 말했다.

"본 왕은 폐하의 명을 받들어 위 대인을 살피러 왔다. 허나 침실에 아무도 없었고, 어디로 갔는지 아는 이도 없었다. 이곳저곳 찾아보다가 마침 가까운 궁인 이곳까지 위 대인을 찾아서 온 것이다. 그런데 위 대인이 선악도 구분하지 못하고 본 왕을 이리 학대하며 마구 꽃을 꺾으려 할 줄이야, 음⋯⋯."

봉지미가 빙그레 웃으며 영혁 입에서 자신의 주먹을 거두고는 그의 옷에 닦으며 말했다.

"나팔꽃처럼 너무나 큰 꽃이죠, 흡⋯⋯."

영혁이 입술로 봉지미의 입을 막았다. 그는 그녀보다 부드러웠다. 그녀는 주먹으로 장난스러운 입을 막으려 했었지만 그는 입술로 그녀의 장난을 받아주었다. 그리고 그는 그녀보다 포악했다. 그녀는 주먹을 입에 쑤셔 넣었다가 바로 빼냈지만, 그는 쉽게 놓아 주려 하지 않고 자신의 입술로 그녀의 입술을 짓누르며 힘껏 빨았다. 타오르는 듯한 아픔에 놀라며 그녀가 생각했다.

'내일 돼지 입처럼 삐쭉 나온 채로 다른 사람을 봐야 하는 거 아냐?'

봉지미가 발버둥을 치려는 찰나 영혁이 미소를 머금은 채 자세를 낮추고 다가와 응큼하게 문질렀다. 타오르는 듯 단단한 것이 그곳에서 느껴졌다. 판단력이 빠른 그녀는 바로 항복하였다. 최선이 없다면 차악이라도 선택해야 했다.

'때린다고 해도, 욕한다고 해도 안 되니 입술을 허하지요.'

봉지미가 저항하지 않자 영혁은 침착해졌다. 그녀의 얼굴에 자신의 얼굴을 부드럽게 가져다 대더니 이마에서 미간까지, 코에서 턱까지 촘촘히 입을 맞췄다. 그의 입술은 마치 강회도의 실크처럼 부드럽고 따뜻하였고, 난로로 다림질을 하는 것처럼 따뜻하게 피부에 닿았다. 그의 숨소리가 그녀의 얼굴에 느껴졌다. 평소의 냉랭함에 희미한 달콤함이 담겨 있어 깊고 그윽한 느낌이었다. 그녀는 갑자기 한밤중에 황천길의 피안에 핀다는 피에 물든 아토로 꽃이 떠올랐다. 무슨 영문인지 요염하면서도 쓸쓸한 생의 마지막에서 소리 없이 피어나는 그 꽃이 생각난 것이었다. 그는 그녀가 다른 생각을 하는 것을 눈치챘는지 살짝 짜증 섞인 표정을 지으며 고개를 숙여 벌을 주듯 그녀의 눈꺼풀에 진하게 입을 맞췄다. 그녀는 눈앞이 캄캄해지자 소리를 내질렀다. 하지만 그 소리는 그의 입술에 덮여 비명이 아닌 신음처럼 들렸고, 그의 웃음을 자아냈다. 그가 웃자 밀착해 있던 가슴에서 진동이 느껴졌다. 그의 입술이 아래로 이동하며 탐욕스럽게 그녀의 부드럽고 정갈한 피부를 하나하나 훑었다. 농염한 분 냄새가 나지 않았고, 밝은 달처럼 깨끗하여 고귀하고 차가운 향기가 느껴졌다. 순간 자신의 향기를 봄바람에 조용히 실어 천리 밖까지 흩뿌리는 선란화가 떠올랐다.

영혁은 이 꽃 한 송이를 두고두고 만지고 싶고 가지고 싶었다. 그는 자신도 모르게 깊은 숨을 들이쉬고는 더욱 세게 봉지미를 안고 열 손가락으로 그녀의 옆머리를 꽉 집었다. 그리고 혀끝으로 민첩하게 그녀의 고른 치아 사이를 헤집고 들어가 살포시 달빛이 비친 바다로 들어갔다. 좁고도 광활한 그 세상을 자유롭게 넘나들며 더할 나위 없는 기쁨을 느꼈다. 그의 낮고 거친 숨이 그녀의 귓가에 전해졌다. 입에서 특이한 달콤함이 느껴졌는데 그의 차가운 향기와 섞였다. 그녀는 계속 아무 말도 하지 않고 예전에 진사우에게 했던 것처럼 죽은 송장인 척하려 했다. 이러면 남자는 흥이 깨진다고 하던데, 그는 이상하게도 오히려 그녀의 이런 모습이 익숙한 듯 보였다. 마치 그녀의 모든 생각과 몸의 반응을 전부 다 알고 있는 것 같았다.

　영혁은 절대 조급해하지 않았다. 봉지미의 부드러움을 멋대로 느끼면서 부드럽게 그녀의 허리를 만졌다. 살포시 만지는 그의 손길에 그녀는 전율이 느껴졌다. 몸이 점점 흐르는 물처럼 흐물흐물해졌고, 더 이상 죽은 송장처럼 굴 수는 없었다. 그는 고개를 낮춰 만족한 듯 웃었고, 손으로 그녀의 몸을 점점 더 노곤하게 만들었다. 그 작은 움직임과 손길은 마치 거문고 줄 위에 올라앉은 꽃을 조심스레 집어 올리는 것처럼 조심스러우면서도 자극적이었다. 그녀는 꽃다운 나이인 18세였다. 아무리 강한 신념이 있더라도 이 낮은 숨소리를 이겨낼 수는 없었다. 온화하고 낮은 숨소리를 들은 그는 가슴에 불이 타올랐다. 한 손으로 그녀의 얇은 허리를 정교하게 쓰다듬었는데 그녀의 허리는 놀랄 만큼 가늘었고, 한번 부러뜨려 보고 싶은 변태적인 망상이 떠오를 정도로 호리호리했다. 하지만 유연성도 뛰어나 아무리 힘을 주어도 꺾이지 않을 정도였다. 그는 이런 모순적인 느낌에 입이 바짝 말랐고, 침착함을 유지하던 자신의 마음이 점점 끓어오르기 시작하는 게 느껴졌다. 몸이 달아오르고, 천지가 달아오르다가 순식간에 싹 말라 버려 완전히 달라지는 기분이었다.

이상야릇한 분위기로 뒤덮인 적막 속에서 영혁은 질주하는 야생마였다. 봉지미는 점점 평소와 달라지는 그의 모습을 느꼈다. 두 사람은 무척 가깝게 밀착한 상태인데다 옷도 두껍게 입지 않아서 약간의 변화도 잘 느낄 수 있었다. 그녀는 점점 더 긴장하며 몰래 손가락을 움켜쥐었다. 만약에 그가 정말 자제하지 못한다면 어떤 방법을 써서 멈춰야 할지 고민하기 시작했다. 하지만 그는 숨소리를 낮게 낸 뒤 입술을 깨물고는 손에 힘을 빼고 고개를 돌렸다. 순간 두 사람은 사지에서 살아 돌아온 것처럼 각자 긴 한숨을 내쉬었다.

두 사람은 멍하니 있다가 서로를 응시했다. 달빛 아래에서 둘은 서로의 헝클어진 머리카락과 혼란스러운 눈동자를 보았다. 영혁은 웃으며 신경을 안 쓰는 듯했지만 만족스러워 했다. 봉지미는 얼굴이 달아올라 당황스러워 하며 시선을 피했지만, 귀밑에서 미간까지 봄바람에 흔들리는 잔잔한 물결처럼 퍼지는 홍조를 감출 수는 없었다. 이마가 달빛에 반짝이는 물방울처럼 미세하게 빛났다. 그가 몸을 구부리는 순간 그녀가 움찔했다. 그는 그녀가 도망가지 못하도록 손으로 그녀의 어깨에 있는 정혈을 눌렀다. 하지만 더 이상 그녀에게 입을 맞추지 않고 작은 땀방울 하나하나에 조심스레 입을 맞췄다. 그러고는 다시 미소를 지으며 자신의 얼굴을 그녀의 얼굴에 밀착시키더니 나지막이 말했다.

"봉지미, 잠시 쉬자."

봉지미는 아무 말도 하지 않고 영혁의 맥박 소리를 들었다. 맥박이 강하게 한 번 뛰었다가 느려지고 약해졌다. 쇠약해졌다는 징조였다. 마음이 약해진 그녀가 다가가 그의 맥박을 짚으려 했지만 그의 몸이 그녀의 팔을 누르고 있는 통에 그저 가만히 있을 수밖에 없었다. 차가웠던 두 사람의 몸이 뜨겁게 달아올랐다. 누군가 손을 댄다면 뜨거움에 놀랄지도 몰랐다. 하지만 그 뜨거움 안에는 부드러움이 충만했다. 두 사람은 그렇게 서로에게 기대 거칠고 사나웠던 파도를 넘어 드디어 얻게 된 평화를 즐기는 듯했다. 일 년 동안 생사를 넘나드는 우여곡절을 겪은 그녀는 사람들의 풍파 속에서 부침이 지속되었다. 그는 커다란 파도가 넘실대는 망망대해에서 배를 저으며 그녀를 찾아다녔다. 바로 눈앞에 있어 손을 내밀기만 하면 잡을 수 있던 적도 있었지만 휘몰아치는 파도에 멀어졌다. 다음을 기약했지만 옛정은 사라진 상태였다.

'당신은 예전의 당신이 아니고, 나도 예전의 내가 아니다.'

현재 두 사람은 가면과 복면을 쓰고 있으면 상대와 자신도 알아보지 못했다. 그런데 적막한 밤 깊숙한 궁 안에서 아옹다옹하지 않고 서로를 의심하지 않으며, 마침내 평온함을 만끽하는 순간이 올 줄이야. 따뜻하고 고요한 순간······. 그때 갑자기 그녀의 배에서 분위기를 깨는 소리가 났다. 그가 멈칫하더니 웃음을 참지 못했다. 그녀는 전혀 부끄러워하지 않고 성을 내며 말했다.

"저는 요양 중 아닙니까? 어째 황궁에서는 요양하는 사람한테까지 근검절약을 합니까? 아픈 사람에게 고기는 주지도 않고, 세끼 음식이 어찌나 싱거운지 스님도 마다할 정도입니다."

"네 말은 음식이 부실하다는 뜻이냐?"

영혁이 웃더니 봉지미를 일으켰다.

"나도 배가 고프구나. 뭐라도 좀 먹으러 가자."

봉지미가 초롱초롱한 눈으로 쳐다보면서 일어나며 말했다.

"아닙니다. 저는 아무래도······."

봉지미가 말을 끝맺지 않고 중간에 끊었다. 똑똑한 영혁은 슬쩍 쳐다만 보고도 그녀가 무슨 생각을 하는지 알았다. 그의 얼굴이 그늘에 있어 표정을 자세히 살필 수 없었지만 말투에는 어떤 변화도 없었다.

"고남의를 걱정하는 거라면······ 태의원의 약을 쓰지 않은 것이 맞다. 그 돌팔이 의관들은 한기가 들었다며 온기를 보충하는 약을 처방했지만, 그것을 통하게 하는 법은 모르고 있었다. 만약 한기가 든 후 열을 주어 상충시키면 냉과 열이 어떻게 되겠는가? 일단 기를 모으면서 안정을 취하는 게 더 나을 것 같아서 이미 고남의를 호위할 사람을 마련해두었다. 누구도 더 이상 그를 방해하지 못하도록 말이야."

영혁의 말이 맞아서 봉지미는 아무 말도 하지 않았다. 지금 고남의를 방해해서는 안 될 터였다. 하지만……. 고개를 비스듬히 하고 그녀를 보던 그가 차가운 미소를 보이며 말했다.

"날 의심하는 거 알고 있다. 오늘 밤 내가 고남의에게 사람을 보내손 쓸 거라고 생각했지 않느냐?"

봉지미가 침묵하다가 웃음을 감추지 않고 말했다.

"폐하가 그자와 화단 앞에서 몰래 만나 음모를 꾸미고, 이상한 시각에 이상한 장소에서 이상한 인물과 있는데 의심하지 않으면 그게 더 이상하지 않습니까?"

"날 못 믿으면 그만두어라."

영혁이 담담히 말했다.

"내가 네 앞에서 맹세를 할 수도 없고, 아마 한다고 해도 너는 믿지못할 테니 앞으로 어떻게 되는지 한번 지켜보아라."

"말이 나왔으니 말인데요."

봉지미가 웃었다.

"제 실수로 전하의 비밀을 몰래 듣고 전하의 좋은 일을 방해하였으니 송구하옵니다."

비록 사과의 말이었지만 말투 어디에도 미안한 기색이 전혀 없었다. 달빛에 영혁 얼굴의 실루엣이 드러났다. 그의 얼굴은 하얀 연꽃처럼 뽀얗고 눈빛은 반짝거렸으며, 말투도 예전과는 비교할 수 없을 정도로 부드러웠다.

"봉지미, 질투하는 거냐?"

봉지미는 어이가 없는 듯 멍하니 있었다. 머릿속이 복잡했다. 그제야 그녀는 조금 전 자신이 말할 때 사용한 말투와 단어가 적절하지 못했다는 것을 자각했다. 분명 질투하는 느낌이 존재했고, 순간 그녀의 얼굴이 달아올랐다. 이럴 때일수록 성급히 변명해서는 안 되었다. 뭐라고 변명을 해도 사태만 더 커질 것이고, 뭐라고 변명해도 영혁은 자신이 듣고 싶은 대로 해석할 테니까. 차라리 지금은 웃으면서 아무 말도 하지 않고, '당신이 제기한 질문이 너무 재미가 없어서 가만히 있는' 척을 하는 게 낫겠다는 생각이 들었다.

원래는 그 여인과의 관계를 묻고 싶었지만, 결국 물어볼 수가 없게 되었다. 사실 물어보나 마나 별 상관없었다. 처음 그 여인이 손을 썼을 때 보았던, 보석이 섞인 법랑으로 칠한 손톱만 보아도 여인의 신분을 추측할 수 있었기 때문이었다. 후궁의 첩 지위보다 높은 여인을 제외한다면 누가 그런 진귀한 손톱 장식을 할 수 있을까. 깃털처럼 가벼운 자세와 타고난 요염함, 그리고 단정한 걸음걸이로 봤을 때 서량의 무녀 출신이자 천성제의 총애를 받는 경비가 아니고서 누구겠는가. 당시 상 씨 귀비의 생신 축하 연회에서 이 무녀가 춤을 선보였었다. 겉보기에는 2황자가 마련한 무희였지만, 영혁과 사통했을 줄은 상상도 하지 못했다. 영혁, 이 남자는 매사 암암리에 일을 처리하여 사건이 벌어지지 않고서는 그가 어떤 일을 했는지 예상할 수 없었다.

그 약이 생각나자 봉지미는 눈을 가늘게 떴다. 조정에서는 줄곧 이 무녀가 황가에 열한 번째 황자를 안겨 주리라 기대했다. 하지만 무녀의 배는 여전히 불러오지 않았다. 이는 황제의 문제일까? 아니면 그 약의 효능일까? 자신의 얼굴에 흩뿌려진 그 가루가 생각난 그녀가 덤덤히 웃었다. 보아하니 이 경비라는 여인은 말을 잘 듣는 것 같지 않았다. 또한 영혁과 경비가 도대체 무슨 거래를 했는지 알 수 없었다. 봉지미는 나중에 기회가 된다면 경비와 인사라도 해야겠다고 마음먹었다.

이런저런 생각을 하고 있던 봉지미는 머릿속에 궁금함이 가득 찼다. 하지만 영혁에게 물어본다 해도 답을 안 해줄 것 같아 그저 속으로만 품고, 그 가루약에 대해서는 언급하지 않았다. 생각에 잠긴 그녀를 그는 실눈을 뜬 채 지켜보고 있었다. 그의 눈빛은 마치 달빛 아래에서 먹이를 찾고 있는 듯 여유로웠다. 한참 후 그가 얼굴에 미소를 띠며 화제를 돌렸고, 다시 그녀를 잡아당기며 웃었다.

"점점 더 배가 고프구나. 경심전 밖에서 멀지 않은 곳에 주방이 하나 있으니 가서 음식을 좀 먹자."

봉지미는 배고픔도 이미 사라진 것 같아 거절하려고 했다. 하지만 어깨에서 이상하면서도 익숙한 냄새가 나 순간적으로 고개를 돌렸다. 그때 영혁의 손이 그녀에게 닿았다. 원래는 그녀의 손을 잡아끌기 위한 행동이었는데, 그녀가 고개를 돌리는 것을 보고 갑자기 방향을 바꾸어 어깨를 잡았다. 무공을 연마한 그녀는 무의식적으로 피했고, 그로 인해 누군가 힘 조절을 제대로 못하여 어깨를 감싸고 있던 옷이 찢어져 나갔다. 어깨가 드러나면서 볼록 솟아오른 가슴 앞의 피부가 살짝 드러났다. 그 피부색은 더 고왔는데 백옥같이 하얀 피부에 살짝 붉은 기가 감도는 살결이 달빛과 어우러져 아름다움을 형용할 수 없을 정도였다. 놀란 그녀는 화가 났다. 그도 멍하니 있다가 겸연쩍게 웃으며 말했다.

"왜 발버둥을 치느냐?"

영혁은 손에 들고 있던 옷 조각을 버리고 두루마기를 벗어 봉지미의 어깨를 감쌌다. 그녀는 원래 거절하려고 했지만 순간 상황이 애매하다는 생각이 들었다. 하얀 피부가 빛나고 있었고, 그도 강요하지 않았으며, 그저 미소를 띤 채 두루마기를 들고 구멍이 난 부분을 힐끗힐끗 쳐다보고 있었다. 그녀는 어쩔 수 없이 그의 두루마기를 걸쳤다. 넉넉한 두루마기가 펄럭거리며 어깨를 덮었다. 화려하면서도 청초한 그의 숨결이 느껴졌다. 그녀는 옷깃을 여미고 아무 말도 하지 않은 채 담장 밑에 버려진 찢어진 천 조각을 힐끗 보며 속으로 한숨을 쉬었다. 두루마기 안에 장포를 입고 있던 그는 한 손으로 그녀를 끌어당겨 불쑥 손을 잡고 이 달밤에 궁을 달리고 싶다고 말했다. 마침 오늘 밤은 그가 호위를 주관하는 날이었고, 궁의 금위들을 어떻게 배치했는지 아주 잘 알고 있었다. 그는 그녀의 손을 잡고 왼쪽으로 돌고 오른쪽으로 뛰어올라 궁을 지키는 시위들을 멋지게 따돌렸다.

달이 중천에 걸렸다. 봄밤의 꽃향기가 술 향처럼 짙게 퍼졌다. 두 사람은 손을 잡고 바람을 맞으며 나아갔다. 긴 머리와 옷이 바람에 깃발처럼 펼쳐졌다가 서로 뒤엉켰다. 밤하늘에 수놓인 별들이 가슴속으로 쏟아져 내렸고, 이는 다시 반짝이는 눈빛으로 바뀌었다. 그는 질주하면서 고개를 돌려 옆에 있는 봉지미를 보았다. 그녀의 옷깃이 나풀거리며 향기가 풍겨왔다. 조금 아팠던 상처가 바람에 씻겼다. 그러자 아픔은 느껴지지 않았고 아련한 감정이 느껴졌다. 비록 짧은 거리였지만 구속이 너무나 익숙한 황궁에서 그녀의 손을 잡고 질주하는 이 순간이 후련했다. 이렇게 보잘것없는 일이 뭐 그리 어렵냐고 하겠지만, 영혁에게 그녀는 바로 옆에 있어도 잡을 수 없는 바람과 같은 존재였다. 그는 얼굴을 옆으로 돌려 저 멀리 있는 산과 바다로 시선을 이동했다. 천하에 황제의 영토가 아닌 곳이 없었다.

'내가 이 영토를 가지고 있기만 한다면, 바람인 당신은 나의 산과 강에서 자유롭게 날 수 있겠지.'

영혁은 나지막이 웃고 있었지만, 동작은 번개처럼 아주 빨랐다. 그가 말했다.

"다 왔다."

이곳은 외정에 있는 주방으로 시위에게 야식을 공급하는 곳이었다. 조금 전 야식 공급이 끝나 불이 다 꺼져 있었고 문도 닫혀 있었다. 두 사람은 안에 들어가 거침없이 식료품 선반을 뒤지기 시작했다. 곧 영혁이 봉투를 하나 가져오며 말했다.

"장미 송자떡!"

그때 봉지미도 봉투를 꺼내며 말했다.

"쑥떡입니다!"

두 사람은 봉투를 서로에게 던지며 주고받고는 마주 보며 웃었다. 두 사람은 고귀한 신분이었지만 어깨를 맞대고 주방 바닥에 나란히 앉아 음식을 훔쳐 먹는 생쥐처럼 게걸스럽게 떡을 먹었다. 그녀가 입 안에 떡을 가득 넣고 터질 듯한 볼로 말했다.

"제가 장미 송자떡을 좋아하는지 어떻게 알았습니까?"

영혁이 봉지미의 입에 떡을 넣어주고 웃었다.

'네가 좋아하는 걸 내가 어찌 모를 수 있겠느냐.'

영혁이 맛있게 먹고 있는 봉지미를 쳐다봤다. 입가에 아름다운 보조개가 패여 있었고, 보조개에 떡의 기름이 묻어 윤기가 돌았다. 그는 그녀의 그런 모습을 보고 웃으며 다가가 혀로 기름을 핥았다. 그녀는 앗, 하고 외치더니 갑자기 헛기침을 하며 얼굴이 빨개졌고 떡이 목에 걸렸다. 그는 등을 두드려주면서 웃으며 말했다.

"송자떡 먹고 죽은 첫 번째 사람이 되지는 말거라."

봉지미가 영혁을 한 번 흘겨보고는 그에게서 멀리 떨어졌다. 그가 덤덤하게 말하는 소리가 들렸다.

"내가 쑥떡을 좋아하는지 어떻게 알았느냐?"

순간 봉지미는 가만히 있었다. 그녀는 영혁이 쑥떡을 좋아하는지 몰랐다. 쑥떡 역시 그녀가 좋아하는 떡일 뿐이었다. 고개를 돌려 그를 보았다. 기쁨이 담긴 그의 미소를 보고 있자 문득 예전에 폐궁에서 폭우를 만났을 때 긴 다리에서 무릎을 꿇고 있던 고독한 모습이 떠올랐다. 지금은 대단한 세력을 가지고 있는 고귀한 신분이었지만, 그가 좋아하는 것을 진정으로 아는 사람이 얼마나 될까. 과연 누가 그의 희로애락

을 가슴 깊이 간직할 수 있을까. 어쩌면 가능할 수도 있겠지만, 외롭고
도 깊은 궁에는 존재하지 않을 듯했다. 그가 그걸 안다고 해도 그때는
이미 늦을 것이다. 평생 동안 그는 항시 자신을 숨겼다. 자신이 좋아하
는 것조차도 남에게 쉽게 말할 수 없었다. 그녀는 그를 피했고, 도망쳤
고, 심지어는 기피했다. 진정으로 그가 무엇을 좋아하는지 들으려 하지
않았다. 돌연 이런 생각이 들자 가슴이 아려와 그녀는 시선을 떨궜다.
그는 그녀의 대답을 기다리다가 아무 말이 없는 것을 보고 그녀가 무
슨 생각을 하는지 알아차렸다. 그가 자조하듯 웃으며 말했다.

"사실 뭐 아주 좋아하는 건 아니다."

봉지미가 떡을 다 먹고 웃으며 말했다.

"재작년에 영징을 만난 적이 있었는데 서쪽 거리에 있는 덕기 떡집
에서 바로 나오는 쑥떡이 가장 맛있다고 했습니다."

봉지미가 모호하게 말했지만 영혁의 눈빛이 반짝였다. 한참 뒤 그는
그녀의 머리를 살포시 쓰다듬으며 말했다.

"아니다."

봉지미가 의아해하는 표정으로 영혁을 쳐다봤다. 그는 그녀의 눈을
그윽하게 쳐다봤다.

"오늘 먹은 이 쑥떡이 내 일생에서 가장 맛있다."

주방에서 나온 영혁은 봉지미와 같이 가지 않았다. 고남의의 단옥검
을 그녀에게 돌려준 다음, 주방에 있던 장미 송자떡과 쑥떡을 모두 가
져와 건네주었다. 그녀는 그가 준 떡 한 꾸러미를 보며 생각했다. 결국
선의로 한 거짓말로는 그를 속이지 못했기에 양심의 가책이 조금 느껴
져서 아무 말도 하지 않았다. 그녀는 떡을 챙겨 경심전으로 돌아와 고
남의 거처로 갔다. 창문으로 고남의를 살펴보니 기를 모으고 있는 중
요한 순간이라 차마 방해할 수 없었고, 그렇다고 대놓고 문 앞에서 기
다릴 수도 없었다. 어찌 됐든 이곳은 궁이 아닌가. 그녀는 일단 자신의

침실로 돌아가 천성제에게 자신과 고남의를 출궁시켜 달라고 할 방법을 궁리하기로 했다. 또한 춘위 시험의 주 시험관을 분명히 자기가 지목한 후 이 일을 어떻게 복수할 것인지도 함께 생각하기로 했다.

고민을 잔뜩 짊어진 봉지미는 침전의 가장 안쪽으로 쭉 들어갔다. 영혁이 조취를 취한 덕분에 사방의 호위는 모두 자리를 떠난 상태였다. 그녀는 방문 앞까지 도착하여 문을 밀려고 하다가 문득 손을 멈췄다. 눈을 가느다랗게 뜨고 보자 문이 살짝 닿은 것처럼 보였고, 문틈으로 비단이 나풀거리는 게 보였다. 그녀는 침전을 나오면서 문을 꽉 닫고, 그 밑에 빨간색 선을 놓아두었다. 누군가가 들어가면 바로 알아채기 위해서였다. 지금 보니 분명 누군가가 들어간 흔적이 있었다.

봉지미는 문 앞에 서서 한참을 생각하다가 몸을 옆으로 피하고서 천천히 문을 열었다. 방문이 끼익 소리를 내며 밀렸다. 그 틈으로 달빛이 비쳤고, 습격도 없고, 살기도 없고, 바람 소리도 없었다. 아무것도 없었다. 실내의 풍경이 어렴풋이 보였고, 어둠 속에 짐승들이 매복해 있는 듯한 기분도 들었다. 어디선가 화려하면서도 농염한 향기가 흩날렸다. 경계하며 냄새를 맡던 그녀가 문득 깨달았다. 이것은 황후와 비가 사용하는 고급 화장품 냄새였다. 그녀의 눈빛에 의심스러운 기운이 스쳤다.

'설마 경비가 대담하게도 여기까지 찾으러 온 것인가? 황제의 총애를 받는다고 이렇게 제멋대로라니. 무서운 게 없는 건가?'

봉지미가 더 자세히 냄새를 맡아보았다. 이 향기는 경비의 냄새와 달랐는데 조금 더 옅은 향이었다. 그녀가 조심스럽게 앞으로 나아갔고, 실내에는 아무런 움직임이 없었다. 반짝이는 구슬로 엮은 커튼 너머로 자신의 침대 위에 있는 누군가가 슬쩍 보였다. 동작이 민첩했고 여자 같았다. 청춘의 숨소리가 완곡하게 느껴졌다. 그녀는 눈살을 찌푸렸다. 침대 위에 있던 사람이 그녀의 움직임을 눈치챘는지 천천히 몸을 반쯤 일으켰다. 여자가 새하얗고 가냘픈 팔을 뻗고 웃으며 말했다.

"나쁜 사람, 잠깐 화장실에 다녀오겠다더니 이제야 오시다니."

달빛이 여자의 얼굴을 비쳤다. 병풍 뒤로 아무것도 입지 않은 여자의 그림자가 비쳤다. 봉지미는 그 순간 가슴이 요동쳤다. 큰일 났다!

붉은 살구나무가 벽을 넘다 *여자가 외도하거나 정분이 난 것을 은유적으로 표현한 말

    침대 위에 있는 여자는 바로 소녕 공주였다! 얼굴이 불그스레한 그녀는 눈에 애교를 가득 담고 있었고, 몸을 일으키자 비단 이불이 미끄러지면서 뽀얀 살과 가느다란 어깨, 크고 굴곡진 가슴선이 보였다. 비단 이불 안에는 걸치고 있는 옷이 거의 없었다. 그녀는 굳이 가리려 하지 않았고, 살짝 부끄러워하면서도 기쁨이 녹아 있는 미소를 지은 채 바라보았다. 설탕이 한껏 녹아 있는 것처럼 부드럽고 달콤한 시선이었다. 그녀는 자신의 모든 것을 보여 준 정인 앞에서의 노출이 부끄럽지 않은 듯했다. 눈썹이 살짝 움직이더니 가장자리에 윤기가 돌았고, 눈썹에 살짝 붉은 기운이 맺혀 있었다. 금병매와 홍루몽까지 책이라는 책은 다 섭렵한 봉지미는 그녀가 막 정조를 잃었다는 사실을 눈치챌 수 있었다. 소녕 공주는 봉지미의 침전에서 정조를 잃은 것이다!

    잠시 넋을 놓고 있던 봉지미는 어떤 생각이 뇌리를 스쳤다. 그것은 자신이 이미 새로운 계략과 덫 앞에 놓였다는 사실이었다. 다시 시작된 전쟁 같은 상황에 숨쉬기조차 어려웠다. 소녕 공주가 위지에게 연정을 품고 있다는 사실은 천성 왕조에서 모르는 사람이 없었다. 황제조차 그 사실을 똑똑히 알고 있었다. 그런데 지금 위지의 침상에서 소녕은 정조를 잃었다. 이는 젊은 남녀가 끓어오르는 열정을 주체하지 못하고 남몰래 장성을 쌓아 빚어진 일이라 볼 터였다. 소녕의 성격으로 봤을 때 그녀는 곧 죽어도 위지만을 고수할 것이다. 사건은 이미 일어나 버렸고, 공주라는 신분과 황실의 체통까지 걸린 일이니 결국 천성제는 이 둘의 결혼을 윤허할 게 분명했다. 그러면 천성의 법규에 따라 부마는 정치를 할 수 없으니, 승승장구하던 위지를 손쉽게 제거할 수 있는 좋은 방법이었다.

오늘 밤 영혁은 궁의 호위를 맡고 있었다. 이런 일이 발생했다는 사실을 알면 천성제는 분명 크게 노할 것이고, 그렇다면 영혁까지 책임을 추궁당할 것이다. 누군가 단 한 번의 타격으로 봉지미와 영혁까지 모두 잡을 수 있는 계략을 세웠고, 지금 막 진행되고 있었다. 봉지미는 침상 앞에서 삼 척*약 1미터 정도 떨어진 곳에 서서 미동도 하지 않았다. 손바닥에 땀이 차올랐다. 누군가가 빈틈을 파고들 기회를 만들어 준 자신이 미웠다. 자리를 비우지 않았다면 이런 일은 벌어지지 않았을 터였다. 누군가 봉지미를 끈질기게 감시해 왔다는 의미였고, 이로 인해 자신과 영혁 모두 조정에서의 입지가 불리해졌다.

조정의 누군가는 아직은 미약한 힘을 가지고 있는 봉지미에 대해 파악하고 있었다. 그녀가 고남의를 걱정하여 직접 보러 갈 것을 미리 알고 있었기에 이를 이용할 준비를 하고 있었던 것이었다. 상대가 사전에 치밀하게 준비했음을 알 수 있었다. 사실 이런 계략은 말이 쉽지 실제로 행하기에는 어려움이 존재했다. 일단 소녕의 심리를 잘 파악해야 했고, 궁의 호위에 대해서도 잘 알고 있어야 했다. 궁의 법규를 위반하면서도 소녕을 경심전으로 가도록 만들어야 했고, 또 그녀와 잠자리를 같이 할 '대타'를 찾아야만 했다. 무엇보다 이 모든 일이 시간상으로 딱 들어맞도록 설계되어야만 했다. 조금이라도 어긋날 경우 모든 일을 망칠 수 있기 때문이었다. 만일 봉지미가 고남의를 살피러 나가지 않는다면 무용한 계획이었는데, 이런 점까지 감안하여 설계된 치밀하고 무서운 계획이었다. 원래 봉지미는 고남의에게 오래 머무를 생각이 없었다. 하지만 하필 경비가 나타나는 바람에 그녀와 영혁 모두 상황에 말려들었다.

'이것은 우연의 일치일까? 아니면 미리 짜 놓은 계획일까?'

봉지미는 점점 머릿속이 복잡해졌다. 만약 경비의 등장까지 계획의 일부라면 자신과 영혁은 더 위험해질 것이다. 오늘 밤 경비가 나타났고 봉지미는 그녀를 쫓아갔다. 영혁은 봉지미가 궁을 자유롭게 돌아다닐 수 있도록 경심전 밖의 호위를 다른 곳으로 이동시켜야만 했다. 이로 인해 상대는 빈틈을 헤집고 들어올 수 있었고, 이것은 나중에 사실이 밝혀진다 해도 변명하기 어려운 골칫거리였다.

시험지 유출 사건을 겨우 해결했더니 이제는 공주 함정이라니! 이번 상대는 시험지 유출 사건에 연루되었던 사람들과는 수준이 다르다는 생각이 들었다. 춘위 사건을 꾸몄던 상대도 만만치 않았지만, 그보다 더 지독한 상대를 만난 듯했다. 상대가 누군지 아직 파악도 못했는데 이미 계략의 덫에 빠져 버린 상황이었다.

'위기에서 벗어나기 힘들지도 모르겠다.'

침상 위에는 비단 이불이 아무렇게나 널브러져 있었고, 붉은 핏방울까지 묻어 있었다. 소녕 공주는 반들반들한 얼굴로 남의 침상에 누워 내려올 생각을 하지 않았다. 아무리 임기응변이 강한 봉지미라도 이 일은 지난 2년 동안 열심히 쌓아온 공적을 하룻밤에 모두 무너뜨릴 수 있는 엄청난 사건이었다.

침상 위의 소녕은 봉지미를 보고도 움직이지 않았다. 그녀는 위지가 자신에게 매료되었다고 착각하며 수줍은 모습으로 고개를 떨구었다. 심지어 비단 이불이 좀 더 흘러내리도록 내버려 두었다. 사실 오늘 밤 위지가 궁에 머무르게 된 것은 어렵사리 찾아온 기회였고, 소녕은 이 기회를 놓치지 않으려 했다. 연정을 품고 있던 상대를 몰래 만나 이야기를 나누며 목석같은 위지의 마음을 돌릴 수 있을지 살펴보려는 심산이었다.

소녕이 위지의 침상에 들어갈 때 이상하게 어떤 제지도 받지 않았다. 침실은 사람을 분간하기 힘들 정도로 어두컴컴했고, 미리 피워 놓은 향냄새에 마음이 흔들렸다. 소녕은 혹시나 다른 이를 놀라게 만들까 봐 조심스러웠다. 요양 중인 님을 방해하는 건 아닐까 싶어 잠시나마 얼굴이라도 보자는 생각으로 침대 곁에 앉았다. 그 순간 등을 돌리고 있던, 위지가 소녕을 확 잡아당겼다. 소녕은 부끄럽기도 하고, 기쁘기도 하고, 놀랍기도 했다. 뿌리치려 했으나 이미 그에게 몸이 사로잡히고 말았다.

소녕이 위지로 착각한 남자에게 쉽게 호응한 이유는 부황의 생각과 자신의 신분을 고려했기 때문이었다. 이번 기회를 이용하지 않으면, 위지를 향한 자신의 마음은 이루어지기 힘들 터였다. 게다가 위지를 향한 욕정도 꿈틀거렸다. 오매불망 머릿속을 떠나지 않던 님이 이렇게 적극적으로 자신을 끌어안고 있지 않는가? 본디 소녕은 물불 가리지 않는 코뿔소 같은 성격이었기에 못 이기는 체하며 그의 뜻에 따랐던 건 자연스러운 일이었다. 그래도 아직 미성숙한 여자였던 터라 연정을 품고 있던 님과 부드럽게 뒤엉키려 하면서도 살짝 초조함을 느꼈다. 위지로 착각한 남자는 근심이 있는 것처럼 약간 주저했지만 바로 마무리를 지으려 몸을 놀렸다. 소녕은 이 상황을 즐길 새도 없이 아픔만을 느낄 수밖에 없었다. 그렇다고 제멋대로 굴 수도 없었기에 팔꿈치로 계속 얼굴을 가리고 있었다. 그런데 일이 끝나자 처음에 느꼈던 창피함과 부끄러움이 사라졌고, 비로소 님과 하나가 되었다는 사실에 만족할 수 있었다.

소녕 공주는 서로 얼굴을 보며 흉금을 터놓고 싶었다. 그런데 님이 급히 일어나 잠시 뒷간에 다녀오겠다며 침실을 빠져나간 뒤 한참 후에야 진짜 위지가 돌아온 것이었다. 그 자리에 서서 미동도 하지 않는 님을 보자 소녕은 부끄러움과 기쁨이 교차했다. 하지만 기다려도 님이 다가오지 않자 소녕은 살짝 불쾌함이 느껴져 핀잔을 주듯 몇 마디를 던졌다.

"거기서 멍하니 서서 뭐 하시는 겁니까? 아까는 그렇게 급해 하시더니……"

소녕이 말끝을 흐리는 바람에 말소리가 제대로 들리지 않았다. 봉지미는 조금 선까지만 해도 차라리 자신이 여자라는 사실을 소녕에게 알려야 할지 고민하고 있었다. 자신의 무고함을 증명하기 위해서 이보다 좋은 방법은 없었기 때문이었다. 하지만 순간 봉지미는 그 방법이 통하지 않을 거라는 사실을 깨달았다. 소녕은 순종적이고 유약한 성격이 아니었다. 만약 자신이 계략에 빠져 타인에게 정조를 빼앗겼다는 사실을 알게 된다면 어떻게 돌변할지 알 수 없었다. 뿐만 아니라 소녕은 절망과 분노를 내뿜으며 수습이 안 될 정도로 일을 감당하기 어렵게 만들어 놓을 터였다.

어쨌든 봉지미는 모든 방법을 동원해 영혁에게 이 일을 빨리 알리고, 오늘 밤에 출입한 자 중 의심이 가는 자를 조속히 선별해내야 했다. 공주를 기만해 잠자리를 같이 한 사람을 찾아내어 앞으로 닥칠 음모에 대비하는 것이 급선무였다. 저 멀리서 묵중한 북소리가 들려왔다. 웅장하면서도 낮은 북소리가 밤의 적막을 깨부쉈다. 지금 시각은 사경*새벽 1-3시 이었다.

봉지미의 추측이 틀리지 않는다면 상대는 분명 여기서 멈추지 않을 터였다. 즉시 처소로 사람을 보내 위지와 공주의 행각을 발각하고, 일을 크게 만들 것이다. 봉지미는 즉시 소녕을 안심시켜야 했다.

"공주."

생각을 정리한 봉지미가 숨을 깊이 들이쉬었다. 끓어오르는 분노를 참으며 미소 띤 얼굴로 다가가 소녕의 곁에 앉으며 감미로운 목소리로 말했다.

"미안합니다. 배탈이 나서 오래 기다리게 했습니다."

봉지미는 감미로운 목소리로 이야기하면서 침대 곁에 떨어져 있던 배두렁이*중국식 속옷를 주워 입혀 주었다. 부드럽고 차분한 말투였지만 동작은 재빨랐다. 소녕은 어렵사리 찾아온 님의 달콤한 목소리를 들으며 그의 시중을 기꺼이 즐겼다. 마치 꿈속을 걷는 듯 봉지미의 행동에 몸을 맡기고 옷을 입으며 중얼댔다.

"배탈이 났어요? 제가 문질러 줄게요……."

그러고는 봉지미의 배를 문지르려 했다. 그녀가 슬쩍 소녕의 손을 피하며 웃었다.

"손이 아주 차갑군요."

봉지미는 이어 겉옷을 입혔다. 소녕이 활짝 웃는 얼굴로 말했다.

"지, 여자 옷에 대해서 잘 아시네요. 자주 입혀보셨나 봐요?"

마지막 말에서 소녕은 긴 여운을 남겼다. 살짝 부끄러움이 담겨 있는 말투였다. 봉지미는 '지'라는 소녕의 호칭에 소름이 돋았다. 역시 여자는 세상에서 가장 쉽게 친해질 수 있으면서도 가장 질투심이 많은 동물이라는 생각이 들었다. 부드러우면서도 신속한 동작으로 소녕에게 옷을 입히면서 봉지미는 아무 말도 하지 않은 채 웃었다. 소녕이 담담하게 한숨을 쉬며 말했다.

"당신을 마음에 두고 있는 사람이 많은 것은 당연해요. 저도 그렇고요. 하지만 앞으로 다시는 이상한 짓 하지 말아요."

'이상한 짓이라고?'

봉지미가 속으로 쓴웃음을 짓고는 솔직하게 답했다.

"네."

봉지미가 소녕의 다리를 들어 양말을 신기려고 하자, 소녕이 갑자기

다리를 빼고 물끄러미 바라보았다.

"왜 이렇게 서둘러서 입히는 거예요?"

봉지미가 손을 놓더니 미간을 찌푸린 채 웃으며 말했다.

"공주, 빨리 옷을 입지 않으면 대체 무엇을 하고 싶은 겁니까? 이곳에서 공주와 역사를 다시 쓰고 싶지만, 그게 적당하다고 보십니까?"

"안될 게 뭐가 있나요?"

소녕의 대답에 봉지미는 하마터면 사레에 걸릴 뻔했다. 소녕은 가느다란 눈썹을 찡그리며 말했다.

"이미 순서를 건너뛴 거잖아요, 이왕 이렇게 된 김에 더 건너뛰고 싶어요. 부황께서 이 사실을 알도록요. 저는 이제 위지 당신 말고는 다른 사람에게 시집갈 수 없으니까요!"

"그러시죠."

자리에서 일어선 봉지미가 소녕에게 치마를 던지며 말했다.

"공주, 그렇게 하세요. 제 침상에서 계속 일어나지 않으시겠다는 거죠. 내일 정오쯤에 저는 목이 잘릴 겁니다. 죽은 제 육신과 결혼하시던지요!"

"설마 그럴 리가요?"

소녕이 눈을 커다랗게 뜨고 말했다.

"부황이 절 얼마나 아끼시는데요. 당신도 아끼시고요!"

"부황께서 아무리 절 아껴도 저는 그저 일개 신하일 뿐입니다!"

봉지미가 쓴웃음을 짓고 말했다.

"부황이 공주를 아끼는 만큼 제 죽음은 처참해지겠죠! 당신은 천성의 공주가 아니십니까? 아무런 명분도 없이 저의 침상에서 정조를 잃으셨으니, 부황께서 아시고 나서도 내일 제가 형장으로 보내지지 않으면 성을 갈겠습니다!"

"지!"

소녕은 아무 말도 없다가 한 손으로 봉지미의 손을 잡으며 긴장한 듯 말했다.

"도망가지 않을 거죠? 부황은 절 많이 아끼신답니다. 만약 당신이 날 버릴 생각이라면, 내가, 내가…… 당신을 죽일 거예요."

"공주, 지금 제 침상에서 이렇게 일어나지 않고 계시니 제 목숨은 곧 사라질 듯합니다. 그러니 공주가 직접 나설 필요까지 없겠습니다."

봉지미가 차갑게 웃으며 말했다. 소녕이 입을 삐쭉거리며 잠시 망설 이다가 직접 옷을 입으며 말했다.

"당신 말대로 하죠."

봉지미는 살짝 소녕의 손을 토닥였다. 그녀는 마치 강아지처럼 봉지 미에게 기댔고, 봉지미는 그녀의 어깨를 부축하며 부드러운 음성으로 말했다.

"공주, 돌아가시죠. 앞으로의 일은……."

"아니요!"

소녕이 갑자기 몸을 돌리며 단호한 말투로 말했다.

"지, 이렇게 어르고 달래서 날 보낼 생각 접어요. 오늘 일은 오늘 끝 을 봐야죠. 오늘 일에 대해서 나한테 어찌할 것인지 말해 줘요."

봉지미는 미간을 찌푸리며 소녕을 바라봤다. 다른 여자였다면 이 일 을 해결하는 게 그리 어렵지 않았을 것이다. 하지만 소녕은 일을 해결하 기 여간 까다로운 게 아니었다. 봉지미가 화를 억누르며 물었다.

"공주는 어찌할 참인가요?"

"약조문을 하나 적어 주세요."

소녕이 일어나 탁자 앞으로 걸어가더니 문방사우를 밀며 말했다.

"위지 본인은 폐하에게 소녕 공주와의 결혼을 윤허 받을 것이다. 오 늘부터 소녕은 위지의 부인이며, 만약 이를 어겼을 시 천벌을 받을 것이 며, 평생 외로움이 사무칠 것이라고 글로 약조해 줘요."

소녕이 봉지미에게 눈을 떼지 않고 다시 성큼성큼 걸어오더니 이불을 젖혔다. 침대 위에는 핏방울이 떨어져 있었는데 이는 처녀의 표식이었다. 소녕은 붉은 핏방울이 묻은 부분을 쭉 찢더니 봉지미를 향해 흔든 다음 품에 넣었다. 봉지미는 소녕이 펼쳐서 흔든 피 묻은 요 조각에 시선을 고정한 채 그 자리에 가만히 있었다. 그 순간 봉지미는 아무 말도 하지 않았다. 그것은 약조문이 아니라 범죄 진술서가 아닌가. 이 약조문이 소녕의 손에 넘어간다면, 나쁜 꿍꿍이를 가지고 있는 적의 손에 넘어가는 것과 별반 다르지 않았다. 약조문이 존재하는 순간 봉지미는 영원히 헤어날 수 없는 약점이 생기는 것이다. 평생 품어 왔던 기백과 요 몇 년 동안의 노력이 이 약조문 한 장으로 모두 물거품으로 변할 터였다. 이런 생각이 들자 봉지미는 답답함과 분노가 차올랐다. 오늘 밤에 일어난 일은 정말 억울했다. 게다가 하필 죽자 살자 덤벼드는 소녕까지 연루되어 있지 않은가! 봉지미는 한참 후에야 천천히 말했다.

"알았습니다. 쓰죠."

매서운 눈빛으로 봉지미를 주시하던 소녕의 눈에 기쁨이 들어찼다. 바로 다정한 모습을 하고 다가오더니 살포시 봉지미의 귓가에 대고 웃으며 말했다.

"글자체 바꿔 쓸 생각 말아요. 당신 글자체 다 아니까요."

봉지미는 쓴웃음을 지었다. 어떻게든 먼저 오늘 밤에 소녕을 돌려보내고 나중에 약조문을 없애 버리든지 할 생각이었다. 붓을 들어 글을 쓰려고 하는 찰나, 갑자기 문밖에서 빠른 발걸음 소리가 들렸다. 가슴이 철렁 내려앉았으나 또 한편으로는 뭔가 이상했다. 발걸음 소리는 분명 한 사람의 소리였다. 만약 함정에 빠뜨리고자 한 것이라면, 온 동네가 떠나가는 듯 여러 사람을 대동했을 것이다. 그런데 어째서 한 사람만 온 것일까? 오늘 밤 도대체 무슨 일이 일어난 것일까? 좀 전에 영혁은 경심전의 후전에서 경비를 만나느라 경심전의 호위를 모두 이동시켰다. 하지만 지금쯤은 원래대로 돌아왔을 것이다. 그런데 저자는 누구 길래 남의 처소에 불쑥 들어오는 것일까?

봉지미는 붓을 든 채 발걸음 소리에 정신을 집중했다. 무공을 가졌으나 그리 높은 수준은 아니었고, 발을 들고 내려놓는 것 모두 법도를 지켰다. 걷는 동안 옷자락이 날리는 소리도 없어 예의와 규범을 잘 지키는 자가 틀림없었다. 그렇다면 많은 훈련을 거친 궁인이 분명했다.

'설마……'

봉지미가 생각에 잠겨 붓을 놀리지 않자 검은 먹물이 뚝, 하고 종이 위로 떨어졌다. 소녕은 마음에 들지 않은 듯 입을 삐쭉대더니 서둘러 다른 종이 한 장을 꺼내고 말했다.

"어서요. 제가 말할 테니 당신은 받아 적어요."

봉지미는 더 이상 도망갈 곳이 없었다.

"공주님, 뭐하십니까?"

그때 갑자기 낮으면서도 위엄 있는 여성의 목소리가 입구 쪽에서 들려왔다. 소녕은 놀라 온몸이 경직된 듯 동작을 멈췄다. 두 사람 모두 고개를 들어 문을 바라봤다. 보라색 옷에 푸른색 치마를 입은 중년 여성이 단정하면서도 엄숙한 표정으로 문 앞에 서 있었다. 봉지미는 그녀가 천성제와 공주에게 가장 신임을 받는 천 유모라는 사실을 기억해냈다. 그녀는 공주를 가장 가까이에서 지키는 인물로 봉지미도 전에 한 번 본 적이 있었다. 세상 무서울 것 없던 소녕은 유모를 보자 기세등등하던 모습을 지우고 성을 내며 말했다.

"유모, 한밤에 이곳은 왜 온 거요?"

천 유모는 세 발짝 떨어진 곳에 서서 소녕을 엄하고 지긋한 눈으로 바라보았다. 천 유모는 보통 궁녀들의 평범한 분위기와 달리 의젓하고 위엄이 있었다.

"소인은 공주님을 찾으러 왔습니다! 공주님께서 야밤에 어째서 이곳에 오셨나요!"

소녕은 입을 열려다 말문이 막혔고 얼굴이 불그스레해졌다. 봉지미는 그 광경이 신기하기만 했다. 궁에서 황자와 황녀를 키우는 유모는 신분이 낮지 않았다. 어릴 때부터 황자와 황녀 곁에서 한시도 떨어지지 않고 양육과 교육을 도맡아 하니 그럴 만도 했다. 게다가 유년 시절에는 유모에게 양육의 전권을 맡기므로 부자와 모자간의 정이 부족한 황실에서 유모는 엄격한 아버지와 자상한 어머니의 두 역할을 거의 소화해야 했다. 그리디 보니 시간이 흘러 정이 쌓이면 황자와 황녀의 존경을 받게 되었다. 이제 보니 막무가내인 소녕도 유모 앞에서는 차마 방자한 모습을 보이지 못했다.

봉지미는 유모가 소녕의 목숨까지 구했다는 이야기를 어디선가 들은 게 기억났다. 어릴 적 소녕은 천연두로 목숨이 위태로웠으나 천 유모가 보름가량 정성을 다해 간호한 덕에 황천길을 건너지 않았다고 했다. 그래서 소녕에게 천 유모는 거의 엄마나 진배없었다. 천 유모는 아무 말도 못하는 소녕을 그냥 놔두지 않았다. 천천히 걸어오더니 봉지미에게는 눈길도 주지 않고 소녕에게 허리를 굽혀 예를 표했다.

"공주님, 이곳은 공주님께서 계실 곳이 아닙니다. 어서 소인과 가시죠."

"유모, 잠시만요."

소녕이 억지웃음을 지으며 말했다.

"대인과 아직 끝내지 못한 일이 남아서요."

"부녀자는 대신과 아무 일도 없어야 합니다!"

천 유모가 차가운 어투로 말했다.

"공주님, 다른 사람 앞에서 소인네가 뭐라 말하기 거북합니다만, 이곳에서 오래 머무를수록 아랫사람의 죄가 커집니다. 어서 가마에 오르시죠!"

"이 사람은 다른 사람이 아니고……."

소녕의 얼굴이 붉어지더니 낮은 목소리로 말했다.

"유모, 나 좀 도와줘요. 이것은 제……."

"공주마마, 언행 삼가십시오!"

천 유모가 매서운 눈빛으로 인상을 찌푸렸다. 소녕은 흠칫 놀라 말을 끝내지 못했다. 천 유모가 시선을 돌려 소녕의 품에서 나온 초록 천 위에 묻은 붉은 혈을 보고는 눈썹을 치켜세웠다. 힐끗 봉지미를 쳐다보더니 바로 소녕에게 다가가 그 천을 빼앗으며 말했다.

"공주마마, 이게 뭐죠?"

소녕은 눈만 동그랗게 뜬 채 꿀 먹은 벙어리가 되었다. 소녕은 언제나 제멋대로였고, 자신의 행복을 위해서라면 창피함과 어색함도 신경 쓰지 않았다. 하지만 금이야 옥이야 키운 황실의 공주이기에 그것이 처녀의 징표라는 말을 어떻게 꺼내야 할지 몰라 한참을 멍하니 서 있었다. 한참 후 소녕이 정신을 차리고 벌게진 얼굴로 손을 뻗어 다시 천을 빼앗으려 했지만, 유모는 손을 빼며 냉랭한 목소리로 말했다.

"이런 것은 소인이 가지고 있어야지요. 공주님은 신경 쓰지 않으셔도 됩니다."

봉지미가 아무 소리 없이 한숨을 쉬었다.

'하늘이 날 버리지는 않았구나. 다행히 천 유모를 보내 주다니.'

문득 봉지미는 이상한 생각이 들었다. 지금 천 유모의 모든 행동과 언행은 모두 자신에게 유리했는데, 그녀는 천 유모와 어떤 관계도 아니었다. 그저 그녀가 상 씨 귀비의 생신 축하연에 참가했을 때 천 유모의 보살핌을 받은 적이 있었을 뿐이었다. 그런데 공주를 담당하는 천 유모가 책임을 떠안을 수도 있는 상황에서 자신을 도와주다니 무슨 연유인지 알 수 없었다. 천 유모는 침실에 들어선 이후 마치 봉지미를 전혀 모르는 것처럼 눈길을 주지 않았다. 하지만 이렇게 상황이 간단할 리가 없었다.

"공주마마!"

천 유모가 조급한 표정을 감추지 못하고 말했다.

"어서 가마에 오르시죠. 소인네는 물론 옥명전의 모든 하녀까지 벌을 받을 것입니다. 무고한 사람까지요!"

천 유모가 마지막 한 마디를 내뱉으며 봉지미를 힐끗 쳐다봤다. 소녕은 망설이다가 중얼대며 말했다.

"……일이 이렇게 된 이상 부황이 대인을 죽이지는 못할 거예요. 기껏 관직이나 뺐겠지요."

봉지미는 겉으로 미소를 머금고 있었지만, 어금니를 꽉 깨물었다.

'기껏 관직이나 뺐겠지요? 말은 참 쉽네. 2년에 걸쳐 생사를 넘나드는 고생으로 얻은 관직을 당신과의 하룻밤과 바꾼다고?'

순간 봉지미의 눈에 살기가 스쳤지만 화를 억누르며 자제했다. 천 유모는 소녕을 잘 아는 듯 그녀에게 더 말하지 않고 계속 재촉하며 자리를 뜨려 했다. 두 사람이 실랑이하는 틈을 타 봉지미가 살며시 다가가 소녕의 뒷목을 눌렀다. 소녕이 소리를 내며 쓰러지자 유모가 공주를 부축하고는 아무 말 없이 안았다. 봉지미가 작은 목소리로 빨리 말했다.

"감사합니다. 제가 모셔다드리죠."

"아닙니다."

천 유모가 말했다.

"지금 나가는 건 적절하지 않습니다. 만약 누군가와 마주치기라도 하면 뭐라 설명하기 어렵습니다. 초왕이 계시니 옥명전으로 돌아가는 것은 문제없을 것입니다."

봉지미는 마음이 놓였다. 천 유모는 공주가 침전에 없는 것을 발견하고 사방으로 찾으러 다니다 영혁을 마주쳤던 모양이었다. 그가 생각 끝에 소녕이 이곳에 있을 거라고 추측했을 것이고, 천 유모가 바로 이곳

으로 올 수 있었을 터였다. 그가 이미 알고 있으니 이 소식을 따로 전할
필요가 없었다. 천 유모가 소녕을 안고 자리를 뜨려고 하는 찰나 갑자
기 바깥에서 시끄러운 소리가 들렸고, 환한 불이 켜지며 경심전을 에워
쌌다. 빨리도 왔구나! 봉지미는 긴장했다.

누가 책임져야 하는가?

　상대는 매우 다급하게 들이닥쳤다. 호롱불이 삽시간에 켜졌고, 어두컴컴하던 경심전이 환하게 밝아졌다. 군사들이 왁자지껄 떠드는 소리가 들렸다.

"이쪽이요, 이쪽."

"앞으로, 앞으로."

"서쪽으로 검은 그림자가 지나갔다며 수빈과 옥빈께서 놀라 기절하셨습니다."

　그 무리는 큰 소란을 떨며 경심전으로 들어오려고 했고, 봉지미가 쓴웃음을 지었다. 사람들을 동원해 궁을 수색하려면 자객이야말로 가장 좋은 변명거리였다. 하지만 그렇다고 해도 수색 방향이 너무 티 나지 않는가? 서쪽에 있는 많은 궁에서 왜 하필 경심전에 온 것인가?

　궁의 숙직 호위는 세 부류로 구성되어 있었다. 어림군이 문을 지키고, 장영위가 궁의 순찰을 맡았고, 금위군이 제후가 묵는 주 궁전을 지켰다. 매일 밤 담당 황자 한 명과 대학사 한 명, 중서학사 당직자 한 명이 각자 한 부분씩을 맡았고, 전체는 담당 황자가 진두지휘했다. 그래서 오늘 밤의 자객 수색은 분명 호위 군사를 많이 동원하지는 못했을 터였다. 작은 규모의 금위군과 '자객을 봤다'고 말하는 후궁의 태감으로 구성되어 있으리라 짐작됐다.

지금 소녕을 안고 나가는 건 이미 불가능한 일이었다. 상대의 행동이 너무 빨랐기 때문에 지금 나가게 되면 잡힐 게 분명했다. 봉지미는 뾰족한 대책을 찾을 수가 없었다. 이리저리 묘수를 떠올리려고 고개를 돌리다가 천 유모를 보고 말문이 막혔다.

어느새 유모는 소녕을 침대 위에 눕혀 놓고 재빨리 자신이 가져온 태감의 옷을 입히더니 품에서 꺼낸 상자를 열었다. 상자 안에는 다시 무수히 많은 비밀 상자가 있었고, 여러 색깔의 점토가 들어 있었다. 길이가 각기 다른 가짜 눈썹과 진짜 같은 가짜 피부, 그리고 가짜 점과 작은 가위, 집게, 납작한 막대 등이 들어 있었다. 유모는 주저하지 않고 바로 소녕의 얼굴을 만지작거리며 찰흙을 바르고 가짜 사마귀를 붙이고 수염을 붙인 후 눈썹을 가다듬었고, 너무 긴 속눈썹을 뚝딱 잘라냈다. 재빠르고 민첩한 손재주에 어지러울 정도였다. 천 유모의 분장술은 기술이 뛰어날 뿐 아니라 굉장히 숙련되고 대단했다. 유모가 매일 자신의 얼굴에 연습한 게 아닐까 하는 생각이 들 정도였다. 봉지미 역시 자리에서 멍하니 바라만 보고 있었다.

'궁에, 그것도 소녕 곁에 종신과 막상막하의 실력을 갖춘 분장의 달인이 있을 줄이야.'

천 유모의 손놀림이 빠르긴 했지만, 상대는 더욱 빨리 들이닥쳤다. 절반 정도 분장을 했을 때 상대는 이미 정원으로 진입한 상태였다. 음산한 남자의 목소리가 들렸다.

"수색해라!"

한껏 긴장한 봉지미가 천 유모의 앞으로 가 병풍처럼 두 사람을 가렸다. 수색하라는 소리가 들렸지만 사람들은 흩어지지 않았다. 고남의가 있는 곳으로는 가보지도 않고 바로 봉지미가 묵는 침전 쪽으로 오더니 문을 두드렸다.

"위 대인, 궁에 자객이 들어 이쪽으로 도망쳤다고 합니다. 어서 일어나세요!"

방에서는 아무 소리도 들리지 않았다. 문밖에 있는 자는 오늘 밤 당직인 대학사 오문명이었다. 대답이 들리지 않자 입가에 쓴웃음을 짓더니 다시 한 번 소리를 높였다.

"위 대인, 명을 받아 자객을 쫓아 왔으니 어서 문을 여십시오. 문을 열지 않으면 부수고 들어가겠습니다."

뜰에서 횃불이 타오르는 소리가 들렸다. 정적이 흐르는 가운데 경심전 안에서 나른한 웃음기가 섞인 목소리가 전해졌다.

"오 대인님 아니십니까? 한밤에 자객 수색을 하신다고요? 오 대인은 자객이 제 침전으로 온 것을 어떻게 보셨습니까? 자객은 어떻게 생겼나요? 어떤 옷을 입고 어떤 무기를 들고 있었나요? 말씀하시면 제가 한번 살펴보지요."

오문명이 입을 벌린 채 잠시 넋을 잃고 있다가 한참 후에 번거롭다는 듯 말했다.

"한밤에 일어난 일인데다 자객이 펄쩍펄쩍 뛰어다녀서 어찌 제대로 볼 수 있겠습니까? 위 대인, 괜히 시간 끌지 마시고 어서 문을 여세요!"

궁 안에 다시 정적이 흐르더니 곧이어 봉지미의 차갑고 덤덤하면서도 나른한 목소리가 들렸다.

"제가 지금 요양 중이지 않습니까? 일어나서 옷도 입어야 하지 않겠습니까? 오 대인은 뭐가 그리 급하십니까? 아이고 참, 저 위지는 팔자도 참 편치 않습니다. 자객이 요양 중인 사람의 궁으로 잠입했다는데 괜찮은지 묻는 사람조차 없다니."

오문명은 그 소리를 듣고 멍해졌다. 너무 조급한 나머지 경심전을 수색하기 전에 먼저 위지의 안전을 확인하는 것을 잊었다. 오문명은 눈살을 찌푸리며 자객이 가짜로 만들어 놓은 허구의 설정임을 알고 있어도 연극은 그럴듯하게 해야 했다고 생각했다. 그렇지 않으면 폐하의 귀에 들어가는 순간 너무 조급하게 일을 처리했다는 인상을 심어줄 수 있었다. 하지만 다시 생각해 보니, 오늘만 지나면 위지는 조정에서 세를 펼칠 수 없을 터였다. 그러니 두려워 할 필요가 뭐가 있단 말인가?

"위 대인이 안전한지 아닌지는 저희가 봐야겠습니다."

오문명은 침착함을 찾고는 뒤로 한발 물러났다. 그는 안에서 들려오는 발걸음 소리에 봉지미가 문을 열어 줄 것으로 생각했다. 하지만 한참을 기다려도 발걸음 소리만 들릴 뿐 아무도 문을 열지 않는 게 아닌가?

집 안에서 봉지미는 손을 신발에 집어넣은 채 바닥을 짚으며 마찰을 시켰다. 천 유모는 수염을 붙이는 중이었다. 가느다란 눈을 가진 까무잡잡한 피부에 곰보가 잔뜩 핀 어린 태감의 얼굴이 점점 그럴듯하게 갖춰갔다. 오문명은 점점 초조해졌다. 폐하가 왜 아직도 나타나지 않는지 생각하며, 혹시나 소식을 전하는 군보를 초왕에게 들킨 게 아닐까 걱정했다. 오문명이 하늘을 쳐다보다가 매서운 눈초리로 명령했다.

"부셔라!"

"잠깐!"

뒤에서 들려온 목소리는 기품이 있으면서도 서늘했다. 소외감과 스산함이 묻어 있는 목소리였다. 두 열로 늘어선 횃불이 어느새 구불구불 이어졌고, 가지런한 발걸음으로 푸른 돌을 밟는 소리가 들렸다. 푸른 옷과 하얀 갑옷에 빨간 술을 단 장영위 호위들이 물밀듯이 들어와 두 줄로 나열하며, 오문명이 데려온 몇 안 되는 어림군과 내궁의 태감이 서 있던 자리를 차지하였다. 그들은 마치 원래부터 그 자리에 박혀 있던 못처럼 길 양편으로 늘어섰다. 횃불의 빛이 촘촘하게 타올랐다. 빛이 환하게 비추는 가운데 파란색 긴 두루마기에 검은색 짙은 망토를 두른 초왕 영혁이 성큼성큼 들어왔다. 횃불의 빛이 비치자 그의 용안과 옷 색깔이 완전히 대비되었다. 검은 머리칼과 어두운 눈동자가 더할 나위 없이 차갑고 냉랭했다. 서리가 내려앉은 듯 희고 매끄러운 피부에 붉은빛을 띠는 입술은 마치 태양이 눈 덮인 산봉우리를 비출 때 반짝이는 빛을 떠올리게 했다.

영혁이 계단 앞에서 멈추었다. 오문명은 계단 위에 있었다. 영혁이 고개를 들어 오문영을 올려다보는 자세였지만 어찌 된 영문인지 초왕이 오문명을 내려다보는 듯한 느낌을 받았다. 초왕은 싸늘하면서도 조롱이 섞인 눈망울로 오문영을 보았다. 오문명은 초왕의 눈빛에 심장이 덜컹 내려앉았다.

'전하, 너무 빨리 오셨군요!'

오문명은 문을 밀고 있던 손가락을 내키지 않는 표정으로 거두었다. 그는 얼른 영혁에게 허리를 굽히며 예를 표했지만, 여전히 계단에서 내려오지 않고 가만히 서 있었다.

"오 대인께서는 여기서 무엇을 하십니까?"

밖에서 질문을 하는 영혁의 목소리가 방안까지 들렸다. 안에 있던 봉지미는 소녕의 옷을 갈아입히는 것을 도와주고 있었다. 소녕은 수가 놓인 신발을 신고 있었는데 태감의 두루마기로는 신발을 덮지 못했기에 신발도 바꿔야만 했다. 봉지미는 신고 있던 장화를 벗었다. 천 유모는 그 장화를 받아 신발 속에서 솜 두 뭉치를 꺼냈다. 봉지미는 천 유모의 표정을 살폈는데 그녀는 무표정한 얼굴로 솜을 다시 집어넣고 또 천 조각을 집어넣었다. 봉지미보다 소녕이 키가 작으니 발도 역시 작을 것이었다. 봉지미가 아무 소리도 내지 않고 긴 한숨을 쉬었다. 이 유모는 봉지미의 신분에 대한 비밀을 알고 있는 것이 분명했다. 밖에서 나누는 대화 소리가 얼핏 들렸다.

"전하께 아뢰옵니다. 옥빈과 수빈께서 궁에 자객이 잠입했고, 바깥 궁전의 서쪽 부근으로 도망치는 것을 봤다고 전해 왔기에 신이 친히 자객을 잡으러 왔습니다."

오문명의 목소리는 당당했다.

"바깥 궁전의 서쪽에는 집이 백 채나 되는데, 어찌 경심전이라고 단정하시는가?"

"경심전이 마침 정서쪽 방향입니다."

"자객이 정서쪽 방향으로 갔다고 누가 그랬소?"

"취희궁 궁인인 경아가……."

"경아를 부르거라!"

"전하! 자객을 잡는 것이 시급합니다!"

"자객이 도대체 어디에 숨어 있는지 확인하는 것이 더 시급하오! 만약 궁인이 당황하여 잘못 보았고, 자객이 여기가 아닌 폐하의 침전으로 갔다면 책임지실 수 있소?"

"폐하의 침전에는 이미 사람을 보냈습니다."

"오 대인! 대인이나 저나 책임을 져야 합니다. 폐하의 안전이 제일입니다. 궁에 자객이 잠입했는데 폐하의 침전으로 가서 진두지휘하지 않으시고, 요양하는 위 대인에게 와서 아무 이유 없이 괴롭히다니 이건 무슨 심보입니까?"

"전하!"

점차 조여 드는 초왕의 질문에 오문명은 말문이 막혔고, 사지에 몰려 악에 받친 것처럼 성을 냈다.

"전하 역시 폐하의 침전을 지키지 않으시고 여기에서 저와 실랑이를 하지 않으십니까!"

방 안에서는 봉지미가 남녀의 정사 이후 풍기는 그 특유의 냄새를 감추기 위해 단향을 피우고 있었다. 천 유모는 빠른 손놀림으로 침상의

요를 갈았다. 바깥에서는 영혁이 오문명을 바라보며 차가운 미소를 짓고 있었다.

"그건 바로……."

영혁의 말에 오문명은 안색이 변했다.

"폐하께서 가 보라고 명하셨으니까요!"

툭, 둔탁한 소리가 들렸다. 마치 누군가가 바닥으로 내동댕이쳐지는 소리였다. 곧이어 어쩔 줄을 몰라 하는 여성이 떨리는 목소리로 말했다.

"알현하옵니다. 전…… 전하, 알현하옵니다. 오 대인……."

"이 분이 오 대인인 것을 너는 어찌 아느냐?"

영혁이 번개처럼 반응하며 즉시 묻자 궁녀는 말문이 막혔다. 오 대인 역시 마찬가지였다.

"내정의 궁녀가 외신인 학사와 어떻게 아는가?"

영혁이 재차 질문하며 한 발의 양보도 없이 옥죄었다.

"조금 전에 자객에 관해 물을 때 알게 된 것입니다."

오문명은 돌아가는 상황이 예사롭지 않자 서둘러 설명했다.

"오 대인께서는 참 한가하시군요."

영혁이 냉랭한 미소를 보였다.

"자객이 잠입했고 궁이 위태로운 상황에서 친히 궁녀를 심문하시고, 또 궁녀와 통성명을 할 시간까지 있으셨다니요!"

오문명은 말문이 막혀 얼굴이 빨갛게 달아올랐다. 뭐라 변명하기도 전에 영혁은 그에게 어떤 반격의 기회도 주지 않고 난감하게 만들었다.

"여봐라."

영혁이 바닥에서 벌벌 떨고 있는 궁녀를 가리키며 말했다.

"저 궁녀의 옷을 벗겨라. 다시 차근차근 물어보마. 입은 옷이 적으면 적을수록 사실을 말한다고 하던데, 얼마나 거짓말을 하는지 본 왕이 직접 살펴봐야겠구나!"

찍!

옷이 찢어지는 소리 사이로 여자의 울음소리가 들렸다. 영혁이 태연하게 말했다.

"옷을 다 벗겼는데도 거짓말을 하면 피부 껍질까지 벗길 수밖에!"

방 안에 있는 천 유모는 헝클어진 소녕의 긴 머리를 날쌘 동작으로 말아 올려 모자를 하나 씌웠다. 바깥에서는 울부짖는 애원의 목소리가 울려 퍼졌다.

"살려주십시오, 전하······. 살려 주십시오······."

궁녀는 바닥에서 이리저리 구르며 옷을 찢으려는 손길을 피하고 있었다. 그녀는 이미 고문을 견딜 마음의 준비를 했으나 몇백 개의 눈앞에서 발가벗겨진 채 질문을 당하는 상황은 견딜 자신이 없었다. 뒷짐을 지고 서 있는 초왕의 태연한 표정과 자신에게 눈길조차 주지 않는 오 대인의 모습을 본 그녀는 잘못하다간 죽음을 면할 수 없겠다는 생각이 들었다. 이대로 완강하게 저항하다가는 옷은 물론이거니와 정말 피부 껍질까지 벗겨질지도 몰랐다. 죽을 준비를 하고 임했지만, 모욕적인 죽음은 차마 견딜 수가 없었다. 궁녀는 절망한 나머지 큰소리로 외쳤다.

"소인네는 제대로 보지 못했습니다. 소인네는 그저 서쪽으로 간 것만 보았습니다. 오 대인께서 경심전 방향이 아니냐고 묻길래, 소인네는 그렇다고 답했을 뿐입니다."

영혁이 웃기 시작했다. 횃불의 빛 아래에서 영혁의 미소는 부드러운 듯 보였지만 싸늘하고 음산했다. 그의 미소는 마치 선명한 색깔로 사람을 유혹하여 피바다 속에서 피어난다는 붉은 독말풀 같은 미소였다. 오문명은 가슴이 서늘했다. 이 미소는 바로 봉지미를 심문하던 형부의 법정에서 봤던 미소였다. 초왕이 미소를 지은 후 팽패는 완전 빼도 박도 못하게 당했다. 오문명의 손가락이 가늘게 떨렸다. 영혁이 큰소리를 내며 꾸짖었다.

"끌어내려라!"

장영위가 한 치의 주저함도 없이 계단으로 올라왔다. 방 안에서는 천 유모가 병풍을 걷고 분장을 끝낸 소녕을 바닥에 내려놓았다. 봉지미는 재빨리 세 가지 색을 띠는 오묘한 분위기의 청자 찻잔을 소녕의 가슴에 집어넣었다. 바깥에서는 오문명이 매우 놀라며 흥분해 소리를 질렀다.

"전하, 제 정신이십니까! 일품 대신을 끌어내리다니요!"

"본 왕이 끌어내리려는 자는 자객과 결탁하여 궁을 소란스럽게 하고, 외부와 내통하여 그 꿍꿍이를 짐작할 수 없는 대신이오!"

영혁이 당당한 표정으로 웃으며 남쪽에 있는 천성제의 침전을 가리키며 꾸짖었다.

"자객이 폐하 침전 근처에서 나타났는데, 이렇게 아랫사람과 내통하여 경심전에 자객이 들었다고 거짓말을 하지 않았소! 이쪽에서 시간을 허비하면서 자객에게 시간을 벌어주는 수작을 쓴 것 아니오? 속이 아주 검고 황제를 죽이려는 의도가 가득한데도 인정하지 않는 거요?"

순간 영혁의 잔인함을 느낀 오문명의 얼굴에 핏기가 가셨다. 상대의 계략을 역이용하여 발본색원하라! 자객이란 자는 원래 허상의 인물이었다. 하지만 경심전을 수색하여 공주를 농락한 봉지미의 대죄를 밝힐 구실이 필요했다. 허나 영혁이 이렇게 사납게 달려들며 놓아주질 않더니, 아예 자객을 폐하의 침전 부근으로 옮겨 놓았다. 그의 논리대로라면 그곳에 자객이 있으니 이곳에는 자객이 있어서는 안 되었고, 정황상 오문명이 이곳을 수색하는 것도 의심스러운 일이 되었다.

무엇보다 '현장에 없었기에 책임을 면하려고' 한 연극이 그러했다. 또한 궁녀 경아가 자객이 경심전 방향으로 갔다고 말하도록 유도 질문을 했다는 죄도 의심스러웠다. 그 죄는 나중에 영혁이 갖다 붙이려고 한 대역죄에서는 벗어날 수 있을 듯했지만, '마음속에 계략을 품고 있는 속을 알 수 없는 사람'이라는 족쇄를 벗기는 힘들 듯했다. 자칫 잘못하다가는 '공이 있는 대신을 모함하려고 한 죄'까지 뒤집어쓸 수도 있었다. 그러면 향후의 일은 차치하더라도 목숨조차 부지하기 힘들지도 몰랐다.

오문명은 원래 준비를 철저히 하는 인물이었다. 자신감이 가득했었지만, 영혁의 천둥 번개와 같은 공격에 머릿속이 새하얘졌다. 오문명은 이 일이 발생하고 15분 만에 재빨리 행동했고, 영혁이 소식을 들었을 경우와 못 들었을 경우 모두 정확히 계산했다. 하지만 영혁의 임기응변이 이리 뛰어날 줄은 몰랐다. 비록 자신보다 한발 늦었지만, 이렇게 빠른 행동을 할 줄은 예상하지 못했다. 장영위가 칼과 창을 들고 다가왔다. 서슬이 시퍼런 표정으로 추호의 망설임도 없이 움직였다. 이 부대는 영혁이 직접 지휘하는 친위대였기에 어림군보다는 훨씬 쓸모가 있었다. 오문명이 데려온 어림군은 수도 적었고, 또 초왕과의 대치 상황에서 감히 오문명을 위해 나설 수는 없었다.

'완벽했던 계획이 딱 한 발 차이로 이렇게 무너져 버리고, 나도 무너지는 것인가? 안 되지! 아직 판을 뒤엎을 기회가 있다!'

오문명이 표독스러운 표정을 지었다. 영혁이 눈빛을 반짝이며 고함을 질렀다.

"어서 끌어내려라!"

오문명은 자신의 뒤에 있는 문을 발로 세게 찼다. 그러자 방안에서 번쩍하고 빛이 새어 나왔다. 갑자기 경심전의 문이 열린 것이었다. 오문명은 손에 들고 있던 비수를 휘두르며 차가운 미소를 보였다. 조금 전 오문명은 비수를 손에 쥐고 있다가 영혁과 대화 도중 몰래 경심전의 빗장을 열어 두었다. 그리고 지금 그가 힘을 가하자 문이 열렸다.

'영혁, 당신이 무서운 표정을 한들 상관없다. 위지를 체포하기만 하면

승리는 예측불허가 되어 버리니!'

경심전에는 뒤 창문이 없었고, 앞에 있는 문이 전부였다. 봉지미와 공주가 아직 안에 있다면 판을 뒤집을 수 있었다. 이제 옷을 다 입었다고 해도 상관없었다. 공주만 있다면 위지의 죄를 따질 수 있을 터였다. 오문명이 냉소가 서린 얼굴로 고개를 돌려 방안을 살폈다. 그는 황급히 숨을 곳을 찾고 있을 위지와 많은 사람들이 기함하는 소리, 영혁의 어이없는 표정을 기대하며 좌우를 둘러봤다. 그런데 그 순간 정말 어이가 없는 사람은 다름 아닌 오문명 자신이었다.

문이 열린 경심전의 풍경은 모든 것이 평소와 같았다. 단정한 옷차림의 위지는 미간을 찌푸린 채 뒷짐을 지고 한편에 서 있었다. 그 옆에는 중년 여성이 서 있었다. 보라색 옷과 푸른색 치마를 입은 모습이 한눈에 유모임을 짐작할 수 있었다. 유모는 미간을 찌푸리고 바닥에 있는 어린 태감을 노려보며 매섭게 꾸짖고 있었다.

"옥명전에 먹칠을 하는 쓰레기 같은 놈!"

어린 태감은 꿇어앉은 채로 이미 혼절한 듯 보였다. 바깥쪽을 향한 얼굴에 불이 환하게 비추어서 까무잡잡한 피부에 곰보 자국이 선명한 어린 태감을 똑똑히 볼 수 있었다. 오문명은 눈을 크게 뜨고 방안을 살살이 살펴봤다.

'소녕은 대체 어디에?'

누군가가 나지막이 어라, 하는 소리를 냈다.

"옥명전의 하인이 아닌가? 저분은 천 유모가 아닌가? 이 깊은 밤에 여기는 어인 일이십니까?"

영혁이 고개를 들어 안을 들여다보다가 봉지미와 눈이 마주쳤다. 두 사람은 시선이 마주쳤지만 당황하거나 긴장한 모습은 찾아볼 수 없었고, 시선에 옅은 웃음만이 담겨 있었다. 함께 위기를 넘겼던 사람들이 보여주는 편안한 미소였다. 곧이어 영혁의 시선이 다시 이동하더니 어린 태감에게 향했다. 그는 눈빛을 반짝이더니 이상한 낌새가 느껴져 다시 천 유모를 바라봤다. 유모는 누구에게도 시선을 두지 않은 채 매서운 눈길로 어린 태감을 노려보고 있다가 고개를 돌려 영혁에게 예를 갖추고 말했다.

"전하, 소인네가 여기서 용서를 구하고자 합니다."

"옥명전의 천 유모 아닌가?"

영혁이 담담하게 말했다.

"어찌 이곳에 있는가?"

천 유모는 부끄러운 표정을 지으며 차마 말을 잇지 못했다. 봉지미가 웃으며 대신 대답했다.

"이 어린 하인이 오늘 밤에 어찌 된 영문인지 제 처소에 들어왔다가 저한테 발각이 되었습니다. 자객이라고 생각한 저는 붙잡아 물었는데, 알고 보니 옥명전에서 청소를 담당하는 태감이지 않습니까. 마침 옥명전의 천 유모께서 이자를 찾으러 오셨고, 이 어린 태감은 천 유모를 보고 놀라 혼절했습니다. 이후 두 분이 돌아가시려던 찰나 오 대인께서 찾아오셨습니다. 저는 천 유모와 어린 태감이 한밤중에 이곳에 있는 것이 밝혀지면 별로 좋지 않으리라 생각했습니다. 만약 그것 때문에 벌을 받는다면 어쨌든 저의 잘못 아니겠습니까? 그래서 한참 망설이는 바람에 오 대감을 조급하게 만들었습니다. 죄송합니다!"

봉지미가 새하얗게 질려 있는 오문명에게 허리를 굽히고는 웃으며 말했다.

"오 대감께서 저의 처소에 자객이 들었다고 하셨지만 그렇지는 않습니다. 이 점에 대해서는 천 유모가 증명할 수 있습니다. 설마 오 대감께서는 천 유모와 이 어린 태감이 자객이라고 생각하시나요?"

부드러우면서도 예를 차린 봉지미의 말에는 비꼬는 의도가 있었고, 그건 누구라도 파악할 수 있을 정도였다. 천 유모와 어린 태감은 임명을 받고 궁에서 일하는 사람이었기에 자객일 수 없었다. 얼마 전까지만 해도 경심전은 빈 처소였고, 호위도 거의 배치하지 않았다. 하지만 최근 봉지미가 요양을 위해 묵으면서 폐하가 많은 상을 하사했고, 그 물건들이 처소 안에 쌓여 있었다. 외신인 봉지미는 추후 물건을 가져갈 예정이라 금고에 따로 보관하지 않았다. 아마 옥명전의 어린 태감은 재물 욕심에 기회를 틈타 몰래 잠입하여 돈 좀 벌어볼까 생각했을 것이다. 현재 요양 중인 봉지미는 몸이 좋지 않으며, 물건이 너무 많아 일일이 기억하지도 못할 것이다. 어린 태감은 그 중에서 몇 개가 사라진다 해도 문제가 되지 않으리라 생각했다가 봉지미에게 붙잡힌 것이다. 봉지미는 소란을 피우고 싶지 않아 옥명전을 관리하는 유모를 불러 처리하려 했고, 공교롭게도 오 대인과 마주친 것이다. 이 상황으로 추측할 수 있는 이야기는 명확했다. 사람들은 모두 자신들이 이해한 대로 들었다. 게다가 어린 태감의 품에 세 가지 색을 내는 청자 찻잔이 살짝 보이지 않는가? 찻잔은 봉지미가 하사받은 물건처럼 보였다.

오문명과 함께 온 어림군 분대장이 아무 소리도 없이 수하에게 고개를 돌리더니 조금 물러섰다. 오문명이 믿을 수 없다는 듯 안을 살폈다.

'소녕 공주는 어디에 있는가? 천 유모는 왜 이곳에 있는가?'

오문명의 눈빛이 어린 태감의 얼굴에서 멈추자, 그는 조금 전에 누군가 이 태감을 안다고 했던 말이 떠올랐다. 가슴이 서늘해지면서 어떤 생각이 뇌리를 스쳤다. 설마…….

"폐하 납시오."

길게 외치는 소리가 들렸고, 사람들이 바로 고개를 돌렸다. 호박 모양의 등불이 떠오르더니 천성제의 용가가 보였다. 늙은 황제는 피곤한 모습이었고, 약간 지쳐 보였다. 모두 머리를 조아리고 예를 표했다. 천성제는 용가에서 내려오지 않고 멀리서 궁을 한번 보더니, 손을 저으며 말했다.

"그림자 하나 안 보이는 오밤중에 무슨 소란이냐? 어서 해산하거라."

황제의 말에 모두 넋을 잃고 말았다. 폐하가 아무 질문도 하지 않으시고 시위들에게 직접 해산을 명하실 거라고 예상치 못했다. 영혁이 바로 허리를 세우며 답했다.

"네."

영혁이 두말하지 않고 장영위를 데리고 자리를 뜨려 했다. 오문명은 천성제를 보고는 가슴이 무거워졌다. 계단에 꿇어앉아 있다가 체통에 어울리지 않는 듯 느껴져 계단 아래로 이동하여 꿇어앉았다. 오문명의 두 다리는 마비된 듯 말을 듣지 않았고, 이마에서는 땀방울이 뚝뚝 떨어졌다.

"오 대학사도 오밤중에 소란을 피우느라 지쳤을 것이다."

천성제는 담담한 얼굴로 오문명을 힐끗 바라보았다. 말투만으로는 황제의 기분을 짐작하기 어려웠다.

"당직실에서 잠시 쉬어라."

황제의 말에 이상한 점은 없었으나 '소란을 피우느라'라는 표현이 너무 적나라하여 오문명은 오금이 저렸다. 그는 사지가 떨려 길게 대답하지 못하고 그저 고개를 푹 숙였다.

"예, 전하."

"당신은 문신이고, 창문전 대학사다."

높은 용가에 앉아 있는 천성제의 얼굴은 등불의 그늘에 가려져 절반은 밝고, 절반은 어두웠다. 황제가 내뱉은 말은 평범했지만 살벌했다.

"문신은 마음가짐이 중요하다. 군주를 향한 일심으로 천하의 본보기가 되어야 하며, 항상 연마하고, 세속의 때에 찌들어서는 안 된다. 어렵게 닦은 학문과 도덕적인 현인의 문장을 잘못된 방향으로 사용해서는 안 되는 법이다. 음모를 계획하고, 시기하고 질투하는 마음은 피하고 두려워해야 할 것이다. 자신의 그릇을 파악하지 못하고 이에 말려들면 아무도 구해 줄 수 없는 지경으로 빠지게 된다. 여기 전 조정의 지혜로운 재상 이문정의 『신론』이라는 책이 있으니 가져가서 읽어 보거라. 다 읽고 나서 짐에게도 들려 주거라."

책 하나가 툭, 하고 오문명의 무릎 앞에 떨어졌다. 오문명은 책을 집으려 했지만 손이 떨리고 책이 얇아 손에 쥐어지지 않았다. 봉지미와 영혁은 재빠르게 시선을 교환했다. 천성제의 말은 매우 강력하여 오 대학사의 마음과 정신을 갈기갈기 찢어 놓았다. 격려하고 추천하는 것 같았지만 경고하고 꾸짖는 것 같기도 했다. 평범하기 짝이 없는 말이었지만 무한한 무게와 살기가 느껴져서 아주 높이 들었다가 쉽게 내려놓는 것 같았다. 이렇게 되자 황제가 오문영을 영원히 복직 시키지 않겠다는 뜻인지, 아니면 한동안 냉대하겠다는 뜻인지 확실히 알 수 없었다.

영혁은 시선을 아래로 향하고 눈에 담고 있던 웃음기를 감췄다. 내각의 학사 네 명 중 두 명은 그의 진영이었고, 오 대학사는 천성제가 뽑은 사람으로 영혁을 견제하기 위한 도구였다. 그런데 오 대학사는 별 구실도 하지 못한 채 당쟁에 휘말려 버렸다. 천성제는 오 대학사에게 죄가 있음을 뻔히 알면서도 기회를 주고자 했다. 엄중한 벌을 내리지는 않겠지만, 이제 내각은 영혁이 완전히 주도권을 잡을 수 있게 되어 버렸다. 제왕이 권력을 견제하는 수법은 항상 이랬다.

봄밤의 바람은 더욱 시원했다. 어둠 속에 빼곡히 귀신이 숨어 있는 듯한 나무 그림자가 마구 흔들렸다. 조정의 계략과 음모, 그리고 속임수에 엄중한 조소를 보내는 것 같았다.

"자, 다 돌아가거라!"

천성제가 짜증이 깃든 눈으로 오문명을 힐끗 보고는 몸집이 큰 호위 몇 명을 부르더니 그를 바닥에서 일으켜 세웠다. 오 대학사의 바지 아랫도리가 조금 축축하게 젖어 있었고, 그가 앉았던 곳에서 고약한 냄새가 풍겨왔다. 너무 놀란 나머지 오줌을 지린 것이었다. 봉지미가 슬쩍 웃으며 중얼거렸다.

"살아 있는 '봄비는 바람을 따라 살그머니 바지 안으로 들어와 소리 없이 엉덩이를 적시네'*역자 주. 두보의 시 춘야희우에서 단어만 몇 개만 바꾼 말장난 군요·····.'"

봉지미가 살짝 미간을 찌푸리며 오늘 밤 황제가 어딘지 이상하다고 생각했다. 어째서 용가에서 내려오지 않는 것인가? 물론 내려오지 않는 편이 좋기는 했다. 태감의 문제가 발각되면 누구도 빠져나갈 수 없을 것이다. 하지만 용가에서 내리지 않고, 가까이 오지도 않으니 뭔가 이상했다. 멀리서 천성제가 방안을 힐끗 바라보고 담담하게 말했다.

"옥명전의 궁인이 규칙을 지키지 않은 것은 담당 유모가 제대로 교육하지 않은 책임이 있으니, 3개월 감봉 처분을 하고 내무사에 데려가 싸리나무채로 백 대를 때려라."

봉지미가 놀라 뭐라고 두둔하려다가 영혁의 눈빛에 아무 말도 하지 못했다. 천 유모는 차분한 표정으로 머리를 조아리고 있었다.

"성은이 망극하옵니다. 전하!"

"자네 수하의 잘못은 자네가 알아서 처리하게."

천성제가 이어서 말했다.

"도둑질은 큰 죄이므로, 곤장을 때려 죽게 하고, 시체도 절대 남기지 말라."

천 유모가 또 나지막이 대답했다. 봉지미는 눈썹을 치켜들며 생각에 잠겼다. 뭔가 이상했다. 천성제가 언제부터 궁의 어린 태감의 처벌까지 신경을 썼는가? 게다가 친히 관심까지 보이면서? 또한 천 유모에 대한 처벌도 기괴했다. 그렇다면 뭔가 알고 있는 것인가?

"위지."

천성제가 갑자기 입을 벌려 봉지미를 불렀다. 그녀가 한 발 다가가 꿇어앉아 대답했다.

"네, 전하."

"마침 예부를 이끌면서 자네가 처리할 일이 생겼다네."

천성제의 눈빛이 조금 이상했다. 분노와 막막함 그리고 스산함이 서린 눈빛으로 봉지미를 한번 훑어보았다.

"소녕 공주는 출가도 하지 않은 상태에서 낭군을 잃었다네. 창덕사의 주지스님이 사주를 보시고는 소녕에게 액이 꼈다고 했다네. 10월 10일 정도에 화를 입을 수 있다고 말일세. 짐은 소녕의 액을 막고 싶고, 여러 번 화를 피하게 하고 싶어 서부거리에 황묘를 만들어 잠시 머리를 삭발하지 않은 채 수행하도록 할 참일세. 잠시 공주의 이름 대신…… 영녕(永寧)이라는 불가의 이름을 내리고 말일세."

봉지미는 계속해서 뭔가 이상하다는 생각이 들었다. 바닥을 짚고 있던 손을 거두니 손에 축축한 진흙이 묻어 있었다. 천성제는 방 안의 인물이 소녕이라는 사실을 알고 있다! 그래서 용가에서 내려오지 않고 재빨리 모든 사람을 해산시켰다! 또한 그래서 친히 어린 하인에게 곤장질하고 시체도 남기지 말라는 명령을 내렸던 것이었다. 다시 말해, 곤장을 천대 맞아 죽을 인물은 바로 여기 있는 '가짜' 태감이 아닌 옥명전에서 잠을 자다가 날벼락을 맞은 '진짜' 태감이었다!

그래서 천성제는 천 유모에게 벌을 내렸다. 궁의 하인을 제대로 관리하지 않아서가 아니라 공주를 제대로 감시하지 못했기 때문이었다. 하지만 천 유모의 임기응변으로 공주와 황가 모두 체면을 구기지 않았고, 봉지미의 목숨도 구하지 않았는가? 황제는 소녕을 궁에서 내보내려는 생각이었다. 이 일을 영원히 덮어둘 수는 없으니, 대신 소녕을 출궁시키고자 했다. 그러면 옥명전과 오늘 밤 경심전에 있었던 사람, 그리고 이 일과 연관된 사람들 모두 깨끗해질 수 있었다.

'하지만 왜 소녕을 출가시키려 하는가? 왜 황묘를 서부거리에 만들었을까? 왜 자신한테 이 일을 처리하라고 했을까?'

봉지미는 순간 식은땀이 흘렀다. 황제의 노련함과 매서움 때문만이 아니었다. 하나씩 조용히 처리하려는 황제의 계획 곳곳에 소녕에 대한 깊은 배려가 녹아 있었다. 지금 그는 분노를 꾹 참고 있었고, 가장 평화로운 방도를 찾아 딸자식의 문제를 해결하려 했다. 사려 깊은 제왕이자 치밀한 아비였다.

"위지."

천성제가 담담하게 봉지미를 바라봤다.

"상처를 잘 치료하게! 괜찮아지면 하루빨리 조정으로 돌아오게나. 춘위는 자네가 맡아야 하네. 그리고 자네의 저택이 타 버렸다 하여 짐이 한 채를 하사하였다. 내무사가 이미 정리하였으니 바로 그곳으로 가서 묵으면 되네."

봉지미의 입가에 씁쓸한 웃음이 묻어났다.

'저 늙은이가 딸 때문에 나와 흥정을 하는군.'

천성제는 위지가 소녕에게 장가를 가면서까지 자신의 장래를 희생할 마음이 없다는 것을 잘 알고 있었다. 제왕으로서는 차라리 이 일을 핑계 삼아 소녕에게 작호를 내려 출궁시키고, 공주라는 작호를 없애면 둘이 결혼을 한다 해도 법적 제약을 받지 않을 터였다. 이는 천성제가 인재를 잃지 않는 방법이었고, 봉지미가 안심할 수 있는 방법이었다. 위지에게 춘위를 맡기겠다는 말은 공주와 결혼을 해도 관직을 뺏지 않겠다는 말이었다. 황제는 함축적인 말로 에둘렀지만, 모든 것을 명백히 표명한 셈이었다. 위지에게는 어떤 여지도 남겨주지 않았다. 만약 혼인을 거부한다면 사리분별을 못하는 것이나 다름없었다. 다시 말해, 소녕과의 혼사는 이미 결정된 것이다!

봉지미는 온통 불만으로 가득했다. 오늘 밤에는 이런저런 사건이 끊임없이 일어났다. 천성제나 영혁은 그들의 이로운 계획대로 착착 진행한 듯했다. 어쩐지 봉지미 자신만이 그들의 계획에 당한 기분이 들었다. 하지만 그녀는 어쩔 수 없이 고개를 푹 숙이고 말했다.

"폐하, 소신의 상처는 괜찮습니다. 날이 밝는 대로 바로 출궁하여 조정으로 돌아가 일을 처리하겠습니다. 그리고 하루빨리 공주의 황묘를 건설하겠습니다."

천성제는 봉지미를 한참 응시했다. 눈빛에 막막함과 위안이 서려 있었다. 황제가 자상한 말투로 말했다.

"공주의 황묘는 자네 저택 부근일세. 앞으로 궁에 없을 때 자네가 많이 보살펴 줘야 하네."

'보살펴 줘야 한다고? 침대에서?'

봉지미는 땅바닥 풀이 마치 소녕의 얼굴인 것처럼 냅다 잡아당기고 또 잡아당겼다.

"돌볼 필요 없습니다."

갑자기 딱딱한 어투의 단조로운 음성이 들렸다. 첫 번째 소리는 저 멀리서 들렸는데, 마지막 소리는 천성제 바로 앞에서 들렸다. 천성제 곁에 있던 호위들이 질겁하였다. 누가 이렇게 아무 소리도 없이 빨리 다가올 수 있단 말인가? 당황한 호위들이 뒤를 돌아 칼을 꺼내자 어둠 속에서 번쩍이는 칼날이 흔들리는 파도처럼 빛났다. 사람 그림자 하나가 암흑 속에서 천천히 걸어 나왔고, 아름다운 실루엣과 부드러운 윤곽이 나타났다. 등불이 그의 어깨를 비추자 물처럼 투명한 광채가 뿜어져 나왔다. 고남의였다.

천성제는 고남의를 보자 마음을 놓았다. 고남의는 일찍이 황제의 목숨을 구한 적이 있었다. 황제 역시 이 인물이 괴이하다는 것을 알고 있었지만, 그와 직접 이야기를 나누지는 않았다. 황제는 앞에 있던 호위들을 그대로 둔 채 삐딱한 자세로 앉아 미간을 찌푸리며 고남의를 바라보았다. 봉지미는 몰래 기쁨의 환호를 내질렀다.

'맹추, 괜찮은 건가?'

고남의는 봉지미를 힐끗 바라보다가 다시 매서운 눈길로 방을 쳐다보았다. 그러더니 한 사내의 뒷덜미를 잡고 있던 손을 높이 올린 다음 옷매무새가 헝클어진 사내를 천성제 앞에 던져 놓았다. 마당에 널브러진 사내를 본 사람들은 모두 놀랐다. 고남의가 조금 전보다 더 무뚝뚝하게 내키지 않는다는 어투로 말했다.

"이 사람이 책임져야지요."

제
14
장

이것도 가능하다

　바닥에 꿇어앉아 있던 봉지미는 고남의의 한 마디에 깜짝 놀라 하마터면 벌떡 뛰어오를 뻔했다. 그녀가 대뜸 고개를 들어 그를 쳐다봤다. 얼굴이 면사포에 가려져 있어 표정을 분간할 수 없었다. 하지만 바람이 불지 않는데도 거친 숨소리에 면사포가 움직이는 걸 보니 잔뜩 화가 나 있는 듯했다.

　고남의가 바닥에 내동댕이친 사내는 무언가에 놀라 얼어붙은 것처럼 얼굴이 창백했다. 봉지미는 등불에 비친 사내의 얼굴을 자세히 쳐다봤다. 사내는 바로 3법사 법정에서 위증죄로 관직을 박탈당한 예문욱이었다! 그는 이곳에 절대로 나타나서는 안 되는 사람이었다. 게다가 그의 손가락 사이로 황금빛이 번쩍였는데, 자세히 보니 정교하게 제작된 황가의 미혼 공주가 지니고 다니는 금색의 가느다란 전기석 발찌였다. 더 이상 설명하지 않아도 조금 전 그가 무슨 짓을 했는지 짐작할 수 있었다.

　봉지미는 벌어진 입 사이로 외마디 신음을 흘렸고, 고개를 들어 천성제의 안색을 살폈다. 침착하기 그지없는 황제는 여전히 평정심을 유지하고 있었으나 주름이 더 깊어진 듯했다. 은은한 등불 아래 깊은 호수처럼 움푹 들어간 두 눈에 도깨비불 같은 빛이 넘실댔다. 천성제에 대해 잘 알고 있던 봉지미는 황제가 이미 분노했다는 것을 느꼈다. 사랑하는 딸아이가 속임수에 걸려들어 강간을 당한 것 아닌가. 이런 상황에서 세상 어느 아비가 참을 수 있겠는가. 아무리 도도하고 고귀한 제왕이라고 해도 말이다. 천성제는 분명 예문옥을 죽여 버리고 싶은 심정일 터였다. 제왕이 분노하면 모든 걸 흔적도 없이 불태워버릴 수 있었다. 황가의 체통을 살리기 위해서라면 살상도 두려워하지 않는 존재였으니까.

"폐하!"

봉지미가 재빨리 무릎을 꿇고 몇 걸음 다가가며 얼어붙은 사내를 붙잡고 매섭게 말했다.

"이자가 바로 궁을 혼란에 빠뜨린 자객입니다. 간이 배 밖으로 나와 함부로 날뛴 자입니다. 이런 짐승만도 못한 자는 바로 곤장에 처해 죽여야 합니다!"

한밤중에 봉지미의 목소리는 더욱 공허하게 울려 퍼졌다. 분노로 격양된 목소리였지만, 천성제의 이상한 표정 때문에 가볍게 허공으로 흩어졌다. 기절한 소녕 공주와 시종일관 조용히 서 있던 고남의를 빼고는 모두 고개를 숙인 채 어쩔 줄 몰라 했다. 봉지미는 입술을 꽉 깨물었고, 등에서 땀이 흘렀다.

천성제는 아무 말이 없었다. 도깨비불이 서린 눈빛으로 봉지미를 노려보다가 방안을 살펴보았다. 소녕은 혼절한 상태로 아직 정신을 차리지 못하고 있었다. 도리어 자는 모습이 평안해 보였고, 심지어는 입가에 원하는 바를 얻었다는 달콤한 미소가 서려 있었다. 오늘 밤 선을 넘었던 자신의 행동이 정국을 흔들어 놓았고, 그 여파가 일파만파 커져 예측할 수 없는 파장을 불러왔다는 사실은 전혀 모르고 있었다.

아무것도 모른 채 소녕은 깊은 잠에 빠져 있었다. 그녀의 욕망이 만든 비밀스러운 계략과 변덕이 죽 끓는 상황, 그리고 몇 번에 걸친 은밀한 회합들은 얼마나 많은 사람들의 목을 앗아 가고, 얼마나 무고한 사람들의 목숨을 빼앗았는가. 이제는 낭군의 목숨까지 빼앗을 태세였다.

천성제는 분노에 찬 심오한 눈망울로 딸을 쳐다보았고, 살짝 미소를 머금고 있는 입가에 시선을 고정하더니 한참을 주시했다. 주위에 있던 사람들은 숨소리조차 내지 못했다. 먼 곳 어하원 연못의 물방울이 튀이 오르는 소리까지 들릴 정도로 정적이 흘렀다. 한참이 지난 후 봉지미는 천성제의 목소리를 들을 수 있었다. 묵직하면서도 차분한 목소리에는 쓸쓸함이 담겨 있었다.

"궁에 잠입한 자객의 죄가 엄중하니 절대 용서할 수 없다."

황제가 말했다.

"여섯째야, 이 일은 너에게 맡기니 확실히 처리하거라."

영혁이 허리를 굽히며 응답했다. 한껏 긴장했던 봉지미는 그제야 한숨 돌릴 수 있었다. 이렇게 된 상황이 내심 기뻤으며, 한편으로는 무정하기 이를 데 없던 천성제가 딸에 대해서만큼은 깊은 사랑과 배려를 가지고 있다는 사실이 신기했다. 이는 사실 황가에서는 찾기 힘든 일이었으며, 황제의 평소 성격을 고려해 보면 더욱 신기했다. 황제는 이런 일이 발생하면 죽일 수 있는 사람은 모조리 죽이고 딸을 멀리 내쫓을 만한 성정의 사람이었다.

소녕을 예문욱에게 시집보내는 일은 절대로 있을 수 없었다. 또한 예문욱을 죽이고 아무것도 말하지 않은 채 소녕을 멀리 시집보내 버리는 것도 불가능했다. 내막을 모르는 소녕이 순순히 받아들일 리가 없었기 때문이었다. 지금 봉지미가 직접 책임지겠다고 하니, 천성제는 딸의 행복을 위해 봉지미의 말대로 하는 수밖에 없었다. 큰 이불을 꺼내 한 번에 모든 일을 덮겠다는 의도였다.

"위지."

용가 위에 앉은 천성제가 봉지미를 진중한 표정으로 바라봤다.

"시험지 사건으로 고생이 많았다. 조정에 돌아온 후 열심히 임해 주길 바란다. 자네가 충심을 보이며 짐을 보좌하면, 짐이 절대 그대를 섭섭하게 하지 않으리라."

겉으로는 시험지 사건을 이야기하는 듯했지만, 속뜻은 오늘 밤에 관한 이야기가 담겨 있었다. 천성제는 딸의 일이기에 자신이 손해를 봤음에도 냉가슴을 앓아야만 했다. 하지만 봉지미는 더 답답하고 펄쩍 뛸 처지라는 사실을 잘 알고 있었기에 이렇게 위로한 것이었다. 즉, 일종의 위로이자 경고였다. 봉지미가 예를 갖춰 고개를 숙이고 말했다.

"소신은 기꺼이 죽을 때까지 목숨을 바칠 의향이 있습니다."

천성제는 말없이 한참동안 봉지미를 바라보았다. 그의 눈빛에 만족스러움이 담기면서 눈가가 부드럽게 휘어졌다. 그러나 누구에게도 들리지 않을 만큼 작게 한숨을 내쉬었는데 회한 역시 큰 듯했다. 천성제는 주변의 수하들을 향해 손을 내저었고, 용가가 소리 없이 어둠 속으로 사라졌다. 봉지미는 한참을 바닥에 엎드려 있었고, 식은땀을 뻘뻘 흘렸다. 누군가가 그녀를 부축해 세웠고, 영혁의 무덤덤한 미소가 시야에 들어왔다. 그녀는 그의 옷소매에 얼굴을 감추고는 웃으며 슬쩍 물었다.

"내막을 어찌 그렇게 잘 파악하신 겁니까?"

"자객이 나타났다고 하자 부황께서 소녕을 걱정하셨지. 금방 사람을 옥명전에 보내셨다."

영혁이 소곤거리듯 말했다.

"소녕이 없다 하니 부황께서 소녕이 자네한테 갔을 것이라고 하셨다. 며칠 전에 소녕이 부황에게 자네를 만나게 해달라고 애원했는데, 부황이 허락하지 않으셨다 들었다."

봉지미가 한숨을 내쉬며 중얼댔다.

"오늘 밤에는 땀으로 흠뻑 젖었습니다."

영혁이 목소리를 낮추더니 약간 조롱하듯 말했다.

"본 왕 역시 그렇구나. 우리 함께 씻으러 갈까? 본 왕의 등 미는 기술은 일품이다."

"소신의 땀은 이미 식었습니다. 전하에게 폐를 끼칠 수는 없지요."

봉지미가 억지웃음을 보이며 한 손으로 영혁을 밀었다. 그러고는 고남의에게 다가가 살살이 훑어봤다.

"괜찮은 겁니까?"

봉지미가 맥을 짚어 보려고 손을 뻗었는데 고남의가 소매로 그녀의 손을 뿌리쳤다. 그녀가 놀란 눈으로 그를 바라봤다. 아직까지 화가 나 있다는 생각에 부드러운 목소리로 말했다.

"고 사형. 지금 우리가 있는 곳은 궁 안이고, 우리의 힘이 강하지 않으니 처리하기가 쉽지 않아요. 나중에 권력을 잡……"

고남의는 가만히 듣고 있다가 고개를 절레절레 흔들더니 천천히 말을 내뱉었다.

"네가 당하는 걸 참기 싫어."

봉지미는 고남의의 말을 듣고 멍하니 생각에 잠겼고, 그 말뜻을 이해했다. 화난 게 아니라 그녀가 당하는 꼴을 보기 싫다는 것이었다. 그의 따스함이 가슴 깊이 전해지자 그녀가 활짝 웃으며 말했다.

"걱정 마. 세상에 한평생 당하기만 하는 사람은 없으니까."

고남의가 묵묵히 봉지미를 바라보더니 가까이 다가와 물었다.

"공주한테 장가갈 거야?"

봉지미는 난감해했다.

'요 맹추 녀석이 꽤 많이 발전했구나.'

옛날 같았으면 고남의가 지금같이 복잡하고 미묘한 상황을 이해할 수 있었을까? 봉지미가 고개를 끄덕이며 몰래 화답했다.

"일단 상황을 봐야죠. 목숨이 중요하니까."

고남의는 봉지미의 곁에서 잠시 생각에 잠겼다. 물풀처럼 깔끔하면서도 시큼한 냄새가 느껴지자 느닷없이 맑은 가을 하늘이 떠올랐다. 그는 그녀와 가까이 있으니 마음이 한결 편안해졌다. 그녀는 조금 어색한 듯하여 몸을 옮겼다. 두 사람의 거리가 너무 가까웠고, 어둠 속에서 그 둘을 바라보는 누군가의 눈빛에 등 뒤가 서늘해졌기 때문이었다. 하지만 그는 그런 시선을 전혀 신경 쓰지 않은 채 그녀만 응시했다. 그녀가 몸을 움직이자 그 역시 따라서 움직이며 물었다.

"음, 아니면 내가 장가갈까?"

"……."

봉지미는 크게 헛기침하기 시작했다. 한번 기침이 시작되니 멈추지 않아 허리를 굽혀 무릎을 잡았고 얼굴이 시뻘게진 채 바람 속에서 오들오들 떨었다. 고남의는 그녀가 왜 이리 격양되었는지 이해가 가지 않았다. 한참 후 그녀가 여전히 기침하며 물었다.

"소, 소녕 공주를 좋아해?"

고남의가 고개를 흔들었다.

"근데 왜 장가간다는 거야?"

고남의가 당연한 말투로 대답했다.

"소녕한테 장가가는 게 너에게 좋지 않으니까."

봉지미는 잠시 넋을 잃었다가 바보 같은 질문을 던졌다.

"그럼 고 도련님한테는 좋아?"

고남의는 봉지미를 힐끗 쳐다봤다.

'너한테 좋지 않으니까 내가 해결 방법을 찾은 거지. 나한테 좋은지 안 좋은지는 왜 따지고 드는 거냐!'

고남의는 속엣말을 드러내지 않았다. 그는 오늘따라 봉지미가 참 멍청하다는 생각이 들었다. 그는 대꾸하지 않고 고개를 돌려 버렸고, 그녀는 슬며시 미소 짓고 있었다. 오늘 밤 사건으로 인해 가슴속에 가득했던 분노가 삽시간에 사라졌다. 그녀는 이 세상에서 어떤 이득도 추구하지 않고 자신을 희생해 가며 기꺼이 모든 것을 바칠 사람이 옆에 있다는 사실에 큰 위안을 얻었다. 그녀는 더는 세상의 불공평함과 부조리에 대해 원망할 수 없을 정도로 감사했다.

"나쁠 건 없지."

봉지미가 고남의의 귓가에 한숨을 내쉬며 말했다.

"내가 부마가 되고 관직도 박탈당하지 않으니 얼마나 다행이야. 게다가 고 도련님이 진짜 범인을 잡았고, 황제께서 저의 억울함을 알아줬으니 이젠 어떤 응어리도 없어. 앞으로 내가 사위가 되면, 자신의 딸을 위해 내가 한 희생을 고려하시어 황제가 더 잘해 주시지 않을까? 이제 좋은 날이 올 거야."

고남의는 무거운 짐을 내려놓은 듯 긴 한숨을 쉬었다. 장가를 간다는 것은 부인과 한 침대를 써야 한다는 것이다. 그는 봉지미가 소녕과 함께 잠을 자야 한다는 상상을 하니 하늘이 무너질 것 같았다. 사실 그녀는 어떤 누구와도 같은 침대를 쓸 수 없었다. 하지만……

"잠은 안 돼."

고남의는 긴 생각 끝에 강조하며 말했다.

"네?"

봉지미는 예문욱을 심문하려고 하다가 고개를 돌리고 되물었다.

"너와 자는 것은."

자신의 세계에 푹 빠진 채 고남의가 단호하게 말했다. 그녀는 그 말에 휘청대다 뜰 옆의 화단으로 굴렀다. 고남의의 강력한 한 방에 그녀는 도망치듯 예문욱에게 다가갔다. 영혁이 이미 그를 깨운 상태였다. 조금 전까지 영혁은 계속 봉지미와 고남의에게 등을 돌리고 있어 두 사람의 속삭임을 듣지 못했다. 영혁이 있는 쪽으로 걸어가는 그녀의 얼굴에는 발그레 홍조가 돋아 있었다. 그녀는 영혁과 눈을 마주치지 못했고, 고남의가 있는 쪽을 향해 뒤돌아보지도 못했다. 오로지 예문욱만 쳐다보는 그녀를 보고 영혁이 살짝 웃었다. 그녀는 그의 미소가 못마땅한 듯 반응하지 않았다. 그가 나지막이 말했다.

"봉지미, 보아라. 세상에서 내가 너와 제일 잘 어울린다. 생각이나 속도, 일 처리, 결단, 너와 나 말이다."

"너무 비슷하면 서로를 상하게 하죠."

봉지미가 무덤덤하게 말했다.

"부딪칠 가능성도 크고."

"나는 네가 나에게 강하게 반격하거나 내가 너에게 강하게 반격하는 그날을 기대하고 있다. 그때의 불꽃은 분명 아름다울 것이다."

영혁이 소름 끼치는 미소를 지었다. 그의 말에는 두 가지 의미가 담겨 있어 봉지미는 입을 삐쭉댔다. 하지만 지금 말대꾸를 하기에는 상황이 부적절했다. 봉지미는 영혁의 눈길을 피하며 아직도 정신이 몽롱한 예문욱의 뺨을 갈겼다. 순간 냉랭한 촉감이 느껴져서 자신도 모르게 고남의를 바라봤다. 고남의는 차가운 내공이 아닌데 이 한기는 어디에서 온 것일까? 한기를 내쫓는 도중에 예문욱에게 옮겨간 것일까?

"내 처소 외벽에 부딪혔어."

고남의가 무덤덤하게 설명했다.

'고남의가 바깥으로 내보낸 한기에 도망가려던 예문욱이 얼어붙었다고?'

만일 이렇게 대단한 한기가 고남의의 장기에 조금이라도 남아 있다면, 분명 나중에 문제를 일으킬 터였다. 고남의는 이것을 어떻게 말끔히 제거한 걸까? 봉지미가 생각하는 사이 예문욱이 정신을 차렸다. 그가 온몸을 움츠리며 벌벌 떠는 바람에 이빨이 서로 부딪치며 딱딱 소리를 냈다. 한참 후에야 정신이 나간 듯한 눈빛으로 봉지미와 영혁을 알아보고는 더 안절부절못했다.

"용서해 주십시오……."

예문욱이 갈라진 목소리로 말했다.

"저는 그저 박탈당하고 싶지 않은 마음에……."

봉지미는 한참 질문을 건넨 다음에야 사안의 내막을 모두 파악할 수 있었다. 예문욱은 조정의 대신을 모함한 죄로 청명 서원 입구에서 칼에 씌워진 후 형부의 감옥으로 이송될 터였고, 그 후 가을이 오면 민남으로 유배의 수순을 거쳐 갈 예정이었다. 그런데 어젯밤 누군가가 감옥으로 찾아가 예문욱과 거래를 한 것이었다. 어디에서 누구와 잠을 자면, 유배를 면하고 원래의 관직을 되찾아 준다는 내용이었다. 예문욱은 그 어디가 어디인지 알지 못했다. 그자는 같이 자는 상대가 누구인지도 묻지 말라고 경고했다. 만약 누군지 알았다면 유배를 가지 잠을 자는 선택을 했을 리가 없었다.

"누가 너에게 그런 제안을 한 것이냐?"

이것이 가장 중요한 문제였다. 예문욱은 고개를 저었다.

"복면을 쓰고 어둠 속에 있어서 보이지 않았습니다. 당시 형부에는 아역 한 명 없었습니다."

형부 상서 팽패가 죗값을 치르느라 현재 시랑이 상서직을 맡고 있었다. 누군가가 거래를 하러 감옥으로 가기 전에 현장에 있는 사람들이 모두 잠시 자리를 비우게 만들 정도라면, 지위가 절대 낮지는 않을 것이었다. 형부 내부에 문제가 있다는 이야기였다.

"전하의 3법사는 청소 좀 하셔야겠네요."

봉지미가 영혁을 보고 웃었다. 그는 부드럽지만 서늘한 미소를 지으며 말했다.

"당연하지. 깔끔하게 진행해야지."

두 사람은 예문욱 앞에서 아무렇지도 않게 대화를 나눴다. 그는 바보가 아니었기에 두려운 표정으로 듣고 있었다. 문득 뭔가 이상하다고 느꼈는지 높은 담장으로 둘러진 주변을 살펴봤다. 궁전의 건축물과 시위의 옷차림, 그리고 등불이 높게 걸려 있는 상황을 보고 얼굴이 점점 창백해졌다.

"여긴 어디인지요?"

예문욱은 입술을 덜덜 떨며 물었다.

"소인은 아무것도 모릅니다."

봉지미는 차갑고 매서운 눈초리로 예문욱을 보았다. 그는 사리사욕을 채우기 위해 잘못된 길을 걸었고, 자신뿐 아니라 많은 사람을 다치게 했다. 하마터면 그녀까지 해할 뻔했다. 그녀는 살짝 미소를 짓고 한껏 움츠린 그의 어깨를 툭툭 치며 부드럽게 말했다.

"이곳은 너의 지옥이다."

아찔했던 밤이 드디어 지나갔다. 날이 밝기 전에 소녕은 궁으로 돌아갔고, 봉지미와 고남의는 궁에서 나갔다. 영혁은 궁에 남아 어젯밤 일을 처리했다. 밤이 지나는 동안 천성제는 소리 없이 피눈물을 흘렸다. 그 피눈물은 어둠 속에서 대지를 적셨고, 푸른 달을 물들였다. 다만 아무도 알지 못했을 뿐.

그날 밤 천성제의 호위를 맡았던 어림군 일부는 바로 진급되었고, 토적 퇴치를 위해 산남도에 파견되었다. 그들은 토적이 출몰하는 길목에서 매복해 있던 토적들에게 전부 사살되었다. 천성제는 초왕에게 전몰장병*적과 싸우다 죽은 장병에게 공을 하사하라고 명했다.

옥명전은 봉쇄되었고 천 유모만이 공주와 함께 출궁했다. 나머지 궁인들은 모두 세탁부와 한직 등으로 보내졌다. 얼마 지나지 않아 궁인들은 하나둘 병이 나거나 실수로 인해 피비린내가 진동하는 궁궐에서 자취를 감추었다. 이제 이 세상에는 서슬 퍼런 위패만이 그들이 살아왔던 흔적을 증명해 주었다.

봉지미는 자신과 고남의의 안전을 위한 조치를 강화했다. 그녀는 황제가 비록 말은 그렇게 했지만 다른 행동을 할 수도 있다고 생각했고, 억울한 나머지 무슨 짓이라도 저지르지 않을까 걱정되었다. 억울한 심사가 깊어져 기분이 나빠지면 금우위를 보내 자신을 없애지 않을까 싶어 매우 불안한 나날을 보냈다. 그녀를 더욱 당황하게 만든 것은 고남의의 내상에 문제가 있다는 점이었다. 그날 그가 등장했을 때는 모든 게 문제없어 보였지만, 출궁 후 그는 걸음걸이가 점점 느려졌다. 급기야 황제에게 하사받은 저택에 거의 도착했을 때 툭, 하는 소리를 내며 쓰러졌다. 그때 그녀는 커다란 빙하가 떨어지는 듯한 느낌을 받았다. 그의 몸은 빙하처럼 차가웠고, 그가 쓰러진 모습에 그녀의 마음은 빙하에 깨진 것처럼 산산조각 나 버렸다.

봉지미는 차가운 고남의를 안고 자신의 새로운 저택으로 들어갔다. 낯설고 당황한 나머지 길을 잃었고, 하마터면 대문을 가리고 있는 벽에 머리를 부딪칠 뻔했다. 품 안의 그는 시체처럼 뼛속까지 차가웠다. 그녀는 바람을 맞으며 그를 안고 뜰을 이리저리 돌았고, 당황하고 조급한 나머지 아예 지붕 위로 올라갔다. 여명으로 어둠의 색이 옅어진 달빛 아래에서 밤바람을 맞으며 큰 소리로 종신을 불렀다. 그녀는 미처 자각하지 못했지만 울먹이는 소리로 외쳤고, 언제부터인지 자신도 모르게 눈물을 흘렸다. 눈물은 고남의의 몸에 부딪히며 얼음 방울이 되었다.

종신이 재빨리 뛰어나와 허둥지둥하는 봉지미를 감싸고 고남의를 받았다. 고남의를 종신에게 넘긴 봉지미는 여전히 두 손을 길게 뻗고 있었다. 그녀의 손 역시 고남의의 한기에 얼어붙은 것이었다. 종신은 그녀를 잡아당겨 지붕에서 내려오게 했다. 한참 후에야 긴 한숨을 내쉰 그녀는 그 자리에서 주저앉아 고남의를 바라보았다. 언제나 묵묵히 자리를 지키던 사람과의 이별을 두려워하는 슬픔이 눈빛 속에 담겨 있었다.

알고 지내 온 2년 동안, 고남의는 줄곧 봉지미의 지근거리를 지켰다.

고개를 돌리면 면사포를 두른 갓을 쓴 푸른 옷의 사내가 가만히 곁에 서 있었다. 그녀는 그의 존재가 너무도 익숙했다. 그가 있었기에 안심하고 전진할 수 있었다. 어느 날 갑자기 침묵을 지키던 그가 쓰러지자 그녀는 그제야 하늘이 무너져 내린 듯 놀랐고, 그의 빈자리가 텅 빈 허공처럼 느껴졌다.

봉지미는 자신을 의지가 강하고 쉽게 동요되지 않는 사람이라고 생각했다. 고남의가 자신의 품에 쓰러지기 전까지는 그랬다. 그녀는 그제야 자신의 마음에 유리처럼 쉽게 깨질 수 있는 부분이 있다는 것을 자각했다. 그리고 줄곧 그녀의 곁을 지키는 사람이 있었기에 용감하게 앞으로 나아갈 수 있었고, 후퇴를 두려워하지 않을 수 있었다는 사실을 깨달았다. 그는 모든 걸 가능하게 해 준 든든한 조력자였다. 가족을 모두 잃은 그녀에게 유일한 약점은 바로 죽음으로 인해 누군가와 이별하는 일이었다.

종신이 고남의의 치료를 맡았다. 궁의 태의원은 무기로 인한 한증을 치료하지 못했다. 본디 고남의는 기를 모아 한기를 물리칠 수 있었는데 가장 결정적인 순간에 예문욱을 잡느라 시기를 놓쳤던 것이었다. 이로 인해 차가운 독이 장기로 스며들었다. 종신은 계속 큰 문제가 아니니 잘 치료하여 한기를 없애면 된다고 위로했지만, 봉지미는 기분이 편치 않았다.

'이로 인해 평생 후유증이 생기는 건 아닐까?'

봉지미는 2황자의 세력들을 증오하기 시작했다. 매일 방안에 앉아 그들을 어떻게 죽일까 연구했다. 한편으로 소녕 사건으로 인해 자신이 공주와 결혼해야 하는 운명이 되었지만, 그 사건이 벌어진 덕분에 바로 궁에서 나올 수 있었다는 생각도 들었다. 만일 궁 안에서 머물며 고남의의 치료를 계속 궁의 태의원에게 맡겼다면, 그의 몸은 더 악화되었을 터였다.

며칠 후 천성제의 뜻이 전달되었다. 춘위에 위지를 주 시험관으로 임명한다는 것이었다. 비록 승급은 없었지만 하사한 상이 적지 않았다. 조정에서 소녕의 수행에 대해 지시할 때 황묘 건설을 위 상서에게 위임한다고 밝혔다. 사태 파악을 잘하는 관료들은 지시를 하달 받은 이후 한 무리씩 달려왔다.

"위 후작님, 축하합니다."

"그나저나 언제 경사를 치를 것인지요?"

"폐하의 이런 은총을 받는 사람은 과거에도 미래에도 없을 것입니다. 앞으로는 좋은 일만 남았네요. 신혼의 화촉을 밝힐 테고, 또 과거에 합격하고……."

관료들은 모두 부러워하면서도 시기하는 어투로 위 후작은 정말 황조의 특별한 인물이라고 치켜세웠다. 봉지미는 울지도 웃지도 못한 채 잠자코 들었다. 가슴 속에서 분노가 이글이글 타올랐다. 두터운 총애라니? 한 번만 더 두터웠다가는 무고한 목숨만 더 희생될 터였다.

봉지미의 저택 앞은 문전성시를 이루며 사람들의 왕래가 잦았다. 그녀는 더 참을 수 없어 병환으로 방문을 사절하겠다고 써 붙이고 매일 후원에서 고남의를 보살폈다. 보살핀다는 표현을 썼지만 사실 그가 상처를 치료하는 동안 타인의 접근을 거부해서 종신은 매일 문을 단단히 잠그고 커튼을 겹겹이 두른 채 대량의 물과 약물을 사용했다. 이를 위해 특별히 집 뒤편에 연못과 연결된 작은 도랑까지 팠다. 엄청난 양의 검은 약물이 계속 연못으로 흘러나왔다.

고지효는 며칠 동안 아버지를 보지 못했다. 아버지가 어렵사리 돌아왔는데 이런 상황이니 얼굴이 창백해졌다. 봉지미는 지효가 난리를 칠거라 예상했는데 난리를 치기는커녕 눈을 동그랗게 뜬 채 온종일 멍한 모습으로 지냈다. 그녀는 아이가 너무 놀란 게 아닌가 걱정했는데 그건 아니었다. 아이는 정신 집중을 잘했고 의지도 강인했다. 아버지가 들어

오지 못하게 하자 문틈과 창틈에 달라붙어 보려고 애썼다.

고남의가 돌아온 이튿날 저녁, 그의 침실 문 앞에 달라붙어 있던 지효는 무슨 소리를 듣고는 갑자기 화색이 돌았다. 당시 봉지미도 오랫동안 문에 달라붙어 있었다. 그녀는 그를 더 살펴보고 싶은 미련을 뒤로하고 고개를 돌려 해 질 녘 노을빛 속으로 시선을 돌리다가 지효를 보았다. 그때 며칠간 줄곧 죽상을 하고 있던 아이의 얼굴에 대뜸 웃음꽃이 피는 모습을 보았고, 그녀는 화들짝 놀라 실성한 게 아닌가 생각했다. 하지만 지효는 손가락을 입술에 대고는 쉿, 하고 말했다. 그러더니 발소리를 죽이고 살금살금 걸어와 봉지미에게 비밀을 말하듯 한마디를 던졌다.

"우리 아버지 괜찮데요!"

'괜찮다고? 어떻게 괜찮은데?'

봉지미는 자신도 창에 달라붙어 있었지만 어떤 소리도 듣지 못한 터였다. 그녀는 웃음꽃 핀 아이를 멀뚱멀뚱 바라보며 종신에게 고지효를 한번 봐달라고 해야 하는 건 아닌가 고민했다. 곧 문 열리는 소리가 들리더니 종신이 손을 만지작거리며 웃음 띤 얼굴로 나왔다. 그는 고지효와 봉지미의 수상한 모습을 보고 웃으며 말했다.

"독이 응집되어 있던 피 대부분을 빼냈습니다. 이제 괜찮으니 매일 이곳에서 몰래 엿들을 필요 없습니다."

봉지미는 그 소리를 듣고 매우 기뻐하다가 얼굴 전체에서 빛을 내뿜는 아이를 보고는 슬픔이 느껴졌다. 고남의가 업어 키우면서, 직접 씻기고, 기저귀도 갈아주고, 잘잘 때도 곰 한 쌍처럼 붙어서 재우며 키운 아이가 바로 고지효였다.

비록 혈연관계는 아니었지만, 두 사람은 친부녀 사이보다 훨씬 더 가까웠다. 그래서 고남의와 고지효 사이에 텔레파시가 통한 모양이었다. 봉지미는 고지효가 자신보다 고남의와 더 가까울지도 모른다는 생각이 들자 괜한 심술이 났다. 그녀는 아이를 안고 마루 끝으로 가서 머리를 한 대 쥐어박으며 물었다.

"다른 곳에서 잘 생각 없니? 응? 바람도 쐬고, 별도 보고, 탁 트여서 시원한 곳 말이야."

고지효는 역시 매우 영민했다. 바로 손을 뻗어 지붕을 가리키면서 말했다.

"저기!"

봉지미가 고지효를 쳐다보다가 한 손으로 이이를 안고 중얼댔다.

"너는 어째서 네 아버지처럼 고지식한 면은 없는 거니……"

두 사람은 지붕에 껑충껑충 뛰어올라 그다지 폭신하지 않은 기와 위에 아무렇게나 누웠다. 봉지미는 외투를 벗어 지효에게 깔아주었다. 아이는 응석을 부리고 싶어 했지만, 응석을 부릴 수 없었다. 응석을 부리면 가만 놔두지 않는 환경이었으니까. 게다가 종신을 따라다니다 보니 어린 녀석이 가진 재능이 매우 뛰어났다.

고지효는 두 손을 베개 삼아 어른처럼 그녀 옆에 누웠다. 지효는 항상 고남의 옆에만 붙어 있었고, 다른 사람에게는 냉랭하게 대했다. 가끔 그 냉랭함에는 상대를 무시하는 듯한 느낌도 담겨 있었다. 아이는 자신을 만지게 하는 일이 마치 은총을 하사하는 것과 비슷한 기분이 들도록 만들었다. 아이는 어디서 이런 걸 배웠을까. 고남의도 남과 접촉하는 걸 극도로 꺼리니 보고 배운 걸까?

"어휴."

고지효가 하늘을 올려다보며 긴 한숨을 내쉬었다. 봉지미는 아무런 반응도 하지 않은 채 눈을 게슴츠레 뜨고 아래에서 들리는 소리에 귀를 기울였다.

"어휴……"

고지효가 첫 번째 한숨보다 백배나 긴 한숨을 내쉬었다. 봉지미는 더 참을 수 없어 고개를 돌리고는 귓가에 대고 소곤거렸다.

"지효야, 우리 같은 여자는 너무 미적대면 안 돼. 훔쳐보고 싶으면 훔쳐 봐. 난 못 본 척할 테니."

고지효가 한참 동안 아무 말도 안 하더니 코를 훌쩍거리고는 봉지미를 툭툭, 치며 낮은 음성으로 말했다.

"이모, 대단하세요."

"칭찬 고맙구나!"

봉지미가 소리를 낮춰 대답했다. 고지효는 한숨을 쉬지 않고 정신을 모아 일어서더니 깔아놓은 외투를 던져 버리고 조심스럽게 지붕의 기와를 옮겼다. 봉지미는 한쪽에 누워 눈을 감은 채 도와주지 않았다. 살인이든 몰래 훔쳐보는 것이든 직접 해 봐야 한다고 생각했기에 봉지미는 기껏해야 눈을 반쯤 감고 훈수를 두었을 뿐이었다.

"손은 좀 더 가볍게, 몸은 뒤로 좀 물러서! 실수로 자기 발밑에 있는 기와 옮기지 말고⋯⋯."

고지효가 열심히 기와를 옮겼다. 봉지미가 설잠이 들며 말했다.

"기와 하나만 옮겨서 보면 된다고 했잖아. 네 아버지가 못 들었을 것 같아? 아니면 이 집 기와를 다 해체하려는 거야?"

고지효는 아무 대답이 없었다. 봉지미가 고개를 돌려 보니 아이가 커다란 구멍에 달라붙어 있었다. 그 모습은 마치 쥐가 엉덩이를 위로 들어 올린 채 가만히 있는 것처럼 보였다.

'어라, 뭘 저리 집중해서 보지?'

봉지미가 머리를 내밀어 보려고 하는 찰나, 고지효가 재빨리 몸을 돌리더니 엉덩이로 그녀의 얼굴을 막았다. 그녀는 서둘러 피하며 그 작은 엉덩이를 툭 때리고 웃었다.

"아버지한테 들켰구나?"

고지효는 구멍에 달라붙어 쌕쌕거리는 숨소리만 내더니 갑자기 중얼거렸다.

"우리 같은 여자는 너무 미적대면 안 되죠?"

"응?"

봉지미가 의아한 얼굴로 쳐다봤다. 고지효는 머리카락을 모두 아래로 향한 채 얼굴이 시뻘게져 있었다. 흥분으로 인해 작은 콧방울이 벌렁거리고 큰 눈이 이글이글 타오르더니, 대뜸 몸을 똑바로 세우고는 울부짖으며 말했다.

"아버지, 저. 왔. 어. 요."

순간 고지효가 머리를 아래로 향하더니 뛰어내렸고, 지붕 위의 구멍에서 사라졌다.

툭!

마치 물이 떨어지는 소리 같았다. 봉지미의 머리카락이 곤두섰다. 그녀는 어안이 벙벙해진 채 비어 버린 구멍을 바라보았고, 무슨 일이 생겼는지 파악하지 못했다.

'지효가 뛰어내린 거야? 무슨 일이길래 몰래 훔쳐보던 사람이 직접 내려간 걸까?'

문득 뛰어내릴 때 머리가 아래로 향했던 지효의 자세가 생각나자 봉지미는 가슴이 철렁 내려앉았다.

"지효야, 지효! 괜찮아?"

이어 봉지미도 뛰어 내려갔다. 방 안에는 불이 켜져 있지 않았고, 고지효가 만들어 놓은 구멍으로 밝은 달빛이 쏟아져 들어왔다. 지붕 아래로 내려가면서 봉지미는 순간적으로 방의 광경을 훑어봤다. 발밑의 어둠 속이 후끈한 열기로 가득 차 있었고 주변이 희미하게 보였다. 철썩하는 소리가 나며 물 장막이 세워졌고, 누군가가 젖은 채 물속에 서 있었다. 하얀 팔이 매끈한 곡선을 그리며 희미한 유성과 초승달의 빛을 받아 반짝였다. 푸르스름한 달빛 아래 고남의가 살짝 고개를 들었다.

아무 이유 없이, 난데없이, 매끈매끈한 윤기가 흐르는 모습으로 고개를
들어 그녀를 바라봤다.

복숭아 꽃

툭!

허공에 있던 봉지미가 비명을 지르며 몸을 피하기도 전에 고지효처
럼 누군가의 품으로 떨어졌다. 고남의는 갑자기 그녀를 안게 되자 놀랐
고, 그녀는 눈을 질끈 감았다. 물에 흠뻑 젖은 그의 팔이 미끄러워 그
녀는 하마터면 바닥으로 떨어질 뻔했다. 그녀의 눈앞에 흰빛이 반짝이
더니 몸이 천천히 땅에 내려오는 게 느껴졌다. 그녀가 의식적으로 눈을
뜨자 붉은 기운이 도는 복숭아꽃이 백옥과 같은 새하얀 바탕에 피어
있는 듯한 광경이 눈에 들어왔다. 문득 그녀의 머릿속에 시 한 구절이
스쳐 지나갔다.

'복숭아꽃이 피었구나. 옅어 보이다가 진해 보이기도 한 그 색은 마
치 화장을 한 여인의 모습을 떠올리게 하니 가슴이 떨리는구나. 무정한
봄바람에 이 아름다운 꽃이 나의 하얀 옷에 떨어지니 어찌 견딜 수 있
겠는가?*당나라 원진의 시 '도화' '

봉지미는 붉은색을 보고 고상한 시가 떠올라 적잖이 당황했다. 시가

떠오른 순간이 지나고 지금 상황을 깨닫자 낯이 뜨거워졌다.

"아!"

봉지미는 물고기처럼 튀어 올랐다. 천장에서 내려온 그녀의 몸에 부딪혀 정신을 차리지 못한 고남의도 깜짝 놀라 그녀를 놓쳤다. 덕분에 그녀는 약을 푼 목욕물 속에 풍덩, 하는 소리를 내며 꼴사납게 떨어졌다. 은은하게 풍기는 특수한 약 냄새가 후각에 닿았다. 물은 매우 뜨거웠고, 코끝으로 냄새가 끝없이 밀려왔다. 부드러운 어떤 물체가 자꾸 코끝을 간지럽혔다. 그녀가 눈을 뜨고 그것의 실체를 확인하고는 비명을 지르려 했다. 하지만 입을 벌리자 꾸르륵, 소리를 내며 약 냄새 나는 목욕물이 입 안으로 들어왔다. 그는 허우적대는 그녀를 건져 올렸고, 그녀는 흠뻑 젖은 채로 주위를 다급하게 살폈다. 그는 그런 그녀가 왜 이리 흥분하는지 영문을 알지 못했다.

욕조에서 두 사람은 흠뻑 젖은 채 서로를 마주 봤다. 아무리 시선을 돌려도 구슬과 같은 피부와 흠뻑 젖은 고남의의 몸이 눈에 들어왔다. 자세히 보니 딱 벌어진 매끈한 남자의 가슴이 펼쳐져 있었고, 수려하게 잘 빠진 몸의 곡선도 눈에 들어왔다. 젊은 여인의 얼굴을 붉게 달아오르도록 만들기에 충분한 풍경이었다.

봉지미는 차마 시선을 아래로 돌릴 수 없었다. 고남의의 아름다움이 사람을 혼절시킬 수 있을 만큼 치명적이라 그녀는 어쩔 수 없이 시선을 하늘로 향하려고 애썼다. 그는 여전히 면사포가 달린 삿갓을 쓰고 있었다. 그 삿갓은 젖은 상태가 아니었고, 가장자리만 겨우 축축한 손자국이 나 있었다. 그녀는 조금 전 위에서 떨어질 때 그의 팔에서 희미한 반짝임을 보았던 기억을 떠올렸다. 그는 애당초 삿갓을 쓰고 있지 않았는데 막무가내인 고지효가 떨어진 후에야 봉지미의 존재를 느끼고 다급하게 삿갓을 쓴 모양이었다. 아무것도 신경 쓰지 않는 고남의가 얼굴을 왜 이리도 꼭꼭 감추는 걸까? 고지효는 도대체 뭘 봤길래 막무가내로 뛰어든 것일까? 봉지미는 잡다한 생각들이 두서없이 떠올라 주위를 살폈다. 고지효는 하나도 젖지 않은 상태로 한쪽에서 잠을 자고 있었다. 보아하니 그가 아이를 받은 다음 소란을 막기 위해 잠을 자게 하는 수혈을 누른 듯했다. 그녀는 멋쩍어하며 축축하게 젖은 그의 손을 뿌리치고 억지웃음을 지었다.

"잘못 들어왔어. 나 좀 내려줘."

아무 대답이 없자 봉지미는 놀란 표정으로 고남의를 쳐다봤다. 그제야 그가 살짝 고개를 기울이고 호기심 어린 눈빛으로 그녀의 몸을 살폈다. 그녀는 얼굴이 화끈 달아올라 고개를 숙이고 시선을 아래로 향했다. 봄이라 입고 있는 옷이 많지 않은데다 외투를 벗어 지효에게 깔아주는 바람에 지금은 아주 얇은 겉옷 하나뿐이었다. 게다가 뛰어내릴 때 튀어나온 기와에 얇은 천이 걸려 찢어져 큰 구멍이 생겼는데, 그게 하필 가슴 쪽이었다. 더 교묘한 것은 순백색의 속옷을 꼭 싸맸던 천이 찢겨 느슨해지면서 속까지 다 젖었고 몸이 훤히 드러났다. 욕망이 꿈틀대면서 석류꽃처럼 붉게 타올랐다.

고남의가 사뭇 진지한 표정으로 마치 경치를 감상하듯 봉지미를 바라보았다. 남자와 여자가 다르다는 것쯤은 그도 알고 있었지만, 남녀의 신체적 차이에 관심을 가져본 적은 없었다. 남녀의 섭리 같은 건 자신과 아무 상관이 없다고 생각했다. 어릴 때부터 그는 늙은 엄마 곁에서 성장했다. 나이가 많은 엄마는 이미 여성의 체형과 풍모를 잃은 상태였고, 펑퍼짐한 옷차림은 남자와 별 다를 바가 없었다. 그 후에는 봉지미의 곁을 지키게 되었고, 여태까지 다른 여자한테 눈길을 준 적이 없었다. 유일하게 신경 쓰는 두 여성 중 하나는 남장을 하며 자신을 감추었기에 외모로 봤을 때는 남자와 별 차이가 없었다. 다른 한 명의 여성인 고지효는 가슴을 가지고는 있었지만, 아직 부풀어 오르지 않아서 남자와 별반 차이가 없다고 생각했다. 하지만 본래 남자와 여자는 다른 법이었다.

고남의는 기쁨에 찬 눈빛으로 그 아름다운 풍경을 자세히 훑어봤다. 과연 아름다웠다. 조여 맨 끈이 뚝 떨어지는 게 아니라 천천히 벗겨졌고, 벗겨지면서 오랫동안 눌려 있던 신체의 한 부위가 조금씩 원형의 모습으로 부풀어 올랐다. 이는 마치 달빛 아래에서 월하미인이 봉우리를 터뜨리는 듯했고, 고요한 가운데 풍만한 느낌과 신비롭고 매혹적인 느낌을 선사했다.

통제할 수 없는 상태에서 발생한 이 상황에 봉지미는 벌게진 얼굴로 허둥지둥하며 황급히 몸을 가리려 했다. 하지만 자꾸 실수하는 바람에 볼록 튀어나온 그것이 더욱 부풀어 올랐다. 백옥같이 뽀얗던 그녀의 몸이 자줏빛으로 빨개지는 모습이 시선에 들어오자 고남의는 더욱 매혹적으로 느껴졌다. 그는 호기심이 일었다. 톡, 하고 한번 건드리면 가슴의 꽃이 이미 만개한 매화처럼 떨어지는지 궁금했다. 고지효의 가슴은 자신과 별 차이가 없는데 그녀는 왜 다른지 너무 궁금했다. 이런 쪽으로는 순진하다 못해 순수한 그는 추진력이 강한 사람이었다. 궁금한 점이 있으면 꼭 궁금증을 해소해야 했다. 그녀도 그에게 그렇게 일러준 적이 있었다. 그는 순진하게도 손을 뻗어 그녀의 가슴을 잡아보려 했다.

따딱!

고남의의 동작에 화들짝 놀란 봉지미가 정신을 차리고 재빨리 팔을 들어 그의 손을 막았다. 동작이 과격하다 보니 물보라가 일었다. 그의 손이 허공에서 멈췄고, 마주한 팔 사이로 두 사람이 눈을 크게 뜬 채 서로를 노려보았다. 그녀의 얼굴은 벌게졌는데 열기 때문에 익은 건지 아니면 다른 이유 때문인지는 알 수 없었다. 그녀는 놀라 숨을 들이마시며 화를 내려다 말았다. 눈앞에 있는 이자는 다른 중생과는 다르다는 사실이 떠올랐다. 그에게는 이 세상의 많은 것들이 낯설었다. 무언가에 의해 이끌렸다는 것은, 이 남자에게 예쁜 꽃을 딴 것과 별 다를 바

없었다. 그녀는 자신이 호들갑을 떨면 더 어색해질 수 있다고 생각했다. 이제까지 뭔가를 궁금해 한 적이 없는 사람의 호기심을 꺾을 수는 없었다. 천성적으로 하나를 보면 열을 생각하는 그녀는 어떤 일이든 습관처럼 생각하고, 또 생각하고, 생각하였다. 생각이 끝나자 그 어떤 분노와 불만도 사라졌다. 그녀가 대뜸 웃으며 매우 다정하고 친절하게 말했다.

"이건 안 돼."

"왜 안 돼?"

고남의가 욕조에서 봉지미에게 물었다.

"남자와 여자는 다르니까."

봉지미가 숨을 쉬며 욕조에서 나가려 했다. 하지만 그녀가 방심하는 사이 그가 다시 '꽃을 꺾기 위해' 손을 내밀까 봐 움직이지 못했다.

"너희들 모두 여자지만 달라."

욕조에서 고남의와 봉지미가 토론을 벌였다.

"지효는 아직 어리니까."

봉지미는 고남의가 말하는 '너희들'이 고지효와 자신이라는 것을 알아차렸다. 한숨을 내쉬던 그녀는 앞으로 그에게 지효 목욕을 시키지 말아야겠다고 생각했다. 두 사람은 거리가 가깝다 보니 서로를 똑똑히 볼 수 있었다. 무공으로 단련된 탄탄한 근육을 가진 그는 무공을 연마한 다른 사람처럼 핏줄이 울퉁불퉁 튀어나와 있지 않았다. 피부는 매끄럽고 윤이 났으며 백옥처럼 고왔고, 살짝 튀어나온 쇄골과 견갑골이 마치 옥여의*중국 민간에서 등을 긁을 때 사용하던 도구로 옥으로 만듦처럼 정교하였다. 반짝거리는 물방울이 흐르는 피부가 더욱 투명해지며 달빛 아래에서 매끈하게 빛나자 그녀는 시선을 어디에 둬야 할지 몰랐다. 아무리 눈길을 돌려도 매혹적인 그의 모습에 숨을 삼킬 수밖에 없었다. 그는 찡그린 표정으로 그녀를 위아래로 훑어보더니 대뜸 중얼거렸다.

"더워."

고남의가 미간을 찌푸렸다. 원래는 그의 몸에는 깊은 한기가 서려 있었고, 뼈를 아릴 정도로 추웠다. 그런데 어떻게 된 영문인지 봉지미가 흠뻑 젖은 채 새벽이슬을 머금은 연꽃처럼 물 위에 서 있자 그는 온몸의 경맥들에 마치 조그만 불꽃이 일어난 듯했다. 아무렇지도 않은 듯했지만 초조함이 훑고 지나가는 것 같았고, 구석구석까지 끓어오르는 욕망과 강한 힘이 느껴졌다. 핏줄까지 거세진 기분이었는데 그에게는 적응하기 힘든 낯선 감정이었다. 이는 살아오면서 한 번도 겪어보지 못한 느낌이기도 했다. 그녀는 그 말을 듣고 놀랐다가 황급히 말했다.

"둘이 있기에는 너무 좁아. 내가 나갈게."

"내가 나가."

고남의가 대뜸 반박하며 봉지미를 남겨두고 다리를 들어 넘어갔다. 백옥처럼 매끈하고 훤칠한 몸매가 눈앞에 지나가자 그녀는 툭, 하고 고개를 숙이고는 물속으로 들어갔다. 다시 풍덩, 소리가 나자 마음씨 고운 그가 그녀를 건져냈다. 그는 자신이 자리까지 비켜줬는데 그녀가 굳이 왜 물속으로 들어가나 싶어 친절하게 꺼내준 것이었다. 그녀가 눈을 감고 말했다.

"고마워. 놓아 줘, 혼자 갈게."

고남의가 잡고 있던 손을 놓았다. 봉지미는 원하는 대로 다시 바닥에 떨어졌고, 머리도 돌리지 않은 채 눈을 꼭 감고 자신의 기억에 따라 더듬더듬 고지효를 찾았다. 그녀는 한 손으로 아이를 안고 허둥지둥하며 그곳에서 뛰어나왔다. 차마 눈을 뜰 수 없었기에 문틀에 부딪혀 머리에 주먹만 한 혹까지 얻었지만, 아프다는 소리를 내지 못했다. 그가 맨몸으로 달려와 걱정하지 않을까 두려웠다. 등 뒤에서 그가 말했다.

"당신······."

황급히 손을 내저으며 봉지미가 말했다.

"괜찮아."

봉지미는 축축해진 몸으로 일생에서 가장 빠른 속도로 빠져나왔다. 방 안 욕조에서 먼저 나와 이미 옷을 걸쳤던 고남의는 한참 동안 우두커니 방안에 서 있었다. 그는 손에 옷 한 벌을 들고 멀어져가는 그녀를 보며 혼자 중얼거렸다.

"……옷 갈아입지 않을래?"

봉지미는 재빨리 고지효를 침실에 데려다 놓았다. 꽃으로 만들어진 벽을 돌아 자신의 침실로 가서 옷을 갈아입으려는 찰나, 갑자기 꽃담 위에서 누군가가 미소를 띠며 인사를 건넸다.

"위 대인, 어딜 다녀오는가."

봉지미가 무심코 고개를 들었다가 깜짝 놀라 숨을 멈췄다. 누군가는 바로 영혁이었다. 그녀는 잠시 주변을 돌아보다가 중얼거렸다.

"호위들이 점점 더 해이해지는군……."

영혁은 담 위에서 팔짱을 끼고 안정적인 자세로 앉아 있었다. 바람에 옷자락이 펄럭거렸고, 그가 침착한 미소를 보이며 말했다.

"이상하군. 내 집 담장 위에 앉아 있는데 왜 호위들이 막아야 하는 건가?"

"내 집 담장이요?"

봉지미가 한 바퀴 돌면서 웃었다.

"저희 집 대문 앞에 충의후 명패가 달려 있고 아직 그걸 떼지도 않았는데, 이곳이 언제 초왕의 집으로 바뀐 거죠?"

"봉지미, 참으로 공사다망하네."

영혁이 상냥하고 친절하게 얼굴을 들이밀었다. 그의 미소가 봄바람처럼 부드러웠다.

"지금 네가 머무는 곳이 예전에 누구의 저택이었는지 아직 모르는 모양이군."

"누구의 집이었습니까?"

봉지미는 계속 두 팔로 가슴을 감싸고 경계하는 눈초리로 영혁을 바라봤다.

"원래는 소용 장군 한흔의 북경 별장이었지."

영혁이 눈썹을 치켜들며, 몰골이 말이 아닌 봉지미를 쳐다봤다.

"한흔은 5황자 역모 사건에 휘말려 가산을 몰수당하고 유배를 갔지. 한흔이 살기 전 이 집은 공과 급사 상개의 저택이었어. 상개는 상 씨 집안의 먼 친척으로 상 씨 집안 사건이 발생한 후 구족을 멸하는 벌을 받았었고. 이 저택은 원래 풍수적으로 아주 좋은 집이야. 허나 과거 두 주인 모두 말로가 좋지 않았기에 아무도 찾는 사람이 없었고, 이로 인해 내무부에서 거두게 된 거지. 사실 저번에 지나가다 이 저택이 너무 괜찮다는 생각이 들었다. 주인의 욕심으로 사건이 일어났을 뿐이니, 내부사에 말해서 이 저택을 돈 주고 사겠다고 했지. 그런데 계약이 끝난 후 마침 위 대인의 저택이 불에 타 소실되었지 뭔가. 폐하께서 내부사에서 저택을 하나 물색해 보라 명했는데, 보아하니 이 저택이 높고 널찍하며 정교하게 만들어져 위 대인과 잘 어울린다는 생각이 들어 내무사와 상의를 거쳤던 거고. 다른 사람이라면 몰라도 위 대인이 살 집이라면 내가 인색하게 굴 수 없지 않은가?"

봉지미는 기쁨에 취해 웃는 영혁의 얼굴을 보며 이 일이 우연이 아니라는 직감에 이를 갈았다. 하지만 겉으로는 미소를 띠었다.

"폐하께서 신하와 초왕이 결탁했다는 오해를 하실까 두렵지 않으십니까?"

"내무부는 지금 10황자가 관리하네."

영혁이 옷소매를 털며 어물쩍 넘기며 말했다.

"또한 폐하는 이 저택의 소유권이 나한테 있는지 모르시고."

봉지미는 의심스러운 눈초리로 영혁을 바라보았다. 여전히 뭔가 이상했다. 비록 아직 호위를 전부 채용하지 못했지만, 종신이 무사들을 여기저기 배치해 놓았을 터였다. 그런데 어떻게 관문을 뚫고 들어올 수 있었단 말인가? 그녀의 시선이 꽃 담장 밑으로 향했다. 주변을 둘러보고 있는데 그가 옅은 미소를 지으며 말했다.

"역시 나의 봉지미는 영특하구나!"

영혁이 가볍게 날아 아래로 내려오더니 봉지미의 귓가에 대고 나지막이 말했다.

"나에게 지형에 대해 아주 잘 아는 책사가 있지. 이전에 이곳에 왔을 때 이 저택이 매우 재미있다고 말하더군. 저택 아래에 또 저택이 있어서 마치 미로처럼 여기저기 연결되어 있다고. 가장 멀리는 어디와 연결되어 있을 것 같은가?"

봉지미가 아무 말도 없이 한참을 가만히 있다가 입을 뗐다.

"제가 추측할 수 있는 건 분명 초왕의 궁과 연결된 길이 있을 거라는 것뿐입니다."

영혁이 슬쩍 웃더니 갑자기 손을 들어 무엇인가를 뽑았다. 아주 긴 하얀색 천이 화락, 소리를 내며 뽑혔고, 계속 손으로 가슴을 감싸고 있던 봉지미는 허전한 기분이 들었다. 눈앞을 자세히 보니 느슨해진 가슴 가리개가 민첩한 그의 손에 들려 있는 것이 아닌가! 그가 빙그레 웃으며 약물에 젖은 하얀 천을 천천히 손에 감았다. 성격 좋은 그녀도 드디어 분노가 솟아올랐다.

'좋게 봐 줬더니 아주 머리끝까지 기어올라! 나는 만지고 싶으면 만지고, 뽑고 싶으면 뽑는 존재가 아니다!'

종신의 수하에게 도움을 요청하기 위해 신호를 보내려는 순간, 갑자기 뜨거운 무언가가 봉지미의 입에 닿았다. 영혁이 손으로 그녀의 입을 막고 귓가에 대고 웃었다.

"소리 지르지 마라. 오늘 밤에는 중요한 일이 있어서 찾아온 것이니."

꼼짝하지 못하는 봉지미에게 영혁이 웃으며 말했다.

"2황자가 오늘 밤에 일을 벌인다는데……. 골탕 먹일 생각 없나?"

봉지미의 눈빛이 번쩍였다. 지금 그녀가 가장 죽이고 싶은 사람이 바로 2황자였다. 증오가 하늘을 찔렀다. 무릇 군자의 복수는 10년이 걸려도 늦지 않다고 했다. 하지만 좀 더 일찍 쓴맛을 보여줄 수 있다면, 당연히 거절할 필요가 없었다.

"나랑 같이 가지. 갈아입을 옷도 준비해 놨으니 거기서 갈아입어. 하지만 가슴을 동여맬 이 천은 필요 없을 거야."

영혁이 대뜸 봉지미를 잡아끌며 걸어가기 시작했다.

"오늘 밤에는 여자가 필요하니까. 내 곁에 다른 여자가 있어도 괜찮겠어?"

"전하, 그 질문은 참 이상하네요."

봉지미는 잠시 생각에 잠겼고, 영혁의 손을 뿌리치지 않고 웃으며 말했다.

"갑자기 봄바람이 불어와 연못에 물결이 퍼지니 님이 그립네.*풍연사의 '알금문'에 나오는 한 구절로 애끓는 여인의 심정을 그린 것 이런 상황이 대체 저와 무슨 상관이죠?"

영혁은 꽃 담장을 따라 몇 걸음 걷기만 했다. 묵묵히 발걸음을 옮기다가 멈췄는데, 그곳은 처마 모서리와 마주 보고 있는 장소로 밑에 우물이 하나 보였다. 그가 고개를 돌리며 웃었다.

"소생은 왕이라는 바람을 일으켜 봉지미 아가씨의 마음을 들끓게 하고 싶은데."

봉지미는 안하무인에다가 무례한 영혁에 대한 미움이 어느새 사라져 환하게 웃었다. 그녀가 눈을 가늘게 뜨고 말했다.

"따스한 바람에 정신이 날아갔군요.*바람을 지칭하는 風과 미쳤다는 뜻의 瘋이 같은 발음임을 이용한 말장난"

영혁이 봉지미를 보고 웃으며 고개를 저었다. 손을 들어 꽃 담장을 몇 번 누르니 등 뒤에서 두둑, 하는 소리가 들렸고 이어서 주룩주룩 물 흐르는 소리도 들렸다. 우물에 있던 물이 천천히 자취를 감추었다. 잠시 후 양쪽으로 우물 벽이 드러났고 바닥에 문 하나가 나타났다.

"굉장히 오묘한 곳이네요."

봉지미가 칭찬했다.

"우물에 문이 있을 거라 예상했지만, 바닥은 미처 예상 못 했어요."

"네가 사는 이 저택은 신기한 게 한두 개가 아니다. 몇 개나 찾아내 는지 한 번 보겠다."

영혁이 봉지미를 잡고는 우물 바닥으로 내려갔다. 손을 들어 기계를 열어젖히니 문이 열렸고, 두 사람은 어둠 속으로 사라졌다. 기계가 원래 의 상태로 돌아온 후 물이 다시 우물 벽에서 천천히 흘러나와 원래의 수위를 유지했다. 물결이 일면서 따스한 달이 우물물에 비쳤다. 그때 그 곳에서 누군가의 모습이 나타났다. 그 사람은 우물 입구에 서서 계속 흔들거리는 수면을 가만히 쳐다보았다. 큼직한 옷에는 은색 달빛이 수 놓아져 있었고, 그 사람의 뒤에는 고개를 숙인 채 회색빛의 사람이 서 있었다. 역시 우물을 바라보고 있다가 궁금하다는 듯 나지막이 물었다.

"총령 대인, 방금 왜 초왕을 저지하지 않으셨는지요?"

종신이 두 손을 우물 벽 위에 놓고, 우물의 이끼를 자세히 살펴보더 니 대답했다.

"이 집은 정말 흥미롭구나. 왜 막아야 하느냐?"

"네?"

"아가씨를 무시하지 말아라."

종신이 고개를 돌리더니 다정하게 말했다.

"자기 보호 능력이 최강인 분이며, 판단력도 뛰어난 분이다."

"하지만……."

그 사람이 뭐라 대꾸를 하려고 했다.

"영혁 그자는……."

"우리의 본분을 잊지 말아야 한다."

종신의 말투는 무덤덤했지만, 상대는 그 말에 고개를 숙였다.

"아가씨가 무엇을 하던 그것은 아가씨 자유다. 우리는 단지 보좌만 할 뿐, 간섭할 권한은 없다. 초왕과 함께 있는 게 걱정이라면, 당분간 그런 걱정은 안 해도 된다."

종신은 우물에 비친 달을 골똘히 응시하며 나지막이 말했다.

"난 절대로 봉 부인의 생각에 찬성하지 않는다. 나는 영원히 대성의 개국 제후를 존경할 것이다. 그분은 진정으로 속세를 경험하고 이런저런 고초를 겪은 현자다. 본분을 지키며 강요하지 않고, 통찰력이 뛰어나고 지혜롭다. 개국 제후가 남긴 비단 주머니 삼계는 아가씨가 가지고 있는 칼에 쓰일 것이 아니라 그저 그녀가 나아갈 길을 만들어 줄 뿐이라는 점을 명심하거라."

종신이 손가락 두 개로 가위 모양을 만들더니 달에 대고 자르면서 살포시 웃었다.

"바로 정을 끊어 버리는 길!"

영혁과 봉지미가 지하 길을 통과하자 출구에 병풍이 나타났다. 병풍에는 크게 '중용의 여부는 시기가 결정한다. 세속으로 들어가고 나오는 것은 자신이 결정한다. 한가한 곳에서 경치나 살펴도 무방하나 명철함과 침착함이 필요하다'라고 진하게 쓰여 있었다. 그녀는 발걸음을 멈추고 그 글자를 바라보더니 웃었다.

"멋진 문구고 멋진 글이네요. 글자가 위풍당당하고, 문구는 여유롭고 침착한 게 천상의 호흡입니다."

"또 완곡하게 비꼬는구나."

등 뒤에 있던 영혁이 고개를 숙이고 웃더니 봉지미의 어깨에 턱을 올려놓았다.

"허세 가득한 이 문장을 비꼬는 걸 나도 뻔히 알고 있다."

봉지미가 아무 말 없이 웃기만 했다. 영혁은 나지막이 한숨을 쉬고 말했다.

"몸에서 나는 약 냄새가 너무 역하구나……."

영혁이 일어나더니 직접 한쪽에 있던 궤를 뒤적거리다가 옷 한 벌을 찾아 건넸다. 그리고 웃으며 한마디를 보탰다.

"이 병풍은 내가 열 살 때 쓴 것이다. 원래 글귀는 '친 길 언덕에서 옷을 떨쳐 버리고, 만 리 흐르는 강물에서 발을 씻으리라'라고 되어 있었다. 한번은 부황이 문득 어떤 생각이 들었는지 내 궁으로 오신 적이 있었는데, 이 글귀를 보더니 아무 말씀도 안 하시고 화를 내며 가시고는 족히 3개월 동안 나를 부르지 않으셨다. 나중에 신자연이 지적해 주어서 지금의 이 글귀로 바꾸었다."

신자연의 이름을 내뱉을 때 영혁의 표정은 태연했다. 다정한 눈빛으로 봉지미를 바라봤고, 그녀 역시 평온한 표정을 지었다. 그녀는 조용히 고개를 끄덕이며 옷을 받아들고 웃었다.

"그럼 '단청에 자신이 늙는 줄도 모르고 부귀는 나에게 뜬구름과 같구나' 같은 종류의 시를 써넣지 그러셨어요? 그럼 속세와 싸우지 않고 큰 야심도 없다는 의미를 드러내는 것이니 의심병에 걸린 부황의 마음에 쏙 들지 않았을까요?"

영혁이 쓴웃음을 지었다.

"부황에 대해 아직 잘 모르는구나. 부황의 의심은 꽤 영험하다. 천하에 뜻이 있고 크나큰 목표와 기상을 품고 있어선 안 된다. 그건 신하가 가질 생각이 아니다. 그렇다고 모든 일에서도 사리사욕 없이, 꽁무니만 빼서도 안 된다. 그렇다면 아마 불만을 품었다고 의심할 것이다. 황자인 나는 이 인간 세상에서 가장 높은 계급을 가지고 있고, 부귀를 누리고 살았는데 어찌 여기다 '부귀는 나에게 뜬구름과 같구나'라는 문구를 써넣을 수 있겠는가? 아마 배부른 투정이라고 한마디 하셨을 거다."

열심히 듣고 있던 봉지미가 웃으며 말했다.

"한 수 배웠습니다."

봉지미는 호기심을 가지고 주위를 둘러보았다. 보아하니 이곳은 영혁이 거주하는 침실인 듯했다. 그녀는 그의 거처에 처음 와 본 것이었는데 살펴보다 보니 뭔가 이상함이 느껴졌다. 얼핏 보면 화려함의 극치였다. 자금정으로 조각된 침상과 침상 위에 놓인 금색 비단으로 만든 이불과 요는 보는 이에게 고급스러운 느낌을 전해 주었다. 하지만 금색 비단 이불과 요 밑에는 무색의 요가 살포시 깔려 있었고, 한쪽 모서리가 삐져나와 있었다. 이 요는 편안하면서도 소박한 칡으로 짠 천으로 만들어졌다. 분명 금색 이불은 남들에게 보이기 위한 것뿐일 테고, 그 아래 있는 이불이 매일 밤 진짜 사용하는 이불일 것이다. 이 사람은 영원히 두 얼굴로 살아왔다. 봉지미는 감히 영혁의 침상에 시선을 너무 오래 둘 수 없었다. 누군가가 이를 이용해 놀려 먹을까 봐 시선을 거두고 옷을 들춰보았다. 옷을 보자 얼굴이 빨개졌다.

옷은 놀랍게도 모두 준비되어 있었다. 바깥에 걸치는 양단 재질의 얇은 망토부터 안에다 걸치는 상체 앞을 가리는 배두렁이까지 모두 준비되어 있었다. 더욱 기가 막히는 것은 배두렁이의 천을 너무 아낀 나머지 배를 가리는 속옷이라 부르기 힘들었고, 가슴을 가리는 것조차 겨우 가능할 정도였다. 무수하게 많은 얇은 끈이 있었고, 손바닥 크기만 한 샛노란 명진으로 만들어져 있었다. 색감 그대로를 잘 살린 무늬가 그려진 비단에도 역시 원앙이나 꽃, 새를 수놓은 것이 아니라, 흰 목선을 가진 아름다운 여자가 수놓아져 있었다. 수놓인 여자는 젖가슴을 반쯤 드러낸 채 버드나무 아래에서 몸을 뒤척이며 가야금을 타며 노래를 불렀다. 수를 놓은 솜씨가 매우 훌륭했고, 여자아이의 가느다란 머리카락과 눈썹 사이 역시 정교하게 묘사했으며 장난스러운 표정을 숨기고 있는 모습까지 모두 표현했다.

"이렇게 정교하게 수를 놓는 기술자가 솜씨를 이런 곳에 쓰다니 인재 낭비군요."

봉지미는 여기저기를 살펴보다가 아이가 수놓아진 부분을 잘라서 작은 손수건으로 좀 쓰면 안될까 하고 고민했다.

"아니, 이렇게 솜씨가 좋은 기술자니 이런 물건을 만드는 데 꼭 써야 한다."

영혁이 웃으며 배두렁이를 보았다.

"외투에다가 수를 놓는 것은 누구든 다 볼 수 있다. 속옷에다 수를 넣는 것은 사랑하는 사람에게 보이기 위함이다."

"전하의 이 소중한 물건은 놔뒀다가 애첩들에게 하사하여 입혀 보시죠."

봉지미는 손을 들어 옷을 다시 던지며 말했다.

"소인은 불가합니다."

말을 마치고 돌아서서 지하 통로로 다시 돌아가려고 했다.

"2황자가 오늘 밤에 도시 근교에 있는 수옥 산장에서 연회를 연다. 연회에 은퇴한 산남 안찰사 허명림을 초청하였다."

영혁의 그 말에 봉지미는 발걸음을 멈췄다.

"허명림은 숙비 허 씨의 부친으로 2황자의 생모인 안비가 살아있을 때 허 씨와 매우 좋은 사이를 유지하였고, 허 씨는 슬하에 아무도 없어서인지 세속에 물들지 않아 궁 안팎으로 좋은 평가를 받았다."

"그날 밤 소녕의 일이 2황자의 짓이고 숙비도 결부되어 있다고 생각하시나요?"

봉지미가 발걸음을 멈췄다.

"2황자는 그 정도로 똑똑하지는 않은 것 같습니다. 또 숙비도 여태껏 암투에 휘말리지 않았는데, 왜 지금 그런 흙탕물에 뛰어들려 하겠습니까?"

"그래서 직접 가서 보고자 하는 것이다."

영혁이 눈을 가느다랗게 뜨고 말했다.

"2황자의 수옥 산장은 그가 가장 아끼는 장소다. 그의 책략가들은 모두 그곳에서 키웠다는 말이 있을 정도로 인재들이 많다고 한다. 평일에 2황자는 교외에서 사냥하다 늦었다는 핑계를 대며 자주 이곳에서 머문다. 소문에 의하면 부황께서도 이 산장의 존재에 대해 알고 있다고 한다. 불쾌해하실 게 분명한데, 폐하께서 한 번 다녀온 후에 가타부타 의사를 표명하신 적이 없다. 최근 들어 2황자가 노련하게 일처리를 못 하자 폐하께서 크게 불만을 품고 있는데도 말로만 역정을 내실 뿐 큰 벌을 내리시지 않으니 형제들 모두 이상함을 느끼고 있으며 2황자가 폐하의 환심을 산 게 아닌가 하여 그 산장에 관심을 가진 지 오래되었다."

"전에 사람을 보내봤나요? 혹시 실패하셨나요?"

"어디 한 번뿐이었겠느냐?"

영혁이 쓴웃음을 지었다.

"영징도 갔었다. 그곳의 진법에 홀려 기절하고는 아무 성과 없이 돌아왔다."

"대놓고 방문해서 산장의 구조와 사람을 어떻게 배치했는지 보면 안 되나요?"

"대놓고 가 봤자 아무것도 볼 수 없다. 겉으로는 누구의 편도 아니었지만, 은밀하게 다른 황자의 편에 섰던 조정의 한 관리가 기회를 포착해 2황자의 연회에 참석하려고 한 적이 있었다. 하지만 그 산장은 모든 내방객에 대해 엄밀히 조사를 진행하고 또 여성을 꼭 데려와야 한다는 이상한 규정이 있다."

"그거야 어렵지 않잖아요."

봉지미가 웃으며 말했다.

"제경에서 이름난 기생 아무나 데려가면 되죠."

"그렇게 간단한 문제가 아니다. 산장에서 여성에게 만만치 않은 시련을 준다고 들었다. 여성의 마음이 여리고, 입이 가벼운 약점을 이용한다고 한다."

영혁이 미간을 찌푸렸다.

"데려간 여성들은 아무리 신뢰할 만하고 충성스러운 인물이라도 결국에 열에 아홉은 변절하게 된다고 한다. 남의 비밀을 캐러 간 사람이 도리어 비밀을 얘기하게 되는 것이다. 이렇다 보니 나 역시 경거망동할 수 없었다."

"근데 지금은 어째서 시도하려는 거죠?"

"최근에 2황자에게 손을 쓰지 않았더냐?"

영혁이 곁눈질로 그녀를 보았다.

"자네가 돌아온 후 처분을 기다리는 예부의 두 시랑은 죗값을 치를 예정이고, 폐하도 이미 철저하게 조사하라고 지시를 내렸다. 예부를 숙청하고자 하면 폐하도 너의 뜻에 따라야 할 것이다. 아마 너의 손을 빌려 기강을 바로잡으려는 심산일 것이다. 그럼 2황자 쪽에서 어찌 가만히 있겠는가? 그 사건의 수뇌인 그들은 일단 네가 인정사정 봐 주지 않고 더 많은 사람을 잡아넣을까 봐 두려울 것이고, 둘째는 자신의 편에 속하는 신하들에게 뭔가를 보여줘야 하기 때문에 무슨 행동이라도 할 것이다. 너와 그들은 이미 철천지원수가 되었다. 다만 모략이 완전히 드러나지 않았을 뿐이지. 선수를 잡는 게 더 유리하고, 후수를 잡으면 위태로운 법이다. 2황자는 한 번으로 끝나지 않을 것이고, 두 번, 세 번, 절대 멈추지 않을 것이다. 먼저 공격하길 기다리는 것보다 먼저 호각을 부는 편이 더 낫다. 네가 이런 전략을 생각지 못했다고는 믿지 않는다. 만약 생각 못 했다면 본 왕이 대신 이런 제안을 하는 거다."

"전하의 진심에 저는 성은이 망극할 따름이네요."

봉지미는 손뼉을 쳤다.

"다만 전하는 소녕 사건을 핑계로 궁에 소리 소문 없이 어림군 대신 장영위를 배치하고, 폐하께 아뢰어 일부 궁인을 내보낸 후 새로 궁녀를 뽑고 내시를 바꾸는 등 궁에서 일하는 사람을 몽땅 교체한 일에 대해서는 왜 아무 말씀도 하지 않으시는 거죠? 저야 당연히 2황자에 대해 분노가 치밀고 있지만, 그럼 전하께서는 아닌가요?"

"그래서 우리가 힘을 합쳐 함께 산장으로 가잔 말이다."

영혁이 고개를 숙여 봉지미의 귓가로 가까이 왔다. 입술의 열기가 그녀의 귓불에 전해졌다. 그가 깊은 웃음을 지으며 말했다.

"일반 여성들은 산장에 들어가면 견디질 못하니, 이 세상에서 너 빼고 누가 가능하겠느냐?"

"왜 자꾸 전하의 말이 이 세상 여자 중에 가장 독한 사람이 저라는 말처럼 들리는 거죠?"

봉지미는 손으로 옆얼굴을 가리며 영혁을 밀어내려 했다. 그는 그때를 틈타 그녀의 손바닥을 핥았다. 그녀는 깜짝 놀라서 손을 빼 손바닥을 옷에 닦았다. 얼굴은 이미 수습하기 힘들 정도로 빨개졌다. 그의 낮은 웃음소리가 들렸다. 마치 통쾌한 듯한 웃음이었다.

"너는 독하고, 나는 간사하니 우리는 천생연분이구나."

"어찌 감히 전하와 어깨를 나란히 할 수 있겠습니까?"

봉지미가 가식적인 웃음을 보이며 말했다.

"그리고…… 나를 혁이라고 불러라."

영혁은 옅은 미소를 지었다. 그의 눈망울이 반짝 빛이 났다. 목소리는 하늘 위에 떠 있는 솜사탕 모양의 구름처럼 피어올라 발 디딜 곳이 없이 맴돌았다.

"자⋯⋯ 어서 불러 보거라."

"혁⋯⋯."

봉지미도 웃었다. 영혁이 재미있다는 눈빛으로 미친 듯 웃었다.

"⋯⋯ 혁? 이라고? 잘 안 들리는구나."

이 잔꾀가 가득한 여인의 살짝 비튼 말투를 듣고도, 영혁은 아직 가려운 곳을 충분히 긁지 못한 것처럼 모호한 표정으로 봉지미를 바라보았다. 그는 한참 후 고개를 흔들며 웃었다.

"안 되겠군, 난 그 톡 쏘는 밀투가 좋다."

영혁은 허리를 꼿꼿이 세우고, 봉지미의 손에 든 옷을 가리켰다.

"내키지 않겠지만 유명 배우로 분장해야 한다. 왕년의 유명 배우로 산북도 4대 운곡반의 하나인 덕흥사의 간판 배우였고, 이제는 산남 안찰사 황 첨사의 부인이 된 사람이다. 이번에 황 첨사가 허 안찰사를 따라 제경으로 와서 산남 작당의 사건을 형부에 인도했다. 오늘 밤에 2황자의 초대를 받아 수옥 산장에 가기로 되어 있다. 너는 유명 배우의 신분으로 이런 화려한 곳에 가 보고 싶어 하지 않았나? 허영을 드러낼 수 있는 장소니까."

영혁은 웃으며 말했다.

"황 부인이라면 제경에서 현재 가장 유행하는 인물 무늬를 수놓은 배두렁이를 누구보다 먼저 손에 쥐길 원할 테죠."

봉지미는 아름다운 그 배두렁이를 쳐다보더니 입을 삐쭉거렸다. 영혁이 지어낸 인물이 아닌가 의심스러웠다.

"그러면 진짜 황 첨사와 부인은요?"

봉지미는 가면을 하나 받았다.

영혁은 심드렁하게 손에 들고 있던 인피가면을 치며 말했다.

"자네의 손에 있다."

봉지미는 또 입을 삐쭉거렸다. 구토하고 싶은 심정을 간신히 참으며 가면을 받아 들고는 아무 말도 없이 옷 무더기를 뚫어지게 쳐다봤다.

"두 가지 선택권이 있다."

영혁이 덤덤하게 말했다.

"남이 입혀 주던가 아니면, 본 왕이 직접 입혀 주던가."

"전하에게 폐를 끼칠 수는 없습니다."

봉미지는 재빨리 선택을 끝냈다.

"만춘."

영혁은 고개를 돌려 바깥에 있는 사람을 불렀다.

어렴풋이 장신구가 울리는 소리가 들렸고 어떤 향기가 느껴졌다. 오동나무로 이루어진 긴 복도에서 아름답고 여리한 그림자가 방향을 바꾸더니 문에 걸린 발을 제치고 들어왔다. 봉지미의 눈앞이 환해지더니 연보라색의 망사 치마를 입은 여자가 반듯한 자세로 문 앞에 서 있었다. 복도 문 앞에 놓인 해당화가 그려진 등불의 옅은 붉은색이 만춘의 얼굴을 더욱 빛나게 만들었다. 두 눈썹은 아주 가늘었고, 눈썹 밑의 눈망울에 진한 붉은빛의 눈매를 살짝 그려 도도하면서도 세련된 분위기가 달빛 아래 핀 해당화 같았다. 하지만 그녀는 봉지미를 보지 않고, 사뿐사뿐 걸어가 영혁에게 예를 표했다. 목소리는 매우 침착했다. 하지만 그 침착함 속에 주체할 수 없는 기쁨이 묻어 나왔다.

"전하……."

영혁은 커튼을 젖히고 나가 복도 밖의 난간에 비스듬히 기대어 무덤덤한 말투로 말했다.

"저 여인을 씻기고 옷을 갈아입혀라."

이름이 만춘인 이 여자는 온통 화색이 도는 얼굴을 애써 감추며 들어왔다. 하지만 영혁의 말에 자신도 모르게 잠시 넋을 잃은 채 제자리에 가만히 있었다. 한참 후에야 시선을 천천히 실내로 돌렸다. 봉지미는 이미 등을 돌리고 인피 가면을 쓴 후였다. 비록 그가 믿을 만한 사람을 불렀을 테지만, 그래도 그녀는 자신의 진면목을 드러내고 싶지 않았다.

만춘은 멍하니 봉지미의 뒷모습을 바라보았다. 그녀의 시선은 옷으로 향했다가 우두커니 고개를 돌려 영혁을 보려고 고개를 반쯤 돌렸다. 그러다 다시 고개를 봉지미에게 향하더니 아무 말 없이 허리를 굽혔다. 그녀의 눈망울에는 빛이 하나도 없는 깊은 어둠이 담겨 있었다. 조금 전 반짝이던 눈망울과 비교하면 지금 이 여인의 눈빛은 심원의 나락으로 떨어진 것처럼 서늘했다. 고진감래 끝에 꾼 꿈이 한순간에 산산조각 나 절망으로 변한 듯한 서늘함이었다. 그녀는 넋을 잃은 채 긴 손톱을 힘껏 움켜쥐었다.

봉지미는 어색하게 커튼을 치고 그래도 안심이 되지 않는지 창문의 걸쇠를 모두 걸어 버렸다. 그 여인은 반듯한 자세로 서서 영혁이 좀처럼 다른 사람을 들이지 않는 침실을 마음대로 왔다 갔다 하며 거리낌 없이 그의 물건을 옮기는 봉지미의 모습을 보고 손가락을 더욱 움켜쥐었다. 그녀의 손바닥에 살짝 옅은 핏기가 서렸다. 하지만 봉지미는 그녀의 모습에 아랑곳하지 않았다. 오랫동안 높은 지위를 가지고 있다 보니 제왕과 문무 대신의 고민과 일만을 생각하는 데 익숙해져 있어 그런지 여자의 마음이 세상에서 가장 헤아리기 어렵다는 사실을 거의 잊어가고 있었다. 봉지미는 비록 타인을 무시하는 습성은 없었지만, 이미 고급 관료들의 모습을 자연스레 익혀, 습관적으로 말했다.

"문 좀 꽉 닫아 줘요, 그리고 돌아서요, 좀 씻어야 하니까."

부드러운 말투였으나 말에서 태연함과 고고함이 엿보였다. 봉지미의 말에 만춘은 전율했다. 하지만 그녀는 이미 옷을 벗고 몸에 묻은 약물을 씻어내고 있었다. 시간이 많지 않았다. 외곽까지 가야만 했다. 그녀는 줄곧 그 여인을 보고 싶지 않았다. 야리야리한 귀밑머리와 여인네들이 쓰는 구슬이 달린 머리 장식을 보니 영혁의 시첩 중 하나가 분명했다. '시첩'이란 두 글자, 그리고 맞은편의 그 금색 수가 놓인 침상은 아무 이유 없이 진저리가 쳐져 다시 보고 싶지 않았다.

욕조 통 안에 열기가 피어올랐다. 봉지미는 조금 웃긴 생각이 들었다. 오늘 밤 단 한 시간 동안 목욕을 두 번이나 하고 있지 않는가? 한 시간 전 욕조에서 놀랐던 것을 생각하니 머릿속에 한 광경이 스쳐 지나갔다. 그녀의 얼굴이 자신도 모르게 살짝 붉어져서 재빨리 생각을 멈추었다. 봉지미는 만춘이 여전히 목석처럼 자신의 뒤에서 어떤 미동도 없이 서 있는 것을 느꼈다. 봉지미는 어색한 분위기를 털어내느라 헛기침을 한 번 하고 정적을 깨기 위해 아무 말이나 던졌다.

"당신은…… 초왕 전하의 시첩인가?"

질문을 던지고 나니 후회가 밀려왔다. 뭐 하자는 건가? 꼭 해야 할 질문이었던가? 참 재미도 없지, 다른 말도 있었을 텐데, 첫 질문이 이거라니?

하지만 만춘은 바로 대답하지 않고 침묵을 지킨 채 그곳에 서 있었다. 사방이 목욕물의 수증기로 가득 찼다. 창살에도 촘촘히 물방울이 맺혔다. 정적이 흐르는 가운데 미세한 물소리만 들렸다. 고요함 속에서 이상함이 느껴졌다. 마치 이미 굳어져 깰 수 없는, 사람의 마음을 짓누르는 악몽을 꾼 듯한 기분이 들었다. 한참 후 봉지미는 뒤에 있는 여자가 웃는 듯한 느낌을 받았다. 매우 짧은, 하지만 서늘함을 담고 있는 웃음이었다. 곧이어 촛불의 불빛에 사뿐사뿐 걷는 만춘의 모습이 벽에 드리워지더니 점점 커졌다.

만춘이 가까이 다가왔다. 봉지미는 이미 서둘러 몸을 씻고 마른 수건으로 몸을 닦고 있었다. 촛불의 불빛이 그녀의 등 뒤에서 비췄다. 구슬 같은 찬란함, 백옥같이 흰 피부와 흐르는 물처럼 아름다운 신체, 봄날의 가장 아름다운 시구절을 떠올리게 하였다.

'갖가지 꽃들이 무성하게 피어나네.'

짙은 붉은색으로 올려 그린 눈매에 물방울이 어린 눈망울로 만춘은 냉랭하게 그녀를 바라보았다. 한쪽에 있던 매혹적인 배두렁이를 가져와 손바닥으로 잘 폈다. 만춘이라 했던가. 봉지미는 그녀의 이름을 새삼 떠올렸다. 고요함 속에서 더욱 적막으로 향하는 자신이 떠올라 눈망울에 점점 서늘한 미소가 어렸다.

"시첩이냐고요……"

만춘은 비웃는 듯한 미소를 지으며 봉지미에게 다가갔다.

이렇게 사랑했다

"시첩이냐고요……."

대답이었지만 질문 같았다. 만춘은 말끝을 흐리며 자신도 모르겠다는 듯 중얼거렸다. 생각에 깊이 잠긴 듯했다. 봉지미는 그녀의 희미한 목소리를 듣고, 말투가 좀 이상하다는 느낌을 받았다. 아니면 자신의 질문이 이상했던 건가? 봉지미는 희미하게 웃으며 손가락으로 배두렁이를 가볍게 들고 손등을 보이며 그녀에게 건넸다.

"미안하지만…… 부인."

부인이라는 말이 나오자 만춘은 한차례 더 미간을 찌푸렸다. 그녀는 다시 역겨운 기분이 들었지만 아무 말도 하지 않았다. 우울한 감정을 떨쳐내려 부드러운 감촉의 배두렁이를 받아들고 손가락으로 정교하게 수 놓아진 인물을 자세히 매만졌다.

이 옷은 만춘의 것이었다! 며칠 전 전하가 그녀에게 지나가는 말처럼 궁에 수를 잘 놓는 자가 있냐고 물었다. 그녀는 자신이 조금 할 줄 안다고 대답했다. 영혁은 그녀에게 시장에서 가장 유행하는 문양으로 수를 정성스레 놓으라고 시켰다. 당시 그는 긴 평상에 걸터앉아 서신 한 통을 손에 쥐고는 담담한 눈빛으로 왕궁의 서쪽을 바라보았다. 그의 검고 긴 머리가 평상에 닿았고, 긴 머리 사이로 보이는 얼굴은 준수했다. 그녀는 백만 번째 그의 모습에 매료되었다. 또 백만 번째 머리를 조아리며 매료된 자신의 눈빛을 깊이 감추었다.

봉지미는 알고 있었다. 만춘이 영혁에게 매료된 마음을 조금이라도 내비친다면 내일 만춘이란 사람은 더 이상 그에게 가까이 갈 수 없으리라는 사실을! 그녀는 예를 갖추고 거리를 유지하며 업무를 하달 받았다. 전처럼 침착한 표정으로, 슬쩍 그의 손에 들린 서신을 바라봤다. 역시나 위 상서가 내각에 제출한 기밀 상소문이었다. 전하는 위지의 상소를 항상 특별히 신경 썼다. 그녀가 서방의 먹과 붓 시중을 들 때도 봉지미인 위 상서의 상소문은 항상 가장 위에 놓여 있었다. 이젠 위지와 관련된 상소를 보는 일은 그녀에게도 매우 자연스러웠다. 그는 그녀에게 눈길도 주지 않은 채 하늘을 보고 무릎을 굽혔다. 기다란 손을 무릎 위에 올려놓고 주위를 아랑곳하지 않은 채 웃음을 머금은 표정이었다. 그녀는 초왕의 나지막한 목소리를 들었다.

"음, 옷은 옅은 살구색으로 하되 너무 눈에 띄면 안 된다. 망토는 강회의 연사 직물을 써서 희미하지만, 등불에 비치는 그런 스타일로 만들거라. 봄의 밤에 바람이 살살 불어오면 옷과 꽃의 무늬가 모두 너울이 일듯이 말이다. 얇고 가벼운 천은 옅게 깔린 안개 속에서 조각난 달을 밟는 것 같은 느낌이 들도록 만들고, 반드시 고급스러운 느낌을 담아야 하느니라."

영혁은 눈을 약간 게슴츠레 뜨고 무엇인가를 상상하는 듯했다. 눈에 담겼던 미소가 점점 입가로 번졌다. 맞은편 병풍에 큼지막하게 그려진 하얀 동백꽃이 무안한 정도의 미소였다.

"안에는 붉은색이 좋긴 하지만 조금 식상한 면이 있고, 짙은 보라색

은 너무 차갑게 느껴지고, 푸른빛이 감돌면 고급스럽지 않으니 샛노란
색으로 하자. 그 색의 옷을 걸치고 화장을 곱게 하면 백옥같이 고운 여
인네가 되겠구나."

영혁은 살짝 생각에 잠겼다. 들어 올린 아래턱이 확고하게 쭉 뻗어
있었다. 마치 천 년 동안 달빛을 머금은 하얀 돌이 세상으로 튀어나와
온 세상에 뿌려지며 산산조각이 났고, 그 조각들이 발하는 빛으로 반
짝이는 것 같았다. 그가 갑자기 고개를 돌리고는 만춘을 향해 웃었다.
그녀에게 그의 모습은 눈이 내려앉아 쌓인 흰 독말풀에 바람이 지나가
며 투명하게 빛을 발하는 얼음 결정체를 떨어뜨리는 것 같았다. 그녀는
자기도 모르게 뺨이 달아올랐다.

'백옥같이 고운 여인네라.'

만춘은 태자를 통해 초왕부로 들어오기 전 북쪽 삼십주라는 지역에
서 이름난 유명 배우였다. 피부가 하얀 눈처럼 희고 목소리가 부드러워
'백옥'이라는 별명이 붙었다. 그리고 그녀는 샛노란색을 가장 좋아했다.
그녀는 왕궁의 서쪽에 거주하고 있었다. 며칠 전에 영혁의 호위를 마주
친 적이 있는데, 그 사람이 지붕 위에 무릎을 끌어안고 역시나 왕궁의
서쪽을 바라보며 중얼거리는 모습을 보았다.

"받았으면 됐지? 뭘 그리 소란은?"

그 호위 무사는 최근 전하의 총애를 많이 받지 못했다. 영혁의 곁에
서 시중을 들지 못하는 처지가 되었지만 그래도 전하의 최측근이었다.
그가 하는 말은 종종 전하의 뜻을 담고 있었다. 설마…….

제경에서 전하의 바람기는 유명했다. 바깥에서는 어떤지 몰라도, 초
왕의 궁에서는 전혀 그렇지 않았다. 각 황자가 보낸 시첩은 전하의 내
원 침실에 전혀 들어가지 못했다. 전하는 때때로 만춘이 사는 희조루나
시첩이 기거하는 정원으로 매월 서너 차례 들렀다. 하지만 들르기만 할
뿐 아무런 일도 일어나지 않았다. 만춘은 때로는 다른 시첩들도 모두

그녀와 바라는 바가 같은 게 아닌지 생각했다. 아마도 그럴 것이다.

한번은 만춘이 무심코 진한한테 간 전하를 본 적이 있었다. 당시 두 사람은 화장대 앞에 마주 앉아 있었다. 전하는 미소를 머금고 그녀에게 화장해 주고 있었다. 작은 방에 커튼이 드리워 있었고, 거울 앞에 안개비가 내리는 가운데 살구꽃이 하늘거리며 내려앉았다. 거울 속의 여자는 어여뻤고, 남자는 수려했다. 정말 너무나 아름다운 광경이었다. 하지만 그녀는 인사를 한 후 진한의 목 뒤가 경직되어 있음을 발견했다. 퍼런 핏줄이 튀어나온 모습이 극도로 긴장하고 있음을 보여줬다. 이튿날, 진한은 보이지 않았다.

그리고 또, 대범하고 활달한 수운이라는 이름의 여인이 직접 영혁을 찾아 나서기도 했다. 허리가 잘록하게 들어갔으며 속이 훤히 비치는 금실 치마를 입고 뽀얀 피부를 드러낸 채 몽유병에 걸린 척하며 전하의 침실로 뛰어들었다. 그날 밤 어떤 움직임도 포착되지 않았고, 둘째 날 수운은 자신의 집으로 보내졌다. 사람들은 모두 수운이 전하의 환심을 샀으니 머지않아 후궁이 될 거라고 여겼다. 그래서 모두 그 빙법을 띠리하고 싶어 했다. 하지만 수운은 그때부터 문을 걸어 잠그고 나오지 않았다.

반년 후 만춘은 우연히 얼굴이 노랗게 떠서 깡 말라버린 채 정신이 나간 수운을 만났다. 수운과 몇 마디를 나누어 봤지만 실성한 듯 제대로 답을 하지 못했다. 그녀는 뭔가 이상하다는 생각이 들었다. 몇 걸음 가다가 다시 돌아갔더니 멍하니 조약돌로 물수제비를 뜨며 중얼대는 수운을 볼 수 있었다.

"…… 내 몸에 뱉고…….”

앞뒤가 잘린 말이었지만 만춘은 그 말 때문에 온몸에 소름이 돋았다. 수운이 던진 조약돌이 저 멀리까지 날아가며 물수제비를 만들었다. 물 표면에 반짝이는 빛을 흩뿌리며 포물선을 만들더니 곧 물속으로 잠졌다. 자기처럼 꽃 같은 여자의 아름다움은 잠깐이었고 눈 깜짝할 사이에 사라졌다.

나중에 수운은 자신이 물수제비를 뜨던 호수에서 떠올랐다고 한다. 자살을 선택한 것이었다. 그 이후 만춘은 더 이상 이 일에 대해 생각하지 않았다. 태자가 서거한 후 그녀는 더 생각할 필요가 없었다. 그녀는 자기 일만 착실히 하면 됐다. 외로운 운명으로 태어났다면 소리 없이 호수에 몸을 던져도 상관없었다.

작년에 한 시첩과 말다툼을 벌이던 만춘을 전하가 우연히 지켜봤다. 그녀는 괜히 시비를 걸어 아양을 떨고 아첨을 하는 그 시첩을 물에 밀어 넣었다. 상대는 소리를 지르며 차갑게 죽어 갔다. 고개를 돌려보니 전하가 호수 근처의 정자에서 멀찌감치 그녀를 보고 있는 게 아닌가. 그 순간 영혁은 추억에 잠긴 듯한 미소가 눈빛에 서려 있었다.

만춘은 이제 목숨을 부지하기 어렵겠다고 생각하여 아무 말도 하지 않고 꿇어앉았다. 하지만 전하는 그녀를 한참 바라보더니 아무 말도 하지 않았다. 그녀는 진흙 위에 고집스럽게 있었고, 축축하게 젖은 옷깃과 차가운 달빛에 살이 에이는 듯했다. 은은하고 서늘한 향기가 느껴지더니 초왕의 두루마기가 그녀의 옆을 소리 없이 스쳤다. 그녀는 살짝 실의에 빠져 있는 무덤덤한 그의 목소리를 들을 수 있었다.

"누구도 네가 아니구나."

네가? 누구를 말하는 것일까? 다른 이들과는 다르다는 말인가? 아니면? 만춘은 이해할 수 없었다. 그때부터 영혁은 다른 사람과는 조금 다르게 그녀를 대했다. 그녀의 쌀쌀한 태도와 본분을 지키는 행동에 초왕은 흡족해했다. 몇 가지 일을 믿음직하게 그리고 꼼꼼하게 처리하자 그는 점점 그녀를 신임했다.

어느 날, 만춘은 과거의 시첩들이 방법을 잘못 선택했다고 생각했다. 초왕 같은 사람은 예쁘게 치장하거나 그의 환심을 사기 위한 아양만으로 마음을 주는 그런 사람이 아니었다. 그를 위해 일을 할 수 있는 사람만이 보살핌을 받을 수 있었다.

그날 이후 밤마다 만춘은 불을 켜고 옷을 만들었고, 낮에는 한쪽에 치워 놓았다. 영혁이 분부한 모든 일은 비록 비밀을 지키라는 당부를 따로 하지 않았지만, 그녀는 조심해서 처리해야 함을 직감적으로 알고 있었다. 이런 규범을 잘 알고 있기에 그의 윤허를 받아 점점 가까워질 수 있었다.

밤을 새우며 옷을 만들있딘 그날들은 전혀 피곤하지 않았다. 그저 끝도 없는 기쁨이 느껴졌다. 마치 가느다란 바늘의 다리에 매달린 오색실이 길게 이어지고 바늘 끝이 비단 위에서 부드러운 노래를 부르는 것처럼, 다섯 가지 매혹적인 그물이 펼쳐지듯 만춘은 촘촘히 꽃을 수놓았다. 마음이 날줄 씨줄 얽힌 그물 같아서 안에는 옹이 맺힌 매듭이 수천 개나 되었다.*송 장선의 시 '천추세'의 한 구절 매듭 매듭마다 아름다운 꿈이 담겨 있었다. 비록 얼음으로 덮여 있지만, 찬란함을 절대 숨길 수가 없었다. 궁의 등불 아래 벌게진 두 눈으로 날을 새며 옷을 만들어 왔지만, 피곤함도 잊은 채 눈에는 기쁨이 담겨 있었다. 자신의 혼례복을 직접 만드는 기분이었다.

만춘은 이 옷을 다른 사람에게 입힐 거라고 상상하지 않았다. 전하가 유흥가를 전전한다고 알려져 있었지만, 한 번도 기생을 궁으로 데리고 온 적이 없었다. 전하의 궁에는 시첩이 무수히 많았지만, 자신을 제외하고는 누구도 그에게 조금이라도 가까이 가지 못했다. 전하의 곁에 다른 여자는 나타나지 않았고, 전하의 일은 언제나 이렇게 우회적이었다. 그녀는 옅은 미소를 머금고 등불 아래에서 저린 손가락을 문지르며 생각했다.

수를 놓을 때 정성을 배로 쏟은 부분은 바로 속옷이었다. 여인의 일생에서 가장 행복하고 가장 중요한 때는 원래 아름다운 속옷을 입고 사랑하는 사람에게 보여 줄 때일 것이다. 배두렁이에 수놓은 여자는 바로 왕년에 유명한 배우로 무대에 오른 만춘의 모습이었다. 과거의 영광은 이미 사라졌지만, 인생에서 가장 단아하고 유혹적인 자태를 수놓으면 규방의 흥을 돋울 수 있을 거라 생각했다.

만춘은 비단 장막을 배경으로 촛불이 흔들거리는 붉은빛이 자신의 백옥 같은 피부를 비추는 모습을 생각했다. 그 모습은 마치 아침노을이 적설에 흩뿌려진 것 같으리라 상상했다. 그때 가슴을 가리고 있는 그림에 매혹시켜 전하를 더 빠져들게 할 것이라고 상상했다. 그것은 도도함 속에 감춰진 장난과도 같았다. 그가 이를 파악하길 바랐고, 드디어 오늘이 되었다. 그는 파악하지 못했지만, 그녀는 파악했다. 줄곧 마음에 품고 있는 여인이 없다고 생각했고, 그의 곁에 아무도 없다고 생각했으며, 그를 위해 일을 하는 자가 그와 어울리는 여인이라 생각했다. 하지만 오늘 문에 들어선 그 순간 그 옷을 보았고, 봉지미 곁에 있는 초왕의 눈빛을 보았다. 덤덤하지만 뜻을 품고 있는 그의 말투를 들었다. 그 여자를 보고 있자니 생긴 것은 평범했지만, 자태는 매우 고상했다. 행동거지나 말투 모두 자신과 비슷한 분위기를 자아냈지만, 오랫동안 높은 자리를 차지하고 있던 사람의 거리감과 고상함을 지니고 있었다. 허나 여인들이 가지고 있는 부드러운 느낌이 아니라 전하가 가지고 있는 조정을 주무르는 데 익숙한 고상함이 느껴졌다.

만춘은 문득 모든 것을 깨달았다. 전하가 원하는 것은 조수나 수하가 아니라 그와 어깨를 나란히 할, 심지어 자신을 정복시킬 수 있는 여자였다. 하늘 끝 저편으로 날아오르는 용과 봉황처럼 바다를 호령하고, 세상을 얕잡아 보는 그런 여자였다. 만춘의 눈앞에 있는 이 여인은 부드럽고 상냥하며 아양을 떨어 환심을 사는 수법과 거짓이 난무하는 여인네들의 놀이와 맞지 않았다. 만춘은 태생부터 도도한 초왕의 피를 들끓게 할 수 없었고, 오랫동안 얼어붙은 마음을 녹일 수도 없었다.

'그랬구나.'

만춘은 처량하게 웃었다. 그녀는 원래는 자신의 것이라 여겼던 속옷을 들고 다가갔다. 항간에 가장 유행하는 스타일로, 이 배두렁이는 가슴 앞의 절반만을 가릴 수 있어 희고 고운 가슴이 은근 드러났다. 흘러내림을 방지하기 위해 10개 이상의 가는 끈이 연결되어 있었다. 각각 목 옆부분의 겨드랑이에서 허리까지 연결되어 있었다. 노란색의 가는 끈이 서로 교차하여 쭉 빠진 몸매에 달라붙으면, 남성의 체내에 본능적으로 담겨 있는 '진격의 욕망'을 끌어내기 충분했다.

만춘은 배두렁이의 목 끈을 봉지미의 목에 걸었다. 힐끗 그녀의 귓불을 살펴봤더니 매끈한 귓불에는 구멍이 없었다. 하지만 가까이 다가가 보니 원래 구멍이 있던 부분을 슬쩍 같은 색의 무엇인가로 막았다는 사실을 알아챘다. 만춘의 눈빛이 조용히 뛰었다. 곧이어 시선을 다른 곳으로 옮기더니 천천히 풀매듭이 매여 있는 가는 끈을 당겼다. 뒤로 당기면 풀렸고, 앞으로 당기면 옭매듭이 되었다. 짙은 붉은색으로 물들인 손톱이 가는 끈과 함께 등 뒤로 미끄러져서 손끝이 살짝 떨렸다. 봉지미가 대뜸 웃으며 말했다.

"이 옷은 당신 것인가요?"

갑작스러운 한마디 말이 아직 흩어지지 않은 열기 속에서 나부꼈다. 만춘의 손이 잠시 멈칫했고, 믿을 수 없다는 듯 천천히 시선을 들었다. 봉지미는 아무런 미동도 없었고, 그 가느다란 끈이 그녀의 목을 감싸는 것도 개의치 않았다. 모르는 여인이 지척거리에서 긴 손톱을 그녀의 경맥 옆에 놓고 있었는데도.

"옷을 만질 때 보니까 아주 소중히 다루는 것 같아서요."

봉지미가 덤덤하게 말했다.

"손톱에 바늘에 찔린 상처도 많고요."

만춘은 시선을 거뒀다. 이 여인은 자신에게 눈길 한 번 주지 않고서도 동작과 손만을 보고도 모든 것을 다 파악하고 있었다. 이런 사람은 아무것도 하지 않아도 그녀와 자신이 천양지차라는 사실을 느끼게 해 주었다.

"옷이라는 것은 만들 때 아무리 정성을 쏟아붓고 노력을 해도 결국 엔 옷이지요. 오래 입으면 사람들의 기억에서 사라지고 버려지죠."

봉지미가 차분히 말했다.

"세상에 길게 남는 것은 마음밖에 없죠."

만춘은 또 한번 놀랐지만, 봉지미는 이미 시선을 거두고 웃고 있었다. 그 배두렁이를 건네받아 만춘의 도움 없이 가느다란 끈을 전부 등 뒤로 매야 함에도 재빠르게 매듭을 맸고, 금세 모두 갈비뼈 옆으로 다 연결되어 있었다. 노란색의 가는 끈이 허리 양측으로 촘촘히 자리를 잡아 그물처럼 보였다. 그물 사이로 보이는 피부는 달빛처럼 맑아 백옥 같은 피부를 지닌 여인이라 할 만했다.

만춘은 우두커니 바라만 보고 있었다. 이렇게 허리 양측으로 매듭을 진 독특한 매듭법 자체로 훌륭했다. 이제껏 자신은 이런 생각을 해본 적이 없음을 인정할 수밖에 없었다. 이 여인은 부드러운 가운데 자유로웠고 또 위엄이 느껴졌다. 조심스럽지만 소탈했다. 마치 노을처럼 가끔 고개를 들어서 먼 하늘에서 발하는 아름다움을 감상할 수는 있었지만 대단히 놀랄 만한 아름다움은 아니었다. 하지만 그렇다고 식상하지도 않았다. 본디 초왕은 이런 여자를 원한 것이다.

봉지미는 옷을 다 입고 만춘을 힐끗 쳐다봤다. 소리 없이 한숨을 쉬며 망사 치마를 가지러 가려는데 등 뒤에서 갑자기 움직이는 소리가 들렸다. 봉지미는 멈칫하며 '모처럼 좋은 마음으로 도움될 말을 해 주는데 못 알아듣네?'하고 생각했다. 고개를 돌려보니 그 도도한 여인이 물에 젖은 대리석 위에 꿇어앉아 있는 것이 아닌가? 봉지미는 눈썹을 치켜세웠다. 눈에 섬광이 스쳤지만 바로 다가가 부축하지 않고 천천히 망사 치마를 입으며 말했다.

"아가씨 왜 그러세요?"

만춘에 대한 칭호는 이미 바뀌었지만, 그녀는 여전히 아무 반응을 하지 않았다. 갑자기 땅에 엎드리더니 봉지미에게 세 차례 머리를 조아리고 조용히 말했다.

"아가씨, 저는 당신이 누군지 모릅니다. 다만 당신이 바로 초왕의 마음을 차지하고 있는 사람임은 알고 있습니다. 부탁하오는데 제발 그의 뜻에 따르지 마시고 그를 버리십시오."

봉지미는 만춘의 말에 진심으로 어안이 벙벙했다. 봉지미는 살구색 윗옷을 잡고 천천히 몸을 돌렸고 한참 후에 말했다.

"무슨 뜻인지 모르겠군요."

"알고 계시지 않습니까!"

만춘은 이를 악물었다. 나지막한 목소리였지만 마치 못처럼 튀어 나갔다. 후회가 없는 결연함이 엿보였다.

"요 몇 년간 전하는 과거와는 달랐습니다. 조정의 일로 고민이 많아서 그런 줄 알았는데 오늘에서야 당신…… 당신 때문이라는 걸 알았습니다!"

"네?"

봉지미가 웃었다.

"당신의 이런 모습은."

만춘이 비참한 듯 웃었다.

"전하와 정말 닮았군요. 같은 부류인……. 어떠한 고민도 마음 깊숙이 숨겨 두고 어떤 생각도 들춰지지 않는 사람. 세상에서 가장 아름다운 사랑이라 해도 당신을 움직이지 못할 것 같네요. 역시 당신은……. 초왕이 이런 당신을 사랑하지 않았다면 어찌 저리 초췌하게 말라가며, 이 두 해 동안 계속 내상을 입으신단 말입니까?"

봉지미가 미간을 찌푸리고 그녀의 말을 번복했다.

"어찌 저리 초췌하게 말라가며, 이 두 해 동안 계속 내상을 입었단 말입니까?"

"장희 16년 말, 그해 큰 눈이 내렸죠. 초왕께서는 남해에서 제경으로 돌아오셨습니다. 하지만 무슨 이유에서인지 제경으로 돌아오신 후 궁으로 오시지 않았습니다. 3일 후 호위가 전하를 궁으로 모셨습니다. 그때 전하의 병은 매우 위중했습니다. 그렇지만 조정의 일을 처리해야 해서 피곤함을 내색할 수도 없었습니다. 그 시기에 전하는 심하게 파리해졌습니다. 그렇게 더운 날씨에도 홑 두루마리 안에 면을 덧댔습니다. 마른 자신의 모습을 들키지 않으려고요."

만춘은 쓸쓸하게 웃었다.

"작년에 초원에서 대월과 전투할 때 전하는 당시 감군으로 갈 수 없는 상황이었습니다. 신자연 대인님도 전하가 제경을 떠나는 것을 극구 반대했고요. 그날 밤 두 사람은 크게 싸웠습니다. 신자연 대인은 크게 분노하며 컵을 전하에게 던졌고, 전하는 피하지 않았습니다. 컵은 전하의 가슴에 맞았고, 전하는 바로 피를 토해 신 대인을 깜짝 놀라게 했습니다. 당시 제가 시중을 들고 있었기에 하늘을 보며 긴 한숨을 쉬고 뜨거운 눈물을 흘리며 중얼대는 신 대인의 목소리를 들었습니다. '사사롭지 않고 인내력이 뛰어나 대업을 이룰 수 있다고 여겨 진심으로 보필해 왔더니 결국엔 신을 저버리시는 겁니까?'라고 물으니 전하께서 '이미 천하를 저버렸으니 당신 하나 저버리지 못할까.'라고 말씀하셨습니다. 신 대인은 '천하를 저버리면서까지 그 사람을 저버리지 못한다면 결국엔 그 끝은 죽음입니다!'라고 화를 내며 자리를 박차고 나갔습니다. 그 이후 신 대인이 스스로 우주(禹州) 본진으로 찾아가 전하를 본영의 감군으로 갈 수 있게 배치하고, 며칠간 잠도 자지 못하고 쉬지도 않으며 조정의 국사를 처리했습니다. 또 초왕의 왕궁에 시도 때도 없이 드나들며 제경의 상황을 알려 전하께서 그렇게 제경을 떠날 수 있었습니다."

봉지미는 아무 말도 하지 않았다. 눈빛이 몽롱해지더니 한참 후 웃으며 말했다.

"말씀을 이해 못 하겠네요."

만춘은 이런 봉지미의 반응에도 계속 말을 이었다.

"그곳에 있었기에 들었던 그 말 빼고 나머지는 나중에 스스로 추측해낸 것입니다. 당시 저는 신 대인께서 말씀하신 '천하를 저버리면서까지 그 사람을 저버리지 못한다면'이 가리키는 사람이 남자인지 여자인지 몰랐습니다. 저는 남자라고 생각했는데 그게 당신이었습니다."

깊게 한숨을 들이마시는 만춘의 눈에는 눈물이 맴돌았다.

"작년 한 해, 전하의 마음은 무거우셨습니다. 그전에 다쳤던 내상이 사실 여러 해 동안 나타나지 않았었는데, 작년에는 계속 나타나 상태가 좋지 않았습니다. 올해 변경에서 돌아오신 후에는 좀 많이 좋아지셨습니다. 저는 마침 감사하게도 갑자기 큰일을 맡았습니다. 요 며칠 전하는 줄곧 궁으로 돌아오지 않으시고 종일 외부에 계셨습니다. 조정에 여기저기를 돌아다니느라 시위들이 다리가 끊어질 정도였습니다. 하루 내에 형부 대리사 도감원 내각을 다 돌아다녔고, 또 방법을 찾으라 궁에도 들렀습니다. 그렇게 바쁘게 다니는 통에 저녁때가 되어야 시위들이 쉴 수 있었습니다. 하지만 전하는 또 종적을 감추고는 새벽에야 돌아왔습니다. 온몸에 새벽 서리를 맞아 눈썹까지 모두 젖은 상태였고 얼굴은 창백하기 그지없었죠. 겨우 침상에 올라 한 시간 정도를 쉬고는 또 일어나 형부로 가 3법사의 재판을 맡으셨습니다. 전하가 나간 후 제가 침상을 정리하다 침대 끄트머리에서 피로 얼룩진 손수건을 발견하였습니다. 전하의 병이 또 재발했다는 것을 알았지만, 자꾸 재발하는 원인은 알 수 없었습니다. 전하가 말씀하지 않으셨으니까요. 저는 전하가 좀 푹 쉬시고 병도 잘 치료하시기를 바랐지만, 전하는 쉬지 않으셨습니다. 잠시도요. 저는 매일 피로 물든 수건을 발견했습니다. 발끝과 창 밑 그리고 탁자 밑에서도 찾았죠. 지금도요."

봉지미는 눈을 감았다. 열기가 조금씩 흩어졌고, 창가에 모였던 수증기가 천천히 아래로 흘렀다. 마치 주체하지 못하고 떨어지는 눈물처럼. 두 여인은 서로 침묵하며 각자 자신의 상황에 빠져 깊은 생각에 잠겼다.

"전하가 마음에 품은 여인이 없다고 생각했습니다. 이 세상에 전하와 함께할 사람이 없다고 생각했고요."

한참 후 만춘이 거의 읊조리는 듯 나지막이 웃으며 말했다.

"하지만, 마음에 품은 여인이 없는 것이 아니었습니다. 남장을 한 채 천하를 속이고, 또 전하의 왕궁에서 사랑에 빠진 이 여인까지 속인……."

봉지미의 얼굴이 옅은 누런 불빛 아래에서 무거워졌다. 가면을 쓴 후에도 쓰기 전과 비교해 뛰어난 용모를 감출 수 없었다. 한참 후 그녀는 시선을 거두고 담담하게 말했다.

"당신은 내가 누군지 이미 아세요?"

만춘은 봉지미를 바라보고는 처량하게 웃더니 목을 꼿꼿이 세우고 망설임 없이 답했다.

"네."

이상했던 모든 일들과 영혁에게 변화가 생긴 시간, 그리고 몰래 시킨 중요한 업무로 인해 영혁의 곁을 지켜온 똑똑한 여자는 모든 것을 가늠해낸 것이었다. 사랑에 깊이 빠진 여자는 귀신처럼 영민했다. 봉지미의 눈빛에 아픔이 지나갔다.

"왜죠?"

만춘에게 손을 쓴다 해도 아무 일도 생기지 않을 것이다. 알아서는 안 될 비밀을 알았고, 그걸 입 밖으로 내었으니 그 결과는 딱 하나였다.

이 여인은 매우 영민하고 똑똑한 여자다. 그런데 왜……. 그녀는 괴이한 미소를 지으며 바닥에 엎드려 나지막이 말했다.

"누군가는 초왕 대신 스스로는 하고 싶어 하지 않는 일을 끄집어내야 합니다."

봉지미는 흠칫 놀랐다.

"위 상서, 위 후작님."

만춘이 싸늘한 미소를 지었다. 달빛 아래 해당화가 흔들리는 것 같았다.

"뛰어난 재능과 학식으로 세상에 이름을 날리시고, 조정에서도 명망이 두텁습니다. 백성들의 사랑도 받고 계시고요. 당신이야말로 진정으로 대단한 사람입니다. 여자의 신분으로 풍운을 일으켜 천하와 전하의 마음을 호령하고 있지 않습니까. 하지만 스스로는 마음이 없습니다."

봉지미는 살짝 냉랭해진 손을 옷 위에 올려 두고 있었다. 옷은 얇은 비단이라 매끄럽고 시원했다. 하지만 지금 그녀의 손은 이 옷보다 몇 배는 더 싸늘했다. 봄의 밤바람이 창문 틈을 통해 들어왔다. 아직 옷을 다 입지 않았으니 추위를 느끼는 것은 당연한 일이었지만, 그녀는 옷을 입는 일도 잊은 듯했다.

"당신과 전하는 거의 매일 만나고, 아침저녁으로 함께 하죠. 함께 시련도 견뎠고, 이 궁에서 벌어지는 음모와 간계에 대항했죠. 그 누구보다 당신은 전하의 고뇌와 어려움을 잘 알고 있을 것입니다. 분명 사방이 모두 적인 위험한 상황에서 아주 보잘것없는 일을 하려고 해도 대단한 힘을 쏟아부어야 한다는 점도 잘 아실 테고, 전하가 당신을 위해 얼마나 많은 일을 했는지도 가늠할 수 있을 것입니다. 하지만 당신이 모르는 게 있습니다. 정말 모르는 건가요? 아니면 알고 싶지 않은 건가요?"

"모르는 척 행동하는 것이 모르는 사람보다 더 멍청하고 더 교활한 법이지."

만춘은 쓴웃음을 보이며 손을 등 뒤에 옮겼다.

"당신에겐 전하의 아픔이 대수롭지 않겠지만, 나에게는 그렇지 않습니다. 참을 수 없을 만큼 아픕니다. 저는 오늘 밤 당신을 보고나서 문득 모든 것을 깨달았을 정도로 아픕니다. 어떤 일에 대해서 초왕은 영원히 입 밖으로 꺼내지 않을 겁니다. 그러니 제가 대신하겠습니다. 모르는 척하면 저도 가만히 있지 않을 겁니다. 오늘 저의 충언을 새겨들으시고 절대로 잊지 마세요. 매번 모질게 오늘밤 저를 만났던 일을 떠올리시고, 세상에 당신에게 이렇게 사랑을 구걸했던 사람이 있다는 것을 잊지 마세요. 전하의 마음을 받아주시거나 아니면 그를 놓아 주세요."

만춘의 목소리가 점점 더 작아졌다. 봉지미는 갑자기 차가운 바람이 일듯 재빨리 그녀의 어깨를 잡았다. 봉지미의 손이 그녀의 어깨에서 떨어졌다. 아직 힘을 주지 않았는데 그녀가 갑자기 앞으로 쓰러져 품에 안겼다. 봉지미는 천천히 고개를 숙였다. 그녀의 등 가운데 번쩍이는 비수가 천천히 선홍색을 물들이며 꽂혀 있었다. 번쩍이는 빛이 봉지미의 시선에서 빛났다. 원래 그녀의 몸은 절반 정도 욕조에 가려 있었다. 그녀는 마지막으로 비수를 자신의 등으로 밀어 넣은 것이었다.

'매번 모질게 오늘 밤에 저를 만났던 일을 떠올리시고, 세상에 당신에게 이렇게 사랑을 구걸했던 사람이 있었다는 것을 잊지 마세요. 전하의 마음을 받아주시거나 아니면 그를 놓아주세요.'

만춘이 오늘 밤 자신의 목숨을 끊어 버리면, 봉지미는 그녀를 잊을 수 없을 것이다. 자신을 기억하라는 것이 아니라 그녀가 사모한 소중한 그 사람을 위해 한 마지막 부탁을 기억하라는 말이었다. 선혈이 콸콸 쏟아져 나와 바닥이 피로 흥건했다. 피바다가 된 바닥을 보며 봉지미는 넋을 잃은 채 나지막이 물었다.

"왜죠?"

아까와 똑같은 물음이었다. 목소리는 새하얗게 질려 있었다.

"당신에게 가까이 다가갔고 당신의 신분을 알았으니 어차피 죽을 목숨이에요."

만춘은 겨우 처참한 미소를 내비치며 말했다.

"전하의 손에 죽고 싶지 않았어요. 죽더라도…… 가치 있게 죽고 싶어요."

봉지미가 만춘의 몸을 부축했다. 그녀의 몸은 마치 달빛이 조금씩 실내의 어둠을 빼앗는 것처럼 점점 차가워졌다. 그녀는 마지막으로 한마디를 내뱉었다.

"나중에도 사랑할 수 없다면……. 이렇게 그를 사랑했던 사람이 있었다고 알려 주세요."

봉지미는 자신의 품에서 점점 차가워지는 시체를 끌어안고 어둠 속에서 넋을 잃고 있었다. 순간 마음이 허망해졌다. 무엇 때문인지, 무엇을 위해서인지 모호했다. 문 앞에서 살짝 움직이는 소리가 나자 그녀는 정신을 차렸다. 몸을 돌려 팔을 들자, 옅은 은색의 연사직물 망토는 주황색에 살짝 빛이 들어간 가운데 별빛처럼 은은한 색깔을 드러냈다. 그녀가 다시 침착하게 어깨 위에 걸쳤다. 문 앞에는 영혁이 서 있었다.

어떤 낌새를 느낀 영혁이 문을 열고 들어왔다. 달빛이 은색으로 펼쳐져 있었고, 달빛 속으로 백옥 같은 잘빠진 몸의 곡선이 눈에 들어왔다. 샛노란색 사이로 야리야리한 달빛처럼 하얀 피부가 은근히 드러났고, 시선을 사로잡는 가로줄의 그물 모양이 얼핏 보이자 숨쉬기가 어려웠다. 한껏 긴장한 상태에서 짙은 피비린내가 코를 찔렀다. 흠칫 놀란 그는 황홀한 상상을 멈추고 황급히 다가와 물었다.

"다쳤느냐?"

하지만 영혁은 순간 발걸음을 멈추고 바닥에 쓰러져 있는 만춘을 보고는 눈빛이 번뜩였다. 봉지미는 천천히 시선을 들어 그를 바라보고는 덤덤히 말했다.

"자결했습니다."

영혁은 아무 말 없이 죽은 만춘을 바라보다 한참 후 말했다.

"정말 영리한 여자구나."

봉지미는 마음이 약간 서늘해졌다. 만춘은 분명 영리한 여자였다. 오늘 밤 그녀를 불렀다는 것은 이미 죽을 목숨이었다는 뜻이었다. 영혁은 아마 이 '시첩'의 마음을 떠보려고 했거나, 너무 많은 것을 알고 있다고 생각했거나, 또는 다른 생각이 있었을지도 모른다. 그는 그저 명을 하나 하달했을 뿐인데 이 여인은 이미 결론을 알고 죽음을 선택하면서, 죽기 전 그를 위해 자신이 할 수 있는 모든 것을 했을 수도 있었다. 이 세상에는 많은 이들이 아무 이유 없이 서로를 증오하고, 또 많은 이들이 아무 이유 없이 서로를 사랑했다.

망토로 반쯤 가린 채 봉지미는 겉옷을 입었다. 눈앞에 시체 한 구가 놓여 있었기에, 어떤 야릇한 분위기도 느끼지 못했다. 그녀는 옷을 다 입고 영혁도 옷을 갈아입었음을 깨달았다. 살구색의 겉옷은 단정하고도 산뜻해 보였고, 옅은 달빛과 구름이 흩어지는 듯 특별한 느낌을 풍기고 있었다.

두 사람은 이렇게 함께 섰다. 비록 다른 사람의 얼굴을 쓰고 있었지만, 조화롭고 잘 어울린다는 느낌을 주었다. 봉지미가 갑자기 손을 뻗어 영혁의 가면을 걷고 그의 얼굴을 자세히 쳐다봤다. 그는 갑작스러운 그녀의 행동에 무안해하며 자신의 얼굴을 문지르고 눈썹을 치켜 올렸다.

"뭐가 났나?"

봉지미는 한참을 진지하게 살피더니, 고개를 끄덕이며 말했다.

"뾰루지가 났어요."

그러고는 영혁의 난감한 표정에도 아랑곳하지 않고, 도로 가면을 씌우고는 잠시 생각에 잠겼다.

"이 일은 위험합니다. 친왕의 신분으로 이런 위험한 짓은 하지 않는 게 좋습니다. 전하께서 믿을 만한 사람을 추천해 주시면 제가 같이 가겠습니다."

영혁은 자상하고 부드러운 사내대장부처럼 봉지미를 이끌고 문을 나섰다. 옅은 피비린내가 바람에 흩어졌다. 저 멀리서 시간을 알리는 북이 울리자 밤의 적막과 스산함이 깨졌다. 2경*밤 9~11시이 반 정도 지났다. 2황자의 연회는 3경에 시작이었다.

강 서쪽 옆방의 암사자

두 사람이 왕궁에서 지하도로를 거쳐 나온 곳은 평범한 정원이었다. 사람들 한 무리가 아무 소리 없이 그들을 도왔고, 문 앞에서 마차를 갈 아타고 성을 빠져나왔다. 수옥 산장은 성외 외곽 7리 광산에 있었다. 산 장은 산 위에 지어졌고, 산세에 따라 산을 빙빙 돌며 위로 향했다. 산과 자연스러운 조화를 이루고 있었으며, 특별한 분위기를 자아냈다. 누각 은 정교하게 푸른 나무와 암갈색의 돌 사이사이에 건설되었으며 산봉 우리에서 폭포가 흘러내리며 산장 전체를 아우르고 있었다. 산 전체에 서 옥구슬이 흐르는 듯한 폭포 소리를 들을 수 있다는 데에서 영감을 받아 산장의 이름을 지었다고 했다.

'2황자처럼 칠칠치 못한 사람이 이렇게 아름답고 정취가 살아 숨 쉬 는 건축물을 가지고 있을 줄이야!'

마차 안에서 봉지미는 영혁이 자신에게 준 황 씨 부인에 관한 자료 를 유심히 살펴보고 생각에 빠져 있다가 참지 못하고 물었다.

"황지추 참사 같은 경우 산남 안찰사 허명림의 부하 아닙니까? 반드시 조정에서 여러 번 만나봤을 사람이지 않습니까? 인피 가면은 주로 모르는 사람에게 쓰이는 것인데 어찌 황지추에 대해 이렇게 잘 아는 허명림을 속일 수 있다는 것이죠?"

영혁이 웃으며 말했다.

"황 참사는 산남 관청에서 일하지는 않았고, 산남도 포주 미명현의 관아에서 일했다. 1년에 상사를 몇 번 보지 못하지. 이번에 녹림 화적떼 사건이 미명현에서 일어나는 바람에 제경으로 와서 사안을 보고하게 된 것이다. 일반적으로는 자신의 상사에게 잘 보일 기회도 거의 없고, 연회에 참석하라는 황자의 초청도 받지 못했을 거야."

봉지미는 참지 못하고 웃음을 터뜨렸다.

"오늘 밤에는 전하께서도 시골 촌놈 연기를 그럴 듯하게 하셔야겠습니다."

"황 부인에게 기대가 큽니다."

영혁이 봉지미의 귓가에 가까이 오더니 웃으며 말했다.

"입은 포악하나 마음은 약하고 고지식한 황 참사와는 달리, 황 부인은 어릴 적 모친을 잃고 아비가 공연장에 자신을 팔아 넘겨 인생의 고난을 맛본 터라 매우 억척스럽고, 또 솜씨가 대단하다고 한다. 게다가……."

영혁이 웃었다. 그가 입을 열어 말할 때마다 봉지미의 헝클어진 머리가 흩날렸다.

"황 참사는 공연장에 딱 한 번 갔다고 한다. 그전까지는 낭만이라고는 하나도 모르던 우락부락한 남자가 황 부인을 만난 후에 둘째 날 바로 그녀를 사서 아내로 들였던 게지. 일부에서는 황 부인이 황 참사를 위협해 잠자리를 같이했다는 말이 돌 정도……."

봉지미는 사레가 걸려 하마터면 기침이 나올 뻔했다. 한참 후 천천히 고개를 돌려 영혁을 바라보며 진지한 표정을 지으며 웃었다.

"일부러 이런 사람을 고른 겁니까?"

"그럴 리가?"

영혁이 억울하다는 듯 웃었다.

"핵심은 이번에 초대받은 사람은 허명림과 황지추밖에 없다는 게다. 그렇다고 내가 허명림인 척할 순 없지 않느냐?"

영혁은 등을 뒤로 기대더니 손발을 펼치며 웃었다.

"부인…… 들키지 않게 지금 마차 안에서 연습 한번 해 보는 게 어떻겠소?"

마차의 커튼을 살짝 말아 올리자 옅은 달빛이 쏟아졌다. 살구색 옷을 입은 남자가 나른한 표정으로 비스듬히 누워 있었다. 머리는 풀어헤친 상태였고, 두루마기의 매듭은 다 여미지 않아 매끈한 가슴이 살짝 드러났다. 비록 다른 사람의 얼굴을 쓰고 있었지만, 자태는 여전히 제경의 그 누구에게도 뒤지지 않을 모습 그대로였다. 그 자세는 놀랄 정도로 매혹적이었다. 봉지미는 슬쩍 웃으며 부드럽게 손을 내밀어 영혁의 옷깃을 잡고 다정하게 단추를 여미고는 얼굴을 토닥이며 말했다.

"대인, 어디서 수작이십니까? 젊은 여인네 꼬시는 게 더 좋을 듯합니다. 황 부인에 대해서는 그냥 한번 보시면 됩니다."

영혁은 이때다 싶어 봉지미의 손을 잡고는 얼굴에 대고 문지르며 슬쩍 웃었다.

"삼천 길의 물이 있어도 사람이 마실 수 있는 것은 얼마 되지 않는 법. 2황자의 연회에 감사해야겠구나. 그렇지 않으면 부인이 이렇게 친히 옷매무새를 만져 줄 영광을 언제 누려 보겠습니까?"

영혁은 봉지미의 손을 문지르면서 한편으로는 인피 가면을 쓰고 있는 것이 아쉬워 아예 가면을 벗고, 그녀의 손을 자신의 얼굴에 댔다. 그녀는 미간을 찌푸리며 그를 바라보았다.

'참 욕심도 많은 인간! 곧 산장 입구에 도착할 텐데 가면을 벗고 있

다니, 그러다 누군가에게 발각이라도 되면 어찌하려고?'

봉지미가 손을 빼려고 하는 찰나, 갑자기 황급한 말발굽 소리가 가까워지는 것이 들렸다. 마차 밖에서 누군가가 웃으며 말했다.

"황 대인이시죠. 전하가 직접 모셔 오라고 특명을 내리셨습니다."

시위는 안에서 어떤 대답이 나오든 상관하지 않고 성큼성큼 다가와 커튼을 젖히려 했다. 영혁이 아직 가면을 제대로 쓰지 못한 상태였는데 마차 안이 밝아졌다. 봉지미는 조급한 나머지 재빨리 자세를 바꾸며 그의 몸 위에 있었다. 2횡자가 보낸 시위는 키튼을 젖히고 나서 황 대인이 마차 바닥에 엎드려 있고 황 부인이 그의 몸 위에 타고 있는 광경을 보았다. 시위는 황 대인의 얼굴을 볼 수 없었다. 마차 문을 등지고 있는 황 부인이 부군의 몸을 올라 탄 채 부군의 멱살을 잡고는 표독스럽게 쏘아붙이고 있는 모습만 보였다.

"여우 같은 여자한테 눈길 줄 생각하지 말아요!"

황 대인은 부인에게 깔려 '아!'하는 소리를 지르고는 역정을 냈다.

"놓거라! 놔! 체면이 말이 아니구나!"

황 부인은 고개를 쳐들며 말했다.

"상관없어요. 이 늙은이! 오늘 밤 아주 신바람 났죠! 초대받은 사람은 허 대인인데 당신이 뭐 그리 들떠 있는 거예요? 여기 수옥 산장에 여자들이 많다는 소릴 들은 게지! 욕심이 끝도 없는 늙은이!"

시위는 넋이 나간 채 보고 있었다. 황 부인은 고개를 확 돌려 시위 대장을 노려보며 큰소리를 쳤다.

"남의 부부 사생활을 뭘 그리 보는 거예요?"

황 대인이 아래에 깔린 채 역정을 냈다.

"이 여편네가! 어서 내려와! 내려오라고!"

그 시위는 마차의 커튼을 툭 내려놓고 입을 막은 채 슬금슬금 돌아갔다. 곧이어 자리에서 대기하던 시위 대오에서 웃음을 참는 듯한 소리가 터져 나왔다.

"…… 사생활? 마차 생활 아니고?"

"강 동쪽 암사자(河東獅) *성질이 사나운 여자를 비유하는 말의 사생활인가?"

"그건 너무 직설적이잖아. 강 서쪽 옆집의 암사자쯤으로 하자!"

"하하하……."

마차 안에 깔려 있던 황 대인은 계속 화를 내고 있었다.

"놔! 놓으라고! 이 여편네가 체면 구겨지게!"

황 대인은 황 부인의 손을 꼭 잡았다. 그리고 또 모질게 꾸짖었다.

"내려와! 내려오라고! 이 여편네야!"

그러고는 황 부인의 허리를 꼭 안았다. 황 부인은 황 대인의 손에서 자신의 손을 빼려고 했지만 빼지 못하고, 벗어나려고 했지만 벗어나지 못했다. 두 부부가 옥신각신하는 통에 마차가 덜컹덜컹 흔들거렸고, 사방에서 웃음을 참는 소리가 들려왔다.

"황 부인 진짜 무섭네."

"고목처럼 여윈 황 대인이 불쌍하네."

"매일 밤 저런 자세로 사생활을 즐기시는 거 아냐."

한편, 마차 안에 있는 '황 부인'은 음흉한 속내를 가진 사기꾼을 참을 수 없어 그의 허리 옆 살을 힘껏 꼬집었다. 바닥에 있던 영혁이 '아얏!' 하는 소리를 냈다. 소리가 마차 밖으로 전해지자 상황을 이해한다는 듯한 웃음소리가 메아리처럼 들려왔다. 어쨌든 손이 자유로워진 봉지미는 투덜대며 옷매무새를 정리하였다. 아무래도 고의성이 농후한 상황 같았다. 영혁이 그녀의 반격까지 모두 계산해 놓지 않았겠는가?

"당신의 무시무시함을 엿볼 기회네요."

영혁이 귓가에 대고 소리를 낮춰 웃었다.

"첫 번째 관문 통과."

봉지미는 영혁에게 눈을 흘기고는 인정사정없이 그를 밀어냈다. 갑자기 마차의 커튼이 다시 젖혀지자 그녀는 바로 그의 목을 끌어안으며 애교 섞인 목소리로 말했다.

"부군, 부축해 주세요."

영혁은 봉지미의 느닷없는 행동에 헛기침을 해댔다. 그는 정신을 쏙 빼놓는 여인의 말투 때문에 장소를 잘못 찾은 게 아닌가 하는 생각이 들었다. 반면 마차 입구에서 서성이던 시위대는 무지막지한 여인이 갑자기 하늘하늘한 꽃처럼 변해 있는 모습을 보고는 감탄했다.

'역시 듣던 대로 여러 풍파를 겪은 대단한 여자라는 사실이 헛소문만은 아니네. 저 황 씨의 얼굴 좀 보게, 벌써 노래지지 않았는가.'

시위대는 황 대인이 마차에서 내리는 부인을 조심스레 부축하는 모습을 보았다. 사방에서 웃는 듯 우는 듯 이상한 눈빛이 날아들었다. 황 대인은 고개를 빳빳이 들고 가슴을 폈지만, 창피한 표정을 감출 수 없었다. 황 부인은 태연자약하게 제경 귀부인의 모습을 흉내 내며, 당당하게 부군의 부축을 받아 마차에서 내려왔다. 연기라고는 배워 본 적이 없지만, 연기 실력이 월등한 이 두 남녀는 수옥 산장 집사의 마중을 받으며 마차에서 내렸다. 그는 뒷짐을 지고 산장의 높은 문루를 보며 배운 사람인 척 뽐내며 큰 소리로 읊조렸다.

"정원은 깊은 계곡에 솟아 있고, 폭포 아래에 물방울이 원을 그리네. 누구는 구름 위에 신선이 산다며, 그곳에 살고 싶다 하네. 귀중한 것은 많이 있지 않다지 않은가. 오직 봉래각에만 봉황이 다시 날아드네. 봉래각이라…… 음……, 좋은 이름입니다. 좋은 이름이에요."

황 부인이 산장 입구 쪽에 있는 연못을 보며 옷매무새를 고치더니 만족한 표정으로 웃었다.

"물이 정말 맑군요. 제 미모까지 비칠 정도로요."

산장 측면의 입구에서는 신기하게도 대청의 누각은 보이지 않았다. 높고 큰 건물 뒤에는 산 절벽이 펼쳐져 있었으며, 수풀이 무성하고 산세가 험했다. 집사는 만면에 웃음을 가득 담고 두 사람에게 허리를 굽히며 말했다.

"황 대인님, 황 부인님, 산장 입구에는 특별한 점이 많이 있지요. 여기서부터 일반 마차로는 더 들어올 수 없습니다. 저희 산장에서는 손님들의 통행에 불편함이 없도록 별도로 등나무로 짠 가마를 준비했습니다. 바꿔 타시지오."

집사가 손뼉을 치자 천장이 얼기설기 짜여 있는 등나무 가마 두 대가 대령했다. 가마라는 명칭이 붙었지만 매우 작은 들것 수준이었다. 한 사람이 앉으면 몸을 돌리기조차 불편할 정도로 작았다. 시위 몇몇이 이미 한 쪽의 넝쿨을 젖히고 있었다. 넝쿨 뒤로 깨끗하고 고요한 동굴이 보였고, 입구는 운석을 쌓아 월동문 모양으로 만들어져 있었다. 안은 조용하고 어두워서 빛이라고는 소름 끼칠 정도로 찾아볼 수 없었다. 저 멀리서 수증기를 머금은 바람이 불어와 시원했다. 영혁이 가마에 타자 두 가마가 천천히 위로 올라갔다. 집사와 시위는 가마를 따라오지 않고 웃음을 머금고 제 자리를 지키고 있었다. 두 가마가 동굴 입구로 사라지는 것을 보고 시위 한 명이 웃으며 말했다.

"김 집사님, 뭐 이렇게 조심할 필요 있습니까? 다른 길로 걸어가면 되는데요."

"뭘 안다고 그러냐?"

김 집사는 차가운 미소를 지으며 말했다.

"최근 여러 일이 많았다. 온갖 나쁜 짓을 하는 놈들이 창궐하니, 전하께서 연회에 참가하는 사람은 우리 궁의 사람이 아닐 경우 모두 착각의 동굴로 안내하라 명하셨다. 찔리는 게 없는 사람은 동굴을 무사히 통과할 것이고 덤으로 멋진 경관도 즐길 수 있을 것이다. 하지만 찔리는 게 있으면……."

집사는 차가운 웃음을 보이더니 갑자기 무서운 목소리로 말했다.

"들어오긴 했어도 나가진 못할 것이다!"

가마는 천천히 동굴 깊은 곳으로 들어갔다. 이곳은 원래 산에 있던 동굴이었는데 사람의 손을 거쳐 오늘날의 산장 손님 전용 길이 되었다. 동굴의 천장에는 기암과 석주가 있었고, 바닥에는 물이 줄줄 흘렀다. 축축한 동굴의 암석 벽은 등불 아래에서 짙은 청색의 빛을 발하였다. 매우 음침한 느낌이었다.

등불은 돌 사이에 끼워진 형태였다. 불은 모서리를 도는 위치에서 길의 앞과 뒤를 은은하게 미추었다. 길을 따라 옅은 붉은색의 등불이 흔들거리자 마치 노을을 보는 것 같은 느낌이 들었다. 몇 걸음 더 앞으로 가니 앞서 가던 영혁의 가마는 이미 시야에서 사라진 상태였다. 이 동굴은 매우 구불구불했다. 봉지미는 이 동굴 통로가 정식 길이 아니라는 생각이 들었다.

"부인, 추우십니까?"

가마를 멘 사람이 갑자기 묻더니 봉지미가 어떤 대답도 하기 전에 웃으며 말했다.

"깜빡할 뻔했습니다. 동굴이 조금 춥고 습합니다. 산장에 손님을 위해 특별히 도롱이와 얇은 외투를 준비해 놨으니 가져다드리겠습니다."

역시 이번에도 봉지미가 대답하기도 전에 두 사람은 이미 가마를 내려놓았다. 그녀의 입가에 차가운 웃음이 번졌지만 일부러 당황한 듯 말했다.

"아니다. 여봐라, 가지 마라. 춥지 않다. 당신들이 없으면 내가 무섭다……."

두 가마꾼은 못 들은 척 모서리를 돌아 보이지 않았다. 봉지미가 뻗었던 손을 허공에 멈춰 있다가 한참 후 천천히 거뒀다. 그녀는 조금 두려운 듯 사방을 살펴보았고, 어깨를 움츠리고 망토를 좀 더 여몄다. 앞의 등불은 언제부터인지 색이 바뀌어서 연녹색이 은은히 하늘거렸다.

소름 돋는 적막이 동굴을 메웠다. 봉지미는 차분하게 앞을 살폈다. 등불 아래의 작은 연못에서 갑자기 보글보글 거품이 일더니 주룩주룩 하는 물소리가 엄습했다. 사방에서 물 냄새가 농후하게 느껴졌고, 이상한 어떤 물체를 끓이고 있는 것 같은 기분이 들도록 만들었다.

봉지미는 당황하여 그쪽을 쳐다봤고 망토를 더욱 여몄다. 그녀는 황부인이 되어 무서움을 느끼며 이빨이 덜덜 떨렸다. 또 갑자기 타고 왔던 가마가 흔들거리기 시작했다. 분명 사방에는 아무도 없었다. 그럼에도 가마가 앞뒤로 흔들거리기 시작하자 그녀는 놀라 소리를 지르고 가마에서 뛰쳐나와 한쪽에 있던 벼랑에 꼭 붙어 있었다. 벼랑 앞에서 가마는 기이하게 흔들거렸다. 그 옆에는 난데없이 끓어오르는 연못이 있었는데 그녀가 서 있는 위치는 마침 그 사이에 있던 모서리였다. 그녀는 눈을 꼭 감고 그 광경을 보지 않으려 했다. 하지만 사람은 누구나 무서움을 쫓고자 하는 본능적인 심리가 있게 마련이라 자신도 모르게 슬쩍 눈을 떠봤다. 연못에서 동그란 물체가 허둥대며 움직이는 모습이 보였다. 마치 빠져나오려는 것 같았다.

"아!"

봉지미는 때마침 시기적절한 비명을 질렀다. 뒷걸음질을 치려고 했으나 뒤로 갈 수가 없었다. 뒤로 머리를 내밀자, '쨍' 하는 날카로운 소리가 들리더니 머리 위로 번개가 치듯 빛이 번쩍 일어났다. 어디선가 칼 두 개가 머리 위로 서로 교차하여 날아온 것이 아닌가! 서슬 퍼런 검은 빛이 번득이는 걸 보고 화들짝 놀랐다. 눈을 크게 뜬 그녀는 벼랑에 꼭 붙어서 무술은 전혀 못 하는 사람처럼 움직이지 않고 비명도 지르지 않았다.

"쨍강!"

검이 머리 위에서 빛을 내며 교차하여 지나갔다. 검은 허공에 서슬 퍼런 포물선을 그렸다. 푸른빛이 도는 컴컴한 동굴 속에서 반짝였다가 연못에 빠져 보이지 않았다. 봉지미는 멍하니 연못을 바라보았다. 방금 무슨 일이 벌어졌는지 파악할 수가 없었다. 그 빛이 검의 빛인지도 알 수 없었다. 봉지미는 벽을 세심하게 들여다보았다. 좀 전의 빛은 그저 동굴에 설치된 진법으로 벽 위의 작은 구멍을 통해 반사해 만든 강한 빛이었고 '착각의 검'이었다. 무술을 연마한 사람은 위기 앞에서 자기도 모르게 즉각적인 반응을 하게 되었다. 이렇게 긴장되고 불안하고 무서운 환경에서 갑자기 나타난 장검을 보면 무술을 할 줄 아는 사람이라면 분명 반격하고 도망칠 게 뻔했다. 하지만 황 부인은 봉지미와 달리 무술을 하지 못하는 사람이었다. 그녀는 얼굴을 감싸고 놀라서 힘이 빠진 듯 천천히 벽을 따라 주저앉았다. 하지만 손가락 사이로 그녀의 날카로운 눈빛이 반짝였다.

'고작 이런 시험? 너무 얕잡아 봤군!'

검의 빛이 사라지고 사방에 아무런 움직임도 없었다. 그저 잔뜩 긴장하여 몰아쉰 봉지미의 가쁜 호흡만 희미하게 흔들리는 물속에서 유유히 흩어졌다. 수증기가 조금 전보다 더 자욱해진 것 같았다. 하지만 아까보다 물의 비린내는 좀 옅어졌다. 공기 안에는 이상한 느낌이 드는 냄새가 섞여 있었다. 고약하기도 하고 향기롭기도 하고, 또 깊기도 하고 옅기도 한 냄새였다. 그 냄새는 불쾌했던 감정과 추억들을 상기시켰다.

잠시 후, 연못에서 무언가 움직이는 소리가 났다. 수면에 여러 개의 원이 그려지더니 계속 퍼져 나가던 동그란 물체는 마치 조금 전 검의 빛이 움직인 것처럼 꿈틀거리며 발악하였고 물속에서 끈적끈적한 상태로 헤엄쳐 나와 점점 사람의 상반신과 비슷한 형상으로 나타났다. 봉지미에게 등을 돌린 모습으로 진흙인지 옷인지 분간이 되지 않는 것을 걸치고, 긴 머리를 풀어 헤쳐 여자인지 남자인지 성별을 가늠할 수 없을 정도였다.

어느 순간, 봉지미는 연못 쪽에서 기이한 소리를 들은 듯했다. 벼랑에 쪼그리고 앉은 황 부인은 최선을 다해 머리를 감싸며 고개를 들지도 못했다. 그래도 깊고 유유한 남자인지 여자인지 모를 목소리가 굽이굽이 들려왔다.

"아가……."

목소리는 공허하면서도 처량했고, 발음이 부정확했다. 분명 거리가 있었는데 바로 옆에서 울리는 듯했다. 얼굴과 무릎을 꼭 끌어 앉은 봉지미가 갑자기 고개를 들었다.

"아가……."

가는 목소리가 유유히 다가왔다. 말투는 심오하면서도 막연했고 공허했다. 왠지 몰라도 가슴 속 깊은 곳에 숨겨둔 망설임과 상처를 들춰내는 그런 목소리였다. 상반신이 천천히 움직였고, 연못 속에서 진흙과 물이 묻은 채로 날아올랐다. 온몸에서 연붉은색 진흙과 끈적끈적한 액체가 끊이지 않고 떨어져 마치 응고된 피처럼 보였다. 동굴의 천장에서 들어오는 바람을 따라 서글픈 소리가 났다.

"아가……."

동굴 전체에 울려 퍼지는 그 목소리를 피하려야 피할 수가 없었다.

"…… 어디에 있느냐."

세상 그 어떤 누구도 어미는 있는 법이었다. 세상 그 어떤 누구든 어린 시절에는 자신의 어미 품에서 애교를 떨며 사랑을 받았다. 세상 사람들 누구든 모유의 냄새를 느끼게 해 준 어미의 품에서 인생 처음으로 사랑을 주고 배우는 법이다. 세상 그 어떤 누구도 그 품의 주인공을 영혼의 안식처라고 여기며 가장 견디기 힘들 때 그 주인공에게 흉금을 터놓는 법이다.

"…… 아가…… 고생이 많았구나."

그림자가 천천히 다가왔다. 봉지미는 미동도 하지 않고 쭈그려 앉아 있었다. 그녀는 희미한 불빛 아래 어슴푸레한 실루엣을 쳐다보며 점차 창백해졌다. 망연자실하면서도 아픈 표정이었다.

영혁의 가마꾼은 외투를 가져다 주겠다는 말조차 하지 않았다. 다만 중간쯤에서 가마꾼이 돌에 발을 찍혀 더는 가마를 들 수 없다며 다른 사람을 불러오겠다고 말했다. 황 대인은 주변도 구경할 겸 걸어서 가겠다고 대꾸했고, 가마꾼이 그에게 길을 안내했다. 그는 칼의 빛이나 거품이 이는 샘물은 보지 못했고, 줄곧 유유자적하며 앞으로 걸어 나갔다. 기암괴석과 경치를 감상하며 시 몇 구절을 읊어 문신의 자태를 뽐냈다.

얼마 가지 못해 갑자기 누군가가 바위 동굴 측면에서 튀어나왔다. 머리를 산발한 그 사람은 장신구를 짤랑거렸다. 용모가 꽤 괜찮은 여자였다. 그녀는 황 대인을 보고는 놀라더니 뒤로 한 걸음 물러섰다. 그 역시 화들짝 놀라 눈을 동그랗게 뜨고 한 발 뒤로 물러서 꾸짖었다.

"누구신가? 여기에 어째서 다른 여자가 있을 수 있는가? 어디에서 온 산의 요괴인가? 사람을 꾀어내려는 게냐?"

그 여자는 입을 가리고 그를 멍하니 바라보았다. 멀리 있던 불빛이 황 대인의 얼굴을 비추어 주었다. 그녀는 한참을 바라보다 갑자기 의아한 표정으로 말했다.

"…… 미명현의 황 지사 아니신가요?"

"내가 황지추인걸 어찌 알았는가?"

황 대인도 놀라 상대를 위아래로 훑어보더니 말했다.

"그리고 난 지금 지사가 아니네. 안찰사의 포주 관아 참사라네."

"황 대인……."

그 여인이 갑자기 웃더니 절을 올렸다.

"소인을 잊으셨사옵니까? 소인은 포주 영롱루의 청의 소미랍니다. 예전에 홍여 언니와 가깝게 지냈었죠. 대인께서 예전에 영롱루에서 홍여 언니를 따로 만나셨고 제가 두 분께 뒷문을 열어 주었었죠!"

"아? 아!"

황 대인은 멈칫하고 놀랐다. 얼굴에 갑자기 붉은빛이 돌아 한참 후에 더듬거리며 말했다.

"아 소미…… 미처 몰라봐서 미안……. 헌데 왜 여기에……?"

"소첩도 나중에 혼인하였습니다."

소미는 헤벌쭉 웃으며 말했다.

"제경으로 시집와서 부군이 이곳에서 생계를 꾸려 소첩도 잡무를 살피는 일을 도와가며 살고 있습니다. 여기서 대인을 만날 줄은 몰랐습니다. 홍여 언니는요?"

"곧 있으면 올 것이오만……."

황 대인이 뒤로 고개를 돌려 두리번거리고 부자연스럽게 뒷걸음질치며 말했다.

"곧 만나겠네요."

"대인 왜 자꾸 절 피하십니까?"

소미는 슬쩍 웃으며 더 가까이 왔다. 추파 가득한 눈빛과 애교 섞인 목소리로 말했다.

"오랜만의 만남인데 대인은 제 생각은 한 번도 안 하셨습니까?"

"소미 여인, 당신에게 부군이 있고 저에겐 아내가 있습니다. 그때와는 다릅니다."

황 대인은 허둥지둥하며 소미를 만류하고는 시뻘게진 얼굴로 대답했다.

"조…… 조심하십시오."

황 대인은 들이대는 소미를 피해 뒷걸음질을 치며 말했다. 등 뒤는 벼랑 끝이었다. 소미는 가만히 서서 고개를 숙이고 손가락으로 옷의 매듭을 만지작거리며 나지막이 말했다.

"몸이 멀어지면 마음도 멀어진다더니, 지추 어르신을 오랜만에 이렇게 만났고 또 여기엔 우리 둘뿐인데 뭘 그리 감추세요?"

황 대인은 휘젓던 손을 멈췄고 눈빛에 의아함이 스쳤다. 하지만 소미는 이미 그의 가슴으로 천천히 다가와 옷깃의 단추를 만지작거리며 조용히 말했다.

"그때…… 당시 원래 저를 지목하셨죠. 홍여가 병풍 너머로 당신을 찜한 바람에 그 포악한 성질로 병이 낫다는 핑계를 대라며 저를 협박했고, 그렇게 저 대신 홍여가 당신을 만났죠. 다음날 당신은 돈을 지불하고 그녀와 함께 나갔습니다. 건물 위에서 다 봤습니다. 많이 후회했습니다."

소미의 목소리가 점점 낮아졌다. 황 대인은 움직이지 않고 깊게 탄식을 내뱉었다. 불빛이 점점 어두워지며 바스락거리는 소리가 들렸고, 사방에는 은은한 향기가 피어올랐다. 그는 슬쩍 목을 가다듬고는 옷소매를 걷으며 나약한 목소리로 말했다.

"소미…… 이러면 안 되오."

소미는 살짝 웃었고 웃음소리가 매우 달콤했다. 그녀는 손으로 쉴새없이 황 대인의 두루마기 단추를 풀었다. 어둠 속에서 백옥처럼 흰 가슴 근육이 드러나자 그녀는 한 발 다가와 손으로 매끈하고 단단한 근육을 쓰다듬으며 애교 섞인 목소리로 넌지시 말했다.

"몸이 참 좋으시네요. 우리 집 쓸모없는 인간을 쓰러뜨리고도 남겠네요. 그때 홍여가 협박하지만 않았다면, 지금 내 것이 되었을 좋은 사람인데. 사실 당신은 원래 절 좋아했어요. 안 그래요? 뺏긴 것을 되찾을 기회가 흔치 않으니…… 오늘은 저에게 주세요."

온천물에 기름때를 씻어 내다 *백거이의 장한가에 나오는 한 구절

"……아가."

그림자가 진흙을 뚝뚝 흘리며 천천히 다가왔다. 어둑어둑한 불빛에 봉지미는 희미한 그 형체를 바라보았다. 불안감에 푸르스름한 기운이 그녀의 미간을 스쳤고, 망연자실한 눈빛으로 머뭇거렸다. 그녀로부터 3척 정도 되는 거리에서 그 '사람 같은' 형체가 멈추더니 손을 뻗었고, 마치 붙잡으려는 듯 혹은 안으려는 듯한 포즈를 취했다. 이 세상을 살아온 부모라면 누구나 자식에게 취해 봤을 자세였다. 그 부름과 그리움은 마치 부드러운 화살처럼 약하디 약한 아픔과 마음을 찔렀다. 부모와 자식의 정은 순수하고 깨끗하며, 만국 공통의 보편적 진리가 아닌가. 어머니의 품에서 세상 모든 자식은 차마 거부하지 못하고 자신을 그대로 드러내는 법이었다. 그녀는 바닥에 앉아 우두커니 그 사람의 형체를 보면서 온몸을 부들부들 떨었다. 수증기가 자욱한 가운데 그녀가 중얼거렸다.

"어머니, 오셨어요."

3척 밖에서 그 사람은 부드럽고도 전율하는 눈빛으로 봉지미를 바라봤다. 갑자기 그녀가 절벽을 잡고 천천히 몸을 일으키더니 눈을 똑바로 뜨고 그 사람 형체를 쳐다보며 아픔과 아련함이 가득한 얼굴로 덤덤히 말했다.

"어머니…… 오셨군요. 할 얘기가 정말 많습니다. 왜…… 왜……."

수증기에 뒤덮인 그 사람 형체는 슬프고 애처로운 표정을 짓고는 봉지미를 바라보았다. 갑자기 그녀가 진흙을 뚝뚝 흘리는 그 사람 형체의 품으로 달려들었다.

"…… 왜 절 공연장에 팔아넘기셨어요?"

조금 전까지만 해도 아련함과 슬픔이 가득했던 모습이 확 바뀌더니 봉지미가 카랑카랑한 날카로운 목소리로 포악스럽고 사납게 말했다. 그녀의 목소리가 이 좁은 동굴의 적막과 고요를 깰 정도였다. 그녀는 매몰차게 달려들었고, 포탄이 날아가듯 증오에 차 그 사람의 품으로 달려들었다!

"왜 공연장에 팔아넘겼냐고요?"

봉지미가 그녀의 팔을 세게 꼬집자 그 부위에 피가 맺힐 정도였다!

"외할머니가 저 시집갈 때 쓰라고 남겨 주신 돈은 남동생 학비로 쓰고, 절 팔아먹었죠. 이 세상에 이렇게 모진 어미가 어디 있어요?"

진흙으로 더러워진 품으로 봉지미는 자신의 머리를 밀어 넣고는 일부러 굴곡이 있는 푹신푹신한 부위를 집중적으로 툭툭 치며 말했다.

"그 술꾼 아버지가 술만 먹으면 날 때렸는데도 어머니는 단 한 번도 말린 적이 없으셨죠. 남동생만 챙기셨고요!"

봉지미가 손을 들어 그녀의 머리를 잡아당겼다. 그 사람은 꼴이 아닌 모습으로 고개를 양옆으로 흔들며 숨을 곳 없나 두리번거렸다.

"열세 살 때 이 씨 집 자제와 저는 서로를 맘에 두고 있었죠. 그쪽 집에서도 저한테 장가보내길 원했고요. 하지만 어머니는 그 집이 가난하다는 이유로 싫어했고, 배우가 되면 돈을 벌 수 있다면서 강제로 우리를 떼어 놓고, 그 불구덩이 속으로 절 밀어 넣었어요. 그곳에서 저는 매일 매일 맞고 욕을 먹었어요. 노래를 한 소절이라도 못 하는 날에는 눈이 오는 엄동설한인데도 차가운 돌 위에 절 꿇어앉게 하시고 사흘간 밥도 주지 않으셨죠. 이 씨 집 자제는 나중에 몸에 한기가 드는 병에 걸렸고, 저는 그 사람 임종도 볼 수 없었어요. 미친 듯 돌아왔던 그날도 눈이 펑펑 내리는 날이었죠. 그때 저는 그 사람의 묘밖에 볼 수 없었어요."

반쯤 미쳐 버린 것처럼 봉지미는 그녀를 붙들고 사정없이 흔들었다.

"말해 보세요! 그래 놓고 지금 무슨 낯짝으로 나타난 거예요!"

천둥과 벼락이 치듯 봉지미는 분노가 섞인 한탄을 쏟아냈다. 그 사람 형체는 제자리에서 어떤 반응도 하지 못한 채 넋을 잃고 있었다. 조금 전까지만 해도 흔들리며 아득한 기억에 빠져 있던 그녀를 보고 눈물과 콧물 없이는 볼 수 없는 가슴 아픈 이야기와 하소연이 펼쳐지겠다고 예상했었다. 이제껏 대부분의 사람들은 이런 분위기와 마음을 조종한다는 향초의 기묘한 작용에 빠져들어 집안의 별별 일에 대해서 눈물 콧물 흘리며 털어놓곤 했다. 그런데 황 부인은 추억에 잠기며 빠져드나 싶더니, 마음을 부여잡고 핵폭탄을 선사해 주지 않는가! 봉지미는 이마대 조각을 걸친 듯한 요물을 잡고 흔들고 있었다. 좌우로 사정없이 흔들어대며 고개를 비스듬히 하더니 그 사람의 귀를 물어뜯으려 했다.

"부인, 멈추시오!"

등 뒤에서 누군가 큰 소리로 저지하더니 발소리를 내며 성큼성큼 뛰어왔다. 봉지미는 발소리를 전혀 듣지 못한 것처럼 여전히 표독한 모습을 유지한 채 상대의 귀를 물어뜯으려 했다. 갑자기 누군가 허리를 잡아 안더니 뒤쪽으로 힘껏 그녀를 끌어냈다. 그녀는 고개도 돌리지 않고, 등 뒤에서 자신을 저지하는 사람을 향해 손을 막 휘두르며, 그 사람의 품에서 발을 힘껏 뻗어 이미 몰골이 말이 아닌 '가짜' 어미를 세게 차

버렸다.

"죽여 버리겠어! 죽여 버릴 거라고! 죽여 버릴 거야!"

봉지미를 뒤로 잡아당긴 사람은 바로 '옷을 가지러 간다고 했던' 가마꾼이었다. 이제야 '마침' 나타나 사람은 그녀를 잡아끌어냈고, 다른 사람은 그 진흙을 뚝뚝 떨어뜨리는 사람을 한쪽으로 재빨리 밀어 넣었다. 그녀는 슬쩍 차가운 미소를 내비쳤다. 가마꾼이 황급히 그녀의 뺨을 때리자 냉랭한 냄새가 살짝 스쳐 지나가더니 갑자기 발을 구르던 동작을 멈췄다. 이어 그녀는 망연자실한 표정으로 고개를 들어 생각에 잠긴 듯했다. 마치 자신이 왜 여기에 있는지, 조금 전에 무슨 일이 일어났는지 모르겠다는 표정으로. 그러더니 고개를 숙여 자신의 허리를 감싸고 있는 가마꾼의 손을 보고는 버럭 화를 내며 고개를 돌려 상대의 뺨을 짝, 소리 나게 때렸다.

"무례하구나! 감히 아녀자의 몸에 손을 대다니!"

환상에서 막 깨어난 황 부인이 갑자기 뺨을 때렸다. 가마꾼은 반격도 하지 못한 채 멍하니 그녀를 바라보기만 했고, 오늘 어쩌다 이렇게 성질 고약한 여편네를 만났나 억울해할 뿐이었다. 성질은 고약했지만, 그녀는 확실히 의심 가는 구석은 없었다. 산장의 규정에 따라 착각의 동굴을 통과한 사람은 손님이기에 당연히 예를 갖춰야 했다. 그래서 그녀가 발광하는 모습으로 '가짜' 어머니를 때려도 그 사람은 그저 가만히 맞기만 해야 했고, 뺨을 휘갈겨도 묵묵히 견뎌야만 했다.

"이게 수옥 산장의 손님 대하는 방식인가요?"

봉지미는 팔짱을 끼고 분노하며 말했다.

"놀라 까무러치게 만들더니! 그다음은 열 받게 만들고! 게다가 내 옷을……."

황 부인이 진흙이 묻은 옷을 털어내며 말했다.

"이 꼴로 어찌 사람을 만난단 말입니까?"

가마꾼은 쓴웃음을 지으며 황 부인을 쳐다봤다. 예전에도 예상외의 반응을 보인 사람이 있긴 했지만, 이렇게 달려들며 때렸던 사람은 없었다. 이 여자는 성질이 고약하기로는 견줄 사람이 없다는 생각이 들었다.

"동굴을 나가면 옷을 갈아입을 곳이 있습니다."

가마꾼이 공손히 고개를 굽혔다.

"산장에 온천이 있습니다. 기를 보충해 주고 생기를 더해 주죠. 부인께서 온천에 몸을 담그셔도 됩니다."

"아까나 지금이나 비슷한데요."

봉지미는 흥, 하고 콧방귀 소리를 더 보탰고, 가마꾼 쪽으로 고개를 돌리다가 낮게 비명을 내뱉었다. 좀 전에 어미 연기를 했던 인물이 훅 지나간 듯했다.

"좀 전에 제가 귀신을 본 건가요?"

"귀신이라뇨? 부인께서 잘못 보셨습니다."

가마꾼은 여전히 웃으며 말했다.

"이곳은 수옥 산장입니다. 2황자 전하 소유로 제경 최고의 산장이죠. 불결한 어떤 것도 있을 수가 없습니다."

봉지미는 한차례 더 콧방귀를 끼더니 그를 흘겨보았다. 두 가마꾼은 서로 눈빛을 교환하며 눈으로 말했다. 여기 이 여자는 성깔이 보통이 아니고, 그렇다고 완전 바보는 아니라고 말했다.

"어서 가죠. 얼마나 시간을 지체한 거예요?"

봉지미가 머리를 정돈하며 말했다.

"제 부군은요? 부군한테 데려다주세요. 동굴이 음산하니 무섭네요. 부군과 함께 갈래요."

"그게……."

두 가마꾼은 난처한 표정을 지었다. 봉지미가 갑자기 고개를 살짝 기울였다.

"어, 이건 무슨 소리죠?"

"좋은 사람······ 오늘은······ 저에게 주세요."

부드러운 속삭임이 황 대인의 귀를 간지럽혔다. 매끄러운 옥구슬 같은 목소리를 지닌 상대가 품을 따스하게 만들었다. 우연히 아는 사람을 만나니 과거의 아련했던 기억들이 떠올랐다. 아무리 고지식하고 깐깐한 남성이라도 이런 상황에서는 마음이 약해지는 법이었다. 두꺼운 얼음이 녹고 따스한 물이 흐르듯 옛 기억이 돌아왔다. 그는 점점 아무 소리도 내지 않았다. 어둠 속이라 누가 밀고 당기는지 알 수 없었지만, 낮은 신음과 옷이 서로 닿는 소리가 들렸고 나지막한 여성의 웃음소리도 그 안에 섞여 있었다. 청아한 웃음소리에는 흡족함이 묻어 있었지만, 유심히 살펴보면 음흉한 속내가 숨어 있었다.

"응, 좋은 사람······."

언제부터인지 영혁이 서 있는 곳은 불빛이 희미해지더니 어둡게 변해 있었다. 대신 산 정상 절벽 위에만 은은한 노란빛이 마치 수상한 눈처럼 껌뻑거렸다. 자세히 살펴보니 노란빛은 등불이 아닌 구멍이었고, 은은하게 빛을 투과하고 있었다. 그 빛은 착각의 동굴 위쪽에 자리 잡고 있었고, 그곳에 밀실이 보였다. 밀실에서는 구멍 위쪽에 설치해 놓은 반사용 거울을 통해 누군가가 동굴의 각 방향에서 발생하는 일을 유심히 살펴보면서 살포시 미소를 짓고 있었다. 그 누군가는 영혁이 있는 방향을 가리키며 말했다.

"이런 설레는 장면에서 꼭 불을 어둡게 해야 하다니 안타깝네. 볼 수가 없잖아."

곧 또 한마디를 덧붙였다.

"저 소미라는 여인네는 정말 연기가 그럴 듯하네. 역시 육포단의 소속이라고 할 만하네."

밀실에 있던 검은 도포를 입은 여인이 손톱을 자르다가 그 말을 듣고는 예쁜 얼굴을 찡그리며 차갑게 쏘아붙였다.

"집사장님, 규율 잊으셨어요?"

"내가 잘못했네."

조금 전에 이야기했던 수옥 산장의 앞마당 담당 집사가 다시 웃으며 말했다.

"아가씨들의 금기 사항을 잊었구먼."

"협력하기로 한 이상 최소한 상대의 규율은 존중해 주셔야죠."

그 여자는 손에 눈썹 그리는 붓과 작은 거울을 하나 잡고 세심히 눈썹을 그리며 말했다.

"저희 주인이 따지고 들면 모두 다 곤란해질 거예요."

"알았소."

집사장이 상체를 숙이며 예를 갖췄다. 하지만 아래로 숙인 그의 얼굴에는 비꼬는 듯한 표정이 서려 있었다.

'그래봤자 기녀 아니냐! 육포단이란 이름을 봐라! 외모는 예쁘장하게 생겼지만 그런 얼굴은 남을 꾀고 떠보는 일에만 아주 기가 막히지 고귀한 신분은 될 수 없지 않은가. 전하는 도대체 무슨 생각으로 이런 사람들을 중히 여기시며 괜히 기분 상할 짓은 하지 말라고 강조하시는 건지, 나 참! 알 수가 없구나! 게다가 그 주인이라는 사람이 누구인지는 모르겠지만, 마치 신을 추앙하듯 기녀들의 입에 오르내리는데도 얼굴 한번을 비추지 않는군!'

"걸려 들은 것 같네요."

집사장이 말했다.

"설마하니 저 황 대인이란 사람, 문제가 있는 건가요? 사람을 보내서 처리할까요?"

"소미가 신호를 보내면요."

그 여자는 고개를 내밀고 그쪽을 쳐다봤다. 두 사람이 상의하고 있는 사이, 동굴에서 갑자기 놀란 소미의 비명이 들려왔다. 어둠 속에서 들린 소리는 믿을 수 없다는 듯한 비명이었다. 이어서 헉헉대는 숨찬 소리가 들려왔는데, 흥분으로 인한 것이 아니라 분노로 인해 숨찬 소리였다. 곧이어 황 대인이 분노에 찬 목소리로 소리쳤다.

"어디서 온 꽃뱀이냐? 듣기 좋은 말로 구슬리지만, 온통 거짓말투성이구나!"

황 대인은 분노가 폭발한 것처럼 보였다. 그는 소미의 머리를 인정사정없이 잡아채고 옷을 반쯤 벗고 있던 여자를 한쪽으로 밀치며 말했다.

"소미는 무슨 소미? 영롱로에 언제부터 너 같은 여인이 있었더냐? 홍여한테 언제 이런 친구가 있었다는 거냐? 네 기회를 빼앗았다고? 난 처음부터 그 여자를 점찍었고, 그 여자만 원했다! 어디에서 굴러온 사기꾼 같은 년이 감히 거짓말로 날 꼬여내려 해? 사기꾼 같은 년."

이쪽에서 아직 욕을 다하지 않았는데 또 다른 폭풍우가 저쪽에서 몰아쳤다. 황 부인이 분노의 바람을 일으키며 다가왔다. 한 걸음 내디딜 때마다 진흙이 뚝뚝 떨어지며 점점 거리를 좁혀왔고, 그 뒤로 가마꾼이 들고 있던 등불이 모든 광경을 환히 비추었다. 순간 그녀의 두 눈에 불꽃이 서리더니 소미에게 달려들어 얼굴을 할퀴며 말했다.

"어디서 굴러온 여우냐? 죽어 봐라."

소미는 황급히 피하려 하였다. 황 부인은 소미의 흐트러진 옷차림을 보고는 더 격분하여 두 손으로 그녀의 옷을 붙잡고 자신의 부군이 못 보도록 급하게 여몄다. 그런 후 그녀의 머리칼을 잡고 또다시 가슴을 뒤로 제치고 반동을 이용해 발로 가격하려는 찰나, 가마꾼이 다시 젖먹던 힘을 다해 황 부인을 끌어 내렸다. 황 부인이 몸부림을 치며 욕했다.

"이 수옥 산장은 왜 이렇죠? 귀신이랑 여우가 득실대다니, 전하한테 말씀드려야겠네요!"

황 대인이 컥컥대며 기침을 하더니 점잖게 가마꾼을 꾸짖었다.

"어찌 이럴 수 있단 말이요. 선비를 모욕하다니!"

이어 황 대인은 엄숙한 표정으로 부인을 잡고 있던 손으로 위로하며 말했다.

"부인, 진정하십시오. 제 마음이 곧고 올바르니 저런 요괴나 미인계에 넘어가지 않습니다."

그러고는 소미를 몰래 잡아당기더니 그녀의 귓가에 대고 말했다.

"소미 낭자, 조금 전에는 우리 마누라의 발걸음 소리가 들려서 어쩔 수 없이 폐를 끼쳤네요. 양해해 주시오. 억울하신 거 압니다. 절 좋아하신 마음도 느껴지고요. 나중에 우리 마누라 없을 때 찾아오시오……. 아얏!"

생긴 건 우직하게 생겼지만 엉큼한 속내를 가지고 있는 황 대인을 난감한 소미가 매섭게 꼬집었다. 부부는 한바탕 소란을 떨고서야 안정을 찾고 각자 들것에 올라탔다. 그러고는 무사히 동굴에서 빠져나왔다. 동굴의 출구에는 산장 안쪽 정원 집사가 배웅을 나와 있었다. 그가 미소를 머금고 유감을 표하며 두 사람을 안쪽으로 안내했다.

"연회는 '벽조청'에서 진행됩니다. 산장에서 경치가 가장 뛰어난 곳이죠. 허 대인께서는 이미 도착해 계십니다. 산장이 좀 낡고 오래되었으나 기이한 경관이 아주 많으니 황 대인과 부인께서 오늘 밤에 제대로 즐기시길 바랍니다."

집사는 동굴 안에서 있던 일은 일절 꺼내지 않았다. 황 대인도 그 일에 대해선 언급하지 않고 그저 웃으면서 맞장구를 쳤다. 황 부인은 뒤를 따르며 난감한 표정으로 진흙이 뚝뚝 떨어지는 치마를 쳐다봤다. 집사가 그 모습을 힐끗 보더니 주저하며 말했다.

"부인, 옷이 더러워지셨네요. 시녀가 옷을 갈아입을 아래채로 안내해 드릴 겁니다."

마찬가지로 집사는 온천에 관한 이야기는 하지 않았다. 봉지미 역시 온천에 몸을 담그고 싶은 생각이 없었다. 오늘 밤에만 벌써 목욕을 두 차례나 하지 않았던가. 세 번까지 하고 싶지는 않아 알았다고 말하려 했는데 갑자기 영혁이 자신의 손바닥을 살짝 꼬집었다. 봉지미는 깜짝 놀라 그를 슬쩍 바라보았다. 곁눈질하고 있지는 않지만, 슬쩍 한 방향을 바라본 채 깊은 생각에 빠진 듯 보였다. 그는 그런 표정으로 그녀의 손바닥에 대고 천천히 두 글자를 써 내려갔다.

'온천.'

온천을 해야만 한다는 뜻이었다. 봉지미는 가슴이 떨렸다. 영혁의 손바닥에 글자를 썼던 옛날 자신의 모습과 농서 수양산에서 함께 적을 물리쳤던 일이 떠올라 아련함이 슬며시 피어올랐다. 곧이어 그녀는 웃으며 고개를 돌려 집사에게 말했다.

"가마꾼이 그러던데 이 산장에 온천이 있다면서요? 옷뿐 아니라 머리도 더러워져서 이런 꼴로 연회에 참석하는 것은 예의가 아닌 듯한데, 그렇지 않나요?"

집사는 또 망설이더니 산장의 한 방향을 보고는 잠시 생각에 잠겼다. 그러다가 시녀를 불렀고 황 부인을 씻는 곳으로 안내하라고 명하더니 재차 당부했다.

"서쪽 연못으로 가거라. 알겠느냐?"

시녀가 답하자 봉지미의 눈빛이 빛났다. 서쪽 못이 있다면 동쪽 못도 있다는 건데, 동쪽 못은 왜 가면 안 되는 거지?

"부군, 잠시 후에 뵙겠습니다."

봉지미는 예를 갖추며 영혁에게 작별을 고했다. 황 대인의 얼굴을 쓰고 있던 영혁이 사뭇 진지한 표정으로 그녀를 쳐다봤다. 눈빛에 미소를 담은 채 그녀의 손을 잡고 천천히 당부했다.

"조금 후에 연회가 있으니 씻고 바로 오시오."

하지만 손바닥에는 이런 글을 남겼다.

"아니다 싶으면 바로 벗어나시오. 안전이 제일 중요하오."

"알겠습니다."

봉지미는 부드러운 표정을 지었다. 영혁은 그녀의 신중한 모습을 보며 기쁘기도 하고 아쉽기도 했다. 그는 못내 안타까운 눈빛을 보내며 손을 놓았다. 그녀는 서둘러 시녀를 따라갔다. 한참 멀리 갔는데도 그의 눈빛이 느껴졌다. 그의 시선은 기다란 실처럼 멀어져 가는 그녀의 등 뒤를 쫓고 있었다.

봉지미는 누각의 복도를 지나며 산장 안에 있는 사람 수에 비해 잠복 초소가 너무 많다는 사실을 발견했다. 그리고 산장 안에 있던 여인들은 정말 아름다웠다. 그녀에게 길을 안내하는 시녀조차 버드나무처럼 가느다란 허리에 풍만한 엉덩이를 가지고 있어 걸을 때마다 여성스러움이 물씬 풍겼다. 게다가 온천은 산장 깊숙이 위치한 것 같았는데 그곳으로 가는 동안 사람이 점점 줄어들었다. 온천에 가겠다고 하니 집사가 망설였던 이유를 알 것 같았다. 가마꾼은 외부 호위만을 맡고 있기에 내부 규율에 대해서는 잘 모르고 온천이 있다는 말을 한 것이 분명했다. 집사는 정황상 어쩔 수 없이 허락한 것이었다.

월동문 한 곳을 돌아가니 널찍한 흰색 돌이 깔린 곳이 보였다. 흰 돌 끝에는 거대한 청색 돌이 병풍처럼 서 있었다. 병풍을 세웠을 조각가는 조잡하지만 웅장한 형태로 하늘로 비상하는 용과 봉황을 그려 놓았다. 그림은 특이하지 않았다. 용과 봉황의 자태가 좀 괴이하게 느껴졌다. 봉지미는 슬쩍 눈에 담았다가, 잠시 생각하고는 다시 고개를 돌려 자세히 살펴보다 얼굴이 붉어졌다.

그것은 봉황과 용의 비상하는 그림이 아닌 봉황과 용이 교미하는 그림이었다. 큰 그림의 하단 네 모서리에는 잘 보이지 않게 남녀의 모습이 조각되어 있었다. 모두 자세가 다른 춘화였다. 지금 봉지미가 가고 있는 온천은 단순한 목욕탕이 아니고, 고관과 귀족들이 노니는 쾌락의 장소였다. 그녀는 미간을 찌푸렸다. 이 탕에 몸을 담글 생각을 하니 구역질이 올라왔다. 거부하고 싶었지만, 되돌아가기에는 너무 멀리 와 버렸다. 그녀를 안내했던 시녀는 바위 병풍 뒤 넝쿨이 무성하고 열기가 품어져 나오는 곳을 가리키며 웃었다.

"부인, 이곳에서 씻으십시오."

봉지미는 시녀가 왜 자신이 가면 안 되는 곳에 대해서는 따로 말해 주지 않는지 의아해했다. 이곳은 분명 외부인이 들어가서는 안 될 곳이 있는 산장이었다. 그녀는 의아심을 떨쳐 버리지 못한 채 바위 병풍을 끼고 뒤로 돌았다. 그곳에는 방의 반 정도 크기의 탕이 유황 특유의 냄새와 열기를 내뿜고 있었다. 두 시녀가 따라 들어와 계속 그녀를 주시했다. 그녀는 천연덕스럽게 옷을 벗었다. 그녀의 몸에 속옷만 남은 상태가 되자 샛노란색의 배두렁이가 드러났다. 두 시녀의 눈이 반짝거렸다.

"이건 제경에서 가장 유행하는 색과 무늬가 아닙니까? 부인, 수놓은 솜씨도 일품이고 스타일도 독특합니다."

봉지미는 가슴을 내밀며 우쭐대고는 말했다.

"예쁜가요?"

두 시녀는 시시덕거리며 봉지미의 몸을 훑어보더니 서로에게 눈짓했다. 그녀는 시녀들의 눈길을 뒤로 하고 탕으로 들어가 살짝 몸을 담갔다.

"갈아입을 옷 좀 가져다주세요."

봉지미가 탕 안에 몸을 담그고 있는 동안 시녀들이 갈아입을 옷을 가져왔다. 그녀는 시녀들이 가져온 옷을 힐끔 쳐다보았다.

"그건 무슨 옷이죠? 게다가 청색이요? 나이 들어 보이는 것은 물론이고, 제 피부색과도 어울리지 않아요. 안 돼요. 다른 옷 가져와요."

시녀들은 난감한 표정을 지었다. 봉지미는 시녀들을 째려보고 말꼬리를 길게 늘이며 말했다.

"설마 멋진 황자의 별장에 그럴 듯한 옷조차 없진 않겠죠? 집사한테 말해야겠네."

"안 됩니다."

두 시녀가 서둘러 봉지미를 막아섰다. 외진 산장 속이라 소문은 금방 돌았다. 시녀들도 황 부인의 성깔이 보통이 아니라는 걸 알고 있는 눈치였다. 시녀 한 명이 다른 옷을 가지러 갔다. 그녀는 잠시 온천에 몸을 담갔다가 또 꾀를 내었다.

"어머, 몸이 왜 이리 간지럽지?"

시녀가 잔뜩 긴장한 얼굴로 다가와 봉지미가 내민 백옥처럼 흰 팔을 살펴봤다. 언제부터인지 발진이 일어난 것처럼 팔에 두드러기가 빼곡히 올라와 있었다. 예민한 피부가 자극을 받은 것이다. 온천에 적합하지 않은 사람 중 피부에 자극이 일어나는 경우가 간혹 있었다. 다만 이렇게 심하게 일어난 경우는 보지 못했던 터라 시녀는 당황하며 황급히 약을 가지러 자리를 떴다.

두 시녀 모두 자리를 뜨자 봉지미는 즉시 일어섰다. 그녀는 줄곧 이 온천의 크기가 조금 작은 것 같다고 느꼈다. 공기에 남아 있는 물 냄새는 다른 온천의 냄새인 듯했다. 냄새가 흘러오는 곳은 아마 동쪽 온천일 듯했다.

'분명히 이 근방일 거야.'

이곳은 이미 산등성의 맨 끝이라서 다른 온천은 없을 듯했다. 하지만 산세의 기이한 구조를 한껏 활용한 수옥 산장이니 분명히 이 안에 어떤 장치가 있을 거라 짐작이 갔다. 봉지미는 주위를 둘러봤고 시선이 등 뒤의 조각 벽 위에 멎었다. 한참 생각에 잠겼던 그녀의 얼굴에 천천히 붉은빛이 감돌았다. 온천 수증기의 열기 속에서 얼굴이 복숭아꽃처럼 달아올랐다.

"빌어먹을 인간, 나한테 이런 일을 시키다니……."

봉지미는 중얼댔다. 그녀는 장치가 어디 있는지 이미 알아챘지만 그 장치를 작동시키려면 만지기가 껄끄러운 위치에 손을 대야만 했다. 그녀는 한참 투덜대며 서성거렸다. 어쩔 수 없이 겉옷을 걸치고는 눈을 질끈 감은 후 손을 뻗어 조각의 하단을 잡았다. 조각에는 남자와 여자가 실오라기 하나 걸치지 않고 서로 몸을 밀착한 채 여자의 손이 남자의 가슴을 문지르고 있는 문양이 새겨져 있었는데 장치 손잡이가 그곳의 중심부에 있었다. 너무도 정교하게 조각되어 있어 욕정이 솟아오르는 두 남녀의 표정을 포함한 모든 부위가 너무 사실처럼 묘사되어 있었다. 그녀는 다시 눈을 질끈 감고 그 여자의 손을 잡고 잡아당겼다. 역시 움직이는 장치였으나 벽은 단숨에 열리지 않았다. 보조적인 장치가 더 있다는 말이었다. 봉지미는 손을 아래로 움직여 조각된 남자의 중요 부위를 움켜잡았다. 삐걱삐걱 소리가 연달아 들렸다. 그녀는 황급히 손을 떼고 등 뒤로 이어지는 절벽을 보고는 모진 욕을 내뱉었다.

"음란 소굴!"

몸을 비켜 절벽 안으로 들어가자 절벽이 닫히면서 등 뒤로 다른 세상이 펼쳐졌다. 그곳에는 족히 방 세 개 크기의 커다란 온천이 있었고, 하얀 돌로 쌓인 탕이 조성되어 있었다. 크기가 작은 탕도, 큰 탕도 있었다. 가장 안쪽의 탕이 제일 크고 정교하게 만들어져 있었는데 병풍을 세워놓아 가려 있었다. 무슨 용도인지는 모르겠지만 각 칸의 탕마다 자색 넝쿨을 이용해 중간을 분리해 놓았다. 사방에 모두 한백옥이 깔려 있고, 온천을 에워싼 긴 복도와 방들은 자단나무 처마로 꾸며져 있었다. 복도는 모두 여러 형태로 벌거벗은 여자의 춘화로 빽빽했다. 바깥쪽에 있는 탕보다 더 세밀하고 더 대담했다. 가장 안쪽의 그 큰 온천에는 절벽을 따라 병을 손에 들고 있는 여자 조각상이 보였다. 그 병에서 주르륵 온천수가 온천으로 떨어지고, 다시 온천의 아래쪽에서 물을 위로 보내는 구조였다. 물이 계속 순환되면서 멈추지 않았는데 그 설계가 매우 정교했다. 그 탕의 주위에는 고급 재질의 흰 말 형상의 옥외용 긴 의자와 함께 성적 유희 도구가 널브러져 있었다.

봉지미는 눈으로 광경을 훑어 보다 이곳의 용도를 알 것도 같았다. 분명 2황자와 시녀들이 유희를 위해 활용하는 공간일 것으로 짐작됐다. 그녀는 천천히 사방을 살폈지만 아무도 없었기에 더 조사할 가치가 없다고 생각했다. 몸을 돌려 떠나려 하는 찰나, 갑자기 덜컹거리는 소리가 들렸는데 이것은 장치가 작동하면서 나는 소리였다. 그녀는 자신이 이곳에 들어왔다는 사실이 발각된 줄 알고 고개를 돌려 보았지만 아무런 움직임도 볼 수 없었다. 곧 복도 쪽에서 소리가 들려왔다. 복도의 춘화 조각이 모두 뒤집어지더니, 슬쩍 옷자락이 보이며 누군가가 나오려는 듯 보였다. 깜짝 놀란 그녀는 지금 원래 있던 장소로 돌아가기에는 이미 늦었기에 소리를 죽이고 미끄러지듯 뒤에 있는 작은 탕으로 들어갔다.

마침 온천은 넝쿨로 가려져 있어 봉지미는 고개를 내밀고 긴 복도 쪽을 쳐다볼 수 있었다. 노래하는 듯 애교 섞인 목소리와 웃음소리가 연신 들려왔다. 복도에서 망사 옷을 나부끼며 여자가 먼저 나왔다. 그 여자는 거의 몸에 걸친 것이 없었고, 은색과 홍색의 투명 망사로 매끈한 몸매를 살짝 두른 상태였다. 뽀얀 피부와 아름다운 체형이 드러났고, 풍만한 가슴과 잘록한 허리가 한눈에 들어왔다. 몸은 적나라하게 다 보이는데 얼굴에는 얼굴에는 면사포를 쓰고 있었다. 이는 분명 얼굴을 가리려는 의도라기보다는 분위기를 연출하려는 의도였다. 몸은 드러낸 채 얼굴은 가린 모습으로 욕정을 불러일으키려는 하나의 유혹이었다.

분명 남자를 다룰 줄 아는 여자의 차림이었다. 모든 수단을 동원해 자신의 매력을 발산하는 법을 아는 여자였다. 봉지미는 뭔가 낯이 익다는 생각이 들어 다시 여자의 허리를 감고 있는 남자를 바라보다가 심장이 덜컹 멎을 뻔했다.

천성제가 아닌가! 편포*솜을 넣지 않은 홑옷를 입고 있던 늙은 황제는 무언가에 홀린 눈빛이었고 볼은 비정상적으로 불그스레했다. 그는 다른 곳에는 시선도 주지 않고 품 안에 있는 여자만을 바라보며 허리를 만지고 있었다. 여자는 바로 경비였다. 봉지미는 그제야 2황자가 영혁과의 암투에서 매번 패하면서도 왜 죗값을 치르지 않는지 단숨에 이해할 수 있었다. 바로 노황제에게 특별한 서비스를 제공했기 때문이었다!

천성제는 자신을 훌륭한 군주라고 자부했고 성왕이라 평가받기 위해 예로부터 군왕의 명예를 매우 중시하여 궁에서 행동이나 언행에 극도로 신경 썼다. 그러니 이런 풍기 문란한 장소는 궁에 절대 있어서는 안 됐고, 후궁들 역시 황제가 욕망이 강하지 않다 생각하여 모두 자중하고 정숙하게 지냈다. 그렇기에 누구도 황제가 나이만 먹었을 뿐 이렇게 들끓는 청춘의 피를 가지고 있으리라고는 헤아리지 못했다. 그러니 비천한 출신의 무희에게 자리를 빼앗기면서도 빼앗긴 이유조차 알지 못했다.

남자를 이해하는 여자만이 최후의 승자가 되었다. '허물없는' 만남으로 쌓은 끈끈한 유대감이 부자지간에 있었기에, 황제는 그를 내치는 것을 탐탁지 않아 했다. 2황자가 제공한 이 환락의 장소가 천성제의 마음에 쏙 들었던 게 분명했다. 물속에 잠겨 있던 봉지미는 물에 잠겨 있어서인지 아니면 놀라서인지 심장이 벌렁벌렁 뛰기 시작했다. 그녀는 이미 목숨을 좌지우지할 문제를 따져보고 있었다. 보아하니 천성제는 특별 제작된 뒷문을 통해 들어왔다. 이미 이곳에 도착했으니 경호가 더욱 강화되었을 것이다. 그렇다면 이따가 어떻게 이곳에서 빠져나가야 한단 말인가? 다른 비밀을 알아챘다면 그래도 괜찮은데 천성제의 이런 비밀을 알아 버렸다는 것은……. 그녀를 도와 줄 수 있는 사람은 아무도 없었다! 저쪽에 있던 천성제와 경비는 지금 서로에게 흠뻑 빠져 이 쪽에 사람이 있다는 사실을 전혀 눈치채지 못하고 있었다. 나지막한 두 사람의 웃음소리가 들려왔다.

"…… 아가, 갑자기 이곳에 올 생각은 어찌한 것이냐."

"폐하, 잊으셨사옵니까."

뾰로통한 표정으로 미소를 짓던 경비가 툭, 하고 천성제를 때리는 것 같았다.

"제가 어제 말씀드리지 않았습니까? 춤을 하나 배웠사옵니다만, 음, 이곳에서 추는 게 어울려서."

"짐이 많이 기다렸구나. 아가야, 너의 춤은 분명 아름다울 것이다."

천성제가 나지막이 웃었다.

"그럼 2황자에게는 따로 통보하지 않겠다. 괜히 문안 인사한다고 찾아오면 아무것도 못 하니."

"이곳은 부부 온천 아닙니까. 원래 부부가 사랑을 나누는 방으로 쓰이는 곳이죠."

경비는 바깥쪽을 바라보는 듯했다.

"오늘 2황자가 이곳에 손님을 초청하진 않았겠지요?"

천성제 역시 경비를 따라 고개를 돌렸다. 그들이 있는 쪽은 병풍으로 가려져 있어 아무것도 보이지 않았다. 이때 노황제는 그녀의 애무에 얼굴이 벌겋게 달아오르고 흥분한 상태였기에 어떤 것에도 신경 쓸 여력이 없었다. 웃으면서 그녀를 탕으로 밀어 넣고 말했다.

"아무도 없다. 소심하긴. 자, 한번 해 보거라."

애교 섞인 웃음소리가 살포시 들려오는 가운데 바람에 나부끼는 옷자락 소리가 사방에서 들려왔다. 천성제가 비밀 통로를 통해 이곳에 왔다 해도 분명 호위를 대동했을 것이다. 다만 이것은 지극히 사적인 일이라 호위들은 분명 바깥에 포진해 있을 공산이 컸다. 이 온천의 주변에

서 바람 소리가 들렸고, 누군가가 점점 조금씩 접근해 오고 있었다. 지금 나가지 않으면 영영 나가지 못하게 될 것이다. 이때 천성제는 경비와 노닥거리는 중이라 분명 봉지미를 신경 쓸 겨를이 없을 듯했다. 나가려면 지금이 기회였다. 봉지미는 물속에서 천천히 떠올라 발을 온천의 바깥쪽을 향해 내밀었다.

땡!

갑자기 맑은 소리가 들렸다! 소리가 크진 않았지만 놀란 나머지 봉지미가 발걸음을 멈출 정도의 소리였다. 고개를 숙여 살펴보니 황금 종이었다. 어느 고관과 귀족들이 여자를 데리고 놀다가 이곳에 남겨 둔 것이 분명했다. 하필 이때 밟을 게 뭐람!

"누구냐!"

소리가 크진 않았지만 이미 귀에 들어간 상황이었다. 천성제는 아무 말도 하지 않았다. 가장 안쪽 탕의 병풍 뒤에서 이미 경비의 노한 목소리가 들렸다. 봉지미는 순간 별의별 생각을 떠올리며 머리를 굴려 봤지만, 이런 상황을 피할 방법은 없었다. 그녀는 긴장한 채 병풍 쪽을 쳐다보며 공격에 대비할 태세를 취했다. 갑자기 등 뒤에서 무엇인가 움직이는 소리가 들렸다. 그녀는 뒤를 돌았다. 갑자기 눈이 휘둥그레졌다.

풍류(스캔들)

바위 병풍이 소리 없이 이동하더니 누군가가 나타나 봉지미를 향해 걸어왔다. 그는 걸어오면서 거침없이 옷을 벗었다. 그녀는 놀라 입을 벌린 채 다물지 못했다. 옷을 벗으며 걸어오는 사람은 영혁이었다. 그는 빠르게 옷을 벗으며 그녀를 향해 걸어왔다. 그의 뒤로 걸어온 길을 따라 두루마기와 허리띠, 저고리, 장화 등이 나뒹굴고 있었다. 옥으로 조각한 것 같은 탄탄한 몸매가 점점 모습을 드러냈고, 그녀의 눈앞으로 가까이 다가왔다. 놀란 눈으로 쳐다보던 그녀는 그가 독비고*고대 중국의 남성 팬티 를 빼고는 몽땅 벗고 나서야 정신을 차렸고, 아무 말도 없이 바로 물속으로 몸을 숨겼다.

물에서 숨을 참고 있던 봉지미는 아무래도 오늘 밤은 분명 수성의 힘이 작동한 것 같다는 생각이 들었다. 욕조에서 욕조로, 온천에서 온천으로 계속 일이 발생하지 않는가? 좀 전에는 목욕물을 마시더니 이제는 온천물을 마시게 되었다. 거처에 있을 때는 반쯤 벌거벗은 고남의의 몸을 보았는데, 이번에는 또 영혁의 나체를 보고 말았다. 수성의 기운이 정말 끝도 없이 순환된다는 생각이 들었다.

영혁은 옷을 벗고 봉지미에게 다가가며 넋이 나간 표정인 그녀를 보고는 엷은 미소를 띠었다. 그 모습에 그녀는 불쾌하고 화가 치밀어 올랐다. 이 사람이 갑자기 이런 모습으로 이곳에 나타날지 누가 알았단 말인가! 그녀는 주변의 수압이 달라지는 걸 느꼈다. 그가 탕으로 들어온 것이었다. 동시에 경비 역시 그쪽 병풍 뒤에서 옷을 입고 두 사람이 있는 쪽으로 다가왔다.

영혁은 봉지미가 걸치고 있던 외투를 잡아당겨 밖에다가 던져 놓고 야한 치마를 잡아당겼다. 이제 그녀의 신체에는 가슴도 다리도 다 가리지 못하는 배두렁이 하나만 남아 있었다. 곧이어 그는 아예 그녀를 한 바퀴 돌려 자신의 몸 위에 태웠다. 조금 전 마차에서 올라탔던 자세처럼 하얗고 긴 그녀의 두 다리로 그의 탄탄하고 매끈한 허리를 꼭 조이게 했다. 그녀는 입술을 깨물며 반항했다. 아무리 연기라 해도 꼭 이렇게 사실적으로 할 필요가 있을까 싶었다. 그의 입가에 음흉한 미소가 스며들었다. 손가락으로 배두렁이의 가는 띠를 건드리려 하자 그녀는 서둘러 그의 행동을 막았다. 그는 이때를 틈타 그녀의 허리를 잡았다. 손가락을 튕기자 옆머리가 쏟아져 내려오고 검은 머리칼이 아래로 쏟아져 내려왔다. 물속에 잠긴 구불구불한 머리카락에 등과 허리를 반쯤 가렸다. 투명하니 맑은 빛이 반짝였고, 검은 머리칼이 비단처럼 펼쳐졌다. 머리칼 사이로 보일 듯 보이지 않는 듯 백옥 같은 피부가 드러나자 유혹의 손길을 뻗는 것 같았다.

영혁의 손이 봉지미의 허리를 꽉 누르고 있었다. 뜨겁고 힘이 넘쳤다. 그가 양쪽 허리를 꼬집자 열기가 몸속으로 들어오더니 그녀는 갑자기 온몸에서 힘이 빠져 버리는 듯했다. 벗어나고 싶어도 벗어날 수 없어 그의 몸 위로 자신의 몸을 떨구었다. 두 사람은 이제 정말 벌거벗은 채로 밀착되어 있었다. 그는 독비고 하나만을 남겨둔 채 가슴과 다리가 모두 다 드러난 상태였고, 그녀는 있으나 마나 한 배두렁이 하나만 걸친 채 두 사람은 완전히 밀착되어 있었다. 피부가 서로 닿았고, 숨소리까지 다 들릴 정도였다. 섬세한 피부가 하얀 거품이 이는 온천수 안에서 따스하고 부드럽게 마찰하는 게 느껴졌다. 상대의 매끄러움과 부드러움까지 느낄 수 있는 상태였다.

영혁은 봉지미의 부드럽고 말랑말랑한 두 부위가 부드러운 화염이 되어 자신의 가슴을 문지르는 것처럼 느껴졌다. 밀착된 부위가 주는 느낌은 부드럽게 응고된 치즈처럼 느껴졌고, 체온으로 따뜻하게 데워진 비단을 떠올리게 했다. 하지만 치즈로는 이 따스한 느낌을, 비단으로는 이 풍만한 느낌을 제대로 표현할 수는 없었다. 물이 출렁거리며 움직일 때마다 정신이 아찔해졌다. 마치 빼어난 절경의 계곡에서 몸을 던져 그곳에서 죽고 싶은 생각이 드는 것과 같은 기분이었다.

봉지미는 옥석처럼 하얗고 탄탄한 영혁의 피부가 느껴졌다. 온천물로도 그녀의 얼음 같은 냉랭함은 데워지지 않는 듯했다. 하지만 자신의 아래에 있던 그의 몸이 점점 뜨거워지고 있었다. 마치 불타오르는 화염이 그녀의 밑에서 터지는 것 같았다. 살짝 어딘가가 단단해지는 느낌이 났다. 그녀의 가슴과 닿자마자 움직였고, 두 사람 모두 머리에 벼락이 떨어진 것처럼 전율했다. 아무 생각도 나지 않았다. 그녀는 얼굴 전체가 벌겋게 달아올랐다. 몸을 움직이려고 해 봤지만 서로 얼싸안은 자세라 움직일수록 몸이 더 뜨거워졌다. 그녀에게 깔린 그는 힘이 빠져 노곤해진 상태였지만 오히려 그런 모습이 그녀를 두렵고 경직되게 만들었다.

온천수가 출렁이면서, 두 사람은 수면으로 떠올랐다 가라앉았다를 반복했다. 봉지미는 비록 최선을 다해 자신의 몸을 통제하고 있었지만 미세한 마찰을 피할 수는 없었다. 물이 출렁거릴 때마다 떠오르고 가라앉으며 살짝살짝 접촉이 일어났고, 마치 감전되듯 짜릿한 느낌이 들었다. 그녀의 마음이 동요되었고, 그가 나지막이 숨을 내쉬었다. 지금

風权

은 연극을 하는 중이라고 내심 되뇌며 손을 꽉 쥐었지만, 그녀는 순간 이것이 실제 상황이라면 죽어도 여한이 없겠다는 황당한 생각이 스쳐 지나갔다. 그의 숨소리를 들은 그녀는 얼굴이 터질 듯 빨개졌다. 그녀는 이 상황에서 어찌할 다른 방법이 없었다. 신음을 내지 않고, 거친 숨소리를 내지 않도록 제어하는 것 자체로도 훌륭했다. 그녀는 아무 소리도 내고 싶지 않았지만, 그는 그런 그녀를 그냥 놔두지 않았다. 그녀의 허리를 잡고 있던 손가락을 눌렀고, 그녀는 의지와는 무관하게 아, 하고 신음 소리를 내뱉었다. 소리는 크지 않았지만 완곡하고 가녀렸다. 다른 사람에게는 사랑에 빠진 여자가 참지 못하고 내뱉는 신음처럼 들렸다.

경비는 이미 두 사람이 붙어 있는 온천탕으로 다가와 온천물에 잠겨 있는 남녀를 보았다. 남자가 아래에, 여자가 위에 있었다. 거의 아무것도 걸치지 않은 채였고, 여자는 샛노란 배두렁이만 걸치고 있었다. 두 사람이 서로를 보듬고 움직이는 모습과 여자가 입은 배두렁이의 무늬와 색깔로 짐작해 보면 무엇을 가리기 위해서라기보다는 흥을 돋우기 위한 용도라는 생각이 들었다. 남자의 체형은 잘 보이지 않았다. 남자는 온천 바닥에 있는 흰 말을 손으로 잡고 있었다. 여자의 몸도 검은 머리칼에 가려져 있어 제대로 보이지 않았지만, 얼핏 얼핏 드러난 몸이 백옥처럼 희고 어여뻤다. 두 사람은 꽈배기처럼 뒤엉켜 서로에게 흠뻑 취한 채 신음을 내고 있었다.

그곳에서 경비는 잠시 넋을 잃었다. 그녀에게 이런 장면은 밥 먹듯 익숙했다. 자신 역시 자주 하는 행위가 아니던가. 사실 이곳은 2황자가 귀빈을 위해 준비한 유희 장소였고, 이런 장면을 이곳에서 보는 것은 전혀 이상하지 않았다. 오늘 밤 폐하와 이곳에 온 것은 즉흥적이었다. 게다가 밤이 깊어 다른 사람이 있을 거라는 생각을 하지 못했다. 지금 보아하니 2황자가 손님을 초대했고, 이 온천에서 손님을 접대한 것이었다. 그녀는 저 남녀가 애정 행각에 깊이 빠져 있어 다른 사람이 온 것조차 모르고 있다고 생각하여 잠시 망설였다. 시위를 불러 저 남녀를 죽이는 것은 어렵지 않았다. 하지만 소문이 날 수밖에 없었다. 그녀와 황제의 이런 방탕한 생활은 절대로 다른 사람에게 발각되면 안 될 일이었다. 발각되는 순간 그녀는 요물이라는 죄명을 뒤집어쓰고 고리타분한 어사 무리의 공격을 피할 수 없을 터였다.

두 남녀는 무아지경으로 완전히 혼연일체가 되어 버린 듯했다. 둘을 바라보던 경비는 한참 동안 서 있음에도 그들이 알아채지 못하자 잠시 생각에 잠겼다. 그녀는 손가락을 튕겨 열은 청색 환을 소리 없이 온천에 떨어뜨렸다. 청색 환은 순식간에 녹아 없어졌고 동시에 그녀도 소리 없이 자리를 떴다. 그녀는 가장 안쪽 온천의 병풍까지 돌아와 무거운 표정과 궁금한 눈빛으로 바라보는 천성제를 보며 웃었다.

"폐하, 2황자가 오늘 손님을 초대했나 봅니다. 가장 바깥쪽의 연못에서 유희를 즐기고 있는 남녀가 있는데, 서로에게 푹 빠져서 소첩을 발견하지 못하였습니다."

경비를 발견하지 못했으니 당연히 병풍 뒤쪽에 모습을 드러내지 않은 천성제도 발견하지 못했다는 뜻이었다. 천성제는 좀 누그러진 표정으로 망설이더니 물었다.

"진짜 발각되지 않은 거냐?"

경비는 입을 가리고 웃었다. 황금빛과 붉은색으로 화장을 한 눈꼬리를 치켜올리더니 아름다운 표정을 지으며 말했다.

"2황자의 새로운 손님인 것 같습니다. 폐하, 아시다시피 이 온천에 흥을 돋우는 약이 있습니다. 이곳에 즐기러 온 사람이라면 어디 참을 수 있겠습니까? 대부분이 하늘이 무너지고, 땅이 갈라져도 모를 정도인데요."

천성제의 늙은 얼굴이 붉어졌다. 자신이 처음 이곳에 왔을 때 자신역시 그러지 않았던가. 지금은 이미 여러 번 와 봤지만, 매번 이곳을 떠올릴 때면 여전히 흥분이 가라앉지 않아 주체하지 못할 정도였다. 그렇지 않았으면 사람이 있는지 없는지를 살펴볼 새도 없이 급하진 않았을 것이다. 천성제는 살짝 목청을 다듬으며 난감한 표정을 감췄고 담담히 말했다.

"그렇다면…… 됐다."

경비가 공손히 고개를 숙이고 부드럽게 말했다.

"네, 오늘은, 이렇게 하겠습니다."

이 말이 나오자 천성제의 얼굴에 흡족함이 스쳤다. 고개를 끄덕이고는 경비를 끌어안으며 말했다.

"정말 마음에 드는구나. 짐은 너의 현명함이 맘에 든다. 도를 넘지 않는 현명함 말이다."

천성제의 품에 기대어 경비가 부드럽게 말했다.

"오늘 일은 소문나면 안 되는 거 잘 알고 있습니다. 폐하 염려 놓으십시오. 소첩이 오늘 2황자의 손님 명단을 확보하여 그 어느 것도 새지 않도록 조치하겠습니다."

"이렇게 됐으니……."

천성제가 고개를 끄덕이며 경비의 등을 토닥였다.

"흥도 이미 깨졌으니, 춤은 다음을 기약하자."

경비는 온화한 목소리로 천성제의 뜻을 따랐다. 두 사람은 각자 옷을 입은 후 손을 마주 잡고 밀실로 조용히 나갔다. 긴 복도의 춘화가 뒤집어지고 차츰 아귀가 맞춰진 후 주위가 고요해졌다. 온천탕 안에서 서로 껴안고 있어 한껏 긴장 상태였던 두 사람의 경직되었던 몸도 점차 긴장이 풀리며 느슨해졌다. 몸에 긴장이 풀리자 감각들이 예민해졌다. 순간 서로 상대의 탄탄한 근육과 두근거림이 느껴졌다. 근육이 천천히 이완되자 봉지미는 마치 우유를 부은 꽃이 눈앞에서 봉우리를 터뜨린 것 같은 느낌이 들었다. 단단했던 부위가 더 단단해졌고, 부드러운 부위는 더 부드러워진 기분이었다. 위기의 순간은 이미 지나갔지만 새로운 의미의 위기가 다시 찾아온 것 같았다. 이번에는 상대의 몸에서 시작된 위기로 서로를 달구어 더욱 이완되었고, 봄이 찾아온 것처럼 긴장이 풀렸다. 영혁은 가볍게 숨을 몰아쉬고는 그녀의 검고 무성한 머리카락 안으로 손가락을 넣고 낮은 음성으로 말했다.

"이왕 이렇게 된 김에⋯⋯."

언제부터인지 영혁의 몸은 살짝 상기된 상태였고, 가쁜 호흡이 봉지미의 얼굴을 뜨겁게 덮쳤다. 이런 그의 모습은 마치 약에 취한 듯 보여 그녀는 심장이 덜컹 내려앉았다. 이 주변의 구조가 머릿속에 떠오르자 문득 이 온천수에 숨겨진 비밀을 깨닫게 됐다. 그녀 역시 몸이 불타올라 녹아내리는 것 같았지만 처녀가 남자의 몸을 접했을 때 당연히 보이는 반응에 불과했지, 주체할 수 없을 정도는 아니었다.

봉지미 자신은 왜 약에 취하지 않았을까 의아해했다. 하지만 딱히 이상하지는 않았다. 그녀의 단전은 원래 복잡했고, 몸속을 배회하는 뜨거운 기류에 대해 어떤 누구도 그녀에게 이렇다 할 설명을 해 주진 못했다. 게다가 진사우가 쓴 독이 절반밖에 해독되지 못한 채 아직 남아 있었다. 종신이 줄곧 이 약 저 약을 써 가며 해독하려고 애썼고, 그렇게 많은 약을 먹었으니 나중에 이런 약들이 무엇으로 변했는지는 아무도 알 수 없었다. 아마 이런 연유로 그 어떤 독도 그녀의 몸에 치명타를 못 입히는 것인지도 몰랐다. 그러니 이 온천수에 녹아 있는 약은 분명 크게 문제가 되지 않는 듯했다. 기껏해야 최음제 정도일 터였다. 잠시 괴로움을 견디면 될 테고, 영혁의 인내력이면 분명 큰 문제는 없을 것이다. 그녀는 매우 태연하게 그를 밀쳐내고는, 먼저 자신의 배두렁이를 매만진 후 일어나 흰 말 조각상을 그의 품에 밀어 넣고 무덤덤하게 말했다.

"이걸 이용해 보시죠."

그러고는 탕에서 나와 옷을 입었다. 봉지미가 고개를 숙여 보니 온천수 위에 옅고 검은 안개가 살짝 껴 있는 것이 보였다. 그녀는 깜짝 놀라 서둘러 손을 뻗어 그를 잡고 온몸의 힘을 다해 건져냈다. 하지만 그가 마침 몸을 일으켜 세우는 바람에 그녀의 손에 힘이 빠져 퍽, 하는 소리와 함께 그의 몸이 앞쪽으로 고꾸라지며 그녀를 덮쳤다. 곧이어 그녀는 그의 웃음소리를 들었다.

"다행히 이제는 내가 너의 위에 있구나."

그 말을 하며 영혁이 고개를 푹 숙이더니 봉지미의 쇄골에 고개를 묻었다. 곧 뭔가가 맘에 들지 않는 듯 한숨을 쉬었다. 그는 갑자기 고개를 들고 가까이 오더니, 발광하듯 그녀의 입술을 찾았다. 그녀는 콧방귀를 끼며 팔꿈치로 그를 막았다. 조금 전에는 어쩔 수 없는 상황이었지만, 지금 또 당할 것 같은가!

봉지미는 팔꿈치로 영혁의 가슴을 쳤다. 힘을 살짝만 주었는데도 그의 급소를 명중시켰는지 켁, 하는 소리를 내며 아래로 고꾸라졌다. 깜짝 놀란 그녀는 문득 만춘의 말이 떠올라 재빨리 손을 거뒀다. 그는 이미 고개를 아래로 떨군 채 그녀의 입술에 자신의 입술을 포갰다. 그녀는 즉시 고개를 돌리려고 했지만, 그가 그녀의 입술을 물었다. 그녀가 조금만 움직여도 입술이 찢어질 지경이라 움직일 수 없었다. 그는 목청으로 슬쩍 웃었다. 입술과 이빨이 움직이더니 약간 씁쓸한 맛을 가진 어떤 물체가 그녀의 입으로 들어왔다. 살짝 쓴맛이 나고 약간 비리면서도 달콤한 맛의 액체가 그녀의 이 사이로 쑥 넘어가더니 목구멍으로 들어갔다. 그녀는 멈칫했다. 그가 그녀에게 무엇인가를 입으로 먹인 것이다. 그는 고개를 돌리고 웃으며 말했다.

"그녀가 독약을 몰래 풀어 놨지만 난 해독약을 숨겨 놨다. 딱 한 알이라, 반씩 나눠 먹은 것이다."

봉지미는 그제야 영혁 역시 경비가 약을 탄 것을 알고 있었음을 깨달았다. 그가 먹인 것은 해독환이었다. 그는 이미 그 여자가 취할 행동에 대한 준비로 미리 해독환을 지니고 있었다. 봉지미는 자신에게는 반으로 쪼갠 해독환이 필요하지 않을 수도 있단 생각이 들었다. 종신이 그녀의 몸에 쓴 약들 중에 어떤 것들은 모든 독약의 해독환일 수도 있었다. 그녀는 그의 눈을 살폈다. 자신에게 반을 나눠주느라 정작 자신은 제대로 해독되지 않으면 어쩌나 하는 걱정이 앞섰다. 다만, 이제는 뱉어낼 수도 없는 노릇이니 상황을 지켜볼 수밖에 없었다. 갑자기 하반신 쪽에 묵직하고 단단한 어떤 물체가 밀어내는 느낌이 들었다. 당황한 그녀가 무릎을 세워 막으려 하는 찰나, 문득 밖에서 사람 소리가 들려왔다. 곧이어 시녀가 놀란 어투로 말했다.

"황 대인, 황 부인. 두 분 어째서 동쪽 연못에 계신가요?"

봉지미는 아, 하는 소리를 내며 영혁을 밀어냈고, 서둘러 옷을 입으며 머리를 내밀고 말했다.

"무슨 동쪽 서쪽이에요? 조금 전에 그쪽에서 씻다가 수질이 별로여서 아무렇게나 뭔가를 건드렸더니 뒷문이 열리길래 이쪽에서 씻고 있었는데……. 뭐 잘못된 건가요?"

두 시녀는 서로를 마주 보더니 입을 가리고 웃었다. 역시나 산전수전 다 겪은 부인이라더니 대담하고 방자하기까지 했다. 분명 뭔가를 잘못 건드리는 바람에 장치가 작동했을 것이다. 두 사람은 주변을 살펴보더니 다른 사람이 보이지 않자 안심하였다. 시녀들도 조금 불안했지만, 자신들이 자리를 이탈하여 손님이 동쪽 연못으로 가게 된 것이니 따지고 들면 중죄에 해당하기에 아예 말을 꺼내지 않는 편이 더 나으리라 생각했다. 시녀 한 명이 웃으며 말했다.

"괜찮습니다. 부인, 어서 나오십시오. 어머, 저분은 옷을……."

영혁이 저쪽에서 두 시녀를 등진 채 허둥지둥 옷을 입으며 입을 열었다.

"전하께서 용무가 있으시다 하고, 아직 연회도 시작 되지 않아서 안내를 받아 주위를 둘러보는 중에 온천을 좀 살펴보려다가……. 컥컥."

두 시녀가 다시 미소를 지었다. 원래 나이 차가 좀 나는 부부 사이는 종종 이런 모습이었다. 부부는 2황자의 별장에 있는 쾌락 온천에 관한 이야기를 들었을 터였다. 황 대인은 자신의 부인이 온천에서 씻고 있다는 게 생각나 한번 둘러보겠다는 심정으로 길을 나섰을 것이다. 마침 동쪽 연못의 문이 열려 있는 바람에 자연스럽게 그 길로 들어선 시골 촌뜨기는 연못의 광경을 보고 욕정에 휩싸였을 테고, 아마 연회 시작 전 약간의 여유를 틈 타 부인과 함께 소문을 시험해 보던 중이었을 것이었다.

두 시녀는 주로 서쪽 연못에서 손님을 접대하는 시녀였다. 고로 서쪽 연못 부근에 동쪽 연못이 있다는 것만 알고 있었을 뿐 동쪽 연못의 장치 작동 방식에 대해 알지 못했다. 동쪽 연못에 와 본 적도 없었다. 2황자는 기밀을 유지하기 위해서 이런 아랫사람에게 동쪽 연못의 중요성에 대해 말하지 않았을 터였다. 게다가 장치 자체가 정교하게 설계되었다고 자신만만했기에 누구도 들어올 수 없다고 생각했을 것이었다. 고로 서쪽 연못의 시녀들은 동쪽 연못의 자세한 사항에 대해서는 알지 못했고, 그저 벌을 받을까 두려워했다.

"이왕 이렇게 되었으니."

서쪽 연못의 시녀가 호기심 어린 눈으로 외부에 거의 개방하지 않는 동쪽 연못을 힐끗 쳐다보더니 벌게진 얼굴로 말했다.

"연회가 곧 시작됩니다. 두 분 어서 나오세요."

봉지미는 손을 뻗어 시녀가 준 옷을 받으며 겸연쩍어했다.

"제 실수로 동쪽 연못까지 온 것인데, 이 이야기를 들으면 황자님을 존중하지 않는 것으로 비춰질 수 있으니 두 분께서 함구해 주세요."

두 시녀가 고개를 끄덕이며 웃었다.

"대인, 부인. 조금 이따가 바로 서쪽 문으로 나가십시오. 저희는 아무 말도 하지 않겠습니다. 바깥에 있는 사람들이 알지 못하면요."

영혁이 가까이 다가오더니 봉지미가 갈아입은 옷을 시녀에게 건네며 말했다.

"이 옷은 다 젖었으니 두 분께서 대신 버려 주시오. 부인 어서 옷을 갈아입으시죠. 저는 밖에서 기다리리다."

봉지미의 눈빛이 수축되었다. 영혁이 건넨 옷은 조금 전에 탕의 가장자리에 걸쳐 놓았던 옷들이어서 온천수에 이미 푹 젖은 상태였다. 그 온천수는 경비가 독을 풀어 놓은 상태였고, 영혁은 이 옷을 두 시녀에게 대신 처리해 달라고 건넸다. 필요 없다는 뜻이었다. 이 옷은 고급스럽고 값비싼 재질을 써서 분명 두 시녀는 자신의 방으로 가져가 차후에 세탁해 직접 입을 작정으로 버리지 않을 것이다. 시녀들은 그 사소한 욕심 때문에 목숨을 잃을 터였다. 그는 조용히 두 생명을 저버렸다. 나중에 두 시녀가 죽어도 증거를 찾기 어려울 것이고, 그때 그들은 이미 산장을 빠져나간 후일 터였다. 이 사람의 치밀한 계략은 정말 혀를 내두를 정도였다. 조용히 사람을 죽이는 수법이 누구보다 고수였다.

봉지미는 고개를 끄덕이며 태연하게 자리를 떴다. 결국엔 각자 자신이 섬기는 주인을 위해 충성을 다하는 것이니 원망할 일은 아니었다. 그녀는 굳이 지나친 친절을 베풀지 않았다. 그녀는 영혁을 따라 벽조청으로 돌아왔다. 이름에 '청(廳)'*대청 자가 붙었지만 사실 산 위에 지은 형태라 뒷담은 절벽이었다. 반원형으로 깎아낸 진회색의 절벽에는 산 정상에서 구름을 굽어보는 강산운해도(江山雲海圖)가 조각되어 있었다. 산 허리를 휘어감은 안개들 사이로 보일 듯 말 듯 한 산세가 더 당차고 위엄 있게 느껴졌다. 반원 형태의 절벽 외에는 벽이 없었고, 천막을 쳐서 천장을 가려 놓았다. 녹나무를 기둥 삼아 두꺼운 금색 천막이 드리워져 있어서 차가운 산바람을 막았다. 다만 저만치 떨어진 산과 차가운 달이 있는 방향만 천막을 말아 올리고 촘촘한 투명 망사를 남겨 놓았다. 벽조청 전방에는 차가운 달과 푸른 산, 새파란 하늘과 두둥실 뜬구름이 시야에 들어왔다. 술을 마시며 달을 감상하기 적격인 장소였고, 강물의 유유자적한 아름다움이 펼쳐진 곳이었다.

봉지미는 게슴츠레 눈을 떴다. 2황자처럼 거친 사람에게 이런 품격과 조예가 있었을 줄이야! 살짝 감추는 듯하면서도 야심을 품고 있는 이런 설계는 마치 또 다른 이의 품격을 떠오르게 했다. 대청에는 열 개의 탁자가 깔려 있었고, 한쪽 구석에 깔린 흰색 양탄자에는 미모가 뛰어난 어인네들이 가야금의 현을 타고 있었다. 관악기의 은은한 소리를 배경 삼아 술자리가 무르익었다. 사방의 벽에는 짙은 붉은색 유리 등이 박혀 있어 진주처럼 반짝반짝 빛을 내고 있었다.

대청의 네 구석에는 붉은 동으로 정교하게 만들어진 작은 화로가 놓여 있었다. 난방을 위한 목적이 아닌 산에서 불어오는 한기를 쫓기 위해 준비해 놓은 것이었다. 손님들은 자단나무로 만든 탁자 앞에 뿔뿔이 앉아 있었고, 무릎에는 황금색 비단 담요를 덮고 있었다. 탁자에는 진수성찬이 가득했고, 서로 술잔을 기울이며 화기애애한 분위기가 조성되어 고급스럽고 풍치가 가득했다. 2황자는 연회의 중심에 앉아 사방을 둘러보고 있었다. '황 대인 부부'가 들어오는 것을 보고는 너털웃음을 짓고 연신 손짓을 하며 말했다.

"황 대인 맞죠? 어쩜 그리 오래 걸리셨소이까? 설마 부인과 일분일초라도 떨어지고 싶지 않으셔서 몰래 만나고 오셨나?"

황 대인은 난감해 어쩔 줄 몰라 하며 웃었다. 2황자에게 다가가며 무안한 표정으로 예를 표했다. 하지만 황 부인은 눈썹을 치키고 까랑까랑한 목소리로 말했다.

"전하를 알현하옵니다. 부군을 따라 이곳에 왔습니다. 전하의 산장은 훌륭하오나 분칠을 한 요물이 너무 많아 아주 두렵습니다."

장내에 웃음소리가 가득했다. 2황자는 이미 조금 전에 일어났던 일을 들었던 터라 이 말을 듣고도 화를 내지 않고 웃었다.

"모두 본 왕의 잘못입니다. 책임지겠습니다. 이따가 내가 부인께 한 잔 올리도록 하겠습니다. 술로 놀란 마음을 달래시지요."

봉지미는 한차례 입을 삐죽거리곤 살짝 예를 표했다. 눈이 가늘게 찢어지고 눈썹 옆에 사마귀가 난 2황자의 수하가 웃으며 말했다.

"지추 선생과는 왕래를 많이 안 하니, 이렇게 시원시원하고 현명한 부인을 두신 줄 몰랐습니다."

앉은 위치로 짐작해보니 그자가 바로 산남 안찰사 허명림이었다. 두 사람은 서로 인사 몇 마디를 나누고 시녀의 안내에 따라 자리에 앉았다. 참사는 고작 4품이었고, 이 고관대작들 사이에서 으스댈 만한 직위도 아니었다. 그저 연회에 초대받아 참석한 것뿐이라 황 대인 부부는 흥분한 상태였고, 기분이 날아갈 것처럼 좋은 듯한 표정을 지었다.

2황자의 곁에는 참모가 한 명 있었다. 모든 손님에게 다가가 술을 가득 따라주면서 술잔을 기울이며 모든 이들을 소개했다. 이는 2황자의 급소를 파악할 수 있는 흔치 않은 기회였다. 겉보기에 황 대인 부부는 남들이 하자는 대로 하는 듯 보였지만, 매우 열심히 듣고 있었다. 오늘 자리에 참석한 사람들은 거의 2황자 측근이었다. 2황자는 무술 실력이 뛰어나 일찍이 변방에서 몇 년을 보낸 적이 있었다. 모두 전쟁을 함께했던 전우라고 할 수 있었다. 현재는 임시로 병부를 이끌고 있었기에 병부 상서와 시랑을 비롯해 무선*병부 관할 기관, 직방*직책 명칭, 마부, 무기고 등 4개 청사사의 사관이 모두 자리를 지키고 있었으며, 몇몇 내각 학사도 와 있었다. 하지만 오 대학사는 보이지 않았다. 그 밖에는 두 호위 본진의 부장이 참석해 있었다. 영혁과 봉지미의 눈빛이 술잔 위를 스치더니 서로 눈을 마주쳤다. 줄곧 호위 본진에 신경을 많이 쓰던 2황자가 이제 연줄을 구축해 놓은 것 같았다.

봉지미는 정신을 집중하며 생각에 잠겼다. 작금의 조정에서 군권과

병권은 여러 세력이 나누어 쥐고 있는 상황이었다. 5군 도독부는 추상기의 죽음 이후 아직 새로운 도독이 선정되지 않은 상태로 7황자가 임시로 지휘하고 있었고, 구성병마사는 영혁이 관리하고 있었다. 병부와 호위 본진에 2황자의 세력이 침투했다면, 지금은 각자 서로를 견제하는 구도라고 볼 수 있었다.

과거의 태자가 일으켰던 변란은 실패로 끝났고, 그는 어림군에 죽임을 당했다. 하지만 배후에서 일을 조종하던 태자당에 대해 영혁은 아무 책임도 묻지 않았고, 태자의 일부 세력을 자연스레 인수하게 되었다. 그 이후 군대까지 동원해 변란을 일으킨 5황자는 이미 내각 6부를 차지하고 있던 영혁의 힘에 밀려 패했다. 줄곧 실수투성이였던 2황자는 그저 병부를 잠시 대리하는 것으로 생각했다. 하지만 이렇게 몰래 결탁하며 적지 않은 세력을 키우고 있을 줄은 상상도 못 했다. 다만 현재로서는 영혁과 세를 겨룰 정도는 아니었다. 봉지미는 슬쩍 미소를 짓다가 영혁의 시선이 왼쪽 옆의 첫 번째 좌석으로 향하는 것을 봤다.

2황자나 그의 측근 누구도 첫 번째 좌석에 앉은 손님을 소개도 하지 않았고, 참 희한하게도 아무도 그에 대해 묻지 않았다. 차갑고 엄숙한 모습으로 첫 번째 자리에 앉아 있던 남자는 대략 서른 정도로 보였다. 그는 짙은 은색의 두루마기를 입고 있었다. 분명 아주 밝은 은색임에도 그 사람이 걸치니 그늘진 듯 어둠이 느껴졌다. 그는 선천적으로 무언가를 감추는 듯한 은폐된 분위기를 지니고 있었다. 그래서 그렇게 눈에 잘 띄는 곳에 앉아 있는데도 사람들의 주의를 끌지 못했다. 그 사람을 일부러 무시했다기보다는 존재감을 찾기 힘들어서 주의를 끌지 못했다. 이는 그 사람 자체적으로 가지고 있는 은폐된 속성에서 기인한 것이었다. 하지만 그 사내는 바람이 벼가 심어진 논을 훑고 지나가듯 사람들을 훑어보았다. 그의 시선은 번개가 순식간에 높디높은 산을 넘어가듯 매섭고 예리했으나 순간적으로 정체를 숨겼다.

영혁과 봉지미는 그를 오래 쳐다보진 않았지만 그의 분위기가 음산하고 어두워서 영혁의 표정도 무거워 보였다. 영혁을 바라보던 봉지미는 탁자 아래에서 그의 손을 슬그머니 잡았고, 그는 살짝 미소를 지었다. 영혁은 곧장 그녀의 손바닥에 천천히 글자를 썼다. 한 획을 그리고 간지럼을 한 번 태우는 등 글자를 제대로 쓰지 않는 통에 그녀는 부아가 치밀기도 하고 웃음이 나오기도 했다. 그녀는 그의 호구*엄지손가락과 둘째 손가락 사이를 세게 꼬집었다. 하지만 영혁은 꿈쩍도 하지 않았다. 봉지미가 어쩔 수 없이 꼬집었던 손을 놓자 영혁이 웃더니 그제야 글자를 제대로 쓰기 시작했다. 영혁이 글자를 다 쓰자 가벼웠던 봉지미의 마음은 더 이상 가볍지 못했다. 영혁이 쓴 글자는 바로.

'금우!'

금우위 지휘사! 천성 왕조에서 비밀리에 운영되며 황제의 비밀을 위해 일하는 금우 밀위의 최고 위치에 있는 자였다. 봉지미에게는 부모를 죽인 원수였다! 그녀는 조정의 어둠에 숨어 타인을 몰래 지켜보는 금우위에 대해 잘 알지 못했다. 하지만 시간이 흐르며 그들에 대해 조금씩 알게 되었다. 처음에는 금우위를 천성제가 직접 지휘하는 곳이라고 생각했다. 하지만 나중에야 금우위가 누군가의 직속 관할이라는 사실을 알게 되었고, 이 지휘사는 멀리 출정하는 경우도 있어 천성제가 임시로 금우위 지휘권을 자신의 복심과 같은 측근에게 넘겼다고 들었다. 그 사람은 천성제가 가진 보이지 않는 칼과 같은 존재로 천성제만을 위해 존재했으며, 그가 칼을 휘두르면 황조의 대지에 선혈이 낭자할 게 분명했다. 그들은 천성제 이외에는 아무도 믿지 않았다. 그런 사람이 2황자의 연회에 참석하다니! 영혁이 겉으로는 웃고 있지만, 표정이 밝지 않은 이유가 그 때문인 듯했다.

금우위 지휘사와 같은 사람에게는 자꾸 시선을 줄 수 없었다. 시선을 주면 눈치를 챌 게 분명했다. 두 사람의 시선은 이미 그 맞은편으로 옮겨졌다. 그와 마주 앉을 수 있는 사람은 어떤 신분을 가진 사람인가? 그곳에는 중년 남자가 앉아 있었다. 평범하게 생긴 매우 조용한 남자로 피부색은 약간 까무잡잡했고, 콧대가 높고 눈이 움푹 들어가 있었다. 생김새로 봤을 때는 남쪽 사람으로 마침 몸을 약간 기울여 2황자와 대화를 나누고 있었다. 목소리가 매우 낮았지만, 얼핏 한 마디가 들렸다.

"저희 그건……."

남쪽에 사찰단으로 가본 적이 있던 영혁과 봉지미의 눈빛이 빛났다. 이건 민남 남부 지역의 말투였디! 두 사람 모두 순발력이 뛰어난 사람이었다. 비록 딱 한 마디만 들었을 뿐인데도 사내가 어디에서 온 것이지 느낄 수 있었다. 오늘 밤 좌석을 채운 손님들과 남쪽에서 온 남자는 시종일관 태연했다. 게다가 그는 도도한 분위기를 풍겼는데 그 모습으로 미뤄 봤을 때 민남의 이웃 국가에서 왔음을 깨달았다. 천성 왕조의 유일한 속지, 장녕번의 사신이라는 말이었다.

장녕번은 규모가 크고 규율이 잘 잡힌 군대를 가진 속지였다. 그런 군대를 가지고 세력을 키우고 있는 속지의 사절과 2황자가 교류를 하고 있었다. 2황자는 도대체 무슨 짓을 꾸미는 것일까? 이런 생각이 천둥 치듯 뇌리를 스쳤다. 줄곧 침착하던 봉지미의 심장도 벌렁벌렁 뛰기 시작했다. 오늘 밤 위험을 무릅쓰고 온 이유는 원래 2황자가 앞으로 자신에게 어떤 계략을 펼칠지 파악하고, 또 온 김에 이 기이한 산장에 도대체 어떤 비밀이 숨어 있는지 파악하려는 의도였다. 하지만 산장은 자신의 상상보다 더욱 수상했고, 원래 예상했던 것보다 더 큰 성과를 거두었다. 뒷걸음질 치다 쥐 잡은 격으로 어쩌다 보니 천성제와 2황자의 모종의 거래가 있다는 걸 알게 되었다. 게다가 2황자와 금우위 및 속지가 결탁한 정황까지 발견하게 된 것이었다.

봉지미는 천천히 고개를 숙여 술을 들이켰다. 연회에서 여성 손님을 위해 특별히 준비한 꿀을 넣고 빚은 술이었다. 달콤한 술이었지만 그녀는 아무 맛도 느끼지 못할 정도로 긴장이 되었다. 머릿속이 자꾸만 더 복잡해져 갔다. 금우위 지휘사는 천성제의 신임을 받고 있는데 무슨 이유로 경솔하게 2황자와 결탁한 것인가? 게다가 오늘 밤 천성제는 2황자에게 언질도 주지 않고 산장을 찾았다. 이는 다른 생각이 있는 게 아닐까?

오늘 밤 영혁과 봉지미는 매우 많은 성과를 거두었지만, 그 이상 뭔가를 알아내려고 하는 것은 위험하다는 생각이 들었다. 이쯤 이곳에서 나갈 방법을 찾아야겠다는 생각이 들 때 문득 기괴한 악기 소리를 들려왔다. 대청에서는 이미 연회가 시작되어 무희들이 줄을 서서 아름다운 모습으로 나와 빠른 춤사위를 선보이고 있었다. 모두 검은 옷을 입고 있었고, 차가운 느낌의 화장을 했지만 하얀 배와 종아리를 드러내고 있었다. 다리에 찬 금빛 종이 기괴한 선율과 도발적인 느낌의 악기 소리에 어우러져 경쾌하게 들렸다. 때로는 빠르게 때로는 느리게 때로는 긴박하게 때로는 느슨하게 울리는 선율은 매끄러운 피부와 검은 머리칼에 빨간 입술을 한 무희들의 차가운 인상을 더 돋보이게 했고, 좌중에 있던 사람들의 아랫도리를 긴장시켰다.

좌중에 앉아 있던 여성 손님의 표정은 불쾌하기 그지없었고, 일부러 지루한 표정을 짓고 있었다. 봉지미는 내심 여인들이 있는 자리에서는 중요한 이야기가 오고 가지 않을 거라는 생각이 들었다. 게다가 곧 이 연회 자리를 정리할 것으로 추측했다.

영혁 역시 눈을 크게 뜨고 무희에게 눈을 떼지 못하고 있었다. 봉지미는 질투하는 척하며 눈을 크게 뜨고 흘기면서, 탁자 밑으로 손을 넣어 그를 꼬집었다. 옆에 앉은 관리 한 명이 남몰래 미소를 지으며 웃었고, 영혁은 손을 뿌리치며 나지막한 목소리로 성을 냈다.

"왜 그러시오? 왜?"

그러고는 봉지미를 밀더니 그녀의 귓가에 대고 작은 목소리로 웃으며 말했다.

"저 무희들은 탄력이 없네요. 당신처럼 팽팽하지 않아요."

봉지미는 잠시 멍하니 넋을 잃고 있다가 한참 후에야 이 썩을 인간이 말하는 탄력의 의도를 알아챘다. 그녀는 화가 났지만, 미소를 지으면서 손을 호랑이 발톱 모양으로 만든 후 그의 허리를 반죽 치대듯 무지막지하게 꼬집고 비틀어 버렸다. 분명히 조금 지나면 그 부위에 퍼런 멍이 들 것이다. 그는 흡, 하고 숨을 들이마시더니 술 한 잔을 따르며 중얼거렸다.

"정말 무서운 부인이야……."

2황자가 갑자기 술잔을 들고 성큼성큼 걸어오더니 웃으며 말했다.

"오늘 황 부인이 많이 놀랐다고 들었습니다. 본 왕이 술로 사죄하죠."

두 사람은 황급히 일어나 손사래를 쳤다. 봉지미는 2황자의 뒤에 시녀가 들고 있는 쟁반 위에 놓인 큰 술잔 두 개를 보았다. 속으로 콧방귀를 끼며 진짜로 취하지 않더라도 취한 척을 해야겠다고 생각했다. 2황자가 권하는 술을 마시고 나서 그녀는 눈을 바로 뜨며 술기운을 못 이기는 듯 비틀거렸다. 벼슬이 낮은 황 대인은 조금 후에 펼쳐질 중대사를 논하는 자리에는 낄 자격이 안 될 것이다. 자신이 취한 척을 하게 되면 2황자가 황 대인에게 부인을 보살피라고 권할 테고, 그때 둘이 같이 이곳을 빠져나갈 방안을 찾아보면 될 거라 여겼다. 2황자는 술을 다 돌리고 나서 예상과는 달리 그들 두 사람이 자리를 뜰 수 있는 여지를 만들어 주지 않았다. 도리어 영혁에게 다시 술을 한 잔 따라주며 웃었다.

"미명현 녹림 작당 사건을 처리하는 데 첨사가 큰 도움을 주었고 신경도 많이 써 주었으니 내가 한 잔 따르겠소."

봉지미는 멈칫했다. 2황자가 이런 말을 했다는 것은, 미명현 녹림 작당 사건에 내막이 존재한다는 말이 아닌가? 산장으로 오는 도중 두 사람은 마차에서 황 대인 부부에 대한 자료를 미친 듯이 공부했다. 그때 두 사람의 출신에 대해서만 신경을 썼을 뿐, 이미 대리사에 넘긴 이 사건에 대해서는 크게 신경을 쓰지 못했던 것이다. 2황자가 이렇게 운을 띄웠으니, 이제 영혁은 뭐라고 대답을 하기는 해야 했다. 영혁이 웃으며 답하는 소리가 들렸다.

"전하의 일이 바로 소신의 일이기도 하죠. 조금은 수월하지 않았지만, 전하를 위해 한 몸을 바칠 수 있으니 망극할 뿐입니다."

"좋소이다. 좋소!"

2황자가 영혁의 어깨를 쳤다. 그리고 친근한 표정을 지으며 나지막이 말했다.

"황 첨사, 조금 이따가 잠시 남아주시오. 그 사건에 대해 할 이야기가 있소."

영혁은 웃으며 분부대로 하겠노라고 했다. 2황자가 호탕하게 웃으며 자리를 뜨자 봉지미가 머리를 괴고 황급히 물었다.

"그 사건의 내막을 아십니까?"

영혁이 냉소를 보이며 말했다.

"사건이 오늘 대리사로 넘겨졌는데 어찌 알겠나. 하물며 2황자와 황첨사간의 거래 아닌가. 일반인이 어찌 그 내막을 알 수 있겠나?"

"그럼 곧 이에 대해 논의하실 텐데, 말이 맞지 않으면 어떡합니까?"

봉지미가 미간을 찌푸렸다.

"상황을 보며 행동해야지."

영혁이 말했다.

"이 사건은 단순한 사건이 아니다. 분명 너나 나를 겨냥한 함정이 있을 거다. 지금 피하기는 이미 틀렸으니 임기응변으로 넘겨야지……. 미야, 너는 어서 술기운을 핑계로 가서 쉬겠다고 하고, 여길 빠져나갈 방법을 찾아봐라. 우리가 왔던 그 동굴 쪽으로만 가면 될 거다. 영징이 이미 호위를 데리고 너를 데리러 왔을 것이다."

봉지미는 '미'라는 호칭을 듣고 순간 영혁이 처음 이런 호칭으로 자신을 불렀던 때가 생각났다. 잠시 딴생각에 사로잡혔던 그녀가 다시 황급히 물었다.

"전하는요?"

영혁이 웃었고 얼굴에서 빛이 났다. 그는 봉지미의 손을 살포시 쓰다듬으며 부드럽게 말했다.

"걱정 말아라. 2황자는 내 적수가 아니니."

봉지미는 영혁을 바리보며 천천히 술잔을 들이키고는 한참 아무 말도 없다가 입을 뗐다.

"알겠습니다."

봉지미는 턱을 괴고 있다가 술기운을 못 이기는 척 일어서서 2황자에게 양해를 구했다. 황자는 즉시 시녀를 불러 그녀를 모시게 했다. 그녀는 시녀를 따라 후원에 있는 사랑방으로 들어갔다. 가는 길을 똑똑히 기억한 후 소리 없이 시녀를 쓰러뜨리고, 시녀의 옷으로 갈아입었다. 봉지미는 어둠과 산의 지형을 방패 삼아 가벼운 무공을 펼쳐 잠복 초소를 피해 순조롭게 산 동굴 입구에 도착했다. 산 동굴에도 몇 개의 잠복 초소가 있었지만, 들어올 때 이미 잠복 초소에 대해 대략 파악을 하고 있었기에 별 문제가 아니었다.

지금 이곳을 떠나는 것이 가장 이상적이었다. 중요 인물들이 벽조청에서 정사를 의논하는 중이었기에 호위 대부분이 그곳을 겹겹이 포위하고 있었다. 중요 인물들이 데려온 호위 역시 그쪽에 있었기에 산장에 있던 일반 초소나 잠복 초소 사람들만으로는 그녀를 막을 수 없었다. 지금 호위의 눈을 피해 동굴로 들어가기만 하면 이 위험한 곳에서 완전히 벗어날 수 있을 터였다. 지금 떠나지 않는다면 오늘 밤에 도대체 무슨 일이 발생할지 예측하기 어려운 상황이었다. 오늘 밤 산장에 모인 사람들은 대단히 중요한 인물들이었기에 이상한 낌새를 눈치채는 순간

2황자는 수단과 방법을 가리지 않고 없애 버릴 것이다. 만에 하나라도 실수를 저지를 경우에는 이곳에 영원히 남을지도 몰랐다.

살을 에는 듯한 산바람이 불어와 축축하게 젖은 긴 머리칼을 날렸다. 봉지미는 착각의 동굴에서 10장(丈)*1장은 사람 키 정도 정도 떨어진 절벽에 서서 아래를 바라보았다. 안개가 낀 듯 눈썹에 밤이슬이 내려앉았다. 봉지미는 망설였다. 앞쪽에는 안전과 자유가 보장되어 있었고, 뒤쪽에는 위험과…… 영혁이 있었다. 그녀는 그 중간에 서 있었다.

서로에게 기대다

봉지미는 잠깐 망설이다가 결심한 듯 앞을 향해 나갔다. 앞으로 세 발 정도 걸은 후 손가락을 튕겼다. 검은빛이 스치면서 툭, 하는 소리와 함께 덤불에 가려진 동굴 입구에 떨어졌다. 깊고 고요한 동굴에서 소리가 메아리를 치며 울렸다.

"누구냐!"

큰 소리가 울려 퍼졌다. 어둠 너머를 살펴보니 여러 방향에서 많은 사람이 날아오며 동굴 입구로 향했다. 잠복 초소에 있던 사람들은 모두 놀라 시선을 동굴 입구에 집중했다. 봉지미는 한 치의 망설임도 없이 물러섰다. 앞으로 향하던 그녀가 그 자리에서 흐르는 물을 거슬러 오르듯 뛰어오르자 순식간에 3장 정도 뒤로 물러서 있었다. 그리고 다시 몸을 돌리자 이미 입구에서 멀어졌다.

호위들이 전부 입구로 몰려와 혼란의 도가니가 된 사이 봉지미는 뒤쪽을 향해 갔다. 산장 전방에 배치된 호위들은 우르르 입구로 몰려들었지만, 산장 후방에 소속된 호위들은 아직 소식을 듣지 못한 상태였다.

그 틈을 이용하여 그녀는 호위의 눈을 피하려고 조심스럽게 움직일 필요도 없이 가장 빠른 속도로 벽조청 방향으로 달려갔다. 벽조청을 향해 가는 도중 두 정원을 지날 때 그녀는 잠시 생각에 잠긴 후 발걸음을 멈추고 몸을 낮췄다. 그녀가 막 몸을 낮추자마자 머리 위에서 옷자락이 스치는 바람 소리가 들려왔다. 은빛 도포가 짙은 남색 하늘에서 힘찬 곡선을 그리며 저 멀리 있는 차가운 달빛을 가르며 쏜살같이 지나갔다.

금우위 지휘사!

봉지미는 아무 소리도 내지 않고 숨을 죽였다. 입구를 지키는 호위들을 놀라게 한 이유는 산장 바깥에서 잠복하며 기다리고 있던 영혁에게 신호를 주기 위함이었다. 또 잠복 초소에 있는 호위들의 시선을 집중시켜 빨리 산장 안쪽으로 돌아가려는 계략이 숨어 있었다. 그중 가장 중요한 목적은 벽조청에서 지휘사를 나오게 하기 위함이었다. 이 사람은 어둠이 내려앉은 수풀 속 우산뱀처럼 그녀를 불안하게 했다. 지휘사가 지켜보는 가운데 다시 벽조청에 들어갈 것을 생각하니 너무 위험하다는 생각이 들었다. 그 사람 곁에서 영혁이 2황자를 대면해야 하는 것 역시 그녀를 불안하게 했다.

이 지휘사라는 사람은 신경이 예민하고 날카로웠다. 앞뜰 입구에서 조금이라도 이상이 감지되면 수하들을 시키지 않고 직접 조사를 하러 올 사람이었다. 그래서 밖으로 끌어내려 했는데, 호랑이를 산 밖으로 유인하는 봉지미의 계략에 걸려들었다. 그녀가 아직 안도의 한숨을 다 내쉬지도 않았는데, 금우위 지휘사가 중간에 돌연 고개를 돌렸다. 이미 저 멀리까지 간 그는 그녀를 발견할 수 없는 상황이었다. 하지만 그는 먼 거리에서 갑자기 고개를 돌렸다.

달빛이 지휘사의 얼굴을 비췄다. 목석처럼 무표정하고 경직된 얼굴은 마치 가면을 쓰고 있는 것 같았다. 마치 그 깊이를 헤아릴 수 없을 만큼 깊은 곳에 표정을 감춰 놓은 것 같았다. 봉지미는 미동도 하지 않

았다. 일부러 호흡을 참으며 숨을 곳을 찾기보다는 아예 자신의 숨소리
를 죽이려 했다. 아니 그런 생각마저 지우고 살을 에는 듯한 산바람의
봄밤에 녹아들어 밤의 일부가 되려고 노력했다. 그녀는 자신이 발각되
었다고 믿지 않았다. 지휘사의 저런 행동은 단지 여러 해 동안 연마해
온 직감일 뿐이라는 사실을 그녀는 알고 있었다. 어둠 속에서의 잠행에
특별히 영민한 사람이 있으며, 이런 사람은 타인의 마음 소리까지 들을
수 있었다. 어슴푸레한 달빛 아래 금우위 지휘사가 어떤 미동도 없이
나무 초소 위에 서 있었다. 기느다란 초소의 가지가 가라앉았다 다시
튕겨 올랐다. 달빛이 흔들리는 나뭇가지가 조각조각 부서져 길 위로 흩
뿌려졌고, 한참 후 그의 옷자락이 바람에 펄럭거렸다. 그는 잠깐 고개
를 갸웃거리더니 곧이어 고개를 돌리고 나아갔다. 그의 모습은 마치 유
성처럼 순식간에 저 멀리 사라졌다. 그녀는 여전히 움직이지 않고 있었
고, 안도의 한숨조차 쉬지 않았다.

　지금쯤 지휘사가 멀리 사라졌을 거라 짐작한 바로 그때, 바람 소리
가 다시 들렸다. 조금 전에 저 멀리 지나갔던 그가 갑자기 다시 길의 끝
에서 나타났다. 이번에는 꽃 사이의 작은 길에 서서 매의 눈으로 사방
을 살펴봤다. 봉지미는 숨을 내쉬지 않았다. 바람도 잦아들었다. 꽃조
차 숨 쉬지 않는 듯 사방이 고요하자 그는 다시 조용히 떠났다. 그녀는
잠시 기다렸다가 그제야 바닥에서 일어났다. 조금 전 금우위 지휘사와
인내심과 집중력을 건 싸움을 한판 벌인 것이었다. 어쨌든 그녀는 지지
않았다. 그녀는 주저하지 않고 길을 따라 몇 걸음 달려가다가 앞에 누
군가가 다가오는 것을 발견하고는 바로 몸을 나무 뒤로 숨겼다.

　봉지미는 나무 뒤로 몸을 숨기면서 뒤에 깊은 골짜기가 있다는 것을
알게 되었다. 이 산장은 산의 지형을 고스란히 살리며 지었기에 곳곳에
절벽이 있었다. 이 나무를 타고 내려가 좁은 계곡을 지나면 맞은편이
바로 벽조청이었다. 벽조청은 절벽 아래에서 기어 올라갈 수 있는 곳이

아니었다. 하지만 손님을 위해 준비한 사랑방 부근에는 벽조청 위로 튀어나온 가로 절벽에 있었다. 그 가로 절벽은 산등성과 연결되어 있었기에 충분히 기어오를 만했다. 그렇게 올라간다면 벽조청 위 사랑방 내부에서 나누는 이야기를 몰래 들을 수도 있을 것 같았다.

그곳은 호위를 배치할 수 없는 위치였다. 산세는 험난했고 절벽은 미끄러웠다. 또한 두 산 사이에 바람이 세게 불었기에 자칫 잘못해 미끄러지기라도 해서 발각되면 상대가 손가락만 튕겨도 쉽게 사지로 몰아넣을 수 있는 위치였다. 게다가 벽조청 근처 절벽에는 등이 하나 있어서 누군가가 가까이 오면 한눈에 알아차릴 수 있게 해 놓았다.

잠시 망설이던 봉지미는 나무에서 훌쩍 뛰어내리다가 미끄러져서 낭떠러지 위로 떨어졌다. 한 손으로 절벽에서 튀어나온 돌부리를 잡고, 다른 한 손으로는 상투에서 마름모 모양의 비취로 된 머리핀을 빼낸 후 손가락에 힘을 주었다. 머리핀의 바깥쪽에 있는 가짜 비취가 갈라지자 빛이 번득이는 작은 비수가 모습을 드러냈다. 그녀는 비수를 입에 물고 절벽 아래로 절반쯤 내려가서 멈춰 섰다. 그곳은 절벽의 틈으로 3미터가량 거리가 벌어져 있었다. 건너편으로 뛰면 절벽 뒤에서 휴식을 취할 수 있는 사랑방으로 갈 수 있었다. 조금 전에 그녀가 몰래 빠져나온 곳이었다. 그녀는 어둠에 젖은 절벽과 주변을 둘러보았다. 생각은 간단했지만 실제로 움직이기에는 만만치 않았다. 절벽에 있는 등불이 바람에 삐걱삐걱 움직였고, 누군가가 등불 앞을 지키고 있었다. 그녀는 잠시 생각에 잠겼다. 불을 끄는 것은 어렵지 않지만, 호위를 놀라게 할 것이다. 어떻게 해야 가장 좋은 방법일까?

절벽 아래에서 갑자기 바람이 불어왔다. 봉지미는 곧바로 손을 올려 나뭇가지를 잘라낸 후, 가지를 던져 등불이 연결된 줄을 맞췄다. 줄이 끊어지지는 않지만 등불은 더 심하게 흔들리면서 금세 꺼질 듯 위태로워 보였다. 오늘 등불을 지키는 두 호위는 한시라도 등불이 꺼지지 않게 하라는 지시를 받았었다. 등불이 마구 흔들리는 것을 본 두 사람은 서둘러 다가와 등불이 꺼지지 않도록 감쌌다. 한 명이 웃으며 말했다.

"오늘 밤은 바람이 매우 세네. 평소에는 등불이 흔들리지도 않는데 말이야."

다른 한 명이 대답했다.

"꺼뜨릴까 두렵네, 먼저 들어서 감싸세."

두 사람은 절벽에 걸린 등불을 잡아당겼다. 봉지미는 두 사람이 자리를 비우고 불빛이 약해진 그 순간을 놓치지 않고, 절벽을 타고 내려온 넝쿨을 잡아당기며 몸을 움직였다. 컴컴한 절벽에 떠다니며 습기를 머금은 구름이 그녀의 옷자락에 갈라지며 비호같이 잽싸게 허공을 갈랐다. 위태롭던 등불이 다시 밝아졌을 때 그녀는 이미 반대편의 절벽 위에 붙어 있었다. 절벽 위의 두 호위는 등불을 감싼 채, 바람이 지나가길 기다리고 있었다. 그중 한 사람이 절벽 아래를 자세히 살펴보더니 입을 열었다.

"방금 어떤 그림자가 지나가는 것 같았는데?"

"눈이 삐었어?"

다른 사람이 웃으며 말했다.

"죽고 싶은 사람이나 감히 이곳으로 오겠지!"

"나다."

어둠 속에서 들려온 소리에는 군더더기가 없었다. 두 사람은 움찔 놀라 고개를 확 돌렸지만, 아무것도 보이지 않았다. 두 사람의 뇌리에 '산에 사는 요괴'라는 글자가 스쳐 지나갔다. 이런 생각이 채 흩어지기도 전에 갑자기 목이 조여오더니 차가워졌다. 마치 엄동설한에 눈 한 뭉치가 갑자기 목구멍을 가득 채운 듯 시렸다. 생의 모든 열기를 다 빼앗아 버린 냉기의 기습이었다. 두 사람은 목을 붙잡고 켁켁거리더니 금방 축 늘어졌다. 그들 뒤에 서 있던 봉지미는 아랑곳하지 않고 그들의 목을 누르던 팔을 풀었다. 금방이라도 고꾸라질 것 같은 호위들의 몸이 바닥에 부딪치는 소리가 나지 않도록 조심스레 그들의 목덜미를 잡았다. 곧이어 그녀는 재빨리 조금 왜소한 체구의 호위 외투를 벗겨 자신이 걸친후, 시체 두 구를 절벽의 등불 앞에 앉혀 놓고 등불의 위치를 조정했다. 얇은 막 정도는 통과할 수 있을 만큼 밝게 제작된 등불의 불빛이 절벽위쪽을 향했고, 벽조청 꼭대기에 설치된 등불의 불빛과 섞이면서 또렷했던 조명이 흐릿해졌다.

등잔 밑이 어둡다 하지 않는가. 봉지미는 원래 위험을 무릅쓰며 이절벽의 호위를 죽일 생각이 없었지만 등불을 본 후에 생각이 바뀌었다. 등불을 제대로 쓰지 않으면, 제대로 비추지 못하는 것과 마찬가지였다. 이 등불이 놓인 위치는 산등성에서 돌출되어 튀어나온 절벽 부근이었다. 겨우 두세 명만 있을 수 있는 크기였고, 평소에는 등나무로 짠 바구니를 이용해 물건이 오가고 사람들이 오가는 곳이라 사람이 죽어도 한동안은 발각될 리 없었다.

봉지미는 계속 산등성이를 올라갔다. 강력한 불빛이 뒤섞인 상태에서 열은 안개까지 희뿌옇게 깔려 봉지미의 모습은 푸른빛이 승천하는것처럼 보였다. 그녀는 재빨리 벽조청 위쪽에 위치한 사랑방 난간에 발을 디뎠다. 이곳은 경계가 삼엄했지만 다행히 호위들은 정문 쪽에만 서있었다. 절벽으로 이루어진 뒤쪽은 지키고 있을 수도 없고 필요도 느끼지 못 했을 터였다.

봉지미가 술기운을 핑계로 쉰다고 들어갔던 방을 다시 찾아가 보니문 앞에 있던 시녀는 졸고 있었다. 방 안의 침상에는 봉지미가 빠져나오기 전에 만들어 놓은 이불 뭉치가 그대로 있었는데 얼핏 보기에는 사람이 자고 있는 것처럼 보였다. 그녀는 재빨리 침상으로 다가가 이불 천을여러 가닥으로 길게 찢어서 연결하고는 한쪽 끝을 무거운 침대 다리에묶었다. 봉지미는 끈을 당기며 지탱하는 힘을 가늠해 보면서 자신이 살이 찌지 않아 다행이라고 생각했다. 곧이어 머리를 올리고 끈을 오른쪽 발목에 묶은 다음 창문을 열어 머리를 아래로 향한 채 뛰어내렸다.

봉지미는 떨어지는 깃털처럼 자신의 몸을 다양한 각도로 뒤집으며 허공에 맡겼다. 짙은 어둠이 깔린 밤에 조용히 꽃봉오리를 터뜨리는 우담화가 연상되는 자세였다. 저 밑에서 교차하는 불빛이 봉지미 쪽을 비추었지만 희뿌연 하늘색 안개만 자욱하게 끼어 보였다. 안개 속에서 그 꽃은 별빛을 받으며 부드럽고 자유롭게 꽃잎을 터뜨렸다. 봉지미는 눈을 감고 벽조청의 구조를 생각했다. 발끝을 뾰족하게 만든 다음 끈이 떨어지는 길이를 조절해 일단 멈추고 나서 아무 소리를 내지 않고 등으로 절벽을 미끄러지며 내려갔다. 축축하고 미끄러운 밤이슬이 옷과 머리를 적셨다. 이렇게 거꾸로 된 자세는 매우 위험했고 운신의 폭이 작았지만 두 손과 두 발로 기어 내려가는 것보다는 나았고 최소한 다리 하나를 빼고 나머지는 모두 자유로웠기에 택한 방법이었다. 입구에서 이곳까지 오는 동안 어느 한 곳이라도 실수가 있었으면 바로 황천길로 직행이었을 것이다. 줄곧 긴장했던 그녀는 그제야 긴장을 약간 풀렸다. 어디선가 영혁의 목소리가 들렸기 때문이었다.

"……전하, 걱정 마십시오."

영혁이 속마음을 털어놓는 듯 보였다.

"……이 일은 하늘과 땅 그리고 전하와 저만 아는 일입니다. 이제부터는 제가 무덤까지 가져갈 일입니다. 아무리 제 부인이래도 단 한마디 잠꼬대도 듣지 못할 것입니다."

봉지미는 조용히 듣고 있었다. 입가에 미소가 서렸다. 잠꼬대는 당연히 듣지 못할 것이다. 어차피 같은 침대에서 자지 않으니까. 문득 동쪽 온천에서 있었던 장면이 떠올라 그녀는 얼굴이 붉어졌다. 서둘러 정신을 차리고, 살짝 달아오른 뺨을 차가운 절벽에 붙였다. 영혁 저 사람의 임기응변 능력은 정말 믿을 수 없는 경지에 오른 듯했다. 아무것도 모르는 상태로 2황자와 지금까지 이야기를 나누고 있다니!

"자네 덕분이오. 지추!"

2황자는 거의 탄식하다시피 말했다.

"……그래도 장녕번 쪽의 옛 기관과 각 부처에 어떤 움직임이라도 생기면, 현지 관아에서 녹림 작당 사건으로 불거질 수 있네. 그러니 자네가 증거를 좀 바꿔 주고, 중요한 인물 몇 명도 손을 써 주게. 대리사 그쪽은 문제없겠지?"

"걱정 마십시오, 전하."

영혁은 자신의 가슴을 치는 듯 결연한 표정으로 자신만만하게 답했다. 2황자가 나지막하게 웃는 듯했다.

퍽!

어느 순간 느닷없이 들릴 듯 말 듯 작은 울림이 들렸다.

"아!"

영혁은 깜짝 놀라 소리를 질렀다. 절벽에 있던 봉지미는 가슴이 덜컥했다.

"전하, 전하…… 왜……."

영혁의 목소리가 희미하게 들려왔다. 호흡이 가빠진 것 같았다. 봉지미는 손가락으로 절벽을 잡고 아래로 내려가 벽조청 밀실 창에 딱 붙었다. 창문은 열려 있었고, 창살 틈으로 새어 나온 빛을 통해 실내에 있는 사람의 그림자가 벽에 비친 것을 볼 수 있었다. 2황자가 섬뜩한 미소를 짓고 있는 게 얼핏 보였다. 2황자는 점점 앞으로 다가갔다. 영혁은 가슴을 부여잡고, 조금씩 뒷걸음질을 치고 있었다.

"나? 내가 왜?"

2황자는 영혁을 가리키며, 냉랭한 미소를 지었다.

"아직 묻지 못했는데, 너는 누구의 사람이냐?"

봉지미의 눈빛이 빛났다.

"전하 그 말씀은 무슨 뜻이신지……"

당황한 영혁의 목소리가 들려왔다.

"오늘 밤에 누구의 지시를 받고 왔느냐?"

2황자가 한 발 다가섰다.

"왜 서쪽 온천에 간 것이며, 그곳에서 동쪽 온천으로 간 것이냐? 장치 작동법은 어떻게 안 것이냐? 그곳에 가서 무엇을 한 것이냐?"

2황자는 황 대인 부부가 다른 목적을 가지고 산장에 들어왔다고 믿고 있었다. 눈을 가늘게 뜬 봉지미는 산장에 분명 별도의 연락망이 있다고 생각했다. 2황자는 황 대인 자체를 의심하고 있는 게 아니라 황 대인이 아군인지 아닌지를 의심하고 있었다.

"소인은 무슨 말씀인지 모르겠습니다……"

영혁은 2황자가 다가오자 창가로 물러섰다.

"이해할 필요 없다."

2황자는 섬뜩한 미소를 지었다.

"본 왕 역시 널 이해하지 않는다. 어쨌든 넌 죽은 목숨이니까."

"아!"

놀람에 찬 소리가 나지막이 들린 후, 창문에서 쿵 하는 소리가 나더니 사람이 거꾸로 떨어졌다. 거꾸로 뒤집혀 절벽에서 떨어지는 모습이 봉지미의 눈앞에 펼쳐졌다. 그녀는 놀랄 사이도 없이 바람처럼 날아 번개처럼 손을 뻗어 그를 잡았다. 허공에서 두 손이 서로를 꼭 쥐고 있었다. 발끝을 아직 창가에 걸고 있던 영혁이 고개를 들어 위쪽 절벽에서 거꾸로 매달려 미소 짓고 있는 그녀를 보았다. 그녀의 얼굴이 별과 달빛 그리고 끝을 알 수 없는 하늘을 배경으로 급강하했고, 순간 그의 시선 안으로 그녀가 들어왔다. 그 순간 깊이를 알 수 없는 호수처럼 그녀의 눈이 반짝거렸다. 그녀의 눈망울 속에 하늘을 가득 채운 별빛과 산에 자욱한 안개, 그리고 영혁까지 모두 담겨 있었다. 하늘과 땅의 순간까지.

봉지미가 이곳에서 영혁을 기다리고 있었다. 순간 그의 눈빛이 무한한 광명으로 반짝였다. 기쁨과 걱정, 어떤 말로도 형용할 수 없는 복잡한 감정들이 교차했다. 그녀 역시 가까워진 그의 얼굴에서 그 감정을 그대로 읽을 수 있었다. 곧이어 그는 미소를 지으며 창틈에 걸쳐 놓은 발에 힘을 뺐다. 원래는 2황자가 손을 쓸 때 창문에서 꼬꾸라지며 죽은 척하려는 심산으로 발끝을 줄곧 창틀에 걸고 있었는데 결연하게 힘을 빼 버렸다.

이때 영혁은 한 손만 봉지미의 손과 마주 잡고 있었다. 그녀가 손을 놓기만 하면, 그는 돌이킬 수 없는 만 길 심연 속으로 떨어질 터였다. 그는 이 순간 자신을 그녀에게 맡겼다. 발끝의 힘을 빼자 그의 몸이 한쪽으로 쏠렸다. 그녀의 손이 무거워지더니 끈이 아래로 떨어졌다. 순간 호수같이 깊고 무수히 반짝이던 그녀의 눈망울에 어떤 물체가 빠르게 스쳐 지나갔다. 그는 줄곧 고개를 들어 그녀를 보고 있었기에 그런 그녀의 표정에 긴장이 되었다. 하지만 그녀는 바로 평소처럼 침착함을 유지하며 손에 힘을 더 주며 그의 손을 잡았다. 열 손가락을 깍지 낀 상태로 둘은 서로를 꼭 잡고 있었다. 그녀의 손과 그의 허리에 동시에 힘이 가해졌다. 둘은 끈에 지탱한 몸을 돌려 끈을 꽉 쥐고 위로 타고 오르기 시작했다. 몸을 뒤집을 때 그는 절벽에 위태롭게 있던 돌덩이 하나를 발로 차버렸다. 돌덩이는 탕탕탕, 소리를 내며 굴러 떨어졌고, 아주 깊은 심연으로 향하며 공허한 소리를 냈다. 얼핏 들으면 사람 하나가 떨어지는 듯한 소리였다.

끼익, 하는 소리와 함께 창문이 열렸다. 2황자가 머리를 내밀고 아쉽다는 표정으로 아래를 내려다보았다. 아래는 끝이 보이지 않는 구름이 바다를 이루어 아무것도 보이지 않았다. 그는 미간을 찌푸리고 절벽 아래를 바라보며 나지막이 말했다.

"그 작자, 정말 형편없네. 그냥 겁 좀 줘서 누가 시킨 일인지나 묻고 죽이려고 했는데, 지레 겁먹고 실족하다니. 아쉽게도 아무것도 묻지 못했잖아."

2황자는 고개를 들어 위를 보지 않고, 바로 고개를 들이밀었다. 탁, 하는 소리가 나더니 창문이 닫혔다. 절벽 위에서 서로를 꼭 껴안고 있던 두 사람은 동시에 입을 벌리고 웃었다. 봉지미가 영혁에게 입 모양으로 물었다.

"괜찮습니까?"

영혁은 아무 말 없이 다정한 눈빛으로 봉지미를 보았다. 줄곧 냉랭하기만 하던 눈빛에 부드러움이 조금씩 피어나면서 별빛이 넘실거렸고 달이 기울었다. 그가 갑자기 손을 뻗더니 자상하게 절벽에 꼭 붙어 내려오느라 그녀의 얼굴에 묻어 있던 밤이슬과 진흙을 닦아 줬다. 그가 절벽 아래로 내려오며 얼굴을 벽에 비빈 까닭에 그녀의 가면에는 구멍이 생겼다. 다행히 그녀의 피부까지 다치진 않았다. 그녀는 조금 어색한 듯 그의 눈빛을 피하고는 절벽 위를 가리키며 올라가자고 눈짓을 해 보였다. 하지만 그는 고개를 저었다.

봉지미는 잠시 멍하니 있다가 곧바로 영혁의 심중을 알아챘다. 황 대인이 이렇게 '입막음' 당한 이상 황 부인 역시 살아서 나가지는 못할 터였다. 이제 황 부인이 쉬고 있는 사랑방은 매우 위험했다. 두 사람은 시선을 주고받았다. 그녀가 갑자기 입을 벌려 그의 귓가에 대고 나지막이 속삭였다.

"장녕 사신."

영혁은 찬성한다는 의미로 미소를 짓고는 고개를 끄덕이더니 턱을 들어 절벽의 다른 쪽을 가리켰다. 봉지미는 장녕번의 사신이 그쪽에 머무른다는 말이라는 것을 알아챘다. 그 사신은 술을 이기지 못하고 먼저 휴식을 취하러 갔고, 무술도 할 줄 몰랐다.

두 사람은 호흡을 가다듬느라 아직 절벽에 붙어 있었다. 영혁은 절벽에 등을 붙이고 발로 튀어나온 바위를 밟고 있었다. 봉지미는 그의 가슴에 등을 대고 그의 품에 찰싹 달라붙어 있었다. 산바람이 불자 옷자락이 펄럭였고, 검은 머리칼이 춤을 추었다. 아래는 깊이를 가늠할 수 없는 구름으로 이루어진 바다요, 머리 위는 끝없이 펼쳐진 푸른 하늘이었다. 저 멀리 아득한 산과 끝을 알 수 없는 넓은 영토가 시야에 들어왔다. 하늘의 끝에서 옅은 청색을 띠는 새벽노을이 모습을 드러내더니 끝도 없이 펼쳐졌다. 천지는 끝없이 광활했고, 사람은 티끌과도 같이 작았다. 극도로 미미하고, 극도로 넓었다. 또한 지금은 극도로 위험했고, 극도로 밝았다.

비록 지금이 무언가를 감상할 때가 아니라는 것을 알고 있었지만, 두 사람은 여전히 생을 통틀어 다시는 만나기 어려운 광경에 정신이 팔렸다. 바람이 저 끝에서 불어왔고, 쌩쌩 소리를 내며 두 사람을 훑고 지나갔다. 두 사람은 거의 동시에 마음 깊은 곳에서 들려오는 탄식을 들었다. 아름다운 자연이 있으나 이 자연을 즐기며 함께 늙어갈 사람이 없었다. 한참 후 봉지미는 살짝 한숨을 내쉬었다. 약간 축축해진 그녀의 눈꺼풀에서 구슬방울이 뚝뚝 떨어져 내렸다. 영혁은 그녀를 꼭 껴안고 홀린 듯한 눈빛으로 부드러운 그녀의 머리칼에 턱을 문질렀다.

봉지미는 웃으며 손 하나를 들었다. 손에 들린 비수의 빛이 반짝하더니 끈을 끊어 버렸다. 곧이어 비수로 절벽을 찍어 비수를 밟고 장녕 사신의 방으로 기어 올라갔다. 영혁이 바로 그 뒤를 따르며 아래에서 그녀를 보호했다.

두 사람은 재빨리 그 방의 뒷창문 아래까지 기어올랐다. 수옥 산장은 탁 트인 자연환경을 선호했기에 사신이 묵는 이 방의 뒷창문 역시 커다란 창문으로 이루어져 있었다. 비록 창문이 닫혀 있었지만, 그것은 이 두 사람에게 큰 문제는 아니었다. 봉지미는 절벽에 붙어 비수로 창문의 걸쇠를 열었다. 갑자기 다리오금이 따스해졌다. 고개를 숙이니 영혁이 그녀의 다리오금을 감싸 안고 있는 모습이 보였다. 그는 그녀가 고개를 숙이는 모습을 보고 얼굴을 들어 옅은 미소를 보였다. 지금 그의 미소는 풍류를 즐길 때조차도 차가웠던 것과 달리 순수하고 부드러운 것이었다. 그의 미소는 영원할 것 같은 어둠에서 짙은 홍색의 별빛이 저 멀리서 비추는 것과도 비슷했다. 어둠을 무색하게 만드는 별빛의 따스함이 그녀에게 전해졌다. 그건 그의 진심이기도 했다.

봉지미는 영혁의 시선을 느끼자 갑자기 과거의 한 장면이 떠올랐다. 마찬가지로 절벽이었지만, 지금처럼 높지도 좁지도 위험하지도 않았다. 마찬가지로 어떤 이가 슬며시 다른 이의 다리오금을 감싸고 있었고, 다른 사람 같은 눈빛으로 반짝거렸다. 그때는 아래로 내려가고 있었고, 지금은 위로 올라가고 있었다. 그때는 그녀가 그를 안고 있었고, 지금은 그가 그녀를 안고 있었다. 그의 손바닥 열기가 근육과 뼈까지 전해지는 듯했다. 그녀는 잠시 그해 비 내리던 산사의 밤이 떠올랐다. 그해 산사에서 밤의 빗소리를 들으며 누군가의 옷자락에 그려진 낙화가 젖었었다. 그녀는 시선을 거두고 눈꺼풀을 내리깔았다.

아주 미세하게 툭, 소리가 나더니 걸쇠가 열렸다. 소리 없이 창문을 열고 어깨를 들썩한 후 영혁은 손을 뻗어 봉지미를 밀어 주었다. 그녀는 연기처럼 쉽게 방 안으로 들어갔고, 바닥에 굴러 떨어지며 바로 침대 쪽으로 달려들었다. 손에 들려 있던 반짝이던 비수 역시 장녕번의 사신이 잠들어 있는 쪽으로 향했다. 등 뒤에서 발을 디디는 미세한 소리가 들렸다. 그 역시 이미 들어온 것이었다.

봉지미의 손은 어느새 장녕번 사신의 목으로 향했다. 그녀의 몸은 가볍고 민첩했다. 경공에 있어서는 영혁보다 그녀가 한 수 위였다. 전력을 다해 달려들었고 바로 사신의 코앞까지 도달했다. 상대는 무술을 하지 못했으나 바람 소리에 놀라 황급히 이불을 젖히고 일어났다. 어둠 속에서 이상한 빛이 반짝였다. 밝지만 음침하면서 옅은 은색 빛이었다.

그녀는 상대를 얼핏 보았다가 심장이 덜컹 내려앉을 뻔했지만, 비명을 지를 수 없었다. 하지만 뻗은 손을 치울 수도 없기에 다급한 나머지 발로 의자를 차서 뒤에서 따라오는 그가 다가오는 걸 막았다. 은색 빛이 반짝이자 그녀가 내민 손은 마치 집게로 꽉 잡힌 것처럼 아팠다. 곧이어 몸이 한쪽으로 기울더니 거대한 힘이 그녀를 마구 내동댕이쳤다. 곧이어 차가운 두 손이 냉정하고 빠른 속도로 그녀의 목을 잡았다.

봉지미는 쓴웃음을 지었다. 그녀는 장녕번 사신을 요리할 칼과 도마가 될 줄 알았는데, 반대로 그의 칼과 도마 위에 오른 생선 꼴이 되었다. 등 뒤의 사신은 달빛의 어두운 부분에 몸을 감춘 우산뱀처럼 차가운 기운을 내뿜었다. 그는 천천히 그리고 정확하게 자리에 앉았다. 앉은 자세에는 어떤 허점이나 맹점이 없었다. 그녀가 손을 쓸 수 없을 뿐 아니라, 등 뒤에서 일이 잘못됐다는 것을 알아챈 영혁조차 가만히 있을 수밖에 없었다.

착!

등 뒤에 있던 사람이 등불에 불을 붙였고, 순수하게 반짝이는 은색 빛이 눈부시게 비췄다. 밝다는 느낌은 들지 않았고, 이리저리 움직이는 음산한 눈동자만이 느껴졌다.

'금우위 지휘사!'

봉지미는 막막한 나머지 웃었다. 조정에서 잠복과 위장에 있어 최고인 사람을 너무 얕본 것이다. 그런 자리를 여러 해 동안 지키고 있는 사람을 무슨 수로 당해낸단 말인가? 단지 적을 유인하는 계략을 유지하기 위해 처음에는 영혁과 봉지미의 행방을 찾지 못했을 뿐이었다. 그 두 사람이 아직 산장에 있다는 것을 지휘사는 알고 있었다. 그리고 산장을 빠져나가려면 매우 중요한 인물이지만 무술을 못 하는 장녕번 사신을 위협할 거라는 사실도 그는 미리 알고 있었다. 지휘사는 다른 곳은 수색조차 하지 않고 편안히 이곳에서 그들이 오기만을 기다린 것이었다. 정말 피를 토하게 하는 계략이었다. 계속 조심했고 이제 곧 성공이 코앞이라고 생각했는데 이 사람 손에 이런 패배를 맛볼 줄이야. 등 뒤에 있는 사람이 천천히 미소를 지었다. 오늘 밤 그가 내뱉은 첫 번째 말은 모래가 깔린 듯 잠겨 있었다.

"오래 기다렸다."

반격

맞은편에서 공격을 받은 봉지미를 보고 영혁은 처음엔 한껏 긴장했다. 하지만 지휘사의 말을 듣고는 오히려 침착하게 천천히 한 발 뒤로 물러서며 몸을 창가에 기댔다.

"귀하는 어느 파의 고수신지요?"

영혁이 물었다.

"귀하의 행동을 보아하니 일을 크게 벌이고 싶지 않은 것 같으시네요. 그게 아니라면 벌써 이곳의 주인께 전달하셨겠죠. 그렇다면 서로 이야기하기 좋을 것 같은데요."

"똑똑하군."

금우위 지휘사가 하하 웃으며 말했다.

"난 똑똑한 사람과 대화하는 것을 좋아하지."

지휘사는 잠시 망설이더니 말했다.

"대체 무슨 이유로 오늘 이곳에 잠입한 것이냐? 사실대로 말하면, 내 자네들에게 살아 돌아갈 수 있는 길을 마련해 주지."

봉지미는 눈을 내리깔았다. 저놈은 거짓말을 하고 있다. 2황자와 비교하면 형편없는 거짓말이었다. 행동이나 말투를 봐서는 분명 2황자와는 다른 길을 걷는 사람이었다. 그는 천성 황제의 사람이었다. 그렇다면 동쪽 연못에서 일어난 일에 대해 어느 정도 알고 있을 것이다. 그녀와 영혁이 동쪽 연못에서 가짜 유희를 즐겼다는 사실을 안 이상 조정에서 사납기로 유명한 이 사냥개가 그들을 그냥 놓아줄 리가 없었다.

봉지미는 지금의 상황이나 지휘사에 대한 내력도 짐작이 갔지만 입 밖으로 단 한 마디도 꺼내지 않았다. 그녀가 일일이 말해 주지 않아도 영혁은 다 알고 있을 것이라고 생각했다. 그녀는 걱정을 내려놓고 자신의 안전을 그에게 맡겼다.

"귀하의 행동을 봐야겠죠."

영혁은 그 말에 대답하지 않고 반문하면서 금우위 지휘사를 쳐다보았다.

"어디선가 뵌 듯 낯이 익은데……. 혹시 절벽 앞에서 수도를 가리키네. 열세 마리의 말발굽 소리에 위태로운 성을 움직이는데 귀하께서는 어느 부분, 어느 문을 열고 계십니까?"

금우위 지휘사가 눈썹을 치켜 올렸다. 일반인들은 이 말을 듣고도 무슨 소리인지 알 수 없겠지만, 그에게는 너무나도 익숙했다. 이것은 금우위의 비밀 암호였다! 금우위는 제경에 본부를 두고 있고, 전국 13도에 분사를 두고 있어서 각지 관청에 대해 잠행 사찰 사무를 맡고 있었다. '열세 마리의 말발굽 소리에 위태로운 성을 움직이네'가 바로 그 의미였다. 그리고 뒤에 이어진 문장은 그에게 금우위 어느 부서에 속해 있는지, 그곳에서 어떤 직책을 맡고 있는지를 묻는 말이었다.

금우위 지휘사는 순간 마음을 바꿔 먹었다. 내부자가 아닌 다른 사람은 이 비밀 암호를 절대 알 수 없었다. 일반적으로는 비밀 암호를 대면 서로를 신뢰하며 신분을 밝힐 수 있었다. 하지만 그는 조심성이 많은 사람이었다. 상대의 신분을 알고 싶은 마음이 있었지만, 혹시 모를 속임수가 염려되었다. 게다가 자신의 신분을 드러내야 하지 않는가. 모르는 척할 것인가 아니면 더 떠볼 것인가를 두고 가늠해 봤다. 그는 잠시 주저하다가 냉랭한 말투로 말했다.

"무슨 소리를 지껄이고 있는 거냐. 내 질문에나 답하거라."

영혁은 실망한 듯 한숨을 내쉬고는 다시 뒷걸음질을 쳐 창가에 기대 덤덤히 말했다.

"아닙니다. 이런 상황이면 서로 할 얘기가 없을 듯합니다. 마음대로 처리하시죠."

금우위 지휘사는 잠시 멈칫하더니 섬뜩한 목소리로 말했다.

"사람을 죽이는 방법을 아주 많이 알고 있지. 가장 고통스러운 방법을 택할 건가?"

"죽는 방법에도 여러 가지가 있습니다. 고통스럽지 않게 죽고 싶으면 그렇게 할 수도 있죠."

영혁의 대답은 완강했다. 봉지미에게 눈길도 주지 않았고, 표정은 냉담했고 무정했다. 그녀는 어쩔 수 없다는 듯 한숨을 쉬었다. 예상치 못했다는 듯 단념한 표정이었다. 금우위 지휘사는 미간을 찌푸렸다. 영혁의 말에 놀란 것이 아니라 그의 태도에 살짝 흔들렸다. 금우위는 엄격한 관리를 자랑했다. 비밀 업무를 행할 때, 실패는 결코 용납되지 않았고 반드시 성공해야만 했다. 실패하면 목숨을 끊어야 했다. 만약 실패해서 비밀을 폭로하고 목숨을 구한 자는 조직의 추격을 피할 수 없었다. 아무리 세상이 넓다 해도 숨을 곳은 없었다. 금우위 수령은 모든 금우위 구성원의 약점이나 결점을 장악하고 있어서 도망치고 싶어도 도망갈 수가 없었다. 조직은 모든 구성원을 확실히 교육했고, 그것이 쓰일지 안 쓰일지는 알 수 없었지만, 모든 구성원이 고문을 견디는 데 능했으며, 언제 정신을 잃어야 하는지, 어떻게 죽어야 고통스럽지 않은지에 대해서도 알고 있었다.

당연히 금우위 지휘사인 그에게 이 말은 너무나도 익숙했다. 다시 한 번 주저하게 되었다. 설마 이 두 사람이 정말로 금우위 분사 소속으로 산장에 잠입해 비밀 업무를 수행하는 것인가? 지휘사는 다시 한차례 창가에 기대어 서 있는 영혁을 살폈다. 그의 행동은 줄곧 매우 결연했고, 표정 역시 비장했다. 지휘사는 봉지미의 목을 누르던 손가락을 살짝 자리를 옮겼다. 영혁은 시선을 아래로 떨구고 있었다. 눈가로 슬쩍 그의 행동을 훑고는 갑자기 웃으며 밀했다.

"모든 일이 순조롭길 바라며, 저는 창문에서 뛰어내릴 수밖에 없습니다!"

영혁은 말하면서 몸을 뒤로 젖혔다. 한 치의 망설임 없이 몸을 아래로 향하며 뛰어내리려 했다.

"잠깐!"

대뜸 목소리를 낮게 깐 음성이 들렸다. 은색 빛이 동그랗게 원을 그리더니 금우위 지휘사의 소매가 바람에 날렸다. 그는 영혁의 신발을 잡고 힘껏 뒤로 끌어당겨 그를 창가에서 떨어뜨려 놓았다. 영혁이 뛰어내리려는 그 순간, 봉지미는 심장이 쪼그라드는 것 같았다. 비록 연극을 하고 있다는 것은 알고 있었지만, 그의 동작은 정말로 뛰어내릴 듯했고 한 치의 망설임도 없었다. 2황자와는 달리 금우위 지휘사 앞에서는 발끝을 창가에 걸어 놓는 눈속임을 할 수 없었다. 만약 금우위 지휘사가 속지 않는다면 정말 저 끝을 알 수 없는 절벽으로 뛰어내려야 했고, 그렇게 되면 천지신명도 영혁을 구할 방법이 없을 것이다. 물론 영혁은 사람의 심리를 마음대로 주무르는데 매우 능했고, 금우위를 속일 수 있다고 자신했다. 하지만 그걸 지켜보던 그녀는 그의 대범함과 비장함에 애간장이 타들어갔다.

제 자리로 돌아온 영혁의 표정에 기쁨은 찾아볼 수 없었다. 미간을 찌푸리고 금우위 지휘사를 보며 덤덤하게 말했다.

"괜히 헛수고하지 마십시오. 저는……."

"인재로구나."

금우위 지휘사의 말투는 이미 변해 있었다. 비록 여전히 낮게 잠긴 목소리가 냉랭했지만, 영혁의 모습을 감상하듯 그를 살펴봤다.

"조직에 자네 같은 인재가 있다니 칭찬할 만하구나."

드디어 자신의 신분을 밝힌 것이었다. 하지만 영혁은 기쁜 내색을 하지 않고 오히려 의심의 눈초리로 금우위 지휘사를 쳐다보며 냉랭하게 말했다.

"괜한 헛수고로 날 속이려 들지 마시오. 무슨 말을 하는지 도통 모르겠으니!"

흡족하다는 표정의 금우위 지휘사는 이런 영혁의 반응에 더욱 만족한 듯했다. 이 사람은 충직하고 조심성이 있으니 분명 향후가 기대되는 인재임이 틀림없었다. 인재를 아끼는 마음이 일자 살기가 쑥 들어갔다. 그는 살짝 웃으며 말했다.

"금빛 비늘을 반짝이고, 귀인에게 향하네. 24개 밝은 달이 비춰 사람에게 향한다. 나는 동남 장녕 관청을 담당하고 첫 번째 문을 여는 사람이다."

영혁이 대뜸 고개를 들어 금우위 지휘사를 한참 응시하더니 갑자기 고개를 흔들며 말했다.

"아직도 날 속이려 하다니, 불가능하오."

금우위 지휘사는 난감해졌다. 금우위의 일인자인 자신의 신분을 밝히고 싶지 않았던 그는 장녕번의 금우위 분사를 언급하며 분위 지휘사라고 답했는데, 이자가 믿지를 않았다. 그는 한숨을 쉬며 말했다.

"아직 나이도 젊은 것 같으니 사내 선발에 참여해 보시오. 훌륭한 재목이니 제경 3위 쪽에 내가 연락을 취해놓겠습니다."

영혁은 움찔하더니 그제야 희색이 돌았다. 금우위 지휘사는 금우위 내부에서 매년 진행되는 선발을 말한 것이다. 모든 요원의 당해 실적에 따라 인재를 선발해서 제경으로 보내 큰 상을 내렸다. 특별히 우수한 사람은 제경 본부로 인사이동이 될 수도 있고, 이는 정말로 금우위 내부 사람만 알 수 있는 정보로 본부의 고위 관직자를 제외하고는 언급할 자격조차 주어지지 않았다. 영혁은 아, 하며 소리를 냈다. 마치 큰 돌덩어리를 내려놓은 것처럼 목소리에 후련함이 담겨 있었다. 서둘러 허리를 굽혀 예를 표했다.

"동남 분사 대인께 인사를 올립니다!"

금우위 지휘사는 미소를 지었다. 흡족함이 살짝 담겨 있지만, 여전히 냉랭한 목소리였다. 그러나 여전히 봉지미를 놓아주지 않은 채 손을 들어 말했다.

"일어나거라. 산남도 분위 소속인가?"

"그렇습니다."

영혁은 공손하게 대답했지만 사족을 덧붙이지는 않았다.

"미명현 녹림 작당 사건에서 황지추가 위법 행위에 연루되어 있어 산장에 잠입하여 조사한 것인가?"

"대인은 역시 영민하십니다."

영혁은 탄복하는 듯 고개를 끄덕이다가 조금 의아해하며 물었다.

"대인께서는 동남 분사 소속이라고 하셨는데 산남도의 사건에 대해서는 어찌 이리 잘 아십니까?"

금우위 지휘사는 목청을 가다듬었다. 역시 이자는 매우 영특했다. 마음속에 자리 잡았던 의심이 천천히 사라졌다. 그는 한마디 신음 소리를 내뱉은 후 말을 이었다.

"각 지역의 고위 관직자들끼리는 정보를 교환하고 있다네. 이건 자네가 상관할 바가 아니네. 일단 가면을 벗어 얼굴을 보여주게."

봉지미는 심장이 덜컥 내려앉았다. 가면 속의 영혁은 어떤 분장도 하지 않은, 영혁 그대로의 얼굴 아닌가! 그가 미소를 지었다. 하지만 그 미소는 서늘했다. 갑자기 또 뒤로 한 발 물러섰다. 금우위 지휘사는 미간을 찌푸리고, 음산한 표정으로 그를 주시했다.

"소인은 또 대인을 믿지 못하겠습니다."

영혁이 큰 소리로 말했다.

"대인의 암호는 정확합니다. 본 위의 내부 사정에 대해서도 아주 잘 알고 계시고요. 하지만 규정에 대해서는 너무 모르시는군요! 정말 본 위의 사람이라면 똑똑히 알고 계실 겁니다. 우리처럼 이렇게 비밀 임무를 수행하는 잠행 요원에게 그 누구도 본 모습을 보자고 할 수 없습니다!"

영혁은 지휘사를 힐끗 쳐다보았다. 또다시 한마디를 더 하면 칼을 뽑아 겨누겠다는 자세를 취했다. 금우위 지휘사는 가만히 한참을 고민하더니 헛웃음을 지으며 말했다.

"내가 경솔했다."

손을 놓으며 봉지미를 밀더니 지휘사는 덤덤하게 말했다.

"이제 믿겠느냐?"

봉지미는 목을 움켜쥐고는 재빨리 영혁 쪽으로 물러섰다. 두 사람은 서로를 마주 보았다. 그녀의 눈빛에 미소가 떠올랐다. 그는 금우위 지휘사와 시선을 주고받고 있었기에 아무런 미동도 하지 않았다. 연극은 아직 끝나지 않았으니까.

"소인이 대인을 오해했사옵니다. 제 죄를 용서하십시오!"

영혁은 절을 올렸다.

"다만 대인께 요청하오니 더 이상 저와 잠행 임무에 관해서는 묻지 말아 주십시오. 대인께서 궁금하시면 산남도 분위 지휘사 대인께 서신을 보내 물으셔도 될 것입니다. 하지만 저의 입을 통해서는 불가능하니다. 그렇게 하지 않으면 저희 두 사람은 죄를 면하기 어렵사옵니다.”

봉지미는 함께 절을 올렸다. 입가에 옅은 미소가 스쳤다. 교활하기 짝이 없는 사람! 이렇게 금우위 지휘사의 질문을 막아 버리고, 연이은 질문으로 인해 정체가 들통나게 되는 불상사를 피해 버리다니! 정말 충직하고 조심스러운 금우위 구성원을 완벽하게 소화한 연기가 아주 일품이었다.

“묻지 않겠다.”

금우위 지휘사는 어둠 속에서 가부좌를 틀고 앉았다. 그 모습이 마치 침거하려 꽈리를 튼 뱀과 같았다.

“산남도에 당신과 같은 우수한 인재가 있다니 우리 장녕에도 매우 기쁜 일이구나. 기회가 되면 상부에 보고하여 상을 내리도록 하겠다.”

“감사합니다. 대인!”

영혁은 의젓하게 손을 모으고는 눈치채지 않도록 화제를 돌리며 말했다.

“대인께 무슨 일로 오셨는지 감히 물을 순 없으나, 장녕 사신을 저희에게 좀 빌려주십사 부탁드리고 싶습니다.”

“장녕 사신을 위협하여 산장을 나가려는 것이냐?”

금우위 지휘사가 고개를 끄덕였다.

“이 사람은 나에게 쓸모가 있기에 네게 빌려 줄 순 없다. 두 사람은 조금 이따가 나를 따라 산장을 나가면 된다.”

영혁과 봉지미는 또 서로를 바라보았다. 장녕 사신을 손에 넣지 못하면 2황자의 가장 중요한 계획을 완전히 파악할 수 없었기에 아쉬웠다. 하지만 지금은 욕심을 부릴 때가 아니었기에 이에 만족할 수밖에 없었다. 의심의 시간이 풀어지면서 방안으로 붉은 기운이 스며들고 있었다. 새벽노을이 이미 모습을 드러내며 세상으로 태양을 밀어내고 있었다. 금우위 지휘사가 하늘을 보며 말했다.

"나는 산장에 좀 더 머물러야 하니, 자네들은 내 호위로 분장하게. 임무 수행을 핑계로 두 사람을 산장에서 나가게 할 테니 나간 후에 제경 교외 10리 나루터에서 날 기다리게나. 자네들에게 긴히 할 이야기가 있으니."

"네!"

한 시간 후, 영혁과 봉지미는 안전하게 산장 밖으로 나왔다. 산장 바깥 정원의 총괄 집사가 친절하게 직접 말을 끌고 그들을 배웅해 주었다. 위험한 산등성이에서 밤을 보내고 결국엔 이런 방식으로 빠져나오다니 두 사람은 다행이라는 생각이 들었다. 한편으로 오늘의 상황이 재미있기도 했다. 두 사람은 서로를 응시하다가 각자 말을 탔다. 그녀는 마지막으로 뒤를 돌아 새벽노을이 드리워진 웅장하고 아름답게 솟아 있는 산장을 바라봤다.

산장에서 3리 쯤 나오니 영징이 호위를 데리고 나타났다. 그는 줄곧 산장 입구 근처를 지키고 있었다. 하지만 산장 바깥에도 2황자의 호위들이 있었고, 맘대로 진입하여 영혁의 일을 망쳐놓을까 조심스러워 하고 있었다. 봉지미가 동굴에 돌을 던져 산장에 있는 사람들이 소란을 일으켰을 때 영징은 조급한 마음에 출격할까 고민도 했지만 아무 신호도 받지 못한 상태라 기다리고 있었다고 말했다.

"이제야 겨우 마음을 놓을 수 있겠습니다."

영징은 두 사람의 용모를 살핀 후 이상이 없다는 걸 알게 되자 눈을 부라리며 불평을 쏟아냈다.

"나오시는지 아닌지, 정말 돌아 버리기 일보 직전이었습니다. 전하, 조금만 더 기다리다 안 나오시면 쳐들어가려고 했습니다."

영혁은 무덤덤한 표정으로 영징을 힐끗 보더니 아무 대꾸도 하지 않았다. 그는 그해 겨울 이후, 줄곧 영징을 신경 쓰지 않고 무시하는 태도를 취해 왔다. 날 따르려면 따르고, 따르고 싶지 않아도 상관없다는 태도였다. 하지만 세상에서 얼굴 두껍기로 둘째가라면 서러운 영징은 무시당해 설움을 느끼거나 난감해하지도 않았고, 움츠러들지도 않았다. 불평하고 싶으면 불평했고, 궁금한 게 있으면 물었다. 영혁은 영징 보기를 돌처럼 대했으나 영징은 별 신경 쓰지 않고 언제나 즐거워하며 영혁의 곁을 지켰다. 봉지미는 영징처럼 사는 것도 참 행복하겠다는 생각이 들었다. 솔직하고 거침없는 성격, 예민하게 상처받지 않으며 항상 자신만의 즐거움 속에서 사는 사람 말이다.

다시 1리를 가니 길가의 나무 위에 흔들리는 어떤 이들의 모습이 눈에 들어왔다. 그들은 초대받지 않았지만 봉지미의 말 위로 조용히 내려앉았다. 그 무게에 말의 등이 살짝 아래로 내려갔다. 봉지미는 한숨을 내쉬며, 요즘 고지효가 살이 너무 포동포동 올랐다고 생각했다.

뒤에 앉은 사람은 주변에 아무도 없는 듯 호두를 먹어댔다. 와그작와그작 호두 껍데기를 계속 뱉어냈다. 사각대는 소리가 귀에 들리자 봉지미는 친근한 느낌이 들며 마음이 편안해졌다. 어젯밤 온종일 지옥과도 같은 곳을 넘나들었는데 지금 이 순간 그곳에서의 일이 마치 꿈결처럼 느껴졌다. 문득 그녀는 목이 살짝 간지러웠다. 작은 호두가 목에 튀자 화를 내며 말했다.

"도련님, 좀 조심하세요. 껍데기며 뭐며 다 목에 튀잖아요."

뒤에서 아무 소리도 들리지 않더니 갑자기 손 하나가 봉지미의 뒷덜미로 다가왔다. 그녀는 악, 하고 소리를 질렀다. 그 손은 그녀의 목덜미를 뒤져 잘못 튕겨 들어간 호두알을 찾아 꺼내더니 태연하게 입에다 넣었고, 하나라도 헛되이 버리지 않겠다는 듯 와그작와그작 씹었다. 자기 아버지의 어깨 위에 앉아 있던 고지효가 코를 찡그리며 불만스럽게 말했다.

"더러워."

고남의는 봉지미의 뒤에서 호두를 먹으며 태연하게 대답했다.

"안 더럽다."

고지효는 잠시 생각하더니 호두 하나를 반으로 쪼개 자신의 옷깃 속으로 넣고 작은 가슴을 자기 아빠에게 내밀고 말했다.

"먹어 봐."

봉지미는 아무 말도 할 수 없었다.

"……."

고남의는 그 호두를 줍더니 자기 딸 입에 쑤셔 넣고는 부드러움이라고는 전혀 찾아볼 수 없는 말투로 말했다.

"더러워."

고지효가 입을 벌리고 울기 시작했다. 고남의는 천을 잘라서 자신과 봉지미의 귀를 막고는 딸을 울도록 내버려 두었다. 말 위에 타고 있어 몸이 흔들리던 그녀는 무언가를 응시하듯 눈을 작게 떴다. 자신도 고남의처럼 세상 떠나갈 듯 울고 있는 아이에게 전혀 신경 쓰지 않은 채 지금의 이 상황을 즐기고 있었다. 아슬아슬하고 살벌했던 밤이 지난 후, 자신의 가족이나 진배없는 멍청이에 기대 저 멀리에서 떠오르는 해를 맞이하고 있지 않은가? 비록 등 뒤에는 머리가 울리도록 큰 소리로 울고 있는 고지효가 있었지만, 역시 행복감과 평온함이 느껴졌다.

봉지미는 행복에 겨워하느라 영혁이 뒤처진 걸 알아차리지 못했다. 문득 생각나 뒤를 돌아보니 그는 따라오지 않았고, 호위에게 둘러싸여 저 멀리 나무 아래에 멈춰 있었다. 나무 앞쪽은 제경 시내로 향하는 길이었다. 그녀와 같은 길이었지만 그는 함께 가지 않았다. 산장에서 그는 그녀와 서로 힘을 합쳤다. 가파른 절벽에서 손을 뻗어 그를 구하며 꽃처럼 환한 미소를 건네줬던 그 여인은 이미 저 멀리 사라졌다. 그는 그녀를 물끄러미 바라보았다. 지금 그녀는 여유롭고 편안해 보였고, 고남의에게 어떤 경계도 없이 기대 있었다. 언제나 그의 곁에서 신경을 곤두세우고 있던 모습과는 전혀 딴판이었다.

영혁이 봉지미에게 줄 수 있는 것은 파도이고, 위험이며, 참혹하고 암투가 횡행하는 전쟁터였다. 드넓은 세상이자, 변화무쌍한 조정이고, 위풍당당한 군대와 치열한 경쟁이 있는 곳이었다. 그곳의 여정에는 쉼이 없었다. 그는 전원생활이나 산과 강, 여유로운 삶을 그녀에게 선사할 수 없었다. 세속에서 벗어나 서로를 기대어 사는 삶을, 순수한 삶을 선사할 수 없었다. 모든 것을 다 포기할 수도 없었다. 하지만……. 어쩌면 그녀에게 정말 어울리는 것은 투쟁인지도 몰랐다. 그녀는 천성적으로 외유내강의 피를 가시고 태어났다. 이 세상에서 권세를 잡으려는 사림들과 싸우기 위해서였다. 그녀는 마치 늘어뜨린 깃발처럼 큰바람에만 펄럭펄럭 휘날렸다.

깃발은 언제나 바람을 기다리는 법이었다. 나무 밑에 있던 영혁이 살짝 미소를 지었다. 봉지미가 고개를 옆으로 돌려 그에게 미소를 짓는 것을 보고서 말을 몰아 나아갔다. 아침 햇빛이 저 멀리까지 빛을 비추었다. 날카로운 검처럼 강한 빛이 구름을 뚫고 밤의 마지막 어둠을 갈라놓았다.

'봉지미, 나는 당신이 결연한 모습으로 검을 휘둘러 이 비바람이 몰아치는 안개를 없애길 바란다오. 심지어…… 나까지. 침묵하고 있는 평범함을 깨고, 나조차도 모르는 곳으로.'

영혁의 마음이 전해진 것일까. 봉지미가 환하게 미소를 지어 보였다.

2황자의 연회를 통해 알아야 할 것은 기본적으로 다 파악했고, 몰라야 하는 사실까지 알아 버렸다. 두 사람이 황 씨 부부로 변장한 이유는 마땅히 변장할 다른 사람이 없었기에 어쩔 수 없이 선택한 수단이었다. 하지만 의외로 이 황 대인이라는 사람이 큰 역할을 했다. 고로 연회에서 내막을 아는 사람들은 대화에서 군이 그를 제외하지 않았다. 봉지미가 자리를 뜨고 주변 손님과 영혁이 이야기를 나눌 때, 산남도 안찰사 허명림은 미명현처럼 작은 시골에 황 대인 같은 인재를 놔두는 것은 낭비라며 주(州)의 사무 처리 능력을 갖춘 사람이라며 그를 높이 평가했다. 이 말은 허명림이 2황자의 사람이라는 사실을 반증했다. 다시 말하면, 전에 궁에서 일어난 소녕 강간 사건에 숙비도 확실히 개입되었다는 뜻이었다.

슬하에 자식도 없고, 권세를 탐하지 않던 숙비가 왜 이런 일에 개입했는지 이제는 대충 이해할 수 있었다. 상 씨 집안 사건이 일어난 후 천성제는 외척을 심하게 경계하며, 근 2년 동안 계속 권력을 빼앗았다. 가문들은 각자 위기의식을 느끼고 있었다. 허씨 집안의 세력이 약해지는 것을 안타깝게 여긴 숙비는 친정이 조정에서 권세를 잡도록 도와 가문을 일으키고 싶은 욕망이 생긴 것이었다. 왜 2황자를 택했는가의 문제는 아마도 녹림 사건을 미끼로 2황자가 그들을 끌어들였을 가능성이 컸다. 게다가 장녕번과 2황자가 결탁한 것을 보고 허씨 집안은 2황자의 세력이 대단하다고 여겼고, 그렇게 그 무리에 합류한 것이다.

영혁은 자발적으로 봉지미와 정보를 공유하였다. 그녀도 열심히 들으며 덤덤히 웃었고, 평소처럼 조정으로 향했다. 조정으로 가는 도중 제경의 분위기가 조금 달라진 게 느껴졌다. 얼핏 보기에는 평소와 다름없이 보였지만 수색과 단속이 더욱 삼엄해져 있었다. 수색하는 호위 가운데 섞여 악에 받쳐 초조해하는 얼굴을 보고 그녀의 입가가 살며시 위로 올라갔다.

원숭이도 나무에서 떨어질 때가 있다. 항상 타인을 자신의 손아귀에서 쥐락펴락하던 금우위 지휘사가 오늘 다른 사람에게 한 방 얻어맞지 않았는가? 10리 밖에서 그를 기다리겠다던 '산남도 금우위 분위 소속'은 흔적도 찾을 수 없었다. 속았다는 것을 알고 그자를 찾기 위한 수색에 나선 것이다. 어디서 찾을 수 있단 말인가? 진짜 황 씨 부부는 이미 죽었다. 그자를 잡아 족치고 싶었지만, 그 '황 씨 부부'가 실제로는 그들의 숙적인 조정의 친왕과 충의후라는 사실은 예상도 하지 못할 것이다.

봉지미는 흡족한 표정을 지으며 조정으로 향했다. 오늘 산남 안찰사 허명림이 폐하를 알현하기로 되어 있었다. 조회가 끝난 후 황제가 서방에서 허명림을 알현할 때 영혁과 그녀 모두 그곳에 있었다. 천성제가 미명현 녹림 작당 사건에 관해 묻자, 허명림은 허점 하나 없는 대답을 내놓았다.

"전하, 올해 산북도에 홍수가 일어 산북 관청의 이재민 구제가 제대로 이루어지지 않았습니다. 게다가 일부 백성들은 산남 미명현으로 들어와 산을 점거하였습니다. 하지만 이들은 세력이 그다지 크지 않은 산적이었습니다. 하필 그중 수령 한 명의 성이 '항' 씨였습니다. 누군가가 옛날에 제왕의 개국에 참여했던 공신이라고 그를 치켜세웠습니다. 분용후 항수는 너무 뛰어난 재능을 가진 나머지 폐하에 의해 3황자의 반역에 참여했다는 누명을 쓰고 사형에 처하게 되었다는 말도 안 되는 소문을 퍼뜨리며, 폐하께서 충직한 공신을 죽였다고 모함했습니다. 이 '항' 씨라는 작자 역시 이런 기치를 내걸며 자신이 항수의 충절을 이어받아 천하를 지키러 온 사람이라며 산남도에서 관료를 죽이고 약탈을 일삼았습니다. 하지만 이들은 오합지졸이라, 저희 관군은 이웃 장녕번 수군의 도움을 받아 이미 사태를 종식했습니다. 다만 이 일이 과거 용맹후 사건과 연관되어 전하께 아룁니다."

봉지미는 살포시 차가운 미소를 지었다. 중요한 내용은 쏙 빼먹고 지엽적인 내용만 언급하고 있었다. 본말을 전도하다니! 항수에 대해 말하면서 왜 항 씨 집안의 다른 사람에 대해서는 언급하지 않지? 항수는 그해 3황자 사건으로 인해 죽음에 처했지만, 항 씨 집안의 대를 끊지는 않았다. 항씨 집안 자제들은 장녕 왕과 친척 관계로 얽혀 있어서 비호를 받았고, 지금까지 그 자제들은 장녕번에서 관직을 맡으며 신임을 받고 있는 수하였다. 소위 녹림 작당 사건은 사실 항 씨 자제들과 장녕 왕 사이에 세력 다툼이 발생하면서 불만을 품은 항씨 집안의 자제들이 새로운 파벌을 만들었고, 자신들이 이끄는 병사를 이끌고 장녕번에서 산남으로 옮겨 세를 유지하고자 하자 장녕 왕과 손을 잡은 현지 관리가 장녕번과 합동으로 토벌한 사건이었다. 이 사건은 매우 대대적으로 일어났던 일이라 숨기려야 숨길 수가 없었다. 이 '항'씨 자제는 장녕 왕의 비밀을 알고 있었을 것이다. 그래서 장녕 왕과 2황자 및 허씨 집안이 연합하여 소위 '녹림 작당 사건'이란 사건을 꾸며냈고, 문제를 3황자의 과거 사건과 결부시킨 것이다. 이런 식으로 자신들 쪽에서 발생한 이상한 기류를 덮으려는 것이 첫 번째 의도였다. 옛날에 영혁은 3황자와 사이가 좋았고, 3황자 역모 사건으로 그 역시 많은 고생을 겪으며 오랫동안 황제에게 푸대접을 받아왔다. 그래서 지금 과거의 일을 다시 끄집어내서 영혁에게 보이지 않는 타격을 주려는 것이 두 번째 의도였다.

조정에 있는 사람들은 속에 능구렁이가 백 마리 들어있는 것처럼 쉽사리 속내를 드러내지 않고 소리 소문 없이 사람을 없애 버리는 일이 부지기수였다. 이번에 위험을 감수하면서 애써 그곳에 가지 않았다면 장녕번과 2황자가 문 앞에 쳐들어 올 때까지도 낌새를 알아채지 못했을 것이다.

천성제는 허명림의 이야기를 조용히 듣고만 있었다. 이렇다 저렇다 말도 없이 낮은 신음 소리 한 마디만 내뱉었다. 봉지미는 황제의 표정을 살폈지만 천성제가 그 내막을 얼마나 파악했는지 알 수 없었다. 비록 금우위 지휘사가 연회에 참석해 있었지만, 야심을 숨기고 있는 2황자는 쉽사리 내막을 내비치지 않았을 것이고, 그 지휘사가 아는 것이 분명 자신보다 많지 않을 거라는 생각이 들었다.

황제가 외마디 신음 소리를 한차례 낸 후 들고 있던 찻잔을 한쪽에 내려놓았다. 병풍 뒤에서 한 소태감이 나와 천성제에게 차를 따라주자 천성제는 그를 힐끗 쳐다보더니 놀란 표정을 지었다. 그는 놀랍게도 황제의 눈을 피하지 않았고, 봉지미를 바라보기만 할 뿐 아무 말도 하지 않았다. 그자는 찻물을 따르더니 촉촉한 눈망울로 그녀를 바라보고 또 바라보았다. 천성제의 아래 가까이 앉아 차를 마시던 그녀는 하마터면 사레들릴 뻔했다.

'설마 조금 전까지 등이 서늘하고 불안했던 이유가 병풍 뒤에서 저자 가 나를 쳐다보고 있었기 때문인가!'

봉지미는 섬뜩했던 마음을 쓸어내리느라 손을 힘주어 잡았다. 사선 방향의 영혁이 웃음을 머금은 표정으로 그녀에게 가만히 시선을 주었 다. 그녀는 쓴웃음을 삼키며 시선을 내리깔고 고개를 숙였다. 머릿속에 순간 어떤 생각이 스쳤다.

사안에 대해 많은 의견을 나누지 않고 내각은 해산하였다. 봉지미는 가장 마지막으로 자리를 떴다. 그녀는 천성제가 고개를 돌리는 틈을 타 서 불타오르는 눈동자로 자신을 주시하고 있던 소태감…… 소녕 공주 를 향해 미소를 보냈다. 봉지미의 웃음에 정신이 쏙 빠진 소녕이 어떤 답을 보내기 전에, 그녀는 성큼성큼 문을 나섰다. 허명림이 서방 밖에서 그녀를 기다리고 있었다. 영혁에게 예를 갖춘 후 다시 봉지미에게 손을 공수하고 한참 허리를 숙여 예를 표하더니 웃으며 말했다.

"충의후를 뵙사옵니다. 후작의 명성은 온 천하에 자자합니다. 혁혁 한 공을 세우셨다고 들었습니다. 저희 산남 외지에서도 후작의 명성을 익히 들었사옵니다."

'그렇겠죠. 존경하다 못해 날 죽여 버리고 싶겠지!'

봉지미는 마음 속 심정과는 달리 미소로 답례를 하고 한 손으로 허 명림의 손을 꼭 쥐고 말했다.

"허 대인께서 저를 너무 띄워 주시는군요. 사실 저는 한 것이 아무것 도 없습니다. 그저 남해에서 상씨 집안과 격전을 벌일 때 폐하의 성지를 받들어 선박사무사를 만들었고, 나중에 다시 변경의 초원에서 대월군과 몇 회 결투를 했던 것, 아이고 참 그때 백두애에서는……."

봉지미의 두 눈이 반짝였다. 허명림의 손을 꼭 잡은 그녀는 마치 자신의 공덕과 업적을 들어 줄 사람을 만난 것처럼 주저리주저리 계속 이야기를 늘어 놨다. 허명림은 그녀에게 옷소매를 잡혀서 자리를 뜨지도, 뭐라 하지도 못한 채 들으며 대충 맞장구를 쳐줬다.

'이 위지 후작이라는 자는 무쌍국사이자 소년 영걸로 백전무패라는 명성이 하늘을 찌를 듯하여 2황자조차도 섣불리 대하지 못한다던데, 오늘은 어째 이리 가볍게 구는 것인가.'

허명림은 마음 속으로 고개를 갸웃거렸다. 봉지미는 한참 이야기를 늘어놓았다. 허명림은 할 일이 남아 자리를 뜨고 싶었지만, 초왕도 아직 자리를 뜨지 않았기에 줄곧 웃으며 소매에 손을 넣은 채 흥미진진하다는 표정으로 그녀의 이야기를 들었다. 친왕조차 귀찮아하지 않고 옆에서 있는데, 고작 3품에 불과한 안찰사가 어찌 불편한 기색을 표할 수 있겠는가? 그저 참으면서 계속 맞장구를 치는 수밖에!

"아! 그렇습니까. 맞습니다! 아! 그렇습니까?"

"…… 대월 포성의 성벽이 얼마나 높던지요. 전 그때 눈을 감고 모질게 맘을 먹었습니다."

등 뒤에서 작은 발소리가 들렸다. 봉지미는 등 뒤로 소태감이 따라 붙은 것을 얼핏 보고 즉시 말을 멈추고는 잡고 있던 허명림의 소매를 놓으며 웃었다.

"아, 늦었네요. 제가 부서에서 처리할 일이 있어서 허 대인의 시간을 더 허비할 수가 없네요. 자, 가시지요!"

봉지미는 곧이어 재빠르고 민첩하게 사방에 인사를 하더니, 허명림에게 눈길도 주지 않고 바로 빠져나왔다. 그 소태감이 그녀의 뒤를 빠짝 쫓았다. 한참 자신의 공덕에 대해 자랑을 늘어놓던 봉지미가 갑자기 반쯤 이야기하다 말고 자리를 떠 허명림 자신만 우두커니 남게 되자 그는 당황했다.

'허, 참. 저 위 상서라는 사람을 도저히 이해할 수가 없네.'

허명림은 알 수 없다는 듯 고개를 흔들며 혼잣말을 지껄였다.

"역시 괴이한 사람이야."

허명림은 이런 봉지미의 행동에 이유가 있을 거라고는 생각지도 못했다. 처음에는 봉지미를 따르던 사람이 없다가 자리를 뜰 때에는 소태감이 그녀의 뒤에 따라붙었다는 사실을 눈치채지 못했다. 소태감은 봉지미의 뒤에서 아무 말도 하지 않은 채 입을 꼭 다물고 고개를 숙인 채 앞에 있는 그 사람의 넓지 않은 뒷모습을 훑으며 기뻐하고만 있었다.

봉지미는 발걸음을 더 빨리하며 줄곧 뒤를 돌아보지 않았다. 만약 소녕이 추월해 그녀의 얼굴을 봤다면 일그러진 표정을 봤을 것이다. 정의문 밖으로 계속 걸어 나오자 내각에 참석한 이들의 말과 마차들이 각기 대기하고 있었다. 봉지미가 갑자기 걸음을 멈춰, 하마터면 뒤에 쫓아오던 소녕이 봉지미의 등에 부딪힐 뻔했다. 소녕은 원망하는 눈빛으로 봉지미를 힐끗 봤다. 하지만 내심 기뻐했다. 마음에 담고 있는 사람이 조금 전 자신에게 추파를 보내지 않았던가. 그녀는 이것이 그녀를 만나고 싶다는 위지의 의중이라 생각하고 바로 옷을 갈아입었던 것이다. 과연 봉지미는 줄곧 허명림과 수다를 떨며 자신을 기다리지 않는가. 이것이 바로 사랑하는 사람끼리 영적으로 통하는 게 아닐까? 이처럼 소녕은 단순하게 봉지미의 행동을 이해하였다.

"날이 흐리니 옛 상처에 요통이 느껴지는구나."

봉지미는 힐끗 자신의 하인이 끌고 온 말을 보더니 말했다.

"돌아가서 마차를 끌고 오거라."

"위 대인, 뭐하러 하인이 올 때까지 기다리십니까?"

바로 관리 한 명이 아첨하듯 말을 섞었다.

"제 마차에 타시지요."

"감사합니다. 길이 달라 너무 폐를 끼치므로 괜찮습니다."

봉지미는 살짝 웃으며 거절했다. 저쪽에 있던 영징이 번개처럼 달려오더니 말했다.

"폐하께서 궁에서 저희 전하와 의논한 일이 있으시다고 하셨으니 잠시 마차를 쓸 일이 없사옵니다. 위 대인께서 먼저 사용하시고 다시 돌아오면 됩니다."

"그건 좀 실례인데……."

봉지미가 망설이는 사이 영징이 이미 영혁의 마차를 옮기라고 마부에게 시켰다.

"그럼 실례 좀 하겠습니다."

봉지미는 활짝 웃는 표정을 짓고는 소녕과 함께 마차에 올라 정의문을 떠났다. 마차 안에서 소녕은 부끄럽기도 하고 기쁘기도 하여 일단 얌전히 앉아 있었다. 낭군이 먼저 부드러운 말 한마디를 건네리라 생각했는데 아무리 기다려도 낌새가 없자 고개를 들어 바라봤다. 봉지미는 마차 창문 앞에 삐딱하게 기댄 채 그녀를 쳐다보지 않았다. 고요한 표정은 무언가에 몰두한 듯 보였고, 마차의 커튼 사이로 쏟아져 들어온 부서진 아침 햇살의 수많은 물결이 봉지미의 얼굴에 가로줄을 만들고 있었다. 이런 장면을 배경으로 생각에 잠긴 그녀의 얼굴에는 조용한 기품과 청신한 분위기가 묻어났다.

소녕은 넋을 잃고 그 얼굴을 바라봤다. 드디어 이렇게 밝고 청아한 낭군을 자신이 갖게 되었다는 생각이 스치자 가슴이 설레고 떨려왔으며, 기쁨의 눈물을 쏟을 것 같았다. 사랑에 푹 빠져 물 만난 고기처럼 낭군과 함께 있는 여자는 그 어느 때보다 세심했고 부드러웠다. 그녀는 소란을 피워 낭군의 사색을 방해하기 싫어 조용히 기댔다. 무릎이 봉지미의 무릎에 닿자 그녀는 마치 전기에 감전된 듯 전율했다. 봉지미는 반사적으로 자신의 무릎을 옮겼고, 소녕이 움찔하자 봉지미는 정신을 차리고 동작을 멈췄다. 이어 가식적인 미소를 지으며 부드럽게 말했다.

"변장한 상태로 모시게 되어 죄송합니다."

"괜찮아요."

소녕은 환한 웃음을 보였다.

"궁에서 나와 좀 돌아다니고 싶었거든요."

"황묘 부지는 이미 정해졌습니다. 하지만 공주께서 직접 보시면 좋겠다는 생각이 들어서요. 어쨌든 앞으로 공주께서 당분간 사실 곳 아닙니까."

봉지미가 친절하게 말했다.

"다만 폐하께서 윤허하지 않으실까 싶어 어쩔 수 없이 이런 방법을 취했습니다."

소녕은 봉지미의 말 중에서 '당분간 사실 곳'이라는 말을 듣고는 눈을 반짝였다. 그녀는 그 당시 깨어난 후 작호를 없애고 출가해야 한다는 이야기를 듣고 한동안 망연자실해 있다가 부황이 가 태감을 보내 넌지시 이 조치의 의중을 알려주자 기뻐하면서도 쉽게 믿지 못했었다. 공주라는 작호는 그녀에겐 큰 의미가 없었고, 낭군과 일생을 같이 보내는 것이 가장 중요했다. 이제 봉지미의 말을 들으니 부황이 넌지시 말한 내용과 같지 않은가?

"알았어요."

소녕은 헤헤 웃으며 말했다.

"당신 마음에 들면 저도 좋아요."

봉지미는 웃으며 천천히 다가오는 소녕의 행동을 저지하지 않았다. 마차가 흔들릴 때마다 조금씩 소녕의 다리에 부딪혔다. 봉지미는 턱을 괴고는 시간과 길을 가늠하면서 속으로 하나, 둘, 셋 숫자를 셌다.

"억울합니다!"

속으로 셋을 세는 찰나, 억울하다는 외침이 마차 안팎으로 퍼졌다!

이때 마차는 마침 천성에서 가장 번화한 구양대로를 지나고 있었다. 점포들이 즐비하고 유동 인구가 많은 이곳에서 갑자기 억울하다는 소리가 들리자, 거리를 지나던 사람들도 놀라 입을 벌리고 고개를 돌려 쳐다봤다. 머리가 헝클어진 채 꾀죄죄한 차림새의 사람이 고소장을 높이 들고 금빛 비취로 지붕을 덮은 마차 앞으로 뛰어들며 억울하다고 외치고 있었다.

태평한 세상이 오래 유지되다 보니 이렇게 가마를 가로막으며 억울하다고 소리치는 일은 이제 거의 찾아볼 수가 없었다. 하물며 그 가마는 딱 보기에도 비범하지 않았기에 사람들은 하던 일을 멈추고 몰려들었다. 구양대로에는 여러 관리의 마차도 많이 왕래했다. 평소 사람들은 이를 대수롭지 않게 여겼고 신경 쓰지 않았지만, 이때 누군가가 이 마차를 알아보며 말했다.

"어, 이건 친왕의 마차 아닌가!"

"친왕의 마차라면 왜 아무도 길을 비키라고 호령하지 않는 거지? 왕에 대한 예의가 아니잖아."

"초왕부의 표식이 있네!"

"3법사를 관할하는 황자의 마차를 막아섰다? 큰 사건이군! 큰 사건이야!"

백성들의 흥분 세포가 빠르게 반응하기 시작했다. 백성들은 초롱초롱한 두 눈을 반짝이며 재빨리 마차 주변으로 모여들었다. 사람들은 순식간에 마차 주변을 여섯 겹이나 에워쌌다. 그 길을 지나가던 관리 역시 자신의 마차에서 내려 상황을 지켜봤다. 억울하다고 소리치던 사람이 죽기 살기로 마차 옆에 매달린 채 통곡하며 말했다.

"청렴한 어르신! 눈을 크게 뜨고 우리 이 불쌍한 사람들 이야기 좀 들어주시오! 산남 관리와 사람들이 결탁하여 도리에 맞지 않는 짓을 행하고, 본말을 전도하는데도 아무도 이들을 막을 자가 없사옵니다!"

백성들은 이 말을 들어도 무슨 말인지 알 길이 없었으나 에워싼 군중 속에 섞여 있던 관리들의 표정이 순간 심각해졌다. 백성이 관리를 고발하는 사건이 아닌가! 산남도는 비록 외진 곳이지만, 역사적으로 천성에서 특수한 지위를 가지고 있었다. 장녕번과 가까운 터라 조정의 영향보다는 장녕번의 영향을 알게 모르게 더 많이 받았다. 비록 억울하다고 소리치는 사람의 고소 내용을 아무도 몰랐지만, 예민한 후각을 가진 관리들은 이미 이 사이에 존재하는 '위험의 냄새'를 맡았다.

백성이 관리를 고발하는 사건인데다 막아선 마차가 3법사를 주관하는 황자의 마차가 아닌가! 또 산남도와 연관이 있다는 것은 대단히 큰 사건이 틀림없었고, 제대로 처리하지 않으면 온 천하를 뒤흔들 수 있는 중대 사건이라는 뜻이었다. 초왕 전하라 해도 이 고소장을 받아들일지는 미지수였다. 고소장을 받는 과정은 희곡에서 아주 멋지게 표현되어 왔다. 거리에서 무릎을 꿇고 있으면 어떤 관리가 고소장을 접수해 권선징악이 이루어지며, 모두 기쁨을 느낄 수 있었다. 하지만 현실에서는 누군가가 주고 누군가가 받으면 되는, 그렇게 간단한 일이 아니었다. 받을 수 있는지부터 시작해서 어떻게 어떤 신분으로 받느냐를 따져 봐야 했고 접수한 후에는 어떤 반응을 해야 하는지 매 순간 곰곰이 헤아려 봐야 했다. 하물며 천성 왕조에서는 월권 행위를 하며 고소장을 접수하는 것을 권장하지 않았다. 본직의 관할 영역이 아니면 모든 고소장은 형부에서 수리했다. 다시 말해, 이 고소장은 형부 상서와 형부를 관리하는 황자 외에 다른 사람은 접수할 수 없었다. 지금 억울하다고 외치는 사람 역시 방법을 찾기 위해, 법사의 가장 높은 사람 앞에서 억울함을 호소하고 있는 것이었다. 사람들이 반짝이는 눈으로 마차의 커튼을 주시하며 전하의 반응을 기다렸다.

커튼이 젖혀진 마차에서 일품 대신의 의관을 입은 마른 체형의 젊은 남자가 나왔다. 소나무처럼 늠름하고 흰 피부를 가진 남자가 따스한 아침 햇살 속에 서 있었다. 봄 햇살도 씻어내지 못하는 듬직함과 점잖음이 그 남자에게 서려 있었다. 그는 뒷짐을 지고 꿇어앉은 남자를 주시하였다. 무덤덤한 표정이었지만 생각에 잠겨 있었다. 거리에 있던 사람들은 모두 놀라 멈칫했다. 이 사람은 수려한 미모로 제경의 바람둥이라고 알려진 소문 속 초왕과는 다르지 않은가? 곧이어 누군가 놀라며 소리쳤다.

"위 후작이다."

"위 장군이네."

"위 상서다!"

호칭은 다 달랐지만, 모두 한 사람을 지목했다. 요즘 천성에서 가장 명성이 자자하고 기세가 하늘을 찌르는 소년 중신 아닌가! 세상의 학생들과 영걸들이 모두 존경하는 숭배자이자, 뭇 여성들이 마음에 품은 꿈속의 주인공이었다. 초왕의 마차에서 나온 사람이 위지인 것을 깨닫고, 사람들은 깜짝 놀라면서도 기뻐했다. 거리에 있던 사람들은 너나 할 것 없이 위지의 모습을 보려고 몰려들어 한바탕 소동이 일었다. 관리들의 표정이 무덤덤해졌다. 예부 상서든, 충의후든 이 고소장을 접수할 자격은 없었다. 그저 이 억울하다는 자에게 형부에 가서 고소장을 접수하라고 할 수밖에 없었고, 형부에 가서 접수하게 되면 그것은 또 다른 일이 되었다.

봉지미는 태연하게 뒷짐을 지고 바람을 맞으며 서 있었다. 그녀는 고소장을 접수할 수 없었다. 마찬가지로 고소장을 형부로 보낼 수도 없었다. 장녕번이 연루되어 있었고, 대월 전선이 아직 마무리되기 전 천성의 안정을 유지하려는 천성제가 다시 두루뭉술하게 넘어갈지도 모르는 일이었다. 애당초 그녀가 모함 사건에 휘말렸을 때도 천성제는 안정을 위해서 억지로 사건을 무마했다. 그 덕분에 처벌을 면한 세력들은 여전히 악의를 가지고 계속 공격해 왔다.

'정말 내가 화도 못 내는 줄 아는 걸까? 그냥 무마하려 한다면, 이번에는 상대가 누구든 기가 센 이 여자가 가만두지 않을 것이야!'

길거리에서 억울함을 호소하게 만든 것은, 만인 앞에서 녹림 작당 사건의 수상쩍은 내막을 불거지게 만들어서 그냥 무마하지 못하도록 하기 위한 봉지미의 계략이었다. 슬쩍 소녕과 동행해 그녀를 끌어들인 이유는 위지는 접수할 수 없지만 소녕은 가능하기 때문이었다! 옅은 미소를 지으며 봉지미는 손을 내밀어 고소장을 건네 들고 마차로 돌아가 글을 읽어 보았다. 차 안에서 소녕이 호기심 어린 눈으로 눈을 동그랗게 뜨고 지켜봤다.

봉지미는 아무 소리 없이 고소장을 건넸다. 거리에서는 마차 안의 상황이 보이지 않았고, 봉지미가 고소장을 받아든 것만 보고 떠들썩해졌다. 반면 관리들은 썩은 미소를 지었다. 얼마 후면 이 영특하기로 소문난 봉지미가 고소장을 다시 건네며 대담한 고발자인 시골 촌놈에게 형부에 가서 언제 끝날지 모르는 고소장을 다시 작성하라고 할 것이다. 그들은 커튼이 젖히고 고소장이 던져지길 기다렸다. 마침내 커튼이 활짝 열렸고, 사람들이 숨을 죽였다. 고요함 속에서 누군가가 결연하게 말했다.

"접수했소!"

이곳의 소년

길거리가 소란스러워졌다. 사람들은 모두 흥분하여 왁자지껄 떠들어 댔다. 시끄러운 소음에 여러 목소리가 덮였으나 귀가 밝은 몇 명은 멈칫했다. 그들은 미간을 찌푸리고 생각에 잠겼다가 주저하더니 중얼거렸다.

"엥? 목소리가 다른데? 어째서 여자 목소리지? 위 대인이 여인과 함께 마차에 탔나?"

관료들 역시 그 목소리를 듣고 서로를 응시했다. 마차에서 누군가가 커튼을 젖히지 않은 채 손 하나를 불쑥 내밀더니 손짓을 했다. 심부름꾼 한 명이 다가가 귀를 기울이더니 곧이어 그 억울함을 호소하던 사람에게 따라오라고 말했다. 마차는 다시 정의문 쪽으로 향했다. 구경하던 사람들은 아쉬운 듯 흩어졌다. 거리에서 사람들의 귓속말이 오갔다. 내일 항간에는 '산남도 백성이 거리에서 마차를 막았고, 충의후가 비장한 모습으로 고소장을 접수했다'라는 새로운 이야기가 나돌 것이다. 마차 안에서 봉지미는 소녕에게 유감을 전하고 있었다.

"죄송합니다. 공주님, 황묘는 보러 가지 못하겠네요."

"괜찮아요."

소녕은 낭군을 위해서라면 어떤 일도 할 준비가 되어 있었다. 잠시라도 둘만의 시간을 즐기지 못한 불평은 이 따뜻하고 부드러운 봉지미의 말 한마디에 이미 온데간데없이 사라졌다. 그녀는 활짝 웃는 얼굴로 봉지미에게 기댄 채 들고 있던 고소장을 넘기며 말했다.

"뭐 별거 없는 사건 같은데요. 그런데 산남도 관청도 정말 심했네요. 악산에 사는 평범한 사냥꾼인데 항 씨 집안의 산적과 한 패로 몰아서 소탕해 버리고 온 집안을 멸문시키다니……. 어라, 이상하네. 어떻게 악산에서 사람을 죽이죠? 아까 내각 회의에서 산남도 안찰사가 그 산적 작당들은 미명현에 있는 미명산에서 전멸시켰다고 말하지 않았나요?"

봉지미는 속으로 미소를 지었다. 그래도 영민하여 문제의 본질을 찾아내는구나! 이 역시 봉지미가 기지를 발휘하면서 소녕을 유인해냈던 것이다. 소녕은 조금 전 궁의 병풍 뒤에서 산남 미명현 녹림 작당 사건의 정황에 대한 전말을 들었다. 지금 그녀는 자신이 가진 특수한 신분으로 고소장을 접수했고, 좀 전에 들은 이야기와 대조를 해보고 문제를 찾아낼 수 있었다. 게다가 그 문제는 황가의 안위와 관련된 문제인데, 어찌 수수방관할 수 있단 말인가?

그 '녹림 작당' 사건의 실제 발생지는 악산이었다. 장녕번에서 분열되어 나온 항씨 집안의 군대가 장녕번과 산남도를 끼고 있는 악산을 지날 때 매복된 사람들에 의해 사살당했다. 장녕번의 악현 본진이 악산과 지리적으로 너무 가깝다 보니, 장녕번은 이로 인해 조정의 주목을 받을까 염려했다. 그래서 허명림과 결탁하여 사건의 발생지를 미명현 미명산으로 바꿔 놓은 것이었다.

"그렇습니까?"

봉지미는 놀란 표정을 지으며 고소장을 받아 자세히 읽고는 알았다는 듯 무릎을 쳤다.

"공주는 정말 총명하십니다. 소신은 전혀 눈치채지 못했습니다. 공주 말씀대로 이 일은 수상한 구석이 많습니다!"

칭찬을 듣자 소녕은 더욱 해맑게 웃으며 머리를 쑥 내밀고는 마차를 쫓아오는 그 억울한 자를 쳐다보더니 하인에게 일렀다.

"저자의 안전을 책임지거라."

그러고는 고개를 돌려 봉지미에게 웃으며 말했다.

"이 일은 단순한 사건이 아닌 듯합니다. 걱정하지 마십시오. 사악한 관료들이 손을 쓰지 못하게 할 터이니!"

봉지미는 그 억울하다는 사람을 힐끗 쳐다보며 옅은 미소를 지었다. 당연히 소녕은 알지 못했다. 마차를 가로막고 억울하다고 호소한 이 '악산에서 무고하게 집안이 멸문지화를 당한 사냥꾼'은 봉지미가 미리 준비해 놓은 인물이었다. 제경에서 산남은 아득히도 멀었다. 진짜로 산남으로 가 증인을 찾아내고 고소하면 아마 2황자는 하고자 하는 바를 다 끝마친 상태일 것이다. 그럴 경우 이 일은 결국 시간만 길게 소요될 뿐 좋은 결말을 기대할 수 없을 게 뻔했다. 봉지미는 기왕 시작한 바에는 완전히 부숴버리겠다는 각오로 증인을 날조해낸 것이었다.

"나라의 녹을 받는 자라면 군주의 고민을 함께 나누어야 하는 법입니다."

봉지미는 탄식하며 말했다.

"아쉽게도 저는 예부를 총괄하는 사람이라 고소장을 접수할 권한이 없습니다. 다행히 공주님이 고소장을 접수하시긴 했지만, 이것을 형부로 전달해야……."

"형부로 보낼 수는 없어요, 당신에게 전달하라고 할 수는 더더욱 없고요."

소녕은 봉지미의 말을 듣고 미간을 찌푸리며 말했다.

"형부에 있는 그 나쁜 놈들은 저번에도 당신을 못 잡아먹어 안달이었어요. 팽패가 감옥에 갇혀 있지만, 당신에게 원한을 가지고 있는 다른 사람이 있을지도 모르죠. 만약 당신이 고소장을 접수했다는 소식을 들으면 아마 누군가는 이 일을 크게 부풀려 당신을 모함하려 할 거예요. 이 고소장은 제가 접수했고, 제가 직접 대리사나 내각에 전달할 것이니 당신과는 무관해요."

봉지미는 묵묵히 아무 말도 하지 않았다. 비록 이 말은 그녀가 바라는 바였지만, 소녕이 이렇게 진심으로 배려하는데 줄곧 이용할 생각만 하기에는 양심의 가책이 느껴졌다. 그날 밤 경심전 사건이 떠오르자 괴로움도 느껴졌다. 그렇기에 이 나쁜 놈들을 모두 착출해 깨끗이 소탕해 버려야 자신과 소녕에게 떳떳해질 수 있을 것이란 생각이 들었다.

"당신과 함께 갈 수 없겠네요."

소녕은 정의문에 거의 다다랐을 때 고소장을 들고 황급히 말했다.

"저 증인은 형부로 보내지 말고 바로 대리사로 보내세요. 대리사에 장용이라는 사람이 있는데 조심성이 많은 사람이니 실수하지 않을 거예요. 부황께서는 지금 분명히 호윤헌에서 내각 대신들과 국사를 의논하고 계실 거고요. 제가 바로 제출하겠어요. 누구도 막지 못하게!"

"공주님, 정말 지혜로우십니다!"

봉지미가 칭찬하며 말했다. 소녕은 그 말을 듣고 일어서려다가 잠시 멈칫하며 망설이더니 갑자기 얼굴이 벌게졌다. 봉지미는 놀란 눈으로 소녕을 바라보았다. 단아한 소녕의 얼굴이 왜 상기되었는지 그 이유를 알 수 없었다. 봉지미가 소녕을 쳐다보며 골몰해 있는 사이 재빨리 자신을 향해 다가오는 그녀의 모습이 눈에 들어왔다. 곧이어 봉지미는 달콤한 바람이 뺨을 스치더니 따뜻해지는 느낌을 받았다. 소리 없이 그녀가 봉지미의 볼에 입맞춤을 했다. 봉지미는 멍하니 넋을 잃고 말았다. 소녕은 가슴이 벌렁벌렁해지면서 벌게진 얼굴을 살짝 가리고 더 이상 봉지미를 바라보지 못한 채 고소장을 낚아채고는 마차에서 뛰어내렸다. 사뿐사뿐 뛰어가는 소녕의 뒷모습을 놀란 표정으로 바라보던 봉지미는 온기가 아직 남아 있는 뺨을 천천히 문질렀다. 그녀는 점점 더 걱정이 깊어져 갔다. 그녀를 이용해 먹은 것에 대한 대가일지도 몰랐다.

깊은 마음을 품고 있는 저 여인네에게는 더 이상 어떤 희망도 주면 안 될 일이었다. 감정이 깊어질수록 수습은 더욱 어려워질 것이다. 그 무엇도 숨길 수 없는 그날이 진짜로 오게 되면 어쩔 것인가? 그녀는 눈앞에 우뚝 솟아있는 궁궐을 바라보며 한숨을 내쉬었다.

장희 18년 봄이 끝나갈 무렵, 조정을 뒤흔든 '산남도 녹림 작당 사건 조작 음모'가 터졌다. 이 사건은 처음에는 산남도 미명현의 미명산에서 녹림 도적패가 일으킨 반역 사건으로 알려졌다. 반란은 곧 산남도 관청에 의해 진압됨으로써 소규모 도적떼들이 일으킨 단순 소요 사건으로 끝날 것으로 보였다. 반역자들의 수령은 과거 3황자 반역 사건에 연루되어 자결을 명받았던 분용후 항수였고, 항 씨 집안의 자제가 아버지의 원수를 갚기 위해 일으킨 사건으로 산남도에서 보고가 올라왔다. 사건은 그렇게 마무리되어 갔으나 소녕 공주가 평복차림으로 민심을 시찰하러 나갔다 우연히 억울함을 호소하는 산남도 백성을 만나게 되었다. 산남도 악산의 사냥꾼이라는 이 백성은 현지 관청에서 소속이 불분명한 군대를 동원해 반란군을 토벌하는 과정 중 무고하게 자신의 가족 모두 사살되었고, 당시 다른 현에서 사냥감을 팔던 자신만 목숨을 건졌다고 진술했다. 공주는 이런 내용에 놀라 바로 고소장을 접수하고는 곧장 황제의 서방으로 들어가 모든 내각 중신들이 보는 가운데 황제에게 고소장을 전달하며 이미 결론이 난 미명현 녹림 작당 사건을 다시 들추어냈다.

이것이 조정에 전해진 사건의 새로운 전말이었다. 원래대로라면 이 사건을 관할하는 산남도 안찰사 관청과 형부를 거쳐야 할 고소장은 곧장 대리사에 접수되었다. 사건 내막에 관한 모든 심의와 조사를 외부에 공개하지 않았으니 세상 사람들은 이에 대해 알 리가 없었다. 조정에서도 2품 이하의 관료는 이 사건의 내막을 파악할 방법이 없었다. 하지만 똑똑하고 눈치 빠른 관리들은 이미 희곡 속 이야기 같은 이 사건이 몇몇 민감한 지역과 깊은 연관이 있음을 눈치챘고 위험한 냄새를 맡았다.

이미 어떤 일이 벌어졌는지 또는 어떤 일이 벌어질지는 아무도 알지 못했다. 내막을 알 자격이 없는 관리들은 온종일 여기저기 다니며 수소문하고 윗사람의 표정을 살피며 초조하고 불안해했다. 자격이 되는 관리들은 빈번하게 왕래하며 새파래진 얼굴로 돌아 다녔다. 동시에 제경 밖의 경계가 갑자기 강화되었으며 매일 구성병마사, 장영위, 호위 본진이 돌아가며 제경 주변을 물 샐 틈 없이 경호하였다. 그리고 낯선 인물과 심상치 않은 눈빛을 가진 사람들이 이곳저곳을 황급히 출입하면서 암암리에 관리들에게 '차 한 잔 하자'는 청을 넣기도 했다. 어떤 이는 차를 마시고 돌아왔고, 어떤 이는 차를 마시고 나선 실송뇌섰나. 이런 사소한 일조차 사람들을 불안에 떨게 했고, 천성 조정 전체에 긴장의 분위기가 역력했다.

그 사이 사람들의 주목을 받지 못한 사건 하나가 또 발생했다. 교외에 있던 2황자의 유명한 별장인 수옥 산장에 갑자기 불이 나 산장이 반쯤 불타 버린 사건이었다. 화재 자체는 특이한 일이 아니었으나 운이 좋아 수옥 산장에 가 봤던 사람들은 한 가지 의문을 품지 않을 수 없었다. 수옥 산장은 4면에 온천을 끼고 있었고, 또 산세를 따라 층층이 건축되었는데, 어떻게 불이 났길래 건물을 태웠단 말인가? 어떤 불이 절벽을 오르면서 번져 산장의 반을 태워 버릴 수 있단 말인가? 당연히 이 일은 당사자 몇몇만이 그 속에 숨겨진 내막을 파악할 수 있었다.

조정에도 풍파가 일어났지만 일을 꾸민 자는 풍파의 중심에서 한 발

비켜 있었다. 예부 상서인 봉지미는 이 일과는 전혀 관계없다는 듯 태연한 태도를 취하고 있었다. 사실 그녀는 내막의 한 부분만을 살짝 드러냈을 뿐이었고, 나머지는 연루된 사람들이 알아서 드러낸 것이었다.

봉지미는 상황을 정리해 봤다. 천성제는 2황자에게 반역의 의심을 품고 있었다. 그래서 금우위 수령에게 2황자에 친밀한 척 접근해 정보를 캐낼 것을 명했다. 하지만 2황자 측은 존재 자체만으로도 두려운 존재던 금우위 수령을 경계했기 때문에 중요한 내막에는 접근하기 어려웠다. 반면 수옥 산장에 잠입한 봉지미와 영혁은 좌충우돌하며 고난을 겪기도 했지만 사건의 내막에 가까이 갈 수 있었다. 봉지미는 소녕공주의 손을 빌려 고소장을 전달하고 사건을 공론화시키는 데 성공했다. 악산 사냥꾼 소탕이라는 단어를 통해 황제에게 사건 발생지에 대한 질문을 던져 장녕번의 이상한 낌새에 대해 조사에 착수하게 했던 것이다. 장녕번과 2황자의 내통은 더욱 무서운 상황을 상상하게 하였다. 즉 황자가 속지와 내통하였고, 속지는 이웃 성에 몰려가 몰살행위를 하는 자신들의 분수를 한참 넘어선 행동을 벌였다. 이것은 과연 무엇을 의미하는가?

천성제는 참고 또 참았다. 하지만 이번에는 참을 수가 없었다! 이것이야말로 조금씩 조금씩 깊은 분노를 일으키는 방법이었다. 조용하게, 직접 나서지 않으면서도 스스로 내막을 파악할 수 있게 하는 것이었다. 자신의 추론만을 가장 신뢰할 수 있었다. 수도 제경에는 이런 음지의 움직임과 폭풍이 불었다. 그곳에서 봉지미는 계속 자기 일만 묵묵히 처리했다. 바로 음력 3월 7일에 시작되는 춘위를 준비하고 있었다.

올해 춘위는 작년에 비해 늦어졌다. 주 시험관은 무쌍국사라고 불리는 위 상서였고, 이미 기다리다 지칠 지경에 이른 학생들은 자신의 솜씨를 발휘할 때만을 기다리고 있었다. 급제하여 어사화를 쓰고 금의환향의 영광을 누리며 명성이 자자한 위 후작을 보좌할 그날을 말이다. 주

시험관인 위지이자 봉지미는 목욕재계하고 춘위에 임했다. 고남의는 호두를 먹으며 시험을 감독했다. 위지 곁에서 한시라도 떨어지지 않기로 소문난 고남의 역시 춘위에서 큰 역할을 했다.

고남의는 학생들의 훔쳐보기를 막기 위해 신체를 수색할 때에도 의자를 하나 가져와 멀찌감치 자리를 잡아 앉더니 나른한 모습으로 호두를 까먹고 있을 뿐이었다. 정말 신기하게도 무언가를 몰래 소지한 사람은 누구든 그의 옆을 지나갈 때 호두로 한 대 맞았다. 한 사내는 발바닥에 문장 두 개를 적은 쪽지를 숨기는 기발한 방법으로 입구에서 발각되지 않고 통과했다. 그런데 고남의 옆을 지나다 갑자기 팔짝 뛰어오르더니 이유 없이 신발이 벗겨졌고, 버선 끈까지 느슨해지는 바람에, 쪽지가 발각되어 시험장에서 쫓겨났다. 주위에 있던 사람들은 도대체 이해가 되지 않았다. 양말 속에 숨겨놓은 것을 모자에 면사포까지 드리운 고남의가 대체 어떻게 알아낸 것일까? 어떻게 저자를 팔짝 뛰어오르게 한 것일까? 이해가 되진 않았지만 신기했다. 그래서 그의 곁을 지나갈 때 학생들은 가슴이 조마조마했다. 보고 쓸 종이는커녕 먹을 만두조차 숨기면 안 되는 건지 고민하였고, 이로써 역대 춘위 중 휴대품이 가장 적은 춘위로 기억되었다.

게다가 시험장을 순찰할 때, 이번 춘위의 감독관들은 전체 시험장을 돌아볼 필요가 없어 즐겁게 임할 수 있었다. 고남의가 나무에 앉아 어깨에 자신의 딸을 앉혀 놓고, 주위를 살펴보며 사방의 이야기에 귀를 기울였다. 커다란 시험장을 고남의 혼자서 다 감독하는 것이었다. 학생들은 엉덩이를 살짝 들고 은밀하게 내보내는 방귀조차도 조심했다. 어떤 이상한 소리라도 나면, 머리 위에 크고 작은 두 명이 나타나 같은 표정으로 계속 노려봤기 때문에 시험에 열중할 수 없었다.

9일간의 시험이 끝났다. 입장할 때 학생들은 떠들썩거리며 시험장에 들어왔지만, 나갈 때는 후들후들 다리를 떨며 벽을 잡고 시험장을 나갔다. 봉지미는 시험장을 봉쇄하고 시험지의 이름을 풀로 칠하는 등 시험지 봉인 작업을 지시하고 호위들을 겹겹이 배치한 후에야 짬을 내 집으로 돌아왔다. 화경과 연회석 부부를 만나기 위해서였다.

민남의 참장으로 승진한 화경은 취임을 위해 곧 민남으로 가야만 했다. 내일 그녀와 연회석 부부는 함께 집으로 돌아갈 것이었다. 제경을 떠나는 화경을 위해 봉지미는 송별회를 열고 싶었기에 춘위 기간 중이었던 며칠 전에 부엌에 송별회를 준비하라고 미리 일러 놓았다. 남해와 민남 특산품을 제외한 천성 전체의 유명한 요리를 모두 준비했고, 심지어 아득히 먼 설산의 각시서덜쥐와 녹용을 푹 고아 삶은 요리까지 대기시켰다. 화경에게 천성 제국의 모든 맛을 한 번에 맛볼 수 있게 해 주겠다고 호언장담했고, 송별회에서 먹은 음식이 생각나면 언제든 와서 맛보라는 말도 해 두었다.

그날 저녁 봉지미의 무지개 건물에서 연회가 열렸다. 집안 연회의 성격이었다. 연 씨 부부와 봉지미 그리고 고남의, 종신, 두 아이와 아이의 애완동물인 원숭이 두 마리가 참석했다. 하지만 아이가 끼어 있는 연회는 흥과 분위기가 나지 않는 법이었다. 연회에 턱받이가 날아다녔고, 수저와 침이 튀겼다. 연장천은 엄마 품에 기대앉아 쭈뼛대며, 연회의 상석에 앉아 숟가락을 이리저리 휘두르며 게걸스레 먹는 고지효를 가리키고 자신도 먹고 싶다는 표현을 했다.

하얗고 작은 연장천의 얼굴에서 마르고 유약하며 소심한 화경의 전 남편 모습이 엿보였다. 화경은 항상 이런 아들의 모습이 불만이었고, 남자라면 치고받고 싸우라고 말했다. 그런 화경 때문에 연회석은 아들이 안쓰러워 항상 그런 그녀를 막아섰다. 오늘 밤 연회석은 연장천이 밥을 먹지 못할까 걱정이 되어 자신이 안아 밥을 먹이려 했다. 하지만 화경이 이미 숟가락을 연장천의 손에 밀어 넣고 한쪽에 앉혀 놓은 뒤 알아서 먹으라고 하는 바람에 어쩌지 못했다. 그러거나 말거나 화경은 둘에게 신경을 접고 봉지미를 쳐다보며 말했다.

"봉매, 나를 시골뜨기 취급해요? 전국을 누비며 맛있는 음식을 먹지 못할까 봐요? 이 밥상 좀 봐. 어머, 천 냥으로는 어림도 없겠네요."

"천 냥은 우습지."

봉지미는 하얗고 약간 노란색을 띠는 계란찜처럼 보이는 음식을 점잖게 고남의에게 권하며 그의 앞에다 놓았다.

"제경의 관리들은 한 끼 밥으로 수천 금을 쓰는 사람도 있다는데, 이게 뭐 대수야? 우리도 관료가 되려면 적당히 칙취하고 비리를 저지를 줄 알아야 해. 한통속이 될 필요는 없지만, 너무 청렴할 필요도 없다고. 안 그러면 사람들이 이상한 동물 보듯 대하면서 언니를 멀리하고 경계할 테니까. 시기를 저울질하다가 힘을 합쳐 언니를 무너뜨리려고 할 거야. 그들은 다 같이 더럽길 바래. 그러니 걱정하지 마. 알다시피 물이 너무 맑아도 고기가 모이지 않는 법이니까."

봉지미는 전혀 아랑곳하지 않고 말했다. 화경이 젓가락을 멈추고 진지한 표정으로 들었다. 종신 등도 관아에서의 처세에 대해 화경에게 비법을 전하는 봉지미의 의도를 파악했다. 연회석은 감정에 복받쳐 봉지미를 보고 웃었다. 하지만 고남의는 그 요리의 냄새를 맡고 굉장히 흡족해 하더니 크게 한 숟가락을 떠 봉지미의 그릇에 놓으며 말했다.

"더러워지면 안 돼."

봉지미는 상냥하게 그의 말에 맞장구를 쳤다.

"그럼, 더러워지면 안 되죠."

하지만 고남의는 여전히 마음이 놓이지 않는지 봉지미의 얼굴을 떠받치고는 마치 얼굴에 뭐가 묻지는 않았는지 샅샅이 살펴보았다. 그는 그녀의 말에는 별 관심이 없었기에 듣는 둥 마는 둥 하다가 '더러운'이라는 단어만을 듣고서 내키지 않아 한 말이었다. 그는 그녀의 얼굴을 잡고 눈을 보며 진지하게 살펴봤다. 얼굴을 아주 가깝게 들이미는 바람에 얇은 두 겹의 면사포 안에 있는 그의 얼굴이 그녀에게도 선명히 보일 정도였다. 원래 피하려던 그녀는 점점 더 오지랖이 넓어지는 그를 그냥 두고 볼 수는 없겠다고 생각했다. 그런데 갑자기 어딘가가 이상하다는 느낌이 들어 눈을 들었는데 눈앞이 뿌옇게 변하더니 쨍한 빛이 눈을 부시게 하였다. 여러 색이 모호해지더니 얼떨떨한 가운데 하늘과 땅에 있던 안개와 구름이 순간 뒤섞였고, 다시 '펑' 하는 소리가 뇌리를 스치더니 순간 눈앞이 검게 변했다.

시야가 깜깜했다가 다시 밝아지자 모호했던 사물의 모습도 점점 또렷해졌다. 썰물 후 드러난 암초처럼 사람의 모습도 점점 확실한 윤곽을 드러냈다. 화경은 대수롭지 않게 연장천의 숟가락질이 어눌하다고 놀리고 있었고, 연회석은 미소를 지으며 아들을 돌보고 있었다. 두 아이는 각자 바쁘게 노느라 아무도 조금 전에 일어난 이상함을 눈치채지 못하고 있었다. 다만 대각선 맞은편에 앉은 종신만 이상한 눈빛으로 그녀와 고남의를 쳐다보았다. 하지만 고남의는 이미 그녀의 얼굴을 놓고는 아무 일도 없었다는 듯 고개를 숙이고 음식을 먹고 있었다.

봉지미는 심호흡했다. 머릿속이 복잡했다. 조금 전 그녀는 무엇을 본 것인지, 또 무엇을 느꼈는지 다시 생각하고 있었다. 조금 전에 지척의 거리에서 고남의의 얼굴을 왜 제대로 볼 수 없었는지에 대해서도 생각했다. 조금 전 그녀는 어떤 이상한 느낌에 사로잡혀 있었다. 용모뿐 아니라, 자신이 누군지조차 잊었다. 사실 그의 생김새에 대해 그녀는 나름 짐작하는 바가 있었다. 아침저녁으로 함께 한 시간이 오래 지났고 그도 그녀에게는 특별히 경계하지 않았기에 약간의 정보만을 가지고도 대략적인 모습을 추측해낼 수 있었다. 그의 눈을 본 적이 아예 없는 것이 아니었지만, 그를 똑바로 바라본 적이 없었기에 오늘 밤처럼 밀접하게 접촉한 적도 거의 없었다. 그를 똑바로 쳐다 본 사람은 딱 두 명이었다. 한 명은 순우맹으로 담장에서 떨어졌고, 다른 하나는 고지효로 건물에서 떨어졌다.

봉지미는 조금 전 자신이 앉아 있어 천만다행이라는 생각이 들었다. 아니었으면 그녀 역시 장담할 수 없었다. 인사말이라도 해야겠다고 생각하고 있었는데 갑자기 큰 소리로 우는 연장천의 울음소리가 들리자 그녀는 해야 할 말을 잊고 아이가 있는 쪽으로 고개를 돌렸다. 연장천이 실수로 고지효의 눈을 숟가락으로 쳤고, 고지효는 구운 양 갈비를 들고 사정없이 연장천 얼굴에 휘둘렀다. 연장천은 억울해서 대성통곡했다. 화경이 아들을 안으며 아무 일도 없다는 듯 얼굴을 닦아 주며 탄식했다.

"아들, 기백이 서려 있는 이름에 너무 걸맞지 않잖아? 남자가 여자한테 당하고 울어? 이 어미 말 잘 기억하거라! 앞으로는 어떤 여자가 널 괴롭히면 바로 잡아끌고 가서 쓰러뜨려……."

봉지미는 화경을 말을 듣다가 하마터면 입에 가득 담은 음식을 고남의에게 쏟아낼 뻔했다. 재빨리 고남의에게 양해를 구하고는 음산한 눈빛으로 화경을 흘겨보며 웃었다.

"설마 언니 부부 처음에 이런 식으로……."

"틀렸어요."

화경이 정색하며 말했다.

"완전 정반대죠."

모두 한바탕 크게 웃었다. 송별의 섭섭한 분위기가 완전히 달아났다. 연회석은 붉어진 얼굴로 웃으며 자신의 부인을 쳐다봤다. 하고 싶은 말은 다 하라는 듯 흡족한 모습을 하고 있었다. 봉지미는 잔을 들고, 혼자 감정에 북받쳤다. 혹시 분위기가 가라앉을까, 화경이 일부러 장난친다는 것을 봉지미는 잘 알고 있었다. 곁에 있던 고남의는 봉지미가 추천한 요리가 매우 만족스러운 듯 크게 한 숟가락을 떠서 그녀에게 준 후 자신의 앞에 놓고 고개를 푹 숙인 채 먹고 있었다. 다른 사람은 아직 맛도 보지 못했지만 전혀 아랑곳하지 않았다. 화경이 하하 웃으며 그를 보고 말했다.

"고 도련님, 맛 좀 보게 조금 주시죠?"

봉지미는 고남의가 들은 체도 하지 않을 거라 예상했다. 그녀를 제외하고는 누구도 거들떠보지 않던 그였다. 하지만 그가 갑자기 숟가락을 멈추더니 곰곰이 생각에 잠겼다가 조금 전에 입가로 가져 왔던 숟가락을 아쉽다는 듯 입에서 뺀 후 건네주었다. 화경이 놀라 눈을 크게 떴다. 봉지미도 어안이 벙벙했다. 연회석도 놀랐다. 고남의의 황당함에 놀란 것이 아니라 자신의 물건을 봉지미가 아닌 다른 사람에게 나눠 줬다는 사실에 화경은 놀랐다. 고남의는 자신이 절반 정도를 먹었던 수프를 공손하게 건네며 무뚝뚝하게 말했다.

"봉지미를 많이 도와줬으니, 줄게."

놀라 넋이 나간 표정을 하고 있던 봉지미의 표정이 천천히 부드러워졌다. 입을 꼭 다물고 있었지만, 얼굴에는 따스함이 서렸다. 우리 명청이는 항상 불쑥불쑥 타인에게 섬세한 부드러움을 선사했다.

"그냥 먹어. 부엌에 한 그릇 더 달라고 할게."

봉지미가 부드러운 목소리로 대접을 밀며 말했다.

"혹시나 좋아하는 음식이 있을지도 몰라, 부엌에 모두 2인분씩 준비하라고 해 뒀어요."

화경은 웃으며 말했다.

"도련님한테 우리 봉매가 이렇게 자상하구나."

화경은 한 손으로는 탁자를 짚고 다른 한 손으로는 음식을 집어 먹었다. 아무도 쳐다보지 않고 조용하게 말했다.

"도련님, 걱정하지 마세요. 오늘 주신 음식이 언젠가 꼭 값어치를 할 테니까."

화경을 가만히 바라보던 고남의가 고개를 끄덕이더니 다시 고개를

숙여 음식을 먹었다. 봉지미는 그곳에 앉아 두 사람을 바라봤다. 평소
와 별다를 것 없는 행동과 대화였지만 언제나 침착하고 냉정해서 갖은
비바람 속에서도 흔들리지 않던 마음이 갑자기 거세게 요동치는 것 같
았다. 마치 어떤 무엇인가가 마음을 마구 때리는 듯 북받쳐 올라왔고,
그 기운에 두 눈이 따끔따끔하고 눈시울이 뜨거워졌다. 서로서로 배려
하는 마음, 이것은 군자의 첫 번째 약속이었다. 이 두 남녀가 함께 맹세
를 하지 않아도 목숨을 걸고 서로 지키겠다는 약속이었다. 식탁에 잠시
고요함이 흘렀다. 금세 화경이 이야기꽃을 피웠다. 고지효는 입을 삐쭉
대며 불만족스러워 했고, 그 요리는 자신이 먹어야 한다고 생각했기에
그릇을 탁탁 치며 큰소리로 외쳤다.

"벌······."

봉지미는 재빠른 손놀림으로 고지효의 입을 막았다.

"벌 뭐?"

부엌에서 새 계란찜을 가져왔다. 화경은 뜨끈뜨끈한 계란찜을 반쯤
퍼서 맛있게 먹고는 볼록하게 나온 배를 치며 물었다.

"이건 무슨 요리죠? 굉장히 특이해요. 안에 있는 이 분홍색은 다진
고기인가?"

"응."

봉지미는 천연덕스럽게 미소를 내보이며 물었다.

"신선한 비룡 살에 비둘기 알을 깨뜨려 넣고 다진 고기찜이에요."

화경은 봉지미를 힐끗 쳐다봤다. 환하게 웃고 있는 봉지미에게 믿지
못하겠다는 표정을 지었지만 더 이상 아무 말도 하지 않았다. 맛있으면
된 것이다. 무엇으로 만들었던지 말이다. 저쪽에 있던 고지효가 자신의
입을 막은 봉지미의 행동이 내키지 않아 퉤, 하고 그녀의 손바닥에 침
을 뱉었다. 봉지미는 어쩔 수 없이 손을 뗐고, 고지효는 바로 큰 소리로
일렀다.

"그거 벌레예요."

연회석이 고지효의 얼굴에 '계란찜'을 뱉었다. 쌤통이라는 표정을 지은 봉지미는 난리를 치며 대성통곡을 하는 고지효한테 얼굴을 씻고 오라고 한 뒤 걱정스러운 표정으로 고남의를 힐끗 보았다. 그 요리는 사실 벌레 요리였다. 일반 벌레가 아닌 남쪽에서 나는 쌀벌레였는데, 보기도 힘들고 귀했다. 그 맛이 담백하고 쫀득쫀득하며, 영양이 풍부하고 기력을 보충해 준다고 해서 남방에서는 천금을 줘도 먹기 힘든 음식이었다. 봉지미가 큰돈을 쓰고 빠른 말을 이용해서 공수해 온 것이었다. 변질을 막으려고 면과 비단으로 싸고 또 뽕잎 껍데기로 만든 종이로 감싸 그녀의 집에 올 때까지 신선함을 유지할 수 있었고, 부엌으로 옮기다가 당시 그곳에서 놀고 있던 고지효에게 딱 걸린 것이었다. 고남의는 동요하지 않고 계속 먹고 있었다.

'엥? 도련님이 이렇게 비위가 좋은가? 못 들은 건가?'

고남의는 당연히 그 말을 들었고, 곰곰이 생각해 봤다. 이 벌레는 정초 없이 떠돌던 세 살 때 먹었던 벌레보다 훨씬 맛있었다. 주방장 솜씨가 매우 뛰어나다는 생각이 들었다. 이렇게 먹기 힘든 벌레를 이런 훌륭한 요리로 만들다니. 이런 생각을 하며 그가 봉지미에게 말했다.

"다음에는 나비 애벌레랑 메뚜기, 귀뚜라미에 도전해 봐. 아 그리고 방울벌레도 있지. 바삭바삭해서 이것처럼 약간 새콤한 맛도 나."

화경이 갑자기 미소를 거뒀다. 종신은 이미 젓가락을 내려놓고 서늘한 시선으로 먼발치를 바라보고 있었다. 연회석이 주변을 살폈다. 부잣집 도련님은 이 말이 뜻하는 의미를 바로 이해하지 못하고 있었다. 봉지미 역시 그곳에 얼어붙어 있었다.

'무슨 말을 하는 거지?'

봉지미는 고남의에 대해 잘 알고 있었다. 그는 개인적인 사정으로 꼼꼼하고 고귀한 삶을 추구했다. 일반인보다 더 의식주에 신경 썼으며 그렇지 않으면 매우 괴로워했다. 그런 그가 절대로 벌레를 즐겨 먹는 애충가는 아닐 터였다. 하지만 조금 전 태연하고 침착한 그의 태도를 보면 진짜 이것을 먹어 봤고, 또 꽤 오랜 기간 먹었다는 걸 의미했다. 오랫동안 들추지 않았던 이 세련되고 고귀한 조각 미남은 도대체 과거에 어떤 일을 겪은 것일까?

봉지미는 종신이 했던 이야기가 슬며시 떠올랐다. 그가 고남의와 함께 했던 것은 고남의가 여섯 살 무렵이었다. 고남의는 세 살 때 아버지를 잃었다. 원래 소속된 조직은 해산되었고, 3년 동안 아무도 돌보지 않는 세 살배기 아기는 홀로 강호를 누비고 있었다. 깊은 산속 쓰러져 가는 암자에서 종신은 아이를 발견했다. 그 장면을 본 종신은 과거 헌원에 했던 약속을 떠올리며 산에서 나와 수호자의 길을 걸었다. 이렇게 남다른 출신 배경을 가진 아이는 혼자 떠돌던 3년 동안 어떻게 살았을까? 어떤 만남이길래 헌원의 명문가 출신이며 세속을 멀리하던 종신이 자유를 포기하고 수호자의 길을 걷게 만든 것일까? 문득 봉지미는 과거에 너무 무정하고 관심을 두지 않았던 자신이 미웠다. 왜 이제껏 고남의 같은 사람이 어떤 유년 시절을 보냈는지 생각해보지 않았을까? 미처 생각하지 못한 것일까? 아니면 감히 생각하고 싶지 않았던 것일까?

"배불리 먹고 마셨네요. 내일 아침 일찍 떠나야 하니, 그만 자리를 정리하죠."

멍하니 생각에 잠겨 있는 봉지미를 본 화경의 눈이 반짝였다. 기지개를 켜더니 화경이 먼저 일어나 봉지미를 잡고 말했다.

"배부르죠? 저랑 산책 좀 하며 소화합시다. 아니면 너무 배불러서 잠도 못 이룰 것 같아요."

봉지미는 억지웃음을 지으며 말했다.

"그래."

그러고는 자리를 정리하라고 명했다. 자주 같이 있다 보니 모두 자연스레 자기 방으로 돌아갔다. 봉지미는 화경과 함께 뒤뜰의 화단을 돌며 산책했다. 봄의 끝자락이라 바람이 알맞게 불어왔다. 밤이 깊어 꽃들이 반쯤 고개를 숙이고 있었지만 그래서 더욱 완곡한 풍치를 자아냈다. 달빛은 마치 우유처럼 반쯤 핀 꽃봉오리에 쏟아져서 고운 붉은빛과 옅은 자줏빛을 만들어내며 고요한 아름다움을 풍겼다. 사방에서 짙고 옅은 향기가 흩뿌려졌다. 화경은 야래향과 월하미인, 칸나와 홍초, 갖가지 꽃의 향기들을 깊게 들이마시더니 편안한 표정을 지었다.

"내일 제경을 떠나네요! 시원해!"

"언니는 이곳이 맘에 안 들어?"

봉지미가 웃으며 물었다.

"봉매는?"

화경이 눈을 게슴츠레 뜨고는 냉랭한 미소를 지었다.

"시험지 사건으로 이미 제경에 대해 파악하지 않았나요?"

화경은 갑자기 몸을 돌려 봉지미의 손을 잡고는 간곡하게 말했다.

"봉매, 어떻게 생각하는지 잘 모르겠지만, 지금 당장은 당신이 꽃길을 걷고 있고 좋은 평가를 받는 것처럼 보일지 몰라도 사실 절벽의 가장자리에 서 있는 것처럼 한발 한발 조심스레 행동해야 해요. 아군이 적이 될 수도 있고, 함께하지만 뜻이 다를 수도 있어요. 높이 올라갈수록 점점 더 위험할 수 있어요. 봉매는 어떤 누구의 편도 아니니 시기와 질투를 더 받겠죠. 시험지 사건처럼 일단 꼬투리 하나를 잡아 사람들이 힘을 합쳐 덤벼들 때에 누가 봉매를 도와 줄 수 있을까요?"

화경 역시 이에 대해 고민한 적이 있었다. 봉지미는 살짝 미소를 지었다.

"괜찮은 주군을 찾아 기댈 곳을 찾으라는 말인가요?"

"최소한 기댈 곳은 있어야 한다는 말이에요. 조금 전에 나한테 지나치게 청렴결백해서는 안 된다고 말했던 것처럼요."

화경이 대답했다.

"여기저기에 적을 두는 전략도 좋죠. 조조의 진영에 몸담고 있으면서 유비를 돕는 전략도 괜찮죠. 어떤 방식이든 상관없어요. 나는 다만 이 거친 제경의 조정에서 봉매가 확실히 자리를 잡았으면 해요."

"폐하께서는 내가 어떤 누구에게도 속하지 않길 원해."

봉지미가 나지막이 말했다.

"봉지미는 명망이 두터워서 이런 사람이 누군가의 진영에 합류한다면 폐하가 마음을 놓지 못할 거야. 그 노인네가 아직 조정을 장악하고 있기에 폐하의 환심을 사는 것이 어떤 누구의 환심을 사는 것보다 더 중요하지."

"말 돌리지 말아요."

화경이 봉지미에게 눈을 흘기며 말했다.

"무슨 뜻인지 뻔히 알잖아요, 어떤 진영으로 대놓고 들어가라는 말이 아닌 거 알면서."

봉지미는 아무 말도 하지 않고 잠시 생각에 잠겨 웃었다. 화경이 그녀의 표정을 살펴봤다. 그녀의 잃어버린 기억이 존재하는지 파악할 수 없었다. 화경은 에둘러 말하는 성격이 아니었기에 잠시 생각하다가 대놓고 말했다.

"봉매를 대하는 초왕 전하의 마음은 진실인 것 같아요. 어떻게 생각할지는 모르지만, 자리를 확실히 잡으려면 전하와 잘 지내요."

"이치대로 해야지."

봉지미는 가볍게 말했다. 화경은 그녀를 바라보며 무슨 말을 하려다 함구했다. 그녀가 웃으며 말했다.

"옛날에는 나더러 멀리하라더니 이제는 말이 바뀌었네?"

"상황이 변했으니까……."

화경이 가볍게 한숨을 쉬었다.

"이제는 그분이 가장 큰 세력을 가진 황자이고, 봉매는 가장 명망 있는 대신이잖아요. 만약 초왕께서 당신이 별 필요가 없어지면, 나중에 혹시라도……."

봉지미는 묵묵히 아무 말도 하지 않았다. 밤의 어둠 속에서 그녀의 눈빛이 반쯤 드리운 꽃처럼 부드러웠지만 어떤 생각인지는 알 수 없었다. 화경의 말소리가 갑자기 바람보다 가볍게 느껴졌다.

"그해에 나한테 그런 말을 했죠. 인생에서 몇 번 오지 않는 마음을 소중히 여기는 법을 배우고 싶고, 가끔은 제멋대로 마음이 끌리는 대로 하고 싶다고! 지금…… 그때 그 마음은 여전해요?"

당신의 마음은 여전한가요? 아주 단순한 질문이었지만, 가장 답변하기 까다로웠다.

사방이 매우 고용했다. 밤 벌레도 울지 않았다. 꽃은 봉오리를 오그렸고 달은 빛을 거둔 듯 만물이 답을 기다리고 있었지만, 대답할 사람은 침묵만을 지켰다. 한참 후에 탄식이 들려왔지만, 누구의 탄식인지는 알 수 없었다. 한참 후 화경이 갑자기 자리를 떴다. 봉지미는 가만히 정자 난간에 기댄 채 넋을 잃고 물결이 이는 연못을 바라보며 초왕의 왕궁에서 그날 밤 핏빛으로 물들었던 여자의 무겁고도 애처로운 질문이 떠올랐다. 한참 후 등 뒤에서 발걸음 소리가 들렸다. 화경이 돌아왔다. 봉지미는 여전히 미동도 하지 않았다. 등 뒤에서 화경이 불쑥 어떤 물건을 내밀었다. 옅은 녹색의 나무 재질에 단아한 색상, 바람이 불어 눈발이 나부끼는 듯 아름다운 문양이 자연스레 새겨져 있었고, 가장자리에는 황금색의 독말풀이 찍혀 있는 물건이었다.

봉지미는 잠시 멈칫했다. 그것은 영혁이 선물로 줬던 봉황꼬리나무로 만든 서신함이었다. 초원 창수 강 밑에서 이미 썩어 버렸어야 할 물건이 이곳에 나타난 것이다. 상자는 여전히 상태가 좋았고, 금색의 낙인 역시 녹이 슬지 않았다. 하지만 그녀는 분명히 기억하고 있었다. 그때 자신이 직접 이 상자와 그 속에 가득했던 편지들을 창수 강에 던져 버렸다.

"이 물건을 던져 버렸을 때, 내가 근처에 있었어요."

화경이 등 뒤에서 천천히 말했다.

"그 당시 임신 중이라 물에 들어갈 수 없어서 순우맹에게 몰래 건져 오라고 했었죠. 날이 어두워져 당신은 막사로 돌아갔기 때문에 몰랐던 거예요."

봉지미가 한참 후 말을 꺼냈다.

"왜?"

"그냥 인생에 있어서 첫 번째로 아름다운 기억은 누구든 쉽게 버릴 수 없는 것 같으니까……."

화경이 나지막이 말했다.

"그럼 후회할 것 같아요."

"그럼 왜 지금 주는 거야?"

화경은 아무 말도 하지 않더니 한참 후에 웃었다.

"내가 떠나야 하니까요. 언제 다시 볼지 몰라서요. 이걸 가지고 있는 건 도리에 어긋나요. 이제 원주인에게 돌려 줘야죠. 다시 버리던 아니면, 가지고 있던 그건 맘대로 해요."

화경은 손을 펼쳐 내려놓고 즐거운 표정으로 정자를 나가면서 홀가분하게 중얼거렸다.

"어쨌든 다시 돌아가는데 가져가려면 번거로워서……."

화경이 고개도 돌리지 않고 말했다.

"내일 배웅 필요 없어요. 눈물 질질 짤까 그러는 거니 이렇게 하죠. 나중에 다시 만나고요."

봉지미는 민첩하게 성큼성큼 떠나는 화경의 모습을 눈으로 배웅했다. 그러고는 살포시 들고 있던 상자를 쓰다듬으며 눈을 반짝였다. 갑자기 등 뒤에서 어떤 인기척이 느껴졌고, 그녀는 깜짝 놀랐다. 이 정원에 다른 곳으로 통하는 지하 세상이 있다는 사실이 문득 떠올랐다. 누군가가 왔다면 그녀가 첫 번째로 해야 할 일은 서신함을 숨기는 것이었다. 하지만 사방에 숨길 곳이 없어서 그녀는 어쩔 수 없이 상자를 깔고 앉았다.

그 신비한 우물이 잠시 흔들리더니 나타난 사람은 역시나 영혁이었다. 최근 들어 일이 있든 없든 그는 이곳에 시도 때도 없이 들렀고, 봉지미와 녹림 작당 사건 조서의 방향을 어떤 식으로 끌고 갈지 등을 의논했다. 그런 연유 때문에 그녀는 일찍 잠을 청할 수 없었다. 만약 일찍 잠이 들면, 저 사람은 분명 얼굴에 철판을 깔고 침대로 찾아올 터였다. 그는 우물에서 나오자마자 마치 기다리고 있는 듯 조신하게 앉아 있는 그녀를 발견하고 눈가에 열은 미소를 드리웠다.

"날 기다리고 있었느냐?"

봉지미는 움직이지 않고 눈을 들어 영혁을 보고는 까칠하게 말했다.

"이곳이 전하의 뒤뜰이라고 착각할 뻔했습니다."

"너무 그러지 말아라."

봉지미의 옆에 앉으려던 영혁의 눈에는 정자 모퉁이에서 허리를 꼿꼿이 펴고 단정하게 앉아 있는 그녀의 모습이 마치 가까이 오지 말라는 경고처럼 보였다. 그는 눈썹을 치켜뜨고 웃더니 그녀의 맞은편에 앉아 정자 난간에 기대며 말했다.

"먹을 것 좀 있나? 방금 대리사에서 나왔더니 정말 배가 고프구나. 우리 부엌에 있는 간식이 좀 지겹기도 하고, 여기는 뭐 특별난 건 없나 해서."

봉지미가 천천히 말했다.

"있죠. 근데 드실 수 있으실지."

"못 먹을 게 어디 있나?"

영혁은 기분이 무척 좋아 보였다. 눈빛에 담긴 미소가 아름다움을 더했다.

"화경이 내일 가니 오늘 밤에 이곳에 분명히 맛있는 음식이 많을 것 같았어. 역시 기회를 잘 포착하는 게 중요하지."

봉지미는 영혁을 보면서 허공에 대고 손뼉을 쳤다. 누군가가 나무 뒤에서 모습을 나타냈다. 그녀가 말했다.

"오늘 저녁에 먹은 그 계란찜을 하나 준비하라고 일러라."

호위가 명령을 받들고 사라졌다. 수상한 봉지미의 모습을 보던 영혁이 눈을 반짝이며 웃었다.

"계란찜? 나는 뭐 신기한 건 줄 알았는데, 너무 인색한 것 아닌가? 화경의 송별회에 그걸 준비하다니."

"아닙니다."

봉지미가 헤헤 웃으며 고개를 흔들었다.

"그냥 계란찜이 아닙니다. 이 요리는 천상에나 존재할 요리로 먹어 본 사람이 몇 되지 않습니다! 이번에 맛보시면 분명 평생 잊지 못하실 겁니다."

"네가 주는 것은 언제나 평생 잊지 못하지. 너는 허구한 날 잊어버리지만."

영혁이 웃었다. 이 말에는 뼈가 있었다. 갑자기 몸을 돌려 봉지미를 보고는 미간을 찌푸리며 말했다.

"오늘 뭔가 이상하군, 왜 그리 꼿꼿하게 앉아 있느냐?"

봉지미는 속으로 투덜대며 말했다.

'당신이 준 이 상자는 왜 이리도 각진 거예요? 딱딱해서 엉덩이 배기게 생겼어요. 자세를 조금도 흐트러뜨릴 수 없잖아요.'

봉지미는 얌전하고 단아하게 앉은 채로 가식적인 미소를 지으며 말했다.

"고남의가 기를 단련하는 새로운 방법을 알려 줘서요. 바람이 통하고 달이 밝은 곳에서 바른 자세로 앉아 호흡해야 한다고……."

그 말을 마치고 봉지미는 진지하게 숨을 들이마셨다. 갑자기 영혁이 얼굴 가까이 다가오더니 미간을 찌푸리며 말했다.

"어, 이것은 무엇인가?"

배를 띄우다

봉지미는 가슴이 철렁 내려앉았다. 시선을 떨어트린 영혁이 그녀의 옷소매를 잡고 유심히 살폈다. 그는 손가락으로 비벼보며 말했다.

"어? 다진 고기?"

봉지미는 난감한 표정을 지었다. 조금 전 연회석의 입속에 있던 쌀벌 레 계란찜이 고지효의 얼굴에 튀어 아이의 얼굴을 닦아줬을 때 옷깃에 묻은 듯했다. 그 사소한 걸 예리한 영혁의 눈이 놓치지 않은 모양이었 다. 하지만 그가 자신의 엉덩이 밑에 있는 물건은 눈치채지 못한 것으로 위안 삼았다. 그녀는 안도의 한숨을 내쉬며 서둘러 옷깃을 빼내고 웃 었다.

"귀한 요리라 이따가 야식으로 먹으려고 남겨 뒀어요."

영혁이 웃으며 봉지미의 맞은편으로 돌아가 정자 난간에 삐딱하게 기대앉았다.

"어제 부황께서 서원에 사냥을 나가셨는데 2황자에게 연락하지 않 으셨다 들었다."

봉지미는 살짝 웃었다. 두 사람은 모두 영민한 사람이었다. 세세히 말하지 않아도 함의를 파악할 수 있었다. 황제는 사냥을 나갈 때마다 무공이 뛰어난 2황자를 불러 함께 했다. 그런데 갑자기 그를 부르지 않았다는 것은 그 자체로 하나의 신호였다.

"제2의 5황자처럼 궁지에 몰리면 무슨 일을 저지를지 모르니 방비하게."

영혁이 낮은 음성으로 말했다.

"내가 사람을 좀 더 배치해 너를 호위하려는데 어떤가?"

"전하께서는 전하의 안위에 신경 쓰십시오."

봉지미가 웃었다.

"비록 이번에 직접 나서지는 않았지만, 2황자는 분명 전하가 개입되었음을 알 것입니다. 조심하십시오."

영혁은 아무 말도 하지 않았다. 조금 부드러운 시선으로 봉지미를 보았다. 침묵 속에서 옅은 미소가 서렸고, 사방에서 불어오던 바람도 이 미소에 덩달아 포근해졌다. 그녀는 그의 시선이 조금 어색했지만 뭐라고 묻고 싶지 않았다. 또 사랑의 속삭임 같은 말을 하지 않을까 두려워 주위를 두리번거렸다.

"어, 왜 아직도 안 가져다주지?"

"갑자기 배가 안 고프구나. 안 먹어도 배가 부른 것 같다."

영혁은 몸을 옆으로 돌리고는 정자 난간에 기대 멍하니 연못을 바라보더니 갑자기 봉지미를 보고 웃었다.

"오래간만이다. 드디어 나에게 관심을 보이다니."

봉지미는 머쓱해 화제를 다른 곳으로 돌리려 했다. 저 멀리서 향기로운 냄새가 날아왔다. 호위가 쟁반을 들고 모습을 나타냈다. 그녀는 손을 흔들어 쟁반을 영혁에게 가져다주라고 한 뒤, 빙그레 웃으며 유명한 '쌀벌레 계란찜'을 가리켰다.

"신선한 비룡 살에 비둘기 알을 깨뜨려 넣고 다진 고기찜입니다. 한 번 맛보시죠."

봉지미의 미소는 너무나 자연스러웠다. 지나치게 열정적이지도, 또 지나치게 진지하지도 않았다. 영혁은 의심스러운 눈초리로 그녀를 바라보았다. 조금 출출하여 한 숟가락을 떠서 천천히 맛을 보았다. 입에 넣자 눈에 번쩍 불이 들어오며 찬사를 보냈다.

"맛있구나!"

"당연히 맛있죠."

봉지미는 헤벌쭉 웃으며 영혁을 보았다. 그는 작은 그릇과 숟가락을 들고 다시 한 숟가락 떠서 미소를 지으며 그녀에게 권하려 했다.

"이런 훌륭한 음식을 어찌 혼자 먹는단 말이냐! 자, 너도 들거라."

봉지미는 대경실색하며 황급히 일어나려고 반쯤 엉덩이를 들었다가 다시 자리에 앉았다. 몸 아래에서 덜컹거리는 소리가 들리는 것 같아 황급히 몸을 한쪽으로 기울이며 웃었다.

"아닙니다! 오늘 저녁에 너무 많이 먹어서 배가 터질 지경입니다. 더 먹으면 게워낼 것 같습니다. 분위기 망가집니다."

영혁은 내밀었던 숟가락을 거두더니 여전히 반짝이는 미소를 지으며 덤덤히 말했다.

"아? 그래?"

아쉽다는 듯 몇 숟가락 더 먹고 칭찬을 늘어놓더니 더 이상 먹지 않았다. 그는 황족의 자제다웠다. 무엇을 먹든 무엇을 사용하든 절제했다. 뭔가를 좋아해도 일반 사람들처럼 욕심을 부리지 않았고, 좋아하는 것도 드러내지 않고 자제하여 다른 사람에게 약점을 잡히지 않았다. 봉지미 역시 게걸스럽게 먹는 그의 모습을 예상하지 않았다. 그가 몇 숟가락을 뜨고 그만 먹자 그녀가 바로 미소를 띤 얼굴로 턱을 괴고 말했다.

"사실…… 전하, 조금 전에 끝내지 못한 말이 있사옵니다."

"응?"

"이 요리는 비룡 살에 비둘기 알을 깨뜨려 넣고 다진 게 맞지만, 거기에 주재료가 하나 더 있습니다."

봉지미가 장난스럽게 웃었다.

"남쪽에서 나는 쌀벌레 고기……."

아직 말을 다 끝맺지 못했는데 창백한 얼굴을 한 영혁이 탁, 소리를 내며 그릇을 내려놓았다. 이어 황급히 일어나더니 억지웃음을 지으며 말했다.

"갑자기 처리하지 못한 일이 떠올라서 먼저 가 보겠다. 어서 쉬거라."

"배웅하지 않겠습니다."

봉지미는 난간에 기대 환하게 웃었다. 마치 도망치는 것처럼 옷소매를 흔들며 성큼성큼 우물가에 있는 지하 통로로 향하는 영혁을 보니 더 우스웠다. 평소보다 걸음걸이가 훨씬 민첩하고 재빨랐다. 봉지미는 흡족한 듯 웃었다. 우물에서 그의 모습이 사라지자 그녀의 얼굴에 있던 미소가 싹 사라졌다. 그녀는 한참을 멍하니 앉아 있다가 엉덩이가 배겨서 일어선 후 상자를 가슴에 품고 조심스럽게 쓰다듬었다. 상자 입구가 이미 개봉되어 있었다. 아마도 화경이 물에 젖었던 서신을 정성스레 말렸는지 입구 모서리 부분이 살짝 들떠 있었다. 상자에는 편지가 빼곡히 들어 있었으며 바람이 불 때마다 사그락 하는 작은 소리가 들렸다. 마치 편지들이 그녀의 손 위에 떨어지고 싶은 듯 보였다. 손가락으로 살짝 만졌는데 편지 하나가 그녀의 손에 잡혔다. 그때 그 느낌처럼 신비롭고 알 수 없는 편지였다. 갈대와 깃털이 꽂혀 있는 편지인지 아니면, 안란곡의 파도와 산호가 실려 있는 편지인지 혹은, 그녀가 유일하게 답장했던 편지인지 알 수 없었다. 차가운 강물 아래에서 다시 돌아와 그녀의 손가락에 그때의 기쁨을 전해 주었다. 꽤 오랜 시간이 흘렀다. 서로 신비로웠고 알 수 없었기에 시작과 기대라는 설렘을 담고 있었다. 그때의 신비로움과 묘한 느낌은 아직도 여전했으나 당시의 마음은 이미 사라져 버렸다. 많은 변화가 일어나면서 과거의 마음은 다음 시대의 역사가 되어 버렸다.

봉지미는 상자를 안고 한참을 서 있었다. 그녀의 눈가에 이슬이 맺혔다. 결국 그녀는 상자를 열지 않고 어떤 편지도 꺼내지 않았다. 날이 밝아오려고 할 때, 상자를 안고 방으로 들어간 그녀의 뒷모습에 방황하는 고독이 서려 있었다. 그녀는 알지 못했다. 어떤 이가 우물 아래의 비밀 통로에 들어간 후 게워내지도 않았고, 바로 그곳을 떠나지도 않았다는 사실을.

우물 아래의 수위가 빠른 속도로 낮아졌다. 영혁은 비밀 통로의 문 앞 축축해진 땅 위에서 오랫동안 침묵을 지켰다. 구역질이 나와 새파랗게 질렸던 표정은 이미 사라졌고, 그늘이 깊게 드리운 조각 같은 얼굴이 보였다. 머리 위에 있던 달빛이 우물의 한쪽을 비췄다. 완벽하게 대비되는 양과 음. 그는 그 차가운 달빛 속에서 눈이 내려앉은 대나무처럼 달빛이 닿지 않는 음지에서 옷을 드리운 채 서 있었다. 그 옷깃 속 손가락 사이에는 하얀 사각형의 물건이 있었다. 그 물건은 어둠에서 빙빙 도는 바람 속에서 샤샤거리며 작은 소리를 냈다.

다음날 화경 부부가 떠났다. 봉지미도 배웅을 나갔다. 거친 바람 속에서 화경은 밝은 미소를 하고 아무 말 없이 봉지미를 안더니 귓가에 대고 '건강 조심해요'라는 말을 남겼다. 자신에게 하는 말이기도 했고, 서로에게 하는 말이기도 했다. 높은 산과 깊은 물이 가로막고 있지만, 다시 만날 날을 기약하자는 것이었다. 봉지미는 역의 정자에 서서 뒤돌아보지 않는 그녀의 뒷모습을 바라보다가 눈시울이 붉어졌다. 진정한 친구는 같이 있는 시간보다 떨어져 있는 시간이 더 많기 마련이었다. 언제 다시 만날 수 있을지 알 수 없었다.

멀어져가는 화경이 저 멀리서 갑자기 등 뒤로 손을 올리는 모습이 시야에 들어왔다. 높이 든 손에서 검정빛이 반짝였다. 봉지미는 초원에 있었을 때 자신이 그녀에게 줬던 어머니의 유물임을 단박에 알아챘다. 그녀는 자신의 방식으로 그해 초원에서 했던 약속을 잊지 않았다고 알린 것이었다. 봉지미는 눈을 감고, 바람 속에서 누군가의 낮은 속삭임을 느꼈다. 이미 멀어져 간 부드러운 그 목소리를.

등 뒤에서 옅은 물풀 냄새가 전해왔다. 누군가가 아무 소리 없이 다가왔다. 대부분은 이런 상황에서 외로움을 느끼는 여자를 품 안에 안아 따스함을 전해 줬을 것이다. 하지만 그는 그저 조용히 그녀의 등에서 좀 떨어진 곳에 서서 호두를 먹고 있었다. 고남의였다. 바닥에 호두 껍데기 더미가 산처럼 쌓여 갔다. 그는 호두 껍데기 더미 위에 서서 뭉개진 발음으로 곁눈질도 하지 않으며 무심하게 말했다.

"나 여기 있다."

봉지미의 눈이 살짝 구부러졌다. 따뜻한 미소를 머금고 돌아서서 고남의 옷에 붙은 호두 부스러기를 털어 주며 말했다.

"맞아요, 사형이 있어서 다행이에요."

갑자기 마차 소리가 들려 고개를 돌아보니 의장대가 다가왔다. 영혁의 의장대였다. 봉지미가 한쪽으로 비켜섰지만, 영혁이 이미 그녀를 보고 마차를 세우더니 커튼을 젖히고 웃으며 말했다.

"위 후작, 친구를 배웅하고 계셨군요?"

"질문에 대답하옵니다."

봉지미가 시선을 내리깔고 대답했다.

"화 참장의 출경을 배웅했사옵니다."

영혁은 봉지미를 바라보며 고개를 끄덕였다.

"천 리까지 배웅해도 결국엔 이별해야 하는 법 아니겠소. 위 후작이 많이 상심한 것 같진 않소."

봉지미는 속으로 눈이 삔 게 아닌가 투덜거렸다. 하지만 영혁이 관리들 한 무리를 대동하고 있었기에 그녀는 가식적인 미소로 감격한 듯 말했다.

"전하 정말 따뜻하십니다. 소신은 성은이 망극하여 도무지 슬프지 않습니다."

누군가가 킥킥거리며 웃었고, 봉지미는 멍한 표정을 지었다. 하지만 영혁은 화를 내지 않고 덤덤히 말했다.

"위 후작도 여기 있는 김에 본 왕도 배웅해 주시오."

"전하 어디 가십니까?"

"폐하께서 낙현에 행궁을 건설할 계획이라 공부 관리들과 함께 지형을 살피고 행궁 건설에 적당한 곳을 골라 놓으라 명하셨소."

봉지미의 눈빛이 반짝였다. 낙현은 제경의 교외로 경치가 아름답기로 유명한 곳이었다. 천성제가 이곳에 행궁을 짓는 것은 지극히 정상적인 일이었다. 하지만 영혁은 이제껏 이런 공개된 장소에서 그녀와 시답지 않은 이야기를 주고받는 사람이 아니었다. 그녀는 잠시 생각에 잠겼다가 대략적인 상황을 파악했다. 낙현은 수륙 교통이 발달한 곳이고 제경의 문호를 지키는 요충지였다. 부근에는 호위 본진이 있고 남쪽으로는 강회, 북쪽으로는 하동으로 갈 수 있었다. 이 행궁은 아마도 황제가 천년 왕국을 위해 건설하는 것으로 황조 자손을 위해 짓는 거처일 터였다.

"위 후작은 낙현 어느 곳이 행궁 건설에 가장 적합하다고 보시오?"

영혁이 물었다.

"소신은 풍수에 대해 잘 모릅니다."

봉지미는 웃었다.

"하지만 낙현의 여산 경관이 천하제일이라 들었습니다. 산과 물이 주변에 있어서 기운과 정신을 맑게 해 주니 꼭 가 볼 만한 곳이라고 들었습니다."

영혁은 웃으며 고개를 끄덕이고는 커튼을 내렸다. 봉지미가 비키려고 하자 마차 안에서 그가 조용히 명을 내렸다.

"위 후작의 식견은 천하제일 아닌가. 낙현에 함께 가서 답사를 도와주시오. 내가 대신 폐하께 말씀드리면 분명 허락하실 것이오."

봉지미는 잠시 어안이 벙벙했다. 궁에 돌아가 처리할 일이 있고, 춘위가 막 마무리되어 합격자 명단을 내각에 넘겨야 하는데 왜 날 이 일에 끌어들이냐고 반박하려고 가마 쪽을 향해 다가갔다. 그 순간 영혁이 막무가내로 사람을 불러 말 두 필을 가져왔다. 그녀는 미간을 찌푸렸다. 이제껏 그가 헛된 장난을 치는 사람은 아니었기에 고개를 돌려 따라온 하인에게 명령했다.

"돌아가서 종 선생에게 전하거라. 낙현에 다녀오겠으니 예부에 사람을 보내 전달하게 하라."

그러고는 말에 올라타 영혁의 마차 옆을 따라갔다. 역시나 얼마 가지 않아 그가 또 커튼을 젖히더니 말했다.

"위 후작, 물어볼 말이 있으니 마차에 오르시지요."

봉지미는 고개를 끄덕였다. 말에서 내리려고 할 때 갑자기 등 뒤에 서늘한 기운이 느껴졌다. 고개를 돌려보니 등 뒤에 바짝 붙어 있는 고남의가 보였다. 비록 면사포를 쓰고 있었지만, 불쾌한 기색이 면사포 너머로 전달됐다. 그의 손에 있던 호두는 아무 소리 없이 가루가 되어 있었다. 그녀는 웃으며 말했다.

"고 도련님, 공사입니다. 공사!"

고남의는 아무 말도 하지 않고 봉지미의 위아래를 훑어보았다. 그녀의 옷깃을 여미며 피부가 조금이라도 밖으로 노출되지 않게 한 후에야 놓아 줬다. 그녀는 땀을 삐질삐질 흘리며 영혁의 마차 안으로 들어갔다. 아직 자리에 채 앉지 않았을 때 툭, 하는 소리가 나더니 커튼이 젖혀지고 무엇인가가 커다란 마차 안으로 떨어졌다. 그러고는 안정적으로 그녀와 그의 맞은편에 정확히 자리를 잡고 앉았다. 고지효였다. 고지효는 아버지의 말씀을 참 잘 듣는 딸이었다. 아무 소리도 내지 않고 그 둘의 맞은편에 앉아 아버지가 시킨 대로 그 남자를 쳐다보았다. 그녀는 미안함과 유감이 담긴 미소를 그에게 보냈다. 그가 냉정하게 웃더니 손을 들었다. 점혈을 당한 지효는 아무 소리 없이 쓰러졌다.

"아이한테 그럴 필요가 있습니까? 고남의가 알면 가만두지 않을 겁니다."

봉지미의 말이 채 끝나기도 전에 영혁은 이미 한 손으로 그녀를 끌어당기더니 귓가 주변을 슬쩍 만지면서 나지막이 말했다.

"본 왕은 너를 위해서다. 다른 사람이 널 이렇게 지켜보기를 바라는 것이냐?"

목소리가 점점 낮아지더니 봉지미의 귓가에 입술이 움직이며 점점 가까이 다가왔다. 낮은 목소리에는 미소가 담겨 있었고, 마치 술에 취한 듯 보였다.

"······응?"

봉지미는 영혁의 입술이 닿고 있는 곳이 뜨겁게 달아오르는 게 느껴졌다. 귀는 이미 빨개졌을 것이다. 재빨리 뒤로 몸을 숨기며 정색했다.

"마차에 타라고 한 목적이 이렇게 희롱하려는 것이면 각자 길을 가는 게 좋겠습니다."

영혁은 봉지미의 험상궂은 표정과 매몰찬 말에도 아랑곳하지 않고 평상시처럼 그녀의 귓가에 대고 냄새를 맡았다. 여전히 밝고 맑은 그녀의 숨결이 느껴지자 그제야 흡족한 듯 놓아주었다. 그는 미소를 담은 눈빛을 했지만 차가운 말투로 놀랄 만한 소식을 전했다.

"2황자가 오늘 호위 본진을 책동하려는 시도를 했다!"

봉지미가 눈썹을 치켜들며 엄숙한 표정으로 물었다.

"어찌 아셨습니까?"

"호위 본진에 내가 심어 놓은 사람이 있다. 내가 그 정도 대비도 안 했겠느냐?"

영혁은 덤덤히 말했다.

"그 사건에 대해 면밀히 조사하고 폐하께서 분노하셨다. 아직 대놓고 2황자를 처벌하지 않으셨지만, 10황자에게 금군을 파견하여 2황자의 자택을 감시하라고 명하셨다. 2황자는 뭔가 이상한 낌새를 눈치채고 호위를 데리고 도망갔다. 나는 2황자가 장녕번으로 갈 줄 알았는데 곧바로 호위 본진으로 갔다. 보아하니 야심을 아직 버리지 못한 듯하다. 아마 장녕과 안팎으로 내통하려는 수작인 것 같다. 장녕번의 두부 가격이 올랐다는 소리를 들었는데, 장녕에서 이미 대량의 곡식을 군용으로 징수해서 그런 것일 게다. 2황자는 제경에서 호위 본진 중심을 장악할 생각이겠지. 장녕의 대군들은 북쪽에 분포해 있으니 성공하면 천하를 나눠 갖겠다는 심산일 터이고. 정말 훌륭한 계산이지 않느냐?"

"그러면 낙현에는 왜……."

"낙현에 폐하가 행궁 밀전을 세운다는 것은 사실이다. 하지만 오늘 내가 가는 것은 명목에 불과하다. 나는 호부(虎符)*구리로 된 범 모양의 징병 표지를 가지고 왔다. 이걸로 반역자가 되고 싶지 않은 호위 본진의 병사를 동원할 수 있다. 장영위 만 명이 전방의 삼둔촌에서 날 기다리고 있다. 그리고 낙수 부근에 주둔해 있는 강회 수군도 동원할 수 있다. 수로로 반나절이면 도착할 수 있으니, 연합하여 낙현을 지킬 수 있다. 여산 산자락에서 호위 본진을 역습하고 굽어볼 수 있는 지형적 이점을 잘 활용하면, 2황자가 병사를 이끌고 출격할 수 없을 것이다. 만약 출격하면 피바다를 맛보게 될 것이고!"

영혁은 덤덤한 말투로 말을 이어갔지만, 눈빛에는 살기가 가득했다. 곧이어 살기는 금세 자취를 감추었고, 봉지미의 머리를 살포시 어루만졌다.

"폐하께서 제경 밖에서 2황자에 맞서라고 명령하셔서 마침 널 찾고 있었는데, 교외에서 만나게 될 줄은……."

봉지미는 아무 말도 하지 않았지만, 눈빛이 빛났다. 엄중한 군령은 명을 받는 즉시 바로 출발해야 했다. 영혁의 출경 노선을 보면 그가 일부러 길을 돌아왔음을 알 수 있었다. 그는 제경에 혼자 남아 있을 그녀가 걱정되어 데려가고 싶었다. 궁지에 몰린 2황자와 그의 앞잡이들에게 당할까 걱정되었고, 이런 상황에선 군에 있는 것이 가장 안전하기 때문이었다. 그는 섬세하고 깊은 마음 씀씀이를 굳이 말로 꺼내지는 않았다. 침묵하고 있는 그녀를 보며 그는 그녀가 같이 가는 걸 내켜 하지 않는다고 생각했다. 그가 작게 한숨을 쉬고 말했다.

"봉지미, 강인한 척하지 말고 널 보호하게 해라."

봉지미는 여전히 아무 말도 하지 않았다. 가볍게 미소를 짓고 품에서 작은 병 하나를 꺼내 말했다.

"종신이 만든 약이에요. 종신이 만든 물건은 아주 유용합니다. 어젯밤에 드리려고 했는데 잊었네요. 독약이 아닐까 의심이 가면 안 쓰셔도 상관없고요."

영혁은 약을 받았다. 손에 쥔 약병이 따뜻했고, 그의 눈빛처럼 반짝반짝 빛을 냈다. 옅은 미소를 지은 그는 앞에 있는 여자를 보며 섬세하고 속 깊은 마음씨를 가졌다고 생각했다. 창의 틈 사이로 따스한 햇볕이 들어왔다. 커튼의 옅은 색상이 눈부시게 빛나 환상적인 분위기를 만들어 주었다. 둘은 서로를 보며 웃고 있었다.

삼둔촌에서 1만 장영위가 아무 미동도 없이 대오에 합류했다. 낙수수사 부장군은 일찍부터 낙현 3리 밖에서 기다리다가 영혁의 명을 받은 후 서둘러 자리를 떴다. 그는 폐하의 행궁 부지를 살펴본다는 이유를 둘러대고 출경한 것이었다. 그렇기에 이와 관련된 군사적 조치는 모두 비밀리에 진행되었다. 당연히 현지의 관청과 연락해야 했고, 낙현의 지현 도용흔이 모든 현의 관리들을 대동하고 성을 나와 그를 맞이했다. 이곳은 수도 인근의 중요 지역이고, 또 아름다운 경치를 자랑하는 곳이라 일상적으로 관리와 귀족의 왕래가 잦았다. 지현은 자주 귀빈을 접대해 왔다. 오늘 방문하는 일행은 영향력이 가장 큰 황자와 명성이 대단한 위지였지만, 도용흔은 한 치의 당황함도 없이 점잖게 품위를 잃지 않은 모습을 보였고 봉지미도 그런 모습을 즐겼다.

"전하, 후작님, 여산을 한번 보셔야죠?"

예를 표한 후 도용흔이 바로 본론으로 들어갔다.

"여산 자체는 크지 않습니다. 소신의 소견으로는 행궁을 짓기에는 넉넉지 않으나 여산 초입의 여호에 좋은 장소가 있습니다. 사방이 널찍하고, 지대가 높아 맑은 강가의 백사장이 보이고, 깨끗한 강도 조망할 수 있습니다. 전하와 후작님께서 관심이 있으시면 소신이 현지인에게 안내를 부탁해 놓겠습니다."

두 사람은 서로를 바라봤다. 여호는 낙수로 통하는 곳으로 꼭 살펴봐야 했다. 괜찮은 경우, 그곳에서 바로 수군과 연합하여 적의 소굴을 칠 수 있다. 도용흔이 바로 안내인을 불렀고, 영혁은 남들에게 보여 줄 정도의 공부 관리 몇몇만 데리고 여산으로 향했다. 관리들에게는 산에 올라가 지형을 살펴보라고 한 후 그는 봉지미와 호수에 띄운 배에 오르려 했다. 고남의는 고지효를 업고 당연한 듯 따라왔다.

여호의 가장자리에는 관청의 선박이 정박해 있었다. 매우 선명하고 눈에 확 띄는 색이 칠해져 있었다. 봉지미는 규모가 작지 않은 배를 보며 고개를 저었다. 그러더니 전방의 기슭에 나란히 정박해 있는 나룻배를 가리키며 웃으며 말했다.

"저는 왠지 저 배로 호수를 구경하고 싶네요. 작은 배를 타고 바람과 파도를 맞서는 게 더 운치 있지 않을까요."

"무쌍국사이신 후작님은 고상하시니 호수에 배를 띄워 놓고 노니는 걸 좋아하시는군요."

도용흔이 웃으며 말했다.

"다만 저 배는 너무 작습니다. 호수의 바람과 파도가 세서 자주 배가 전복됩니다. 소신은 전하와 후작님의 안전을 책임져야 하니 두 분께 위험을 감수하게 할 수 없습니다."

"도 지현이 아주 조심스러우시군요. 그러면 관청의 배를 타겠소."

결정한 영혁이 먼저 배에 올랐다. 도용흔이 직접 수행하며 따라갔고, 봉지미도 한숨을 쉬며 따라갔다. 도용흔은 일 처리가 빠른 사람이었다. 배가 출발하자 뱃머리에서 연회를 열게 준비하였고, 깨끗한 부들자리를 깔아 놓았다. 수정 유리 그릇에 제철 과일을 담아 올렸고, 맑은 향기가 사방으로 퍼지는 현지 명차인 운호를 타 왔다. 짙은 차향과 솔솔 불어오는 시원한 바람 속에서 여유롭게 마주 앉아 호수와 산의 경치를 보며 하늘과 구름 등 자연 경관을 즐겼다.

마주 앉은 사람은 당연히 봉지미와 영혁이었다. 고남의는 줄곧 눈엣가시처럼 영혁을 바라보았다. 그녀가 건드리지 못 하게 하여 그를 가만 놔둔 것으로 당연히 그의 옆에 앉을 리가 없었다. 고남의는 그녀의 옆쪽에 앉아 고지효와 낚시를 하고 있었다. 낚싯대에는 미끼가 필요 없었다. 금빛이 반짝이는 새끼 원숭이 두 마리를 걸어 물에 던지면 털이 복슬복슬한 손으로 무식하게 수면을 쳤고, 그렇게 잡아 올린 것은 모두 손톱 크기의 작은 새우였다. 고남의는 매우 흡족해하며 이를 조심스럽게 건네주더니, 하인에게 '신선한 비룡 살에 비둘기 알을 깨뜨려 넣고 다진 고기와 쌀벌레, 새우를 넣은 찜'을 주문했다. 낙현 관청의 관선 주방장은 난감해하면서 이런 전설 속에서나 들어본 요리를 어떻게 만들어야 할지 난감해했다. 이쪽에서는 봉지미가 잔을 들어 신선한 바람과 햇살을 담더니 미소 띤 얼굴로 건넸다.

"전하, 비록 가장 고귀하시고 고결하신 분이지만 막중한 임무로 이렇게 호수에서 자연의 아름다움을 느껴 볼 시간이 많지 않으시라 사료되옵니다. 시원한 바람 반 잔과 햇살 한 잔을 이 드넓고 시원한 여호와 함께 즐기시지요."

미소를 지으며 잔을 든 영혁은 봉지미가 잔을 내려놓을 때 덤덤히 말했다.

"저 삶에는 이런 여유로운 시간이 거의 없습니다. 하지만 일생 중 제일 탁 트이고 시원한 물을 떠올리라 하면, 장희 16년의 안란곡이 떠오르네요. 그때 안란에서 밤을 보냈는데 썰물과 밀물이 오고 가며 생사가 교차하였습니다. 공허하기도 하고 적막하기도 한 소리였죠. 배가 위아래로 심하게 흔들리는 바람에 멀미가 날 정도였죠. 하지만 그 장면을 떠올릴 때마다 여전히 그날 밤에 들었던 파도 소리가 떠오릅니다."

영혁이 안란곡을 이야기하자 봉지미의 손이 잠시 움찔했다. 그의 말을 반 정도 들었을 때, 입가에 가져다 댄 찻잔이 또 멈췄다. 평범한 이야기였으나, 평범하지 않았다. 그가 했던 몇몇 문장들은 토씨 하나 틀리지 않은 채 그 서신에 적혀 있었다. 맞은편에 앉은 그는 편안하고 단정한 자태였다. 표정은 고요하면서 정갈했고 웃음 속에서는 살짝 서늘함이 느껴졌다. 그의 옷깃에 바람이 스치자 구름처럼 펼쳐졌다. 하늘색 바탕에 짙은 은색의 무늬가 살짝 들어간 옷의 색상은 얌전하면서 사치스러웠다. 바람에 옷이 펄럭이자 층층이 정교한 은색 빛이 드러났다. 이 사람처럼 고요하고 서늘하게! 그의 말 한마디와 표정 그 자체가 보이지 않는 무기가 되어 아무 소리도 내지 않고 소리 없이 그녀의 마음을 두드렸다. 그녀는 시선을 떨구었다. 고급 차에서 쓰디쓴 맛이 느껴졌다. 내막을 모르는 도용흔만 부러운 듯 감탄하며 말했다.

"전하는 정말 고상하시네요. 전하의 몇 마디에 소신 역시 남해의 풍경이 보고 싶어졌습니다. 그저 줄곧 내륙 지역으로만 파견되는 터라 접할 기회가 없는 것이 아쉬울 뿐입니다."

영혁은 고개를 들어 도용흔을 보더니 덤덤하게 말했다.

"도 지현께서 관심이 있으면 본 왕이 조금 힘을 넣어 보겠소. 남해 안찰사 관청에 마침 빈자리가 있다던데."

도용흔은 잠시 멈칫하더니 곧이어 조금 난감한 듯 웃었다.

"전하께서는 정말 일처리가 시원시원하십니다. 정말 시원하십니다."

미소 짓던 영혁이 도용흔에게 손짓하더니 종이 한 장을 꺼내며 말했다.

"이것은 공부에서 만든 낙현 여호 지도입니다. 본 왕이 보기에 지금의 여호와는 조금 다른 것 같은데요? 도 지현께서 한번 봐 주시겠소?"

도용흔은 또 멈칫하더니 곧이어 황급히 고개를 끄덕이고 다가갔다. 한쪽에선 봉지미가 고개를 숙이고 단정하게 차를 마시고 있었다. 다른 한쪽에서는 고남의가 또 새우 몇 마리를 낚았다. 도용흔이 다가오자 영혁은 지도를 무릎 위에 펼쳐 놓았다. 도용흔이 고개를 떨구고 비스듬히 지도를 보는 순간이었다. 영혁이 갑자기 손을 들었고, 손에 들고 있던 맑은 차가 쭈르륵, 하는 소리와 함께 도용흔의 얼굴에 뿌려졌다! '아' 하고 소리만 내던 도용흔은 소매를 들어 얼굴을 닦는 게 아니라 바로 손을 뻗어 영혁의 명치 쪽을 향했다! 도용흔은 손을 호랑이 발톱같이 세우고 쭉 뻗었다. 손가락에서 팍, 하는 소리가 나며 튕기더니 손톱이 신기하게도 길어졌다. 손톱 끝부분은 약간 말려 있었고, 빛이 번쩍였다. 딱 봐도 손톱 안쪽에 숨겨 놓은 무기가 있음을 알 수 있었다. 손가락만 튕겨도 지척에 있는 영혁은 피할 곳이 없었다. 손가락을 막 튕기는 순간, 도용흔은 등 뒤에서 갑자기 통증을 느꼈다.

도용흔은 신음 소리를 내고는 더 이상 영혁을 공격하지 못했다. 등 뒤의 근육이 움츠러들었다가 다시 용수철처럼 튀어 오르더니 몸을 돌

돌 말았다. 이상한 모습이었다. 피가 솟구치는 상태로 허공으로 치솟은 그는 매섭게 고개를 돌려 쳐다봤다. 봉지미가 마치 아무 일도 없었던 듯 피가 홍건한 비수를 거두고 있었다. 그녀는 다시 자신의 찻잔을 들고 핏방울이 찻잔에 튀지 않도록 막으며 웃었다.

"명차 맛을 더럽힐 수는 없지요."

도용흔은 구역질이 나와 허공에서 하마터면 피를 토할 뻔했다. 이를 악물고 갑자기 몸을 펼치더니 마치 큰 깃발이 펄럭대며 말리듯 발끝으로 돛대 위에서 몸을 움츠렸다가 돌아서 하늘 높이 솟아올랐고 봉지미를 향해 돌진했다. 그때 아주 미세한 흰빛이 반짝이더니 날카로운 무언가가 눈으로 따라잡을 수 없을 정도로 휙 하고 허공을 가로질렀다. 쓱, 하는 작은 소리가 들리더니 이빨을 드러내고 돌진하던 도용흔의 몸이 마치 돛대 위에 있는 동상처럼 얼어붙었다. 언제부터인지 그의 허리는 투명하고 단단한 낚싯줄에 매인 채 바람 속에서 소리를 내며 움직이고 있었다. 낚싯줄이 살을 꽉 조이게 단단히 매어져 있어, 누군가 낚싯줄을 힘껏 잡아당기면 바로 허리가 끊어져서 참담하게 죽을 수도 있었다. 또 평범해 보이지만 끝이 예리한 푸른 대나무 낚싯대가 무심한 듯 자연스러운 모습으로 그의 목을 겨누고 있었다. 낚싯대 끝에서 고남의가 새끼 원숭이가 새로 건져 올린 새우를 정성스레 소쿠리에 넣고 있었다. 고지효가 웃으면서 그 낚싯대를 힘껏 당기려다 여러 번 자기 아버지에게 통통한 손을 맞았다. 도용흔의 등에서 소리 없이 선혈이 흐르며 낚싯줄을 붉게 물들였다. 그는 영혁과 봉지미 그리고 고남의에게 천천히 시선을 옮기더니 참담한 웃음소리를 내며 말했다.

"멋지군! 멋져! 조용히 사람을 죽이는 법이!"

봉지미는 차를 들고 일어서 뱃전을 등지고 도용흔을 바라보고는 차를 한 모금 마시고 웃으며 말했다.

"도 지현은…… 일단은 도 지현이라 부르지요. 자신의 연기를 너무 믿으신 거 아닙니까? 전하와 이 사람을 너무 얕잡아 보셨군요!"

"잘 알지 않는가. 나는……."

도용흔이 갑자기 말을 멈췄다.

"도용흔, 장희 3년 진사과에 급제해 먼저 한림원 학사로 있다가 2년 후에 산북도 총현의 지현으로 파견되었고, 걸출한 업적으로 3년 연속 고공사에서 높은 평가를 받았다. 하지만 임기 중 자식을 제대로 건사하지 못한 일로 어사에 의해 탄핵당해 산남으로 강직된 후 줄곧 재기하지 못했다. 상희 10년에 제경으로 돌아와 중요 업무를 보고하였는데, 한식에서 1년 넘게 머무르다 엄청난 거금을 들여 겨우 이 낙수의 지현이 되었다."

영혁은 도용흔에게 눈길도 주지 않고 말단 관리의 이력을 줄줄이 읊었다.

"이런 경력을 가지고 있는 너는 늘 조심해야 하고 계속 긴장함이 마땅한데 어찌 그리 방자하게 구는 거냐?"

"이 관청의 배도 새 배가 아니지요. 그저 최근에 칠을 다시 한 것뿐이에요. 최근 연이어 비가 내려 도색이 힘들었을 텐데 황급히 도색을 다시 한 이유는 무엇을 하기 위함인가요?"

봉지미가 차를 한 모금 마시고, 미소를 띤 채 말을 이었다.

"너는 줄곧 내륙에 배치되어 남쪽에는 가 본 적이 없는데 남해의 평범한 협곡 이름은 어찌 그리 잘 아는 것이냐?"

영혁이 약간 축축해진 소매를 털며 말했다.

"남해 안찰사 관아에 빈자리가 있고, 여태까지 남해의 관직은 남해 관청에서 사람을 파견하여 보충할 뿐 조정에서 자리를 메우지 않았습니다. 몇 년간 제경에서 관리 생활을 한 그대가 어찌 이를 모를 수 있단 말입니까?"

봉지미는 마른 천으로 비수에 묻은 피를 닦아내고는 손을 펼쳤다.

천은 호수 위를 나는 물새처럼 앞뒤로 펄럭이며 날아갔다. 두 사람은 주거니 받거니 죽이 잘 맞았다. 듣고 있던 도용흔은 시야가 점점 모호해지고, 얼굴이 창백해지더니 한참 후 비참한 모습으로 웃으며 고개를 끄덕였다.

"과연 내가 너무 쉽게 봤군. 초왕은 의뭉스럽고, 위 후작은 독하구나. 천하의 쌍벽이고 명불허전이야……."

봉지미는 눈썹을 치켜들며 어떤 할 일 없는 사람이 '천하의 쌍벽'이라는 호칭을 만들어 냈을까 하고 생각했다. 하지만 영혁은 그 말이 아주 마음에 드는지 처음으로 미소를 보이더니 냉랭하고 침착하게 도용흔을 힐끗 보고 말했다.

"너의 정체는 무엇이고, 누구의 지시를 받았느냐. 말하면 장례는 치러주마."

영혁의 말이 끝나기도 전에 선박이 흔들렸다. 이어 무서운 목소리가 울려 퍼졌다.

"저승길에 가기 전에 호부(虎符)를 내놓아라. 그러면 네 장례는 치러주마!"

3인의 대국

익숙한 목소리였다. 영혁은 눈썹을 약간 치켜들었다. 봉지미는 손에 들고 있던 찻잔을 내려놓았다. 이 목소리는 너무도 익숙했지만, 지금 이 때 들려서는 안 되는 음성이었다. 배가 흔들리더니 옅은 갯벌에 멈췄다. 좌측은 갈대 늪이었는데 3월의 갈대는 막 싹이 나기 시작해서 초록 빛이 울창했다. 갈대 늪 바깥에는 언제부터인지 아무런 소리도 없이 한 무리의 군사가 나타났다. 조금 전에 영혁에게 호부를 내놓으라며 큰 소리로 외쳤던 사람이 성큼성큼 갑판 위로 올라왔다. 그의 뒤에는 복면을 쓰고 삼베옷을 입은 사람이 기세등등하면서도 가벼운 몸놀림으로 따라왔다. 표정이나 걸음걸이를 보니 모두 무예의 고수였다. 영혁이 웃으며 여유로운 태도로 인사를 건넸다.

"형님."

영혁을 호부로 넘기겠다고 큰 소리를 친 사람은 2황자였다.

"내가 여기 있을 줄은 몰랐겠지?"

2황자는 음산한 눈빛으로 몇몇을 응시했다. 입가에 걸린 미소에 사악함이 가득했다.

"내가 호위 본진에 있을 거라 예상했겠지? 여호를 통해 직접 낙수로 가서 포위하려는 작전이었겠지? 아우야, 너는 우리에게 포위당할 줄은 예상도 하지 못했을 것이다. 그래서 내가 이곳에서 미리 지키고 있었던 것이다!"

봉지미는 뱃전에 기대어 고개를 돌리며 사방을 살폈다. 3면은 모두 물이었고, 유일하게 갈 수 있는 곳은 갈대 늪이었지만 이미 겹겹이 포위 당한 상태였다.

"둘째 전하, 좋은 계략을 쓰셨습니다."

봉지미가 갈대 늪을 가리켰다.

"상대의 계략을 역 이용하기! 허허실실 전략! 호위 본진에 있는 척하며 사실은 이곳에서 수주대토(守株待兎) *우연히 나무에 부딪혀 죽은 토끼를 잡은 후 계속 나무만 지키는 어리석음을 비유 하시다니, 대단하십니다. 대단하세요."

2황자는 살벌한 미소를 지으며 말했다.

"너와 여섯째가 몰래 결탁하여 이런저런 작당을 하니 참지 못해 반격하는 것이 아니냐? 독 안에 든 쥐를 잡듯 날 잡으려면 본 왕의 의견도 물어봐야지!"

2황자는 사방을 가리키며 말했다.

"내가 왜 호위 본진에서 포위당하길 기다리겠는가? 여기서 너희를 기다리다 죽여 버리고 호부를 손에 넣으면 나는 호위 본진을 동원해서 제경을 포위하고 궁을 통솔할 수 있거늘. 영혁 너만 죽으면 초왕을 따르는 무리는 주인 잃은 강아지가 될 것이고 장영위와 구성병마사는 중립을 지킬 것이다. 그러면 제경은 나의 것이야!"

영혁이 진지한 태도로 들으며 고개를 끄덕이고 웃었다.

"형님, 정말 장족의 발전이군요."

"아직도 네 처지를 모르고 날 비꼬려는 것이냐?"

2황자는 화내지 않고, 영혁을 보고 허허 웃고는 대담하게 긴 의자를 끌어와 그의 앞에 앉았다.

"이 배가 갈 수 있는 강의 모든 방향과 갈대 늪까지, 사방이 모두 나의 사람들로 채워졌다. 물속에도 내가 손을 써 놨으니 물로 뛰어들어도 도망갈 수 없지. 너 역시 허허실실 계략을 쓴다는 것을 알고 있다. 장영위와 강회 수사를 가까운 강에 배치해 두고서도 너는 행적을 숨기기 위해 그들을 데려오지 않았지. 너의 명을 받아야만 움직일 수 있는 그들은 허수아비나 다를 바 없고……."

2황자는 이빨을 보이며 웃었다.

"도 지현의 관청 선박이 우연히 갯벌 갈대 늪에 빠졌고, 때마침 강기슭 화전에서 놓은 들불이 번지는 바람에……. 영혁과 위지, 그리고 이런 독특한 죽음, 다시 말해 물속에서 불에 타 죽는 것을 생각해 본 적이 있느냐?"

"어떻게 죽든 결국 죽는 것 아닙니까?"

영혁이 담담히 말했다.

"다만 형님을 너무 신경 쓰게 해서 죄송할 뿐입니다."

"나 역시 너를 많이 귀찮게 했지."

2황자는 차갑게 웃었다.

"드러나지 않게 정체를 감춘 채 너를 따르는 무리의 졸개들을 앞세워 틈만 나면 부황 앞에서 나를 모략하고, 내 수옥 산장에도 불을 질렀지. 마치 내가 직접 불태워 버린 것처럼 꾸며대며! 그렇게 해서 부황에게 마치 내가 다른 야심을 가지고 있는 것처럼 보이게 만들어 날 내치도록 말이야! 독한 녀석. 요 몇 년간 형제들을 죽음으로 몰아 간 사건 중에 네가 꾸미지 않은 게 없을 정도잖아! 너에게 속아 넘어간 부황께서는 네가 형제들을 한 명씩 죽이는 것을 지켜보셨고."

"자신의 마음이 올바르지 못하니 다른 사람이 기회를 얻게 된 것이지요."

영혁이 냉담하게 말했다.

"만약 군자의 마음을 그대로 유지하셨다면 누가 형님을 건드릴 수 있었겠습니까?"

"됐다."

2황자는 냉랭한 미소를 지었다.

"마음이 올바르지 못하다고? 나한테 그런 소리를 할 자격이 되느냐? 형제 중에 누가 가장 올바르지 못한 마음을 가졌는지 따져보면, 바로 네가 1등 아니냐!"

영혁이 웃으며 여유롭게 탁자에 기대더니 위로 치켜뜬 눈가에 봄바람을 담은 듯한 표정으로 말했다.

"그래서요?"

"그렇다는 것이다."

2황자는 이를 악물고 웃었다.

"폐하가 널 가르쳐 주지 않으시니, 내가 가르쳐 주마!"

2황자가 손을 휘두르자 등 뒤에 있던 사람이 천천히 다가왔다.

"고남의."

2황자가 싸늘한 목소리로 말했다.

"듣자 하니 너의 무공이 천하제일이라던데! 하지만 아무리 그래도 머릿수가 많으면 당해내지 못하는 법. 내가 다른 나라 고수들을 몇몇 데려왔는데, 어디 한번 가르침을 베푸실 텐가?"

고남의는 시종일관 2황자에게 눈길도 주지 않고, 대화도 듣지 않았다. 그는 새우 껍질을 잘 벗겨내 한쪽에 놓는 데 열중해 있었다. 2황자가 자신을 부르자 고남의가 손가락을 살짝 떨었다. 붉게 물든 낚싯대가 휙휙 소리를 내더니 허공에서 붉은빛이 반짝였다. 도용흔의 묵중한 몸이 탁, 하고 바닥으로 내쳐지면서 마침 고남의의 발밑에 떨어졌다. 그는 심하게 다친 상태였지만 무공이 강하고 순발력이 뛰어나 봉지미의 비수에 등이 관통되지는 않았다. 그런데 하필이면 고남의의 발밑으로 떨어지는 바람에 꿍꿍 소리를 내면서도 아무 말도 하지 못하고 움직이지도 않았다.

전문가가 아닌 사람은 고남의의 이 동작을 보고도 아무것도 느끼지 못했다. 하지만 몇몇 고수들은 서로를 마주 보며 아연실색한 표정을 짓고 있었다. 고남의가 방금 낚싯줄을 빼내는 순간 낚싯줄로 상대의 혈을 누른 것이었다. 점혈은 본디 가장 수준이 높은 무술이었다. 그는 낚싯줄처럼 가볍고 긴 물건을 마치 자신의 손가락 쓰듯 다뤄 손쉽게 혈을 눌렀는데 약간의 오차도 없었다. 이런 그의 무공을 본 사람들은 그의 내력이 추측키 어려울 정도로 심오함을 깨닫고 두려움에 떨었다.

하지만 2황자는 상관없다는 표정으로 고남의를 힐끗 쳐다봤다. 그는 고수에게 자문을 구해 고남의를 대적할 방법을 찾아냈다. 무술이 높고 낮음은 둘째 문제였고, 가장 중요한 것은 공격 방식으로 반드시 약점을 공격해야 했다. 그가 데리고 온 몇몇 고수 중에는 서량의 무림 대사도 있었다. 민남과 인접한 곳에 위치한 서량에서는 기괴한 수법들로 이루어진 무공 대결이 펼쳐지곤 했다. 2황자는 입가에 살벌한 미소를 지었다. 초왕과 위지를 상대하려는데 어찌 위지의 저 유명한 호위 무사를 간과할 수 있겠는가?

손을 한 번 휘두르자, 몇몇 사람이 가벼운 연기처럼 다가와 고남의를 겹겹이 포위했다. 그중 몇 사람이 넉넉한 삼베옷을 벗었다. 안에는 얇고 매끈매끈하면서 몸에 딱 달라붙는 옷을 입고 있었는데, 알록달록한 여러 색이 섞인 옷이었다. 몸매가 아름다우면서 뱀처럼 허리가 매끈하고 부드러운 여자들이었다. 그녀들은 여전히 면사포로 얼굴을 가린 채 냉담한 자세를 취하는 고남의의 반응을 살피는 듯 보였다. 미인계를 이용한 계략이 아니었다. 그 알록달록한 옷은 아름다움이라고는 찾아볼 수 없었다. 배색이 너무나 이상해 보기 흉했을 뿐만 아니라 색과 색의 경계가 이상하게 나뉘어 보고만 있어도 어지러울 지경이었다. 봉지미는 그 색깔을 보고는 미간을 찌푸렸다. 하지만 그저 보기 불편했을 뿐이었다. 그러나 곧이어 옆에서 아무 움직임도 없던 고남의가 초조해하는 듯 보였다.

고남의의 초조함은 다른 사람과는 달랐다. 보통 사람들은 초조해지면 호흡이 빨라지고 좌불안석이 되었지만 그는 초조해지면 호두를 꽉 쥐었다. 평소라면 껍질은 부서져도 호두알은 상하지 않았는데, 지금은 쥐는 순간 호두가 가루가 되어 버렸다. 힘 조절에 실패한 것이었다.

봉지미는 고남의의 손가락 사이에서 가루가 되어 버린 호두 부스러기를 보고 조금 불안했다. 그는 좋아하는 게 거의 없었고, 많은 물건에 거부 반응을 보였다. 그런 그의 성정은 표정으로 고스란히 나타났다. 예를 들면 그는 자신을 상징하는 하늘과 물의 파란색 정도를 가장 좋아했고, 항상 그 색을 고집했다. 조금 짙거나 조금 옅어도 안 됐다. 이 외에도 그는 단아한 색과 차가운 색에 대해서는 그나마 큰 자극을 받지 않았다. 그의 곁에 자주 보이는 봉지미와 종신, 그리고 영혁 같은 사람들은 모두 단아하고 차가운 색을 좋아했다. 그래서 평소에는 특별히 이상한 점을 찾을 수 없었지만 지금 이런 모습을 보니 저쪽에서 정말 준비를 많이 하고 왔다는 생각이 들었다. 아마 색을 이용해 함정에 빠뜨릴 계략인 듯 했다.

이쪽으로 알록달록한 옷을 입은 여자 4명이 다가왔고, 저쪽에서 삼베옷을 입은 남자 4명이 다가왔다. 다양한 무기를 쥔 그들은 모두 손을 높이 든 자세였다. 헌데 그 무기라는 것들은 8가지 소리를 내는 통소와 징과 생황 같은 악기였고, 특히 기이한 것은 길쭉한 관 모양의 태평소였다. 2황자는 차가운 웃음을 보이며 뒤로 물러섰다. 아래쪽에서 호위 무리가 올라와 갑판에 있던 영혁과 봉지미의 호위 무사들을 둘러쌌다. 배

자체 공간이 크지 않아 영혁은 영징과 몇몇 호위들만 데리고 배에 올랐고, 봉지미 역시 상징적으로 두 명의 일반 호위만 데리고 탔다. 고남의가 있었기에 다른 호위가 있든 없든 큰 문제는 아니라고 생각했지만, 양측은 사람 수에서 현저한 차이가 났다. 적들이 갑판을 가득 채우며 두 겹, 세 겹으로 그들을 둘러쌌다.

줄곧 뱃머리의 다른 쪽에 서 있었던 영징이 다가가려 했으나 영혁의 눈짓에 걸음을 멈췄다. 주인과 심복으로 여러 해를 지내며 이제는 눈빛만 봐도 아는 사이가 되었다. 영징은 바로 영혁의 뜻을 파악하고 품에서 불화살을 꺼내려고 손을 움직였다. 그때 어디선가 물살이 세게 흐르는 소리가 나더니 눈이 시릴 정도로 반짝이는 빛과 차가운 바람이 몰려왔다. 순식간에 수십 개의 장검이 영징의 가슴을 겨냥했다. 그는 눈을 동그랗게 뜨고 괴성을 질렀다!

"부끄러운 줄도 모르네! 포위해서 공격하다니!"

영징이 갑자기 뒤로 몸을 젖히더니, 뱃전에서 아래로 구르며 허공에 뜬 상태로 몸을 돌려 다시 불화살을 꺼내려고 했다. 하지만 물소리가 일더니 배 밑 얕은 곳에서 갑자기 잠수복을 입은 사람 몇몇이 솟아올라 끝이 뾰족하면서도 휘어진 긴 갈고리를 들고 그의 등을 겨냥했다. 그는 또다시 괴성을 지르며 욕을 쏟아냈다.

"징하게도 물속까지 숨어 있나?"

발을 배에 걸쳐 놓고 영징은 다시 몸을 돌려 일어섰다. 이때 배 위에선 장검들이 그의 가슴을 겨누고 있었고, 아래쪽의 긴 갈고리는 그의 등을 겨누고 있었다. 중간에 낀 그는 빠져나갈 구멍이 없어 황급하게 숨을 들이쉬고는 약간 몸을 비틀어 공중제비 한 바퀴를 돌았다. 촥, 하는 소리가 들리더니 그의 옷이 물 아래에 있던 사람이 휘두른 긴 갈고리에 걸려 찢어졌다. 꾀죄죄한 세탁 안 한 양말과 한 달간 세탁하지 않은 땀수건, 눌러 납작해진 대추 떡 등이 떨어지더니 불화살 역시 그 안에 섞여 풍덩, 하는 소리를 내고 물에 빠지고 말았다. 영징은 꼴사나운 모습으로 배 위로 뛰어 올라와 그를 둘러싸고 있던 자객들에게 작은 눈을 부라리며 성을 냈다.

"비겁자들! 파렴치범! 쓰레기들!"

봉지미는 이런 장면을 똑똑히 보고는 눈을 가느다랗게 떴다. 영징은 고남의 다음갈 정도로 무술 실력이 뛰어났다. 하지만 지금 이렇게 창피한 몰골이 되었고, 불화살을 꺼내 보지도 못했다. 저쪽을 너무 얕본 나머지 당했다는 느낌이 들었다. 2황자는 오늘 자신의 모든 것을 다 동원했고, 반드시 그들을 이 10리에 걸쳐 펼쳐진 갈대 늪에서 빠져나가지 못하게 할 작정이었다. 2황자는 웃으며 사람들이 겹겹이 에워싼 한가운데 앉더니 돌연 손짓을 했다.

고남의를 둘러싼 알록달록한 옷을 입은 여자 4명이 갑자기 몸을 빙그르르 회전하기 시작했다. 그 정신 사나운 색깔이 회전하기 시작하자 보고 있는 사람들조차 정신이 어수선해 마치 가슴에 가시가 박힌 것 같이 심란하고 어지러웠다. 그중 한 명이 돌고 돌고 또 돌다가 갑자기 차디찬 빛을 번쩍이더니 겨드랑이 아래 기묘한 각도에서 파란빛이 나는 짧은 검을 고남의에게 쏴 보냈다. 한쪽에 서 있던 봉지미는 이런 광경을 똑똑히 보고는 혹시라도 고남의가 정신을 놔 버리지는 않을까 싶어 허리춤에 있던 연검을 꺼내 들고 기다리고 있었다. 그녀가 그들에 대항해 공격하려는 찰나 고남의가 콧방귀를 끼고는 손을 뻗어 그녀의 옷을 잡아당겨 자신의 등 뒤로 보냈다. 고남의가 손가락을 튀기자 사방으로 강한 바람이 뻗어 나갔다. 탁, 하는 소리가 나면서 짧은 검이 방향을 바꿔 좀 전보다 더 빠른 속도로 여자들에게 날아갔다. 여자들은 검이 자신들에게 향한 것을 보고 매우 놀라며 황급히 피했다. 검은 허공에서 잠시 전율하더니 굉음을 내며 폭발했고, 더 작은 몇 개의 비도가 그 안에서 튀어나와 빈 곳으로 떨어졌다.

봉지미는 안도의 한숨을 내쉬었다. 색의 조합이 좀 짜증나긴 했지만, 고남의의 정신을 사납게 하여 무술을 쓰지 못하게 하려는 계략이 통하지 않은 것 같았다. 갑자기 흩어졌던 여자들이 서로 바라보며 눈짓하더니 다시 모여서 몸을 확 펼쳤다. 봉지미는 눈앞이 아찔해졌다. 자세히 보니, 바닥에 얇고 알록달록한 옷이 겹겹이 쌓여 있었다. 여자들은 이미 눈에 거슬리는 다섯 가지 색에서 눈부신 진한 붉은색으로 바뀐 옷을 입고 있었다. 옷의 색이 바뀐 후, 사람들은 다시 신들린 듯 날아올라 손을 잡고 함께 다가오더니 다섯 개의 팔을 펼치고 돌진했다.

그 모습이 마치 움직이는 끈적한 핏덩어리가 검은 머리칼을 휘날리며 다가오는 것처럼 느껴졌다. 보고 있으니 구역질이 나올 것 같았다. 은연중에 갑자기 짙은 피비린내가 흩어졌다. 고남의는 초조함이 더 짙어진 것 같았지만 손은 더디지 않았다. 옷자락을 털었더니 바닥에서 바람이 몰아치며 마치 재를 털어내듯이 '움직이는 핏덩어리'를 날려 버렸고, 바닥에 서 있던 자세가 불안정했던 몇 명은 서로 부딪히며 한 명은 뱃전에 머리가 깨져 선혈로 옷이 물들었다.

그 여자들은 일어서더니 서로 눈빛을 교환하고는 저음으로 날카로운 비명을 지르면서 몸을 돌렸다. 눈 깜짝할 새에 다시 입고 있던 옷이 바뀌었다. 이제는 진흙 같은 색깔이었지만 여러 색이 섞여 있는 모양새로, 얼핏 옅은 다홍색과 진한 보라색 그리고 순백색이 혼재되어 있어 마치 선혈과 백골이 난자하고 부패한 시체와 육신이 우글거리는 전쟁 후의 참상을 보는 듯했다. 조금 전의 타오르는 듯한 빨간색보다 시각적으로 더 큰 충격을 주었다.

고남의의 호흡이 가빠왔다. 봉지미는 걱정스러운 눈빛으로 그의 등 뒤를 보호하며 그 여자들을 노려봤다. 그녀는 정신을 온통 고남의에게 쏟고 있었다. 갑자기 측면 전방에서 낮은 휘파람 소리가 들리더니 갑자기 화살이 빠른 속도로 날아왔다. 빛처럼 빠른 속도로 화살이 그녀의 등으로 다가오고 있었다! 하얀빛과 푸른빛 그림자가 번쩍 빛을 뿜더니 동시에 두 손이 나아갔다. 고남의는 화살의 머리를, 영혁은 화살의 꼬리를 잡았다. 서로를 응시하고 각자 힘을 주자 뚝, 소리를 내며 화살이 부러졌다. 그녀는 귓가에서 선명하게 들려오는 화살 부러지는 소리를 듣고, 서로를 응시하는 두 남자의 눈빛을 보며 이유 없이 소름이 돋았다. 영혁이 그녀의 어깨를 치며 나지막이 말했다.

"다른 사람은 걱정하지 말고, 자기 자신을 잘 보호하는 게 가장 중요해."

영혁은 손을 높이 들더니 반으로 부러진 화살을 강한 힘을 주어 물속으로 내던졌다. 외마디 비명 소리가 들렸다. 물속에서 몰래 그를 공격하려고 고개를 내민 남자가 부러진 화살에 두개골을 맞아 가라앉으면서 수면 위로 진한 선혈의 꽃이 피어올랐다.

한편, 고남의도 자신이 부러뜨린 화살을 던졌다. 그 화살은 마치 눈이 달린 것처럼 왼쪽으로 돌고 또 오른쪽으로 돌아 사람들을 피해가며 2황자에게 향했다. 2황자는 당황하여 연신 뒤로 물러나다가 그의 옷깃이 갑판에 박혔다.

"바꿔! 바꾸라고!"

2황자는 자신의 두루마기를 빼내려고 안간힘을 쓰면서도 소리를 질렀다. 봉지미는 처음엔 무슨 말인지 이해하지 못했다. 곧 맞은편에 있던 여자들이 다시 움직이더니 순간 뱀과 같은 모습으로 변했다. 몸에 딱 달라붙는 얇고 알록달록한 옷이 다시 허물을 벗듯이 흘러내렸다. 한 겹, 또 한 겹, 빨간색에서 노란색으로, 노란색에서 갈색으로, 다시 갈색에서 녹색으로 바뀌었다. 여자들이 몸을 펼칠 때마다 색이 만들어졌고 고남의를 공격했다. 여자들은 실패해도 전혀 주눅 들지 않고 다시 옷을 바꾸었다. 순간 밝은 빛이 물결치듯 깃발처럼 펄럭이더니 바닥에 겹겹이 얇은 여러 색의 옷이 쌓였다. 이렇게 여러 겹의 옷을 입고 있었을 줄은 예상도 못 했고, 또 어찌 그리 빨리 옷을 갈아입는지도 신기했다. 보아하니, 고남의가 받아들일 수 없는 색을 찾기 전까지 절대 포기하지 않겠다는 각오인 듯했다. 봉지미는 눈앞이 어지러워 멍하니 자리에 있었다.

'이것은 뭐 하는 짓인가? 옷 갈아입기?'

고남의의 호흡이 점점 더 빨라졌다. 이렇게 많은 색을 접한 그의 내면이 드디어 초조함으로 분열되는 것 같았다. 원래 그는 체질이 특이했다. 일반인의 눈에는 매끄럽고 유리 같은 하늘과 땅이 그의 눈에는 분열된 형태로 보였다. 억눌린 소리와 난잡한 색상, 어지러운 옷은 그를 괴롭고 아프게 했다. 봉지미와 함께한 이후 포용력이 넓어지고 고집스러움 역시 조금씩 단련되어 무뎌졌다. 그의 마음이 너그러워지면서 상황을 받아들이는 수준도 훨씬 넓어졌지만, 이렇게 혼란스럽고 충격적인 도발은 견디기 어려웠다. 소매 안에 있던 그의 손에서 언제부터인지 축축한 땀이 배어 나왔다.

어느 순간, 여자들은 이미 다른 색의 옷으로 바꿔 입고 있었다. 가랑잎나비와 같은 황갈색의 옷으로, 낙엽인지 나비인지 구별이 잘 안 되는 색이었다. 어지러운 무늬가 휘감아져 있어서 열대 우림 그늘에서 음침한 햇빛을 맞으며 시체 위를 날고 있는 커다란 요괴 나비 같은 느낌을 자아냈다. 고남의의 몸이 갑자기 떨렸다. 오랫동안 고요했던 천지가 마치 외부로부터 큰 충격을 받은 듯 견고하던 보호 덮개가 마침내 깨져버리고, 내부에 있는 연약한 모습이 노출된 것처럼 떨렸다!

"쨍!"

고남의가 결국은 역겹고 어지러운 물체의 공격에 넘어간 듯 보였다. 그때까지 나서지 않고, 여자들의 총천연색 공격을 지켜보며 악기를 들고 있던 남자들이 드디어 들고 있던 악기를 연주하기 시작했다. 태평소 소리가 귀를 때렸고, 동발이 굉음을 내며 울렸으며, 날카로운 통소 소리와 음을 이탈한 피리 소리 등 듣기 거북한 이상한 곡조가 울려 퍼졌다. 원래 아름답게 조화를 이루며 연주할 수 있는 악기들이었지만 지금은 듣기만 해도 정신이 흔들리고 몸을 떨리게 하는 부조화의 극치인 연주였다.

남자들이 귀를 틀어막고 싶게 만드는 끔찍한 음악을 펼치는 동시에, 여자들은 시각을 교란하여 정신을 착란에 빠뜨리도록 최악의 색상대비를 펼치며 고남의를 공격해 왔다. 2황자가 명령을 내리자 갑판에 있던 정예대원들이 모두 봉지미와 영혁을 에워쌌다.

고남의가 갑자기 한 손으로 고지효를 잡아 내렸다. 그는 봉지미의 예상과 달리 그녀에게 고지효를 넘기지 않고, 곁에 있는 통 안에 고지효를 내려놓았다. 통 안에는 물이 있었는데, 무지막지하게 딸을 내려놓는 바람에 풍덩, 하는 소리가 나며 물이 사방으로 튀었다. 봉지미는 제멋대로인 고지효가 분명 난리를 치리라 생각했지만, 아이는 아무 소리도 내지 않았다. 고지효는 얼굴에 묻은 비린내를 닦아내고 입술을 악물더니 눈을 동그랗게 뜬 채 통 안에서 몸을 움츠렸다. 아버지에게 닥친 위기를 분명히 알고 있었고, 자신이 도울 수가 없다는 것도 똑똑히 알고 있었기에 아버지를 방해하지 않고 잠자코 있었다. 봉지미는 부쩍 긴장되었다. 고남의는 공격할 때 고지효를 내려놓은 적이 없었다. 어떤 상황이든 지효를 보호할 수 있다는 자신감이 있었다. 하지만 지금 그는 딸을 내려놓았다.

진법을 쓰며 2황자의 사람들이 점점 다가왔다. 고남의의 공격은 확실히 느려졌다. 시야와 청력이 완전히 확보되지 않은 상태라 상대를 대적하기 더더욱 힘든 듯했다. 그 시끌벅적한 악기 소리가 이미 미세하게 움직이는 소리까지 다 덮어 버렸기 때문이었다. 수십 초식이 펼쳐진 후, 바닥에 발이 닿는 듯한 소리가 얼핏 들렸다. 고남의가 잘려나가 너풀거리는 하늘하늘한 파란색 소매를 펄럭이며 사뿐히 바닥에 내려앉았다.

저 멀리서 이 광경을 지켜보던 2황자가 흥분한 듯 벌떡 일어났다. 이것은 고남의가 처음으로 자신의 모습을 드러낸 것이었다. 지금은 소매였지만, 다음번은 아마도 그의 손일 것이다! 고남의만 처치하면 이곳에 있는 사람은 단 한 명도 살아나갈 수 없었다.

고남의의 잘려나간 소매가 사뿐히 바닥에 내려앉았다. 통 안에 있던 고지효가 냉큼 손을 내밀어 소매 한 자락을 잡더니 한참을 멍하니 쳐다보다 갑자기 각성한 듯 소쿠리를 잡아당겨 태평소를 가지고 있던 삼베옷의 남자들에게 새우를 끼얹었다. 콩알만 한 어린 아이가 공격해 오리라고는 전혀 예상하지 못했던 그들은 갑자기 던져진 하얀 물체들을 치명적인 암살 무기로 착각하고 황급히 뒤로 물러섰다. 그들이 아무 방비도 없이 뒷걸음치다 영혁 근처에 다다랐고, 그는 두말하지 않고 칼을 휘둘렀다. 공격당한 자는 당황하여 태평소를 들어 올려 칼날을 막아내려했지만, 태평소를 두 동강 내면서도 멈추지 않은 영혁의 칼날은 그 남자의 가슴을 찔렀다.

봉지미 역시 고남의의 옷소매가 잘려 나가 바닥에 내려앉는 걸 보고는 검을 들어 맞은편의 적에게 휘둘렀다. 그 순간 발이 미끄러진 그녀는 격전 중인 무리 한가운데로 휩쓸려 들어가 버렸다. 이때 갑자기 누군가가 그녀의 어깨를 잡았다. 영혁은 맹렬히 공격을 퍼부으며 그녀를 끌어냈다.

"그쪽에 끼어들지 말아요."

영혁이 말했다.

"고남의는 온통 당신 걱정인데, 당신이 저기로 들어가면 괜히 정신만 분산시킬 수 있소."

봉지미는 순순히 영혁의 말을 따랐다. 자신이 이미 괜한 혼란을 일으켰고, 이런 오지랖은 자신이 분수를 망각한 행동이라는 생각이 들었다. 그녀는 이를 악다물고 가랑잎나비처럼 보이는 색을 띤 여자들을 둘러보다가 여자들에게서 시선을 돌린 후 어깨를 움직여 영혁의 손을 빼냈다. 그러고는 곁에 있던 물통을 잡고 뱃전에서 강물로 뛰어내렸다. 깜짝 놀란 그가 손을 뻗어 그녀를 잡으려고 했지만, 그녀는 이미 그의 손에서 벗어나 버렸다. 곧바로 십여 명의 검은 옷을 입은 사람이 물속에서 몸을 세우고는 퍼런빛이 반짝이는 긴 갈고리를 손에 들고 그녀에게로 향했다.

이미 예상하고 있던 봉지미가 허공에서 다리를 들자, 쇠와 나무가 부딪치는 듯한 소리가 울리며 장화 끝에서 비수가 튕겨 나왔다. 그녀가 다리를 뻗어 허공에서 부드럽게 반원을 그리자, 적들이 내던진 갈고리가 비수와 부딪친 후 물속으로 떨어졌다. 놀란 그들은 수면 위로 몸을 반쯤 드러낸 채 멍하니 있었다. 그녀는 뒤를 돌아보지 않고 긴 갈고리를 밟으며 배를 넘어 앞쪽의 갯벌로 직진했다.

봉지미의 의도를 아무도 파악하지 못했을 때, 그녀는 이미 갯벌에 발을 딛고 있었다. 허리를 숙여 진흙을 한 통 가득 담은 그녀는 빠른 속도로 되돌아왔다. 진흙 한 통을 들고 돌아온 그녀는 자신이 가장 잘하는 경공을 선보였다. 통 속의 진흙을 색상 공격을 펼쳐 고남의의 시야를 어지럽히던 여자들에게 뿌려댔다. 두두둑, 소리가 나더니 진흙이 여자들의 몸에 몽땅 뿌려졌고, 고남의를 자극해 정신을 혼미하게 만들던 가랑잎나비 색깔은 이제 진흙에 뒤덮였다. 봉지미는 싱긋 웃으며 자신의 방법이 효과가 있다며 기뻐했다. 하지만 여자들은 낄낄거리며 비웃더니 몸을 빙그르르 돌았고 매끈매끈한 옷감에 붙었던 진흙은 모두 미끄러져 날아가 갑판에 쌓였다. 그 징글징글한 색깔은 여전히 처음처럼 또렷했고, 봉지미는 허를 찔린 듯 얼굴을 찡그렸다.

"너무 살살 다뤄주는 걸로 보이는데!"

냉랭한 표정으로 관람하고 있던 2황자가 살벌한 미소를 지으며 손을 저었다.

"처리해 버려라."

2황자의 명령이 떨어지자 그가 데려온 고수들이 한꺼번에 날아가 영혁과 봉지미 그리고 고남의를 비롯한 몇몇 호위를 에워쌌다. 순간 모두가 혼란에 빠졌다. 무공이 가장 뛰어난 고수가 고남의를 맡았고, 나머지 사람들은 모두 격전을 벌이고 있었다. 갑판은 무리 지어 싸움하는 사람들로 난장판이 되었고, 분노한 외침과 핏방울이 튀었다. 격전장을 드나들던 어지러운 색과 뇌리를 울리는 과격하고 기괴한 음악까지 더해져 역겨울 정도로 정신을 사납게 만들었다. 봉지미는 검을 빼서 휘두르다가 때로는 날리면서 상대를 공격했다. 사방으로 달리아꽃이 만개한 듯 피가 사방으로 홍건하게 내뿜어졌다. 그녀의 눈에는 이 모든 광경이 낯설어 보였다. 마치 정신 못 차리게 어지러운 전쟁극의 한 장면인 것처럼 느껴졌고, 그 속에서 연기자들은 아무것도 모르는 채 마구잡이로 움직이며 본연의 모습이 아닌 타인의 모습을 연기하는 듯 생경해 보였다.

봉지미의 상대는 검은 옷을 입은 사람들이었다. 아마 2황자가 거금을 들여 데려온 강호의 고수들로 강인한 정신과 넘치는 기운을 가지고 있으며 손놀림이 교활해 보이는 괴상한 무술을 펼쳤다. 하나씩 덤벼들면 그녀에게 상대가 되지 않는 수준이었지만, 떼를 지어 몰려드니 그녀도 힘에 부쳤다. 어쨌든 봉지미는 여자였고, 한바탕 격전이 끝나자마자 기다렸다는 듯이 다른 쪽에서 몰려들어 공격했기에 점점 수세에 몰릴 수밖에 없었다. 방금 이쪽에서 한 명을 발로 차 버렸는데, 숨도 채 돌리지 못한 상태에서 반대편의 한 사람이 겨드랑이에서 칼을 빼 들고 덤벼들었다. 그의 겨드랑이에서 나온 칼이 그녀의 아래쪽으로 향했다. 그녀는 민첩하게 반응하며 몸을 뒤로 젖혔다. 하지만 등 뒤에도 사람이 있어 운신하기가 어려웠다. 갑판 위가 너무 비좁은 이유도 있었다. 그녀는 누군가에게 가로막히자 발걸음을 늦추고 칼의 움직임을 살피며 발을 움직였다. 그 무기는 모두 독을 발라 놓은 것이었다. 일단 칼에 찔리면 다리가 문제가 아니라 목숨이 위태로웠다. 그녀는 덜컥 겁이 났다. 이미 십여 명에게 에워싸인 영혁은 뱃전 한 켠에서 죽기 살기로 칼을 휘두르며 영징과 함께 있었다. 두 사람은 모두 그녀를 등지고 있었기에 그녀가 지금 처한 위기를 인지하지 못했다. 고남의마저도 여덟 명의 남녀 고수들을 감당하느라 벅찼기에, 지금 이 상황에서는 누구도 그녀에게 도움을 주기 어려웠다.

순간 봉지미는 절망이 어떤 느낌인지 알게 되었다. 머리에 맨 처음 떠오른 문장은 '아직 이루지 못한 꿈이 많은데'였다. 쓴웃음이 아직 입가에 걸리지 않았을 때 갑자기 봉지미의 등 뒤가 허전해지더니, 반쯤 기울어진 몸이 뒤로 넘어갔다. 곧이어 시야에 빨갛고 얼음처럼 새하얀 빛이 번쩍이더니 머리 위에서 피가 비처럼 뿜어 나오며 사방으로 튀었다. 쟁, 하는 소리와 함께 어떤 물건이 떨어지며 그녀의 배에 부딪쳤다. 그녀가 손을 뻗어 잡고 보니 조금 전에 자신의 다리를 노려 날아오던 그 칼이었다.

황급히 움직이느라 봉지미는 칼을 자세히 살펴보지 못한 채, 데굴데굴 구른 후 몸을 일으켰다. 그 와중에도 고남의의 단옥검이 유성처럼 빛을 내며 허공을 가르는 것이 보였다. 조금 전 그는 자신을 에워싼 사람들의 공격을 받으면서도 그녀를 구한 것이었다. 하지만 이 순간에도 퉁소에서 맑고 푸른빛의 날카로운 칼이 튀어나오더니 그의 등을 향해 날아가고 있었다.

이때 고남의는 아군 동료들 무리에서 빠져나온 상태였기에 그의 뒤는 전부 적으로 둘러싸여 있었다. 쉬지 않고 초식을 펼치느라 지칠대로 지쳤기 때문에 등을 보호하고 싶어도 그럴 형편이 안 되었다. 아직 바닥에서 일어나지 못한 봉지미는 그를 향해 날아가는 그 검을 막기 위해 일어나려 했지만 이미 한발 늦은 상태였다. 그녀가 힘껏 손을 뻗어 그

를 사정없이 잡아당기자 탕, 하는 소리와 함께 그가 그녀의 위로 떨어졌
다. 그녀가 즉시 그를 안고 한 바퀴 구르는 찰나 맑고 푸른 칼이 날카로
운 마찰음을 내며 갑판에 꽂혔다. 그자가 칼을 빼내려 하자 그녀가 발
로 칼을 걷어찼고, 갑판에서 뽑힌 칼이 바닥에 수직으로 세워지며 푸
른빛을 번뜩였다. 칼을 잡으려던 사내가 비명을 질렀다. 한 순간에 그자
의 다섯 손가락이 잘려나갔다.

　봉지미는 한숨을 내쉬었다. 갑자기 몸 위에서 누군가가 벗어나려고
몸부림을 치는 게 느껴졌다. 그제야 그녀는 고남의를 너무 꽉 안고 있
다는 사실을 깨달았다. 조금 전까지만 해도 너무 긴장했고, 또 그를 구
해야겠다는 일념에 그조차 벗어나지 못할 정도로 힘을 많이 주었던 것
이다. 그녀는 얼굴이 상기되어 서둘러 손을 거뒀다. 하지만 그는 조금
정신이 팔린 듯 보였다. 갑자기 얼굴을 그녀의 목덜미 쪽에 문지르더니
고개를 들어 잠시 무언가에 홀린 듯하다가 일어나 계속 싸웠다.

　봉지미 역시 재빨리 일어나면서 자신의 목을 만지니 뜨거운 기운이
느껴졌다. 분명 벌겋게 변했을 것이다. 방금 고남의가 얼굴을 자신의 볼
에 문지르던 광경을 떠올리며, 격전 중이라 아무도 보지 않아 다행이라
는 생각이 들었다. 평상시라면 아마도 '단수'라는 오해를 또 뒤집어 쓸
뻔했다. 하지만 지금은 그렇게 여유로운 생각이나 하고 있을 때가 아니
었다. 그녀가 일어나자마자 눈앞으로 번뜩이는 칼날이 다가오는 것이
느껴져 황급히 정신을 가다듬고 싸움에 임했다.

　뱃머리 쪽에 있던 2황자는 전투를 보고 있다가 약간 초조함을 느꼈
다. 몇몇 사람의 무술 실력은 그의 예상을 넘어섰다. 문신인 위지조차
무술 실력이 상당했다. 전에는 전혀 들어 본 적이 없는 일이었다. 그는
본디 자신이 거금을 들여 데려온 고수들이면 오늘 이 몇 사람쯤은 완
전히 뼈도 못 추리게 만들 수 있으리라 예상했다. 하지만 격전이 끝없이
이어졌고, 또 자신의 수하들도 적지 않게 다쳤다. 고남의를 에워싼 사람

도 이제는 남자 둘, 여자 넷밖에 남지 않았다.

2황자는 곰곰이 생각하며 턱을 쓰다듬었다. 일전에 제경을 떠돌던 소문이 떠올랐다. 영혁과 위지 그리고 고남의에 관한 소문이었다. 위지가 고남의를 매우 중시하는데 둘 사이가 '단수' 어쩌고 하는 등의 내용이었다. 그리고 어떤 이가 그에게 농담 반 진담 반 했던 제안도 떠올랐다. 처음엔 매우 황당무계하게 느껴져 그냥 듣고 넘겼는데, 오늘 격전 속에서 위지의 태도를 보니 그 방법이 통할지도 모른다는 생각이 들었다. 2황자가 교활한 표정을 지었다.

'오늘은 너희 제삿날이 아니면 내 제삿날이 될 것이다. 수단과 방법 따위 가리지 않고 다 써 보자!' 그가 무언가를 말하며 방향을 지시하자, 한 무리의 호위군들이 그쪽으로 이동했다.

한편, 영혁과 고남의는 매우 가까운 위치에서 거의 나란히 서서 적을 상대하고 있었다. 봉지미는 그들을 등진 채 그들의 측면 전방에 있었다. 그렇기에 두 사람은 그녀의 상황이 눈에 들어왔지만, 그녀는 고개를 돌려야만 그 두 사람을 볼 수 있었다. 그녀가 전투에 흠뻑 빠져 있을 때 갑자기 등 뒤에서 누군가가 끙끙대는 소리가 들렸다.

얼핏 듣기에 그 소리는 고남의의 목소리였다. 봉지미가 홱 고개를 돌렸다. 어지럽게 엉겨 있는 나뭇잎나비 색깔 속에서 순간 무언가 번쩍하며 뒤엉킨 사람들 사이를 지나쳤고, 고남의가 갑자기 소리 없이 쓰러진 것이었다. 그녀는 뇌리에 벼락을 맞은 것처럼 놀라 얼굴이 경직됐고, 앞에 있는 적을 발로 차 버리고서 죽기 살기로 뒤돌아 달려갔다. 그녀의 손이 고남의에게 닿았을 때, 그를 에워싸고 있던 사람들이 이미 물러나 있는 모습이 시야에 들어왔다. 사람들의 무리 속에서 그는 뱃전에 기댄 채 손으로 가슴을 누르고 있었다. 그의 손가락 사이로 푸른빛을 뿜어내는 잘린 화살이 보였다.

봉지미는 그 화살을 보고 눈시울이 붉어졌다. 막무가내로 앞으로 나아가던 그녀는 아직 그의 앞에까지 도착하지 못했을 때 어떤 물체가 휙지나가는 것을 얼핏 곁눈질하였다. 황급히 고개를 돌리며 사방을 살피던 그녀의 눈에 영혁의 소매가 잘려져 있는 것이 보였다. 그곳에 검은빛이 살짝 번쩍이고 있었다. 영혁은 고남의의 곁에 서서 미간을 찌푸리며자신의 소매를 부여잡고 있었다. 마치 약간 얼이 나간 듯한 모습이었다.그녀는 이미 그에게 달려들어 그의 소매를 잡고 손을 뒤집었다. 짙은 검은색 석궁이 그녀의 손에 떨어졌다. 석궁에 걸려 있는 옅은 푸른색 화살촉은 새하얀 손비닥에서 살벌한 빛을 내뿜었다. 그녀는 잠시 얼이 빠진 상태로 있다가 어렵사리 천천히 고개를 돌렸다. 영혁이 들고 있던 석궁의 화살은 지척 거리에 쓰러져 있는 고남의의 가슴에 꽂힌 그 화살과같았다.

"하하."

화살에 맞고 움직이지 않는 고남의와 석궁을 들고 넋을 잃고 있는영혁, 울상이 되어 버린 봉지미! 순간 세 사람 사이에 미묘하고 무서운기류가 흐르기 시작했다. 사람들은 저절로 동작을 멈췄고, 사방에 적막과 정적이 흘렀다. 2황자의 오만방자한 웃음소리가 갑자기 사방에 울려퍼졌다.

"보아하니 본 왕이 힘쓰지 않아도 너희를 소탕할 수 있었거늘!"

2황자는 신나서 웃었다.

"너희들이 알아서 내력 다툼을 하는구나. 하하. 초왕이 풍류를 즐긴다는 건 잘 아는 사실이었지만 역시나 풍운아일세. 초왕이 위 대인에게마음을 품고 있는데 고 행수가 중간에서 방해하는 바람에 실패했다는말을 일찍이 들어 왔는데, 이제는…… 뜻대로 해도 되겠구나?"

2황자는 의기양양한 모습으로 무릎을 탁, 치고 미친 듯이 웃어대며조롱했다.

"여섯째야, 그 석궁 화살을 어떻게 같은 편에게 쏠 수 있느냐? 평소

에 눈엣가시라 없애고 싶었지만 뛰어난 무술 실력이 두려워 속마음을
감추고 있다가 오늘이 기회다 싶은 마음에 실수인 척 공격한 것이냐?"

2황자는 일부러 맨 마지막 문장을 말할 때 힘을 뺐다. 하지만 말에
는 악의가 가득했다.

"영혁!"

2황자의 말을 듣고 줄곧 온몸을 부들부들 떨고 있던 봉지미는 몸이
차분해지더니 깊게 심호흡을 하고는 가라앉은 목소리로 외쳤다. 그러
고 나서 그녀는 주먹을 불끈 쥔 채 천천히 제자리에 얼어붙어 있던 영
혁에게 다가갔다.

"일부러 그러신 게…… 맞습니까?"

"아니, 난……."

영혁의 대답을 기다릴 새도 없이 봉지미가 갑자기 무섭게 그에게 달
려들었다.

"그를 죽일 생각이면, 나를 먼저 죽이시오!"

텔레파시

포탄이 날아가듯 봉지미는 힘껏 영혁에게 달려들었다. 허공을 가르는 소리와 함께 푸른 선이 그려졌고, 곧바로 그의 몸에 부딪혔다. 그는 아직 정신을 차리지 못한 상태에서 그녀가 이렇게 죽기 살기로 달려오자 그제야 정신을 차리고 손으로 막으며 말했다.

"내 애길 좀 들어보시오."

아직 말이 끝나지도 않았지만 봉지미는 이미 영혁에게 달려들었고, 허공에서 손을 부르르 떨더니 검은빛이 반짝였다. 가늘고 긴 빛이 그의 목을 감쌌다. 사방의 공기가 모두 그 격렬한 소리의 진동에 형태를 잃은 것 같았다. 세찬 바람이 일자 양옆에 있던 사람들이 서둘러 자리를 피했고, 인정사정 봐 주지 않는 그녀의 공격에 놀란 표정이었다. 이때 그는 뱃전을 등지고 있었기에 사람들이 자리를 비키며 그의 맞은편으로 이동했다. 그들의 시야에는 자신들을 등진 그녀가 눈 깜짝할 사이에 그에게 향하는 모습과 빛에 뒤덮인 그의 모습이 보였다. 그의 눈에 분노가 서리더니, 잠시 망설인 후 손을 들자 석궁의 어두운 빛이 번쩍였다.

날카로운 화살이 허공을 갈랐다. 미친 듯 분노한 봉지미와 달리 허공을 가르는 소리가 예리한 바늘처럼 날카로웠다. 사방에 뒤덮인 소름 끼치는 분노의 기운을 뚫고 날아가다 눈 깜짝할 사이에 부러졌다. 적과 상대하는 상황에서 망설임은 생사를 가르는 일이었다. 화살 끝은 예리했지만 한 박자 늦었고, 모은 힘을 깨뜨릴 수는 없었다. 빛이 반짝였다가 어두워지며 피가 사방으로 튀었다.

펑!

봉지미가 힘껏 영혁에게 날아들었다. 두 사람 사이에서 붉은 빛이 튀었고 뱃전 위에서 터져 사람들의 시야에 들어왔다.

우지직.

뱃전은 그 강한 힘을 견디지 못하고 갑자기 균열이 생기며 갈라졌다. 영혁은 뒤로 넘어지면서 봉지미의 옷을 힘껏 잡아당겼고 두 사람은 뒤엉켜 아래로 굴러 떨어졌다.

쿵.

다시 한 번 묵직한 소리가 들리더니 낙법도 쓰지 않은 사람의 몸이 진흙 갯벌에 부딪히는 소리가 들렸다. 가슴을 움켜쥐고 뱃전에 기대어 있던 고남의가 갑자기 돌진하더니 발로 고지효가 들어 있는 그 통을 차고는 곧이어 자신 역시 배에서 뛰어 내렸다. 그의 하늘거리는 파란색 옷이 뱃전 옆에서 번쩍이더니 사라졌고, 허공에는 핏방울을 흩뿌려졌다. 묵직한 소리가 들리더니 금세 정적이 흘렀다. 사람들은 마치 목석이 된 마냥 배 위에서 넋을 잃고 있었다. 수시로 급변하는 상황에 놀라 아직 정신을 차리지 못하고 있었다. 봉지미가 영혁을 공격하고, 고남의가 이어서 배에서 뛰어내린 순간은 몇 초도 되지 않는 짧은 시간이었다. 하지만 사람들에게 그 순간은 꽤 많은 시간이 흐른 느낌을 주었다. 상전벽해라더니 상황이 시시각각 뒤집어지면서 바뀌었다. 마치 눈앞의 높은 건물이 순식간에 무너져 내려 흔적조차 남기지 않고 사라진 듯한 느낌이었다.

충격이 너무 큰 나머지 오히려 괴리감이 느껴졌다. 사람들은 서로를 바라보며 어찌해야 할지 당황해했다. 2황자 역시 그곳에서 넋을 잃고 있었다. 멍하니 영혁과 봉지미간에 피 튀기는 접전을 바라보다가, 지금은 반쯤 입을 벌린 채 누군가가 사라져 버린 뱃전을 바라보고 있었다. 이 방법으로는 이간질이나 시킬 수 있다고 생각했었다. 하지만 이 셋의 마음에 쌓인 응어리가 오래되어서인지 쌓아 뒀던 감정이 폭발했다. 정색하며 무섭게 나서는 봉지미의 모습을 보니 예상했던 것보다 더 독한 모습이었다. 역시 백두애 접전에서 대월의 포로로 잡혔음에도 살아 돌아온 이유가 있었다.

2황자는 줄곧 공격하기 힘든 사각지대에 서 있었고, 사람들이 그를 겹겹이 보호하고 있었다. 그의 앞과 뒤에는 족히 십여 명이 서서 물 샐 틈 없이 그를 보호했다. 그래서 이때 그는 사람들 틈으로 그 방향을 살펴봤다. 하지만 저 밑에서 아무 움직임이 없자 원수 같은 저자들이 지금 어떤 상태인지 알 수 없어 미칠 지경이었다. 계략을 성공적으로 달성한 자가 그 결과물을 보지 않는 것은 매우 드물었다. 2황자는 잠시 생각하더니 손을 휘저었다. 그의 앞에 있던 사람들이 흩어지면서 성큼성큼 걸어가는 그를 보호했다. 뱃전의 갈라진 부분에서 누군가가 그의 앞을 막아섰다. 그는 웃으며 핀잔을 줬다.

"멍청아, 그렇게 막고 있으면 본 왕이 어찌 보겠느냐?"

손으로 사람을 밀치고 이어서 말했다.

"배가 높고 사람이 떨어졌으니, 이 정도 거리면 누구도 나를 해칠 수 없다. 내 뒤에 서서 호위하거라. 배에 아직 궁지에 몰린 몇몇이 남아 있으니까."

"전하 걱정하지 마십시오. 저들도 이미 정신이 팔려 있습니다."

한 수하가 웃으면서 턱으로 가만히 넋을 잃고 있는 영정을 가리켰다.

다른 한 수하는 혹시 바닥에 쓰러진 사람들 가운데 누군가가 2황자에게 공격을 가하지 않도록 조심스럽게 방패로 앞을 가렸다. 여자 몇몇이 다가오더니 먼저 얼굴을 가렸던 가리개를 벗고 땀을 닦았다. 여자의 얼굴에는 만감이 교차하는 듯했다. 여자가 아름다운 미소를 짓고 야들야들한 목소리로 웃으며 말했다.

"전하의 훌륭한 계략에 적들을 서로 공격하게 했네요. 아니었으면 고남의를 상대하다가 목숨도 부지하기 힘들 뻔했습니다. 보세요. 설아는 다치기까지 했습니다."

2황자는 기분이 매우 좋은 듯 음흉한 미소를 보이며 고개를 내밀고 물었다.

"이마를 다쳤느냐? 내 '호' 해 주마!"

입으로 호호 불어대면서 한 손으로는 그 여자의 뱀처럼 매끈한 허리를 잡아당겼다. 그 여성은 애교 섞인 모습으로 나지막이 웃으며 2황자를 밀어내더니 바로 사탕처럼 달라붙었다. 여자 몇몇이 애교 넘치는 미소를 지으며 그를 겹겹이 둘러쌌다. 그는 호탕하게 웃으며 여자를 옆에 끼고 안았고, 다른 사람들은 재미있다는 듯 미소를 지으며 한쪽으로 물러섰다. 그는 아름다운 여인들을 끌어안은 채 부서진 뱃전에 기대어 고개를 내밀고 밑의 갯벌을 쳐다봤다. 봉지미가 영혁의 몸에 올라타 있었고, 두 사람의 무기가 힘을 겨루다 한쪽으로 떨어져 있었다. 고남의는 그들에게서 약간 멀리 있는 곳에 떨어져 있었고, 통에서 빠져나온 고지효가 그를 안고는 큰 소리로 엉엉 울고 있었다.

2황자의 눈빛이 빛났다. 전방에 있는 갈대 늪 바깥을 향해 손짓하며 손을 흔들었다. 줄곧 갈대 늪을 포위하고 있던 병사들이 손에 든 횃불을 갈대 늪에 던졌다. 큰불이 활활 타오르며, 불길이 거세지며 갈대 늪 가장자리에서 타올랐다. 2황자는 줄곧 손으로 뱃전을 잡고 있었지만, 손짓으로 신호를 보내던 그 순간에는 당연히 손을 뱃전에서 뗄 수밖에 없었다. 바로 그때.

펑!

2황자의 뒤에 있던 여자들이 갑자기 모두 다리를 들더니 그의 엉덩이를 차 버렸다! 무공이 뛰어난 여자들이 갑자기 힘을 주어 차 버렸으니 뱃전의 끄트머리에서 무방비 상태로 서 있던 2황자는 외마디 비명을 지르며 고꾸라질 수밖에 없었다. 크게 당황한 와중에도 그는 순간적으로 옆에 있던 뱃전을 잡고 간신히 버티는 듯 했다. 하지만 여전히 그의 품에 기대고 있었던 설아가 차가운 미소를 지으며 필사적으로 뱃전을 잡고 있던 그의 손을 잡아당겼다가 놓았고 그는 아래로 떨어지고 말았다. 놀라움과 당혹스러움이 가득 찬 비명 소리가 울려 퍼졌다.

갑자기 갯벌 위에서 계속 영혁을 짓누르고 있던 봉지미가 벌떡 일어났다! 마치 꼬리를 길게 늘어뜨린 유성이 떨어지듯 온몸에서 섬뜩한 기운을 뿌리며 날아가는 용처럼 뛰쳐나간 그녀는 고개를 들어 떨어지는 사람에게 덤벼들었다.

퍽!

앞가슴에서 들어간 장검이 등으로 나왔다. 떨어지며 받은 거대한 충격까지 2황자의 가슴을 관통해 솟구치는 피가 저 멀리까지 뿜어져 날아갔다. 다시 툭 소리가 나며 배의 일부분이 갈라져 떨어졌다. 검은 색의 배가 선홍색으로 물들기 시작했다. 배 일부가 떨어지며 생긴 물결이 천천히 옅어졌고, 그 모습은 마치 갈라진 강산의 지도 같았다.

허공에서 봉지미는 차가운 웃음을 보이며 2황자의 몸에서 서서히 검을 빼냈다. 피칠갑을 한 얼굴을 닦지도 않고 차가운 미소를 짓는 그녀의 모습은 악귀가 따로 없어서 모골이 송연할 정도였다. 2황자는 놀라 정신이 나가 버린 듯했다. 그녀는 한 손으로 그의 옷깃을 잡고 바닥에 떨어진 그의 몸을 갯벌 위로 던져 버렸다. 쾅, 하는 소리를 내며 진흙 위로 떨어진 그는 몸부림을 쳤고, 가슴에 있는 상처에서는 선혈이 콸콸 쏟아졌다. 동공이 확대된 눈은 그가 얼마나 놀랐는지를 짐작케 해줬다. 그녀의 칼끝이 떨렸다. 선혈 몇 방울이 칼의 홈을 따라 흘러 떨어지더니 그의 얼굴을 물들였다. 장검의 밝은 빛은 여전했다. 그녀의 한없이 깊은 눈망울은 장검에 비쳤고, 입가에는 살벌한 미소가 서렸다.

"감히 이렇게 당신을 죽일 거라고 상상도 못 했겠지?"

봉지미는 쪼그리고 앉아 장검의 칼끝으로 2황자의 얼굴을 툭툭 치며 태연하게 말했다.

"하지만 당신을 꼭 죽일 수밖에 없었다. 모욕을 당한 소녀와 병을 얻은 고남의 대신!"

봉지미는 침착하게 장검을 허리춤에 다시 꽂고 신경 쓰지 않는 듯 걸어갔다. 저 멀리에서 포효하는 소리가 들렸고, 수면 위에 얼핏 강회 수사의 선박이 보였다. 강기슭에서 천지를 뒤흔드는 말발굽 소리가 들렸다. 갈대 늪을 포위했던 2황자 수하의 병사들이 당황하며 고개를 돌리자 붉은 불꽃이 보였다. 지평선에 짙은 홍색의 물결이 펼쳐졌고, 철갑이 밝은 빛을 번쩍이며 새까맣게 먼지를 일으키며 돌진하고 있었다. 2황자는 차갑고도 축축한 갯벌에 누워 있었다. 몸 아래에 있는 갈대가 붉게 변했다. 그는 눈을 크게 뜬 채 사지를 큰 대자로 벌리고 초점 없는 시선으로 아득히 멀게만 느껴지는 파란 하늘과 흰 구름을 바라보고 있었다. 그의 시선이 계속 뱅글뱅글 돌더니 점점 도는 속도가 빨라졌고 세상의 모든 일이 모호해졌다고 느끼는 듯했다. 마치 조금 전에 입가에 미소를 짓고 그리던 아름다운 꿈처럼.

뱃전에서 자신에게 교태를 부리던 여자들이 작심한 듯 뛰어내리더니 성큼성큼 영혁을 향해 걸어와 그에게 허리를 굽히고 예를 갖추는 모습이 2황자의 시야에 들어왔다. 그는 고개를 돌리려고 노력했지만, 고개를 돌려서 무엇을 하려는지 자신도 알지 못했다. 피 묻은 그의 뺨에 차가운 도포 자락이 닿았다. 가쁘게 호흡하던 그는 이 도포의 주인이 누구인지 알아챘다. 강바람에 펄럭이는 도포 자락과 함께 한 남자의 모습이 그의 눈에 보였다. 오랫동안 칼을 갈며 때를 기다리던, 그 속을 알수 없는 영혁이 반쯤 꿇어앉아 청아하게 빛나는 얼굴을 숙인 채 아주 평온한 눈빛으로 그를 바라보고 있었다. 마치 길가에 있는 낯선 시체를 살펴보는 표정이었다. 곧이어 영혁은 더 가까이 얼굴을 숙였다. 차갑고도 고귀한 숨결이 뼈가 시리도록 그를 감쌌다. 그의 귓가에 아주 친근한 자세로 얼굴을 가까이 대고, 덤덤하지만 차가운 말투로 말했다.

"…… 자신을 미끼로 나를 속이려고 하셨습니까? 저 역시 저를 미끼로 형님을 속였습니다. 제가 혼자 나타나지 않았다면 어찌 형님의 긴장을 늦추어 직접 이곳에 행차하게 할 수 있었겠습니까? 제가 배에서 떨어지는 척하지 않았다면, 어찌 형님을 배의 가장자리로 유인할 수 있었겠습니까? 사람을 속이는 자는 항상 속게 마련입니다. 형님!"

2황자는 영혁을 올려다봤다. 절망과 후회가 가득한 눈빛이었다. 이 위험한 사람에게 속고 속인 것이 절망스러웠고, 독 안에 든 쥐에 불과했던 이 승부를 제대로 즐기지 못한 것이 후회되었다. 호위 본진을 일으켜 제경을 공격하고 시원하게 전쟁이라도 한 판 벌이고, 죽더라도 깔끔하게 죽어야 했다. 하지만 이기려고 만든 함정에 도리어 자신이 당했고, 이 차가운 진흙 위에 누워 생의 마지막을 보내다니 웃음거리가 되기에 충분했다.

"저 대신 셋째 형님께 안부 전해 주세요."

영혁이 갑자기 자리를 떴다.

"아마 지옥에서 형님을 기다리고 있을 거예요. 무고하게 셋째 형을 모함한 형님을요!"

2황자는 축축하고 미끈한 진흙 위에 누워 피범벅이 된 채 눈을 크게 뜨고 있었다. 갈대 늪을 태우는 불로 인해 사방에서 뜨거운 기운이 몰려들었다. 조금 전까지만 해도 그가 제거했다고 생각했던 일생의 숙적이 불빛을 뒤로 하고 사악한 웃음을 보이며 점점 멀어져갔다. 그는 힘없이 떨리는 손가락으로 진흙을 그러모아, 허공에 휘둘러 봤지만 차갑고 서늘한 바람만 손에 잡힐 뿐 그 사람의 도포 자락에까지는 닿지 못했다. 점점 멀어져 가는 하늘의 끝이 그의 시선에서 점점 가라앉았다. 마지막으로 힘을 잃고 가라앉기 전 그는 혼자 중얼거렸다.

"음모를 쓰는 자는 필경 음모로 죽을 것이다. 영혁, 나 역시…… 널 기다리겠다."

희미한 음성이 불에 타 버린 갈대 냄새 가득한 바람에 묻혀 흩어지며 천지로 휘날렸다. 자리를 떠난 그 사람이 들었는지는 알 수 없었다. 사방에서 타닥타닥 소리를 내며 불길이 솟아올라 갈대 늪은 이미 다 타 버렸다. 불길은 매우 빨랐고, 저 멀리에서 배가 속력을 내며 오고 있었다. 관선 위에 있던 2황자의 수하들은 한참 후에나 정신을 차렸다. 더 이상 싸움에 미련이 없는 듯 하나둘씩 배에서 뛰어내려 목숨을 부지하려 했다. 처음부터 물속에서 매복하고 있던 자들과 함께 이곳을 빠져나가려 했지만 이쪽 갈대 늪은 이미 불길에 막혀 있었고, 반대쪽은 또 망망대해 같은 강이 있었다. 멀리 헤엄칠 수 없는 상황에서 수군의 쾌속선이 다가오자 대부분은 포위되어 도망칠 수 없었다.

갯벌 위에서 줄곧 얌전히 죽은 척하던 고남의는 2황자의 목숨이 끊어지기를 얌전히 기다린 후 한 바퀴 돌아 일어섰다. 눈물과 콧물을 쏟으며 울고 있는 고지효를 제쳐둔 채 미간을 찌푸렸다. 그는 몸에 묻은 진흙을 털어내고는 손가락 사이에 있던 새파란 짧은 화살을 한쪽에 버렸다. 고지효는 손을 벌린 채 진흙에 꿇어앉아 멍하니 그를 올려다보았다. 작은 얼굴은 온통 진흙투성이였고 눈물까지 더해져 꼴이 말이 아니었다. 게다가 화들짝 놀라 아직 정신을 차리지 못하는 꼴이 웃기다기보다는 참고 볼 수 없을 정도였다.

줄곧 자신의 옷매무새를 만지던 고남의는 거의 정지된 듯 얼어붙은 고지효를 보고는 그제야 손을 멈추고 잠시 생각에 잠겼다. 아마도, 대충이라도 딸에게 뭔가 설명을 해 줘야 할 것 같았다. 그래서 그는 또 고개를 돌려 사방을 쳐다봤다. 2황자의 시체가 보이자 문득 아이에게 너무 잔인한 장면을 보여주지 말라던 봉지미의 말이 생각났다. 그제서야 아이가 놀란 이유를 알았다고 생각하며 손을 뻗어 고지효의 얼굴을 다른 방향으로 돌린 후 손으로 눈을 가렸다.

원래 이쪽으로 다가오려던 봉지미는 이 광경을 보고는 자기도 모르게 헛기침을 해댔다. 지금 아이의 눈을 가려봤자 무슨 소용이 있는가? 하지만 목석처럼 얼어붙어 있던 고지효는 피도 눈물도 없던 아버지의 행동에 정신을 차린 듯 갑자기 아버지의 손을 때리더니 입을 크게 벌려 옴팡지게 물어 버렸다.

"아얏!"

강철 같은 고남의가 이제껏 처음으로 외친 비명이다. 아픔으로 인한 외침이 아니고, 놀람으로 인한 외침이었다. 그는 멍하니 고지효를 쳐다봤다. 이 아이는 그의 손을 꽉 물고 있었고, 날카로운 이를 드러내고 있었다. 그다지 크지 않지만 아주 맑은 두 눈으로 매섭게 그를 노려보고 있었고, 마치 늑대 새끼가 들어 있는 것처럼 눈빛이 매서웠다.

고남의는 미간을 찌푸렸다. 항상 말을 잘 듣던 딸이 왜 이렇게 표독스러운 표정을 짓는지 이해되지 않았다. 늑대에게 물린 손을 빼내려 했지만, 이 새끼 늑대가 있는 힘을 다하며 아주 사납게 굴었다. 이빨이 근육까지 물고 있었지만, 그는 팔을 빼내지 않았다. 다만 너무 힘을 주어 연약하고 작은 지효의 이빨을 뽑아낼까 걱정되었다. 어렵사리 난 몇 개의 이빨이 아닌가. 고남의는 맘껏 물으라며 팔을 내밀었다. 그는 원래 통증에 매우 둔감했다. 그가 팔을 내밀자 오히려 고지효는 입을 벌리고 이를 드러내더니 한참을 멍하니 쳐다봤고, 갑자기 그에게 뛰어들어 조막만 한 손으로 주먹을 쥐더니 사정없이 아버지를 때렸다.

"나빠! 나빠! 죽은 척하다니! 죽은 척해서 날 놀라게 하다니!"

고남의는 이런 딸의 공격에 하마터면 진흙으로 다시 자빠질 뻔했다. 고개를 돌려 인정사정없이 작은 주먹을 마구 날리고 있는 아이를 보더니 조금 난처한 듯 고개를 돌려 봉지미에게 눈빛으로 구원을 청했다. 그녀는 그에게 도대체 무슨 일이 있는 것은 아닌지 살펴보려 했지만, 이 광경을 보고는 발걸음을 멈췄다. 그녀는 고지효의 성질을 잘 알고 있었다. 초원에서 자랐고, 화경과 혁련쟁 등 항상 용맹스러운 사람들과 함께 생활하며 성장했다. 또 살아 있는 부처의 혼백이 스며든 아이로 떠받들어지며 초원 백성들의 사랑을 받지 않았는가. 유아독존인 여왕은 두말하면 잔소리였고 거의 신처럼 추앙되었는데, 오늘 아무것도 모른 채 완전히 속았으니 어찌 성질이 나지 않을 수 있겠는가?

봉지미는 이 아이를 생각하면 조금 골치 아팠다. 고지효에게는 화경과 같은 용맹함이 있었지만 고남의의 영향을 받았다. 그래서인지 정열적이면서도 선량한 화경과는 달리 냉담한 성격이었다. 그런 고지효가 지금은 잔뜩 화가 난 상태였고, 봉지미는 자신이 이런 상황을 해결할 만한 힘이 없다는 생각이 들어 발걸음을 내딛던 방향을 바꿔 슬쩍 달아났다. 고남의는 명하니 멀어져 가는 그녀의 뒷모습을 보다가 고지효에게 눈길을 주었다. 눈물과 콧물을 그의 손에 닦고 있는 아이를 다시 바라보더니 문득 깨닫는 바가 있었다.

'여자란 다 믿을 수 없다.'

좋은 성격을 가진, 아니 좋은지 나쁜지 아예 드러나지도 않는 성격을 가진 고남의는 태어나서 처음으로 귀찮고 불평이 차오르는 감정을 느꼈다. 이런 감정을 천천히 삼키고 고개를 돌려, 아직도 이를 드러낸 채 자신을 마구잡이로 때리는 딸을 응시했다. 손을 뻗어 아이의 멱살을 잡고는 배로 돌아가 단단히 훈육해야겠다고 생각했다. 발버둥 치는 고지효의 몸이 고남의 손에서 마구잡이로 흔들렸다. 부녀가 배로 돌아간 것을 보고 봉지미는 옷섶을 약간 찢어 영혁에게 손짓했다. 그가 웃으며 그녀를 보더니 천천히 손목을 내밀었다. 그의 손목에 생긴 가로로 베인 흉터가 꽤 깊었다. 그녀는 손가락에 힘을 주어 손목을 지나가는 혈도를 누르고는, 고개를 숙여 꼼꼼히 천을 두른 후 세 번 정도 더 돌려서 감고 말했다.

"연기인데 꼭 이렇게까지 해야 해요? 피가 튀어나올 때 엄청나게 놀랐습니다."

봉지미는 나지막한 말투로 불평을 늘어놓았다. 저 멀리 갈대 늪에서 요동치던 불길이 고개를 숙인 그녀의 이마를 비췄다. 얼굴의 윤곽 전체에 가느다랗게 금색 빛이 생기더니 눈썹이 더 길고 가늘게 보였고, 코는 더 오뚝하게 느껴졌다. 하지만 입술의 선은 부드럽게 보였고, 마치 바람 속에서 핀 꽃이 짙은 다홍색을 뿜어내는 것 같았다. 짙고 붉은 불길이 번뜩이는 화염 속의 갈대 늪을 배경으로 삼아 고개를 숙인 그녀의 옆모습은 섬세하고도 부드러웠고, 그의 손목을 잡고 있던 손가락은 가벼웠다. 그는 그녀를 물끄러미 바라봤다. 미소를 지으며 손가락으로 그녀의 이마에 묻은 진흙을 닦고 나지막이 말했다.

"내가 하지 않았으면, 네가 하지 않았겠냐? 내가 한 게 더 낫다."

봉지미는 잠자코 있었다. 당시 그녀 역시도 자신의 팔에 칼을 그으려는 심산이었다. 하지만 영혁의 동작이 자신보다 빨랐다. 그녀보다 한 발 앞서 그가 행동을 취해 연출한 선혈이 낭자한 장면을 보고, 2황자는 그 상황을 정말로 믿게 된 것이었다. 그 순간에는 상황을 미리 맞춰 볼 시간적 여유도 없었고, 그저 모든 것은 상대의 눈빛과 반응만으로 서로 생각이 통해 행동했던 것이었다. 먼 바다 건너에 있는 어떤 나라에서는 이런 현상을 '텔레파시'라고 한다는 말을 얼핏 들은 것도 같았다. 피를 흘리는 영혁에게 봉지미가 덤벼들었을 때 두 사람의 협업은 완벽했고, 모든 사람을 완전히 속일 수 있었다. 이미 격전을 벌이고 있었던 고남의는 영혁의 신호를 알아채고는 석궁이 발사되었을 때 몸을 돌려 손가락 사이로 화살을 받았다. 그가 다시 몸을 돌렸을 때, 사람들의 눈에는 '가슴에 독화살이 꽂혀 있는 것'처럼 보였다. 고남의가 왜 영혁의 작전을 받아들였을까? 영혁은 다른 말없이, 황급히 딱 한마디 말만 전했다.

"봉지미가 화살에 맞은 척 연기를 해 주길 바라오."

어떤 일이든 '봉지미가 바란다'라는 말만 붙이면 고남의는 어떠한 이의도 없이 즉각 행동했다. 어쨌든 그도 진사우가 있던 포원에서도 이미 연기를 한 적이 있었기에 연기 실력이 꽤 능숙한 편이었다. 하지만 그의 연기는 다른 사람은 속일 수 있어도 봉지미를 속일 수는 없었다. 그가 면사포를 뒤집어쓰고 있었기에 다른 사람은 그가 진짜 아픈지 아닌지 알 수 없었지만, 그녀는 면사포가 살짝 움직이는 미세한 움직임만 봐도 대체 어떤 일이 벌어졌는지 파악할 수 있었다. 고남의의 연기가 들통나지 않도록 그녀는 아예 그쪽으로 향하지 않았던 것이다. 대신 영혁에게 덤벼들어 사람들의 시선을 영혁으로 돌렸다. 그와 그녀는 굳이 오랜 시간 맞춰볼 필요가 없는 연기 짝패였다.

봉지미의 시선이 영혁을 기다리던 여자들을 스치고 지나갔다. 이 여인들은 영혁이 2황자에 심어 놓은 첩자들이었다. 고남의를 상대할 때 여인들은 전심전력을 다 했기에 처음에는 봉지미도 미처 파악하지 못했다. 무슨 일이든 만전을 다하는 2황자는 마지막에 자신을 사지로 몰아넣은 사람이 자신이 초빙해 온 수하일 줄은 꿈에도 몰랐을 것이다.

이 여인들이 어떤 사람인지, 영혁이 이 여인들을 어떤 방식으로 썼는지 봉지미는 묻지 않았다. 불현듯 수옥 산장에서의 밤이 떠올랐다. 천성제의 품에 안겨 수시로 온천을 방문했던 경비는 서량의 무녀 출신이었다. 이 여인들과 같은 지역 출신인 터였다. 애당초 경비 역시 상 귀비의 생신 잔치에서 2황자가 데려온 무희였다. 아마 2황자는 경비가 자신의 사람이라는 걸 의심조차 하지 못한 채 죽어갔을 것이다. 과연 그랬을까? 면사포를 걷은 여인들의 예쁜 눈망울은 지금 다른 사람을 향하고 있었다. 아주 오랫동안 영혁은 인내심을 발휘해 절대 서두르지 않고 은밀하게 그물을 설치했고, 이제 사냥감을 포획한 그물을 거둬들이고 있었다. 그 그물에 걸린 사냥감은 아무 것도 모른 채로.

봉지미는 천천히 손을 소매 안에 넣고 고개를 돌려 저 멀리 갈대 늪 사방에서 번져오는 화염을 보았다. 눈빛은 침착했지만 왠지 모를 두려움이 서려 있었다. 뱀이 수풀을 지나가듯 흔적을 거의 남기지 않으면서 오랫동안 열망한 복수를 해내는 광경을 본 사람이라면, 그가 적이든 아군이든 놀라지 않을 수가 없었다.

봉지미는 천천히 고개를 돌려 생각에 잠겼다. 짙은 붉은빛이 넘실거리며 초록을 집어삼키고 있었다. 그녀는 하얀 돌로 만든 조각상처럼 엄중하고 깊은 생각에 잠긴 표정으로 물가에 서서 가만히 세상을 바라보고 있었다. 그녀의 앞에 서 있던 영혁은 이를 전혀 모른 채 미소 어린 얼굴로 살짝 헝클어진 그녀의 머리를 감아올렸다. 저만치에서 불길이 점점 더 무서운 기세로 다가왔다.

장희 18년 늦봄, 결사의 각오를 다지며 모든 것을 다 쏟아 부은 한 사람은 궁지에 몰렸고, 모든 게 물거품이 되었다. 평생 간직해 왔던 기상과 포부가 일찍부터 만반의 준비를 한 사람의 계략에 부딪혀 10리 갈대 늪이 타다닥, 하며 요란하게 타는 소리와 함께 모두 타 버렸고, 모든 것은 연기와 재로 변해 날아갔다.

계략을 꾸민 자가 계략에 당하고, 포위하려던 자가 포위되었다. 결국에 그 갈대 늪은 까만 재로 변했고, 내년 봄에 갈대 끄트머리에서 싹이 돋아나며 갈대 피리를 불던 자는 미지의 길은 걷는 나그네가 될 것이다. 천성의 황제 실록에서 2황자의 죽음은 아래와 같이 기술되었다.

'장희 18년, 병으로 급작스레 흥거하다.'

천성 조정의 장자인 황자의 죽음은 몇 글자 되지 않는 문장으로 이렇게 무정하게 쓰여졌다. 영혁은 궁으로 돌아가 여호 갈대 늪에서 대군을 이끌고 매복해 있던 2황자가, 장영위와 강회수군이 포위했음에도 끝까지 투항하지 않아 결국 갈대 늪에 불을 질러 태워 죽였다고 천성제에게 보고했다. 천성제는 듣더니 한참 동안 아무 말 없다가 결국 손을 저으며 말했다.

"됐다."

'됐다'는 한마디 말은 2황자 사건에 관련된 일을 적당히 마무리하자는 뜻이었다. 이후 진행된 숙청과 진급 및 강등에 있어서 영혁은 조정을 크게 뒤흔들지 않는 선에서 결말짓는 듯했다. 2황자의 역모 사건은 태자나 5황자와는 달리 장영번이 연루되어 있었기에 당분간은 사건 전반에 얽혀 있는 비밀을 까발리는 일을 보류해야 했다. 장영번이 불경한 행동을 하긴 했지만, 역모의 뜻이 분명하지 않았기에 조정에서 준비가 필요했다. 지금은 끝장을 보기에 좋은 시기는 아니었다.

2황자가 훙거한 후, 그가 임시로 지휘하던 공부의 직무는 영혁이 맡았고, 병부와 이부는 7황자가 대리 관리하기로 하였다. 천성제는 여전히 권력의 균형을 잡겠다는 생각으로 가장 중요한 이부와 병부를 7황자에 넘기며 영혁을 견제했다. 다들 자식들이 하나둘씩 죽어 가는데 황제가 왜 아직도 태자를 지명하지 않는지 이해가 되지 않았다. 봉지미조차도 너 죽고 나 살자는 식의 싸움을 보고 있는 황제가 도대체 무슨 생각을 하는지 이해할 수 없었다.

하지만 봉지미 역시 눈앞에 업무를 처리하기에 바빴기에 황제의 마음을 헤아릴 겨를이 없었다. 춘위를 연 뒤 한 달 후 곧바로 전시(殿試)*황제 앞에서 치르는 시험를 치러야 했다. 전시에 참가하고자 사방에서 몰려 든 수많은 응시생들은 황제가 내린 문제를 놓고 필사적으로 글을 써낸 후, 결과가 발표되기를 기다렸다. 1등은 3명으로 장원과 방안 그리고 탐화였고, 모두 진사 급제라는 칭호를 받았다. 장원은 어림원에서 집필 업무를 수행하고, 방언과 탐화는 편찬 업무를 담당하게 되었다. 2등은 삼십 명으로 진사 출신이라고 불렀다. 3등은 66명으로 마찬가지로 진사 출신이라고 불렀다. 조정 시험 후에는 각각 서길사, 주사, 중서, 추관, 지주, 지현 등의 관직을 맡게 되었다.

전시를 치르니 이미 5월이었다. 관례대로라면 경림연*과거에 급제한 사람들에게 조정에서 베풀어 주는 잔치을 열어야 했다. 봉지미는 이 두 달 동안 너무 바빴고, 또 춘위와 전시의 일을 도맡아야 했다. 게나가 혼자서 황묘 건립에 관한 사무도 처리해야 해서 관청에서 잠을 이루는 날이 많았다. 이때 그녀는 몸이 아프다는 것을 핑계로 황묘 건립을 미루고 싶었지만, 천성제는 윤허하지 않았다. 나중에 환관들에게서 소녕 공주가 폐하한테 바람을 넣어 전시가 끝난 후에 소녕을 출궁시켜 황묘에 거주하게 할 계획이라는 이야기를 얼핏 들었다. 봉지미는 이 이야기를 듣고는 쓴웃음을 지을 수밖에 없었다. 곧 있으면 매일 매일 나를 괴롭힐 텐데, 남은 시간 동안만이라도 날 좀 놔두면 안 되겠는가?

그날 밤 경림원에는 오색 천이 걸리고 등불이 밝혀졌다. 비단으로 길을 깔았고, 버드나무와 갖가지 빨간 꽃으로 교각이 꾸며졌다. 예포가 천지를 울렸고, 고상하고 운치 가득한 연회가 준비되었다. 예부, 광록시, 상보사를 비롯한 각 부처 소속의 많은 이들이 바쁘게 움직였고, 이원 교방 역시 우수한 학생들을 보내 흥을 돋웠다. 봉지미가 도착했을 때는 아직도 큰 가마들이 몰려오고 있는 상태인데도 안에서는 매우 시끌벅적한 소리가 들려왔다.

경림원은 내각의 일을 논하는 호윤헌에서 멀지 않았다. 봉지미는 도착하자마자 저 멀리에서 영혁이 대신 무리를 거닐고 호윤헌으로 가고 있는 모습을 보았다. 그도 그녀를 보고는 살짝 미소를 지었다. 미소에는 다른 뜻이 담겨 있었다. 그를 뒤따르던 호성산이 눈을 가느다랗게 뜨고 그녀를 훑어보더니 갑자기 허허 웃으며 성큼성큼 자리를 떴다. 영문을 모르는 그녀는 저자들이 수상하게 무슨 짓을 꾸미고 있는지 알 수 없었다. 하지만 다가가 물을 수 없었기에 그대로 경림원으로 들어갔다. 새로 과거에 합격한 학생들이 다가와 그녀에게 예를 표했다. 그녀는 그들에게는 '스승'에 해당했기에 점잖은 모습으로 미소를 지으며 인사를 하고 지나갔다. 문득 누군가가 귓가에 대고 하는 소리가 들렸다.

"위 사업, 안녕하십니까?"

이 칭호를 듣자 봉지미의 얼굴에 있던 거짓 미소가 환한 미소로 바뀌면서 몸을 돌려 웃었다.

"전 학생도 왔군."

그 사람은 봄 연회에서 봉지미를 초대한 적이 있는 청명 학생 전언이었다. 그는 이번에 2등 중 여섯 번째로 합격했다. 청명 학생 중 이번에 몇 명이 진사가 되었고, 그중에는 탐화도 한 명 있었다. 전에 이들은 시험관을 만나 뵙겠다는 명분으로 위지의 저택을 방문해 만난 적이 있었고, '충심을 다해 국가에 보답하고 군주의 은혜에 감사해야 한다'는 교과서 같은 가르침을 받았다. 이때, 전언은 미소를 머금은 얼굴로 봉지미로 바라봤다. 그러나 조금 기이함을 담은 눈빛으로 말했다.

"대인, 연회가 아직 시작되지 않았습니다. 제가 대인의 가르침을 받고 싶은 문제가 있는데, 장소를 옮겨 잠시 이야기를 해주실 수 있겠습니까?"

봉지미는 잠시 멈칫했다. 시선을 들어 사방에 삼삼오오 모여 있는 사람들을 보고는 조금 외진 야외 응접실을 가리키며 말했다.

"저쪽으로 가지."

전언은 고개를 끄덕였고, 두 사람은 앞뒤로 그곳을 향해 걸어갔다. 봉지미는 지금 굳이 자신을 찾는 이유가 무엇일까 추측했다. 그의 표정이 조금 무겁게 느껴졌으며 뒤따라오는 발걸음이 빠른 것을 보니 조금 긴장한 듯 보였다.

두 사람은 야외 응접실에 도착하였다. 이곳은 3면이 모두 연못을 접하고 있는 높고 널찍한 곳이었다. 뒤에는 인공으로 만든 둔덕을 따라 넝쿨이 드리워져 있었다. 두 사람은 물고기를 바라보는 것처럼 난간 옆에 섰다. 봉지미가 무덤덤하게 물었다.

"무슨 일인가? 말해 보게."

"대인."

전언이 말했다.

"예문욱이 어디로 갔는지 아십니까?"

봉지미는 순간 멈칫했다. 예문욱은 경심전에서 그날 밤 소녕 공주를 속였던 그 청명의 학생이 아닌가. 그 죄는 큰 죄로 분명 살아남지 못했을 거고, 시체 역시 소리 소문 없이 재로 변했을 것이 분명했다.

"귀양 가서 노역을 하고 있지 않겠는가?"

봉지미는 바로 평정심을 찾으며 대답했다.

"요즘 바빠서 그 사건에 대해 신경 쓰지 못했는데, 왜 그러는가?"

전언은 손을 내밀었다. 손에는 두 가지 물건이 있었다. 하나는 반짝반짝 빛이 났고, 하나는 어두운 검은색이었다. 반짝반짝 빛을 내는 것은 매우 정교한 발찌였고, 가느다란 금에 최고급 보석이 달려 있었다. 아주 값진 물건이었고, 또 '옥명'이란 두 글자가 새겨진 아주 작은 금패가 달려 있었다. 어두운 검은색은 작은 동패였고 이미 불에 타 변형된 형태였지만 얼핏 보니 누군가의 사주가 적혀 있는 듯 했다. 봉지미는 그 발찌를 보고는 심장이 떨려왔다.

"예문욱에게 노모가 계십니다. 얼마 전 제경에 아들을 찾으러 왔다고 합니다. 예전에는 돈을 좀 부쳐 주었는데 최근에는 줄곧 아무 소식이 없었고 생활도 곤궁해져 할 수 없어 아들에게 부탁을 좀 하려고 왔다고 합니다. 그 부모가 제경에서 아들을 한참 수소문을 하다가,

어찌어찌해서 찾긴 찾았는데…… 교외의 황족 화장터에서 찾았다고 합니다. 어떻게 들어가셨는지 잘 모르겠지만, 항아리 안에서 이 두 물건을 가져왔다고 하네요. 이 발찌는 누구 것인지 통 모르겠습니다. 하지만이 동패는 예문욱의 어머니가 그에게 준 부적이라고 합니다. 그의 사주팔자라서 틀림없다고 하고요. 그 부모님이 이 물건을 가지고 아들을살려내려고 서원에 항의하려고 온 찰나 마침 저를 만나서 앞길을 막고는……."

봉지미는 그 발찌를 쳐다보며 내심 괴로워했다. 당시 예문욱은 욕심을 내 공주의 발찌를 훔쳤다. 당시 영혁은 이미 자리를 떴고, 봉지미는 소녕을 빨리 거처로 돌려보내기 급급했다. 또 나중에 고남의 건강때문에 서둘러 궁에서 나와 치료를 해야 했기에 예문욱이 훔친 발찌를 미리 빼내는 것을 깜박 잊고 말았다. 후에 이것이 떠올라 사람을 보내 찾아봤지만, 화장터 쪽에서는 화장된 유골이 섞여 구분하기 힘들다고 했다. 그곳은 아무나 함부로 들어갈 수 없는 장소인데다가 또 나중에 매장해서 처리한다고 했기에 유골 가루에서 무언가를 찾기 힘들 거라 결론지었다. 게다가 또 바쁜 일이 밀려들어 이 일을 잊고 있었다. 예문욱의 모친이 작정하여 아들의 유골 가루를 찾아내고, 또 이 중요한물건을 찾아낼 줄은 전혀 상상할 수 없었다.

보석이 달린 가느다란 금 발찌가 전언의 손에서 반짝반짝 빛을 냈다. 마치 어둠 속에서 빛나는 눈동자 같았다. 관리 집안 출신의 전언은자연히 이 물건이 일정 계급 이상의 사람들만 쓸 수 있다는 사실을 알고 있었다. 그의 손바닥에 땀이 흥건했다. 그가 나지막이 봉지미에게 물었다.

"대인, 이 물건을 어떻게 예문욱이 가지고 있던 걸까요? 설마…… 그가……."

봉지미는 갑자기 손가락을 세워 조용히 하라고 일렀다. 전언은 놀라 입을 닫고 당황한 듯 사방을 둘러보았다. 그녀는 고개를 돌려 천천히 인공 둔덕 뒤를 바라봤다.

"누구냐! 나와라!"

봉지미의 표정에 살기가 어려 있었다. 이 인공 둔덕의 뒤에서 전언이 가지고 있던 물건을 보고 이 이야기를 들은 자는, 그게 누구든 입을 다 물어야 하는 운명을 피할 수 없었다. 사방은 고요했다. 그저 높으면서도 낮게 긴장한 숨소리만 들렸다. 얼핏 어디선가 아주 미세한 움직임 소리가 들렸다. 그녀는 쓴웃음을 보이더니 옷소매를 걷고 인공 둔덕의 덤불을 걷었다. 그 사람을 잡으려고 팔을 내밀다가 그만 허공에서 동작을 멈췄다. 인공 둔덕 뒤 무성한 덤불을 걷자, 남장한 소녕 공주가 온기라고는 하나도 없는 창백한 얼굴로 봉지미를 빤히 쳐다보고 있었다.

의향

　덤불 뒤에서 두 사람의 이야기를 몰래 엿듣고 있던 사람은 다름 아
닌 소녕 공주였다. 그 사실에 봉지미는 놀라 넋을 잃었다. 그녀의 첫 번
째 반응은 봉지미가 가지고 있던 발찌를 부숴 버린 것이었다. 하지만 그
녀는 잠깐 동안 뚫어지게 발찌를 쳐다봤다. 수습하기에는 이미 때는 늦
은 상황이었다. 소녕은 그 발찌를 위지와 환락의 밤을 보낼 때 위지가
몰래 가져갔다고 생각했다. 소녕은 모르는 척했지만 내심 기쁜 마음을
가지고 있었다. 달밤 아래 낭군이 그녀가 항시 몸에 지니고 다녔던 물
건을 가지고 있다는 상상을 하니 마음이 떨렸다. 하지만 설렜던 마음은
이 순간 벼락을 맞은 듯 조각조각으로 갈라졌다.
　전언은 소녕을 전혀 알지 못했다. 그는 어린 태감이 무례할 정도로
눈을 동그랗게 뜨고 발찌를 보고 있는 모습에 의아해했을 뿐이었다. 전
언은 봉지미의 표정은 살피지 못했기에 서둘러 손을 거두고는 낮은 소
리로 꾸짖었다.
　"누구냐? 어서⋯⋯."

소녕이 갑자기 덤불 속에서 걸어 나왔다. 그녀가 첫 발걸음을 뗐을 때 휘청휘청 쓰러질 것 같았다. 하지만 두 번째 걸음부터는 안정을 찾았다. 안정되었을 뿐 아니라 속도도 빨라졌다. 전언이 말을 다 끝맺기도 전에 그녀는 곧장 그의 앞으로 다가갔다. 봉지미는 그녀의 표정을 보고는 심장이 덜컹 내려앉아 재빨리 그녀를 잡으려 했다. 하지만 안타깝게도 봉지미의 행동은 이미 늦고 말았다. 소녕이 갑자기 품 안에서 칼을 하나 꺼내더니 칼로 전언의 가슴을 찔렀다. 삽시간에 선혈이 사방으로 튀었고, 봉지미의 손에도 피가 묻었다. 전언은 놀라 눈을 동그랗게 뜨고 믿을 수 없다는 표정으로 소녕을 바라보았다. 그는 입을 벌려 뻐끔거리기만 할 뿐 결국 아무 말도 하지 못하고 깊은 숨을 들이쉬더니 뒤로 쓰러졌다.

봉지미는 전언을 한 손으로 받아 들고 고개를 돌려 소녕을 노려봤다. 소녕은 그녀에게 눈길도 주지 않았고, 전언을 쳐다보지도 않았다. 빨갛게 물든 칼을 매우 침착하게 근처에 있는 넝쿨에 닦더니 다시 품에 넣었다.

팅!

전언의 손에서 흐른 피로 흥건해진 발찌가 바닥으로 떨어지며 마치 못이 구르는 듯한 소리가 났다. 낭랑한 그 소리가 봉지미의 마음속에 박히는 듯했다. 발찌는 마침 소녕의 발밑에 떨어졌고, 그녀는 고개를 숙였다. 그리고 낯선 표정으로 발찌를 쳐다보았다. 항상 자신의 피부에 딱 붙어 있던 그 발찌를, 여자가 가장 정성스레 보호하는 부위에 찰싹 붙어 있던 금색 보석이 달린 자신의 발찌를! 영롱한 장신구는 그날 밤의 환희처럼 여전히 찬란한 빛을 내고 있었다. 그녀의 마음 역시 찬란하다 못해 불타 버릴 것만 같았다.

그날 밤 침대에서 낭군의 손이 소녕의 복숭아뼈를 살살 문질렀다. 손이 지나간 후 발찌가 꽃이 떨어지듯 떨어졌다. 그녀는 알고 있었지만, 비단으로 수놓은 이불 속에서 다정하게 미소를 머금은 채 아무 말도 하지 않았다. 어둠 속에서 하얀 눈처럼 피부는 빛났고 검은 머리칼이 구름처럼 흘러내려 그녀는 구름 속을 거니는 것 같았다. 하지만 지금은……. 그녀의 입가에 미소가 번졌다. 처량하지도 않았고 분노에 찬 미소도, 슬픈 미소도 아니었다. 옅은 조롱기와 황량함이 담긴 미소였다. 그날 밤에 만개했던 우담화가 하얀 눈을 만났다. 그리고 그녀는 천천히 다리를 뻗었다. 천천히, 힘을 주어, 결연한 모습으로 그 발찌를 밟았다. 보석이 박힌 가느다란 금 발찌는 얇은 밑창의 단화 밑에서 희미한 파열음을 내며 부서져 가루가 되었다. 그녀는 계속 밟아 뭉개고, 또 뭉갰다.

얼마나 지났을까. 보석이 완전히 가루가 되어 흙 사이에서 더 이상 구분되지 않을 정도로 뭉개진 후 소녕은 천천히 발을 떼었다. 그녀는 잠시 머뭇거리다 고개를 들어 전언을 안고 있던 봉지미를 바라보았다. 봉지미의 표정은 새하얗게 질려 있었다. 한 손으로는 전언의 상처를 누르면서 그녀를 노려봤다. 그녀가 전언에게 했던 것처럼 비수를 꺼내 갑자기 자신에게 칼을 휘두르길 기다렸다. 아니면 매섭게 달려들어 모든 원한과 분노를 자신에게 쏟아붓기를 기다리고 있었다. 하지만 봉지미를 향해 고개를 돌린 소녕은 갑자기 웃어 보였다. 평소와 다를 바가 전혀 없이 마음 속 꽃이 모두 만개한 듯 기쁨에 반짝이는 미소였다. 그녀는 기뻐하며 미소를 짓고는 봉지미에게 다가와 다정하게 팔짱을 끼며 머리를 봉지미의 어깨에 기대더니 부드럽게 말했다.

"내일 궁에서 나가는 날이라, 궁에서 당신을 한 번 더 뵙고 싶었어요. 마침 이렇게 만나다니 기쁘죠?"

소녕은 미소를 머금은 채 봉지미를 보았다. 풍성한 눈썹을 치켜뜨더니 기쁨에 가득 찬 눈빛으로 봉지미의 눈을 바라보았다. 마치 바닥에 있는 선혈은 보이지 않는 듯했고, 봉지미 품 안에서 죽어가는 전언은 보이지 않는 듯했다. 봉지미는 그 자리에서 얼어붙었다. 뼛속까지 모두 얼어붙은 것 같았다. 어깨에서 부드럽고 향기로운 피부가 느껴졌다. 소녕의 고상한 옥향의 향기가 맡아졌다. 뼈를 뚫을 정도로 진한 향이었다. 그리고 그녀에게서 뼈를 뚫을 정도의 스산함도 느껴졌다. 봉지미는 고개를 돌렸다. 고개를 돌릴 때, 마치 기름칠이 덜 된 것처럼 삐걱삐걱 소리가 났다. 봉지미는 어렵사리 반짝이고 투명한 그녀의 눈망울을 쳐다보았다.

이것은 봉지미와 소녕이 유일하게 비슷하지 않은 구석이었다. 그 눈망울은 맑고 빛났다. 아주 석당하게 갈아 놓은 수정 구슬처럼 열 길 사람 속까지 꿰뚫어볼 수 있을 정도로 맑았다. 하지만 지금, 아무리 뛰어난 봉지미라도 그 수정과 같은 눈망울 안에 담긴 마음을 읽을 수가 없었다. 아니, 읽을 수는 있었지만 읽는 순간 느껴질 끝을 알 수 없는 섬뜩함 때문에 차라리 읽지 못하길 바랐다. 영 씨 황족의 피에는 태생적으로 이런 놀랄만한 고집과 서늘한 광기가 서려 있는 게 아닐까?

"봤으니까 만족해요."

소녕은 봉지미의 대답을 기다리지 않은 채 혼잣말을 이어 갔다.

"궁에서 나가면 저는 다른 신분과 다른 세상에 살 거예요. 위랑, 부황의 뜻을 잘 알고 있을 거예요. 저는 당신의 것이니 저한테 잘 대해야 해요."

봉지미는 듣는 둥 마는 둥 전언의 가슴을 꼭 눌렀다. 뜨거운 피가 콸콸 쏟아져 나왔지만, 그녀는 전혀 그 온도를 느끼지 못했다. 한참 후 그녀는 눈을 감고 심호흡을 했다. 그 호흡에는 피 냄새가 가득했다. 철이 녹슨 냄새가 짙게 배어 있었다. 그 냄새가 목구멍을 비집고 들어가자 자신도 모르게 기침이 나왔다. 하지만 그녀는 침착하게 입을 열었다.

"네."

소녕의 모습은 이곳에 처음 모습을 드러냈을 때처럼 응접실의 인공 둔덕 너머로 사라졌다. 봉지미는 전언을 안고 야외 응접실에 서 있었다.

쾅쾅!

저 멀리서 거대한 예포가 힘차게 울렸다. 바닥에서 쏘아 올린 찬란한 불꽃이 구름과 노을 사이로 솟아올랐다. 알록달록한 색상이 길게 꼬리를 남기며 별이 되어 비처럼 쏟아졌고, 연못 쪽을 등지고 있던 과거에 급제한 진사들이 고개를 들고 신기한 듯 소리를 치고 있었다. 그 불꽃 속에서 봉지미만 혼자 외롭게 서 있었다. 삼면에서 불어오던 바람이 그녀의 머리를 스치고 지나갔다. 머리끝에 전언의 피가 묻어 있었다. 한참 후 바삐 움직이는 발걸음 소리가 들리자 그녀는 눈을 동그랗게 떴다. 땀을 뻘뻘 흘리며 지나가는 소 태감을 그녀가 불러 세웠다. 그 소 태감은 조금 성가신 듯한 모습으로 고개를 돌렸다가 봉지미를 보고는 억지로 웃는 표정을 지으며 다가왔다. 하지만 온몸이 피범벅이 된 그녀와 품에 있는 전언을 보고는 '아' 하는 외마디 비명을 지르며 입을 크게 벌린 채 얼어붙었다.

"무슨 수를 쓰든 호윤헌에 가서 초왕 전하께 이쪽으로 오시라고 전해라."

봉지미는 소 태감에게 분부했다. 그는 궁에서 지낸 날이 적지 않았다. 봐도 되는 일과 봐서는 안 되는 일을 구분할 줄 알았다. 오늘 이 일을 본 것은 매우 불길함을 예고했다. 아무 소리도 내지 않고 땀을 닦아가며 서둘러 사라졌다. 그녀는 전언을 데리고 인공 둔덕 쪽으로 몸을 숨긴 후 상처 부위에 간단한 처치를 하였다. 이곳은 외진 곳이라 지금까지 아무도 지나는 자가 없었다. 하지만 황제가 곧 도착할 때가 됐다. 반드시 이유를 둘러대며 전언을 데리고 이곳을 떠나만 했다.

소녕의 칼은 완전히 정곡을 찌르지는 못했다. 놀란 나머지 마음이 요동치는 바람에 공격이 정확하지 못해 심장에서 살짝 비껴나면서 전언은 목숨을 건질 수 있었다. 다만 지금 궁에서 나가야만 했다. 시간이 조금 지나자 영혁이 서둘러 다가왔다. 그는 봉지미가 대단하고 위급한 일이 아닐 경우, 사람을 써서 이렇게 자신을 부르지 않으리라는 사실을 잘 알고 있었다. 그래서 수하를 대동하지 않고 혼자 야외 응접실로 뛰어왔다. 인공 둔덕 뒤에 숨어 온몸이 피로 물든 그녀를 본 그는 표정이 금세 굳어졌다. 놀란 그가 다가와 손으로 그녀의 맥을 짚으며 가라앉은 목소리로 말했다.

"많이 다쳤느냐? 무슨 일이냐? 내 바로 너를……."

긴박함이 담긴 영혁의 목소리가 멈췄다. 이제야 전언을 본 것이었다.

"무슨 일이냐?"

봉지미의 시선이 바닥을 향했다. 그곳에는 보석이 짓이겨져 있었다. 가느다란 금줄은 여전히 형태가 보존되어 있었다. 그녀는 덤덤히 턱으로 가리키며 말했다.

"예문욱이 몰래 소녕 공주의 발찌를 가지고 있었는데 아들을 찾던 그의 모친이 이를 찾아냈답니다. 전언이 일단 그 모친의 소란을 잠재우고 저한테 가져와 묻는데, 그만…… 소녕 공주가 이를 봤습니다."

영혁 역시 '헉' 하고 놀랐다. 봉지미가 계속 설명하지 않아도 그는 이미 모든 것을 다 파악한 듯했다. 내장이 드러날 정도로 심한 전언의 상처를 보니 공격한 자가 느꼈던 분노와 증오를 짐작할 수 있었다. 두 사람은 서로를 응시했고, 처음으로 소녕 때문에 서늘함을 느꼈다.

"어서 이자를 데리고 궁을 나가거라."

영혁 역시 놀란 상태로 시간을 낭비하는 사람이 아니었다. 바로 사람을 불러 호윤헌으로 보내 미리 궁에 가져다 놓은 평상복을 가져오게 했고, 인공 둔덕 뒤에서 서둘러 봉지미와 함께 전언의 옷을 바꿔 입혀 온몸의 핏자국을 감추었다. 곧이어 그녀는 풍덩 물로 뛰어들었다. 그녀가 뛰어들었을 때 예포가 다시 울렸고, 시끌벅적한 소리에 예악까지 더해져 물로 뛰어들 때 나는 소리를 숨길 수 있었다. 그녀는 온몸이 젖은 상태로 뭍으로 기어올라 밤바람에 옷깃을 여미었다. 영혁이 가슴이 아픈 듯 그녀를 바라보며 말했다.

"돌아가서 따뜻한 생강 물에 몸을 담그거라. 감기 걸리지 않도록."

그러고는 전언의 가슴에 묻은 피를 봉지미의 이마에 여러 번 문질렀다. 겉보기에는 이마가 부딪혀 깨진 듯 보였다. 그녀는 겨우 미소를 지으며 말했다.

"괜찮습니다."

영혁이 전언을 부축하며 한 손으로는 봉지미를 잡아당겨 밖으로 빼냈다. 세 사람은 모여 있던 사람들 쪽으로 다가갔다. 사람들은 그들을 보고는 모두 놀라 눈이 휘둥그레졌다. 그가 서둘러 호성산에게 다가가 말했다.

"호 대학사님, 죄송하지만 이따가 폐하에게 말씀 좀 전해 주십시오. 조금 전에 위지 후작이 실수로 물에 빠지는 바람에 이번에 과거에 급제한 전언이 구하러 들어갔다가 호숫가에 있는 인공 둔덕의 돌에 부딪혀 정신을 잃었습니다. 다행히 두 사람 모두 무사하니까 호윤헌에 가서 처치를 좀 하면서 폐하의 명을 기다리겠습니다."

"위 후작은 명을 기다릴 필요 없이 댁으로 돌아가서 치료받아도 무방할 것 같소."

연신 재채기를 해대는 봉지미를 호성산은 게슴츠레한 눈으로 쳐다봤다.

"폐하께서는 그대를 총애하시고 기대가 크시니 뭐라고 하지 않으실 것이오. 분명 집에 가서 좀 쉬라고 하실 터이니 이 신임 진사와 함께 돌아가서 쉬어도 될 듯하오."

봉지미는 호성산의 말이 조금 이상하다는 생각이 들었다. '기대'라니? 하지만 지금은 질문하기에 적절한 때가 아니었다. 그녀는 사람들의 시선이 쏠리자 견디기 힘들어 서둘러 경림원을 빠져나갔고, 호윤헌에 가지 않고 바로 궁에서 나와 집으로 향했다. 종신에게 전언의 치료를 부탁하고 전언이 오늘 밤 많이 취해 집에 갈 수 없다고 전 씨 집안에 사람을 보내 전달한 후, 새벽까지 바삐 일을 처리하고서야 쉴 수 있었다.

사경이 지난 후 봉지미가 전언의 상태를 보러 갔다. 비록 상처가 깊긴 했지만, 목숨은 살릴 수 있었다. 이 일을 앞으로 어떻게 처리해야 할지 생각하면서 아침이 되면 조정에 가 봐야겠다고 생각했다. 새로 과거에 급제한 진사는 바로 조정에서 관직을 배워야 했기에 이렇게 심하게 다친 전언을 어떻게 처리해야 할지 살짝 고민이 되었다. 그녀는 침대에 올라 잠시 눈을 붙였다. 머릿속이 뒤죽박죽으로 엉켜 자는 둥 마는 둥 했다. 맑고 청아한 미소를 짓고 있는 소녕이 부드럽게 교태를 부리며 자신에게 기대는 장면이 보였다. 또 어두움이 드리운 경심전에서 실오라기 하나 걸치지 않은 남녀가 그녀의 침대에서 부둥켜안고 있던 장면, 그리고 자신에게 기대고 있던 따뜻한 모습의 소녕이 갑자기 표정을 확 바꾸더니 비수를 꺼내 그녀의 심장을 찌르는 장면 등……. 그녀는 온몸을 부르르 떨며 꿈에서 확 깨어났다. 눈을 뜨니 창효에 하얀빛이 비쳤다. 누군가가 문을 똑똑 두드렸다.

"후작님, 폐하께서 사람을 보내 명을 보내셨습니다."

집사의 목소리에 초조함이 묻어 있었다. 봉지미는 정신을 퍼뜩 가다듬고 일어났다. 그녀는 옷차림을 단정히 한 후, 문을 열어 향안을 놓고 칙서를 받들었다. 천성제는 어젯밤 '물에 빠진' 일을 핑계로 위로의 서신과 함께 명약과 비단, 금과 은 등 여러 종류의 신기한 물건들을 무수히 하사하였다. 또 춘위의 감독을 잘 이행하고 국가를 위해 우수 인재를 선발하였으니 3등 후작에서 2등 후작으로 진급시킨다는 등등의 내용이 적혀 있었다.

봉지미는 칙서를 받고는 천성제가 무슨 의도로 이러는지 생각했다. 예부 상서인 그녀가 춘위를 잘 진행한 일은 마땅히 해야 하는 직무였다. 이는 진급의 이유가 되지 않았다. 요즘 들어 자신은 별다른 공을 세운 적도 없는 것 같고, 2황자에 대한 모든 계략은 배후에 숨어 조정했을 뿐 드러내 놓지 않았으니 천성제 역시 알 수 없었을 것이었다. 그렇다면 무슨 이유에선가? 설마 얼마 전 감옥에서 있었던 일에 대한 위로 차원인가? 의문점이 가시지 않았지만 물을 수도 없는 노릇이었다. 칙령과 하사품을 받았으니 입궁하여 감사 인사를 올려야 했기에 서둘러 궁으로 향했다.

천성제는 호윤헌에서 봉지미를 접견했다. 영혁 등 사람들이 모두 자리를 지키고 있었다. 보아하니 밤새 잠을 자지 못한 것처럼 보였고, 늙은 황제는 비록 얼굴 가득 미소를 짓고 있었지만 피곤함을 감출 수 없었다. 그녀는 심장이 덜컹 내려앉았다. 또 무슨 일이 일어난 것인가?

"춘위로 고생 많았구나."

천성제가 인자한 눈빛으로 봉지미를 보았다. 군자인 척 자비로운 모습의 늙은 황제를 보자 그녀의 뇌리에 동쪽 온천에서 경비를 안고 있던 모습이 떠올랐다. 내심 옅은 비웃음이 나왔다. 하지만 입으로는 연신 조국에 충성하고 죽을 것이라는 둥 빈말을 내뱉었다. 유수와 같은 발언들을 쏟아내다가 갑자기 사선 방향 맞은편에 서 있는 영혁을 바라보았다. 여유로운 자세로 찻잔 덮개를 들며 시선은 그녀의 몸에 머물고 있었다. 웃는 듯 아닌 듯 찻잔을 든 손으로 갈고리를 만들더니 파헤치라는 의미의 손 모양을 하지 않는가? 그녀는 잠시 멈칫하더니 하던 말을 급히 끝맺기 시작했다.

"이는 마땅히 소신이 할 일입니다. 황공 하……."

영혁이 다시 새끼손가락을 들고, 웃으면서 또 갈고리 모양을 만들었다. 봉지미는 그 뜻을 이제야 제대로 알아챘다. 그날 동쪽 온천에서 자신의 배두렁이를 벗기려 할 때의 손 모양 아닌가! 훅, 하고 화가 일자 열기에 얼굴이 상기되는 듯했다. 국가의 일을 논의하는 자리이자 황제 앞에서 공공연히 도발하는 나쁜 인간!

"황공하……."

봉지미는 말문이 막혔다. 자리에 있던 사람들이 모두 이상한 눈빛으로 그녀를 쳐다봤다. 위지의 영민한 재기와 타고난 지혜는 온 천하가 다 알고 있었다. 항상 언변으로는 누구에게도 지지 않던 그녀가 말을 끝내지 못하고 왜 말을 더듬는 것인가? 그녀는 초조함을 느끼며 어쩔 수 없이 머리를 조아리며 말했다.

"소신은 큰 상을 받을 만한 어떤 공적도 세우지 못하였습니다."

봉지미는 땅바닥에 꿇어앉아 표독스러운 눈으로 영혁을 째려봤다. 날 당황하게 만들어서 어쩔 수 없이 받은 하사품을 거절하게 만들려는 속셈인가. 그는 살짝 미소를 머금고 마치 아무 일도 없던 것처럼 차를 마셨다. 천성제는 잠시 넋을 잃고 있다가 곧이어 얼굴을 환하게 펴고 말했다.

"위지, 짐은 황송한 너의 마음을 잘 알고 있다. 하지만 이 하사품은 자네가 받을 만한 이유가 있는 것이다. 조심스럽게 구는 것은 젊은이로서 갖춰야 할 덕목이지만 너무 앞뒤를 재며 신중할 필요까지는 없는 법이다."

"폐하."

봉지미는 이때 마음이 완전히 확고해졌다. 황제가 최근 자기를 어떻게 생각하는지 가늠해 보고 싶었다. 고개를 조아리고 그녀가 말했다.

"소신은 나이가 어리고 식견이 짧으며, 큰 재능도 없을 뿐 아니라 덕도 아직 쌓지 못하였습니다. 그저 약간의 공적을 쌓았을 뿐이고, 그 역시 큰 지혜를 가지신 성왕이 보우하시고, 많은 고관대작 여러분들의 가르침에 따른 것입니다. 저희 조정은 국가를 선포한지 10여 년이 지났고, 역대 신하들이 천여 명에 달합니다. 소신은 이미 최고의 특별 대우를 받은 신하입니다. 폐하께서 여러 번 큰 상을 내리셔서 소신은 이미 황송하기 이를 데가 없습니다. 진급이 너무 빠르면 복과 덕을 쌓는 데 소홀

할까 걱정입니다. 폐하께 청을 드리오니, 후작의 봉호를 거둬 소신이 앞으로도 더욱 매진하여 진급할 수 있는 여지를 남겨 주십시오."

이 말은 사실 분명하게 속뜻을 전달하고 있었다. 즉 공헌도가 높으면 이로 인해 군주의 의심을 사는 법. 총애하며 상을 하사하고 싶어도 더 이상 줄 수 없는 무소불위의 권력이야말로 군주가 가장 경계하는 신하였다. 봉지미는 이미 높은 지위에 올랐기에 여기서 더 권력을 탐내면 천성제의 의심을 살 수 있고, 찜찜한 기분을 남길 수 있었다. 천성제는 그 말을 듣고는 움찔 놀랐다. 순간 망설이는 표정이 얼굴에 스쳤다. 곧이어 미소를 지으며 말했다.

"지금 너는 겨우 2등 후작일 뿐이고, 그것은 대단한 것이 아니다. 짐은 인색한 천자가 아니므로 공을 세우면 상을 내릴 것이다. 나의 위풍당당한 천성이 너처럼 문무를 겸비한 중신에게 후작이란 작위도 내리지 못하면 주변 제후국의 비웃음을 받지 않겠느냐? 이 일은 다시 논할 것이 되지 않는다."

천성제는 단호하게 말했고, 봉지미 역시 더 이상 고집을 피울 수 없어 일어나 자리에 앉았다. 속으로는 늙은 황제가 오늘 이렇게 자신을 칭찬하는 이유가 도대체 무엇인지 가늠하고 있었다. 조금 전에 말한 '주변 제후국의 비웃음'이란 단어가 뇌리를 스치자, 그녀는 갑자기 종신이 전에 자신에게 말해 줬던 소식 하나가 떠올라 가슴이 덜컹 내려앉았다. 그녀의 머리에 얼핏 한 가지 일이 떠올랐다. 설마…….

"위지."

생각에 빠져 봉지미가 아직 정신을 차리기도 전에 저쪽에서 천성제가 말을 이었다.

"자네를 부른 것은 할 말이 있어서다."

황제는 금박을 입힌 서신 하나를 건넸다. 봉지미는 서신을 받아 열고 내용을 보았다. 섭정왕 생신을 맞는 서량에서 천성으로 보낸 초청장이었다. 그녀의 눈동자가 생각에 잠긴 듯 가라앉았다. 서량은 사실 천성에서 독립해서 세워진 나라였다. 이미 붕어한 서량의 황제 은지량은 원래 천성제 휘하에서 신임을 받던 장수였다. 독립한 이후 천성과 서량은 관계는 갈수록 나빠져 거의 왕래하지 않았다. 서량과 인접한 민남과 농북에서도 국경의 빗장을 단단히 걸어 잠갔다. 하지만 최근 서량에는 큰 변화가 있었다. 은지량이 붕어한 후 나이 어린 황제가 왕권을 이어받자 섭정왕이 정권을 잡았다. 이 섭정왕은 국내에서 세력을 확장하고 국외적으로는 인접국과의 교류를 강화하는 전략을 대대적으로 시행하였고, 주변 여러 국가에게 여러 번 호의를 표했다. 과거 같았으면 천성과 같은 기세등등한 대국은 당연히 상대도 하지 않았을 것이다. 하지만 천성의 국력이 긴 세월 동안 내부 갈등을 겪으면서 이미 쇠락하는 추세였고, 민남과 농북 사이에 있던 장녕번이 틈만 나면 기회를 노리려 하고 있었다. 이런 상황에서 천성제가 서량의 호의를 거부할 경우 혹시나 서량이 장녕과 결탁하여 천성에 골칫거리를 안겨줄까 싶어 서량의 초의를 받은 것이었다. 봉지미는 쓴웃음을 지었다. 이런 시기에 자신에게 이 서신을 보여준 것은 그 의도가 너무 뻔하지 않은가? 어쩐지 상이니, 칭찬이니 늘어놓은 이유가 자신을 또 위험한 사지로 보내려는 의도였다. 역시나 천성제가 미소를 지으며 말했다.

"위지, 조금 전에 변변치 못한 공만 세워 입신할 기회가 없다고 하지 않았느냐? 이제 기회가 생겼구나. 서량 섭정왕의 마흔 살 생일에 우리 천성을 초대했다. 자네는 이미 남해에 출사를 했었으니 그 근방에 대해서는 잘 알고 있지 않은가. 또한 진작부터 대범하고 믿음직스러워 짐은 자네를 이번 축하 사절단의 정사를 맡겨 서량에 보내려고 하노라. 자네의 재능이라면 적정한 선을 지키면서도 서량의 오랑캐들이 무슨 수작을 벌이든 능히 굴복시켜 우리 천성의 명예에 먹칠하지 않을 것이라고 믿네."

'줄곧 적이었던 국가와 좋은 관계를 맺으면서 천성의 명예에 먹칠하지 않고 오랑캐를 굴복시키라니. 내가 무슨 전지전능한 신입니까?'

봉지미는 내심 불평을 토로하면서도 아무 말도 하지 않았다. 설마 얼마 전 저 많은 이들이 수상쩍게 행동한 이유와, 호성산 대학사가 말했던 '기대하고 있으니'라는 말이 원래 다 계획되어 있었던 게 아닌가 하는 생각이 들었다. 천성제는 고집이 세고, 독단적이었기에 자신의 고집을 밀고 나갈 때는 그 어떤 누구도 고집을 꺾지 못했다. 그녀는 어쩔 수 없이 꿇어앉아 칙령을 받고 충성심을 드러냈다. 만족한 표정의 천성제는 그녀를 보며 말했다.

"서량에 외교 사절로 가는 것이 명분이지만, 또 다른 임무가 있다. 짐 대신 장녕번을 잘 지켜보도록 하거라. 짐은 장녕 쪽과 서량의 관계를 의심하고 있노라. 분명 무언가 은밀한 관계가 있을 터이니 유심히 살펴보도록 하라."

'아니, 서량과 장녕이 결탁하고 있다는 것을 뻔히 알고 있으면서, 두 적군이 호심탐탐 기회만 노리고 있는 곳으로 나를 파견한다고요?'

봉지미는 아무 소리 없이 손을 불끈 쥐었다. 하지만 미소를 띤 단정하고 상냥한 얼굴을 하고 말했다.

"폐하, 걱정 내려놓으십시오. 소신이 반드시 서남쪽의 관문을 잘 단속하겠습니다. 어떤 조짐이라도 보이면 다 찾아내서 싹을 잘라 버리겠습니다."

천성제는 마음이 놓이는 듯 웃으며 말했다.

"지나친 소란을 일으킬 필요는 없다. 견제를 하는 것만으로도 충분하다. 짐은 자네가 적절히 잘 처리해 줄 것이라 믿는다."

봉지미는 시선을 떨궜다. 속으로는 냉랭한 미소를 지었다. 소위 외교 사절이라는 것은 임무를 띠게 마련이었다. 진정한 임무는 장녕번의 동태를 파악하라는 것 아닌가? 그렇다면 이번 외교 행차는 매우 위험할 것이다. 서량과의 수교는 아직 이루어지지 않은 상태였으니 호랑이 같은 적과 같았다. 장녕은 비록 속지라고 불렸으나, 일찍부터 반역을 꿈꾸던 늑대와 같은 나라였다. 늑대 한 마리와 호랑이 한 마리가 서쪽과 남쪽에 자리를 차지하고 있었다. 아마도 이미 암암리에 서로에게 추파를 던졌을지도 몰랐다. 이런 상황이라면 자신은 바위에 부딪쳐 보는 신세가 되기 십상 아닌가? 이제는 이 2등 후작이란 작호가 너무 낮은 게 아닌가 하는 생각이 들었다. 그녀는 부글거리는 속을 가라앉히며 자리를 떴나. 자리를 늘 때 가 대태감이 슬쩍 지나가며 천성제에게 나지막이 묻는 소리가 들렸다.

"폐하, 숙비의 아비가 미명 녹림 작당 사건에 연루되어 이미 감옥에 갇혀 있으며 그 에미는 진즉에 죽었다고 합니다. 다른 사람을 입궁시켜 숙비의 시신을 인수하라 할까요?"

"필요 없다! 시체 그대로 출궁시켜라!"

저 멀리서 천성제의 대답이 어렴풋이 들려왔지만, 이를 바드득 갈고 있을 정도의 증오가 느껴졌다. 봉지미는 문지방을 밟고 있던 발을 멈춘 채, 놀란 눈으로 생각에 잠겼다. 숙비가 죽었다. 그녀는 2황자와 결탁하여 소녕의 강간 사건 때 나름의 역할을 했던 황제의 비였다. 한 번의 실수로 인해 자신의 목숨을 빼앗긴 것은 물론 가족들의 생명도 위태로워졌다. 문제는 이런 일이 왜 하필 지금 벌어졌느냐는 점이었다. 소녕이 손을 쓴 것인가? 어제 일이 발생한 후에 소녕은 궁궐로 돌아가 그날 밤에 일어난 일에 대해 알아봤을 터였다. 예를 들면 밤에 몰래 봉지미에게 가 보라고 자신에게 바람을 넣었던 사람이 누군지 등등. 그녀는 모든 것을 파악했고, 당연히 숙비를 그냥 놔둘 수 없었을 것이다. 하지만 봉지미도 소녕이 이렇게 빨리 손을 쓸 것이라고는 예상하지 못했다. 소녕 역시 궁에서 나가야 하는 자신의 처지를 알고 있었고, 궁에서 나간 후에는 궁 안쪽에 사는 숙비에게 복수하고 싶어도 쉽지 않으니 아예 어젯밤에 바로 손을 쓴 것이리라.

소녕의 악랄함과 과감함은 그녀의 친오빠보다 더 독했다. 봉지미와 함께 있을 때는 소녀의 감성 때문에 자연스럽게 부드럽고 수줍은 모습이었다. 하지만 이렇게 매몰찬 모습을 보니 자신이 너무 야속하게 굴지는 않았나 내심 걱정되었다. 봉지미는 내리쬐는 햇살을 맞으며 눈을 가느다랗게 뜨고, 가슴 속으로 탄식하며 문을 나섰다.

궁에서 나온 봉지미는 자신의 가마 옆에 붉은색의 황제 가마가 놓여 있는 것을 봤다. 태감 몇 명이 먼지를 일으키며 다가와 나지막이 말했다.

"위 후작, 폐하께서 황묘로 가시는 공주를 호송하라 명하셨습니다."

봉지미는 잠시 침묵하다가 고개를 끄덕이고 붉은색 가마를 지날 때 살짝 허리를 굽혔다. 가마의 측면에 살짝 깨진 유리가 반짝이고 있었다. 그녀는 눈으로 유리를 훑고 가마를 지나 자신의 가마에 올라탔다. 황묘는 위지의 집에서 거리 하나 정도를 사이에 두고 있어 그리 멀지 않았다. 내무부, 공부, 예부가 함께 건설하며, 원래 황묘 근처에 살던 원주민을 전부 이주시켰고, 전용으로 작은 길 하나를 냈다. 수행을 하게 될 공주가 봉지미에게 불경의 가르침을 받으라는 의미인지 아니면, 다른 의도가 있는지는 몰라도 조용하면서 잡상인 하나 없는 그 작은 길은 곧바로 봉지미의 집 후문으로 통했다.

황묘가 낙성되던 그날, 봉지미는 그 의도를 알 수 없는 길을 보며 고개를 젓고 쓴웃음을 지었다. 천성제는 정말 교묘한 사람이라는 생각이 들었다. 겉보기에는 점잖아 보이지만 뼛속까지 터무니없는 사악함이 숨겨져 있었다. 이 황묘는 어느 정도 생각을 할 줄 아는 사람이라면, 그와 공주의 밀회를 위한 장소가 아니던가?

"공주마마, 황묘에 도착하였습니다. 가마에서 내리시겠습니까?"

봉지미는 커튼 너머로 물었다. 소녕이 나와 볼 줄 알았는데, 가마 안은 침묵이 흘렀다. 곧이어 소녕이 말했다.

"아뇨, 타고 들어가겠습니다."

봉지미는 그 4인용 가마의 가마꾼들이 드는 위치를 바꿔 가마를 드는 것을 보고 눈빛을 반짝였다.

"공주님의 말씀이 없으시니, 소신은 들어갈 수 없습니다."

봉지미는 뒤로 한 발 물러서 떠보듯 한마디를 던졌다. 가마 안에 또 침묵이 흐르더니 곧이어 소녕이 '네' 하고 응대했다. 봉지미는 미소를 미금고 물러섰다.

가마가 안으로 들어가는 것을 보자 자신의 집으로 돌아온 봉지미는 바로 후문으로 나와 그 고요한 작은 길을 통해 황묘의 후문에 도착했다. 황묘에는 많은 조경수가 심어져 있었다. 그녀는 나무 위에 올라 방향을 짐작하고는 공주의 후원으로 건너가 지붕에 엎드려 기다렸다. 조금 후에 역시나 공주의 가마가 들어왔다. 호위는 두 번째 문 바깥에 머물고 있었으며, 시녀들은 월동문 밖에서 부름을 기다리고 있었다. 가마꾼들은 가마를 곧바로 내원으로 들고 온 뒤 자리를 떴다. 이제 정원에는 그 가마만 덩그러니 남아 있었다. 오후의 짙은 그늘 속에서 조용하게 솟아 있었다. 한참 후, 가마의 커튼이 젖혀지더니 소녕이 나왔다.

봉지미는 움직이지 않았다. 소녕이 나온 후 가마에서 손이 하나 나왔다. 그 사람은 천천히 손을 뻗어 그녀의 손바닥 위에 놓았다. 두 손은 서로를 잡았다. 봉지미가 긴장된 표정을 지었다. 소녕의 손처럼 희고 관리가 잘 된 고운 손이었다. 어떤 사람이길래 그녀에게 직접 부축을 요구할 수 있단 말인가? 봉지미는 잠시 멈칫했다. 조금 전 그 깨진 유리는 궁 사람의 물건처럼 보였다. 삭발은 하지 않았더라도 수행 목적으로 온 소녕은 장신구를 챙겨 오지 않았을 것이다. 물론 다른 이가 실수로 흘렸을 수도 있었지만, 가마 안에 다른 사람이 있지 않았기에 조심스럽고 신중한 봉지미는 이상함을 느꼈다. 또한 가마꾼들이 자주 위치를 바꾸는 것을 보고, 소녕 하나만 탔다면 가마꾼들이 힘들어하지 않을 거라는 생각이 들어 이곳에 몰래 들어와서 기다린 것이었다. 과연 가마 안에 또 다른 사람이 있었다. 다만 이 사람의 신분은 그녀의 예상을 완전히 벗어났다.

그 사람이 가마에서 나왔다. 검은 머리칼을 틀어 올리고, 헐렁한 옷을 입고 있었다. 고개를 반쯤 숙이고 있었기에 희고 고운 목덜미만 드러나서 봉지미는 한눈에 누구인지 알아채지 못한 채 멍하니 바라보고 있었다. 소녕이 그녀를 부축하며 웃었다.

"조심하세요."

그 사람이 빙그레 웃으며 손을 들어 머리를 쓸어 올렸다. 매우 단순한 동작임에도 분위기가 물씬 풍겼다. 봉지미는 깜짝 놀라며 드디어 그 사람의 정체를 알아챘다. 경비였다.

두 번 경비와 마주쳐 본 적이 있는 봉지미는 요염한 자태를 가지고 있다는 인상을 받았었다. 오늘은 꾸미지 않고 수수한 모습이었기에 한눈에 알아차리지 못한 것이었다. 흩뿌려진 햇빛 속에서 경비가 소녕의 손을 토닥이며 친근히 말했다.

"뭘 그리 조심해요. 그래봤자 한 달 조금 더 됐는데."

소녕은 웃으면서 경비를 부축하고 방으로 들어갔다. 봉지미는 아주 천천히 처마 밑으로 이동하여 처마에 매달렸다. 경비의 모습이 희미하게 창문에 비쳤다. 옷은 허리가 전혀 들어가지 않은 펑퍼짐한 모양이었고, 스르륵거리며 흔들리고 있었다. 고상한 정취가 느껴지긴 했지만, 여성이 가지고 있는 선을 모두 가린 모습이었다. 그녀는 허리를 부여잡고 천천히 앉았다. 소녕이 탁자 옆에 기대 말했다.

"제가 믿을 만한 궁인들을 데리고 나왔습니다. 몇 명을 뽑아 시중을 들도록 하겠습니다. 걱정하지 마십시오. 믿을 만한 사람들입니다."

경비는 웃더니 말했다.

"그 천 유모라는 사람은 저한테 보낼 필요 없어요. 그 사람은 공주의 수족이잖아요. 저는 사람도 많이 필요치 않아요. 직접 데려온 사람도 있고요. 이틀 후 출가인이라는 명분으로 조용히 들어올 테니 눈에 띄지도 않을 겁니다."

봉지미는 이 말을 듣고는 어딘가 이상하다는 생각이 들었다. 게다가 경비는 궁에서 잘 지내고 있지 않았는가? 왜 궁을 나오려고 하는가? 천성제는 알고 있는가? 아마도 알고 있을 것이다. 소녕이 아무리 간이 배 밖으로 나왔다 한들 부친의 총애를 받는 여자를 납치해 내려오지는 않을 것이다. 하지만 이렇게 조심스러운 이유는 또 무엇인가?

"미안해요. 궁 안은 정말 위험해요. 흠천감*궁에서 천문을 관측해 주술을 보는 곳은 차치하고, 조용하고 깨끗한 곳으로 거처를 옮기고 싶었거든요. 아무리 생각해 봐도 공주의 이곳이 가장 적합한 거 같아요."

방 안의 경비가 웃으며 말했다.

"미안하긴요. 어젯밤에 절 도와주셨잖아요."

소녕이 경비의 손을 토닥이며 그녀의 배를 힐끗 바라보더니, 입가에 음산한 미소가 스치며 말했다.

"걱정하지 마세요. 제가 잘 보살펴 드릴게요."

어젯밤……. 봉지미는 미간을 찌푸렸다. 어쩐지 숙비가 너무 빨리 죽었다 했더니, 경비의 짓이었다. 방 안에서 경비가 일어나더니 등을 두드리고는 고개를 돌려 소녕을 보고 웃었다. 환하게 웃으니 얼굴에 아름다움이 활짝 폈다.

"공주님, 공주님을 위해서라도 저 역시 제 몸에 있는 아이를 잘 지키겠습니다."

소녕은 경비를 바라봤다. 정확히 말하자면 그녀의 배를 봤다. 한참 후, 손을 뻗어 천천히 배를 문질렀다. 경비는 피하지 않고, 신기하기도 하고 우쭐하기도 한 표정으로 그녀를 바라봤다. 소녕의 동작은 매우 느렸다. 표정은 저 멀리에 있는 무엇인가를 골똘히 생각하는 표정이었다. 한참 후 나지막이 입을 뗐다.

"정말 때가 딱 좋죠. 새로운 희망을 보는 것 같아요."

소녕의 말은 계속 되었다.

"네가 태어나는 것을 볼 테고, 네가 성장하는 것을 볼 것이다. 항상 너의 곁에서 너의 그 무서운 형제들을 무찌를 때까지 착하게 기다리렴……"

소녕의 얼굴에 이상하고 또 처량한 미소가 서렸다.

"…… 내 아우야."

봉지미는 무거운 마음으로 작은 길을 통해 집으로 돌아왔다. 골목을 도는 순간 갑자기 누군가의 가슴에 부딪혔다. 고개를 든 그녀는 지금 이 순간만큼은 자신이 가장 만나고 싶지 않은 사람을 발견하고는 흠칫 놀랐다. 하지만 바로 미소를 보이며 말했다.

"전하, 우연이네요!"

"우연이 아니다."

영혁은 봉지미를 곰곰이 살펴보았다.

"나는 일부러 이곳에서 널 기다렸다. 소녕이 널 곤란하게 하진 않았느냐?"

봉지미는 순간 멈칫했다가 그제야 이 사람이 이곳에 나타난 이유를 알아채고는 마음이 조금 따스해졌다. 거짓 미소가 자연스럽게 바뀌면서 고개를 흔들었다.

"아무 일도 없었으면 됐다."

영혁은 매우 바빠 보였다. 그의 큰 가마가 저 멀리 서 있었다.

"널 한번 봤으니 곧바로 낙현으로 가야 한다. 폐하의 행궁 축조가 이미 시작되어 일이 매우 많구나. 소녕 쪽에는 내가 호위를 더 붙여 놨다. 다행히 너도 곧 서량으로 갈 테니, 소녕을 좀 피해 있을 수 있을 것이다.

네가 돌아올 때쯤에는 아마 소녕 역시 마음을 고쳐먹을 것이다."

영혁은 평소답지 않게 많은 말을 구구절절 늘어놓았다. 봉지미는 그 말을 듣고 있으니 북받쳐 올라 잠시 망설이다가 입을 뗐다.

"저는······."

영혁이 봉지미의 머리를 쓰다듬으며 말했다.

"행궁은 산과 강을 끼고 있고 탁 트인 곳이라 여호 호수 쪽으로 결정되었다. 낙성되면 한번 같이 가보자꾸나."

봉지미는 웃으며 말했다.

"네, 폐하보다 먼저 가 보죠. 가장 먼저 행궁을 돌아다니는 거예요."

영혁의 입꼬리가 살짝 올라갔다. 부드러운 시선으로 봉지미를 바라보더니 갑자기 말했다.

"낙현에는 특산물이 몇 개 있다고 한다. 먹고 싶은 게 있느냐? 내가 올 때 가져오도록 하마."

봉지미는 약간 막막한 표정을 지으며, 개의치 않는 듯 말했다.

"요 몇 년 동안 안 먹어 본 요리가 없어서 뭐가 좋을지 모르겠습니다. 어렸을 적 생일이 되면 엄마가 만들어 주신 등꽃 호떡이 정말 맛있고 달콤했습니다. 한입 베어 물면, 입 안 가득 등꽃의 은은한 향기가······."

봉지미는 갑자기 말을 멈췄고, 표정이 점점 어두워졌다. 영혁은 입을 꾹 다물고 아무 말도 하지 않고 있다가 입을 뗐다.

"난 이만 가야겠다. 7일 후에는 네가 제경을 떠나니, 내 아무리 바빠도 배웅하도록 하마. 이번 여정은 위험하니 영징을 너에게 붙여 줄 것이다."

"괜찮습니다."

봉지미는 즉시 거절했다. 그녀는 영혁에게 영징이 어떤 의미인지 잘 알고 있었다. 그녀를 보호하겠다는 것은 빌미에 불과했다. 그가 그나마 안심하고 마음을 풀 수 있는 이유는 덤벙거리면서도 충심을 잃지 않는 영징 때문이었다. 그에게 영징은 웃음 제조기였고, 그 어떤 누구도 그런 역할을 대체할 수 없었다. 그는 이미 미소를 짓고 있었다. 그러더니 갑자기 그녀를 벽의 모서리로 밀어 넣었다. 너무 갑작스러워 그녀는 아무런 반응도 취하지 못하고 벽으로 밀렸다. 그의 두 팔과 벽 사이에 놓인 그녀의 눈앞이 갑자기 어두워지더니 아름답고도 차가운 숨결이 자신을 덮는 것이 느껴졌고, 이마가 살짝 뜨거워지며 축축해졌다. 그가 가볍게 입을 맞췄다. 그녀의 이마에 살짝 입을 맞추는 그의 자세는 마치 바람이 저 멀리 있는 산에, 눈이 만 리 밖에 있는 얼어 버린 호수에게 절을 하는 듯했다. 거침없이 앞으로 달려 나가 어떤 거리낌도 없이 몰입하고, 천천히 또 따스하게 머물렀다.

봉지미는 풍성한 눈썹을 끔뻑이며 영혁의 뺨을 훑었다. 하늘하늘한 간지러움이 그의 나지막한 미소로 바뀌었다. 그는 아쉬운 듯 입술을 뗐다. 긴 손가락이 그녀의 코를 살짝 건드렸다. 그녀의 목덜미에서 뜨거운 호흡이 느껴졌다.

"…… 강인하고 용맹하기에 누구의 보호도 필요하지 않다는 것은 알지만, 약해지고 기대고 싶을 때는 내 곁에 머물러라."

봉지미는 살짝 웃으며 말했다.

"정말 모순 가득한 바람이네요."

영혁은 한숨을 쉬고는 천천히 봉지미의 앞을 가로막고 있던 팔을 내려놓았다. 그러고는 깊은 눈망울로 그녀를 바라보고는 몸을 돌려 자리를 떠났다. 그는 탄식하듯 한마디를 던졌고, 그 말은 바람 속으로 흩어졌다.

"누가 아니라더냐……."

오후의 햇빛이 사람의 그림자를 길게 드리웠다. 모서리를 돌자 영혁의 모습이 더 이상 보이지 않았다. 봉지미는 멍하니 그의 뒷모습을 쳐다봤다. 들었던 손이 허공에 멈춰 있었다. 그 자세는 누군가를 부르는

風
权

자세였다. 하지만 처음부터 끝까지 어떤 소리도 내지 않는 부름이었다.

6일 후, 많은 일을 마무리 지었다. 서량에 외교 사절로 가는 인원은 내일 제경을 떠날 예정이었다. 봉지미는 고심 끝에 종신을 제경에 남기기로 했다. 지금 그녀는 예전과는 달랐다. 제경의 상황을 시시각각 파악하고 있어야 했고, 종신과 그의 수하들은 영원히 어두운 곳에 숨어 있는 조직이었기에 정보와 소식을 듣는 나름의 방식이 존재했다.

고남의 말인가? 물어볼 필요가 뭐가 있는가? 소식을 듣자마자, 큰 짐 하나와 작은 짐 하나를 이미 다 꾸려 놨다. 고남의와 고지효의 짐이었다. 봉지미 역시 막을 생각이 없었다. 그 두 사람은 원래 누구도 말릴 수가 없었다. 이날 그녀는 조정에서 돌아와 내일 아침은 일찍 일어나야 하니 일찍 잠자리에 들라고 사람들에게 당부하고는 피곤한 몸을 이끌고 방으로 들어가려고 했다.

봉지미의 침실은 후원에 있었고, 독립된 정원 안에 있었다. 자신만의 작은 주방이 갖춰져 있었지만, 한 번도 사용한 적은 없었다. 그녀는 그냥 아무 생각 없이 부엌문을 지나다, 갑자기 발걸음을 멈췄다. 주방에 갑자기 불이 켜지더니 문이 살짝 열린 채 작은 목소리가 흘러나왔다.

"이렇게 반죽을 찰지게 해서…… 맞습니다. 돼지기름이랑 설탕을 넣고…… 반죽하는 힘이 너무 약하잖아요. 제가 하겠습니다."

"아니다."

덤덤하고 차가운 말투였다. 너무도 익숙해서 꿈이라도 딱 알아챌 목소리였다.

"내가 하마."

꿈에서도 잊지 못할 냄새가 은은하게 코끝을 스쳤다. 여러 해 전에 추가 저택의 낡은 방에서 다정함을 물씬 담아 누군가가 직접 만들어 줬던 그 냄새, 지금은 이 세상 어디에서도 찾을 수 없게 된 그 냄새였다.

봉지미는 벽에 기댄 채 멍하니 그곳에 있었다. 살짝 빛이 새어 나오는 문틈 사이로 누군가가 사람 소리를 듣고 고개를 돌렸다.

이런 나

문틈으로 어스름한 등불 빛의 그림자 사이에서 영혁이 돌아보며 웃는 모습이 보였다. 그의 눈동자에 불빛이 비쳤다. 늘 근엄한 나머지 싸늘하기까지 했던 그 눈에 온기가 돌았다. 그의 눈은 일렁이는 물에 잠긴 검은 옥돌 같았다. 봉지미는 문에 기대어 잠자코 그를 바라봤다. 사방이 옅은 밤이슬에 싸여 있었다. 그녀의 가느다란 속눈썹에 차갑고 맑은 물기가 굳어 눈동자가 한층 더 아련해 보였고, 그 눈동자 뒤에 어떤 마음이 요동치고 있는지 점치기 어려웠다. 그는 그런 그녀를 발견하고 웃었다. 그 웃음은 황혼의 빛무리 속에 피어난 우담바라 같았다. 그가 손에 든 물건을 놓고 다가와 문짝에 손을 짚고 고개를 쑥 내밀며 빙그레 웃었다.

"왜? 놀라서 넋을 잃었느냐?"

영혁이 멍하니 서 있는 봉지미의 코를 살짝 건드렸다. 코끝이 간지러워진 그녀가 재채기를 하자 눈앞에 하얀 안개가 퍼졌다. 그녀는 눈을 동그랗게 뜨고 코를 문지르며 손바닥 가득 밀가루가 묻은 것을 알았다.

다시 그를 바라보니 그의 손은 밀가루 범벅이었고, 그가 잡았던 문짝에도 그의 다섯 손가락 자국이 하얗게 남아있었다.

봉지미의 시선이 그 하얀 손가락 자국을 따라 위로 이동했다. 팔꿈치까지 걷은 소매 아래로 온통 밀가루 범벅이었다. 언제 그랬는지 눈썹 꼬리까지 가루를 묻힌 영혁이 습관적으로 눈썹을 꿈틀거렸다. 눈썹꼬리에 붙은 밀가루가 우수수 떨어져 그의 까만 속눈썹에 별처럼 내려앉았다. 볼수록 이채롭고 개구쟁이 같은 모습이었다. 늘 차갑고 과묵하기만 한 그 남자보다 지금 모습이 귀여워 그녀는 웃음을 터뜨렸다.

"왜 웃지?"

영혁은 문에 기대 느릿한 말투로 물었다. 손에 묻은 밀가루를 털지도 않고, 결코 호의적이지 않은 눈빛으로 봉지미를 바라봤다. 그녀의 몸 어디에 손자국을 남길지 기회를 보고 있는 표정이었다. 그녀는 뒤로 두 발자국 물러서서 경계하며 활짝 웃으며 말했다.

"제경에서 제일가는 풍류남아 초왕 전하의 이런 꼴을 여자 친구가 보면 어떤 표정을 지을지 궁금해서 웃었어요."

"그녀는 이 꼴을 볼 수 없다."

영혁이 웃으며 하얘진 손으로 봉지미의 귀밑머리를 익숙하게 쓰다듬었지만, 그녀가 경계하며 물러나는 바람에 손을 내려놓을 수밖에 없었다.

"내가 이런 꼴을 보여주는 사람은 천하에 너 하나뿐이다."

"음……."

봉지미가 생각하다 말했다.

"일리가 있네요. 전하의 체통을 깎는 꼴은 소신에게만 보여 주시지요. 애꿎은 미인을 놀라게 하시면 안 됩니다."

봉지미도 그 말을 뱉자마자 뭔가 잘못 말했다고 생각했다. 반응이 극도로 빠른 그 남자는 아니나 다를까 여우처럼 얄밉게 웃으며 말했다.

"어디서 진한 식초 냄새가 나는 것 같구나?"*중국에서 질투하는 행동을 '식초를 먹다'라고 표현

"요리사가 식초 병이라도 쏟았나 보죠?"

봉지미는 이 문제로 물고 늘어질까 봐 얼른 영혁의 옆을 비집고 지나갔다. 나무로 만든 상에 밀반죽 덩어리가 놓여 있고, 광주리에 담긴 싱싱한 등꽃과 돼지기름, 식물성 기름, 소금, 설탕 등이 보였다. 주방장이 한쪽에서 미소 띤 얼굴로 서 있었는데, 그녀가 사는 위 후 저택 주방장이 아니었다. 마음을 놓지 못한 영혁이 아예 주방장을 데리고 왔을 것이다.

"네가 너무 일찍 와 버렸다."

봉지미 곁으로 다가온 영혁은 주방장에게 물러가라 손짓하고 유감스러운 듯 말했다.

"네가 도착하자마자 갓 구운 등라병(藤蘿餠)*등꽃을 넣고 만든 달콤한 떡을 먹게 해주고 싶었는데……. 위 후 어르신, 안타깝게도 맛있는 음식은 조금 더 기다리셔야겠습니다."

"에이, 됐어요."

봉지미가 결국 참지 못하고 웃으며 말했다.

"큰소리치지 마세요. 손가락에 물 한 번 안 묻혀 봤을 남자가 무슨 등라병을 만들겠다고 그러세요? 별 것 아닌 듯 보여도 만들기 까다로운 음식이라고요. 내일 아침까지도 맛보긴 틀린 것 같네요."

"말이 많구나!"

영혁은 굴하지 않고 봉지미를 저 끝으로 밀어냈다.

"지켜보면 될 것 아니냐."

봉지미는 재밌다는 듯 나무판 옆에 앉아 고귀하신 영혁 주방장께서 그럴듯하게 밀반죽을 펴는 모습을 바라봤다. 그런데 아무리 봐도 자세가 어색했다. 이러다 밀가루 수제비나 먹게 되지 않을까 싶어 결국 친히

일어섰다.

"역시 제가 할게요. 아무리 봐도 어색하시네요."

"내가 널 위해 하는 일 중에 어색한 것은 하나도 없다."

영혁은 물러서지 않고 밀반죽을 나무판에 올려놓고 제법 그럴 듯한 모습으로 두드렸다. 봉지미는 잠자코 지켜보다 결국 그가 마음대로 실력 발휘하도록 두기로 했다. 비록 동작은 어설펐지만, 순서는 완벽했다. 반죽을 충분히 치댄 후 조금 떼어내 등꽃과 돼지기름을 넣고 납작하게 밀었다. 처음에는 크기가 제각각이었지만 갈수록 손에 익어 이제 고르게 반죽을 떼어낼 수 있게 되었다. 역시 총명한 사람이라 무슨 행동을 해도 완벽했다. 막판에는 납작해진 밀반죽이 쉴 새 없이 날아왔다. 균일한 크기의 동그라미들이 눈꽃처럼 날아와 상 위에 차례로 안착했고, 분주한 그의 섬섬옥수가 아름답고 규칙적으로 넘실댔다. 마치 정교한 동작을 펼치는 무용수 같았다. 그는 사전에 등라병 조리법을 배운 것이 분명했다. 지미의 어머니도 이렇게 만들었던 기억이 났다.

봉지미가 나무 상 앞에 앉아 턱을 괴고 영혁의 분주한 뒷모습을 가만히 바라봤다. 솥에서 물이 보글보글 끓자 그는 뚜껑을 열었다. 하얀 수증기가 덩어리처럼 솟아 어스름한 등불 빛과 섞였다. 달빛을 닮은 엷은 노란색이 피어올라 그의 모습을 가리고 등 뒤 그녀의 시선도 가려 버렸다.

봉지미의 눈에도 점점 물기가 차올랐고, 조금씩 흔들렸다. 하얀 김은 끝없이 퍼져 나가 천상과 지상을 가르는 짙은 구름 같은 모양으로 변했다. 그 구름 사이로 가녀리되 꼿꼿한 여인의 그림자가 보였다. 양쪽 어깨를 칼로 깎아낸 듯 깡마른 그녀가 열기를 마주하며 솥뚜껑을 열었다. 물의 상태를 살펴보더니 뒤도 돌아보지 않고 분부했다.

"지야, 물이 끓었으니 시루를 올리렴."

"네……. 어머니."

부유하는 구름 사이에서 봉지미가 얼떨결에 낮은 목소리로 중얼거렸다.

"뭐라고 했느냐?"

수증기 저편에서 현실의 목소리가 날아와 봉지미의 환상을 단박에 깨 버렸다. 영혁은 하얀 수증기에 싸여 미심쩍은 눈으로 이쪽을 돌아보고 있었다. 그녀는 눈을 깜빡였다. 아련한 눈동자에 물기가 반짝였지만 이내 웃으며 말했다.

"맛있는 냄새가 난다고요."

"맛있는 냄새가 난단 말이지?"

영혁이 웃으며 봉지미를 돌아봤다.

"이제 막 끓는 물에 시루를 넣었는데 맛있는 냄새가 난단 말이냐?"

봉지미는 팔짱을 낀 채 벽에 기대 빙그레 웃으며 영혁을 말없이 바라봤다. 그녀의 부드럽고 온화한 눈빛에 그는 마음이 말랑말랑해졌다. 얼음처럼 차가운 마음에 무언가 푸근한 기운이 차올랐다. 그는 사지를 나른하게 쭉 뻗었다. 몸 구석구석에 봄기운이 찾아든 것 같았다. 물기 어린 그녀의 눈을 응시하던 그가 자기도 모르게 고개를 숙이고 그녀의 이마에 바투 다가가 말했다.

"지, 네게서도 맛있는 냄새가 나."

봉지미가 가볍게 웃으며 영혁을 밀어내자 그는 그녀의 의자 등받이를 잡고 버텼다. 눈을 감고 입술을 그녀의 이마 주변으로 가져가 유영하듯 맴돌았고, 조금 숨이 찬 목소리로 말했다.

"너도 먹어 버릴까 보다……."

봉지미가 '꺅' 하고 비명을 지르며 몸을 뒤로 확 젖혔다. 이미 그녀의 손을 놓았던 영혁이 얼른 등받이를 잡았다. 갑자기 힘을 준 탓에 뒤로 넘어가는 그녀를 안전하게 잡고 웃으며 말했다.

"뭐가 그리 무서우냐? 설마 내가 여기서……. 윽, 아얏!"

봉지미가 영혁을 걷어찼다.

"정말 독한 여자군."

영혁이 도포에 찍힌 커다란 발자국을 툭툭 털어내며 웃었다.

"안심해라. 아직 그 정도로 못 참진 않으니까. 이게 뭐 별거라고······."

영혁이 몸을 돌려 시루를 살피러 가다 다시 돌아와 나무 상에 기대
정색하고 말했다.

"지, 어쩌면 망상일 줄 알면서도, 혹은 네가 망상이라고 놀려도 꼭
해야 할 말이 있다. 나는 진심으로 너를 아내로 맞아 화촉을 밝히고 싶
다. 그리고 너와 평생 헤어지지 말기를 온 마음을 다해 바란다. 내게는
너라는 사람을 얻을 1만 가지 방법이 있지만, 1만 1번째 방법으로 너의
마음을 얻고 싶구나."

봉지미가 멈칫했다. 고개를 숙이고 아무 말도 하지 않았다. 그 1만 1
번째 방법이 무엇인지 묻지도 않았다. 영혁도 그녀의 대답을 바라진 않
았으니, 그렇게 담백하게 말하고는 다시 돌아가 찜솥을 지켰다. 주방에
침묵이 감돌았다. 그녀는 손으로 얼굴을 가린 채 기름 등불을 바라보
며 생각에 잠겼다. 평온한 표정이었지만 눈동자에 무엇인가 끝없이 소
용돌이쳤다. 그 눈빛은 극지의 해안을 때리는 파도처럼 일렁이고 미끄
러지기를 반복했고, 전진과 후퇴 사이에서 고집스럽게 발악했다.

수증기 사이에서 봉지미를 등지고 선 영혁은 그녀의 표정을 볼 수
없고, 또 볼 생각도 없었다. 봉지미라는 여자는 세상에서 가장 안개에
싸인 여인임을 그도 잘 알고 있었다. 그녀가 안개 속에서 살도록 내버려
두는 것은, 안개가 걷히면 그녀는 불안해하고 놀랄 것이기 때문이었다.
이것이 그가 그녀를 지키는 방법이었다. 그는 짙은 안개 속에서 기꺼이
그녀와 함께 눈을 감고 앞으로 나아가고 싶었다. 마음이 이끄는 대로
방향을 잡고 싶었다. 이렇게 내내 손을 뻗고 있으면 언젠가 그녀의 손끝
에 닿을 수 있다고 믿었다. 물이 보글보글 끓는 소리가 나자 그가 솥을

열고 들여다보며 웃었다.

"다 됐다."

일어서려는 봉지미를 영혁이 얼른 막으며 말했다.

"그대로 계십시오, 위 후 어르신. 오늘은 소인이 끝까지 직접 모시겠습니다."

봉지미는 터지는 웃음을 참을 수 없다는 듯 고개를 저었다. 그녀는 그릇과 젓가락을 상에 놓고 말했다.

"예. 소신도 오늘 목숨을 바쳐 전하를 모시겠습니다."

"자, 간다!"

영혁이 소매를 걷고 찜솥에서 시루를 부랴부랴 꺼내와 쿵, 하고 내려놓고는 손가락을 호호 불었다.

"행주 받쳐서 들 줄 몰라요?"

봉지미가 달려와 받아 주려고 했지만, 영혁은 발등에 불이라도 떨어진 사람처럼 재빨리 가져왔다 발갛게 익은 그의 손가락을 보고 그녀는 미간에 주름을 잡으며 저도 모르게 나무라듯 말했다.

"빨리 주엽나무 간 것을 발라요. 아니면 찬물에라도 담그던가요!"

"네가 불어 주면 더 효과가 좋을 것 같다."

영혁은 손가락을 봉지미 앞에 내밀고 한쪽 눈썹을 올린 채 배시시 웃으며 그녀를 바라봤다.

'이 남자, 또 기회를 놓치지 않고 꼼수를 부린다.'

봉지미는 영혁이 목적을 달성하게 내버려 두고 싶지 않았지만, 데어서 반질반질한 붉은 색이 된 그의 손가락을 보자 마음이 약해져 결국 입으로 불어 주고 말았다. 그녀가 가까이 다가갔을 때 그가 손가락을 세워 그녀의 입술을 스쳤다. 그 한 번의 스침에 그녀는 입술이 타들어 가는 것 같아 뒤로 물러섰다. 그녀의 얼굴도 어느새 옅은 붉은색으로 물들었다. 그가 만족스러운 듯 웃으며 말했다.

"음……. 역시 입술 치료법이 제일이군. 이제 아프지 않아."

봉지미는 대꾸하지 않았다. 이 집적거림에 대처하는 가장 좋은 방법은 무시였다. 그녀는 시루를 가져와 등라병을 꺼내 한 접시에 세 개씩 담았다. 부드러운 붉은색 떡에서 싱그러운 등꽃 향내가 났다. 정말 그해 먹었던 등라병과 아주 비슷했다. 영혁처럼 주방에는 얼씬도 하지 않는 천하의 귀하신 분이 처음 만든 작품이 이 정도라니, 그녀는 어쩐지 자괴감이 들었다.

봉지미는 오랫동안 등라병을 바라보기만 할 뿐 젓가락을 움직이지 못했다. 그녀의 눈빛이 복잡했다. 그런데 다른 젓가락이 불쑥 다가와 그녀 대신 등라병을 갈랐다. 등꽃 향이 그녀의 코끝으로 밀려왔다. 훈훈한 열기 속에서 그녀는 그해로 돌아간 것만 같았다.

"너무 아름답게 만들어서 넋을 놓았느냐?"

영혁이 낮은 음성으로 귓가에 속삭였다.

"안타깝게도 눈으로는 먹을 수 없다."

"전하께서 처음으로 손수 만드신 귀한 진미군요."

봉지미는 천천히 등라병을 집었다.

"이런 건 고이 모셔 두고 받들어야 하는데……."

"네가 고이 모셔야 할 대상은 이걸 만든 사람이다."

영혁이 계속해서 봉지미의 귓가에 속삭였다.

"앞으로 네게 떡을 만들어 줄 기회는 오랫동안 많을 거다."

봉지미의 입꼬리가 살짝 올라갔다. 그녀는 말없이 등라병을 베어 물었다. 향기로웠다. 무공이 뛰어난 영혁이 밀반죽을 힘 있게 치댄 덕분인지 쫄깃하고 부드러웠다. 사실 어머니가 만들어 주신 것보다 덜 맛있지만……. 소금을 조금 더 넣어 등라병 본연의 담백한 맛은 덜했다. 그녀가 웃으며 말했다.

"맛있어요."

"그래?"

영혁도 맛을 봤다.

"음."

영혁이 말했다.

"이게 등라병이라는 것이군. 이게 바로 내가 손수 만든 음식의 맛이란 말이지?"

"어떠세요?"

봉지미가 미소 지으며 물었나.

"너는 어떠냐?"

영혁이 답 대신 반문했다. 이 남자는 늘 이런 식이었다. 습관적으로 자신을 감추고 무슨 일이든 시원하게 대답하는 법이 없었다. 봉지미는 얕은 한숨을 뱉으며 말했다.

"진짜 맛은 혀끝에 있지 않고 마음에 있죠. 마음이 없다면 아무리 진귀한 음식을 먹어도 무미하며, 마음이 있다면 배추만 넣고 빚은 만두도 풍미가 가득하죠."

영혁은 말없이 웃었고, 느긋하게 등라병을 먹었다. 둘은 포근하고 열기가 자욱한 주방 안에서 함께 묵묵히 등라병을 먹었다. 음식의 맛을 음미하며 서로의 마음도 음미했다. 잠시 후 봉지미가 손을 뻗어 소매로 그의 눈썹에 묻은 밀가루를 닦아 주며 말했다.

"에이, 이게 뭐예요? 누가 보면 벌써 눈썹이 하얗게 센 줄 알겠어요."

"그랬으면 좋겠구나."

영혁은 봉지미가 닦아 주도록 내버려 두며 눈을 감고 의자에 등을 기대고 천천히 말했다.

"지금 이 순간이 현재가 아니라, 아주 많은 해가 지난 미래였으면 얼마나 좋겠느냐. 하얗게 눈썹이 센 내가 너를 위해 등라병을 만들고, 같은 식탁에서 함께 먹을 때 네가 내 땀을 닦아 주며 이렇게 말했으면 좋겠다. '영감, 떡은 이제 지겨우니 내일은 닭고기 죽순 볶음이나 해 주구려'라고."

"푸훗."

봉지미가 웃었다. 하지만 이내 웃음을 멈췄다. 영혁이 눈을 뜨고 그녀를 바라봤다. 공기 중에 침묵이 감돌았다. 얼마 후 그녀가 천천히 입을 열었다.

"으음······."

영혁의 눈이 빛났다.

"떡은 이제 지겨워요······. 그만 자러 갈래요."

봉지미는 고분고분 영혁이 원하는 방향으로 갈 사람이 아니었다. 그가 한숨을 푹 쉬며 말했다.

"안타깝구나. 뒤에 말은 아무래도 상관없지만, 맨 앞에 한 마디가 가장 중요한데 왜 빠뜨리느냐?"

"무슨 한 마디요?"

봉지미는 무슨 말인지 모르겠다는 듯 멀뚱멀뚱 영혁을 바라보며 말했다.

"밤이 늦었어요? 배불러요? 피곤해요? 피곤하죠?"

영혁이 살며시 웃었다. 이 못된 여자와 티격태격하고 싶지 않아 봉지미를 끌고 와 어깨를 안고 말했다.

"지미야, 기억하느냐? 네가 나에게 그랬다. 제일 평범한 여인이 되어 제일 평범한 남자와 제일 평범한 생활을 하고 싶다고. 작은 집과 밭 몇 뙈기, 그리고 너와 잘 어울리는 평범한 그와 함께 살고 싶다고 말이다. 네가 모욕을 당할 때 기꺼이 막아 주고, 네가 배신당할 때 칼을 뽑아 배신자를 베고, 네가 풀이 죽어 있을 때 화롯불을 피우고 너를 천천히 달래 주고, 네가 다쳐서 울면 너를 나무라다가 결국 너를 안고 함께 울어 줄 사람을 원한다고······. 그런데 나는 평범하지 못하다. 나는 널 모욕한 사람을 칼로 베진 않을 것이다. 하지만 생각해 보아라. 나는 비바람을 막아 줄 것이다. 사람을 베진 않지만, 사람을 음해할 수는 있겠지. 너와 한 방에서 화롯불을 나누는 걸 좋아하고, 너만 좋다면 밤새도록 달래 줄 수 있다. 네가 시끄럽다고 짜증낼지도 모르지만. 너는 다쳐서 우는 모습을 절대 내게 보이지 않을 테지만, 만약 내가 발견한다면 절대 널 나무라지 않을 것이다. 대신 널 울린 그놈은 죽은 목숨이다. 그리고 그 자도 죽기 전에 가슴을 치며 울게 할 거다. 지야, 나는 너의 이상형에 맞지 않는 남자다. 너의 요구를 모두 들어 줄 수 없다. 하지만 이런 나야말로 이런 너와 더 어울린다고 생각하지 않느냐?"

영혁의 말은 차분했다. 한밤에 부는 돌개바람처럼 귓가를 맴돌았다. 그의 옆모습을 바라보는 봉지미의 어깨가 침묵 속에서 살며시 떨렸다. 여리게 떨리는 그녀의 작은 어깨는 나비의 날개처럼 여렸다. 좀처럼 볼 수 없는 그녀의 연약한 모습을 보고 있자니 그는 연민과 동시에 약간의 서늘함이 느껴졌다. 그는 손을 내려놓지 않았다. 힘을 주진 않았지만 우직하고 자상한 모습으로, 나비 날개 같은 그 어깨에 손을 올리고 있었다. 아무리 강인한 여인일지라도 마음 깊은 곳에 숨겨 둔 나약함과 온화함이 있었다. 이 순간 그는 그녀의 마음 가장 깊고 섬세한 곳에서 들려오는 고민과 탄식을 들은 것 같았다. 그가 살며시 미소를 지었다. 할 말은 다 했다. 소중하게 꺼낸 그 마음을 그녀도 보았으니, 그녀에게 기꺼이 시간을 주고 싶었다.

"늦었구나."

조금 헝클어진 봉지미의 머리칼을 만져 주며 말했다.

"내일 아침 멀리 떠나야 하니 일찌감치 쉬어라."

어떤 말은 마음 깊은 곳에 가라앉아 입 밖으로 나갈 수 없었다. 아무도 없을 때 멀리서 술잔을 들고 묵묵히 마음속으로 되새기며 기원할 것이다. 봉지미가 천천히 돌아보며 웃었다.

"행궁 건설을 감독하려면 복잡한 일이 많을 거예요. 다른 공무도 있으실 테니 부디 몸조심하세요."

"응."

영혁이 가볍게 대답했다.

"현재 병부와 이부(吏部)는 일곱째가 관리하지만, 곧 청명에서 학생들을 천거해 민남 남해와 농북(隴北) 일대에 최대한 파견해 관직을 맡길 예정이다. 그러면 네가 훨씬 편해지겠지. 북방에서 막 승전보가 왔다. 최근 전투에서 천성이 대승을 거뒀고, 진사우는 백 리 밖으로 퇴각하며 그가 점령했던 천성 영토를 내놨다. 대월 황실에 예기치 못한 사고가 생겨 황위가 위태로운 상황이니 진사우는 당장 전쟁에 관심이 없을 것이다. 병사를 이끌고 성경으로 돌아가 황위 쟁탈에 열중할 테지. 이번 승리로 순우맹, 요양우가 제경에 복귀해 공을 평가받을 것이다. 때가 되면 그들이 널 돕게 해 주마."

"순우와 양우가 공을 세웠나요?"

봉지미가 활짝 웃으며 말했다.

"저는 괜찮습니다. 민남 지방은 척박해서 감투를 써도 좋을 게 없어요. 저를 위해서 보잘것없는 일을 하러 올 필요는 없습니다. 거기서 최소한 몇 년은 있어야 하잖아요? 게다가 제가 떠나도 거기에 남겨 둔다면 너무 인정머리 없는 처사입니다."

"그들은 학수고대하고 있던데 말이다."

영혁이 담담하게 말했다.

"청명 서원과 백성들의 마음속 명망 순위로 보자면 너는 진작에 나를 뛰어넘었다."

봉지미가 돌아서 영혁을 바라봤지만, 그는 아무렇지 않게 말했다.

"시대가 영웅을 낳지. 사림과 백성들은 너 같은 사람이 지도자가 되어 주길 바란다. 이 위치는 내게 적합하지 않아. 지야, 이제 가거라."

봉지미는 눈을 내리떴다. 이 세상에 이토록 거울처럼 맑은 마음을 가진 사람이 또 있을까? 영혁은 짙은 안개 뒤에 파묻힌 모든 심사를 들여다보면서도 아득히 멀리서만 있으려 하고, 모든 걸 내려놓으려 하고 있었다.

"그만 쉬세요. 피곤해 보이십니다."

봉지미가 영혁을 떠밀며 말했다.

"그래."

영혁이 천천히 봉지미의 손을 놓고 걷은 소매를 내렸지만, 소매 밑으로 그녀의 손가락을 살며시 쥐었다. 밀가루의 질감이 남아 미끈거리고 따뜻한 촉감과 익숙한 향기가 밀려왔다. 그녀는 여전히 눈을 내리뜨고 있었다. 차가운 그녀의 손끝에 차츰 온기가 전해졌다. 그 따스한 손길로 인해 섬세한 전류가 온몸을 관통하는 듯했고, 여린 떨림이 일어났다.

봉지미는 내내 앉아서 움직이지 않았다. 문을 열고 밖으로 나가는 영혁의 뒷모습이 밤의 어두움에 섞여 버렸다. 주방의 따뜻한 김이 차츰 굳어 유리창에 서리로 내리고, 나무 상을 덮었다. 손가락으로 쓸어 보니 투명한 수증기 결정이 옅은 냉기를 발산했다. 그녀는 천천히 손가락을 뻗어 자기도 모르게 나무 상에 그림을 그렸다. 거의 다 그렸을 때 몸이 떨려 손을 거뒀다. 한참 후 그녀가 일어날 즈음 따뜻한 주방의 기운은 모두 흩어졌고, 습기 찬 주방의 공허함과 싸늘한 한기가 그 자리를 대신 차지했다. 그녀는 식은 등라병을 챙겨 종이에 쌌다. 내일 가는 길에 먹을 작정이었다. 종이에 싸인 떡에서 은은한 등꽃 향기가 났다. 향기 속에서 그녀는 여러 해 동안 특정한 날에만 등라병을 먹었던 일을 떠올렸다. 매년 오늘이었다. 그녀의 생일, 진짜 생일.

오직 그날에만 어머니는 번거로움을 마다하지 않고 등꽃을 바구니 가득 따 오셨다. 하지만 그중에 떡에 넣을 수 있는 건 일부 여린 꽃잎뿐이었다. 어머니는 꽃잎을 조심스레 씻어 말린 후 반죽을 치대고 떼었다.

돼지기름은 큰 주방에서 얻어 와야 했다. 경우 바른 모녀는 민폐 끼치기 싫어했지만, 일 년에 꼭 하루 그날만큼은 봉지미도 어머니가 깐깐한 주방 하인들의 비위를 맞추도록 내버려 뒀다. 그런 어머니를 막으면 어머니는 딸에게 해 줘야 할 것도 못 해 준다고 생각하셨기 때문이었다. 어머니가 그런 마음으로 그날을 보내게 되기를 바라지 않았다. 그때는 자신의 생일이 어째서 대외적으로 알려진 생일과 다른지, 어째서 생일을 남몰래 지내야 했는지 몰랐다. 물은 적도 있었지만, 어머니는 대답해 주지 않았었다. 단지 조금 슬픈 표정으로 그녀의 머리를 쓰다듬으며 말씀하셨다.

"지야, 언젠가 너도 알게 될 거다."

이제 봉지미도 알게 되었지만, 너무 늦었다. 그해 폭설이 내린 후, 그녀는 두 번 다시 생일날 등라병을 먹을 수 없었고, 스스로 만들어 먹을 생각도 하지 않았다. 어떤 일은 지나가면 지난 대로, 묻히면 묻히는 대로 두어야 했다. 파내고 들춰내면 결국 상처를 벌려 놓은 꼴밖에 되지 않았다. 그런데 뜻밖에도 오늘 밤, 무심코 건넨 말로 그녀는 다시 등꽃 향과 해후하게 되었다.

봉지미는 나무 상에 손을 대 보았다. 뼛속까지 파고들 것 같은 냉기를 느꼈다. 그와는 다르게 눈동자의 빛이 부서졌다. 그리고 의문이 떠올랐다. 오늘 밤의 등라병은 우연일까? 아니면⋯⋯. 그녀는 눈을 감고 한숨을 내쉬었다. 그녀의 서리 같은 눈빛이 황묘(皇廟) 방향으로 향했다. 거기엔 속을 알 수 없는 여자가 등잔과 오래된 불상 아래 비밀스럽고 서늘한 계획을 도모하고 있을 터였다.

그곳에서 황실의 새 핏줄은 두각을 나타낼 가장 적합한 시기를 기다리며 자라나고 있었다. 가지 많은 나무에 바람 잘 날 없지 않은가. 아마도 크나큰 황위 쟁탈전이 벌어질 것이었다. 봉지미는 깊은 생각에 잠겼다가 종이 꾸러미를 들고 주방 문을 잠갔다. 그녀는 천천히 후원으로

향해 초왕부로 직통하는 그 우물 옆에 앉았다. 맑은 우물에 달무리 진
달이 비쳤다. 사방의 나무 그림자는 아무렇게나 뻗은 손가락 같았다.

봉지미는 우물가에 앉아 고개를 들고 달을 바라봤다. 한참을 바라
보자 달빛이 부서져 아침노을로 산산이 조각나 하늘을 색칠하는 순간
이 보였다. 날이 밝아오자 그녀는 천천히 일어나 이슬에 젖은 옷을 이끌
고 우물가를 떠났다. 우물은 말이 없었다. 언제까지나 그렇게 침묵하며,
오늘 밤의 이 침묵 또한 소리 없이 기억할 것만 같았다. 아침노을빛이
쏟아져 우물가를 비쳤다. 문득 눈에 잘 띄지 않는 구석에 가느다란 두
글자가 보였다. 자세히 보니 손톱으로 대리석을 꾹꾹 눌러 남긴 흔적이
었다.

'황묘'

날이 밝았을 때 앞뜰에 일찌감치 차와 마차가 대기 중이었고, 한 어
른과 한 아이가 늠름하게 문 앞에서 봉지미를 기다렸다. 그녀는 억지로
몸을 추슬렀다. 간밤 한숨도 자지 무한 상태를 춘분처 가릴 수 있다고
생각했는데, 고남의는 그녀를 보자마자 말했다.

"못 잤어?"

봉지미가 억지로 웃자 고남의는 주변을 두리번거리며 말했다.

"물건 다 챙겼어? 지효가 잠을 설쳤을 때 쓰는 커다란 베개를……."

뭔가 봉지미의 다리에 부딪혀서 돌아보니 고 씨 꼬마 아가씨가 왼팔
에 커다란 베개를 안고, 오른손에 대나무 새장을 들고 있었다. 새장이
무거운지 질질 끌고 오는 중이었다. 어깨 위로 원숭이 두 마리까지 앉히
고 다가오는 모습이 조잡한 유모차 같았는데, 대나무 새장이 사방팔방
부딪치는 통에 하인들은 부랴부랴 흩어졌다. 그녀가 몸을 낮춰 앉아 새
장을 살폈다. 제법 정교하게 만들었지만, 안에 아무것도 없었다.

"빈 새장을 왜 낑낑대고 가져온 게냐?"

봉지미가 진지하게 물어보자 고지효는 힐끗 쳐다보며 느긋하게 대

답했다.

"거기 재밌는 거 많댔어."

봉지미는 그제야 깨달았다. 꼬마 아가씨는 민남과 서량 일대에 희귀한 동물들이 많다는 얘길 듣고 제2의 황금 원숭이를 잡아서 애완동물 부대를 만들고 싶었던 거구나.

"그렇다 해도 새장을 가져갈 필요는 없어……."

봉지미가 타일렀다. 서량으로 향하는 행렬에 이런 물건이 있으면 사람들이 사냥 간다고 생각할지도 몰랐다. 꼬마 아가씨는 두말하지 않고 새장 바닥에 튀어나온 부분을 가격했다.

퍽!

금줄과 대오리로 엮어 만든 새장이 둔탁한 소리와 함께 펼쳐졌다. 탄력 있는 소재인 대나무가 펼쳐지자 끝의 뾰족한 부분이 화살처럼 봉지미의 두 눈을 찌르기 일보 직전이었다. 그녀는 허리를 굽힌 자세로 새장을 관찰하는 중이었고, 세 살짜리 꼬맹이의 장난감인 새장이 무서운 흉기가 되리라고는 상상도 하지 못했다. 하지만 눈 깜짝할 사이에 그것은 위협적으로 눈동자 앞으로 다가왔다.

척!

손이 불쑥 나타나 봉지미를 안았고, 그 손이 손가락을 튕기자 대오리는 허공에서 청록색 잔해가 되어 바닥에 떨어졌다. 고남의는 이 두 가지 행동을 이어서 했다. 그가 소매를 휘두르자 고지효의 손에서 새장이 날아가 벽에 부딪쳐 망가져 버렸다. 고지효는 깜짝 놀랐다. 새장이 망가진 걸 확인하고 나서야 빽 소리치며 달려가 새장을 주웠다. 고개를 들었을 때는 이미 울먹이고 있었다.

"아사(阿四)랑 일주일 동안 만들었단 말이야! 물어내!"

아이가 고개를 홱 돌려 새장을 망가뜨린 장본인인 고남의가 아니라 봉지미에게 소리쳤다.

"물어내! 물어내! 물어내!"

봉지미는 아이를 꼭 잡으면서도 기가 차서 웃었다. 이 조그만 아이도 만만한 사람을 골라 괴롭히는구나. 눈물 콧물 범벅이 된 가엾은 지효의 모습을 보니, 아이가 대나무 새장을 정말 많이 아낀 것 같았다. 그녀의 시선은 부서진 새장으로 향했다. 지효 같은 꼬마가 악독한 마음을 먹고 이 물건을 이용해 그녀를 해치려 했다는 생각은 하지 않았다. 대오리가 펴지며 날아오를 때 멍하니 보던 표정을 생각하면, 아이도 이 물건이 용수철처럼 튕겨 나갈 수 있는 줄은 몰랐을 것이다. 따지고 보면 아이가 큰 죄를 지은 것도 아니었다. 고남의를 타이르려 고개를 돌려 보니 그는 굉장히 심기가 불편한 듯 싸늘해 보였다. 그녀가 뭐라고 말을 꺼내기도 전에 그가 먼저 다가왔고, 고지효를 그녀의 손에서 낚아채 벽 쪽으로 내동댕이쳤다. 손힘이 절대 약하지 않았다. 고지효가 팽개쳐질 때 땅에서 먼지구름이 피어올랐고, 그녀는 놀라 아이가 다리를 삐진 않았을까 걱정이 됐다. 고지효는 눈물이 쏙 들어갈 만큼 깜짝 놀라 고개를 들고 멍하니 그를 바라봤다. 이번에는 감히 울고 떼쓰지도 못했다.

"넌 가지 마."

고남의가 짧게 말하고 홱 돌아섰다. 봉지미는 그가 화가 났으니 상황이 좋지 않다고 생각했다. 하지만 그가 화를 냈다고 무슨 일이 생기진 않을 것이다. 그녀도 다른 일을 챙겨야 했다. 어차피 종신이 잘 돌볼 것이니 말썽꾸러기 고지효를 남기고 떠나는 것도 나쁘지 않을 터였다. 그래서 '아가씨를 잘 돌봐라' 하고 지시한 후 떠나려 했다.

"싫어!!!"

애처로운 외침이 들렸다. 고지효는 다른 사람은 건들지도 못하게 하던 애착 베개까지 내동댕이치고 쪼르르 달려와 고남의의 옷을 잡고 매달렸다. 그는 옷을 홱 당겼고, 고지효는 천 리 밖으로 내쳐진 듯 풀썩 넘어졌다. 이번에도 뒤에서 보고 있던 봉지미가 얼른 잡아 줬다. 그는 뒤도 돌아보지 않고 마차에 올랐고, 마차 문의 발을 내리며 말했다.

"잘 지켜라."

두 시녀가 고지효를 막아섰다. 마부가 채찍을 높이 들고 난처한 듯 사람들을 바라봤다. 이 채찍을 내리쳐야 할지 말지 판단할 수 없었다. 고지효는 푸른빛이 도는 눈으로 마차를 빤히 바라보다 마차가 떠나려 하자 갑자기 고개를 숙여 자신을 잡은 시녀의 손을 물어뜯었다. 시녀는 비명을 지르며 아이의 손을 놓았다. 그 사이 아이는 벌써 앞으로 달려 나가 앞바퀴 끌채에 매달렸다. 창문이 열리고 손 하나가 뻗어 나와 담 담하게 아이의 손을 떼어 놨다. 아이는 바닥에 넘어져 굴렀지만, 흙바 닥에서 일어나 다시 매달렸다. 고남의는 또 떼어 놨다. 고지효가 미끄러 지며 쿵, 하고 바퀴에 부딪혔고, 이마에 혹이 생겼지만 울지도 떼쓰지도 않고, 혹을 만지작거리더니 또다시 매달렸다. 그는 또 밀쳤다. 사람들은 모두 멍하니 서서 저 잔혹한 부녀의 첫 싸움을 지켜봤다. 과연 싸움도 남달랐다. 침묵과 고집으로 각자 불굴의 의지를 드러내고 있으니 보는 사람들이 모두 놀랐다.

봉지미도 멍하니 서 있었다. 그녀는 고남의야말로 똥고집인 걸 알고 있었다. 하지만 그는 수양딸을 언제나 사랑하고 중요하게 생각했다. 고 지효를 자신보다 중요하게 여겼으니, 아이가 실수로 그녀를 다치게 할 뻔했다고 해도 눈에 넣어도 아프지 않을 듯 아끼던 아이에게 이토록 무 정하게 굴 줄은 상상도 못 했다.

"고남의!"

더는 두고 볼 수 없었던 봉지미는 고남의가 일곱 번째로 지효를 밀 쳤을 때 결국 끼어들었다.

"이러지 말아요! 어린 애잖아요!"

고남의는 봉지미의 손까지 뿌리치며 말했다.

"너를 다치게 하면 용서 안 해."

고남의가 간단명료하고 결연하게 말했다.

"그게 누구든."

일곱 번 바닥에서 일어난 고지효는 갑자기 행동을 멈췄다. 고지효가 고개를 들고 먼지와 눈물범벅이 된 얼굴을 들고 창문 발 사이로 보이는 망사를 유심히 바라보더니 더는 끌채에 오르지 않았다. 아이는 뒤뚱뒤뚱 걸어가 바퀴를 껴안고는 그대로 누워 버렸다. 사방에서 한숨 소리가 들렸다. 사람들이 눈을 동그랗게 뜨고 결연한 세 살 꼬마를 바라봤다. 꼬마는 자기 몸을 바퀴 앞에 밀착시켰다. 마차가 조금이라도 전진하면 아이의 몸을 밟고 지나갈 것이다. 마부가 기겁하며 마차에서 내려 말고삐를 졸라맸다. 말이 움직여서 저 작은 몸을 다치게 할까 두려웠다. 봉지미는 묵묵히 아이를 바라봤다. 물론 그녀는 지효를 끌어낼 수도 있었다. 작은 아이의 힘으로 누굴 위협하진 못하겠지만, 그녀가 정말 두려운 것은 이 아이가 '나를 데려가지 않으면 죽어 버리겠다'라는 결의와 살기를 품었다는 점이었다. 아이를 떼 놓고 가면 정말 끔찍한 일이 벌어질지도 몰랐다.

"고남의."

봉지미가 숨을 크게 들이마시고 고남의의 손을 다독였다.

"지효가 일부러 그런 것도 아니잖아요. 내가 잘 타이를게요. 더 지체해서 시간을 못 맞추면 폐하께서 내 목을 치실지도 몰라요."

고남의는 발 뒤에서 얼마간 침묵하다 무뚝뚝하게 말했다.

"고지효."

봉지미는 지효가 끝내 바퀴에 매달려 버틸 줄 알았지만, 고남의의 목소리를 듣자마자 얌전히 마차 앞에 고개를 숙이고 아빠의 다음 말을 기다렸다. 고남의는 발을 걷고 봉지미를 가리키며 말했다.

"난 저 사람 거."

고남의가 이어서 말했다.

"너도 저 사람 거. 목숨을 바쳐 지켜. 아니면 나를 떠나."

봉지미는 웃음이 터질 뻔한 것을 참았다. 세 살짜리 아이에게 '목숨을 바쳐 지켜'라는 말을 하다니……. 고남의 말이 좀 심하다는 생각이 들었다. 하지만 잠깐의 황당함이 지나가자 그녀는 갑자기 마음이 아려왔다. 고지효는 잠자코 듣다가 봉지미를 바라봤다. 아이의 맑은 눈빛이 날것 그대로 날아왔다. 저 고집스럽고 자존심 센 꼬마가 자기 눈동자에 처음으로 봉지미를 담으려 하는 것이 느껴졌다. 잠시 후 고지효가 천천히 말했다.

"약속."

고남의가 잠시 침묵하다 지효를 안아 올렸다. 아이의 눈물이 웃음으로 바뀌었고, 그의 목에 매달려 작은 흙투성이 얼굴을 망사에 비비며 조심스레 말했다.

"혹 났어. 문질러 줘."

고남의는 움직이지 않았고, 봉지미는 눈치 빠르게 발을 내렸다. 그가 마차 안에서 보물단지 같은 딸과 둘만의 시간을 보내길 바라며. 마차가 출발하려고 하자 고지효가 고개를 쭉 내밀고 크게 외쳤다.

"새장 주워 줘! 고칠 거야!"

봉지미가 창 너머 망가진 대나무 새장을 건네주자 고지효가 받았다.

"지효야, 저걸 왜 꼭 가져가려는 거야?"

고지효는 새장을 살펴보며 한숨을 푹 내쉬더니 말했다.

"아빠 지킬 거야!"

봉지미는 손이 굳어 버린 것 같았다. 여호(黎湖)의 갈대숲에서 죽은 척한 고남의를 부둥켜안고 엉엉 울던 저 아이의 모습이 떠올랐다. 얼마나 놀랐으면 '아빠를 지키겠다'라고 내내 생각하고 있었을까. 강인한 고남의는 평생 누군가를 지키겠다는 사명을 안고 살아 왔지만, 누군가 그를 보호하겠다고 나선 적은 없었다. 오직 저 아이뿐이었다. 하마터면 버려질 뻔한 저 아이. 흙바닥에서 뒹굴더라도 쫓아와 아빠를 지키겠다는 저 아이에 감동했다. 허공에서 멈칫한 봉지미의 손이 부드럽게 고지효의 머리를 쓰다듬었다. 아이는 움찔하며 여전히 멀고도 싸늘한 시선으로 그녀를 바라봤다.

"그래, 아빠를 지켜주렴."

봉지미가 큰 숨을 쉬며 아이에게 말했다.

"아빠는 모든 사람이 모든 걸 걸고 지켜 줄 자격이 있는 사람이야."

마차 안의 고남의는 말이 없었다. 봉지미의 방금 그 말은 쓸데없는 소리라고 생각했다. 그녀는 다른 마차를 탔다. 창문 발을 내리기 전에 멀리 뒤쪽 골목 구석을 바라봤다. 검은 준마가 어렴풋이 보였다. 그 위로 달빛 같은 은실로 수놓은 용무늬 옷자락이 바람에 펄럭였다. 바쁜 와중에 영혁이 와 준 것이었다. 사실 그는 이 시간이면 낙현(洛縣)으로 향하는 길에 있어야 했다. 폐하께서 서량으로 가는 사절단을 배웅하라는 명을 내리지 않으셨으니, 사람이 많은 곳에 나타나기 곤란했다. 그래서 이렇게 골목에 숨어서 보이지 않는 존재로 배웅할 뿐이었다.

봉지미는 그 방향으로 살며시 고개를 끄덕였다. 미소 띤 그녀의 입술이 햇살 아래 빛났다. 투명한 꽃이 초여름 온화한 바람에 피어난 것 같았다. 창문 발이 내려지고, 마차는 조용하고 질서정연하게 나아갔다. 그들은 곧 사절단 부사를 비롯한 예부 관원들과 합류해 성문 밖에서 간단한 의식을 치른 후 서량으로 향할 것이다. 덜컹거리는 마차 행렬 뒤 먼 곳에서 부드러운 피리 소리가 들렸다. 청아하되 따뜻하고 느린 가락이었다. 그윽한 곡조는 처량하거나 슬프지 않았다. 오히려 광활한 곳으로 나아가는 자의 용기를 북돋아 주는, 듣고 있으면 힘이 솟는 가락이었다.

마차 안의 봉지미는 피리 소리의 반대 방향으로 나아가고 있다. 대나무를 엮어 만든 창문 발 사이로 햇살이 부서져 그녀의 얼굴에 모호한 얼룩이 드리워졌다. 그녀는 외로운 어둠 속에서 가만히 고개를 기대 보았다. 그가 있는, 그 침묵의 골목 쪽으로.

(5권에서 계속)

황권 ❹

1판 1쇄 인쇄 2021년 1월 18일
1판 1쇄 발행 2021년 1월 22일

지은이 | 천하귀원
펴낸이 | 김영곤
펴낸곳 | (주)북이십일 아르테

책임편집 | 원보람
미디어믹스팀 | 장현주 김가람
표지 디자인 | 여백커뮤니케이션
본문 디자인 | 곧은
해외기획팀 | 정미현 이윤경
영업본부 본부장 | 한충희
문학영업팀 | 김한성 이광호
제작팀 | 이영민 권경민

출판등록 | 2000년 5월 6일 제406-2003-061호
주소 | (우10881) 경기도 파주시 회동길 201(문발동)
대표전화 | 031-955-2100 팩스 | 031-955-2151
이메일 | book21@book21.co.kr

(주)북이십일 경계를 허무는 콘텐츠 리더

아르테팝 채널에서 도서 정보와 다양한 영상자료, 이벤트를 만나세요!
페이스북 facebook.com/21artepop   트위터 twitter.com/21artepop
인스타그램 instagram.com/21artepop   홈페이지 artepop.book21.com

ISBN 978-89-509-9226-2 04820
     978-89-509-8901-9 (세트)